中国作家协会 2021 年度定点深入生活项目

陕西省委宣传部 2021 年度重点文艺创作资助项目

陕西省作家协会 2020 年主题创作扶持项目

时代是出卷人，我们是答卷人，人民是阅卷人。

——习近平

紫阳旧貌（摄影　党芳贤）

紫阳新颜（摄影　李胜璋）

作者高鸿在向阳镇天生桥村
采访村民
（摄影　党芳贤）

作者高鸿在汉王镇采访村民
（摄影　黄志顺）

驻村干部张小红召开院落会
向村民宣讲扶贫政策
（摄影　黄志顺）

紫阳县康硒天茗茶业有限公司董事长陈国卿收购茶农鲜叶（摄影　黄志顺）

紫阳县双桥镇康硒天茗智慧茶园（摄影　黄志顺）

紫阳县双安镇三元村回乡支书郑永友与村民交谈（摄影　黄志顺）

紫阳县脱贫模范代仲琴和她的云雾山跑步鸡（摄影　吴勇）

思兰商贸集团董事长王思兰与贫困户在一起（摄影　黄志顺）

紫阳仁和国际千户移民安置社区（摄影　李胜璋）

通往紫阳山村的盘山公路（摄影　黄志顺）

乡村振兴原创文学丛书

时代答卷

紫阳蝶变纪事

高鸿 著

陕西师范大学出版总社

图书代号：WX22N0323

图书在版编目（CIP）数据

时代答卷：紫阳蝶变纪事/高鸿著. —西安：陕西师范大学出版总社有限公司，2021.12

ISBN 978-7-5695-2674-5

Ⅰ.①时… Ⅱ.①高… Ⅲ.①报告文学—中国—当代 Ⅳ.①I25

中国版本图书馆CIP数据核字（2021）第249764号

时代答卷：紫阳蝶变纪事
SHIDAI DAJUAN: ZIYANG DIEBIAN JISHI

高　鸿　著

出版统筹　刘东风　郭永新
责任编辑　马凤霞
责任校对　尹海宏
封面设计　张洪海
出版发行　陕西师范大学出版总社
　　　　　（西安市长安南路199号　邮编710062）
网　　址　http://www.snupg.com
印　　刷　西安市建明工贸有限责任公司
开　　本　720mm×1020mm　1/16
印　　张　23.75
插　　页　4
字　　数　360千
版　　次　2021年12月第1版
印　　次　2021年12月第1次印刷
书　　号　ISBN 978-7-5695-2674-5
定　　价　69.00元

紫气升腾美紫阳

（代序）

李炳银

知道陕南有个紫阳县，是在 20 世纪 60 年代读中学的时候。我们的班主任老师王焕民从陕西师范大学毕业后，先分配到紫阳县任教，几年后又调到我们临潼县马额中学。当时听他说，紫阳县尽是大山，县城里要找个篮球场大小的平地都没有。人们出门后，不管朝哪个方向走，都是上山或下山的路，交通非常艰险困难。因为地处偏僻，交通不便，耕地稀少，虽然出产茶叶等山货土特产品，但人们的生活非常贫穷。自此以后，紫阳县给我留下的印象，就是出行艰难和贫穷了。

半个多世纪的时间过去了，如今看到作家高鸿用 4 年时间，多次深入紫阳县观察采访，在很多村镇与许多当地人交流后记录书写的紫阳县，在国家全面展开脱贫攻坚的背景下，极大地改变了原来面貌，实现了脱贫，我感到十分亲切欣慰，并产生很多的感慨。高鸿用大量真实人物的奋发作为和精神力，用对大量事实形象生动的描写与呈现，使我切实地认识到，紫阳县这个已经有 4000 多年文明、经历周秦汉唐等朝代的地方，如今真的脱胎换骨，有了全新的面貌。2020 年 12 月 31 日，紫阳县政府相关领导宣布：经过几年的切实努力，各项指标全面达标，紫阳县摘掉贫困帽子，实现脱贫目标。紫阳县还是这块地方，但今天与过去的"地无三尺平""十年九受旱"不同了，与过去多少人过着"衣不遮体，食不果腹"的生活、叹息"大山哟你高过天，日子哟你苦若黄连"的情形已经完全不同了。现在拥有"汉江画廊"之称的紫阳县，穷山恶水的感受不再，真正成了一处美丽的风景，成了人们可以安居的地方！这是时代在这块土地留下的深刻痕迹，是共产党领导下很多英勇智慧的人们，用崇高的人民情怀、伟大的创新精神和无畏的奋发行动，在这里留下的新人类印痕。非常令人感动和鼓舞。

紫阳几千年来的贫穷落后面貌的迅速改变，是中国现今政府实现国家治理目标和成果的一小部分。但它却是时代脚步声的回应，是时代印记的分明存在。中共中央总书记、国家主席习近平曾经郑重表示："人民对美好生活的向往，就是我们的奋斗目标"，"消除贫困、改善民生、逐步实现共同富裕，是社会主义的本质要求，是我们党的重要使命"，"人民至上，精准扶贫，求真务实"。这些战略性的思想引领和务实的要求，也是紫阳县虽经历艰难，仍持续努力、开拓创新、实现脱贫的根源力量之所在。

高鸿的长篇报告文学《时代答卷》，正是在国家全局战略视野下紫阳县的脱贫历程，是作家对紫阳县这次历史深刻改变进程的真实记录和动情书写，是紫阳的断代史，得来非常不易，极其珍贵。作者用自己的实际行走，在紫阳这个人们辈辈感叹"狗日的路，把老子亏狠了"的地方，发现和寻找环境面貌与人们命运改变的真相，如同展开画幅般打开了其中丰富生动的内容。作品描绘了竹山村、青中村、全兴村、三元村、水磨村、共和村、麻柳镇、蒿坪镇、汉王镇、焕古镇、毛坝镇、双桥镇等很多地方的人们，如侯在德、曾顺宝、张小红、詹世弟、杨远忠、郑永友、陈国军、郑远元、王思兰、陈禄军、秦宗道、张雪峰、夏志文、陈威强、陈国卿、曾朝和等，在这个改变过程中的表现和发挥的特殊作用。也许因为大都是需要解决交通、水电、养殖、商品流通等问题，这些人在带领群众修路、引水、通电、种植及促进物资流通、劳务输出等方面的表现各不相同。尽管精彩的表现各有区别，但毕竟有很多相似性。值得肯定和赞许的是，作品尊重文学以人显事的特点，用不同的人物故事带动和呈现脱贫攻坚的艰巨复杂情景，因此许多看似事务工程的对象具备了文学生动形象的表达特性。在这里，所有人用情投入，全力以赴，人人甘愿付出满腔热忱、忘我无私的精神，不畏艰辛、持之以恒、进取争胜的意志力，非常高贵和动人。像侯在德带领"八百壮士凿天路"的壮举，如张小红带着儿子来扶贫的行动，如郑永友一边照顾重病瘫痪妻子20多年一边坚定地带领乡亲投身脱贫战役的故事，如经历许多人生不幸却在国家帮扶脱贫的年月通过养鸡富裕起来的代仲琴，等等，他们传奇般的故事，都非常触动人。另外，秦宗道在蒿坪镇搬迁过程中以真诚化解矛盾，陈国卿的人生"像过山车"一样跌宕起伏，终于在城市扎根落户，有了自己几百万的积蓄，却毅然投资数千万，回乡发展乡村振兴等事迹，可谓舍身忘我，给人印象十分深刻。

高鸿在作品中，还将热情的关注，投向了像郑远元这样在艰难曲折的追寻中，以小成大、循道承负，在修脚行开辟出事业，事业广达九州，富裕了自己，也带动家乡大量群众脱困的模范；像王思兰这样，投身商贸，不惧艰难，创新传统、活跃经济、救济贫弱的奇才女子；像借助天赐任河景致，开展漂流活动，在文化旅游开发事业上荡开一条新路的陈禄军；像焕古镇的蔡英宏，将本地富硒茶优势做强做大，用以茶立镇的创意开拓实践；像以茶叶经营为主业，成为当地实力雄厚的著名茶商的曾朝和；等等。这些人以自己独特的思路和坚实的行动，在不同的经营领域所成就的事业，为紫阳县的脱贫事业贡献了特别重要的力量。《时代答卷》为他们这种富有时代鲜明特色的精神、情感、故事，写下了浓墨重彩的篇章。篇篇都是带有紫阳山色水味的魅力歌唱！

历史就像河流，总是在适当的时候拐弯。可以说，紫阳县的历史，在中国共产党领导下，在这次国家雄壮的扶贫脱困战略实施的背景下，拐了一个大弯，历史性地告别极端贫困，开始了振兴发展的新阶段。高鸿的这部报告文学，正是在紫阳这次伟大改变的时候，在时代的考场，真实、文学、生动地书写了紫阳人民的答卷，为历史和现实留下了史志般的记录，如山岭般厚重，如河流般生动！在历史书写中，收获了个性丰盈的文学成果！

2021 年 6 月 18 日于北京

（李炳银，著名文学评论家。现任中国报告文学学会常务副会长。）

目 录 | CONTENTS

摆脱贫困

一部中国史，就是一部中华民族同贫困作斗争的历史。

——习近平 2021 年 2 月 25 日在全国脱贫攻坚总结表彰大会
上的讲话

几千年来，中华民族一直在和贫困抗争。

早在我国奴隶社会，就有人发出质问："不稼不穑，胡取禾三百亿兮？不狩不猎，胡瞻尔庭有县特兮？彼君子兮，不素食兮！"（《诗经·伐檀》）"无衣无褐，何以卒岁！"（《诗经·豳风·七月》）屈原在《离骚》中感叹："长太息以掩涕兮，哀民生之多艰。"回望中国历史，数千年来"民生多艰"是一种常态。孟子在与梁惠王的交谈中提到："七十者衣帛食肉，黎民不饥不寒，然而不王者，未之有也。""不饥不寒"这个最低的生活标准，不仅在两千多年前成为百姓们的共同愿望，也贯穿整个中国历史，成为一代又一代国人的期盼。然而无论是实行分封制、郡县制的古代还是鸦片战争之后的近代，底层百姓几乎一直挣扎在温饱线下。白居易在《卖炭翁》中哀叹："满面尘灰烟火色，两鬓苍苍十指黑。卖炭得钱何所营？身上衣裳口中食。可怜身上衣正单，心忧炭贱愿天寒。"不管是杜甫"安得广厦千万间，大庇天下寒士俱欢颜"的理想，还是近代以来无数仁人志士"救国于水火、解民于倒悬"的努力，贫困都是绕不开的"民生之疾"。中国历史上的反贫困之路，更充满了"非不为也，实不能也"的无奈与悲怆。孟子把小农经济当成最理想的社会制度，更多的思想家建议统治者限制私田数量，制止田地兼并，减轻赋税和徭役，实行"富民"政策。公元前6世纪，管仲就提出了"富民"的政治主张，他认为"凡治国之道，必先富民。民富则易治也，民贫则难治也"（《管子·治国》）。春秋末期，儒家创始人孔子提出"不患寡而患不均""均无贫"（《论语·季氏》）的观点。汉董仲舒在历数贫富不均现象之后，提出"限民名田（即限制个人占有的田地），塞并兼之路（即制止兼并土地）"，"去奴婢，除专杀之威。薄赋敛，省徭役，以宽民力"（《限民名田疏》）。唐代陆贽向皇帝上了《均节赋税恤百姓六条》的奏疏，指出"养一人费百人之资，则百人之食不得不乏；富一家而倾千家之产，则千家之业不得不空"，因此要限制富豪。明代王廷相认为，"天下顺治在民富，天下和静在民乐"，统治者"寡取于民而富矣"(《慎言·御民篇》)。清朝的唐甄也提出了"富民"的口号，他说："财者，国之宝也，民之命也。宝不可窃，命不可接。"(《潜书富民》)在中国历代文书中，像这样改革朝政、强国富民的政策主张是不少的。

然而，由于生产力水平低下，以及疾病、战乱、自然灾害等因素的影响，即使在历史上的"盛世"，人们也从未远离贫困。

中国历史上不乏令人神往的盛世，比如唐代开元年间，"稻米流脂粟米白，公私仓廪俱丰实"，但盛世往往只能维持几年到几十年，与华夏漫长的五千年历史相比实在过于短暂，更多的时候是"白骨露于野，千里无鸡鸣""朱门酒肉臭，路有冻死骨""上无片瓦，下无立锥之地"的残酷现实。如清代的"康乾盛世"疆域辽阔，经济快速发展，社会稳定，人口增长迅速，可谓"国富民康"。可实际如何呢？乾隆五十八年（公元1793年），英国派出的第一个访华使团到达中国。使团成员约翰·巴罗这样描述进京时他所看到的景象："不管是在舟山还是在溯白河而上去京城的三天里，没有看到任何人民丰衣足食、农村富饶繁荣的证明……事实上，触目所及无非是贫困落后的景象。"这一"盛世"在外国使臣眼中无比黯淡，可见所谓"盛世"，不过是相对平稳一些罢了，老百姓依然生活在贫困之中。

可以说，在历史上，中国人从来就没有富裕过，没有"自给自足"过，一旦遇上水旱蝗灾，就会爆发大规模的饥荒，历朝历代都是如此，就算是号称鼎盛的唐朝，爆发水旱蝗灾时，也饿死整片整片的人。中国真正解决吃饭问题，仅仅是最近30多年的事情。

中国古代是一个农业大国，农耕经济成为整个国家的主导经济。统治者虽然重视农业，但却并不很重视农业技术的开发。从战国后期开始，中国进入了铁器时代，使用铁制农具，一直到近代，中国还是在利用铁制农具进行耕种，农业生产技术并没有太大的突破。之所以出现这样的情况，与中国古代的阶级文化不无关系。一方面极为重视农业生产，另一方面又极力压制从事农业生产的劳动者，目的无非就是维护少数人的阶级统治。中国古代老百姓本来就不占有土地，农业技术水平又非常低，这使得他们一直处在一个非常贫困的状态，一遇到天灾人祸，大饥荒很快就来了，许多人不得不逃荒要饭，背井离乡。为了谋生，原本安土乐业的百姓们闯关东、填四川、走西口、下南洋，走出了一部部心酸的移民史。无论生逢盛世还是荒年，无论迁徙到哪里，人们总是难以逃脱"兴，百姓苦；亡，百姓苦"的魔咒。

1840年，鸦片战争使中国开始沦为半殖民地半封建社会的国家，灾难深重的中国人民陷入了苦难的深渊。晚清以降，国势日颓。值此"三千年未有之大变局"，凋敝、脆弱的乡村首当其冲，受到前所未有的冲击。诚如梁漱溟所言，"乡村一天一天破坏，农工生产者虽感痛苦，因无知识，不能说话。知识分子虽有说话资格，而未易感觉若何切肤痛苦……到近年农村经济大崩溃，实达于此破坏史的最后阶段，好比利刃直刺到命根上，到底不能不痛，这才呼声四起"。农村往何处去？农民该怎么办？这看似是一道无法解答的时代命题。然而也就在这一时期，中国社会的各种政治力量和知识力量在广袤的农村相继展开了大量实地调查。

1921年，中国共产党成立。当时的社会现状是中国陷入内忧外患的黑暗境地，中国人民经历了战乱频仍、山河破碎的深重苦难，生活在水深火热之中。

民国十八年，陕西发生特大自然灾害。据民国十九年年底陕西省赈务委员会主席、民政厅厅长邓长耀的陕灾报告统计，当时，全省有200多万人被活活饿死，400多万人流离失所，逃亡他乡，800多万人以树皮、草根、观音土苟延生命，奄奄一息。国民政府监察院长于右任自南京回陕探望，带回20万元现金救济灾民，目睹故里惨状，挥毫赋诗："迟我遗黎有几何？天饕人虐两难过。河声岳色都非昔，老人关门涕泪多！"

正是在这种历史的关键时刻，以毛泽东、张闻天、彭湃、陈翰笙、薛暮桥为代表的一大批共产党人，为彻底解决中国农村问题，"察民情，知天下"，认真分析所处时代的社会性质、阶级划分、社会关系、土地问题、革命形势等一系列问题。从此追求民族独立，实现人民解放，摆脱贫困落后，成为一代代中国共产党人铭记于心的使命和扛在肩头的责任。他们不屈于命运，不甘于贫困，竭尽拼劲、韧劲和闯劲，以伟大的决战标注民族精神的新高度。

1927年，秋收起义的一支部队翻越莽莽罗霄山后，抵达井冈山的茨坪，开始了中国共产党领导下中国反贫困斗争的最初实践。从土地革命、新中国成立到改革开放，中国共产党不仅历史性铲除了导致中国积贫积弱的制度根源，更不断创新思想和方略，带领中华民族向着千年小康梦想奋勇进发。

新中国成立前，中国是世界上贫困人口最多的国家，人均国民年收入仅有27美元。在那个时期的影像中，中国百姓几乎都是衣衫褴褛、面黄肌瘦的模样。美国国务卿艾奇逊曾预言："面对庞大的人口，没有一个政府解决得了人民吃饭问题，中国共产党也无能为力，中国将永远是天下大乱。"当时5亿人口的中国有2亿多人处于饥饿状态，许多人对中国共产党能否解决几亿人温饱问题持怀疑态度。

可以说，直到新中国成立，中国人与贫困的斗争才有了胜利的希望。在中国共产党领导下，一代代国人筚路蓝缕，栉风沐雨，在不断的探索和奋斗中，让我们脚下的这片土地发生了翻天覆地的变化。

近百年来，党的几代领导核心对战胜贫穷落后都有诸多精辟论述。毛泽东提出："打土豪，分田地""推翻三座大山""吃饭是第一件大事""只有社会主义能够救中国"；邓小平指出"贫穷不是社会主义""社会主义要消灭贫穷"，社会主义的本质是"解放生产力，发展生产力，消灭剥削，消除两极分化，最终达到共同富裕"；习近平总书记更是强调"中国梦""消除贫困、改善民生、逐步实现共同富裕，是社会主义的本质要求，是我们党的重要使命"，指出"人民对美好生活的向往，就是我们的奋斗目标"，并形成以"人民至上、精准扶贫、求真务实"为精髓和核心的重要思想。

1954年秋天，时任东山县县长的谷文昌下乡途经白埕村附近一个破旧雨亭时，遇见一群衣衫褴褛、挎着篮子、拄着棍子去往外乡乞讨的村民。原来这些村子常年风大沙大，沙埋农田，颗粒无收，村民为了活命只能出去讨饭。这景象深深刺痛了谷文昌的心。东山解放都3年了，可眼前，这一方百姓还要离乡背井去讨饭，想到此，谷文昌不禁黯然落泪："不把人民拯救出苦难，共产党来干什么？"他好言劝乡亲们回乡，答应替乡亲们想办法解决他们的吃饭问题。

1962年冬，焦裕禄来到兰考，当时兰考遭遇严重的灾荒，全县的粮食产量下降到历史的最低水平。在除"三害"的斗争中，为了取得经验，焦裕禄亲自率领干部、群众进行了小面积翻淤压沙、翻淤压碱、封闭沙丘试验，然后以点带面，全面铺开，总结出了整治三害的具体策略，探索出了大规模栽种泡桐的办法。兰考县的干部群众在焦裕禄精神的鼓舞下，使兰考三害"内涝、风沙、盐碱"得到有效治理。焦裕禄带领群众为了防风固沙栽种的泡桐树，已成了河南的一个特色产业，截至2014年，兰考泡桐产业年产值已达60多亿元，全县泡桐从业人员达6万多人。2017年3月27日，兰考成功脱贫，成为河南省首个摘帽的贫困县，也是全国第一批摘帽脱贫的国家级贫困县。兰考的脱贫之路，正是对焦裕禄精神的生动践行，彰显了人民至上的执政理念是打赢脱贫攻坚战的强大精神动力。

20世纪60年代末，一位年仅16岁的年轻人从北京来到了陕北一个偏僻的小村庄当农民，一干就是7年。7年时间里，他与当地农民同吃同住，同甘共苦，深刻地体会到中国农民的艰辛和不易。"中国农村的贫困状况给我留下了刻骨铭心的记忆。我当时和村民们辛苦劳作，目的就是要让生活好一些，但这在当年几乎比登天还难。"正是在梁家河这个不起眼的小山村里，中国农村的贫困状况铭刻在了习近平的心里，他立志要让中国许多像梁家河那样的地方摆脱贫困。

1982年，习近平到河北省正定县工作。在正定，习近平率先试行"大包干"，引进产业人才，发展"半城郊型经济"。1988年，习近平任福建省宁德地委书记。他走遍了闽东贫困地区，思考如何提高农民收入，提出了"滴水穿石""弱鸟先飞"的扶贫开发理念。其间，习近平出版了一部名为《摆脱贫困》的书籍，该书围绕闽东地区如何早日脱贫这一主题，提出了许多富有建设性的理念、观点和方法。他在"跋"中发人深省地写道：全书的题目叫作"摆脱贫困"，其意义首先在于摆脱意识和思路的"贫困"，只有首先"摆脱"了我们头脑中的"贫困"，才能使我们所主管的区域"摆脱贫困"，才能使我们整个国家和民族"摆脱贫困"，走上繁荣富裕之路。

一代代中国共产党人为了民族复兴和人民幸福前赴后继，殚精竭虑，一心为公，无私奉献，带领着中国人民在这块热土上，书写着最新最美的华章。

从1949年到2019年，中国粮食总产量增长近5倍，年人均占有量翻了一番。中国人的平均预期寿命从35岁（1949年）增长为77.3岁（2019年）。到2019年，中国农民的年人均可支配收入比1949年实际增长40多倍，达到16021元。

历史从哪里开始，思想的进程也从哪里开始。

党的十八大以来，习近平总书记认真审视党在新时期的任务，着力解决贫困地区人民收入低的问题，把为最广大人民谋福祉作为当务之急。2012年，《摆脱贫困》出版20年后，习近平来到河北省阜平县看望慰问困难群众，考察扶贫工作。习近平提出，全面建成小康社会，最艰巨最繁重的任务在农村，特别是在贫困地区。没有农村的小康，特别是没有贫困地区的小康，就没有全面建成小康社会。2013年11月，习近平在湖南湘西花垣县十八洞村考察时强调："实事求是、因地制宜、分类指导、精准扶贫。"首次提出了"精准扶贫"的重要思想。这个重要思想的提出，是党的执政为民理念的具体化，标志着中国共产党带领着14亿中国人民，打响了一场人类历史上前所未有、彻底摆脱绝对贫困的攻坚战。

打赢脱贫攻坚战！一个拥有9000多万名党员的大党，吹响集结号，向着消除绝对贫困的目标发起总攻。

世界上从来没有哪个政党，能像中国共产党这样把脱贫攻坚作为优先政策目标，集中全党精锐力量投向脱贫攻坚主战场。党的十八大以来，全国累计选派25.5万个驻村工作队、300多万名第一书记和驻村干部，同近200万名乡镇干部和数百万村干部一道奋战在扶贫一线。一面面鲜红的党旗在脱贫一线高高飘扬，证明中国共产党具有无比坚强的领导力、组织力、执行力，是团结带领人民攻坚克难、开拓前进最可靠的领导力量，也成为"中国特色社会主义制度的最大优势是中国共产党领导"的生动诠释和注脚。

在脱贫攻坚中，党和政府始终坚持一切为了人民、一切依靠人民，坚持调动广大贫困群众积极性、主动性、创造性，激发人民群众自力更生、艰苦奋斗的内生动力，引导贫困群众树立"宁愿苦干、不愿苦熬"的观念，鼓足"只要有信心，黄土变成金"的干劲，把对美好生活的向往转化成脱贫攻坚的强大动能。

习近平总书记指出："我们最大的优势是我国社会主义制度能够集中力量办大事。这是我们成就事业的重要法宝。"党的十八大以来，坚持发挥我国社会主义制度能够集中力量办大事的政治优势，广泛动员全党全国各族人民以及社会各方面力量共同向贫困宣战，举国同心，合力攻坚，形成脱贫攻坚的共同意志、共同行动。"积力之所举，则无不胜也。"342个东部经济较发达县结对帮扶570个西部贫困县，

310家中央单位定点帮扶592个扶贫开发工作重点县，军队和武警部队定点帮扶3500个贫困村。中央企业开展"百县万村"扶贫行动，民营企业实施"万企帮万村"精准扶贫行动，推动形成专项扶贫、行业扶贫、社会扶贫等多方力量、多种举措有机结合互为支撑的"三位一体"大扶贫格局，凝聚起脱贫攻坚的强大合力。

2021年2月25日，北京人民大会堂，在全国脱贫攻坚总结表彰大会上，习近平总书记庄严宣告：我国脱贫攻坚战取得了全面胜利，完成了消除绝对贫困的艰巨任务，创造了又一个彪炳史册的人间奇迹！这是中国人民的伟大光荣，是中国共产党的伟大光荣，是中华民族的伟大光荣！

"天下将兴，其积必有源。"中国的减贫奇迹，引发了全世界的广泛关注。是什么力量推动中国创造了人类减贫史上亘古未有的伟大奇迹？习近平总书记给出了明确答案："我们在脱贫攻坚领域取得了前所未有的成就，彰显了中国共产党领导和我国社会主义制度的政治优势。"

反贫困是国家发展大计、民族复兴大计。如何看待贫困、解决贫困，是检验一个政权、一个政党性质的试金石。在中国共产党建党百年之际，经过了10多年的脱贫攻坚，中国宣告摆脱绝对贫困，百年大党如期兑现了对人民的庄严承诺，彰显了中国共产党人历百年风雨一心为民的初心使命。

中国脱贫攻坚的伟大实践和成就，证明了中国特色社会主义制度和国家治理体系的显著优势。全世界只有中国才能组织实施这一壮举，取得决定性胜利。眺望未来，只要毫不动摇坚持党的领导、充分发挥决策优势、制度优势、实践优势，就一定能办成更多像脱贫攻坚这样的辉煌事业，从胜利走向新的更大胜利！

纵览古今，环顾全球，没有哪一个国家能在这么短的时间内实施如此规模的扶贫战略，实现如此规模的脱贫成就。无论是脱贫人口数量之大、脱贫范围之广，还是脱贫实践的丰富创造、脱贫群众的丰厚获得，中国的脱贫伟业都创造了世所罕见的人间奇迹！

不啻微芒，造炬成阳

当命运递给我们一个酸的柠檬时，让我们设法把它制造成甜的柠檬汁。

——维克多·雨果

第一章 紫阳，共生着美丽与贫穷

重重叠叠的山峦，逶迤盘旋的道路，蜿蜒密布的河流，鳞次栉比的高楼。华灯初上，褪去了白昼的喧嚣，入夜后的紫阳灯火摇曳，秀水涟漪，熠熠生辉，山、水、城交相辉映。一眼望去，跨江大桥如一道彩虹跌落江中，璀璨绚丽，流光溢彩。"谁将万家炬，倒射一江明"，令人目酣神醉，流连忘返。

一、紫气东来

秦岭是中华民族的父亲山，以其伟岸挺拔的身躯，提携黄河长江，护佑着一代又一代华夏儿女，被尊为华夏文明的"龙脉"。秦岭同时也是中国地理南北分界线，素有"国家中央公园"之称，是"中国之肺""中央水塔"和重要的生态屏障。在中国生态系统中，大秦岭可以称得上是"芯片""生物基因库"。"三千里大秦岭，五千年中华史"，秦岭不仅是中华民族的地理标识，也是中华民族生生不息的精神家园。

在美丽的中国版图上，大巴山脉和秦岭平行耸立，东西横亘。集结秦岭、巴山浩荡江流逶迤东行的汉江，是东西横贯中国南部的万里长江流域面积最广、流经里程最长、水量最为丰沛的一级支流。汉江是秦岭与巴山共同孕育的儿子。春秋战国时期，人们已经为这条东西绵延 1500 多公里，流经陕西、湖北两省，流域涉及陕鄂豫三省的河流取了一个非常响亮的名字"汉"。也有人说汉水之名早在夏代就有了，所以成书于春秋时的我国第一部诗歌总集《诗经》说"维天有汉，监亦有光"。《国风·周南·汉广》更嗟然慨叹："汉之广矣，不可泳思。"《大雅·荡之什·江汉》也说："江汉浮浮，武夫滔滔。"可见，那时候的汉江江水浩荡，难以横渡，绝对是秦岭巴山之间一条江水连天、气势慑人的大江。

山离不开水的滋养，水同样离不开山的涵养。汉江是发源于秦岭的最长的河，也是长江最大的支流，是我国母亲河之一，串联起长江文明和黄河文明，在华夏文明的形成中具有重要的地位，常与长江、淮河、黄河并列，合称"江淮河汉"。

汉江的水质达国家Ⅱ类标准，被誉为中国最洁净的河流。山城紫阳就坐落在汉江边上。"溶溶漾漾白鸥飞，绿净春深好染衣。"千百年来，汉江水穿城而过，见证了紫阳的繁荣，也世代滋养着紫阳人。如今，汉江水清洌可鉴，让紫阳成为国家南水北调中线工程的核心水源涵养地之一。

紫阳地处汉江上游、大巴山北麓，县境西面与四川省万源市毗邻，东南与重庆市城口县接壤。紫阳县境内万山重叠，古有"岩邑"之称。紫阳地势西南高、东北低，构成"三山两谷一川"的基本轮廓。汉江由西至东横贯全境，任河由南向北纵流入汉江，两条河谷将全县分割为东南部大巴山区、西南部米仓山区、北部凤凰山区及东部的蒿坪河川道。

紫阳是汉江梯级水电开发项目中唯一一座县城被库区覆盖的县，全县35万人中有14万人居住在汉江两岸。20世纪末，为保证水利建设，紫阳县启动了大规模的移民工程。2010年7月18日，紫阳县遭遇了百年不遇的洪水，房屋大面积倒塌，人员财产损失严重。为了从根本上改善山区群众的生存环境，2011年，紫阳县政府启动了大规模的避灾移民。经过多年的努力，截至2018年，全县共建移民安置点138个，搬迁安置群众近7万人。为了建设和守护国家南水北调中线工程的核心水源涵养地，库区与汉江两岸的人们都搬迁进了移民安置点。

紫阳县因北有秦岭和凤凰山两重山岭阻隔西北寒流，南有任河谷地输送西南暖气，故夏无酷暑，冬无严寒。由于山地相对高差大，呈立体气候特征，属北亚热带湿润季风气候，紫阳绿水青山，四季温润，生态宜居，是天然休闲度假胜地，有"汉江画廊"之美誉。

二、钟灵毓秀

紫阳县地处汉江上游，巴山北麓，物华天宝，人杰地灵，地理上属于南北过渡地带，文化融合性强，形成了以紫阳贡茶为代表的茶文化，以中国道教南派发祥地仙人洞、擂鼓台、盘龙观为代表的道教文化，以紫阳民歌为代表的民间音乐文化，以剪纸、竹编、草编、根雕、土陶为代表的民间工艺文化，以富硒绿色产品为代表的富硒文化，以紫阳蒸盆子、三转弯宴席、民间小吃为代表的饮食文化，以瓦板岩建材及其雕刻工艺为代表的板石文化，以瓦房店会馆群为代表的会馆文化，等等，构成了独具特色、脉络清晰的紫阳文化旅游体系。

紫阳县被文化部命名为"中国民间艺术之乡"，其中，颇具特点的紫阳民歌广为人知，深受群众喜爱，是流传在紫阳县境内的一种具有浓郁陕南地方色彩的民间歌曲，是国家级非物质文化遗产之一。《诗经》中"周南"和"召南"部分 25 首歌谣的流传地就在包括紫阳在内的汉水上游。紫阳民歌语言生动形象，曲调婉约清新，既有粗犷豪迈的劳动号子，也有细腻流畅、节奏轻快的山歌和小调，千百年来，随着人们种种生活习俗的形成、发展而逐渐成熟，于明清达到鼎盛。

至今，已发现紫阳民歌曲目总数达 5028 首，编印成册的有 828 首，体裁包括号子、山歌和小调几大类，包含了社火歌曲、风俗歌曲、宗教歌曲、曲子等不同歌种。紫阳民歌积蕴深厚、传唱广泛，又有着较强的抒情性、叙事性和舞蹈性，故紫阳被文化部评为"民歌之乡"。

紫阳民歌流传久远，其词借喻巧妙，风趣幽默，有较高的文学价值，所用方言韵味独具，旋律优美婉转，具有独特的价值，已被列入国家非物质文化遗产名录。紫阳民歌的传承依托于各种民俗活动，反映出丰富的民俗文化，代表性曲目有《郎在对门唱山歌》《唱山歌》《洗衣裳》《南山竹子》等。

紫阳地处南北分界线上，明清两代，曾有湖广、闽粤移民迁徙于此，对当地生活习俗、饮馔文化产生影响，因而紫阳人喜食大米，饮食呈南北风味，习俗与川楚相近，但因稻田不多，人们常年以洋芋、苞谷、红苕为主食，豆类辅之。传统小吃以大米、糯米、苞谷、豆类为主要原料，如米浆馍、洋糖饺子、豌豆饼、油糍、糍粑、荞面巴、浆巴馍、苞谷花糖等，兼有麻花、油条、花卷、包子、椒盐饼子、酥炕炕等面粉制成品。其口味，川味中的酸、麻、辣俱全，又兼有闽粤的甜腻。因当地出产芝麻，紫阳人又喜食芝麻饼、芝麻糖。豆类食品最多，有豆腐、豆腐脑、豆油皮子、豆腐干、菜豆腐、豆腐乳（素称"红豆腐"或霉豆腐）、皮豇豆、豆瓣酱等。

在紫阳众多的美食中，最具有地方特色的则是除夕夜合家欢聚时方能见到的紫阳传统大菜——蒸盆子。紫阳蒸盆子最早发源于紫阳县汉王镇。传说始创于汉代刘邦时期，先是汉江艄公歇脚欢聚时的烩菜，后来发展为除夕团圆饭上的压轴大菜。紫阳蒸盆子制作颇为讲究，原料须有全鸡（土鸡）、猪蹄、莲菜、红白萝卜、黄花、木耳、香菇、鸡蛋饺子、水发墨鱼及其他干菜，调料有大茴、草果、桂皮、花椒、干辣椒、食盐等，用盆具盛之，用大锅隔火而蒸，原料和调料分步入盆，时间不能低于 4 小时。这道菜原汁原味，汤醇肉香，色香味俱佳，是紫阳传统大菜，目前已成为省级非物质文化遗产。

紫阳地处大巴山北麓，汉江上游，夏无酷暑、冬无严寒、降雨适中，气候宜茶，是我国有名的茶乡，境内产销茶叶历史悠久，驰名中外。紫阳在上古巴国时便产茶，西汉时期出现茶叶贸易，唐朝时山南茶被列为贡品，宋、明时期以茶易马，清朝时在一批文人墨客的追捧下，紫阳茶成为稀罕灵奇之物。史料记载，东汉末年，佛教传入紫阳时，紫阳茶和紫阳茶文化便开始萌芽并逐渐兴盛。僧侣坐禅讲经由于佛规而不能饮酒，饮茶是提神醒脑最好的办法。寺院来客不敬酒只敬茶。这种待客方式先被民间接受，进而传入官府。此后，为进贡而兴植的茶园就陆续产生，其规模不断扩大。唐代，山南茶叶作为金州（今安康）"土贡"，成为献给朝廷的山珍。紫阳是山南茶的主要产区，采摘、制茶的水平不断提高，形成了一种独特的陕南茶文化。陕南茶不仅成为宫廷官吏享用的天然饮料，也成为一种生活必需品陆续进入西北少数民族地区人民的日常饮食之中。明代《茶法》制定并实施，朝廷实行以茶易马，巩固边防，刺激和促进了茶叶生产的发展，出现了"其民昼夜沼茶不休，男废耕，女废织"的繁忙景象。后因茶税苛重，民不聊生，古金牛茶区（今宁强）出现了拔茶植桑的现象，外地茶客越过集散地——汉中、西乡，直达紫阳"买茶装蓖"。清代兴安知府叶世卓为紫阳茶写下了"自昔岭南春独早，清明已煮紫阳茶"，再次印证了紫阳茶的辉煌。

大自然赋予了紫阳山水以灵气，紫阳人延续了紫阳茶的兴盛和发展，也传承了紫阳茶文化。

现代科学研究表明，硒是人体必需的微量元素，缺硒会使健康遭到严重损害。紫阳是仅见的富硒产品密集区，这样的地方全国只有两处。紫阳境内广泛分布着我国少见的硒岩层，含硒量高达 5.66 ～ 32.06ppm。饮用天然富硒茶是一种简便易行、经济实惠又无任何副作用的补硒方法。紫阳茶品种多样，天然紫阳富硒茶的珍品为紫阳毛尖系列，分翠峰、银针、翠芽等，其品质特征是：芽叶嫩壮匀整，白毫显露，色泽翠绿，汤香茶靓，清香四溢。若泡入杯中，茶的芽头在徐徐展开时呈现奇迹，叶片齐齐向上，立于杯中，如同长在枝丫上一般，正应了苏东坡的诗句"从来佳茗似佳人"，嫩绿明亮，色、香、叶俱全，饮之令人神清气爽，心旷神怡。

紫阳山清水秀，自然与文化相互交融、渗透，逐渐形成独具特色的文化旅游景点。境内的擂鼓台被誉为"小武当"，是陕南著名道教圣地和旅游风景区，1995年被列为省级森林公园。北五省会馆（指山西、陕西、河北、河南、山东五省的会馆），坐落在紫阳县城西南 10 公里的瓦房店，最早建于清乾隆末年。会馆中的壁画绘于清道光至同治年间，是陕西省目前面积最大、保存最好的壁画。明清时期，瓦房店以其独有的地理和交通优势，成为陕南重要的货物集散地之一，商贸活动繁荣，是茶马古道的重要驿站，有西北"小汉口"之誉。全国南北客商为了保持乡土联系，增强商业竞争力，纷纷在瓦房店修建会馆。据史料记载，明末清初，紫阳境内共有商号 76 家，涉及陕西、山东、山西、河北、河南、湖北、湖南、四川、江西、福建 10 个省，会馆分布于县城和乡镇，其中瓦房店就有 17 家。瓦房店会馆群现为第七批全国重点文物保护单位。

三、励精图治

初到紫阳的人，往往会把紫阳和重庆相提并论。很多人把重庆叫作"山城"，地形高低起伏、街道楼房落差大成为重庆的特点，而紫阳县同样是一个依山而建的县城。贾平凹形容紫阳："上完三百六十阶，才见斗大一块城。"当地人是地道的老陕，却说着重庆话和四川话，因此人们将紫阳称为"小重庆"。得天独厚的自然条件和丰富的人居资源，让紫阳被评为中国最宜居最具养生价值的地方。

然而，就是这样一个美丽的地方，却是国家扶贫开发重点县和深度贫困县，也是陕西自然条件最恶劣、贫困程度最深、脱贫任务最重的县。紫阳县地处秦岭南麓，大巴山北部，境内山势险峻，沟壑纵横，当地人常用"紫阳一根桩，关中一栋房"形容这里建设和发展的艰难。"地无三尺平，十年九受灾"，县区 35 万人，贫困发生率达 37.91%，建档立卡贫困户 40329 户 133057 人，贫困村 133 个。

紫阳，共生着美丽与贫穷。建国后，尽管国家对紫阳实行各种优厚政策，但因为地理条件恶劣，瘟疫、饥馑、自然灾害频频出现，紫阳始终未能摆脱贫困的魔咒，成为全国最不发达的地区之一。

贫穷，人类社会的顽疾，当今世界最尖锐的社会问题之一。

亚当·斯密说："没有一个大多数人处在贫穷与痛苦之中的社会能够兴旺与快乐。"贫穷是所有国家主要的社会问题，其严重性，视该国经济发展程度而定。即使是富强的国家也有很多贫困人口，包括无家可归的游民，他们是社会中最弱势的群体。贫穷人口中最弱势的可能是无家可归者，在美国，街头流浪的贫困人口一度在230万至350万之间。欧洲发达国家如德国、法国、奥地利等，街头经常可见乞讨的民众。2014年10月，世界银行曾发布预测，2015年全世界贫困人口占全球总人口的比例有望降低到10%以下。该预测指出，经过长达四分之一世纪坚持不懈的减贫努力，世界更加接近2030年终结贫困的历史性目标。(《经济日报》2015年10月15日第11版。)经过多年的努力，我国成功走出了一条中国特色扶贫开发的道路，7亿多农村贫困人口摆脱贫困。中国成为世界上减贫人口最多的国家，也是世界上率先完成联合国千年发展目标——贫困人口减半——的国家，提前10年终结了贫困的历史。

2014年以来，全国向各地贫困地区派驻了近80万名帮扶干部，与困难群众同甘苦、共奋进，攒着劲瞄准脱贫目标。紫阳县内省、市、县选派驻村工作队队员489人，其中省、市选派第一书记29名，县级选派第一书记104人。2018年以来，全县31名县级领导担任17个镇脱贫攻坚工作团正、副团长，176名科级以上干部担任176个村(社区)驻村工作队总队长，160个中、省、市、县单位(1个中央单位、22个省级单位、29个市级部门、108个县级部门及下属事业单位)帮扶133个贫困村，6126名帮扶责任人结对帮扶40329户贫困户，实现了县、镇、村三级干部驻村帮扶全覆盖，累计投入扶贫资金100亿元，力度空前。

在紫阳县脱贫攻坚的战线上发生了许多可歌可泣的故事，先后有4名扶贫干部牺牲在工作岗位，100余名扶贫干部受伤。紫阳地处大巴山区腹地，山大沟深，耕地稀少，人口众多，干部相对较少，扶贫工作任务十分艰巨。面对艰难困阻，紫阳人民没有退缩，克服各种困难，完成了一系列看似不可能完成的任务，创造了脱贫攻坚战的"紫阳模式"和"紫阳奇迹"！

第二章　八百壮士凿天路

金竹山高与天齐，路险好比爬天梯。有女莫嫁陡山坡，老死的少摔死的多！几辈辈人受穷苦，眼望着路通的幸福。

——竹山村民谣

一、穷则思变

60 年前，河南林县（今林州市）人民为了解决用水困难的问题，在极其艰难的条件下，用近 10 年时间修了一条"人工天河"红旗渠，被称为"世界第八大奇迹"，成为自力更生、艰苦创业的典范。红旗渠不仅给后人留下了可以浇灌几十万亩田园的水利工程，更重要的是留下了宝贵的红旗渠精神。

2006 年 11 月，陕西省紫阳县毛坝镇竹山村 800 多位青壮年农民每天早出晚归，手持铁锤和钢钎向大山宣战，奋战两年时间，硬生生在悬崖峭壁上凿出了一条长达 21 公里、盘旋 1800 米高山的"天路"，谱写了一曲感天动地的奋斗之歌。他们因此被誉为"当代愚公"。

紫阳县有 30% 的农民居住在海拔 1000 米以上的深山里，自然条件十分恶劣，生存环境差，生存质量低，"行路难，难于上青天"。没有路，所有东西全靠挑，彻底摆脱贫穷落后难如登天！

任河是汉江最大的一条支流，从重庆城口县穿越大巴山后便进入陕西紫阳，于县城南端汇入汉江。进入陕西遇到的第一个峡，叫木兰峡，水势最大，最为壮观和险峻。峡谷两岸一边叫陡天坡，一边叫荆竹山。毛坝镇竹山村就在峡谷的悬崖之上，是陕西省安康市最偏远、最贫穷、最落后的村庄。该村总面积 19 平方公里，最高海拔 1800 米，全村 416 户 1445 人，就住在这高山顶上。当地民谣："金竹山高与天齐，路险好比爬天梯。有女莫嫁陡山坡，老死的少摔死的多！几辈辈人受穷苦，眼望着路通的幸福。"

进入竹山村，山坡陡峭，站在高高的悬崖峭壁上，眼前是万丈深渊，感觉一阵阵眩晕。任河从峡谷底部穿过，从竹山村往下看，像一条细细的线，两边大山刀劈斧削，令人望而生畏。山民背着沉重的背篓艰难地沿着陡峭的山坡往上走，感觉像爬楼梯一样。村民下山的道路更是十分险要，照壁崖、兔儿岭、鹰嘴崖是村民们上下山的必经之地。尤其是大红崖，村民们在光秃秃的悬崖峭壁上用炸药开凿出了一条1米多高、三四十厘米宽、100多米长的通道。大红崖两头最为险要，一头是山洞，一头是用4根木头搭成的天桥。过路人紧贴着石壁，一手扶着崖，小心翼翼地挪动着脚步，稍有不慎就会摔下深渊。然而就是这样艰难的山路，却是竹山村村民祖祖辈辈的生活之路！下山买一袋肥料，早晨5点天不亮出发，晚上8点黑透了才能回家。山路蜿蜒曲折，往返50多公里。全村80%的人生活在温饱线以下，家家户户住着低矮的茅草屋，破烂不堪，阴暗潮湿。许多村民一家人住在不足10平方米的茅草屋里，家里除了干活的农具、煮药的药罐、挑水的木桶、简易的木板床、黑乎乎的铺盖，几乎再无他物。吃水要去几里外的地方挑，山路崎岖，挑一担水回来，往往洒得只剩半桶。陡峭的山坡上，只有一点贫瘠的土地供勉强维持生活。村民们一年四季除了玉米和土豆，见不到别的食物。竹山村由于地处高山，自然条件十分恶劣，野生动物的破坏也成了收成减少的主要原因。山上野猪成群，土豆被野猪拱出来吃了，玉米常被野猪糟蹋。后来野猪的胆子越来越大，除了糟蹋庄稼，咬伤小孩，还时常与家猪抢食、交配产子。村民们夜里通宵守在地里，也难以阻挡野猪的破坏。由于不通电，家家点煤油灯，夜里干活举着火把。村民食不果腹，衣不蔽体，过着刀耕火种的"原始人"生活。村民都住在坡度40度以上的山上。由于交通闭塞，这些村民几乎过着与世隔绝的生活。去毛坝镇有两条路：一条是翻山路，非常陡峭，熟悉山路的村民下山要走六七个小时，走30多公里山路，办完事一天难以打个来回；另一条路就是那条挂在悬崖峭壁上的一尺多宽的山路，十分危险。许多人十几年才下山一次，有些人甚至一辈子都没走出过大山。村民们说，就是这座挡在面前的大山，让他们祖祖辈辈受穷。竹山村年人均纯收入只有300元，是安康市最穷的村。79岁的陈启林老人一直渴望着能够用上电灯。她家养着两头猪，寻思着按当时的猪肉价格，完全能够付起那每月两块钱的电费。然而，怎样把猪抬下山，却让她伤透了脑筋。她说："买一头猪要花 200 多块，请人抬到山下去卖也要花 200 多块，一头猪剩不下啥子了！所以就照（用）不上电，夜里只能摸黑。"竹山村家家户户养着猪，却变不成钱。竹山村有 3000 多亩茶园，800 多亩桑园，还有丰富的板石和矿产资源，但这些物资靠肩挑背扛根本运不出去，外面的物资也难以运进来。面对群山围困，村民们有劲也使不上，只能眼睁睁地贫困下去。竹山村唯一的企业，就是村支书侯在德把机器拆成坨坨背上山建起的茶厂。山高茶树抽芽晚，路远送货慢，赶不上好时候茶叶自然卖不到俏价钱，与别的地方的茶相比他的茶每斤至少要少赚 20 元。茶厂每年的盈余除了付工人工资，只够偿还银行贷款利息。为了使茶园不至荒芜，为了村民不断油盐钱，侯在德一直都在咬紧牙关办这个茶厂。"不管种啥养啥，卖出去还不够劳力钱。搞建设买点水泥钢筋，豆腐都要盘成肉价钱，能翻好多倍！"侯在德说。

竹山村总面积 11 平方公里，贫困户 217 户 688 人，人均年纯收入 300 多元。交通不便给竹山村带来很多问题。修路前，该村共有光棍 38 人，最老的年龄已达 71 岁。

"大山哟，你高高过了云天；日子哟，你苦苦如黄连！"一首流传在当地的民谣，真实写照了村民们的万般无奈和困苦情状。

"就是这路，让咱们打了一辈子黑摸！"竹山村人一提起路便气不打一处来。前些年他们把拉电线的钱都筹集好了，结果却因抬不进来架高压电的水泥电杆，只好作罢。没有电，许多机械无法运转，农产品无法加工，手工加工成本高，卖不上价。

穷则思变。

2003 年，血气方刚的侯在德以高票当选竹山村党支部书记。他要做的第一件事就是解决农户的照明问题。他身先士卒，第一个带头出资，组织劳力没日没夜地干。在不通公路的情况下，八九百斤重的高压线杆和设备全靠肩扛人抬，鞋磨破了几双，手磨出了厚厚的茧，人晒得又黑又瘦。两个月下来，高压线终于通了，家家户户都装上了电灯，彻底结束了点煤油灯的历史。同时，在他的带领下，全村铺设饮水管道 13 公里，解决了 180 户 800 余人吃水难的问题。

为了带动村民脱贫致富，在当地政府的鼓励下，侯在德动员村民养蚕种茶。

镇、村干部通过集资入股的方式，购买了一套小型茶叶加工设备，16个人用了两天时间才抬回来。"天不怕，地不怕，就怕竹山到毛坝（乡政府）。""看见屋，走到哭。"陡峭的山路看上去没多远，爬上去却要大半天时间，行者挥汗如雨，双腿发抖。村民们说，就是这座挡在面前的大山，让他们祖祖辈辈受穷。

提起行路难，竹山村二组农民汪益友有倒不完的苦水，他说："狗日的路，把老子亏狠了！"那一年，有位四川客商来毛坝镇收购生猪，他组织起32个人送8条肥猪下山，一梁抬上一梁抬下，在路上就整死了两条。小财没发成，反倒亏了大本，汪益友伤心地扑在地上，抱住死猪痛哭流涕。

二、一锤一锤地砸，一寸一寸地凿

要想富，先修路。

为改变竹山村的贫困落后面貌，村"两委"多次开会讨论。竹山村修过几次路，但先后都失败了，并且搭上了几个村民的性命。1993年，村委会两次发起修路动议都没有成功；1998年，因石头太硬，竹山村用完镇政府给的800公斤炸药，只炸出一条一尺余宽的"栈道"，将村民的出山之路缩短了几公里。"为修路，我们讨论过不下10次。"侯在德说。2006年，全村上下达成共识，决定直面困难和艰险，向贫困闭塞宣战，誓要修天路，断穷根。

修通竹山村这条公路，是竹山村全村人民的迫切愿望。2006年，正好赶上国家扶贫开发的一个项目实施，时任毛坝镇领导抓住这个机遇，计划修通村级公路，改变竹山村落后贫困的面貌。除了国家扶贫开发的支持，新农村建设中群众打底子、政府铺面子的通村公路政策让竹山人看到了修通致富路的希望。竹山人决定不等不靠，自力更生，打通一条进村路。

修路的事终于定了下来，竹山这个沉寂的小山村一下子变得热闹起来了。每天天不亮，村民们就自发地扛着修路工具、打着火把出门了！深更半夜还打着火把修路。从家里到修路工地，村民们要走近4个小时的山路，山壁上蜿蜒10多公里的山路上，到处都是村民们修路的身影。在绵延21公里的修路战线上，只有5台空压机，一辆架子车，其余便是拿锤、拿钎、拿镐、拿锄的农民。"铁锤砸呀，钢钎撬呀，杠子抬呀，绳子拖呀，锄头挖呀！"每一个人都怀揣着梦想，每一个人都全力以赴，挥汗如雨，每一个人都兴高采烈，传递着兴奋。

精壮的年轻汉子承担了打眼放炮的重活，山顶上垂下一根根绳索，将他们挂在峭壁上打炮眼。他们打出的最大的炮眼一次可以钻两个人进去，一次可以装1000多斤炸药。而一次可装300斤左右炸药的炮眼则沿路都有，多达23个。有手艺的人被组织起来，负责砌外挡，10万多方大大小小的石头，经过他们的双手打磨和精心组合，整整齐齐地砌在公路边，长城一样翻山越岭，蜿蜒盘旋。

"锅碗瓢盆路边架，干粮袋子树上挂！"几乎所有的人中午饭都在工地上吃。有的用柴棍挑着洋芋拌着干辣椒吃；有的咬着干硬的饼子，用泉水冲咽；有的将方便面撕开一道口子掺水泡成糊糊，然后提着昂头喝下。每天两头黑，每10天穿烂一双解放鞋，村民的手上、脚上都是老茧。一根稻草抛不过墙，一根木头架不起梁。除了常年坚守在工地上的800名壮劳力，全村的老人和孩子也加入了这个修路大军，从村里用背篓运送物资。由于公路全部在悬崖峭壁上开凿，推土机、挖掘机、铲车等大型机械根本没用，只能靠人用铁锤一锤锤打，用钢钎一点点凿。

巴山豆梁是施工难度最大的一段，公路要从山崖中间穿过，而且该路段长达800米。三个施工队，吃住都在工地上，用了近一年时间，终于完成了这个艰巨的任务。62岁的唐开明在接受陕西电视台采访时说："人狠干，狠命干。你说不狠命干，干不出来，一天最多打三四米呀，累得血喷心啊！胸膛都一天累得很疼，咬着牙也得坚持下去！"蜿蜒的山路上，搭建着一顶顶简易帐篷，因为离家太远，他们只能在工地上搭个棚子凑合吃住。小小的帐篷里，晚上挤着七八个人，天上下雨，棚里也下，被子都湿了，无法睡，只好坐起来靠着。有时暴雨如注，外面水流成河，里面也全是水。冬天外面下大雪，棚子里飘着小雪，寒风刺骨，和露天没什么两样。但由于劳累了一天，大家挤在一起就睡着了。吃饭也是凑合，没有菜了，回去太远，只好爬上山挖些野菜。没有油，就吃红锅菜，用水煮一煮就行了。

春去秋来，寒来暑往，在紫阳县这条施工量最大、施工条件最差的通村公路上，坚强的竹山修路人始终咬紧牙关，一寸一寸地开山凿路。村民王明富回忆当年情景时仍感慨万千："数九寒天刮大风，钢钎一震，铁锤一打，手上冻疮裂了口，鲜血都流出来了。凿炮眼的时候腰里绑着绳索，在悬崖峭壁上晃来晃去，十分危险。白天干一天，晚上都不愿动弹。干了那么长时间，人都熬不住了，但不管再苦再累，哪怕磨掉几层皮，都要咬着牙关支撑着把路修通啊！"

村支书侯在德和村主任陈明宽整天奔波在各工地之间，带领村民修路。为此他们只能把分给自己家的修路任务全部撇给家人。一次修路时，陈明宽的左腿不慎受伤，而恰在此时，他又犯了阑尾炎，疼得直不起腰。但疾病和伤痛没有让陈明宽停下修路的脚步，他硬是拖着受伤的左腿来到工地，与村民们一起搬运石头，直到晕倒在工地上。村民们流着泪把他们的村主任抬到了山下的医院。"必须要在工地上工作，在家里待不住，特别是群众在工地上干活，安全问题、质量问题和进度问题，都必须要有保证，我不能离开啊。"陈明宽说。

施工最艰险的大红崖、一台崖、梯子崖、照壁崖，总长两公里，石崖陡而坚硬，全部都是90度的悬崖峭壁，村民们根本无法落脚，一不小心就会坠入山崖。然而这并没有阻止他们的脚步，他们身系草绳，手持铁锤和钢钎，在悬崖上凿出一条缝、一个台阶、一条小路。再硬的岩石硬不过村民的修路决心。村民们不畏艰险，开凿前进，谱写壮歌。

"修这条通村公路，再大的苦都能吃，再难受的罪都能受，就是筹钱太难了。上面给的资金根本不够，缺口四五十万，只能靠我们自己凑。在竹山这个年人均收入只有300块钱的特困村，要筹齐每人350元的修路款，简直比登天还难啊。最狠（不忍心）的就是我们村上下去收钱，登几次门收不到钱。老百姓太穷了，有的连一个月两元钱的电费都付不起。收不起这个钱，我们有些费用都没法支付。有几次我们村干部都想打退堂鼓了。"侯在德回忆起当年的情景，表情仍十分凝重。

乡亲们期盼的眼神，侯在德他们实在无法忘记，村民们的窘迫拮据，更加坚定了他们修路的决心。为了集资，村民们卖猪卖羊卖牛，想尽办法凑钱。村里66岁的王芳菊老人考虑再三，把给自己准备的棺材卖了700元钱，亲自送到村干部手中。王芳菊老人的举动深深地打动了竹山村的村民，许多家庭贫困的村民想方设法凑够了修路的资金。一些因修路占用自己土地的村民也主动提出，不要一分钱的补偿款。村民陈星珍说："修路占了我一亩水田、两亩旱地，这些地一年能收一两千斤粮食，能卖一两千块钱，心里还是有点心疼。但是为了给后人造福，还是不心疼。"说完她笑了，笑得很灿烂。竹山村的村民们用愚公移山的精神挑战着大山，而政府更是全力以赴支持他们修路。就在修路最艰难的时候，紫阳县政府拿出近百万元，及时支援炸药 87 吨，用于开山炸石。竹山人修路的信心更足了。竹山村的村民像愚公移山一样，在悬崖峭壁之上硬生生地凿出了一条天路。

村支部一班人"白天干，晚上转"，全村男女老少扛铁锤、拿钢钎、打火把、睡工地、吃冷饭，"鸡叫出门，摸黑回家"。两年时间村民共集资 40 多万元，投劳23700 个，开挖土石 36 万方。经过两年多的奋战，2008 年 7 月，随着最后一道难关——下陡坡在隆隆炮声中被成功攻克，一条长 21 公里的在悬崖峭壁上凿出的"天路"全线贯通。竹山人彻底告别了祖祖辈辈肩挑背扛的历史，铸就了"不甘贫苦、克难攻坚、群策群力、苦拼实干"的竹山精神。

三、天堑变通途

公路修通后，镇、村干部又积极向电力、水利等部门争取项目资金，先后完成了饮水工程、高压电工程、移动基站信号塔建设、水泥路硬化、安保工程等，彻底改变了竹山人民长期以来没水没电，交通基本靠走、通讯基本靠吼的生活状况。

2007 年，陕西电视台《今日点击》栏目做了一期题为《竹山村的"新愚公"》的专题报道，再现了竹山人战天斗地、不畏艰难的奋斗精神，在全省引起强烈反响。时任中共紫阳县委书记罗雪剑说："紫阳的发展要靠交通带动，近几年紫阳公路建设重点是连接国道、沟通省道、建好县道、修好乡道、畅通村道。竹山公路是紫阳村道建设中工程量最大、施工条件最差的一条路，竹山村的乡亲们'愚公移山'的修路精神是紫阳县公路建设的一个缩影。"

2008 年 1 月，陕西省人大代表、安康市交通局局长徐铁军在省人民代表大会安康市代表团审议政府工作报告时，谈到竹山村修建"天路"的艰难困苦，几度落泪。他说"竹山精神"不仅是竹山村民的精神财富，也是全社会的宝贵精神财富。

2008 年，竹山村党支部先后被中共安康市委、紫阳县委评为"五好村党支部"、"百千万"党建示范活动先进村党支部；竹山村党支部书记侯在德先后荣获"陕西省 2007 感动交通十大人物""紫阳县劳动模范""'郭孝义式'的农村支部书记"、陕西"感动交通十大人物""紫阳县优秀共产党员""安康市劳动模范""第二十届陕西省十大杰出青年""陕西省劳动模范""安康市优秀基层党组织书记"等荣誉。在侯在德的带领下，竹山村村民种植茶叶、魔芋、烤烟等经济作物，人均年收入达到9000～10000元，竹山村率先实现脱贫。山还是那座山，河也还是那条河，路却不再是那条弯弯曲曲的羊肠小道，变成汽车可以随意通行的金光大道了。

如今，已经年近70岁的汪一友在公路边新修了4间砖混结构的新房，儿子在外当包工头，每年至少挣十几万元；侯在江和儿子两人在外务工，不仅在公路边建起了两层小洋楼，还在集镇二期安置点购买了一套新房，方便孙子上学；竹山村8组的唐相志在家种植烤烟，年收入近8万元；汪明德养羊100余只，养鸡100余只，去年收入10万元，还登上了全县"自强标兵"的领奖台；7组的王永田在家种烤烟，还买了个三轮车做点小生意，现在每年能挣十几万元。2组的侯富业说："原来的干茶才卖2元多一斤，现在鲜叶最低都能卖到30元一斤了！"

"现在，我们村家家户户有自来水、手机、电视、冰箱，基本上都是砖混结构的平房，再也不是那个吃了上顿没下顿的穷竹山了！"说起现在的竹山村，侯在德无比自豪。

交通条件好了，许多年轻人走出了大山，在外面赚钱后回乡投资，盖起了小洋楼，和城里人一样阔气，应有尽有。许多村民都买了小汽车，去毛坝镇只需要半个小时。昔日的天堑变通途，村里的孩子都集中在毛坝上学了。

卷 二

砺戈秣马　踔厉奋发

全面建成小康社会最艰巨最繁重的任务在贫困地区，特别是在深度贫困地区。无论这块硬骨头有多硬都必须啃下，无论这场攻坚战有多难打都必须打赢。

——习近平 2018 年 2 月在四川凉山州考察时讲话

第三章　云上青中

我们生活在一个伟大的时代，百年未有之大变局深深地影响着我们每个人的发展。感谢祖国，感谢党，让我们每个人都有平等的发展机会。国家为我们搭建了一个宽阔的舞台，让我们抛开一切杂念，尽情地在这个舞台上施展自己的才华吧！

——青中村返乡大学生曹义军

一、美丽的贫困山村

陕南的县城，去过最多的，应该就是紫阳了。为此，我先后写过几篇关于她的文章，描绘她的美。然而无论怎样努力，感觉还是难以呈现她的本色。是的，作为一座山水之城，她不需要涂脂抹粉，绝世气质占尽风情，清水芙蓉，天然雕琢，任何华丽辞藻在她面前都是多余的。

于是就静静地欣赏。

紫阳县城不大，却极其繁华。因为地形限制，她把最美的部分都浓缩在一起了。也许是街道较窄的缘故，徜徉在大街上，仰望两边高楼，中间一线天，恍若来到一座大城市。面北，汉江如玉带环绕，厚厚的绿泛着粼粼的波，小城倒影微漾，优雅独立，美得让人挪不开眼。面南，则是一幅清丽的山水画，有山，有雾，有林，有塔。群山相衬，一江环绕，炊烟袅袅，恍若仙境。

山上是青中村，云雾缭绕之中，一个曾经深度贫困的村子。

车子载着我们沿着盘旋的陡峭山路走了半个多小时，到达山顶。站在文笔峰俯瞰整个紫阳县城，感觉她像披着一层薄薄的纱，那么近，又那么远。

"2015 年 3 月 12 日，我被紫阳县委办公室派驻到青中村。这里蓝天如洗，群山环翠，景色特别好，但是山大沟深，交通不便，缺少产业，种种条件的限制就像一层层'茧'将村子包裹着。必须想办法让青中村破'茧'成蝶，让村民过上好的生活。"青中村第一书记曾顺宝说。

曾顺宝是一个小伙子，快人快语，很干练。他在这座山上已经待了6个年头。谈起青中村，如数家珍。

"青中村是城关镇的一个深度贫困村。刚来这里的时候，路边的荒草有一人高，车子无法通行。山上的村民去山下卖白菜、土豆，早上天不亮下山，晚上摸黑回家。进村的道路既窄又陡，坑洼不平，骑着摩托车有时都得在路旁的杂草中穿行。下山往返一趟要大半天。村子居民住得十分分散，相距最远的10多里，'望到屋，走到哭'（指紫阳山大沟深，看着很近，走起来很远）。道路不通，生产生活条件十分艰苦。当时有一句顺口溜：'电灯南瓜花（指电力保障不到位，灯光昏暗），手机窗边挂（通讯信号不好），出门稀泥巴（道路泥泞不堪，交通落后），进门没有娃（指光棍多）。'"曾顺宝说。

由于山大沟深，交通不便，村里产业发展不起来，村民们只能种植一些玉米、土豆来维持生活。2015年，青中村共有289户890人，其中建档立卡贫困户161户432人。村里少平地，坡度25度以上的坡地占比达83%，很多村民不得不在山腰以上的位置盖土坯房居住，因此用水又成了生活中最大的难题。直到2010年，全村才有5套砖混房。

"去村民代福坤家里时，发现他们一家8口人，住在不到80平方米的土坯房里。屋里黑乎乎的，阴暗潮湿，楼板是用竹子编制的，小孩睡楼上，成人睡楼下。孩子大了很不方便。房屋的承重墙上到处都是裂纹，随时有垮塌的危险。那时村子里像他这种情况的群众比比皆是。"曾顺宝说。

谈到致贫原因，曾顺宝说："一是交通不便，农副产品卖不出去；二是残疾人多，缺劳动力，全村持残疾证的就有76人；三是缺乏技术，养殖家畜、家禽成活率低，茶园管理不善，卖不上钱；四是婚丧嫁娶攀比之风盛行，许多人贷款行礼，村民不堪重负；五是赌博成风，一些村民一年辛苦赚的钱都输在麻将桌上了，造成各种矛盾激化，屡禁不止。"

"为什么有那么多的残疾人呢？水土不好吗？"我问。

"不是，水好着呢。残疾主要有几种原因：一是小时候发高烧或患其他疾病，由于交通不便、家里没钱等耽搁了治疗，造成小儿麻痹、聋哑等残疾。二是近亲结婚。由于山上条件艰苦，家庭贫困，光棍较多，所以许多人选择姑、舅、姨等近亲之间婚配，造成下一代患智障等各种残疾。三是外出打工致残。由于贫穷，许多年轻人选择去矿上打工，结果因矿难频发，轻则缺胳膊少腿，重则瘫痪在床，甚至失去性命。"曾顺宝说。后来我在紫阳其他乡镇进行采访，发现这种情况普遍存在。每个村子几乎都有多少不等的残疾人，而致残的原因也不外乎以上几种。

27岁的邓某是青中村三组贫困户，自幼患有疝气，前后实施过3次手术，均因干农活用力过猛挣开伤口而失败，从而导致小肠下漏至睾丸，痛苦不堪。前几年，邓某的父亲、祖母和叔叔相继病逝，只有体弱多病的母亲与他相依为命，生活十分清苦，加上疾病的困扰，让这个家庭深陷贫困沼泽。

面对这个困弱无助的贫困家庭，曾顺宝和同事们想过很多办法，争取了一些资源支持，也协助申请了低保，为邓某办理了残疾证，申报了残疾补贴，为他母亲办理了慢性病证，争取慢性病救助，但都不能从根本上解决问题，带他们走出泥潭。

2016年，曾顺宝调整了他家的帮扶干部，由一般干部调成镇党委书记，以加强帮扶力度。同时，帮助他多方寻医问药。功夫不负有心人，曾顺宝终于联系到一位在安康市中医院工作的紫阳籍外科大夫，将邓某的情况告诉了他，大夫说可以治疗，只是因为邓某的情况复杂，治疗费用估计会超过2万元。2万元，对于一贫如洗的邓某家来说是一笔巨款。曾顺宝将这个情况向包联邓某家的李作奎书记做了汇报。李书记说钱的问题他来想办法，曾顺宝负责衔接好医疗救治方面事宜即可。经多方协调，邓某的手术很顺利，医疗费用通过县上"四重保障"救助也得到了解决。手术后的邓某得到很好的休养，恢复得特别好。在村党支部、城关镇领导及第一书记的支持下，这个原本陷入绝境的家庭开始发生逆转。通过发展茶园和养殖，2018年，邓某家庭纯收入达到19684元，人均纯收入超过9000元，住房亦得到了保障，顺利达到脱贫摘帽的目标，摆脱贫困。

老邓是五保户，居住在青中村最高的位置。老邓64岁时，与邻镇曹姓老人结为夫妻，因膝下均无儿女，故被列为五保户，享受着国家兜底保障政策，加上自家种的粮食、养的家禽，日子过得还算惬意。比照"两不愁三保障"标准，其住房和医疗保障不到位，交通条件不便，所以他们家是村党支部和驻村工作队重点关注的对象。老邓是第一书记的包联户，曾顺宝和这家人结了亲戚。

对老邓一家的帮扶，曾顺宝认为最重要的一条就是动员他们入住敬老院，由政府实行集中供养，这样他们夫妻俩的生活就能得到全面保障。然而老邓夫妇很固执，坚决不去。除了劝他们住敬老院，其他啥都好说。经过数次谈心交流，曾顺宝得知他们之所以排斥入住敬老院，主要还是不知情的群众蛊惑，让他们产生了重重顾虑。曾顺宝摸清"脉搏"后，径直到县城楠木敬老院拍了一个五保户起居、就餐及娱乐的视频，回村后召集留守在村的五保户观看，又安排专车送他们到敬老院体验生活，帮助有意向集中供养的五保户处理财产问题，让他们打消顾虑。这些务实的举措，使原本坚决反对住进敬老院的老邓夫妇高兴地接受了政府的集中供养，在镇敬老院安享晚年。受他们的影响，村里其他留守的五保户也纷纷住进了敬老院，青中村五保兜底群众的生活条件得到了全面保障。

2017年夏天，青中村30多个项目如火如荼地同步启动。时间紧、任务重、项目交织，项目之间矛盾突出，各方都需要协调，驻村工作队全部上阵都不够，队员们"5+2""白+黑"，栉风沐雨，披星戴月，曾顺宝更是忙得不可开交。在这节骨眼上，他突然接到一个陌生电话，开始以为是哪个工地或者群众打来的，接通以后，对方说是老家镇上医院的医生。对方说，曾顺宝年迈多病的母亲独自一人到镇医院住院，没人陪护，打点滴期间上洗手间时，不慎让针管挣脱了吊瓶，血倒流她却全然不知，直到有人上洗手间时，发现从隔壁蹲位漫过来的血才叫了医生和护士。由于失血过多，曾顺宝母亲当时已经昏迷，所幸抢救及时，才避免发生不幸。医生责问曾顺宝为什么不陪陪母亲，或安排人去陪护。曾顺宝满腹委屈无处诉说，立即请假回到镇上。医生哪知道内情？曾顺宝的儿子当时正在上幼儿园，妻子要接送孩子，母亲怕影响他的工作才独自去镇上医院住院。

曾顺宝赶到镇医院，母亲见他来了，故作镇定地说："又没得啥要紧的事，你回来搂（干）啥？耽误了工作咋整？赶紧回去上班吧。"看到母亲苍白的脸，看到她手背上到处都是扎针留下的淤青，曾顺宝潸然泪下。

"父母是苦难浸泡的一代人。父亲从小就颠沛流离，为了有个属于自己的家，先后盖了四次房子，但其中两次都是盖到一半就垮了。母亲从我知事起就疾病缠身，每次都是病得不行了，父亲便和人用滑竿把她抬到医院救治，我们姐妹就跟着到医院照料，中药、西药、吊瓶轮番上阵。母亲的病总是时好时坏。有几次医生束手无策，把父亲叫去，让抬回去准备后事。回家后，母亲却又奇迹般慢慢康复了。如此反复，直到我退伍返乡后，带母亲到市医院做了一次全面检查，才弄清母亲患有糖尿病、高血压、冠心病、脑梗、风湿病等多种疾病。这些都是慢性病，只能靠平时调理，紧急的时候再救治，因此住院是她生活的常态。母亲在那种艰难的环境和病痛折磨下，依然养育了5个儿女，只是娃大后都飞了——三个姐妹远嫁他乡，大哥一家人在外地务工，就我离家近一些。我在县城买房时给父母留有房间，但是他们说城里住不惯，执意要回到老家居住。老家喂了猪和鸡，种了点蔬菜和庄稼，他们割舍不下。母亲这次住院怕影响我工作，就和父亲商量，说她可以照顾好自己，让父亲把她送到医院就回家，还特意叮嘱父亲，不能告诉我们，免得我们担心。

"这些年，对家人和妻儿的愧疚是无法言表的。他们都默默地支持着我，他们经历的事，受过的苦，我只能等脱贫攻坚结束后再逐一弥补。"曾顺宝说。

2017年8月的一天，曾顺宝接到县工商联的电话，说他之前为村里几个大学生争取的资助有着落了，要迅速将资料递交上去。这是一个好消息，递交资料的事不敢有半点马虎！他赶紧收集整理好资料，骑车赶回县工商联。途中，曾顺宝突然感到肚子不舒服，就到山上的林子里方便，谁知一脚踏上了马蜂窝，全身瞬间被马蜂包围。好在之前有基本的马蜂防治常识，曾顺宝强忍着被数十只马蜂蜇的剧痛，硬是没乱动，直到马蜂陆续归巢后才慢慢挪开步子，迅速赶往医院。这时蜂毒已经开始发作，曾顺宝感觉自己的头像斗一样大，眼睛快睁不开了，晕晕乎乎凭着直觉硬是赶到了医院，昏倒在地。

医生立即开始抢救。

事后抢救的医生告诉曾顺宝，当时情况很危险，他的心率都降到每分钟40次了，血压也下降到了80mmHg，如果再晚点到医院就麻烦了。病情好转后，曾顺宝便要求出院，因为村里有多个项目正在同时施工，矛盾交织，需要多方协调，工作一刻都不能停下。

二、家有万担粮，不养长颈项

曾顺宝说自己刚进村的时候，36 岁的张显维还是个光棍，其父亲 80 多岁。2013 年老父亲发生车祸住院，使家里负债累累，生活非常困难，陷入贫困。张显维开始跑摩的，积攒了一些钱，买了一辆面包车拉人，谁知面包车在一次下山时翻了，车上人员受伤严重，给人治疗花了几十万，负债 20 多万元，生活陷入绝境。无奈，张显维只好打工过活，但因为老父亲需要照料，他只能在附近揽工，挣不了几个钱，十分苦恼。家里的土坯房四面透风，一下雨就漏，没钱维修。曾顺宝了解情况后，动员他养鸡。张显维头摇得像拨浪鼓，连连摆手说不行。原来青中村有一句老话："家有万担粮，不养长颈项。""长颈项"指的便是鸡。究其原因，村民有三个顾虑：一、鸡浪费粮食；二、不好卖，当时一只鸡只能卖十几元钱，不划算；三、批量养殖难成量，买的鸡苗容易死，养不活。

"如果把这三个问题都解决了，你养不养？"曾顺宝问。

"那当然可以啊！"张显维回答得很干脆。

其实曾顺宝琢磨养鸡已有一段时间了。刚到青中村的时候，他发现村里空巢老人多，留守劳力弱，茶园管护推进慢，发展茶园积极性受到影响。一个偶然的机会，曾顺宝看到三组群众刘仁富把鸡圈在茶园里散养，土鸡个个威武雄壮，茶园里寸草不生。曾顺宝顿觉眼前一亮，产生了推广茶下养鸡的想法。他停下来和刘仁富攀谈起来，向他请教投苗、防疫等土鸡散养的经验。老刘倒也健谈，给他念起了自己的"土鸡散养经"。老刘说茶园里散养土鸡好处多：一是土鸡除草效果好，茶园管护投劳少；二是田间地头饲料多，鸡肉鲜美又筋道；三是鸡粪直接施田间，节能高效还环保。根据刘仁富的散养办法，曾顺宝争取到县委办公室的支持，制订了青中村土鸡养殖发展规划方案，建立健全了激励方案，动员鼓励引导群众大力发展林下养鸡和茶下养鸡。

接下来的日子，曾顺宝走访了几家鸡苗生产厂家，挑选了一种源自大巴山区的血毛土鸡。这种鸡个头不大，好动，抗病能力强，食物范围宽泛，几乎什么都吃，150 ~ 180 天便可出栏，能长到四五斤，非常划算。曾顺宝与鸡苗供应商签订协议，要求厂家把鸡喂到一斤左右再卖给他们，这样成活率高，好养。接着他又请教防疫专家，咨询一些养鸡的基本知识，如如何预防疾病、降低死亡率等。还有一个关键问题是如何销售。曾顺宝利用自己在县委办的人脉资源，在微信朋友圈、公众号等自媒体大力宣传、推介，许多干部愿意上门购买，每斤定价20～25元，比市场价高10元左右，对老百姓来说十分划算。

曾顺宝兴致冲冲地回到村子，挨家挨户统计，结果全村30多户只订了900只鸡苗。户均30只太少，成不了规模。曾顺宝再一次下去动员，好说歹说，订单增加到2000多只。这些鸡都是符合青中村喂养条件的土鸡品种，他要求供应商把鸡苗喂养至1.5斤左右再分送给群众散养，并争取县委办公室资金支持补齐供应商超时间饲养鸡苗的溢价。他想群众用同样的价钱买到了比市场重一倍以上的鸡苗，应该很乐意。然而，当曾顺宝第一次陪同供应商把育好的鸡苗送到群众家门口时，村民们一副不冷不热的样子，看不出任何喜悦。他们对鸡苗挑肥拣瘦，对价格说长道短，原本预订50只的，送上门时只要30只，订30只的只要10只，还说"曾书记，给你面子了"。有的干脆一只都不要，嫌麻烦。

那一刻，曾顺宝内心五味杂陈，呆在那里半天缓不过神来。自己辛辛苦苦为老乡办好事，谁知他们根本不领情。然而与供应商已经签了合同，这些鸡苗退不回去了，无奈，曾顺宝在村上交通方便的地方流转了一块茶园，建了个简易鸡舍，将群众挑剩的384只鸡苗请专人喂养，并在显眼的位置立了一块牌子，对养殖支出和收入进行公示，让大家明白养鸡收益，看到养鸡的好处。待土鸡临近出栏时，曾顺宝邀请县里一帮摄影爱好者和网络大咖到村里拍土鸡、品土鸡、推介土鸡。通过他们公众平台的宣传推介，没添加工业饲料的散养土鸡受到了市场的青睐，以平均每斤高于市场价5～10元的价格销售一空。青中村群众看到了养鸡的好处，认可了林下、茶下养殖，养殖热情高涨。第二年张显维养了2000多只鸡，年收入达到20多万元。

张显维的养鸡场建在一片坡地上，四周用铁丝网围着，小鸡可以在林中自由活动。青中村里这样的坡地很多，很多村民都流转了一片坡地养殖土鸡。站在新修的柏油路上远眺，一排排茶树整整齐齐地在坡地上排列开来，很多土鸡在树林间觅食。近看，每只鸡都戴着一副红色"眼镜"。"散养的土鸡好斗，戴上这副'眼镜'后，它们就看不见对方，也就斗不起来了。"养鸡场老板张显维说。有了钱，房子改造一新，车也买了，媳妇也娶回来了，生活质量大幅度提高，张显维整个像换了个人似的，情绪高涨，看见曾顺宝就乐得合不拢嘴，再三感谢他对自己的大力支持。

"靠着熟人介绍和好口碑，'青中土鸡'的名声很快便打响了。每年的中秋节和国庆节前后，每天都有城里人来买我们养殖的土鸡，销售十分火爆。"村养殖合作社负责人张治伦说。

如今，青中村探索出了"合作社＋贫困户"的合作养殖模式：合作社负责做好鸡苗、饲料购买，防疫和销售等工作，村民们则就近流转树林、坡地，圈建土鸡散养场地并加入合作社。现在整村全年出栏土鸡20000只。青中土鸡在县内市场颇有名气，成为群众脱贫致富的第二大增收产业。

此外，青中村海拔将近1000米，雨量充沛，土壤中矿物质丰富，高山茶香高味正，回味甘甜。据县志记载，这里曾是著名的贡茶点，每年都会向朝廷进贡一定数量的紫阳茶，因此，青中村古时也被称为"皇茶园"。不过很长一段时间里，因茶闻名的青中村并未因茶致富。

"10年前，青中的路大多还是土路，进城来回要4个小时。卖茶就要赶早，晚了就卖不上好价钱。卖茶的钱换点生活用品，再肩挑背驮运回来，日子还是清苦。几年前，我们想引进一家企业来村里办茶厂，但很多老板看到村里的条件，水都没喝一口就走了！"退休不久的村支书张显华说。

青中村平均海拔800米，适合茶树种植。2015年6月，青中村茶叶专业合作社注册成立了紫阳县"皇茶园"富硒茶业有限公司，注册资本是500万元，引进了绿茶、红茶、陕青茶3条生产线。村党支部看准了这一点，全力支持茶叶合作社做强做大。品种由原来单一的绿茶扩展到红茶、白茶，年产值由2015年的60万元增长至现在的550万元，带动农民年户均增收6000元。2017年，"皇茶园"富硒茶通过了SC生产许可认证，茶叶合作社获得安康市"市级示范社"称号，企业获得"陕西省AAA诚信企业"和"陕西省绿色有机茶叶示范单位"称号。目前，青中村茶树种植面积达到2100亩，人均茶园面积超过2亩。茶叶合作社入社社员由原来的108户增加到现在的168户，覆盖面由原来的青中村扩展到全安村和向阳镇的止风村。

青中有三宝，茶叶、土鸡和仙草，所谓仙草就是青中蔬菜。青中村在产业配置上坚持以茶为主，统筹发展林下养殖、蔬菜种植和乡村旅游，实现了长短结合、互为补充，确保了群众持续稳定增收。青中在海拔700米以上的山地生产的绿色无污染蔬菜，鲜嫩可口，深受消费者喜爱，但是由于传统种植、销售方式劳力投入大、收入回报低，再加上大量青壮年外出造成的运送困难，好菜卖不上好价，到不了消费者餐桌。

"自2015年以来，我们做了大量探索，均收效甚微，经过反复总结、大胆创新，现在找到了一条农户直通消费者的通道，打通了最后一公里，这就是小菜园领种模式。此举不仅提升了群众种植收益，也降低了消费者绿色蔬菜购买成本，还植入了农耕参与体验环节，可谓是一举三得。青中村共流转土地30亩，按照40平方米左右一块的规格，划分成208块小菜园。"曾顺宝说。

为了做大生态蔬菜种植产业，村党支部从西北农林科技大学请来专家指导群众生产。目前，青中村生态蔬菜种植面积不断扩大，蔬菜合作社的实力也在逐步壮大。下一步的重点是提高农民组织化程度，并统一标准、打造品牌。今年已经有一家企业进驻青中村建设精品菜园。

"这个领种小菜园模式的好处有三：一是拓宽了群众增收渠道。当前凡有劳力和技能的群众都有业可就，但是适合留守在家的老年人和妇女的就业岗位有限，增收乏力。我们聘请'小管家'的做法，就能够有效解决这一部分人的就业难题，一块小菜园'小管家'一年可获得600元的管护费用，一个人领种20块才一亩多一点，一年的收入就达12000元，远远超出了传统农业的产值，而且没有风险，只需要把地种好即可。农民最拿手的事情就是种地，算是用人所长。二是对领种者来说超划算，一年领种费用998元，加上配送费用200元也才1200元，就可以满足一个3～5口人家庭的主要蔬菜需求，一天蔬菜开支才3块钱，而且蔬菜品种自己定，不上化肥，不打农药，绝对绿色无污染，安全放心。让人们低价享受私人定制蔬菜，让绿色有机蔬菜不再是奢侈品，走进寻常百姓家，这也是我们活动开展以来持续火爆的原因。三是加强城乡互动，实现乡村振兴。城里人领种了小菜园后，可以带孩子和家人入园参与农耕体验，让孩子在实践中了解农作物生长知识，体会农产品产出不易和劳动艰辛，培育孩子热爱劳动、尊重农民、珍惜粮食的优良品德。在这个过程中农民也会进一步学习城市文明，提升自身素质，逐步缩小城乡差异。"曾顺宝说。

2015 年以来，青中村党支部积极争取上级各类支持，建成旅游公路 9.2 公里、村环线公路 6.2 公里、连户路 15 公里，全村互联互通的道路网络已经形成。现在的青中村，有人住的地方几乎都通了水泥路，群众生产生活方便了许多。为了建设美丽乡村，青中村党支部带领干部群众扎实开展村边、河边、路边、屋边集中整治活动，根治乱排乱倒、乱搭乱建、乱堆乱占等现象；围绕安置点、村级道路实施绿化工程，新建垃圾收集房 13 个，投放垃圾桶 150 个，建成公厕 5 个，聘请村级环境保洁员 7 人，实现了垃圾定时集中清运。环境保洁实现常态化、长效化。

三、除陋俗，树新风

青中村党支部把新民风建设作为推进乡村文明建设的重要抓手，通过完善村规民约，建立村民议事会、红白理事会、道德评议会、戒赌戒毒委员会，引导和教育群众树立文明意识，增强正能量。

"我刚到青中村的时候，这里的人情风、攀比风、赌博风盛行。村民人均年收入不足 1000 元，行一次礼却要三五百元，甚至更多。一些村民贷款行礼，或抱着侥幸的心理参加赌博，结果形成恶性循环，债台高筑，破罐子破摔，成为深度贫困户。"曾顺宝说。

"干什么都要贺：婚丧嫁娶大肆操办，小孩满月、100 天、12 岁成人礼、升学宴、谢师宴等要贺，生日男过 33，女过 36，老年人过了 60 岁年年要贺！除了这些，建房上梁要贺，乔迁要贺！还有办无事酒的——有些人在外面打工，谎说自己在安康或西安买了房子，然后在村里办事收礼。有个村民在外面打工，一年收入 10000 元，结果一年下来人情礼金就 6000 多元。村干部更是叫苦不迭，因为每家办事都得去当执事，前后几天干不了活不说，一年下来礼金就得上万元。村人互相攀比，礼金一年比一年高，成了致贫的一大因素。"曾顺宝说。

必须制止这种陋习继续蔓延，刹住这股歪风邪气。曾顺宝与村党支部商议后，得到大家的一致支持。经过认真商讨，青中村出台了村规：

一、村上成立红白理事会，规定村民办酒席一桌不能超过 200 元，随礼不能超过 100 元，招待酒和烟分别不能超过 30 元 / 瓶和 15 元 / 盒；

二、红白喜事提倡从简从朴，其他一概不许操办；

三、严禁赌博，一经发现严肃处理；

四、把村里有威望能执事的人集中起来统一由村委会管理，必须经村委会同意方可执事；

五、对遵规守纪的村民张红榜表扬，对违规的村民除了张白榜公示，村支书在喇叭上提出批评，让他既丢面子，又不能享受县以下惠民政策。

政策制订后，村委会雷厉风行，严格执行。这样做既减轻了群众的负担，又刹住了歪风。曾顺宝说，之前村民一说起村干部就骂声一片，什么都不听，我行我素，现在村干部在村民中间树立起了威信，工作比之前好开展了许多。

除了除陋习，树新风，青中村还开展致富标兵、卫生标兵、好媳妇、好婆婆等评比活动。村里竖了一面荣誉墙，每年举办隆重的表彰活动，获奖者披红戴花，手捧电饭煲、电饭锅等奖品，好不荣耀。新媳妇看家，比的是谁家墙上的文明奖牌多，荣誉多，形成了争当先进的好风气。为了丰富群众的文化生活，青中村党支部在有关部门的帮助下，建立了一个阅览室，让群众看书看报，增长见识；建了一个文化活动室，群众闲暇时间到此下象棋、打扑克、交流思想，有效杜绝了赌博等不良风气。

四、活在泥土里

春风从窗外吹过，

春雨从窗外滴落，

一点一滴，染绿了宽广的大地。

我梦着，

我就站在那片被染绿的大地上。

梦中回想的，

多么像这渐渐沥沥的春雨，

我仿佛看见：

小时候，

爸爸把我放在肩上，直往上举，

我嘴里喊着："飞啊，飞啊！"

回老家时，在溪里捉小鱼，

衣服被水打湿了，

小鱼没捉到，

我感觉自己像一条欢快的鱼。

不知不觉，

斗转星移，月落星隐，

甜梦醒来的早晨，

隔着窗看，

"呼"一阵春风，

吹散了一朵蒲公英，

它越飞越高，

带着我的幸福飞上了那片雪白的云朵！

这是青中村返乡创业青年曹义军10岁的女儿曹馨玥写的一首诗，题目叫《梦幸福》。曹义军毕业于西安财经学院（现西安财经大学），是村里飞出去的为数不多的"金凤凰"。

2000年，曹义军大学毕业后留在了西安，在一家彩印公司任业务经理。后来，他先后在西安四府街开餐厅、担任青岛某公司区域开发经理、从事房地产供水供暖设备经营、参与紫阳县焕古镇老街改造、承接中石化甘肃某县国道综合服务区工程等，积累了一些资金，在陕西咸阳安家落户。2020年，曹义军决定告别城市的繁华，回到生他养他的青中村创业。

"2020年11月18日是我人生中值得纪念的日子。我把户口从西安市迁回到了紫阳县城关镇青中村，从大城市回到乡村，回到那个我曾经拼命想逃离的乡村。"

曹义军说，他5岁开始上小学，懵懵懂懂上了两年一年级。

"30多年前的往事似乎有些模糊了，饥饿是我这辈子无法忘却的记忆。虽说那时我们家条件比别的同学家要好很多，因为我爸在铁路局工作，吃饱饭还是可以的，但早上7点在家吃完饭，一直到下午6点回家，这段时间只有用学校的公用水瓢在井里舀水充饥。盼啊盼到放学，拖着软绵绵的腿一步一步踏着泥泞的山路回家。那段山路虽说只有3公里多，感觉比3000公里还长。十来个孩子结伴而行，饥饿驱使着我们四处搜寻，沿途地里的西红柿、黄瓜、李子、野桃都成了我们的目标，以至于我们一放学就会被很多双眼睛盯着，防止我们这群小土匪跑进地里抢食。山上有一种马桑果，成熟后是黑色的，一串一串，比花椒稍大点儿，大人一再告诉我们不能吃，有毒，但因为饥肠辘辘，忍不住还是吃了。我表弟中毒后他爸用大粪把他给救了回来。看到那恶心的大粪倒进表弟的嘴里，很长时间我都不敢再吃乌桑果。可因为饥饿，时间长了我们又开始尝试，后来就吃出了经验：一次不能吃太多，不能咬破那个小小的核。到了冬天，山上可吃的东西很少，我们只好跑进村民们收割后的地里，看看有没有遗留的苞谷、土豆、萝卜之类。苞谷和土豆很难找，找到了弄些柴烧着吃。萝卜比较多，于是大家就拼命地吃，吃完后满嘴萝卜味，胃胀得难受。那时候，我们认识新事物的第一反应就是'它能不能吃'。

"由于饥饿，我们常常没心思上课。记得上初二时，我吃到了这辈子最好吃的饼。有天早操完毕回到教室上课，老师站在讲台上，我伸手到抽屉拿书，手指碰到了一块硬硬的东西，三角形的。我用余光看了看，发现是一块饼，心中一阵狂喜，一股暖流瞬间涌遍全身。此时已顾不得许多，我两手一掰，趁老师转身的一刹那赶紧塞进嘴里，发现竟咬不动，再用力还是没成功。这时，老师看见我脸憋得通红，紧紧地盯着我。我一时手脚无措，不知如何是好。这时我的书突然掉在地上，借着弯腰捡书的瞬间，我狠狠地咬了一口，终于成功了。整节课，我几乎没听见老师讲课的内容，喉咙里全是甜甜的麦香味，那种幸福的味道至今记忆犹新。后来才知道那是我表姐在我抽屉放的一块死面饼，已经好几天了。长大后直到今天，感觉再也没有吃过那么香的饼子！"谈起几十年前的往事，曹义军感觉恍如昨日，历历在目。

"青中村在山顶上只有一条蜿蜒曲折的小路通往山下，我们上学时下山一趟要走好几个小时。村民不管运什么东西都靠背，天不亮起床，赶城里人吃早饭时把白菜、萝卜、土豆等东西背到县城，换一些油盐酱醋度日。在城里买的农用物资运回来也靠背。那时候，我最大的梦想是村里什么时候能通公路，把车开到山顶上。想一想又觉得那么不切实际。山势陡峭，都是坚硬如铁的岩石，青中村一贫如洗，修路要花好多钱，怎么可能呢？于是就想着长大后离开这个穷地方，到大城市去，等赚了钱买到房子，把父母都接到城里，一辈子不再回来。那时候，家家户户都穷，穿得破破烂烂，吃了上顿没下顿，看不到什么希望，我就拼命地读书，做着飞出大山的梦。我的初中长白中学离家有十几公里，学校负责把学生从家带去的玉米糁用超大的铁锅在一个小小的炉子上熬煮，我们经常吃夹生饭。住校吃两顿，不住校只吃一顿。菜是从家里带的'紫阳泡菜'，一星期带一次，顿顿都得吃，还要有计划地吃，否则周五、周六就没菜吃。学校提供住宿，每人大概一尺宽的床板，学生们挤在一起，晚上翻个身都难。地上一片狼藉，乱糟糟的，一股子霉味。我无法忍受，于是又开始走读，十几公里的山路来回得四五个小时。家里没有表，早晨什么时候出发，得看月亮在天空的位置，没月亮就凭感觉走，鸡叫起床，走到学校天亮，刚好。有几次把握不住时间，走到县城天还没亮，去学校门还未开，大冷的天没地方去，只好在火车站候车室睡一会儿。那时候感觉大人都很忙，整天穷忙活，对我们无暇顾及，不像现在的孩子，家门口上个学，每天都要大人接送。跑了两个月，实在跑不动了，不得已，我又住进了学校那阴冷潮湿的宿舍里。"曹义军说。

1997年，曹义军开始了自己的大学生活。从大山里走入大城市，感觉一切都是新奇的，一切事物好像都与他的认知不同，觉得自己很渺小，与同学之间有很大的差距，格格不入。他想融入这个城市，内心却充满了恐惧和担忧。就这样，大学四年的生活在一种困惑与迷茫中度过，一晃就毕业了。毕业后，曹义军没有回去，而是选择了留在城市。对于一个大山里走出来的孩子来说，城里的柏油马路太硬，一时很难适应。他找了一份工作，结果被人骗了。后来工作终于稳定下来，无奈工资太低，连自己都养活不了，又不好意思向家里伸手。2003年，曹义军遇到了他生命中最重要的人——杨晓燕，一个阳光灿烂、纯洁善良的关中女孩。虽然他知道自己和对方差距很大，但还是忍不住喜欢。他们开始交往了，曹义军感觉自己的生活从此有了方向。爱情虽然甜蜜，但面包是基础，曹义军开始创业，家里资助了一部分钱，加上自己的积蓄，凑了30000元开了一家餐厅，希望能在大城市扎下根来。然而开餐馆远比他想象的复杂，虽然曹义军很能吃苦，但餐厅在一年后还是关门大吉，30000元赔了个精光。

曹义军不得不重新开始找工作。

2004年，曹义军进入青岛某公司在西安的分公司做销售。前面的失败让他认识到了自己的不足，进入公司后他拼命学习，努力工作，但学习是需要时间的，第一年他一单未出，靠每月几百元的底薪在西安是无法生活的。好在晓燕不离不弃，全力支持他，不断给他补贴。第二年，曹义军独自开发市场，汉中、安康、榆林、达州、延安、银川、青岛等地遍布他的足迹，他逐渐成熟起来。工作虽然又苦又累，压力巨大，但曹义军觉得：和小时候吃的苦相比，这点苦又算什么？一分耕耘一分收获，曹义军在拼搏中不断成长，积累了一笔财富。2008年，他在咸阳买了一套房，终于在城里有了家。2009年，经过7年的爱情长跑，曹义军和自己心爱的姑娘结婚了。婚后，妻子给他生了一个乖巧、漂亮的女儿。后来他们又买了车，成为有车有房的一族。2011年，曹义军离开公司，开始自己单干，有了之前积累的经验，感觉做起来轻松多了。

安顿好自己的小家后，曹义军想把父母接到咸阳，然而习惯了在大山里生活的老人很难适应城市的生活，无奈又回到青中村。村里有两间破败不堪的土房，冬天寒风刺骨，夏天到处漏雨。曹义军想在县城给父母买套房，父母坚决不同意，说他们身体还好，死活要守那几亩薄田。曹义军想想也是，离开守了一辈子的土地，抛开几十年的生活习惯，就像大树没了根，无法生活啊。但现实很残酷，青中村距离县城直线距离不过三四公里，走路却需要好几个小时。山大沟深，道路崎岖陡峭，年轻人走起来都相当费力，对于年迈的父母来说，去一趟县城更是奢望。后来修了一条简易公路，十分狭窄，坡陡弯急，冬天结冰轮胎打滑，夏天道路泥泞不堪，曹义军的车子常陷在泥里，动弹不得。

面对这种情况，曹义军感到自己无能为力，每次回家都是一种煎熬。年迈的父母操劳一生，却住在破败不堪、摇摇欲坠的土坯房里，曹义军内心无比愧疚。特别是从小生活在大城市的妻子杨晓燕每次带着孩子回来，住在这种条件的房里，曹义军感到很不舍。他想，不行就把房子拆掉重建，但通往村里的道路运送材料太难，让他犹豫不决。

正在左右为难的时候，一天，母亲给曹义军打电话，说青中村准备建安置点，开发旅游，县委书记已到他家做动员。曹义军高兴极了，国家的好政策终于上山了！事情的发展大大超出他的预期，曹义军当时想，只要政府能把路修通，就是相当了不起的政绩了。没想到除了路面加宽，还铺上了柏油，车子从山下开上去只需半个小时！通村公路修好后，青中村发生了翻天覆地的变化，之前的土坯房全都拆掉了，取而代之的是整齐划一时尚靓丽的二层小洋楼，前后带着院子。家家户户用上了冰箱、空调、彩电、热水器，和城里人一样，应有尽有。出门不再是泥泞不堪的土路，取而代之的是宽阔平坦的大马路，花园如锦，绿树成荫。观光步道、玻璃栈道、观景凉亭、电子大屏幕等，这些之前做梦都没想到的现代化设施，成为青中村的标配。村民每天早上在玻璃栈道上观云海，黄昏坐在凉亭里看日落，空闲时骑上共享单车锻炼身体。打开窗户，微风拂面，蔚蓝的天空飘着几朵闲云，文笔峰近在咫尺，景色如画，呼吸着满是负氧离子的空气，感觉神清气爽，心旷神怡。

这不就是神仙过的日子吗？

之前荒凉偏僻、贫穷落后的青中村，成了紫阳一道亮丽的风景线。周末的时候，村里停车场停满了车，城里的人们带着爱人和孩子徜徉在林中栈道，累了坐在遮阳伞下品一杯紫阳富硒茶，看群山叠嶂，晚霞争艳。站在玻璃栈道上俯视紫阳县城，水光山色，恍若蓬莱仙境。

"回乡创业！"曹义军对妻子说。杨晓燕是城里长大的姑娘，但喜欢大自然，喜欢这里的蓝天白云、新鲜空气和无拘无束。"我爱这个地方。"妻子的眼里掩饰不住兴奋的光芒，"这里都是绿色，我们吃着自己种的菜、养的鱼、喂的鸡和猪……这些城里都没有啊！"

然而，一个考上大学已经在大城市定居的人又回到农村，村里一些人还是难以理解。"别人都拼命地逃离农村，你咋又回来了呢？"人们用不解的眼神看着他。

"是的，我回来了，我是带着使命感回来的。国家投入巨资把一个积贫积弱的破旧乡村改造成如今的模样，但也带来了后遗症。等、靠、要的思想普遍存在，几十年的生活习惯无法舍弃，在漂亮的院子里养鸡、养鸭、养猪，垃圾、木柴乱放，柴火已经把漂亮的小楼熏成黑色。农民们物质上满足了，思想上的贫穷依然如旧，很多村民跟不上时代发展的节奏，思想保守落后。特别是一些年轻人，村里条件变好了，整天游手好闲，不思进取，感觉改变他们的思想观念比改变自然条件还要难。扶贫只要几年，但扶智可能需要几十年。我想是时候为家乡的发展出点力了，所以我回来了。我要做个榜样，用我的发展来影响他们，改变他们。青中村在一天天地变好，我想会有更多的人来到这里。精神的力量是巨大的，如果大家共同努力，刚刚实现脱贫的青中村一定会在乡村振兴的道路上越走越远。"曹义军说。

目前，曹义军已经将自己的房子改造成了一家民宿，叫"月亮湾驿站"。他在房子的旁边挖了一个大坑，准备建一个鱼池，让来到这里住宿的人除了能吃到绿色无公害的蔬菜，也能吃到新鲜的"富硒鱼"。

"我们生活在一个伟大的时代，百年未有之大变局深深地影响着我们每个人的发展。感谢祖国，感谢党，让我们每个人都有平等的发展机会。国家为我们搭建了一个广阔的舞台，让我们抛开一切杂念，尽情地在这个舞台上施展自己的才华吧！"曹义军激动地说。

近年来，青中村党支部配合紫阳县委、县政府实施了"四个一批"工程：进城安置一批，目前已有 30 户农民进城居住；集中建房安置一批，建成了 5 个集中安置点，就地安置贫困群众 62 户；兜底保障安置一批，免费为 39 户贫困户解决了住房问题；改造提升安置一批，对 21 户农户的危房进行了改造。通过实施"四个一批"工程，该村彻底解决了贫困群众的住房问题。

搞好农旅结合，是青中村党支部确定的下一个发展目标。为了加快推动这项工作，党支部带领群众经过 3 年努力，初步完成了郭家梁民宿小区建设，建成了观景平台、休闲凉亭、观光步道、山泉水渠。这些设施的建成，留住了青山绿水，不但让青中村脱了"贫"，更让青中村脱了"俗"，为进一步发展生态休闲旅游打下了坚实的基础。

为了提高农民的就业能力，青中村党支部组织群众参加了 5 大技能培训。全村有 176 人参加了培训，培训项目涉及建筑、烹饪、电商等领域。通过培训，青中村每个有劳动力的家庭至少有一人掌握了一门专业技能或实用技术。目前全村贫困人口已全部实现稳定脱贫。

人不负青山，青山定不负人。在茶产业的带动下，一条集种植、加工、销售、旅游于一体的产业链日益成熟。2020 年 5 月郭家梁景区开放以来，青中村已累计接待旅游团体和团建活动 40 余次，旅游增收超过 100 万元。5 年时间，青中村贫困发生率由 48.61% 下降到 1.01%，群众年可支配收入由 2014 年的 6598 元增加到 2020 年的 15146 元。2019 年，青中村整村脱贫出列，彻底甩掉了穷帽子，还获得安康市"文明村"、陕西省"美丽宜居生态示范村"、全国"乡村治理示范村"、国家"森林乡村"等荣誉。

这个春天，上青中来。在云上，享一片旖旎、一片清净，且听风吟，坐看云起。

第四章　以心换心，一定能换来真心

> 山里人憨厚，老实，认死理儿，爱较真。越是贫困，活得低微，低到尘埃里，越是希望得到别人的尊重。作为扶贫干部，一定要放下身段，把贫困户当亲人看待，真心地帮他们解决实际问题，老百姓也会把你当亲人。
>
> ——瓦庙镇新华村驻村干部张小红

一、把贫困户当亲人，就没有解不开的结

采访张小红之前，我关心这么几个问题：一个生活在城市的女干部，常年待在荒凉偏僻的大山里，一年 200 多天是如何度过的？她经常借钱给贫困户，2000 元、3000 元……最多一次借了 5000 元，连借条都不让打，如果对方不还怎么办？父亲生病住院没空陪伴，儿子住院治疗无暇顾及，老公身体不好，胃溃疡、心血管堵塞 50%……一年四季不着家，家人没意见吗？听说她还在村里认了个"姑姑"，真是不可思议！

"我去过农村，晓得大山里的苦，所以驻村的时候是有心理准备的。然而刚去的第一天就遇下马威——宿舍停电了。所谓宿舍，其实就是一间简陋的小房子，屋里除了一张简易的硬板床、一张办公桌，别无他物。10 月的山上已有些凉，冷飕飕的。夜幕降临后，屋里黑洞洞的，什么也看不见。我打开手机手电筒，弄了一盆冷水洗脸洗脚，蜷缩在床上瑟瑟发抖，一夜未眠。厕所在外面，露天搭了个棚，与农户的猪圈连在一起，没有门，就那样敞开着，根本没办法上。"眼前的张小红显得比实际年龄要年轻许多，高挑纤瘦，眉清目朗，衣着朴素，讲话有条不紊，不疾不徐。

张小红说，第二天她走村回来，还是没有电。原来线路出问题了，一连几

天她都摸黑，用冷水洗脸洗脚，一口热水也喝不上。新华村山顶上的住户，没有一户摩托车能上去，全靠走。山上的农户住得都比较分散，一户和另一户甚至隔一道沟，翻山越岭，走过去需几个小时。一天下来，少则一两万步，多则三四万步，两条腿沉得像灌了铅，不住发抖。有一段几公里长的山路平时很少走人，荒草一人高，不注意根本看不清路在哪里。草深蛇多，听说有的村民被蛇咬过，十分危险。为了防御，张小红行走时带根竹竿，边敲打边走，希望能把蛇惊走。山洼里是马蜂、胡蜂的世界，一不留神就会踩上马蜂窝，轻则住院，重则送命。为了避免这些危险，张小红花了200元请村民把路上的荒草割了，谁知躲过马蜂和蛇，却引来了一群野狗。有的狗挥舞棍子就能吓跑，有的则紧追不舍。张小红拿着背包与狗对峙，有一次差点跌下山崖。山上有村民被野狗咬伤过，差点得了狂犬病，张小红心有余悸。一次，一只流浪狗跟了她好长时间，几次扑过来狂吠，被她用竹竿击退。狗紧追不舍，直到村民赶来相助，才将其赶走了。张小红之前在红十字会工作，经常参加一些志愿者活动，帮助留守孩子和老人，因此当单位决定让她下乡扶贫的时候，她心里是十分乐意的。但这里的情况远远超出她的想象啊！

下乡期间，张小红每天早晨6点起床，赶在7点前吃点东西，然后开始入户调查。由于村民居住特别分散，走完一圈最早也要到下午四五点才能回来做午饭，没办法，一天两顿饭，常常饿得难受。有时赶上老乡的饭点，老乡也会硬留着让她吃，盛情难却，每次她都会巧妙地用钱、物弥补。

吃苦受累，张小红不怕，令她难过的是村民们异样的眼神。大家都觉得她一个弱女子，城里人，娇滴滴的像个林黛玉，这穷山沟，山高路险，说不定待几天就走了，所以懒得理会。为了提高工作效率，张小红决定在较为平坦的山路上骑摩托走村，骑不成的地方便爬上去。一次，她忙了一天，与同事一起骑着摩托往回走。山路崎岖，坡陡弯急，摩托车晃了一下跌下山去。幸亏那段山崖不是很高，下面是一块滩地，跌下去后摩托车倒在身上，没有继续翻滚。张小红爬出摩托车，试图站起来，腿一阵疼痛，一看全是血。摩托车的旁边是一道几十米深的山崖，如果跌落下去，后果不堪设想！

张小红惊出一身冷汗。她顾不得疼痛，与同事顺着山洼爬了上去。村干部赶来把张小红送到镇医院做了检查，虽然没有骨折，但伤了韧带，需要静养一段时间。大家劝她回去休息一段时间，张小红说："我刚到村上工作就休假，这不是让群众笑话嘛，还真以为我是个千金大小姐呢！"

简单地处理完伤口，张小红便回到了村委会，开始整理档案。她把村上的扶贫资料从头到尾检查了一遍，错的改过来，少了的补起来。从宿舍到食堂，从办公室到厕所，她只能扶着墙，靠一只脚蹦着"走"。腿上肿块消不下去就抹一些碘伏。没想到坚持到第五天，伤口感染化脓，张小红发起了低烧。张小红回到县城，在医院连续输液两天，才将感染控制住。

"这次摔跤之后，村里人消除了驻村干部'像个林黛玉'的担忧，新华村贫困户开始接纳我了。"张小红说。

瓦庙镇新华村有168户贫困户，散居在两条沟、三面坡上，是一个深度贫困的村子。长期以来，由于交通不便，村里的居住环境和人的思想都非常落后，一些贫困户对扶贫干部敬而远之，很不感冒。

身病好治，心病难医。贫困户贺习应的心病，10多年都没有治好。他认为所有的扶贫政策，都是害人的。

2000年，镇、村干部动员贺习应发展蚕桑，他在信用社贷款2000元购买了桑苗。结果，桑苗不但成活率低，而且品种也不好，他发展蚕桑不仅没有发家致富，还背上了2000元的债务！贺习应从此不再相信政府的扶贫项目。信贷员多次上门收贷款，贺习应就一个态度："钱，一分没有！买的桑树都在地里，你们挖回去就是！"态度非常坚决，谁的话也听不进去，落下个"犟驴子"的名声。

"有一次，我和村支书在路上遇到他，他扭头就往一边走。我喊了一声：'贺习应，贺习应，我正有事找你呢！'这个人头也不回。我快跑几步追上他，贺习应淡淡地说：'原来是你呀，还以为是串乡做买卖的呢！'我正准备给他讲产业扶贫奖补的政策，动员他发展致富项目，村支书挥手示意我快走，说贺习应对扶贫工作有抵触情绪，给他说了也白说，还讨不到好脸色。"张小红想，贺习应不相信政府的扶贫项目这心病总是有法子治的。她暗下决心，一定要治好他这个心病，使他脱贫致富，从此便刻意关注起他来。

时隔不久，贺习应因建房资金短缺，想要向信用社贷款，信用社反馈：贺习应已经被列入失信"黑名单"了。张小红想，这正是贺习应需要我们扶贫干部的时候。她多次找到信用社负责人，协调贺习应贷款之事，接着又找到贺习应，动员他把欠了十几年的呆账还了。张小红说："进入失信黑名单，不但自己无法贷款，还影响了你儿子、孙子的信用评价。你还了旧账，我负责帮你把5万元扶贫贴息贷款办出来。"贺习应将信将疑。最终，在张小红的协调下，信用社不但为贺习应办理了5万元信用贷款、解了其燃眉之急，还为他减免了2000多元利息。

张小红帮助贺习应消除了贷款信用危机，帮助他贷出了5万元贷款，并且给他谋划发展路子，用真心帮扶这个药方子，治好了贺习应不相信政府扶贫项目的心病。从此，贺习应对扶贫工作的态度发生180度大转变，他把贷款作为周转资金种了4亩魔芋，加入了村里的种植专业合作社。当年合作社分红，贺习应家分了3100元。他家的魔芋也获得了丰收，卖了6000多元。一年后，张小红和村干部路过他家院子，贺习应拦住他们说："以前，人家都喊我'犟驴子'，我给干部找了不少麻烦。今天，我请你们吃顿饭，咱只谈感情，不谈工作！现在我新房子也盖起来了，这次还到县里参加厨师培训。今天就请你们检验一下我的手艺吧！"当天，因为工作忙，张小红他们没能赴约，但看到贺习应巨大的转变，张小红感觉比吃了山珍海味还高兴。

二、你就是我的亲姑姑

村民贺爱心对张小红的第一次走访记忆犹新。

新华村四组的贺爱心居住在全村最偏远的地方，周围没有一个住户。他有一个儿子在外面打工，好长时间也不回来一次。从村委会去他家，需要走两个多小时的山路。扶贫干部张小红的到访，让70多岁的贺爱心和老伴非常开心，从灶头取下一块腊肉，要招待这位"稀客"。

一番盛情款待让张小红心里很不是滋味。她深知老贺的难处，女儿外嫁，儿子常年在外务工，极少履行赡养义务。这块腊肉，不知道炕了多长时间都舍不得吃。临走时，张小红留下200元钱给两位老人，他们说啥也不肯接受："我们家又不是开馆子的，哪有吃饭还收钱的道理？"

张小红得知老贺的妻子也姓张，说："你的老伴也姓张，我就认个姑嘛，当侄女的孝敬姑姑，总是理所当然的吧？"见推辞不掉，老贺这才把钱收下。

按照"四支队伍"人员分工，贺爱心家并不是张小红负责包联的对象，但张小红仍坚持每月到他家里走访。两位老人喜欢吃豆腐，每次去，张小红都会带上几斤。老人感冒了，她就用自己的医保卡帮他们买一些非处方药品。老贺的爱人常说："要怎么感谢你这个侄女啊？你的工资还要照顾一家老小，也不容易呀！"张小红说："你就是我的亲姑姑，一家人不说两家话，不用客气啊。"

那以后，张小红真把贺爱心夫妇当作姑父、姑姑看待，每次回县城，回来都会给他们带一些日用品。两位老人也把她当成了真正的亲戚，经常给张小红打电话，分享他们的生活琐事、欢喜忧愁。"风把屋后苞谷吹倒了。""母猪下崽了！""下雨了，上山注意脚下，路滑。""西红柿红了，你摘点带回家去！"张小红空闲时也和他们聊天，几天不见心里空落落的。有一次，贺爱心犯了肠胃病，便秘好几天，张小红听说后与村主任一块儿把他送到镇医院住院治疗了四天，然后又把他接回来。贺爱心的老伴逢人便说："小红这个干侄女，比亲闺女都亲啊！"

"认下这门亲戚，也给了我很大的启示，我觉得要拉近干群关系，就要多走访，多沟通。我经常选择雨雪天气入户，这样，群众就有充裕的时间和我敞开心扉聊天。特别是一些留守老人，我会陪他们多坐坐，多聊聊。山间小路、田间地头、村民家里都留下了我的足印，使我融入贫困群众当中，成了他们的姐妹、他们的亲戚和无话不谈的好朋友。"张小红说。

将心比心，以心换心，一定能换来真心。新华村二组的老贺 62 岁，目前一家三口人，儿子上大学了，因学、因病致贫。老贺 2008 年在煤矿下井干活，多次受伤，回来后特别容易摔倒，身上多处骨折，多处骨裂，至今钢板未取。大儿子婚后分家，几个女儿都出嫁了。二儿子小贺上大二，暑假与几个同学去天津打工，结果上当受骗，没挣到工资。马上开学了，没有学费，家里一筹莫展。张小红知道后，帮他联系了一位爱心人士谢女士，为他捐了 3000 多元。谢女士在某公司做业务，张小红曾带着她儿子参加志愿活动，她挺感动，说张小红家里如果有什么事，可联系她帮忙。张小红将这件事告诉她，说自己帮扶的贫困户的孩子遇到了困难，谢女士要了个账户就将钱转过去了。张小红又通过其他渠道，解决了老贺儿子的学费问题，一家人十分感激。

第二个假期，张小红问小贺想不想打工，她可以帮助联系可靠的工作，工资有保障，这样下学期的生活费就有着落了。小贺当然很乐意。张小红看到老贺家有许多玉米，说可以养几头猪，增加收入。老贺吞吞吐吐，欲言又止。张小红说："贺大哥，有什么顾虑说出来嘛，我看看能否帮上你。"老贺不好意思地说："我确实想买几头小猪，可一头猪崽上千元，没钱啊！"张小红说："你准备买几头？"老贺说"买个两三头吧"。张小红二话不说，从工资卡上取出3000元交给他，叮嘱这件事不要对别人说。老贺买了3头猪仔，忍不住还是对人说了这件事。村里人对张小红说："他那么困难，你借给他那么多，还不了怎么办？"张小红说："我通过与他交往，觉得他是个实诚的人，信得过他！"

　　小贺上大学每年学费4000多，生活费一年也要10000多元，除了申请助学贷款，剩下的10000元对一个贫困家庭来说也是个难以解决的问题。当时有支持农村发展产业的"生计金"，张小红考虑到他们这一户的情况，免费提供了一些技术指导，然后将10000元的"生计金"放在魔芋合作社，一年给老贺家分红1000元，加上县上实行产业鼓励政策，种魔芋每户可以得奖励1000元，合作社分红1600元，共计3600元。养猪奖励补助资金700元，茶叶管护每亩200元，四亩800元，加上茶园收入和卖猪的钱，一年下来能收入好几万，老贺家里的条件一下子改善了不少。

　　小贺学的是体育专业，毕业后找不到工作。张小红鼓励他参加考试，争取进镇中学当老师，工作稳定，工资有保障。小贺没有自信，觉得没什么希望。张小红说："你听阿姨的话，参加专业的培训班。"小贺说："我没钱，边打工边复习吧。"张小红说："阿姨借给你钱。"张小红帮他报了一个培训班，他笔试就过了。张小红知道面试也很重要，要带着他去买套像样的衣服，小贺执意拒绝。张小红不由分说就替他买了。这个孩子后来被录取到汉王镇中学当了体育老师，家里的状况一下子就改善了。老贺一家人十分感激张小红，到村委会请张小红吃饭。张小红开始坚决不去，老贺是个很要面子的人，被拒绝后有些生气，说："张老师你是否瞧不起我？"后来又三番五次请，村干部说："张老师你要去，否则老贺感觉自己在村里没面子，很丢人的。"张小红于是买了一瓶酒过去了，一家人十分开心。几杯酒下肚，老贺一屁股坐在地上，流着泪说："这些年你们扶贫干部如此实实在在地帮我，解决了这么多的问题，我无以回报，内心有愧啊！"张小红说："你们能过上好日子，就是对我们最大的回报，我很高兴的。"后来张小红隔三岔五就会去他家，一家人都很热情，感觉像亲戚一样。

儿子大学毕业又找到了工作，老两口精神焕发，老贺的妻子比之前更加能干。张小红帮她在村里申请了一个公益性岗位——护路员，每月600元。老两口虽然年纪大了，但十分要面子，自尊心强，希望得到别人的尊重。之前他们很少往人多处凑，整天愁眉苦脸，现在看见人老远就打招呼，热情万丈。

一天，老贺主动找到张小红，想借两万元。原来老贺觉得儿子大了，该找媳妇了，可是家里的石板房太旧了，一下雨就漏，需要收拾一下。这些年，他们的光景一年比一年好了起来，账也还得差不多了，就想着把房子翻修一下，但手头的钱不够。

张小红得知老贺要盖新房子，非常高兴，在朋友那里帮老贺借了两万元。老贺提出打借条，张小红拒绝了，说："贺大哥，咱们这么多年的交情，我还信不过你吗？"

春节到了，老贺准备了熏肉、猪蹄、土鸡、干菜等年货，放在一个面袋里，拿到村委会对支书说："这是张老师买的年货，忘在这里了，你帮她带下山去吧。"张小红很感动，买了大米、食用油等给他送去。

小贺参加工作后，非常努力。张小红经常与他联系，关心他，叮嘱工作注意事项，比对自己的儿子还上心。"这孩子很懂事，有爱心。回到家就开始忙活，翻地、收粮、喂猪、砍柴，放假后给父母准备了半年的柴火。他是老幺，有三个姐姐，看不出丝毫娇生惯养的痕迹，不像许多孩子那样，一回来只知道玩手机。有时我走村的时候会叫上他，他骑着摩托带着我，过河的时候挽起裤腿，坚持要背我过去。我们一起走村，走访贫困户。我去县城看他，他提出要请我吃饭，我知道他很要面子，就同意了。"张小红说。

这些年，小贺把张小红完全当成了自己的亲人，什么忧愁烦恼都告诉她。小饭馆里，张小红问他什么时候谈对象，要替他张罗婚礼。小贺摇摇头，腼腆地笑了。张小红说："你都27岁了，应该有女朋友了。阿姨给你操心着，有合适的就介绍给你。"小贺看着她只是笑，说不出话来。

"这孩子很倔强，别看话少，工作很踏实。2020 年，安康市中小学生乒乓球比赛，小贺老师荣获'秋季运动会最佳教练员'称号。他在第一时间发来照片与我分享，我真替他高兴啊！"

房子盖好了，明窗净几。屋里添置了新家具，整洁美观。老贺请张小红到家里做客，两个儿子和远嫁的女儿都回来了，一家人其乐融融，脸上洋溢着幸福的光芒。张小红坐在沙发上，眼睛突然有些湿润。是啊，几年前，这个家还深陷贫困，一筹莫展。都是党的富民政策好啊！她突然觉得有一种成就感，就像自己的亲人实现了某种愿望，内心深处一阵颤动。

几年来所受的苦，所受的累，值了！

"山里人憨厚，老实，认死理儿，爱较真。越是贫困，活得低微，低到尘埃里，越是希望得到别人的尊重。作为扶贫干部，一定要放下身段，把贫困户当亲人看待，真心地帮他们解决实际问题，老百姓也会把你当亲人。"

"听说你一年在山上能住 200 多天？"

"省上要求驻村队员每年在村里住的时间不能低于 220 天。2017 年，我在山上待了 265 天。接下来的几年时间，我每年在山上待的时间都在 260 天以上。"

"你儿子住院，你没空陪他，儿子好长时间都不理你。有这事？"

张小红微微地点了点头，眼睛突然有些湿润，看着我，不好意思地笑了。

三、足够的耐心，足够的信任

张小红是 2014 年开始驻村的，至今已有 7 个年头，先后在瓦庙镇新华村、新光村及向阳镇天生桥村当驻村干部。

张小红刚到新华村的时候，贫困户老卢的妻子因患有肺结核经常住院，家里因病致贫。老卢 50 多岁，儿子在山东做上门女婿，女儿出嫁了，老两口相依为命。之前，他们不知道紫阳县医保局对结核病患者门诊诊疗费可报销 90%（每人每年报销限额 2000 元），而且这种病可以免费到疾控中心领药品。疾控中心要求患者每 3 个月做一次肝功能检查，新华村距离紫阳县城 60 多公里，老两口每次去检查天不亮就开始下山，然后到瓦庙镇坐车，下午才能到县医院，检查完毕必须住一晚上，第二天才能取到结果，然后带药回去。在县城住宿、吃饭都要花钱，对一个贫困户来说是一笔不小的费用。张小红知道后坚持自己去医生那里取化验结果，然后给他们带药，帮助他们办报销手续，从2014年到2018年离开新华村，风雨无阻。有时老卢没有钱，张小红就给垫上。张小红经常了解老卢妻子的服药情况，怕药服错，每次她都会反复叮咛。

村民贺习平家是一个结合家庭，五口人，因缺乏技术而致贫。2017年年初，贺习平的女儿上初三，不想上学了，与母亲商量后准备去报一个培训班学技术。张小红知道后极力劝阻，让她至少把初中读完，然后上职业技术学校。上这种学校国家除了免学费，还补助生活费。一家人同意了，张小红于是帮助她联系好学校。女孩上了几个星期后又不想上了，回来了。张小红知道后上门做工作："你现在这么年轻，青春年少，一定要把握好自己的人生。你不上学，就没有在城里就业的机会。以后只能重复你父母的生活，在大山里待一辈子，你愿意吗？阿姨也出生在农村，现在为什么能在城里工作，就因为我多读了几天书，改变了命运。"张小红苦口婆心地劝，女孩终于再次回到学校。为了鼓励她，张小红经常去学校看她。女孩见别人都有智能手机，很羡慕。张小红说："只要你答应不辍学，我送你一部智能手机。"受她鼓舞，女孩上完职中后又考上了一所职业技术学院的校企合作专业，毕业后拿到大专文凭，月薪五六千元。贺习平的妻子在张小红的帮助下，参加紫阳县举办的足疗技术培训班，就业后月薪六七千元。家里的经济条件一下子好了起来。妻子有了工作，收入不菲，大女儿也就业了，贺习平非常高兴，说："张老师，感谢你啊！如果没有你的坚持，我的孩子哪有现在的前程呀！"后来，贺习平也在一家建筑工地找了份工作。紫阳县实行易地搬迁，贺习平一家人搬到了山下集镇的安置点上，彻底甩掉了贫困的帽子。

贫困户贺代俊的妻子因病离他而去，家里因病致贫。贺代俊前些年曾开过饭馆，挣了一些钱，结果误入传销组织，致使他一贫如洗，还欠了不少外债。贺代俊身体不太好，干不了重活，去不了矿上。张小红让他学足疗，他不干，说一个大男人家给别人修脚，太丢人了！张小红多次去他家做工作，拿村里通过学习足疗技艺改变生活的人做例子，说："你要供女儿上学，要为你母亲看病，还要还债务，没有稳定的收入怎么办？"贺代俊似乎明白这些道理，但就是抹不下面子。张小红锲而不舍，一次次地上门做思想工作，贺代俊终于被她的诚心打动了，去县足疗培训班学习后在广州一家店里工作。后因业务突出，半年后就当上了店长，月薪过万元。贺代俊给张小红打电话表示感谢，兴奋之情溢于言表。

几年来，在张小红的鼓励下，新华村先后有129人学会足疗技艺后改变了人生，摆脱了贫困。后来她去星光村驻村，先后带动近200人学习足疗技艺，改变了命运。有的人从开始打工到做店长，再到自己开店当老板——这样的例子仅新华村就有4个。过年了，昔日债务缠身贫困潦倒的村民，开着小轿车回来了，成为山村一道亮丽的风景。

张小红说："扶贫干部一定要有足够的耐心，足够的信任，把贫困户当亲人，当姐妹，不嫌麻烦。许多贫困户的根本问题其实都在思想上，一定要想方设法让他们转变思想观念，理解党的富民政策。只有当他觉得你是真心实意地为他谋事，才会信任你，接受你，愿意配合你。他们过好了，脱贫了，我们就会有一种幸福感、成就感，感觉很开心。"张小红原来在县红十字会工作，懂得许多应急方面的知识，下乡后经常给老百姓宣传新风尚、新观念，传授新技术、新知识。她经常动员一些贫困户参加紫阳县举办的免费足疗、厨师等技术培训班，增加经济收入。有的家庭夫妻有矛盾也会去找她协调，她也乐意给他们解决纠纷。她还经常给一些留守孩子买课外书、文具等学习用品，抽空辅导他们的作业。2017年，新华村有11个孩子考上大专以上院校。张小红帮助他们申请助学贷款，在单位筹资给每一个孩子买了价值500元的行李箱，然后举办集体升学仪式，与孩子们座谈交流，鼓励他们到校后好好学习，早日成才。出发的时候，张小红把孩子们一个个送上班车。家长们十分激动，不知说什么才好。为了方便沟通，张小红给这11个孩子建了个微信群，鼓励他们勤工俭学，减轻家里的经济负担。暑假张小红组织孩子们去紫阳参加电子商务培训，销售一些土特产、小商品，让孩子们通过自己的努力改变家里的经济状况。两年后，孩子们要开始实习了，张小红帮助他们在县城联系好实习单位，从朋友处借了一套房让几个孩子住，然后又从家里拿了被褥、毛巾等生活用品让他们用，让孩子们感到很温暖。张小红对孩子们说："阿姨做这些事不求回报，你们也不要有任何负担。阿姨在帮助你们的同时，也获得了一种幸福感，心里得到一种极大的满足，是快乐的。"孩子们实习期间，张小红经常抽空去看望他们，询问工作、生活方面有什么困难。每个孩子都有她的微信，孩子们实习结束回家后给她发微信报平安，她才放心。

四、带着儿子去扶贫

张小红对贫困户的孩子关怀备至，自己的孩子却无暇顾及。孩子生病住院了，她也没空照看，心里十分着急、难受。

"那段时间，村上实在是太忙了，半年都没有休息过。儿子住院后，我去医院安顿了一下就匆匆回村了。"张小红说。

儿子住院没有床位，就住在楼道里。张小红的丈夫工作也很忙，包村包户，和她一样，那几天也顾不上孩子。几天后，儿子病情突然加重，朋友打来电话，张小红落泪了。这时，丈夫打来电话，要她回去，劝她不要当驻村干部了。张小红说："我下乡扶贫是自己申请的，又不是领导安排的，现在突然提出要回去，怎么可能呀！再说村里一大堆事也离不开啊！"丈夫说："你是个女同志，要适当照顾家才行！"说完便挂断了电话。

挂了电话，张小红的眼泪簌簌地流了下来。是啊，光顾着忙村上的事，连着几个星期没有休息，一个月没回家了。由于夫妻俩工作都挺忙，难得回去一趟，也不一定能见上面。有时张小红回到家都夜里11点多了，看着满屋的脏衣服和灰尘，打开洗衣机，边收拾屋子边洗衣服。夜深了，她累得躺在沙发上就睡着了，第二天天不亮就得赶班车回到村上。这些年，老公也经常下乡，生活没有规律，结果患了胃溃疡、心血管堵塞等疾病。

想想这些年，真是对不住他啊！

母亲长期泡在村里，儿子特别不理解，问她："妈妈，你抛下家不管，是指望提拔呢还是涨工资啊？"

张小红的儿子在西安念大学。那次生病起初以为是小感冒，咳嗽了好几天，没放在心上，后来不见好转才去住院。张小红告诉儿子要配合医生治疗，按时吃药，注意休息。但没过几天，传来的是他咳嗽加重、反复低烧的消息。张小红意识到事情的严重性，怀疑是肺结核病症的前兆。想到这里，她心里五味杂陈，觉得自己真不是一位称职的母亲。为了便于护理，张小红劝儿子回到安康住院治疗。

在安康，张小红第一眼见到儿子，发现他脸色苍白，仍然不停地咳嗽。张小红为儿子办理住院手续后，看着儿子依恋的目光，强忍住眼中的泪花，当天下午还是悄悄离开了。当时正值扶贫对象数据清洗的关键时期，工作队所有干部都忙得不可开交，她怎能把工作抛下不管呢？至于对儿子的亏欠，她想以后会有机会弥补的。

所幸儿子住了半个月院后就痊愈了，张小红也松了一口气。但是她感觉自己和儿子之间产生了深深的隔阂。儿子出院后，一个月没给她打过电话。张小红思来想去，觉得这是因为孩子不了解、不理解她的工作，她决定带儿子到村上体验一下。

2018年暑假，张小红动员儿子和她一起来到新华村，跟她同吃同住同工作。他们入户时，儿子主动跟贫困户交流，了解他们的衣食住行，询问他们对扶贫政策的看法。走着山间路，吃着农家饭，说着乡村事，经过一段时间的体验，张小红的儿子非常感慨，还完成了5000多字的调查报告。国庆期间，张小红的儿子再次同母亲一起看望贫困户贺爱心一家。得知贺爱心肚子痛得厉害，张小红和儿子赶紧把他送到镇上医院治疗。刚送到医院，村上有事需要处理，打电话要张小红回去，张小红就把贺爱心交给儿子照顾了。

贺爱心住院的三四天里，张小红的儿子帮他买饭，扶他上厕所，出院后又把他送回家里。住在同一个病房的贺习应对张小红说："张老师，你们家里又出了个扶贫干部呢！"

这些年，张小红感觉最愧对的就是家人。2018年8月，年近80岁的老父亲突然生病，住了十几天院，那段时间是张小红驻村最忙的时候，她委托亲戚们轮流照顾父亲，工作一天也没有耽搁。

"不是不想尽孝。人常说女儿是父亲的小棉袄，老人病了正是需要儿女照顾的时候，可是那段时间村上信息采集工作紧迫。驻村干部必须自己去宣讲，什么人达到标准什么人达不到，而且要并户识别——有的老人单独立户，与子女分开，很麻烦，不好识别。这项工作至关重要，牵涉老百姓的切身利益。识别是否精准，退出是否精准，对每个人都非常关键。情况复杂，时间紧迫，各种矛盾冲突纠葛，刻不容缓，所以我根本无法脱身啊。那段时间大家都在加班加点，要让村民写《自动退出申请书》，需要一个一个去做工作，一户一户逐步解决问题，避免矛盾冲突。"2019年3月20日，张小红请了几天假，回县城办公室写材料。父亲刚出院不久，她准备利用这段时间抽空去陪陪父亲，谁知第二天到父母家里刚一个小时，父亲就不在了。

"父亲去世的那天是3月21日，农历二月十五日。父亲患有肺源性心脏病，正月初一住院，初二已下病危通知书了，医生说所有器官都已衰竭。老父亲很坚强，不愿耽搁子女的工作。从他住院到临终前的20多天时间，我一次都没有去，有事都是托朋友在帮忙办理。妹妹公公婆婆年纪大了，负担很重，难以离开。母亲身体不好，也经常住院，不能照顾父亲。那段时间一直都是我儿子及几个侄子在医院照顾爷爷，儿子开学后请了护工在医院照顾。3月20日我赶回来，晚上急着写材料，第二天回到父母家里。父亲说：'你不是要出去培训吗？怎么来了？'我说：'不去了，我请了假，准备好好陪陪你。'"

张小红说自己的父亲是个老农民，但懂规矩，明大理。父亲说："闺女，你干的都是大事情，让贫困山区的老百姓脱贫致富，过上好日子，是积德行善的事，我支持你！我们的党和国家这些年对百姓这么好，改变了多少穷苦人的命运，这是前所未有之事啊！我们要感谢国家，感谢政府。你吃的是公家的饭，就一定要对得起这份工作呀！"张小红点点头，说："爸，我知道了，你放心吧，我会好好工作的。"她照顾父亲穿上睡衣，吃了药，然后扶他坐在电暖桌前准备喂他喝粥，起身准备给父亲盛饭的时候发现他身子倾斜。张小红以为父亲在找开关，说电暖桌开着呢，不用再开了。父亲没反应。她上前赶忙扶起父亲，发现父亲口吐鲜血，人已无气息。

"因为我懂医学知识，知道抢救也没用了，赶快给丈夫打电话，他说正在下乡，让朋友先过来。接着又给妹妹打电话，一时慌了手脚，不知所措。父亲就这样安静地离开了，我一天也没有陪伴他。那一刻，我突然感觉万分内疚，觉得对不起老父亲！父亲病了好长时间，总想等忙完了扶贫工作再去陪他，谁知再也没有机会了……"张小红说到这里已泪流满面，哽咽难语。

采访张小红的过程中，我数度落泪。她是一个纯粹的人，一个置百姓利益于自己之上、真正把贫困户当亲人的人。一个本来可以在县城养尊处优的弱女子，用她单薄的身子，柔弱的肩膀，挑起一方百姓脱贫攻坚的重担，在紫阳这块土地上，用青春和热血，谱写出无愧于时代、无愧于青春、无愧于党和人民的壮丽华章，给人民交上了一份满意的答卷！

五、让人生在奉献中熠熠生辉

2017年年底，新华村顺利通过评估验收，实现整村脱贫出列。2018年2月，张小红被派到邻近的新光村驻村扶贫，踏上了脱贫攻坚新的征程。

在紫阳一些乡镇，大办婚丧宴席、生日宴、升学宴的陋习普遍存在，积习难改。本身就是贫困户，在这些事情上却非要争个高低，比谁更阔气，形成一种很不好的风气。新光村也不例外。张小红驻村后，与村党支部制定婚丧嫁娶规章制度，倡导新风尚，违者严肃处理。一些升学宴无法阻挡，村委会规定：谁办就录像，然后把视频寄给学校。村民担心孩子在学校受到影响，纷纷取消了这类宴席。其他类似的活动，如生日宴、乔迁宴等，村干部一概不参加，"四支队伍"高度重视，渐渐就没人再大肆操办了。

新光村有一个叫向连献的人，1973年生，快50岁了还是个光棍。之前找过一个外地媳妇，跑了。向连献相貌堂堂，但好吃懒做，多年前做了个痔疮手术，以此为借口，整天游手好闲，什么也不干。让他学一门技术，不干，养蜂嫌麻烦，养猪嫌太脏，种地嫌太累。与他交流，说什么他都强词夺理，找各种借口。

"张老师你听我说，我身体不好，年龄也不小了，需要休息哩。"

"你还不到50岁，比我还小，我还在拼命工作呢！你父母那么大年龄了，每天还下地干活，你心安理得吗？"

向连献撇撇嘴，说："那是他们的命，劳苦命！"

张小红说什么他都不听，有时看见她向连献远远就躲开了。

2018年9月，张小红突然接到向连献的电话，说他父亲在紫阳住院，想借4000元钱。张小红心里一激动，差点说"你把卡号发过来，我给你转"。但转念一想，不行，这样就把钱借给他，太容易了。张小红说："你要么养蜂，要么去学足疗，可以从村里的互助资金里借5000元。"向连献说："张老师，人家不相信我啊！"张小红说："只要你答应我去养蜂或学习足疗技术，我保证你去村委会能拿到钱。"向连献不信。张小红给村委会文书打了个电话，说先借给向连献5000元，他答应父亲病好了去学足疗技术，一定学好。

向连献去了村委会，果然拿到了钱。

过了一段时间，向连献的父亲病愈出院了。张小红提了他答应过的事，向连献说"学足疗，要得"。当时是10月份，张小红送他去培训班，叮嘱他好好学习，培训结束去重庆上班。向连献不住点头。11月18日，张小红正在陕北宣讲，接到向连献打来的电话，激动地说："张老师，我查了一下业绩，没想到不到一个月，居然能挣4000元！我回去一定要好好感谢你，请你吃饭，把家里养的鸡宰了！张老师你需要啥？我过年回去给你带！"张小红说："我啥也不要，只要你好好工作，比什么都好！"

从3月份开始做这个人的工作，直到9月份才做通，可谓好事多磨啊。她长长地松了一口气。

向连献通过自己的努力改变了人生，上班后不断给家里寄钱。他70多岁的老母亲激动万分，逢人就说张小红是好人，送张小红土鸡蛋，张小红不要她就恼了。张小红于是就收下鸡蛋，并通过别的途径弥补她。

2019年年底，新光村实现脱贫，张小红被派往向阳镇天生桥村驻村扶贫。天生桥村有178个贫困户，2020年10月全部脱贫，严格按照脱贫程序，实现"两不愁三保障"，即"不愁吃、不愁穿""住房、医疗、教育"有保障。

"目前的主要任务是巩固脱贫成果，防止返贫情况。"张小红说。

"张小红是红十字会干部的标杆，她把'人道、博爱、奉献'的红十字精神，发扬在了每一次为民服务当中。"紫阳县红十字会会长韩冠新说。

张小红2012年进入红十字会系统工作。这5年里，她连续三年被评为"全市红十字会系统先进个人"，先后获得"紫阳县道德模范""安康市最美志愿者""安康市三八红旗手""陕西省红十字会优秀志愿者"等荣誉称号。2018年以来，张小红先后被评为"陕西省三八红旗手""安康市脱贫攻坚交友帮扶先进个人""紫阳县巾帼脱贫先锋""陕西省优秀扶贫干部"等，并被选为"全省脱贫攻坚先进事迹巡回报告会"成员，在陕北延安、榆林、铜川三市作报告，其总结的"三明、三勤、三同"扶贫体会在网络上引起热议。

"回顾几年来的扶贫工作，我体会到，要做好基层扶贫工作，既要'话讲明，理阐明，事办明'，更需要'心勤想，腿勤跑，嘴勤问'；我体会到要搞好帮扶贫困户工作，需要'女干部同男干部一样，队员同队长一样，小部门同大部门一样'。我认为干好扶贫工作没有诀窍，只要不畏艰难，真心换真情，就会得到贫困户的认可，就能够与贫困户打成一片，引导贫困户发展产业，脱贫致富。"作为曾经的优秀教师，张小红用真诚与执着诠释着一名基层干部的人生理想，在平凡的岗位上默默无闻地耕耘着不平凡的事业，让人生在奉献中熠熠生辉。

第五章　精诚所至，金石为开

幸福其实很简单，做自己该做的事，帮最需要帮助的人。

——蒿坪镇全兴村第一书记詹世弟

到全兴村的那天下着雨，淅淅沥沥。11 月的雨有些冷，零敲碎打地跌在沔浴河里。河水不是很大，坐在新的村委会二楼办公室，能听见哗哗的声音。这是一条季节河，夏天河水暴涨时，能溢上岸来。当地人多住在深山里，是清代移民搬迁到这里来的。听老年人说，一部分是鼓励，一部分是强制，从乾隆年间到咸丰年间，人口迁移先后持续了 100 多年，至今许多人还操着江南一带的方言口音。

全兴村有 447 户 1360 人，其中建档立卡贫困户 305 户 972 人，贫困发生率高达 71.4%。这里的村民之前全部住在山上，生了病不愿花钱医治，基本靠拖，好多小病就耽搁成了大病。村民近亲结婚现象严重，造成孩子一出生就患有残疾。村里各类残疾人 124 个，占比 12.75%。由于位置偏僻，交通落后，村民主要靠天吃饭，部分年轻人外出务工解决生计。全兴村属紫阳县深度贫困村。

在紫阳走了几个乡镇，发现这里的村民大多住在山上。那么高的山，上下一趟需几个小时，多少年来交通闭塞，造成深度贫困。当地人说，一开始住在山上的主要原因是躲避战乱及沉重的赋税，还因为山顶相对平缓，可以开荒种地。山上日照充足，植物茂盛，野生动物成群，饥荒年代不愁饿死人。据说关中几次大旱，一部分人就逃到紫阳来了。最关键一点是这里的山有多高，水就有多高，除了交通不便，山上明显比谷底有优势，也不用担心洪水灾害。近年来，政府动员易地搬迁，全兴村大多数人已搬到镇上的集中安置点，山上只剩 150 多户人了。

詹世弟 2017 年 3 月到全兴村当第一书记，至今已有 4 个年头。这个看起来文质彬彬的年轻人的吃苦劲儿，连当地人都十分佩服。

"刚来的时候每天在山上跑。这里山高路陡，上一趟山需两三个小时，下来也要一两个小时。之前没有公路，什么东西都靠背，晚上杀猪，天不亮背上走五六个小时到镇上去卖，回到家就黑尽了。因为穷，年轻人都出去打工了，在家找不到媳妇。好不容易带回来一个，人家一看家庭条件就走了，留不住，至今村里还有几十个光棍。刚到这里的时候，我对地形不熟，对村民也不了解，老支书汪义政带着我入户。山上住户分散，近则一两公里，远的要走十多公里的山路，来回得五六个小时。一周后，老支书撑不住了，村主任接着陪我入户。半个月后，村主任也坚持不住了，说：'你这样天天跑，一天跑五六个小时，谁受得了啊！'从这山到那山，没有路，自己带着柴刀砍荒草杂树，硬踩踏出一条路来。有些地方手脚并用才能通行。到一组入户，途经一处叫'阎王崖'的地方，几十米高的硬石头上无处落脚，村民用树木搭了天梯通行，走在上面胆战心惊。累得不行就扶着山崖歇一会，渴了趴在小溪边喝一口，错过饭点了一天只吃一顿饭，饿了就啃两口方便面或饼子。当时山上有200多户村民，分散在几条沟壑的山梁上，我整整跑了两个多月，鞋磨破了几双，脚开始打血泡，后来结痂了。有一次还把脚崴了，一瘸一拐好长时间。两个月时间，硬是跑遍了全村每一个角落——所有住户的家。"村民们一开始见他柔柔弱弱的样子，认为他坚持不了多久，后来都向他竖起了大拇指。

詹世弟刚到全兴村时住在半山腰的一间破房里，房屋年久失修，破败不堪，里面除了一张木板床，再无他物。村干部告诉他，这是全兴村的村委会，因村子穷，没钱维修。村委会旁边是一片乱坟岗，感觉阴森森的。特别是到了晚上，风掠过树林，发出呜呜的怪叫声，令人毛骨悚然。村民问他怕不怕，詹世弟强打着精神说不怕。村民住得离这里都比较远，附近只住着一位老人，门口有口井，他吃水就到那里去提。詹世弟弄了一块大宣传牌将乱坟岗的一侧遮住，这样看起来好多了。接着詹世弟又添置了一些桌椅板凳及生活必需品，带来了自己的电脑，白天走村入户，晚上整理材料，一弄就到深夜。累了一整天倒头便睡，什么恐慌害怕烦恼都抛到九霄云外去了。

詹世弟走村入户，主要是了解村上的详细情况，把情况摸清吃透，然后谋划如何脱贫发展。他摸清了有的地方适合种茶，有的地方适合种桃，有的地方适合种花椒，然后开始招商引资。好不容易把人请到山上，人家一看条件太差，都退缩了。后来詹世弟动员自己的亲戚朋友来带动发展，也没人响应。

"主要症结在交通上。山高路险，不是什么东西都能背下山的。如果不解决这个问题，全兴村的发展就是一句空话。"

经过两个月的走村入户，詹世弟了解到群众最忧心的就是通村路，最期盼的就是修路，路也是全兴村致贫的主要原因。三组村民汪自全说，车到他家里不是人开车，而是人推车，一到雨季和冬天，小组里十几号劳动力干得最多的事就是帮司机推车。詹世弟清楚地记得，驻村工作队在一组开会返程时下雨了，车陷进淤泥里怎么也开不出来，只有叫来周围群众帮忙。干部群众一行十几人硬是推车行进1公里多。因为路不好走，来村走访学生的镇中学老师王贤涛摔伤了胳膊，到村开展健康扶贫工作的镇卫生院医生曾显芳摔断了腕骨，至今还留着伤残。当时村里三个村民小组，除了二组道路通达度稍好外，一组道路弯急路陡、多处损毁垮塌，总长4.3公里，其中1.1公里未硬化；三组仙洞湾到村委会不通公路。"雨天一身泥，晴天一身灰"，严重影响群众出行，制约经济发展，村民反映强烈，迫切要求修路。

要想富，先修路，担任第一书记以来，詹世弟把第一板斧用在了改善村民交通出行上。初来乍到，他做好了吃苦的准备，但面临的条件太艰苦了：全兴村山大人稀，村民思想观念落后，产业薄弱，交通不便，令人难以接受。面对一穷二白的局面，詹世弟一度产生撂下担子的想法。老支书汪义政经常鼓励他。汪义政在全兴村已经当了几十年的支书，2017年詹世弟驻村的时候，他已经62岁，还没退休。他说："你们年轻人有想法，只要是为全兴村谋事，我大力支持！"通过走村入户，詹世弟对这里的情况有了较为全面的了解，也找到了全兴村贫穷的症结：基础设施落后、没有规模产业、村办公场地狭小、村"两委"班子战斗力差。

詹世弟把自己调查了解的情况反映给紫阳县政府办公室。陈莲县长当时包的这个村，她通过各种渠道引来资金，开始修路，把村组之间的路先打通。水泥路面硬化每公里成本在60万元左右，资金缺口比较大，于是县上就让企业先进行垫资。那段时间，詹世弟一直坚守在山上。通村公路的建设让他看到了巨大的希望，他认为全兴村就是一艘等待起航的大船，自己便是这条船的船长，一定要把好舵，带领 1000 多村民走出困境。

一、第一书记卖茶记

蒿坪是紫阳富硒茶的生产基地之一，也是紫阳富硒茶的原产地和发源地。蒿坪镇有着独特的地理气候环境，有着较为悠久的种茶、制茶传统。从茶苗培育到种植，再到茶叶采摘加工，都是采用最传统的上好手艺。这里的传统手工制茶保留了茶的原始香味。新茶的采摘也格外严格，要求芽叶嫩壮匀整，白毫显露，色泽翠绿，制茶工艺更为考究，确保硒微量元素的含量不会降低，保证了富硒茶本身的醇和、爽滑、回甘、生津。

经过认真思考，与镇领导及村党支部反复论证，詹世弟决定把茶叶作为村主导产业，连片建设了 300 亩新茶园，成立茶叶服务队管护了 800 亩老茶园，带动贫困户成立了"落铁沟茶叶专业合作社"。全兴村原来就有近千亩茶园，因为疏于管理，许多茶园已经荒芜。詹世弟通过各种渠道请来专家，现场指导村民修剪茶树，科学施肥，专人管护。这些茶园没有让村民致富的一个主要原因便是没有销路。

春茶上市后，别的乡镇茶厂生意如火如荼，全兴村的茶叶"养在深闺人未识"，几乎无人问津。"酒香也怕巷子深。"詹世弟决定上门推销。他相信，好产品一定会有市场的。

阳春三月，正是紫阳明前茶上市的黄金季节，也是紫阳茶最为金贵的时刻。天刚蒙蒙亮，熬了大半夜的詹世弟翻身下床，简单地洗漱后，骑着摩托车驮着昨晚加工出来的第一锅新茶，准备到县城去"闯荡"市场。

从全兴村到紫阳县城有 35 公里，沿途需翻越几座大山。春日的山野一片葱茏，山花烂漫，然而詹世弟的心情却没那么愉悦。他知道，如果今天这些茶卖不出去，明天就没有收购鲜叶的钱了，厂里在急着等米下锅呢。

一路上，詹世弟把油门加到最大，沿着沅浴河一路疾驰，翻山越岭来到紫阳县城。大街上，随处可闻茶贩子叫卖的吆喝声。詹世弟突然觉得有些难为情，试了几次都没喊出口，感觉周边人都用一种异样的目光看着他。毕竟，自己曾经是人民教师，是县政府公职人员，如今却要在街头与这些"茶滚子"混在一起，叫卖茶叶……这是自己的初衷吗？不是。之前上班的时候，每每从这里路过，看见那么多山民背着背篓沿街叫卖，自己心生怜悯之际，想得更多的是庆幸自己有一份体面的工作，不用像他们那样讨生活。

全兴村总面积12平方公里，耕地面积2942亩，茶园近1000亩。隔壁城关镇和平村的和平茶厂是紫阳县的龙头企业，年销售额数千万元，可谓风生水起，一梁之隔的全兴村却是深度贫困村，根本原因就在于好茶叶卖不出去。如果能把全兴的茶叶推出去，吸引商家投资开发，建立集体合作社，盘活这1000亩茶园，全兴村脱贫摘帽指日可待。

"卖茶了，今年的新茶……"詹世弟鼓足勇气，喊出了第一声。

"卖茶，春天的第一锅茶，快来看看吧！"他朝着人多的地方走了过去。

"老板，要不要春茶？昨晚刚出锅的，新鲜得很！"詹世弟进了一家茶叶店，拿出自己的茶叶让商家品尝。

"你看这型，叶肉肥嫩，紧结重实；再看这色，翠绿明艳，绝对耐冲泡；你闻这味，香味浓郁，营养丰富……"来县城之前，詹世弟想了许多词汇，一股脑全用上了。

"茶叶不错，你留下几袋吧。留下联系方式，如果好卖的话，下次可以多要些。"商家说。

旗开得胜，虽然数目不大，毕竟是第一单生意，詹世弟的内心还是十分兴奋的。

然而接下来的境遇就没那么好了，接连几家店他都吃了闭门羹，人家说不缺货，看也不看。詹世弟不想放弃，扛着沉甸甸的编织袋在高高低低的大街小巷里不断吆喝。眼看已到中午，喊得口干舌燥，茶叶并没卖出多少，肚子不合时宜地咕咕叫了起来，这才想起还没吃早饭。找了家面馆坐下，感觉腰酸腿困，再看看身边的编织袋，茶叶并没有下去多少。几天来，村民的劲头都特别足，茶叶制作严格按照工艺流程，质量绝对有保证。可是这么好的茶叶为什么就没有市场呢？如果天黑之前还卖不掉，自己回村怎么交代呢？全兴村上千号人可是眼睁睁地盼着这些茶叶能变成现金呢。有了钱，大家就有了希望，以后的事情就好办多了。可眼下这种情况，别说上千亩茶园制作的茶，就是几十亩茶园制的茶也卖不掉啊！

难道是自己的销售策略有问题？紫阳是茶乡，各乡镇几乎都有自己的茶厂，特别是焕古、城关、向阳、双桥、瓦房、红椿等乡镇，就是蒿坪，也有好几家茶厂经营得很不错啊。无奈之下，詹世弟来到自己的工作单位县政府办找同事们帮忙。大家虽踊跃购买，但这也不是长久之计，每天茶厂有七八十斤的产量，熟人的购买能力是很有限的。同事们见詹世弟压力很大，于是动员各种关系联系经销商、茶庄和相关企业购买，几十斤新茶总算销售一空。

詹世弟松了一口气。根据各方反馈的情况，全兴茶在工艺流程上还需狠下功夫。要想占有市场，品质是关键。第二天，他带了一些制作好的茶叶到和平茶厂，拜访紫阳毛尖茶传统制作技艺传承人曾朝和，向他学习制茶、卖茶的经验，并邀请他前往全兴村的茶厂指点迷津。在全兴村，曾朝和手把手地从采摘、杀青、揉捻、烘干、提香等环节进行细致讲解。村民们听了制茶大师的指点，茶叶加工环节遇到的难题迎刃而解，对村办茶厂充满了信心。

第二天一大早，詹世弟带着改善工艺之后制作的新茶又上路了。他先是在蒿坪镇街道寻找买主，然后又去了紫阳县城的茶叶市场，挨家挨户进行推销。茶叶店老板仔细查看茶叶品质，并肯定了这些茶叶的品质。夜幕降临，詹世弟骑着摩托风驰电掣般回到村里，然后把白天卖茶收到的货款当场兑现给农户。灯光下，看到村民脸上喜悦的神色，一天来的劳困感觉都烟消云散了。

接下来的日子，詹世弟带着全兴村生产的茶叶先后去汉阴、安康、西安等地推销。蒿坪镇全兴村生产的茶叶得到客户的好评。随着联系到的客户越来越多，需求量越来越大，村民们热情高涨，熬夜加班加点制作好茶，及时运往市场销售。

全兴村茶叶合作社得到镇政府的大力支持。蒿坪镇党委书记秦宗道多次前往茶厂现场考察，指导。秦宗道说："全兴村村集体股份经济合作社刚刚起步，前面困难重重，大家要利用新茶上市期，着力打造全兴茶厂的外围环境，抢注商标保护自己的合法权益，挂牌营业做好市场需求调研，扩大市场宣传的力度，完善厂内管理制度，加强集体队伍内部管理建设，从采摘鲜叶和收购鲜茶上抓起，加工环节更是必须精益求精，用口碑占市场，用信誉树品牌，用质量创效益，提升服务质量，不断壮大集体经济实力，助力全兴村脱贫攻坚。"

作为地地道道的紫阳人，秦宗道对紫阳茶文化有着深厚的感情，对制茶的流程更是非常熟悉。看着眼前刚出锅的新茶，秦书记连连点头称赞："你们这个新茶叶的加工手艺很好，外观、颜色、质感都很好，闻起来很香醇。"他现场带头订购了几斤全兴茶厂生产的新茶叶，并号召喜爱喝茶的同事们都到全兴茶厂来购买。秦宗道说："全兴村这个村办集体企业，如果出现销售不畅，随时都有断顿停产的危险，眼下正是新茶上市最佳期，如果大家需要购新茶，请购全兴茶，真心支持他们一下。"

目前，茶叶已成为全兴村的优势产业，带动 131 户贫困户实现脱贫。全兴村成为蒿坪茶叶的主产区之一。

二、浪子回头

全兴村海拔较高，最高处海拔 1500 米，山下海拔不足 400 米，温差很大。村里残疾人上百，残疾原因和青中村差不多。

村民黄声贵 58 岁，弟弟脑瘫，走五步退三步，无劳动能力，靠哥哥养活。黄声贵的爱人是智障者，精神不正常。他的儿子也患脑瘫，13 岁了，生活不能自理，需要人喂才能吃饭。这一家人，成了詹世弟重点关注的对象，詹世弟经常帮他们买一些生活用品，争取各种残疾补助，解决其生活中的一些困难。黄声贵一家住在山上，下山一趟很不容易，所以有什么事就给詹世弟打电话。2017 年冬天的一个傍晚，大雪封路，黄声贵打电话说家里除了几个土豆，没啥吃的了。詹世弟立即买了两袋米、两桶油及生活用品，找了一个老司机，借了一辆四驱皮卡，冒着大雪赶早送到山上。由于坡陡路滑，皮卡几次熄火，差点滑下山崖，非常危险。到山上后都大半晌午了，黄声贵看到詹世弟后非常激动，说这么大的雪，人走上来都不容易啊！詹世弟给他们家送生活用品，已经不是第一次。詹世弟曾做工作让他们搬到山下的安置点，这样就不用上下跑了，再说黄声贵家的土坯房也是危房，住在里面非常危险。然而他坚决不同意，说儿子在山上可以自由地奔走，山下车来车往，还有河，不安全。而且山上有地，可以种土豆，种玉米，下了山啥也弄不成。詹世弟与村干部协商后，花了几万元把他家的危房改造了，把他 56 岁的脑瘫弟弟送到敬老院，减轻其负担。如今他们一家三口享受低保，每月 1400 多元。村上又给黄声贵安排了一个公益性岗位，每月 450 元工资，他家里的两个残疾人，妻子每月 180 元补助，儿子 140 元，一年下来收入超过 20000 元，实现脱贫。黄声贵的儿子因严重脑瘫上不了学，詹世弟带着老师经常去看望他。他还给这一家人都办了合疗，生病住院可以报销了。有一次黄声贵生病了，詹世弟借了车将他送到医院，花了几百元，最后通过临时救助渠道都解决了。黄声贵见别人家都养猪养鸡，自己也想养，可没钱，詹世弟就把猪仔和鸡苗送上去。他感动得落泪了，说几十年来，从来没有人对自己这么好！还是共产党的扶贫干部贴心，真正为老百姓办实事啊！

黄声贵能说出这样的话，令詹世弟也很感动。这个人一开始是不懂得感恩的。记得刚开始接触他的时候，一打电话他就要东西，理直气壮。几天没见詹世弟到他家来，就问是不是把他忘了，说家里没吃的了，没用的了，孩子摔倒了，妻子发疯了，弟弟砸东西了……似乎詹世弟就是政府派来的义工，所做的一切都是天经地义的。詹世弟告诉他："人要懂得感恩啊！"黄声贵说："感恩？让我请你吃饭吗？我哪有钱？"詹世弟说："感恩不是请人吃饭。我不需要你请，而是希望你能有一种正常的心态。这个世界上，谁也不欠谁的。我们扶贫干部每天那么辛苦，走几十公里的山路，目的就是让你们摆脱贫困，但是你们自己也要配合，自强自立才行。你看村里那些光景过得好的人，都比别人更勤奋。你们自己努力了，配合政府摆脱贫困，我们流再多的汗，受再多的苦也值得了。"黄声贵说："村里那些光景过得好的人，他们家里有这么多的残疾人吗？送一个脑瘫给他试试！"此后的日子，只要有领导来看望，黄声贵就变本加厉地诉苦。他说房子维修好了，儿子上厕所不方便，常摔跤，詹世弟联系人给他家建了个厕所；他说家里有残疾人洗澡不方便，给装了热水器；他说儿子整天哭闹要看电视，给他买了台大电视机……他认为反正你扶贫干部拿着国家的工资，国家有扶贫政策，你就得帮我，一切都是理所当然的。詹世弟因为忙，十几天没去他家，黄声贵就打电话，接通了半天不说话。詹世弟忍不住问："有啥事儿？"他直截了当地说："你多久没给我送东西来了？家里几天都没有肉了，你这工作是怎么搞的？！"

让黄声贵真正感动的是那次大雪天，他真的没有想到詹世弟冒着那么大的雪把吃的东西送上来了。司机对他说："路上遇到几次险情，车子差点滑下山崖。人家詹书记为了你差点把命都搭上了，这样的事，就是你娘老子活着，能做到吗？"

还有一次黄声贵生病了，也是下着大雪，山高路滑，詹世弟硬是背着他走下大山，把他送到医院。

黄声贵的眼睛湿润了……

长期生活在大山里的人，除了贫穷，还比较固执。

罗天府是建档立卡贫困户。他家的房子在山上一处特别偏僻的地方，距离其他住户都比较远。罗天府一家人住的几间破烂的土坯房，维修成本比较大，把公路修到他家门口也要绕很远，怎么着都不划算。于是詹世弟与村干部就动员他搬到山下的集中安置点，可一次次无功而返。后来詹世弟出面让他搬到比较平缓的距离公路较近的地方，罗天府也不同意。詹世弟找来他的亲戚做工作，费尽口舌，没用。理由是他家的风水好，不能动，一动就破了风水，不吉利："如果出了啥子事，你们谁担得起这个责？"

你说交通不便。

"没事，习惯了。再说没事也不愿意到山下去。山上空气多好啊，视野又开阔，地里随便刨拉刨拉都是食，饿不死人。"

你说土坯房太破，危险。

"没啥子事，这么多年了，要塌早就塌了！这房子几十年了，经了那么多风风雨雨，结实着呢！"

反正就是不搬。村上种植桃树，让他去干活，一天 100 元，不去，嫌太远了。后来村干部骑着摩托车来接他，他说头晕……反正不给别人干活。家里没钱了，心情好了，才到自己家的地里干几天活。让他去参加培训班，学一门技术，车费报销，每天补贴 30 元，不去，整天躺在床上睡大觉，看谁都不顺眼。

人穷不可怕，最可怕的是志短。物质的穷，归根结底是精神的穷。

鲁迅先生曾在《摩罗诗力说》第五节第一段有一句话："哀其不幸，怒其不争。"是说对某人的不幸遭遇感到悲哀，对某人的不争气、不抗争而感到愤怒和遗憾。

所谓的贫困其实有两种含义：一种是显性的物质财富的缺乏，一种是隐性的精神思想的贫乏。改革开放 40 多年里，我们始终强调物质文明和精神文明要两手抓。凡是那些先发展起来的地区，一定是思想解放和实践探索都走在前列，都能很好地体现"精神变物质"与"物质变精神"的相互结合与转化。同样是贫困，有的人要么怨天尤人，要么不思进取，只知道给自己的贫困找理由，只想着借助"等、靠、要"来摆脱困境，实际上陷入了物质和精神的双重贫困；而有的人就是不认命，不信邪，偏偏要走出困境，告别贫困。实际上，有些人对于贫困根本没有概念，对于致富同样也没有概念，其生活的哲学就是"穷有穷的活法，富有富的活法""穷一点没什么，反正有政府"。这种哲学只会助长贫困，不会推动社会进步。这就是前些年贫困县帽子越摘越多的原因，说到底，思想上的贫困才是最根本的贫困，我们必须从根本上打破"穷不丢人""越穷越光荣"的错误心态。

在很多人看来，贫困是个经济问题，脱贫是个物质财富的创造和增加的问题。这个观点有一定的道理，但是不全面，原因是，人是物质和精神的统一体，人的安全感、满足感和幸福感是物质因素和精神因素共同作用的结果。

输血不治本，穷根依旧在。有些人不缺勤劳，缺的是思路。有的人拿到救济款就大吃大喝，几天就花完了，等靠要思想严重，甘于贫困。有的贫困户领到救济款几天就花光了，买的猪杀了吃肉，买的牛嫌放养麻烦，卖了换成羊，多出来的钱花掉，又卖了羊买了鸡。鸡下蛋，有蛋吃，最后索性把鸡也杀了，结果依然一贫如洗。有的人他只想着你还欠他什么，给了床还要铺盖，给了铺盖还要房子，有了房子，想要老婆！

…………

回到全兴村的故事。

"这个罗天府生于1977年，40多岁了，至今还是光棍。他身体健康，智商正常，就是思想有问题。父母重男轻女，从小把他惯坏了。他不愿意上学，不愿出去打工，啥也看不上，做啥都不成，谁说也不听，可谓油盐不进。今年这方面不吉利，明年那方面不吉利，拒绝搬迁和危房改造。直到今年我说危房改造是最后一次机会了，好说歹说他才答应把厨房和厕所改造了。政府补贴了2万元。"詹世弟说。

后来，詹世弟给他联系了一份工作，每月3000元。拿到工资后罗天府给自己买了一身体面的衣服，发现别人看自己的眼神都不一样了，从此像换了个人似的，不再那么固执了。

2017年，詹世弟刚到全兴村的时候，见一个人骑着摩托车在村里横冲直撞。此人染着黄头发，戴着墨镜，嘴里叼着烟，流里流气，一身匪气——典型的黑社会形象。詹世弟惊诧如此偏僻的小山村居然还有这样的人物，不可思议！村民说这个人可不简单，在外面混世界好多年了，打砸抢烧、吃喝嫖赌样样俱全，扬言"牢狱就是我的家"，监狱屡进屡出，如家常便饭。别人说他"五毒俱全"，他说自己是"十毒俱全"。这个人脾气火暴，话不投机就开打，不管人多人少，一身痞子气。

此人叫汪德华，生于1967年。50多岁的人了，还这么不成熟？詹世弟觉得有些好奇，于是就暗中观察他，发现这个声名狼藉的人回到村里后从不干坏事，说明他还有良知，是可以改造的。汪德华常年浪迹在外，好讲哥们义气，于是詹世弟就请他吃饭、喝酒。詹世弟将心比心，关心他的生活问题。汪德华说："我现在也50多岁了，无家无舍，不想在外面漂泊了，但回到村里又无安身之处，看政府能否帮助解决住的问题。"汪德华是母亲从外面带来的，小时候常年一个人住在山洞，与兄弟姐妹从不来往，性格孤僻，脾气暴躁。

"我不是本地人，父亲原来在铁路上工作，得了半身不遂，后来自杀身亡，母亲带着我改嫁到这里。那一年我刚11岁，整天在山上给叔叔家放牛，放羊，解决吃饭的问题。"眼前的汪德华已和普通村民没什么两样，唯一不同的是他的眼神，透着一股咄咄逼人的光。

"母亲嫁到了黄家，两家人合并在一起，一共有8个孩子，其中汪家5个，黄家3个，生活非常困难。我每天在山上给叔叔放羊放牛，混一口饭吃，晚上就睡在山洞里，因为家里人多，实在没我的栖身之地。有一次，一个安徽马戏团来这里表演，我觉得演马戏好玩又能挣钱，于是我便跟着去了。后来我在汉中南郑马戏团干了几年，回来发现家里还是一贫如洗，想带着几个兄弟摆地摊。在石家庄遇到两个老板，问：'小兄弟贵姓？'我说姓汪。他说：'想不想发财？'我一脸懵懂。他说：'兄弟啊，在这里摆地摊能挣几个钱？跟我去矿上干活，一个月能挣几百元！'那时是80年代初期，一个月收入几十元就不得了了，几百元的工资从未听说过。我怦然心动，于是便带着几个弟弟一起去了矿上。这是一家铁矿，有许多工人。在矿上干了半年，几个兄弟受不了那份苦，先后回家了。老板见我比较精明，就让我当保安，一段时间后让我当工头，带领一班子人干活。后来铁矿倒闭了，我流落街头，留着长头发，穿着大红色的喇叭裤。因为没有身份，我经常被派出所当流氓抓起来遣送回安康。我偷偷地又去了石家庄，与一群社会上的人鬼混在一起，坑蒙拐骗什么坏事都干，在当地派出所挂上了号。后来因为打架几次入狱，出来后想着反正这辈子就这样了，索性破罐子破摔，混蛋到底。两年前，听说政府在搞扶贫，全兴村在修通村公路，我抱着好奇心回来看看，谁知遇到了好人。是詹书记改变了我的人生、我的命运。"汪德华说。

詹世弟了解到汪德华的情况后，给他安排了一个公益性岗位——打扫全兴村安置点的卫生，每月600元工资，汪德华答应了。有了交情，来往得就多了，汪德华发现詹世弟是真心帮扶自己，对他很尊重，说："詹书记，我了解你这几年的情况，给全兴村做了许多事儿。我谁都不服，就服你，你说让我干啥我就干啥。"后来，詹世弟在安置点给汪德华安排了一套60平方米的房子，汪德华的思想观念彻底转变了。除了每月领600元公益岗位的工资，他还经常去山里挖一些崖柏、弄一些树根回来做成根雕工艺品。这些根雕受到城里人的喜爱。有一个根雕茶桌卖了3000多元，给他了巨大的信心。汪德华带着我们参观了他安置点的房子，里面收拾得挺干净。听说他最近谈了女朋友，我问是否属实，汪德华笑着点点头。院子里堆积了许多从山里挖回来的树根，他准备天晴了就加工。旁边停着一辆小工具车，是汪德华新买的交通工具。

汪德华思想转变后，整个人像脱胎换骨，已成为全兴村脱贫致富的先进人物，受到镇政府的表扬。

"国家政策这么好，给咱免费住这么好的房，詹书记全心全意帮咱脱贫致富，咱再不好好努力，对得住谁啊！"

这个漂泊在外多年的浪子，终于踏上了人生的正轨。

三、山乡巨变

一晃，詹世弟到全兴村当第一书记已经3年多了。他刚来的时候，孩子只有3岁，爱人没有工作，全力照顾老人和小孩。詹世弟是家中独子，村里工作忙，除了镇上开会抽空回一趟家，常常一个月都回不去一次，孩子生病、老人生病根本无暇顾及。妻子一开始怨气很大，认为他是个不负责任的丈夫。后来妻子带着孩子来看他，发现这里的条件如此艰苦，詹世弟每天工作到深夜，心疼得落泪，开始理解他，支持他。

打通全兴村 3 组仙洞湾 40 多户 200 余人的出行道路，是詹世弟到村后干的第一件大事。为了获得修路占地主人的支持，他亲自上门做工作，同时协调落实修路资金，申报道路硬化项目。通过多方争取，他为村里要来了项目资金，新修道路 4 公里、拓宽道路 6 公里、硬化水泥路 4.5 公里，并对原有道路进行了改造维修。如今，全兴村的通组路、产业路已全部建成。为解决驻村工作队办公条件差的问题，詹世弟通过向县政府办领导争取，购置了电脑、打印机、空调、办公桌椅、会议桌等必要的办公设备，还想方设法筹集资金购买了厨具、餐具等，让驻村队员能安心驻村工作；为解决村上无卫生室、村委会办公房功能配套不齐全等问题，詹世弟协调争取项目资金，亲自设计图纸，在村易地扶贫搬迁集中安置点修建了新村委会办公用房和卫生室，配套建了体育文化广场，配齐了相关的体育器材，提升了村公共服务水平。

看到詹世弟是来干实事的，村里的很多能人都愿意回来创业兴业。詹世弟提出的以茶叶为主、花椒为辅，突破林果，试种药材等产业发展思路，逐渐得到了大家认可。

村民汪从安原来也住在山上。1995 年，他和村里的许多年轻人一样，选择出去打工。汪从安通过老乡引荐，在河北邢台铁矿找了份工作，从矿工到生产管理人员，干了七八年，在邢台落住了脚，找了个当地媳妇，然后又跑了七八年出租车，积攒了一些资本。2017 年 10 月，汪从安听说村里的路通了，决定回乡创业。他投资 80 万元流转了 200 亩山地种植花椒，其中自筹资金 60 万元，精准扶贫项目资金 20 万元。如今花椒树已经开始挂果，丰产后年产值可达 100 余万元。

吸引本村外出创业能人詹小金回乡，成立了光宏生态养殖专业合作社，建成年出栏 2000 头的养猪场一个，带动群众做大做强养殖产业；鼓励女能人陈叙兰回村，创办响水洞养鸡专业合作社，发展林下养鸡产业，带动贫困户分散发展养殖业；引入神龙富硒公司在全兴村流转土地种植花椒 300 亩，配合支持其建设省级农业园，发动产业大户与企业合作种植花椒 200 亩，指导建档立卡贫困群众成立了全兴村兴雅花椒专业合作社；引进浙商成立紫航农业有限公司成功试种水芹菜，发展果木和中药材种植，现已建成果园 300 亩、中药材种植园 100 亩；连片建设了 300 亩新茶园，配置设备成立茶叶服务队管护了 800 亩老茶园……詹世弟马不停蹄，奋力奔跑。

年轻有为的青年洪志山回村开发荒地 150 亩，栽种了苗木花卉，成立寨霸生态种植有限公司，如今又发展了林下养鸡，还担任了三组组长。在县政府办的帮助下，浙江紫航农业有限公司为村民提供桃树苗和种植技术。村民以栽种管护入股分红的形式发展桃园 300 亩，已实现投产增收。

詹世弟任第一书记以来，全兴村建设了 160 平方米标准化卫生室一个，诊断室、治疗室、公共卫生室和药房"四室分离"；新建村党群活动室一个，配套建设图书室一个、文娱活动室一个、便民服务中心一个，共计 450 平方米；建成 750 平方米村文化活动广场一个，建成 900 平方米村体育活动广场一处；全村垃圾实行集中清运；村里有 6 处饮水点全部验收合格，水质检测符合饮用水的要求，现已全部投入使用。全村农户安全饮水达到全覆盖，饮水质量均达到国家标准，已通过县级认定；电力入户率达到 100%，全村共架设 5 台变压器，各组通动力电，用电全部实行"一户一表一卡"规范管理；村级通宽带网络，手机信号实现全覆盖。全兴村现有产业基地 4 处，农业园区 2 个，带动近 125 户贫困户脱贫。全村 224 户 381人通过各种技术培训在外务工，带动家庭脱贫。全村公益性岗位共 35 个，安置贫困人口 35 人，稳步实现"搬得出、稳得住、快融入、能致富"的目标。

如今，詹世弟已经成了全兴村村民的主心骨。一些村民几天不见他就会打电话说："詹书记你不会调走了吧？你可不能走哇！"在安置社区，一些老人聚在一起聊天，见詹世弟来，争先恐后与他打招呼。我说："你们都是从山上搬下来的吧？"一位老大爷说："可不是嘛，我们这辈子都没想着能走出大山，住上这么好的房子啊！这都得感谢党的政策好，感谢詹书记把全兴村建得这么好！"

为解决村上干部后继乏人问题，詹世弟通过做老党员柯玉富的工作，动员其在上海大饭店做厨师的二儿子回村当信息员。如今这个年轻人已成为村文书，正作为村干部的后备力量进行培养。

几年来，詹世弟用实际行动诠释了一名共产党员的本质。

"全兴村尽管退出了贫困村序列，但巩固脱贫成果是当务之急。要持续走产业规模化的路子，延伸产业链条，壮大村集体经济，从长远解决群众持续增收致富难的问题，让全兴村在乡村振兴的道路上阔步前进。"詹世弟动情地说。

第六章　山歌书记

> 脱贫不是目的，要让群众稳得住、能致富才行。生活好了，歌才会越唱越美。
>
> ——蒿坪镇双胜村驻村第一书记杨远忠

一、以歌交友

九月采茶是重阳，

菊花造酒满缸香。

太白喝罢菊花酒，

下笔作诗几十张。

…………

紫阳是民歌的故乡，几乎人人会唱民歌，张口就来。朋友相聚，以歌会友，比谁的嗓门亮，调子高；家人聚会，只要有人哼起民歌，一会儿就能变成小合唱，气氛十分热闹；青年男女相互爱慕，隔山采茶，以歌声传递着心声，演绎出许多动人的爱情故事。而每年3月的"春之茶"采摘盛会，来自全国各地的茶商茶友相聚紫阳，采茶姑娘载歌载舞，以歌声传递真情，传递紫阳人的热情、大方、淳朴。

在紫阳，提起"山歌书记"，几乎无人不晓。开始的时候，我很难把这两个词汇联系在一起。山歌是紫阳特色，人皆知之。那么书记呢？"紫阳山歌协会"书记？

错！原来"山歌书记"是蒿坪镇双胜村驻村第一书记，他叫杨远忠。

"我是紫阳县残联副理事长。县残联有5个编制，单位班子成员2人，除了理事长和我，其余身体均有残疾。我2014年6月12日开始下乡扶贫，是紫阳县第一批下乡扶贫的第一书记。"杨远忠说。

"听说你喜欢唱紫阳民歌，人们叫你'山歌书记'？"

"哈哈，喜欢唱歌是因为通过这种形式与村民交流比较方便。刚下乡的时候，村民对驻村干部有很大的成见，他们都不咋理我。有时候到老乡家里了解情况，你刚坐下，人家起身就走，把人打击得不行。村党支部组织村民前来听我宣讲扶贫政策，可我说什么人家都爱理不理，'热脸蛋贴了个冷屁股'，让人很没面子。"吃了多次闭门羹后，杨远忠发现，比谋划发展更难的是首先让乡亲们接受自己这个"外人"。

"那时候我就想，既然说话没人听，咱就用唱的，还要唱大伙儿爱听的。村民不愿意听你讲话，但只要你歌唱得好，他们就会喜欢你。"在一次村里举行的晚会上，杨远忠自告奋勇上台，唱了一首紫阳民歌《郎在对门唱山歌》。

"哎呀，你是没看到，唱完了大家都给我鼓掌，让我再唱一首呢。"杨远忠说。

这次公开演出让村民们慢慢接受了这个新来的第一书记。"走在村里，大家见我开始打招呼了，后来再去老乡家拜访，他们还要留我吃饭呢。"后来，杨远忠经常在田间地头给群众唱民歌，渐渐地便有了"山歌书记"的称谓。他平易近人，作风踏实，通过"以歌交友"，缩短了自己和百姓之间的距离。

双胜村有居民 755 户 2527 人，其中贫困人口 224 户 733 人。村上残疾人较多，有 227 个，占全村人口的 9%。除了近亲结婚、出去打工致残外，还有人因长期住在潮湿阴暗的房间得了风湿性关节炎，腿严重变形，有人因小时候高烧不退、湿柴烟熏、烧漆树、水池里腐烂树叶毒气侵蚀，致耳聋、哑巴、眼瞎等各种残疾。残疾人扶贫难度很大，他们不脱贫，影响全村整体进度。

"为什么对扶贫干部有成见呢？"杨远忠问。

"以前有的干部从我家门口过，我喊人家，人家耳朵像掉了似的，头都不回。我们就认为这新来的干部肯定也架子大，所以我们也不搭理。"村民杨大恩的妻子王庆兰说。杨大恩一家有多人残疾，是杨远忠的重点帮扶对象。

杨大恩是个退伍军人，患有严重的风湿性关节炎，走路十分困难。老人 86 岁了，十分勤劳。杨大恩家里有 7 口人，4 个残疾人，妻子王庆兰眼盲，大儿子杨明发当年因考学失利，患了精神病。杨远忠给杨明发安排了一个公益性岗位，打扫卫生，每月 600 元工资。有人说不能用精神病人，杨远忠坚持用他。杨明发干得很好，每天天一亮就起床了，把村里打扫得干干净净。杨明发已经58岁，光棍一个，等到60岁的时候可以纳入五保户，每年有6300元的补助。杨大恩二儿子杨明才视力残疾，视力很弱，走路经常跌跤，其妻陈隆琴特别能干，善良贤惠，一家人全靠她。面对这种实际情况，杨远忠在和杨大恩一家商量后，帮忙给他们建了3亩茶园，免费发放100只鸡仔，还帮他们修建了家门口的水泥路，翻修了房屋。王庆兰高兴地说："现在茶园每年能收入8000多元，我儿子当保洁员每月能收入600元，日子真是慢慢好起来了。"

贫困户郭乾红在矿山务工时，因一起安全事故右腿截肢。他是家里的顶梁柱，可现在不但他自己挣不来钱，80多岁的老母亲也时常需要看病吃药。沉重的负担压得郭乾红喘不过气来。杨远忠了解到这一情况后，帮郭乾红配了假肢，并多次找他谈心，鼓励他增强脱贫信心。一次，郭乾红告诉他，夫妻俩想开一家农家乐。杨远忠立即联系县职教中心，帮郭乾红的妻子报名参加烹饪技术培训。为了解决郭乾红家开办农家乐资金不足问题，杨远忠协助他办理了5万元贴息贷款。县残联理事长曹和新通过残疾人创业扶持项目补贴郭乾红5000元，蒿坪镇又用以奖代补的方式补贴其3000元。农家乐办了起来，增收脱贫有了着力点。如今，郭乾红的"来顺"农家乐月收入6000元左右，郭乾红顺利摘掉了贫困户帽子。

贫困户张祖席68岁，视力残疾。他的妻子也是个残疾人，风湿性关节炎，双腿变形严重，走路十分困难。他们有一个儿子，参加工作后因病死亡。老两口孤苦伶仃，相依为命。

杨远忠了解情况后，首先把他们纳入低保范围，两人每月可以领520元。村上每年给他们免费发放猪仔、鸡仔。杨远忠经常去看望他们，给他们传授养殖技术。张祖席家里有几亩茶园，杨远忠给他们发放肥料，提供产业扶持。他家里养的两头猪可享受政策补贴700元。本地黑猪肉很抢手，一斤可卖到26元至30元，每头猪可卖6000元甚至10000元，两头猪可卖15000元以上，再加上两人的养老金每人每年1000元，10多亩茶园还可以收入数千元。张祖席老两口脱贫后，逢人就说杨远忠是他们的大恩人。杨远忠经常去他们家走访，老人非常感动。

杨远忠说，本地黑毛猪主要吃山上的猪草和玉米，不用喂饲料，很受欢迎，常常还没喂肥就被定了。贫困户家里只要养两头猪，每年就能收入一万多，当年实现脱贫。杨远忠动员村里人都养猪，特别是残疾人，没钱买猪仔的就免费发放。一头猪仔 1000 多元，通过残疾人扶贫基地专项扶贫资金解决。

村民刘德香 56 岁，精神残疾，患有高血压、心脏病。她老公慢性病肺结核和肺气肿。两口子常年吃药看病，负债累累。两人勤劳能干，但还是难以改变贫困的面貌，生活看不到希望，是建档立卡贫困户。刘德香的大儿子是智障者，在外打工，一年挣不了多少钱；二儿子上初中。杨远忠免费给他们发猪仔，给他们申请到 5000 元产业帮扶资金。刘德香家里有 5 亩茶园，由于管理不善，每年仅收入几千元，对于脱贫致富杯水车薪。杨远忠驻村之后，将茶叶进行精加工，使他们每年收入达到两万元。除此之外，杨远忠还帮助他们开办了一个小酒坊叫"茶坊酒"，每年可收入一两万元，加上猪仔的收入，2017 年刘德香家实现脱贫目标。脱贫后，一家人非常感激杨远忠。

村民杨敏 30 岁，精神残疾，家里 4 口人。老母亲 70 多岁，精神不太正常，视力残疾，经常看不见东西。杨敏的丈夫在交通事故中死亡，留下两个孩子，一个 10 岁，一个 11 岁，兄弟俩都在蒿坪上小学。一家人生活十分困难。因为杨敏有严重的精神病，生活不能自理，靠低保维持生活，幸亏有个小叔子经常帮助他们。杨敏见人就跑，躲到山崖后面不出来，无法与人沟通。老婆婆见人就骂，骂什么，咕咕叨叨也听不清楚。杨远忠经常去帮助他们。杨敏精神不正常，经常将家里的蔬菜抱到村委会，大家不要，给她送回去，过了一会儿她又抱来了。大家能感受到她的好心，也不骂她。杨远忠与村干部经常到她家去，见房子又破又旧，屋里屋外脏乱不堪，女人疯疯癫癫，家里乱得一塌糊涂。杨远忠与镇干部一起帮他们打扫房子。后来，杨远忠争取到危房改造款 50000 多元，把杨敏家的房子翻修一新。杨敏家住在一个沟壑的对面，出行十分不便，杨远忠争取资金给她家修了一座桥，出行方便了许多。这家人，全靠小叔子照顾。小叔子叫张良树，30 岁左右，户口跟他们不在一起。张良树在外打工之余，经常回来照顾一家人。

杨远忠首先将杨敏家的低保标准由原来的每人每月 165 元提高到 350 元，然后给她家申请临时救助，每年 3000 元到 5000 元。产业扶持方面，发猪仔、鸡仔、肥料，让老婆婆养了两头猪，补贴 700 元。加上兜底户低保每年 4000 多元，老婆婆养老金每月 130 多元，杨敏残疾人补助每年 2160 元，老婆婆残疾人补助每年

720元，一家人年收入达到脱贫标准（脱贫标准为年人均收入4100元），实现脱贫。

二、以歌交心

杨远忠生于1967年4月，1983年初中毕业，1984年参加合同制干部招考，凭借一首紫阳民歌《美丽的紫阳》征服了评委，被录为文化站干部。

多年后，杨远忠还清楚地记得那首歌的旋律：

> 汉江两岸山重山，
> 金山银山万重山；
> 一颗明珠放光彩，
> 照得巴山格外绚。
> …………

杨远忠说，小时候父亲喜欢唱民歌，他从小耳濡目染，也喜欢唱陕南民歌。到双胜村扶贫后，村民喜欢杨远忠唱歌，他就一首接一首地唱，村民们也跟着唱。杨远忠将一些山歌改编成民歌教给村民，并经常与他们对唱：

杨远忠唱：

> 年年有个（哎）三月的三（啰），收拾（哎）打扮（啰）上茶山（啰），人人都说（哎）茶山的好（哇），采下的茶叶卖银钱（啰）。

村民唱：

> 春山四月（哎）茶山的走（啊），春茶（呀）春风（呀）香悠悠（啰），人人都说（哎）茶山的好（哇），茶山（啊）处处好朋友（啰）。

杨远忠唱：

双手采茶（哎）忙又的忙（啊），阳雀（呀）画眉（呀）把歌唱（啰），人人都说（哎）茶山的好（哇），茶山（啊）处处好风光（啰）。

大家一起唱：

茶山（呦）处处好风光（啰）。

这是一首《人人都说茶山好》的紫阳民歌，由张宣强填词，旋律优美动听，声声入耳。

除了对歌，杨远忠还经常与村民搞联欢活动，在舞台上演唱紫阳民歌。很快，他的名字便在周边传开了，双胜村也成了远近闻名的山歌村，人人会唱山歌，个个唱得都好。

"山歌唱到老百姓的心里，主要还是帮助老百姓实实在在干一些事情。"杨远忠说。田间地头，他经常组织村民对唱，特别是在采茶的时候，山上成了一片歌的海洋，欢声笑语在群山之间久久回荡。

"紫阳是民歌的故乡，没有我不会唱的民歌。"说起紫阳民歌，杨远忠很自信。

我让他唱一首，杨远忠清了清嗓子，唱了一首紫阳久负盛名的《久不唱歌忘了歌》：

久不唱歌忘了歌，
久不撑船忘了河；
秀才提笔忘了字，
燕子衔泥忘了窝。

满城绿水伴茶香，
隔岸远处有灯火；
这里故事还有很多，
就让山歌唱给你听。

久不唱歌忘了歌，

久不撑船忘了河；

秀才提笔忘了字，

燕子衔泥忘了窝。

满城绿水伴茶香，

隔岸远处有灯火；

这里故事还有很多，

就让山歌唱给你听。

…………

　　杨远忠的嗓音圆润，歌声轻柔婉转，富有极强的感染力，将人带进那种诗情画意的境界中去，洋洋盈耳，回味悠长。

　　紫阳人大多是明末清初从湘、皖、赣、豫、闽、粤各地来的移民的后裔，因而紫阳民歌具有明显的南方印记，其中有相当一部分直接来源于南方的唱本，如《桑木扁担》《十绣》《倒采茶》等。据当地人介绍，这里的青年人谈情说爱时，要唱缠绵热情的情歌、盘歌；为老年人办丧事，要唱凄凉、悲哀的孝歌、送葬歌；在地里干活时，要唱高亢、激越的号子、锣鼓草；采茶时，要唱悠扬、婉转的《茶山姑娘》《牧羊恋歌》；婚嫁时，要唱哭嫁歌、迎亲歌；行路时唱报路歌；上山时唱樵歌；等等。紫阳人迎亲时，一路上，新郎、新娘、迎亲的、送亲的都要唱山歌、吼号子。沿路村寨，还有拦新娘对盘歌的风俗。若遇上歌迷，迎亲队伍就停下来，陪新娘对歌。紫阳农民干帮帮活时唱的歌，称为锣鼓草。锣鼓草的演唱方式是由两个人自敲自唱，大伙边劳动边帮腔。如有人在干活时没把草根刨到土面上，领头的便唱：

　　哎——薅草莫薅连根草，

　　一场雨过又活了。

烈日下边流大汗，

竹篮提水白费劳！

如果大伙都干得快，有人落在后边，领头的就唱歌督促或善意地讥讽几句：

哎——大雁飞翔不离群，

干活就要多鼓劲，

莫学地角的懒蛤蟆，

一步三停急煞人哟哎！

这些民歌都有着较强的抒情性、叙事性和舞蹈性，适于表演动作、表达情节和反映人物复杂感情。

杨远忠说，驻村干部按要求每年在山上需待 220 天，他平均每年驻村时间达到 290 天，2019 年驻村 316 天，经常两三个月才能回一次家，待一天后又回到村里。县上虽然不要求扶贫干部做本单位的业务工作，但因为县残联人手少，所以他还需回去兼顾一下残联的工作。

三、抓实事，办大事

杨远忠驻村后，老百姓提出三件事：

第一件事是通电。双胜村之前用的是没改造的电网，电线很细，电阻大，不安全，还经常停电，电费高达每度 2 元，令人难以承受。停电的主要原因是短路，有时刮大风或下雪，就会短路，村民意见很大。

了解到这个问题后，杨远忠去电力局争取到了低压线路改造项目，当年改造，老百姓用上了放心电，电费每度降低到 0.49 元。

第二件事是吃水问题。双胜村村民大多居住在山上，附近没有水源，村民便在山上修一个池子，用来收集雨水。遇到干旱就没水用，要去几公里外的山下去挑。山路崎岖陡峭，峰回路转，一桶水挑上来只剩半桶。下暴雨后水也不能用，浑浊不堪，几天沉淀不下去。多年来，吃水问题一直是双胜村的一件令人头疼的大事，无法解决。

杨远忠去县水利局争取到饮水工程项目，投资 25 万元，铺设一条专用管道，修建过滤池、压力池等配套设施。饮水工程完成后，自来水压到各家各户。这些水都是山泉水，干净卫生，无污染，水质达标，村民健康有保障。

第三件事是搬迁安置。双胜村村民分散地住在几个山顶上，大多都是土坯房和石板房，年久失修，十分简陋。2015 年，杨远忠找到时任紫阳县县长梁涛，汇报双胜村村民危房情况。梁县长高度重视，派人到村上规划设计双盛新村。2015 年全面开工，政府搬迁办投资 1000 多万元在山下建设了双胜新村，老百姓只承担基本工价 990 元／㎡，每户享受 4 万元搬迁补助。新村建成后，山上村民全部搬迁下来。2017 年，紫阳全县 136 个村易地搬迁，双胜村是第二个从山上搬下来的贫困村，实现了脱贫。

三件大事用了两年时间，全部办成了。双胜村的老百姓对杨远忠交口称赞。这个书记不但山歌唱得好，给老百姓办事一点也不马虎啊！

杨远忠 2014 年 6 月 12 日开始每天下乡，当时还有 24 户 33 人未脱贫，都是低保户和五保户。上级要求 2020 年实现脱贫，2017 年双胜村实际已经全部达标。

"2014 年我刚到双胜村，村里有许多人喜欢上访，对政府和干部意见很大，所以我一去他们就很反感，认为干部不过是来做做样子走走过场。村民说此前所有的政府优惠项目他们都没有享受过，对驻村干部很失望，所以就刻意盯着干部的缺点，然后上访。当时，村里的人情风、赌博风、懒惰风盛行，等、靠、要思想严重。我通过'五好家庭'评比活动，树立妇女先进典型，并制定村规民约，规范管理。如婚礼丧事，提倡俭办宴席，标准不能太高，规定烟每盒 10 元以下，酒用当地的苞谷酒。之前村里过事，礼金动辄四五百元甚至上千元，有人为了攀比，甚至借钱贷款送礼，负债累累。新村规规定村里孩子上学、当兵，小孩满月、老人过寿等，都不能操办。过事礼金不能超过 100 元，违者取消低保等待遇。村民过事时村干部一律不允许参加主持，谁违反就处理谁，以上黑榜通报的方法，让大家引以为戒。"杨远忠说。

几年来，双胜村的环境卫生、村容村貌等有了很大提升。村委会对勤劳致富的典型表彰奖励，大力宣传，鼓励自强不息、不等不靠。现在村里一个懒汉也没有了，麻将声再也听不到了。村民对第一书记从一开始的不待见到现在几天不见就想念，争先恐后邀请他到家里去吃饭。山里的人都很倔强，自尊心强，很要面子，请你吃饭请几次如果不去，就会非常生气，认为你瞧不起他。吃完饭给钱也不要，觉得你看不起他。杨远忠于是就买一些米、面、油或酒、肉给村民送去，他们推诿一番就收下了。

2017 年，双胜村实现脱贫出列，村党支部被评为全县优秀基层党组织，紫阳县残联获得全县年度脱贫攻坚、综合考核双优秀。2018 年，全省新民风建设现场观摩会在双胜村举办，杨远忠被评为"全省优秀第一书记"。

2020 年 9 月，双胜村全村一户不落全部脱贫。

"本人不喜欢做官。当镇长时，因为自己的规划设想没有得到上级领导的重视，与领导意见不一致，辞去镇长职务，去残联工作。如今，我当第一书记已经 8 个年头了，这些年与双胜村的村民风雨同舟，荣辱与共，让全村老百姓摘掉了贫困的帽子，心里很有成就感。这种成就感不是一官半职能够相比的，我很骄傲。现在，虽然绝大部分弱能户已经实现脱贫，但是我们的帮扶措施不减，帮扶力度不减，确保他们稳增收、不返贫。县残联在双胜村帮助弱能户增收的探索和实践，也将为指导全县农村 15000 个残疾人家庭增收提供重要参考。"

眼下，杨远忠还是忙得停不下来。针对村里一些可能返贫的脱贫户，杨远忠会定期上门拜访，并且找来专家一起入户查原因，解难题，制定新的发展计划。因为村里养殖的土鸡、黑猪供不应求，他也正谋划着带领群众进一步扩大养殖规模，增收创收。

"脱贫不是目的，要让群众稳得住、能致富才行。生活好了，歌才会越唱越美。"杨远忠说。

第七章　星星之火，可以燎原

我们要想着怎样带动老百姓，带动他们改变思想、改变生活习惯，不要老是嘴上要求他们做什么、怎么做，而是应该用实际行动让老百姓知道该怎么做。

——中石油集团测井公司驻燎原村第一书记李挺

李挺，中石油集团测井公司驻燎原村第一书记，自愿报名到最艰苦的地方去扶贫，一切为村民着想，帮村民搬砖垒猪圈，给五保户大娘送葬，为村民购置广场舞音响，购买支架式幕布投影仪给百姓放电影，组织大家观看爱国教育片、农业技术培训片、扶志教育片等，每年在山上驻村350天以上，2019年一年没回家。李挺修建村委会时从10多米的地方摔下，脚踝骨折，去医院打了个石膏，拄着拐杖就回来了，一天也没休息……

一、真情驻村，真心帮扶

2018年4月，中国石油集团测井有限公司选派驻村工作队队长一人、队员两人完成公司脱贫攻坚驻村联户帮扶工作。公司高度重视，层层选拔，公开竞聘。作为优秀的年轻干部，李挺2013年被评为局级劳动模范，连续4年被评为分公司优秀管理干部。凭借优秀的工作成绩和丰富的农村生活经验，李挺在80多名竞聘者中脱颖而出，于2018年4月26日成为公司驻燎原村扶贫工作队队长兼第一书记。

"我1979年出生在陕西商洛，在甘肃敦煌中石油生活基地长大，有过农村生活的经历，对贫困山区的村民特别同情，所以主动要求来这里驻村。来紫阳之前，我担任中国石油集团测井有限公司青海分公司录井项目部经理。到燎原村的第一天，支书让我住在村委会。村委会院内一片荒芜，杂草丛生，房屋破旧不堪，根本无法住人。我放下行李收拾了一番就住下了，第二天便开始入户。住下后发现没有厕所，因为村干部都不驻村。于是便上老百姓的旱厕，需要走一段山路，很不方便。村民用的都是窖水，靠雨天蓄水，一段时间不下雨，水窖就干了。我想办法压了一根水管，从另一个地方将水引过来，把水窖维修好，让全村的人都用上了水。入户对接去四组调研，我问组长四组最困难的是哪一户。组长带我去看了一户五保户。原本是夫妻两人，丈夫前一年刚去世。老人70多岁，在床上缩成一团，奄奄一息，非常可怜。屋里黑洞洞的，地上一片狼藉，床上的被子已经看不出原来的颜色，破棉絮发出刺鼻的臭味，令人窒息。邻居说她病好几天了，状态十分不好，全身都浮肿。得知她一直没吃药，我赶紧去接了个大夫过来给她看病、抓药。我把她的床收拾干净，然后帮她买了新的衣裤、床单、被套给她换上，弄了一碗热乎乎的稀饭让她喝了，嘱咐邻居给她送饭、熬药，并买了一箱牛奶放在床边，把屋里卫生打扫干净。老人吃药后，气色看起来好了一点，屋里的异味也少多了。我松了一口气，感觉自己做了件好事，心里很踏实。想着老人只要按时服药，应该很快会恢复健康的。隔了一天，我准备去看看她还需要什么，结果发现老人已经去世了！当时一阵揪心，像自己的亲人猝然离去，有种说不出来的难过。我想，她无儿无女，没有亲人，走得匆匆忙忙，应该料理一下她的后事，于是按当地习俗，买了鞭炮、礼花，从她家里帮忙抬棺材上山，送了老人最后一程。村里的老百姓感觉十分意外，说驻村干部怎么还做这样的工作。从此，我对村里的五保户特别关注，如果出现意外状况就立即给镇上打电话，要不就想办法把他们送到养老院。后来帮忙给村里70岁以上的老人建档立卡。"眼前的李挺看起来很朴实，一个壮实、憨厚的西北汉子。说到这里，李挺让我看手机里的照片。照片是他在燎原村拍的，有村容村貌，有茶园、猪圈、蜂桶、香菇，更多的则是贫困户家里的情景。

驻村后，李挺对全村的基本情况做了细致的考察调研，到农户家"问人口、问吃住、问上学、问收入、听困难、讲政策"。短短60天时间，入户调研68户，慰问看望特困户5户，实地勘察计划工程道路10公里、危改住房21处、饮水工程3处，发放明白卡104份，整理档案资料200余份。

村上测路修桥，李挺和两个驻村干部拉着尺子爬坡下坎。他到市、县开会，都是连夜赶回村上。有一天，李挺去二组调研，见一个60多岁的老太太很吃力地用木头做的爬犁在搬砖，一次放3块。那种水泥砖一块20多斤，从公路上拉下去，很费劲。李挺问："拉砖做什么？"老人说修猪圈。李挺问："家里人呢？"她说家里有人生病，都去医院了。工作队3个人都是年轻小伙子，李挺说："我们来帮忙搬吧！"几个人用了两个多小时，搬了100多块砖。村干部说她又不是贫困户，不需要帮助啊！李挺说举手之劳，不论是不是贫困户，遇上了就要帮。老太太过意不去，非要留他们吃饭，他们拒绝了。

一天晚上，一组村民范加佑半夜被狗咬了，昏迷不醒，怎么也叫不醒。他妻子惊慌失措，前来找李挺。李挺赶快跑过去，叫了半天也没反应，摇也摇不醒。试了一下鼻息，发现呼吸还在，李挺赶快叫车把人送到紫阳医院抢救。范加佑的妻子十分感动，流着泪对李挺说："是你救了我老公一条命啊！"

驻村期间，李挺积极和村民交流沟通，为村民办实事，想办法。

燎原村25平方公里，9个组，没有路牌和标识牌，李挺建议路牌和标识牌一起做，宣传扶贫和建设村容村貌一起做。5组反映的桥的路基被冲垮的问题，8组反映的灌溉稻田的问题、饮水管线的问题，9组反映的道路不通问题，7组反映的涵洞被堵问题，等等，他都亲自去现场察看，通过各种渠道帮助老百姓解决实际困难。

"紫阳的茶叶这么出名，为什么燎原村不种？"李挺刚驻队的那段时间，一直在思考这个问题。后来，他了解到农户种植的茶树很多都荒废了，原因是燎原村海拔高，茶商收茶叶的时候，燎原的茶叶没到季节，等燎原茶叶下来的时候，茶叶没人收了，茶价也很低，不划算。李挺想："燎原的蜂蜜、土鸡蛋、腊肉、山果、菜籽油、苞谷酒等土特产不都是产业吗？燎原年轻人大多在外务工，家里都是老人儿童，要想为他们增收，就要把他们种的、摘的这些土特产变成钱，只要农户家里有的，我们就收，帮他们销出去。有了销路，老百姓自己就会去发展产业。"在李挺刚来的那段时间里，他试着帮助老百姓卖出茶叶60多斤、蜂蜜30多斤、土鸡蛋400多个、腊肉200多斤。他想在燎原村成立合作社，通过各种渠道，把老百姓的土特产销出去。茶叶不在季节没关系，可以通过包装找到销路。合作社建起来就是市场化，有了销量，就能请贫困户务工，有了效益，下一步就能帮助没有收入的贫困户（没劳动力，可以用他的土地），把他们纳进合作社帮扶。

2018年8月17日，燎原村终于成立了自己的集体经济合作社。李挺动员老百姓入股，有44户村民入股合作社，资金也筹到30多万。有了销路，有了产品，他们采用"倒逼机制"，带领老百姓发展农副产品加工业，流转土地20余亩。他们用公司的帮扶资金，把村上一座废弃厂房进行改建扩建，发展合作社茶叶加工、香菇木耳种植、冬枣种植、榨油、土蜂蜜加工等产品加工业。新建160平方米多功能彩钢房，用于配合政府向农户传授农产品种植经验、烹饪等生产生活实用知识及技能，用于开群众会等。发动老百姓对燎原村原有的300亩茶园进行改造升级，同时新发展茶园200亩。在公路沿线培育新茶苗，在发展产业的同时美化村庄。李挺带领工作队带头在合作社种植果树，并发动全村老百姓种植，工作队负责统计数量、统一购买。2019年全村共计种植果树4000余棵。

二、舍身忘我，扶贫扶志

"驻村后，感觉每天都在忙，有忙不完的事。2018年4月至年底，我只是在春节时回了一次家，待了几天就回村了。2019年中途没有休息过，一年未回家。我有两个孩子，双胞胎，今年15岁，正在上初三，妻子全职带娃。常年不回家，妻子寇莉只好前来看我。2018年11月她第一次上山，无法住，两人挤在窄窄的硬板床上。晚上上厕所要走一段山路，我只好陪着她。山上海拔高，村委会四面透风，夜里十分寒冷。妻子说：'你放着城里那么舒适的地方不待，到这么穷的地方受这份罪！'说着说着眼泪便下来了。妻子第二次来是夏天，山上很凉快，她特别高兴。谁知到了晚上蚊子成群，嗡嗡嗡，咬得她根本无法入睡。几天后，妻子起了一身湿疹，浑身痒得难受，只好回去。妻子第三次来，山上情况有所好转，她陪着我一起入户，帮助贫困户建档立卡，对我的工作非常支持。"谈起自己的家庭，李挺露出欣慰的笑容。

2019年6月，燎原村修村委会，李挺不慎从10多米高的地方掉下去，当时就不能动了。大家让他去医院检查，李挺说休息一会儿就好了，坚决不去。村民不由分说叫了一辆车，把他送到紫阳县医院。医生诊断为左脚踝骨裂，右手腕骨折，需要手术治疗。当时村委会建设接近尾声，工作十分紧张，竣工后还准备搞一场新民风活动。李挺负责这个项目，他心急如焚，问医生："不治疗可以吗？"

医生说必须治疗，否则会有后遗症。李挺问："术后多久可以恢复？"医生说最少需要休息三个月。他担心自己住院后工程就会搁浅，前面辛辛苦苦一年多的努力将付诸东流，坚决不做手术。李挺说："大夫，村里正在忙，离不开我，我必须马上回去。"医生见他态度坚决，说："那你在单子上签个字，以后出了问题与我无关！"骨科大夫给他手、脚上打了石膏，李挺架着拐杖便回去了。晚上疼得厉害，他吃了止痛药才睡着，第二天一大早便来到了工地上。

"现在左脚腕和右手腕感觉无力，上山脚用不上劲，右手腕连炒瓢都举不起。妻子后来知道了，嗔怪地说：'你要是残废了，就跟你离婚！'"

李挺驻村以后，扑下身子，与村民同吃住，深入调研，制订方案，精准施策。他关爱学生、重视教育，组织燎原小学庆六一活动、教师节活动；树新民风，带领工作队放电影，开展各种新民风活动；团结村"两委"成员，整合驻村"四支力量"，做全体村民的贴心人，形成共谋发展的合力。他积极与县镇部门对接，对村上长期发展进行规划，目前村组道路、老街、观光茶园、乡村清洁建设等已初具规模。他动员老百姓发展产业，建设自己的家园，让燎原老百姓增强了归属感和自豪感。为了做到精准扶贫不落一人，李挺详细制定了帮扶计划，建立了产业、就业、医疗、教育、生态、兜底、新民风建设等多项工作方案。李挺先后开展5次"助力燎原，就业扶贫"招聘活动，做成宣传广告，组织队员四处张贴，利用微信朋友圈和微信群发出去，扩大燎原的影响。李挺还组织了一次招聘会，邀请招聘公司的人，在燎原村进行现场招聘。李挺和驻村工作队开展"齐心合力，脱贫攻坚"知识竞赛，就产业扶贫、教育扶贫、生态补偿、易地搬迁、社会兜底等扶贫政策相关知识进行现场提问，群众进行抢答。驻村工作队还将政策知识印制成考题，通过测试，了解群众对扶贫政策的了解情况。现场气氛活跃，大家踊跃答题，活动取得了良好效果。

燎原小学是李挺到村里后最先去的地方。学校图书老旧，计算机室的电脑老旧，一直都未更新。李挺连续两年参加燎原小学庆六一活动，并给小学生赠送六一礼物。他还及时将学校情况向公司进行了反映。公司领导非常重视，在全公司组织了"星星之火"向燎原村捐书的活动，并组织全公司捐赠电脑，累计为学校捐赠图书3600余册，旧电脑40余台。

燎原小学后面有一条小路，李挺前后跑了 6 次，对小路进行实地踏勘。走小路一公里左右就能到达下面的公路，如果走大路则需要走大约 5 公里。学生上学、放学还有村上村民到村委会办事经常走这条路。路是山路，下雨后路面湿滑，一不留神便会摔倒。李挺积极向公司建议，对路面进行水泥硬化，修了一条便民小路，方便学生上学、放学，方便村民通行。过往的村民和孩子都赞不绝口。

为更好地开展工作，李挺申请担任燎原村第一书记。他坚持党建与扶贫工作同开展、同进步的思路，团结村"两委"成员，整合驻村"四支力量"，做村民的贴心人，与村民形成合力共谋发展。他全程参与村"两委"换届选举，集体联合办公 20 余次，优化驻村工作队临时党支部，开展"三会一课"。他组织 24 名党员重温入党誓词，学习《梁家河》交流心得体会，学习"发扬团结精神、打造凝心聚力团队"的党课材料，学习党章，开展批评与自我批评，营造了燎原村良好的政治生态，培养教导年轻党员、积极分子树立正确的人生观和价值观，提高党员思想认识，凝聚共识。

三、倡导新风，唱响燎原

2018 年以来，紫阳县大力推进新民风建设，弘扬正能量。李挺了解到燎原村老百姓日常文化生活基本没有，吃完饭就是打牌、打麻将，要么喝点小酒。他专门申请资金购置了广场舞音响设备、支架式幕布、投影仪，给老百姓放电影和音乐。刚开始只有小孩子和几个大人来看，后来每晚都有 40 人左右来看电影。李挺在电影播放期间插播爱国教育片、农业技术培训片、扶志教育片等。2018 年放映电影 40 余场。为方便老百姓看完电影回家，驻村工作队还安装了三个探照灯，帮助照明。李挺说："我们要想着怎样带动老百姓，带动他们改变思想、改变生活习惯，不要老是嘴上去要求他们做什么、怎么做，而是应该用实际行动让老百姓知道该怎么做。"他带领工作队办黑板报、挂横幅，积极在村里进行政策宣传。通过写报道、发照片到公司，让企业更多的人了解燎原村。老百姓感叹，自从工作队来了，燎原村"响起来了，亮起来了"。

李挺 2018 年进驻燎原村时，村上没有一个合作社，没有村集体经济。工作队于当年 8 月 17 日帮助村上成立村集体合作社。2018 年至 2019 年燎原村集体合作社又帮助村上成立了 4 个合作社 1 个家庭农场；2020 年又成立 3 个合作社，与村上原有的几个合作社建立起合作伙伴关系，帮助他们代销产品。燎原老百姓家里的农产品，合作社代销。老百姓 2018 年在合作社务工 800 余人次，2019 年在合作社务工 1000 余人次。

"几年来，我们整合村集体资源，打造村集体经济平台。老百姓开始自发整理老茶园，2019 年又新建茶园 200 亩。燎原村海拔高，茶商收购茶叶的时候，燎原的茶叶还不到采摘季节。我们成立村集体合作社，购置茶叶加工设备。合作社茶厂 2020 年开始投产，累计生产茶叶 1000 斤。之前，村民加工菜籽油要到汉中碾子镇。村集体合作社购置菜籽油加工设备，以低于附近各镇加工价的价格加工菜籽油，2019 年开始投产。村上土蜂蜜价格低，没有销路，村集体合作社购置蜂蜜加工设备。2018 年，燎原土蜂蜜价格在 40 ~ 50 元每斤不等，合作社全部以 62 元每斤的价格收购、代销。合作社茶厂、香菇种植、榨油等产业经过前期运行，让老百姓看到了合作社的发展前景和好处。合作社采用自购材料、自己建厂的方式，以村支书兼主任刘应军为法人代表，村组干部为主要管理人员。合作社的发展开拓了村上干部的思路，增长了他们的见识，培养了管理合作社的人才。村集体合作社通过举办各类技术培训、群众大会等，让老百姓知道这是自己的合作社。合作社茶叶设备到村，村民看到后，自发来了 10 多人帮忙搬设备。香菇袋料到合作社，村民自愿帮忙搬运。这在之前的燎原村是不可想象的。

"紫阳燎原，天然深山，百花蜂蜜，一年一采；入户取蜜，杜绝掺假，十月采蜜，提前订购。"每逢采蜜期前后，燎原村土蜂蜜的宣传图文陆续出现在中石油测井公司网站和员工朋友圈，随着微信群的一传十、十传百，越来越多的人开始关注燎原村的农产品。

"很多在城市生活的人见到纯正的土特产，像见到宝贝似的。村里的土特产我们能够保证质量，且价格实惠。这样既满足公司员工的消费需求，还能带动农户增收，一举两得。"李挺说。与此同时，中石油测井公司的工会和分公司的食堂也加入支援队伍，将燎原村集体合作社纳入食材供应商范围。燎原村的农产品一下多了上万名粉丝，订单量节节攀升，与之俱增的是村民的收入。燎原村家庭农场经营者王成安体会深刻："过去我一个人养500只鸡，靠自己零售收入不稳定，自从李书记帮我成立了家庭农场，我的养殖规模一下翻了倍，现在只操心把鸡养好，销路啥的不用愁。"

王先伟一家本是燎原村建档立卡贫困户，其父亲在家养殖土鸡，规模也不大。后来村里成立了合作社，王先伟的父亲入了股，不仅年年拿分红，家里的土鸡蛋都不够卖了。父亲于是建起了家庭农场，养殖土鸡达到3000只。仅凭这一项，每年能给家里带来4万元的收入。

2018年，燎原村合作社全年销售农产品收入达到150余万元，利润30余万元，入股会员分红2万余元，全村342户贫困户半年分红户均70元，合作社用销售利润20余万元购买厢式货车、餐厨具、会议桌椅等物品，扩大合作社经营规模。

2019年，燎原村合作社全年销售农产品收入达200万元以上，利润40万元以上，资产收益性资金实现利润105000元，337户贫困户户均分红249元，其中优先分配经济收入不达标弱能户15户，户均分红604元，余15762元作为燎原村集体股份经济合作社公共积累。2019年村集体合作社积累资金60余万元。合作社对2018～2019年在合作社担任管理人员的村组干部，均根据个人贡献发工资奖金，对全村60岁以上的老党员进行慰问，对全村70岁以上的老人进行慰问，对全村议事代表进行慰问，让全村老百姓切实体会到合作社带来的福利。

为了壮大村集体经济，燎原村合作社在东木集镇流转土地50亩，建设食用菌基地，建成年产量100万的袋料香菇厂。目前合作社已召开竞聘会2次，公开竞聘香菇厂管理员两名。2020年5月开始建厂，目前已为村上提供短期就业岗位30余个。香菇厂建成后，2021年能为燎原村提供就业岗位50～60个，2022年提供就业岗位100个以上。

建立长效机制，签订各项消费协议。2020年燎原村合作社和中石油测井公司签订了消费扶贫协议；与测井公司食堂签订合同，把村集体合作社纳入供应商，拓宽了集体经济的销售渠道；与天津分公司、新疆分公司签订了销售协议；与紫阳邮政签订合作协议，享受扶贫优惠政策。各项协议的签订，为合作社产品找好了销路，拓宽了市场。合作社利用"党支部＋合作社＋企业＋贫困户""村集体合作社＋村个人合作社＋贫困户"的发展带动模式，带动贫困户发展产业，增加收入。燎原村集体合作社这个平台就是村上所有合作社、农户的一个代销和帮扶平台，是整合村上土地、资产、人力的平台，其产生的利润能让老百姓得到分红，让村上得到积累。

燎原村原是东木镇的一个深度贫困村，全村1831人中1237人为建档立卡贫困人口。燎原村地理条件差、土地分散，无法进行规模化生产，村集体经济几乎为零。2018年，李挺去的时候该村尚有贫困户400户，2020年已经全部脱贫。驻村以来，李挺带领着工作队一行三人，克服诸多困难，明确责任，掌握政策，安排部署，因地施策。2020年疫情期间，工作队为镇、村捐赠口罩1400个，为受疫情影响的农户购置魔芋种18吨，对全村进行产业直补。

李挺有一个坚强的后盾，那就是他所在的单位——中石油测井公司。在李挺全力以赴在燎原村扶贫的同时，测井公司也派出了一支"豪华阵容"队伍：公司14名高管与110户贫困户结成帮扶对子，分批定期入户走访。公司党委书记和总经理多次到燎原村调研指导工作。紫阳县纪委书记周富林说："有这么重视扶贫工作的帮扶单位，这么得力的扶贫干部，燎原村一定能实现高水平脱贫出列！"

测井公司两年累计向燎原村捐赠扶贫专项资金426万元，用于公共服务、基础设施建设和产业扶贫、文化扶贫、就业扶贫、新民风建设6个方面，拓宽了村通联户道路，架通了便民"油苑路"和"连心桥"，新修了标准卫生室和文化广场，开挖了垃圾填埋场，安上了太阳能路灯，使村容村貌焕然一新。

连续两年，测井公司脱贫攻坚工作队在紫阳县20个中省帮扶单位中名列第一，获紫阳县"两联一包"扶贫帮扶先进单位，在陕西588家帮扶企事业单位中，蝉联全省驻村联户扶贫工作优秀单位。

2020年"五一"劳动节，李挺荣获省级"优秀第一书记"，还荣获紫阳县"劳动模范"称号。燎原村也顺利通过审核，实现了脱贫摘帽。

第八章　山的那边花的海

党委、政府这样实心实意地帮我们，我再不把羊养好，把光景过好，怎么说得过去呢？

——洄水镇联沟村贫困户刘坤秀

一、从"扶贫新手"到"行家里手"

2015 年 10 月 19 日，年轻的 80 后干部周帮新到联沟村任第一书记。联沟村位于紫阳县洄水镇三岔河流域，距集镇 9 公里，西面、北面分别与双桥镇解放村、洞河镇田榜村交界，东临洄水镇连桥村，南与洄水镇团堡村相邻，总面积 8.5 平方公里，辖 8 个村民小组，属深度贫困村。联沟村共有 327 户 1116 人，其中，建档立卡贫困户 205 户 632 人，贫困发生率 56.6%。村最高海拔 1200 米，冬天白雪皑皑，山高路滑，交通十分不便。村委会在海拔 700 米处。致贫原因：交通闭塞，缺乏技术，残疾人多（68 人）。村里三大姓，陈姓、温姓、蔡姓，近亲结婚比较严重。

"当时情况是 8 个村民小组都在山上，最远的从村委会到那里要走四个半小时的山路。除了村委会，其他地方都没有手机信号。村委会设施简陋，除了一张床和桌椅，什么也没有。整理打印资料，需要骑摩托车去 8 公里外的镇上，很不方便。后来一一添置了电脑和打印机及其他办公用品，不用再跑那么远的路了。走出机关大楼来到村头，没有了空调和沙发，还要面对基础设施建设、产业发展、矛盾化解等陌生而又烦琐的农村工作，一时很难适应。"周帮新说。

2015 年 10 月，周帮新刚到联沟村第三天，村里光棍汉杨运洪把另一个光棍汉杨希成种魔芋用的水井填了，因为杨运洪放羊把杨希成的魔芋地踩了，后者威胁前者，如果杨运洪的羊再踩他的地，就下药将羊药死。杨运洪非常生气，把一块大石头滚到杨希成的水井里去了。井是泉水井，很浅，有80公分深，一块大石头就填满了。杨希成是有名的懒汉，智力低下。事情发生后，两个50多岁的老光棍差点大打出手。周帮新闻讯后与村支书等一行四人前去调解矛盾，提出让杨运洪放羊走别的路，不要踩踏杨希成的魔芋地。大家一起动手把石头掏出来，弄得浑身是泥。两个光棍汉一开始光着膀子站在旁边观看，见驻村干部不怕脏和累，深受感动，于是帮着一起清理淤泥，把井弄好了。2018年，周帮新通过扶贫政策给杨希成找了个护路公益性岗位，一年5000元工资，这个人一下子变得勤快了，每天早早起床干活。两年后，杨希成买了一辆三轮摩托车，跑到附近打零工，加上公益性岗位工资，实现脱贫。这个之前每天站在墙根晒太阳的懒汉，变成了一个靠自己双手勤劳致富的人。

贫困户陈传聪30多岁，也是个光棍。他的父亲83岁，视力一级残疾。父子俩相依为命，住在简易的土坯房里。后来陈传聪去了西安的一个建筑工地打工，把老父亲托付给邻居照料。2017年8月，陈传聪家的房子后墙倾斜，成为危房。工作队人员让老人搬到村里的特困户安置点，陈传聪的父亲因为眼睛看不见，认为房子是安全的，拒绝搬走。周帮新反复做工作，老人终于同意搬迁。因为山路陡峭，老人看不见路，周帮新背着他来到村委会的安置点，然后为他添置了一套新被褥及生活必需品，并专门找了一个人给老人做饭。陈传聪回来后非常感动，把父亲接到岚皋县敬老院。2019年，镇上的安置点交付使用，陈传聪将父亲接了回来，在新家过了个热热闹闹的年。周帮新动员陈传聪参加足疗培训，开始他不同意，觉得修脚是很低贱的工作，不愿学习。周帮新说紫阳有好几万人参加足疗培训后都脱贫致富了，有的人干得好，一两年后开了店，年收入数十万元。陈传聪参加培训上岗后，每月能拿到5000元以上工资，尝到了甜头，干得更卖力，一家人实现了脱贫。在周帮新的鼓励下，村里先后有200多人参加足疗、厨师培训，其中60多人从事足疗行业，收入都很不错，摆脱了贫困。

二、从贫困户到致富能手

刘坤秀是一个普通的农村妇女，吃苦耐劳，勤俭持家，善良贤惠。丈夫蔡英齐憨厚老实，儿子蔡维伦学习优秀。光景虽过得苦巴巴，但一家人相亲相爱，日子平静而安宁。刘坤秀想着等儿子上了大学，她就去城里打工。儿子毕业后最好能留在大城市，摆脱大山里祖祖辈辈贫困的命运。

然而这一切，在2004年的夏天画上了句号。

那年盛夏，刘坤秀的儿子蔡维伦从洄水镇初级中学毕业，以全校第三名的成绩考上了市里最好的高中安康中学。蔡维伦到镇上去领取录取通知书，回家的途中，他一路哼着山歌，边走边唱。考上安康中学是许多孩子从小的梦想，这所中学每年都会有许多学生被名牌大学录取。蔡维伦记事以来，家里一直很贫困，父亲身体不好，这个家全靠母亲支撑着。他知道，父母在他身上寄托了太多的期望。他暗下决心，自己如果能到大城市上学，留在那里工作，第一件事就是将父母接过去，让他们走出贫困，过上城里人的舒心日子。山路崎岖，知了声声地叫着，蔡维伦不觉已是满头大汗，衣服也湿透了。溪水哗哗地流淌着，他洗了把脸，看着那一汪清凉的水，一头扎了进去，想洗个澡再回去，谁知却再也没能上岸。

刘坤秀在家准备了丰盛的菜肴，不料，等来的却是儿子溺水而亡的噩耗！

儿子走后，刘坤秀陷入了巨大的痛苦不能自拔。她感觉天塌了。蔡英齐及村人的安抚只能令她更加悲痛，刘坤秀一度想到了自尽。很长一段时间，只要一想到儿子，她的眼泪就会夺眶而出，不敢看儿子的照片、课本、衣物。丈夫蔡英齐偷偷藏起了儿子的遗物，却无法消除刘坤秀脑中关于儿子的记忆。蔡英齐本来身体就不好，在丧子之痛的打击下，身体每况愈下，治病花光了多年的积蓄不说，还欠下了一屁股的债，房子也因一场暴雨变成了危房。刘坤秀一家的生活陷入了绝境。身边有人劝刘坤秀再生一个孩子，她也动了再生一个孩子的心思，但因为年龄大了，身体不好，加之需要高额的医疗费用，最终还是选择了放弃。

周帮新到联沟村时，刘坤秀夫妇住在一间40多平方米的土坯房里。蔡英齐患有严重的支气管炎，干不了重活，想着以后靠国家扶持吃低保生活。周帮新给他们反复做工作，帮助夫妻二人贷款4000元，买了6只母羊，开启了他们的养羊之路。每天天还未亮，刘坤秀便早早起床，与丈夫一起把羊赶上山。刘坤秀每天提前回家准备晚饭，下午蔡英齐赶着羊回到家里，妻子已经准备好了简单可口的饭菜。每天周而复始，他们分工协作，忙碌冲淡了心中的伤痛，日子慢慢有了起色。

后来，周帮新又帮他们贴息贷款30000元买了10头羊，修了羊圈。第二年，刘坤秀反映羊卖不出去，无法还款。周帮新帮她联系了山下的一家饭店，对方愿意要羊肉。刘坤秀不愿意宰杀羊，主要是嫌麻烦，请人宰杀，还要管饭。可是对方上门收很便宜，每斤5～8元，一只羊能卖200～300元。宰杀好后一斤羊肉能卖22元，整羊能卖400～500元。在周帮新的鼓励下，他们自己宰杀，利润能翻一倍。后来刘坤秀家养羊已达50只，每年都能出栏十几只羊，收入近20000元。

养羊初期，刘坤秀遇到不少困难，山羊生病无从下手，母羊产羔不知如何处理……无数想象不到的问题和困难都出现了。"幸好驻村工作队，第一书记，镇、村干部经常主动上门帮忙联系技术指导。"刘坤秀说。为了把山羊养好，她自己也在网上学习山羊健康养殖技术，并结合养殖实际学以致用。如今，刘坤秀养的羊数量已达100多只。蔡英齐每天在山上放羊，羊吃的都是绿色纯天然草料，肉质鲜嫩，每次出栏都会被一抢而空。

"党委、政府这样实心实意地帮我们，我再不把羊养好，把光景过好，怎么说得过去呢？"刘坤秀说。闲暇之余，她还自学技术帮其他农户在网上销售土蜂蜜，带动周边农户共同致富。

2016年，在周帮新及村干部的帮助下，刘坤秀养了22桶蜂，当年取蜂蜜300余斤。周帮新专门请人上门为他们做技术培训。土蜜蜂每斤可卖到180元，20桶土蜂就能卖到1万到1.5万元。村里对养殖业实行政策补贴，如养猪两头以上、养羊5只以上、养蜂10桶以上各补助1000元（原来是200元）。茶园每亩补助200元，5亩补助1000元。刘坤秀还种了5亩地的茶树，一年收入上万元，养了2头猪，每年纯利润2000余元，魔芋收入1万元。所有产业加起来，一年有5万余元收益。刘坤秀两口子用了3年时间，把贷款还掉了。他们原来住的土坯房用竹竿一捅就垮了，冬天寒风肆虐，屋里屋外几乎差不多；夏天风雨飘摇，到处漏雨。有了收益后，两口子建了一套新房子，生活环境和生活质量得到很大的改观。

鉴于联沟村养蜂产业的不断发展，周帮新成立了一个"甜蜜蜜"养蜂协会，让刘坤秀参加并指导别人养蜂，在网上帮人销售蜂蜜。他还计划在村上成立一个养羊协会，进一步扩大养殖规模。除了发展产业，周帮新还按照相关规定，给刘坤秀申报了一个公益性特岗，每月600元工资。邻居杨启福老两口70多岁了，三个儿女都在外面打工，刘坤秀帮他们买药、卖茶，还经常帮他们把羊赶回家。

在致富路上，刘坤秀不仅学会了坚强、吃苦和感恩，还收获了荣誉。近年来，刘坤秀先后获得"紫阳县洞水镇联沟村脱贫自强标兵""紫阳县洞水镇联沟致富带头人""紫阳县脱贫标兵""安康市贫困群众自强标兵"等荣誉，完成了从一个贫困户向致富标兵的幸福蝶变。

三、赏桃花，品春茶，尝蜂蜜，摘鲜桃

联沟村离村委会最远的贫困户康卫银40多岁，家里有8口人：夫妻俩、爷爷、父母及3个孩子，一家人住在一间不足100平方米的土坯房里。康卫银平时外出务工，在一家煤矿打工，每个月收入3000～4000元。3个孩子在集镇上学，还有4位老人需要照顾，生活难以为继。山上道路崎岖，户与户之间距离最近的从这户到那户走半小时以上才能到，有的相距10多公里，去一次需要好几个小时，入户调查难度很大。现在村里有78户人整体搬迁到集镇上，住进了洞水镇五期、六期安置点，2018年至2019年陆续交房。安置房一个人23.5平方米，不用出钱，两人户46平方米免费，3人户需要出资7500元，4人以上贫困户上交10000元封顶，最大面积118平方米，也是交10000元。通过搬迁，康卫银一家搬到了集镇上，孩子上学十分方便。镇上离县城20多公里，以前去一次需要坐班车，中间要倒车，还要坐15分钟的快艇，20公里要走半天时间，山路崎岖，时有塌方堵路，很难通行，下雨更是泥泞不堪，现在开车只要10多分钟就到了。

同其他偏远山村一样，联沟村也存在许多陋习，如婚丧嫁娶大肆操办，人情风压得人喘不过气来。周帮新和村委会制订了新的村规，要求婚事新办。不以彩礼、婚宴、房子、车子论姻缘，文明迎新娘、文雅闹洞房，倡导集体婚礼、家庭婚礼、纪念式婚礼等新风尚。每天早、中、晚三个时段，联沟村的高音喇叭总会定时响起，宣传良好的村风民风。在抓好新民风建设的同时，周帮新结合联沟实际村情，修订完善了村规民约，成立了红白理事会，建立了"诚信榜""红黑榜"发布制度和"道德讲堂"等。通过丰富新民风建设载体，扎实开展道德评议、道德模范评选等活动，形成了良好的村风民风，有效激发了群众脱贫致富奔小康的内生动力。

2015 年，联沟村引进茶叶加工企业。茶叶加工厂老板金德孝投资 500 万元在洄水镇建厂，修建厂房 1200 多平方米，安置 10 多位村民就业。村民以前卖茶叶要去几十公里外的城镇，现在在村里就可以卖了。金德孝的茶叶加工厂有苗圃基地 200 亩、标准化茶园 300 多亩。工人工资每天最低 70 元，日常需要劳力 20 多人，忙的时候需三四十个人，每年劳务支出 40 万元，给村民带来不少收入。村里的青壮年都出去打工了，条件好的在集市住。虽然村里现在剩下的都是老弱病残，但茶园不需要壮劳力，主要从事除草、修枝、施肥、采摘等工作，解决了留守老弱人员的就业问题。金德孝收购鲜叶年底每斤返还 1 元钱，每户最少免费发放茶叶专用肥两袋，茶园多的可发放 8～10 袋，每袋 100 斤。修茶机一台 1400 元，农户买不起，金德孝出资一半帮农户购买。原来每亩茶园修剪一次最少需要四五天，现在一个人一天即可完成。

目前，联沟村五大产业布局基本形成，发展生产茶园 1425 亩，幼龄茶 275 亩，茶叶苗圃基地 100 亩，魔芋 417 亩，冬桃 1000 亩，林下养殖大户 12 户，养蜂 425 箱。产业的发展为全村群众脱贫致富奔小康打下了坚实基础。

周帮新 2001 年中专毕业，在河南安阳参军。2003 年 12 月复员，被借调到县委宣传部，从事网站维护工作。驻村扶贫工作是琐碎的，也是忙碌的。繁重的脱贫攻坚工作，使他很少有时间回县城与家人团聚。

"每当深夜回到村委会宿舍时，自己就会忍不住打开手机相册，看看儿子和女儿的照片。2015 年驻村的时候，大儿子才一岁，小女儿还没出生。如今，小女儿都两岁多了。2017 年年初，在宣传部人手紧缺的情况下，本已驻村两年期满的我又主动请缨，继续投入脱贫攻坚一线，当时小女儿还没满月。由于我长期在村上开展工作，父母和孩子只能由媳妇一人照顾。特别是 2019 年 6 月初，两个孩子因发烧同时住院，而我因为脱贫攻坚任务，都无法回去照顾孩子。2018 年我的母亲、2019 年我的父亲先后因身体原因在安康住院做手术，而我还在脱贫攻坚一线，无法前往照顾。面对父母、面对妻子、面对自己的两个孩子，心中满满都是愧疚……自己亏欠他们太多，也无法弥补他们。对家人，我深感愧疚，但想到村上那 600 多人期盼脱贫的眼神，我又深感责任重大。脱贫攻坚任务艰巨，只有与时间赛跑，让全村贫困户如期脱贫，才对得起组织的重托和家人的默默付出。"周帮新说。

一份辛劳一份收获。几年来，周帮新的辛苦付出不仅换来了老百姓的认可，也得到了组织的肯定。紫阳县委宣传部扶贫工作2015年、2016年、2017年、2018连续4年获得一等奖的好成绩。周帮新也在2016年被中共紫阳县委评为紫阳县"优秀共产党员"；2017年、2018年被中共紫阳县委评为紫阳县脱贫攻坚"优秀第一书记"；2018年被中共安康市委评为安康市脱贫攻坚"优秀第一书记"；2019年被评为紫阳县2018年助力脱贫攻坚优秀青年；2020年被洄水镇党委评为洄水镇脱贫攻坚"优秀第一书记"。

春天来了，联沟村的千亩桃花竞相绽放，山花烂漫，一片花的海洋，成了乡镇旅游的网红景点。

2020年3月27日，洄水镇在联沟村举行了第二届桃花节和美食节，一个月时间，即使受疫情影响未完全开放，还陆续接待了5000余人。2017年，千亩桃园请农科院下属单位郑州果业研究所提供一对一帮扶，技术指导，嫁接改良品种，避免10月份扎堆上市，因为桃子不能久放，采摘后就要尽快销售出去。目前，联沟村的桃子有四种类型，七个品种：中桃、油桃、蟠桃、冬桃等。从5月到10月，每月都有新品种上市。2020年开始已有油桃、蟠桃初挂果，预计2022年进入半丰产期，每亩最少增收20000元。丰产期一棵桃树能产200~300斤鲜果，产值可达上千元。通过土地流转，每亩桃园农民年增收200元，1000亩桃园一年增收20万元，务工人员每年工资70多万元。

周帮新说，根据村里土地实际情况，联沟村分为阴坡、阳坡，海拔高度不同，种植情况也不同。高海拔位置不适合种植茶树，只能在较低处的一组、二组种植茶树，三组、四组种药材。山坡地段较宽敞，土地便宜，适宜种厚柏、五味子等。五组、八组阴坡较多，适宜种植魔芋；六组、七组主要种桃树。家家户户养蜂、养猪、养鸡，种植土豆、玉米等，自给自足。农民农闲时去茶叶园区和桃园打工挣钱。

着力打造传统产业，即使驻村工作队离开，也可以持续发展。后续还要经常搞集中培训，让村民掌握技术。2018年联沟村引进一个"甜蜜蜜"养蜂基地，重点是培育蜂种，给老百姓提供蜂群，每桶蜂成本600元，老百姓只需要付150元就可以拿到（条件是 10 桶以上，必须是贫困户），费用差额由企业及包联部门共同承担。这些产业技术、劳力投入都不大，挣钱快，适合情况不太好的村民经营。

联沟村是优质蜂蜜产地。为了保证质量，周帮新规定蜂农不能喂白糖，一年只采一次。现在一些养蜂人在蜂箱下面放白糖，工蜂不用飞几公里采蜜，造成蜂蜜产量高，颜色浅，营养价值低。真正的好蜂蜜，颜色很深，可以存放很长时间。

从原来的一穷二白到现在的 1000 亩冬桃、1200 亩茶园、417 亩魔芋，养蜂1000 余箱，养羊 1000 多头，家家户户最少养猪一头，联沟村村民在经济上发生了很大变化，收入比原来翻了几番，年人均纯收入是原来的 3 倍以上。几年来，全村 7.4 公里水泥路连接了每一个村民小组及大的院落，通至村委会的主干道拓宽到 5.5 米，路面宽度为 4.5 米，达到贫困村退出标准之一；村内 6 处饮水工程均正常投入使用，全村 324 户 1121 人均实现供水入户，饮水安全达到国家标准，已通过县级认定；村上通了动力电，电力入户实现 100%，已通过县级认定；2019年建成砖混"四室分离"标准化村卫生室 1 个，改建村幸福院 1 个，改建党群活动中心 1 个，建设图书室 1 个、文娱活动室 1 个，面积共计 648 平方米。建成 600平方米村活动广场 1 处，建成公共厕所 1 处；村级通宽带网络，手机信号实现全覆盖；村内设有助农金融服务点 1 个。联沟村产业初具雏形，基础设施大为改善。周帮新又会同村"两委"规划发展生态旅游，目前已初步形成了特色产业、农产品加工、生态旅游融合发展的良好态势，"赏桃花、品春茶、尝蜂蜜、摘鲜桃"已成为联沟村的特色旅游品牌。

最后，引用钟长江《山的那边花的海》一段描述联沟村的美文作为这一章节的点缀：

前行二十分钟，有大目连沟与小目连沟合二为一，拱桥头竖一巨型广告牌，桃花盛开的背景，"山的那边花的海"七个字吸睛走心。……终于到得塬顶，阳光更显明媚，风也更加热烈，崇山峻岭之间，竟然有这么平展的一块地，倘若不是身临其境，无论如何也不会相信他人的传言。风生处，花海涌卷起伏，参差披拂，金蜂叩蕊，彩蝶踏花，紫燕御风。随手录了视频，竟比小周清早发来的更为壮观，花海一路奔涌，扑进了蓝天的怀里。不由作想，仙界有蟠桃盛会，联沟有十里桃花，妖童媛女，纤腰束素，拈花微笑，游走嬉戏，闻歌始知有人来。亭台之上，有乐队在那桃花盛开的地方演奏，熟悉的旋律，熟知的歌词，忍不住拿过话筒唱上一遍，满满青春的记忆。歌声使人陶醉，桃花让人迷醉，一步一景，步步为景，景中有景，五色令人目盲，铺天盖地浓得化不开的色彩，令人突然间成了一个溺水的人，由不得沉陷其中……

第九章　回乡支书的传奇人生

从一个放牛娃到国家干部，我很满足了。一路走来，兢兢业业把事业做好，对得起良心，对得起这份工资。这是我对自己的最低要求。

——双安镇三元村回乡支书郑永友

一、少年壮志不言愁

2018 年，紫阳县脱贫攻坚进入关键的冲刺阶段，双安镇三元村脱贫攻坚工作却处于滞后状态。镇党委、镇政府的领导找到县水利局主要领导，想请退到二线的郑永友回三元村担任村支书。原来的支部书记罗昌明 2014 年招干离开后，三元村一直没有支部书记，工作一直滞后，班子涣散。

这一空就是几年。

郑永友是三元村人，如果能让这个老将回乡担任村支书，是最好不过了。镇党委书记姜显国向县水利局、县委组织部提出要求，得到时任县水利局局长刘洪涛的支持。

阳春三月，百花竞放，郑永友的党组织关系从县水利局转到了双安镇党委。县委组织部常务副部长程本裕向他转达了组织决定。此时，郑永友完全可以坚辞不就，因为他的妻子患有慢性阻塞性肺炎、心脏衰竭等多种疾病，而且许多退居二线的干部都没有上班。然而郑永友应承了。此时此刻，他的脑海浮现出了三元村那亟待改变的贫穷落后现状，以及父老乡亲那一双双渴盼脱贫奔小康的眼睛。与众多乡亲的困难和希望比起来，自己小家的困难算得了什么？他毅然决定，回老家去承担这份责任。

2018 年 3 月 25 日，三元村党员干部大会，30 多人参会，全票通过，郑永友走马上任了。

郑永友生于 1961 年，属牛。小时候上学走读，家与学校相隔 6 公里山路，每天早晨起来放两个小时的牛才能去上学，下午回来第一件事还是放牛。高中毕业后，郑永友回到村里种过 6 年地，1986 年去县邮局当临时工，做长途邮运工作，一直干到 1991 年。当时紫阳大多乡镇没有通车，也没有通船，所有邮件只能靠人背。郑永友每天背着 40 公斤的邮包长途跋涉，走 50 多公里山路，每月工资 51 元，平均一天 1.7 元。紫阳到汉城，紫阳到洞水湾，山路崎岖，坡陡路险，他每天天不亮就从县城出发，邮包里塞满了报纸、信件及各类包裹，一路汗流浃背。他承担的邮运线路为紫阳到汉城、紫阳到洞水镇两条线。整整 6 年时间，每年最少 320 天奔波在路上，郑永友算了一下：6 年走的路有 96000 公里，相当于绕地球两圈多！而这些路都是翻山越岭的羊肠小道，年轻的郑永友扛着 40 多公斤重的邮包每天艰难跋涉，除了为每天 1.7 元的工资，最重要的是想通过埋头苦干走出大山，跳出"农门"，不再重复父辈们的苦难生活。

"刚开始的时候，脚底起了血泡，把草鞋都染红了，疼得不能走。渐渐地，血泡变成了厚厚的茧子。那时候，因为家里穷，常常吃不饱，一路上气喘吁吁，汗水湿透了衣服，头上的汗蜇得眼睛看不清路。爬山刚开始还行，走着走着腿开始发抖，邮包像石头似的沉沉地往下拽，一次次差点连人带邮包滚下山崖，一次次硬是咬着牙坚持下来了。去汉王镇要走 9 个小时，100 里山路，一小时十几里，冬天寒风刺骨，夏天酷热难耐。自己带一个水壶路上在焕古镇买个饼子。寒来暑往，我就那么一次次地跑着，渴了喝一口冷水，饿了啃两口干饼子，心中唯一的信念就是能够拼个邮电局的正式职工，那样就不用再下这样的苦力。6 年来，我的邮包没有出过任何问题，得到局领导和同事的高度认可，但谈到转正，农村户口是一道天堑，谁也没有办法。眼看已经 30 岁了，孩子都出生了，每月 51 元工资，养家糊口都难。妻子说：'你回来吧，咱们一起务农，生活尽管艰难，我们一起面对吧。'想了想也是，再过几年，随着年龄的增长，邮包也背不动了。那时候家里有三亩地，种玉米、红薯，还有二分水田，屋里还养着蚕，一年能收入 1000 多元，一家人勉强可以度日。思来想去，我辞去了临时工，回到三元村务农。"回首往事，郑永友长叹了一声。

1995 年 5 月，县上招蚕桑专干，去了 35 人考试，录取 3 个人，郑永友考了第 1 名，被录取到五林乡（1996 年并入双安乡）当蚕桑专干。郑永友在农村时是养蚕能手，有这方面的技术，对蚕桑也有一些研究。当时桑蚕是紫阳的支柱产业，各级领导非常重视。在工作和实践中，他起草的《重栽轻管是制约蚕桑发展的关键》和《防病治病推动五林蚕桑生产健康发展》的文章在《安康日报》和《陕西农民报》发表，得到了各级领导的认可。1998 年开始实施中国秦巴山区世界银行扶贫贷款项目时，郑永友负责该项目在双安乡的实施推进。其中一个养殖子项目由于引进的新的优良品种售价很高，加之长途运输，价格更高。他和同事把种畜送到农户家，苦口婆心劝其喂养，但是农民都嫌太贵，害怕到时候还不起债，给退了回来。退了送，送了退，其中一户的小种猪他送了 4 次才终于"定居"在贫困农户家。一次深夜送小猪他不小心跌跤，胳膊骨折，流血不止，包扎好后，第二天仍然翻山越岭给贫困户送小猪。这期间，郑永友与乡上分管领导一起筹资买水泥，请技术人员为农户建设标准化圈舍，弄得村民"一千个不愿意"却"对你没办法"。直到这 100 多头被称为"金猪""银羊"的种畜产仔让村民赚了钱尝到甜头，村民悬着的心才落了地，郑永友也才如释重负。林本河村二组村民陈荣录靠一头基础母猪产仔销售年收入净增 2.8 万元。世界银行检查团对双安乡世行项目区重点检查后，以养殖、林果、基础设施为基础总结出"紫阳模式"，并在安康地区世行项目检查汇总会上指出，"紫阳模式"扶贫值得在全国推广。也许是因为属牛，也许是因为从小在苦水里泡大，也许是因为对村民脱贫致富有着更深的体会，他身上有一股特别倔强特别坚韧的劲头。

2000 年，郑永友被陕西省扶贫办评为"全省扶贫工作先进个人"。紫阳县撤区并乡两年后，郑永友通过选举当上了双安乡副乡长。撤区并乡前，郑永友一直在乡扶贫办工作。2001 年，是他人生的转折点，通过选举成为公务员。2008 年 8 月，郑永友任了两届副镇长后，调县水利局任党委委员、防汛办副主任，正科级待遇（从乡镇副职到县级部门，算破格选用）。艰辛的防汛工作，郑永友一干就是 8 年。

"从一个放牛娃到国家干部，我很满足了。一路走来，兢兢业业把事业做好，对得起良心，对得起这份工资。这是我对自己的最低要求。"郑永友说。

2010 年 7 月 16 日 20 时至 18 日 23 时，紫阳县全境持续强降雨，25 个乡镇普遍受灾，降雨量均超过 200 毫米，其中联合乡降雨量高达 333.5 毫米，全县倒塌房屋 2997 间，形成危房 13434 间，损毁道路 1019 公里，转移安置人口 26219 人，受灾人口达 144608 人，因灾受伤人口 555 人，焕古镇 2 名干部在转移 20 多名群众的过程中被泥石流淹没冲走。灾害造成 6 人死亡，23 人失踪，直接经济损失高达 15.3 亿元。

紫阳特大洪灾震惊全国！

各地灾情报告接二连三而来。7 月 18 日晚上 6 点左右，倾盆大雨还在继续，河水不断猛涨，红椿电站洪水可能溃坝！电站老总直奔县防汛办公室，满头豆大的汗珠，向防汛办告急。如果电站溃坝，1300 万立方水倾泻而下，县城将最少有一半被淹，后果不堪设想！值此紧急关头，郑永友给县委主要领导紧急汇报，县委县政府当机立断，让电站立即开闸泄洪，虽电站厂房及设施被无情的洪水洗劫一空，但无人员伤亡，避免了一场特大灾难。

"我在防汛办工作的 8 年时间里，特别是汛期，每天头上悬着一把利剑，时刻警惕。灾情就是命令，人命关天，如电站溃坝，出了事枪毙 10 次都不够！"

郑永友在水利局防汛办干了多年，一直干到 55 岁才退居二线。在摸爬滚打中编制的《紫阳县（防洪）灾害防御预案》《紫阳县、镇、村防汛预案》《紫阳县山洪灾害预警系统管理办法》《紫阳县历史洪涝、干旱大事记》《紫阳县防汛工作历程》等作品荣获省、市、县多项荣誉。按照当时的政策，科级干部 52 岁退二线。2016 年，郑永友已经 56 岁，本该颐养天年，陪伴一直生病的妻子，却接受组织的再次分配回到了故乡，挑起支部书记的大梁。

二、新官上任三把火

三元村是双安镇最偏僻的村，俗有"紫阳第二竹山村"之称，汉江擦身而过，彼岸就是汉阴县漩涡镇的辖地。全村 326 户 1275 人，6 个组，分布在 32 个山头的沟沟壑壑间，其中贫困户 205 户，在册贫困人口 745 人。山大沟深，交通闭塞，严重缺水，吃水贵如油。三元村 11.8 平方公里范围内有三条沟，水从沟底走，人住在山坡上，吃水要下沟里挑，挑担一趟一个小时。有时取水地水供不应求，群众担水经常要排队。郑永友说，一户人省吃俭用，一天也得 3 担水（300 斤）。村民吃水、喂猪、洗碗、洗衣服等都十分节俭。电压不稳，电线老化，通讯不畅。电线是1989年拉的，严重老化。村上无任何支柱产业，就连村委会办公场所也是租的邻村白马村房屋。村民争当贫困户的浪潮一浪高过一浪，上访缠访事件一波接着一波……"邻近的村一年一个样，我们村依旧贫穷落后！"群众意见很大。

所见所闻，令人颇感沉重和焦虑。

郑永友上任后决定先抓几件大事，首先从抓党建、强班子、聚民心入手，充分发挥党员带头作用，将有能有才的年轻人充实到班子中，通过各种会议和新民风建设大型活动解决干部群众的思想问题。在抓好班子建设的同时，重点解决群众反映最集中的水、电、路、通讯等急需解决的问题。

2018年至2020年，郑永友开着自己的私家车，奔波于省、市、县各相关部门和帮扶单位，争取各类项目资金3800多万元，使三元村水、电、路、通讯等基础设施发生了翻天覆地的变化。

"娘家"县水利局做他的坚强后盾。时任水利局局长曹仲之多次深入三元村，了解情况。他带领工程技术人员，直接到各家各户了解饮水困难情况后，批拨项目扶持资金200多万元，在全村新建人饮工程14处，铺埋饮水管网4.12万米，使全村325户人中310户人吃上了自来水，解决了老百姓多年来缺水吃的问题。没有水源的地方，就用提灌工程解决吃水难问题。四组、六组300余人饮水问题是老大难问题。人在山顶住，水从沟里流，90多户人家无水可取，为此，郑永友又到水利局协调增加建设了两处提灌工程，硬是从沟底将水提到山顶上，然后从蓄水池分灌到各家各户。村民用水难的问题解决了，村委会和集中安置点的所有住户都用上了自来水。

至此，全村家家户户终于都吃上了自来水。

经郑永友多次汇报和争取，县电力局投资130万元，架设高压线2.7杆/公里，低压改造4.5杆/公里，增设50千伏和200千伏变压器各一台，分别对6台老旧变压器进行改造和提升调压。原来村里电力灯泡都带不动，全村电力改造完，家家空调、冰箱、洗衣机都随便用，从此告别"电灯南瓜花"的时代。现在，全村有200多户村民装上了空调，用上了电冰箱、烤火炉、电暖器和洗衣机等各种大功率家用电器。

经过积极沟通和努力争取，县交通局为三元村提供公路项目资金 1140 多万元。村上凭此新修村委会驻地与 541 国道连接线和三元村接草川村、三元村接桐安村等 6 条 12 公里联村联组公路，并全部用水泥硬化，还解决了连接双安镇和汉王镇的 8 公里村级主干道地面翻砂问题。因公路用地协商意见不一致等，郑永友不知费了多少口舌。现在，三元村公路入户率达 90% 以上，村民"出门不沾灰，进门不带泥"，彻底告别了肩挑背驮的出行历史。

此前三元村移动通信信号覆盖率不到 40%，群众接打电话要拿着手机到山顶上去找信号。郑永友通过包联村部门多次联系并与省移动总公司、县移动公司、电信公司进行对接，最终获得投资 120 多万元，修建了电信信号塔、移动信号发射站，架设光缆，实现通信网络全覆盖，群众看新闻、刷抖音、聊微信，身处僻壤也能知晓天下事。

基础建设满足了群众基本生活需求，脱贫致富还得依靠产业增收。在县茶叶局、县移民局的大力支持下，1000 亩"陕茶一号"高标准示范茶园、1000 亩"九叶青"花椒园开始建设起来。一天，郑永友整理完一片花椒园，一个把他叫表叔的年轻人来到村委会，理直气壮地说："郑书记，你要给我写个东西，保证我家三年不出事！"原来是建花椒园时砍掉了他家一座夹在花椒园里坟园的杂草和小树，年轻人认为"坏了风水"。郑永友被他的愚昧和狭隘激怒，一顿劈头盖脸的痛骂，把这年轻人轰了出去。"没有五山斧，不砍六山柴"，郑永友刚正火烈的脾气在村民中早有传闻。从此，村上修路、建房，再也无人敢拿"风水"说事。

"现在三元村没有撂荒土地。一等地保命（种粮），二等地种茶，三等地种花椒。"郑永友指着那些起起伏伏的山峦说。

走进三元村，目之所及，不少村民正在给茶苗和花椒树施肥。眼前这成片茶园，是去年栽的，很难发现缺苗。问为什么茶苗成活率这么高，正在割茶园里套种的辣椒秸秆的一组村民刘方翠说："我们按照村干部要求，生根剂浸苗是第一，窝子挖得深，培土用得细，地膜盖得严实，村上又把水管子拉来让我们给苗子淋水，水淋得足，所以我们栽的茶，栽一株活一株，千亩茶园成活率达到 98% 以上，长势喜人。"

在花椒园、茶园建园过程中，村上成立了合作社。利用苏陕扶贫项目资金修建的 800 多平方米的茶叶加工厂，可年产 20 吨商品茶叶，达产达效后销售额 700 万元，利润 100 万元，其中 20 万元用于扩大投资，30 万元用来分红。从浙江引进的红茶、绿茶两条生产线，设备安装已经全部完成。村集体壮大了，村民也就有钱了。

为壮大集体经济，村上成立了集体经济股份合作社，组建了农民专业合作社、野生食用菌专业合作社，从业人员 30 多人。利用红薯资源，投资 200 万元的粉条加工厂也正在筹建之中，全村 335 户人家自此家家有产业、人人有事干，所产出的各类产品通过专业合作社销往外地，平均每户年增收 2 万元，村集体经济每年创收近百万元。

三、回乡支书的三盆水

因为几年没有村支书，三元村一些干部养成了占小便宜的习惯，群众意见很大。新官上任后，郑永友除了给村民解决了长期困扰他们的水、电、路及通信等实际问题，还带回了三盆水：第一盆水用于常洗头，头洗干净了，保持清醒头脑，给群众想路子，设法子，千方百计为全村群众谋福祉；第二盆水用于天天洗好脚，脚洗干净了，走路有力气，时刻深入贫困户掌握各种动态，体察民情，为群众解决具体困难和问题；第三盆水主要用于常洗手，手洗干净了，不该拿的坚决不拿，不该要的，坚决不要，扶贫项目及资金做到两袖清风，一文不染。近三年中，三元村大小项目涉及资金 3800 多万元，郑永友没有沾染一分钱，所有项目招标后在该村实施，始终坚持为施工企业提供最优越的施工环境，从不给企业添难添乱，深得好评。郑永友的私家车成了村两委的公务用车，一年下来，在村上、镇上、县上约跑两万多公里，油钱就得一万多元，可他没报销过一分钱。

针对部分贫困户住地偏僻、环境条件恶劣的情况，郑永友在充分走访沟通的基础上，遵从个人意愿，易地搬迁安置贫困户 80 户，其中县城任河千户社区安置 15 户、双安镇集中安置 24 户、汉王镇集中安置 6 户、本村钥匙房安置 24 户、敬老院安置五保户 4 户、本村分散安置 7 户，并完成危房改造 25 户。全村实现了"两不愁三保障"目标，村"两委"班子凸显出积极向上、精诚团结、真抓实干的工作劲头。

为了倡导新民风，传递正能量，郑永友争取到陕西省杂交油菜研究中心和县邮储银行的大力资助，在村上召开有 500 多人参加的新民风文艺演出及表彰大会，对 52 名在外创业成功人士、勤劳致富标兵、环保卫士、优秀护林员、优秀护路员、好媳妇、好婆婆、好丈夫等进行了表彰；在庆祝建党 98 周年建国 70 周年大会上，对 5 名优秀共产党员进行了表彰。这些活动，让群众学有榜样，赶有目标。如今民风纯了，争当贫困户的现象绝迹了，缠访闹访事件消失了。67 岁的原村支书赵顺才，带领本村一组 40 多户群众抢时间把野草丛生的撂荒地开垦出来，新建了 205 亩的高标准茶园。在给茶苗覆盖地膜时，赵顺才累得晕倒了，大家急忙要送他去医院，他勉强撑住身子说："累不死人，只有病才能要人命，你们莫要怕，我歇一会儿就好了。"在县、镇领导来检查茶园建设工作时，赵顺才感慨地说："老郑带我们搞这些产业，就是造福我们的子孙后代，三元村群众有希望了。我就是拼了这把老骨头，也要带领大家支持他把这事干好！"

郑永友回乡前，由于村里好几年没有支书，党建工作推进缓慢。郑永友提出"建阵地、抓党建、强班子、聚民心，强力推进脱贫攻坚致富奔小康"的工作思路和奋斗目标，并表现出雷厉风行、大刀阔斧、只争朝夕的作风和"牛劲"。他多方筹集资金 20 余万元，修建了三元村党群活动中心。村委会从白马村租的办公地搬回本村中心位置办公。利用村"两委"换届选举机会，郑永友有心将有威信、能干事的年轻人充实到"两委"班子，年轻有为的 20 多名青壮年纷纷递交入党申请书。全村推选 35 名群众代表，共青团、妇联、调解委员会、专业协会等基层组织样样俱全，村支部会、两委扩大会、群众代表会等各类会议频繁召开。打好脱贫攻坚战有了组织保障、思想基础。

2019 年 7 月，郑永友被中共安康市委授予"脱贫攻坚优秀党组织书记"荣誉称号；2020 年郑永友荣获安康市"脱贫攻坚突出贡献奖"。2020 年 11 月，郑永友被县委组织部作为优秀村支部书记推选至梁家河参加中组部、农业农村部举办的培训班学习。学习归来后，郑永友感慨地说："此次延安之行，是一次学习的加油，是一次灵魂的洗礼，是一次精神的'补钙'。我们一定要把延安精神和工作实际紧密地结合起来，坚持脚踏实地，努力工作，让三元村的发展更上一层楼！"

四、无情未必真豪杰

郑永友 34 岁那年就给妻子准备了棺材，已经放了 24 年了。

妻子身体一直不好，33 岁得病，心脏衰竭、慢性阻塞性肺炎等各种疾病缠身。多年来，郑永友一直在给妻子看病，一个月工资不够住院买药花销。这期间，妻子瘫痪 20 年，郑永友不离不弃。为了治疗妻子的疾病，他倾家荡产，负债累累。现在，妻子的病情终于好转了一些。几十年来，妻子一直在生病，可郑永友的工作却从未受过影响。妻子住院没人照顾，他就请人护理，几十年来已花费上百万元，现在还欠着四五十万元的外债。

"我爱人有九种病，一天什么也干不了。为了方便照顾她，我贷款买了一套住房，把她接到县城，早晚有个照应。工作忙几天回不来就请人护理。那时候，两个孩子在县城边上学，放学后就去医院照顾母亲。儿子把作业带到医院，女儿给母亲翻身喂饭，特别懂事。不能动的那些年，妻子几次流着泪说：'不要给我看病了，这个家都被我拖垮了呀！'我说：'倾家荡产也要看好你的病，你是孩子的妈啊！你走了，咱俩娃就没有亲娘了。'那时候，我每月工资只有三四千元，借钱人人都怕，不敢借给我，怕我还不了。常言说'一分钱难倒英雄汉'，那些年我真是百般作难，一言难尽，总算熬过来了。这些年三元村大小项目涉及资金 3800 多万元，我们村干部一分钱的工程都没有沾手，清正廉洁，风清气正。

"小时候我父亲说，算命先生给我算过一卦，说我'一生坎坷，劳苦不堪，事业终有所成'。几十年过去，还真应验了那句话。这些年来，我心里最大的愿望就是妻子身体能够恢复正常，只要有一线希望，从未放弃过。家里一年吃不了几次肉，儿子羡慕别人家孩子吃肉，女儿羡慕别的女孩有好衣服穿，家里没钱买，两个孩子都很懂事，从来没要过。"

"现在你老伴身体怎么样？好些了吗？"我问。

"功夫不负有心人，老伴现在好多了，不但生活能够自理，还可以帮着带孙子了。"说到这里，郑永友的脸上绽开了笑颜，"我一儿一女，儿子四川传媒大学毕业，现在紫阳电视台工作；女儿在水利局工作，也很争气。也许是受我的影响，耳濡目染，孩子们都很孝顺，家里再穷不抱怨，母亲长年卧床或住院，从不嫌弃。孩子们参加工作后，节假日就回家陪伴母亲，一家人相亲相爱，不离不弃。"谈起家庭，郑永友眼里含着泪花。几十年来，栉风沐雨，一路走来，百般作难，谁人知晓？提起儿子和女儿，他笑靥如花，拿出手机让我看儿子孙子照片，看妻子恢复健康的样子，令人十分感动。

在谈到村上的产业和产品销售的问题时，郑永友说："三元村共有茶园 1040 亩，325 户人家种茶，茶厂能保证收购茶叶，然后通过深加工保质量包销售，群众很乐意。紫阳有 27 万亩茶园，茶叶都能卖出去，三元 1000 亩茶叶，绝对可以卖出去。"对此，他显得非常有信心。"花椒也不愁订单，我们与紫润农业发展有限公司签了 20 年合同，他们负责上门收购，每斤 3.5 元，有多少收多少，不限量。"

为了打开茶叶销售市场，郑永友找亲戚，找关系，疏通各种渠道，最终分别在西安、成都、北京等地开窗口，实现产销两旺。"虽然感觉很累，但是看到村民们脱贫致富，有一种成就感、满足感。自己从一个背邮包的脚夫走到现在，几经辗转，别人都是从镇上奔到县上，我也不怕别人笑话我，我从县上又奔到了穷山沟里，我能带领三元村上千人脱贫致富奔小康，心满意足了。这些年来，上级领导对我的信任和鼓励，老百姓的满意拥戴，我感觉比什么都重要，我很满足，很自豪。本人 1995 年参加工作，1997 年入党，是个老党员了。几十年来，工作上没有任何难倒我的事，就是家庭让我百般作难。自己这一生无愧于组织，无愧于党，无愧于家庭。没有党组织的培养，也没有我的今天。如今我年龄大了，退休了，组织信任我，让我在三元村继续奉献自己的余热，我感觉值得骄傲。"

2020 年 7 月 19 日，郑永友突患脑梗，住了两个多月院，有一个月时间说不成话，走不成路。出院刚三天，勉强下地走路，郑永友就到村里上班了。领导让他多休息几天，他说村上事太多，放心不下，只要还能动，还得继续去做自己要做的事……

第十章　砥砺前行

我们就是他们的最后一根救命稻草，我们不管谁来管。

　　——麻柳镇水磨村第一书记吴作毅

一、千方百计为脱贫

三年助三个村子实现脱贫，以身作则，用实际行动给别的干部做典范。

这个人叫覃建明，1970 年生，麻柳镇信访办干部，在基层工作 20 多年，有丰富的农村工作经验。

2014 年 1 月至 2017 年 2 月，覃建明担任麻柳镇麻柳村脱贫工作组组长。麻柳村 727 户 2527 人，其中贫困户 276 户 985 人。

同其他驻村干部一样，覃建明要做的第一件事便是翻山越岭，走访贫困户，了解实际情况。麻柳村也在山上，村民住在半山腰，特别分散，交通不便，住房困难。经过一段时间的入户调查，覃建明认为麻柳村致贫的原因主要有四个：交通闭塞、电路老化、缺乏支柱产业、缺乏劳动技能。

在走访入户过程中，覃建明发现该村 7 组 60 多岁的贫困户王某住在用木棍支撑的土坯房里，十分危险。覃建明先用树杈将房子加固，怕出意外，又用石头将主要残缺的地方垒了一下，使其能遮风挡雨。王某是个光棍，妻子去世早，父子两人相依为命。儿子常年在外务工，不回来。他住的山坡上不通路，生活十分困难。覃建明去的时候发现他家里十分破旧，一张竹板床上堆着脏兮兮的被子，看不出原来的颜色。地上凹凸不平，中间烧着木炭火，黑乎乎的，整个屋子不像人住的地方。石头垒的房子透过缝隙能看到外面。王某身体有病，目光呆滞无神，行动迟缓。他说儿子很少给家里寄钱，自己靠每月 100 多元的养老金生活，需要帮扶。王某家里有几亩茶园，全荒了。覃建明想方设法与他的儿子联系上，让他每月寄点生活费回来。特困群众住房工程项目为老人提供了一套50平方米的房子，在麻柳镇集中安置点，老人不用花一分钱就可住进新房。王某搬到新房后，覃建明给他筹钱买了新家具、灶具等生活必需品。老人非常高兴，激动地握着覃建民的手说"谢谢你的帮助"，眼里噙着泪花。

七组村民杨某，因车祸严重残疾，高位截瘫，其妻子熊某患有严重的肺气肿，劳动力下降，居住的房屋陈旧破败。家中有两个学生读书，生活十分困难。覃建明看在眼里，痛在心上。他经常给这个家庭买油买米，帮助他们解决生活中遭遇的困难。但在覃建明心里一直盘算着如何才能让他们真正摆脱眼前的困难。因为他知道，自己那一点帮助只是杯水车薪，不能解决根本问题。于是他主动联系到孩子们就读的麻柳中心学校，为他们申请了生活补助等。覃建明安排杨某进敬老院，每月享受低保，还给熊某安排了一个公益性岗位，打扫卫生，每月600元工资。他找到政府领导汇报了杨家情况，争取资金，为他们进行了危房改造。熊某家里茶园荒芜，覃建明为其争取到补助，恢复茶园种植，然后又帮他们联系买到猪苗，千方百计减轻他家的负担。此外，覃建明又帮助熊某通过合作医疗，治好了肺气肿。熊某又可以去茶园干活了。她很勤劳，茶园恢复后，一年收入三四千元，加上公益性岗位每年六七千元，年收入超过一万元，实现脱贫。她是个知恩图报之人，每次上级领导到她家慰问看望，熊某都十分感激。

麻柳村最大的困难是交通不便，村里只有一条主路，四组、五组不通路，有茶叶等农副产品也运不出去。经村委会研究，计划修5公里通村公路，每公里预算10万元左右。方案确定后，覃建明亲自踩线并申请扶贫资金。修路资金老百姓自筹一部分，政府补贴一部分。他做的第二件事是改良线路。麻柳村线路老化，多年没有改造，损耗大，费用高，且经常停电，村民怨声载道。覃建明联系供电局改造线路，使原来老化的线路全部得到更换，解决了村民的用电问题。

麻柳村有数百亩茶园，但由于茶叶销售不畅，加之管理不善，几乎没什么经济效益，许多都荒芜了。覃建明带动村民发展新老茶园上千亩，其中新建500亩，改造500亩。发展茶园大户，让他们在大会上给村民传授经验。村民聂孝富60多岁，精明能干，有七八亩茶园。聂孝富把茶园当产业来管理，一年收入1万多元。

在他的影响下，村民有了信心。以点带面，麻柳村的茶园迅速发展起来。茶园发展起来了，覃建明吸引外资，建了两个富硒茶厂，各投资100万元左右，解决了村民茶叶销售的问题。除此之外，村里组织15岁以上60岁（女55岁）以下没有外出务工的村民，给他们提供免费技能培训：烹饪、厨师、足疗等。

"群众一开始不理解，认为是走过场、讲形式而已，排斥心理比较严重，对政府和干部有看法，不愿意配合。我们经过一次次的宣讲，转换老百姓固有的思想观念，让他们知道国家这次派干部来，是真真切切帮老百姓脱贫致富的。"覃建明说。在茶园管理上，覃建明请来专家教村民如何修枝、管护和采摘，科学种植，以点带面，转输血为造血，使麻柳村迅速踏上致富的快车道。

麻柳村脱贫后，2018年3月，覃建明被任命为堰碥村第一书记。堰碥村是紫阳县政府要求必须在2018年年底实现脱贫的12个贫困村之一，任务十分艰巨。当时村里有贫困户239户911人。按要求年底209户866人要实现脱贫，压力山大。经过一番思考，覃建明认为首先要转化村民的思想，提高认识。他开始走访贫困户，搜集整理资料，先摸清真实情况。村民居住分散，户与户之间最远有四五公里，需翻山越岭，交通十分不便。覃建明每天早出晚归，走访贫困户五六家，与村民拉家常，推心置腹，排忧解难，取得他们的信任和理解，往往一天下来顾不上吃饭。覃建明跑了整整两个月，才把村子走了一遍。

摸清堰碥村的实际情况后，覃建明决定先实施道路改造工程。他通过各种渠道争取资金，筹资90万元，拓宽硬化道路，村里的主要公路及村组之间道路都得到改造拓宽。后又启动新建卫生室、活动广场等项目。堰碥村村委会建设工程质量没有达标，社会反响不好，群众意见大，需重新启动该项工程。覃建明不敢耽搁，他马不停蹄，四方筹措资金，重新启动了村委会办公楼建设工程。接着发展产业，主要是养殖和种植。覃建明通过上级有关部门联系到鸡苗、猪苗，给村民低价发放，发展养鸡、养猪大户；新建茶园500亩、花椒园100亩，引进特种玉米100亩。这种糯玉米品种国家每亩补贴1000元，有企业专门收购，解决了农民收入不足的问题。与此同时，覃建明动员青壮年劳力外出务工，增加收入。

2018年年底，堰碥村脱贫后，上级领导又让覃建明去更加偏僻的水磨村帮助村民脱贫。水磨村是深度贫困村。领导认为覃建明能在短期内让前两个村子实现脱贫，有丰富的实践经验，所以才派他去。面对更加艰苦的工作，覃建明觉得自己作为一名共产党员，应勇挑重担，义不容辞。

2019年1月，覃建明被任命为水磨村脱贫工作组组长。水磨村与四川接壤，距镇政府7公里，与镇政府隔着一道大山。当时这个村子有355户1348人，其中贫困户229户889人，与前两个村子一样，要求当年实现脱贫。

三年换了三个地方，都是深度贫困村，条件差，底子薄，任务重。有人说："领导是不是故意跟你过意不去？哪有这样折磨人的？有的干部在一个村子待了几年都没有实现脱贫，凭啥让你一年就完成任务呢？"覃建明说："脱贫攻坚工作是我的'拿手菜'，我当然得上呀！领导看准的也许就是这个，我感觉挺荣幸的。"

水磨村当时存在的主要问题是班子不重视脱贫工作，资料不完善，工作没有头绪。覃建明首先抓班子建设，抓纪律，统一思想，增强意识。覃建明要求3个驻村干部必须按时上下班。第二件事是规范村级和农户档案，两步走，三排查，查漏补缺。通过排查发现6组、7组、8组、9组群众饮水困难，覃建明联系县水利局立项，投资120万元，从四川资溪引水到水磨村，解决了村民的吃水问题。少数群众住在土坯房里，危房改造不到位，覃建明联系施工队挨门挨户排查，有问题，立即整改，直到群众满意为止；村委会卫生室不达标，他联系投资60余万元建设了村委会卫生室、活动广场等。

9组村民王某一家13口人，父亲五六年来瘫痪在床，母亲患慢性病，两个老人都70多岁，家庭十分困难，看着心里难受。覃建明在工作之余，经常到他家看望老人。他先是想办法给王某家解决临时救助，将其父亲带到镇上残联部门，要了一把轮椅。老人能自行活动了，非常感动。2019年8月的一天，王某的母亲干活时不幸把腿摔伤，不能走路。覃建明连忙跑到镇上残联部门，为其申请轮椅一把，用真心感化了一家人。考虑到王某苦于没有技术，无法出门打工挣钱，覃建明就到他家做思想工作，动员他参加了村上举办的烹饪培训，随后又推荐他到紫阳职校参加了足浴培训，增强了他发家致富的信心。

贫困户朱某的老婆婆80多岁，常年一个人在家，夫妻俩常年在重庆务工。覃建明经常去家里看望老人，老人十分感激。

水磨村产业技术薄弱，覃建明与村委会干部经过讨论，决定发展产业，扩大培训。在他的带领下，村新建茶园 2000 亩，原来的茶园不多，几乎荒芜；发展核桃产业，从杨凌引进嫁接核桃 1000 亩，丰产后每亩年创收可达万元。村里还组织核桃树栽培技术培训、茶树栽培修剪技术培训、烹饪技术培训、足疗技术培训。水磨村参加茶树栽培技术培训 80 余人，参加足疗培训 20 多人，参加厨师培训 40 人。厨师培训成功后，一部分人在城里开餐馆，生意不错。目前水磨村有 18 人从事足疗服务业务，有的已经成为片区经理，月收入过万元。

2019 年 12 月，水磨村达到脱贫标准，通过脱贫工作组核查验收。

三年助三个村子实现脱贫，覃建明以身作则，用实际行动交出了一份满意的答卷。他说老百姓实现脱贫，自己有一种成就感，心里特别安慰，否则上对不起组织，下无颜见老百姓。几年来，覃建明先后荣获安康市脱贫攻坚"交友帮扶先进个人"、紫阳县"践行'五个一'好干部"等多项荣誉。他说这些荣誉都是对他工作的肯定和认可，自己感到十分骄傲。

二、我不帮他谁帮他？

2019 年 9 月，扶贫局干部吴作毅被任命为麻柳镇水磨村第一书记。

水磨村是紫阳 35 个深度贫困村之一。当时，水磨村村民主要以养蜂为主要副业，收益时好时坏，难以为继。吴作毅经过一段时间的摸底调查后，发现这里的野生葛根很多，几乎漫山遍野都是。葛根可以加工成葛根粉并含有人体需要的 10 多种氨基酸和 10 多种微量元素。葛根素具有扩张冠状动脉和脑动脉的作用，可降低血压，能显著增加缺血组织的血液供应量，具有醒酒，治疗喉痹、疮疖之功效，还可防癌抗癌。这里的村民可谓捧着"金饭碗"没饭吃。

村民杨伦申 61 岁，想搞一个葛根粉合作社，但因负债太多被信用社"拉黑"，四处筹钱无门。杨伦申之前因为开办锰矿负债累累。这个人既不是低保户，也不是临时救助对象。他找到吴作毅说："我年龄这么大，出去打工没人要，妻子有病，是个智障，家里负债那么多，想办一个葛根合作社，手头没有分文。"杨伦申在信用社欠债 20 万元，已经 20 年了。当年开矿因为企业重组、锰矿价下跌严重而破产。当时贷款主要用于修路、开矿，结果全赔了，被信用社"拉黑"。项目停止后，杨伦申债台高筑。

葛根粉合作社需要投资 4 万元，吴作毅通过单位干部提前认购，众筹资金 4 万元，解决了启动资金的问题。村里电压不稳，线路老化，经常停电，带不动机器。吴作毅找到麻柳镇供电所谭所长，请他拉了三相电，解决了合作社用电问题。这一项目按市场价需要花一万多，谭所长了解情况后，一分钱没有收，甚至连人工费也没有收，杨伦申非常感动。

资金到位后，杨伦申的葛根粉合作社已经筹建得差不多了，合作社有 4 个人，杨伦申夫妻俩，还有他们的儿子和儿媳。2020 年 9 月，因为易地搬迁，杨伦申的房子被拆除（"十三五"易地搬迁，要求把山上的宅基地全部腾退并拆除。按照规定，拆迁户必须搬迁到安置点），杨伦申在山下选了一块 300 平方米的地方，搭建了彩钢房。吴作毅联系麻柳镇供电所重新给他通了动力电，供电所仍是一分钱未收。

葛根粉生产工艺比较复杂，需要通过七道沉淀过滤工序、经过两天沉淀才能生产出优质的葛根粉，每 30 斤葛根才能产一斤粉。吴作毅给他们定的目标是年产 1000 斤，每斤 80 元，产值可达 8 万元。葛根胖胖的，像红薯一样，木质，有粉。一个人在山上一天就能挖 200 多斤，每斤卖 0.7 元，一天能挣 140 元。吴作毅动员村民上山采葛根，带动当地村民增收。合作社生产出来的葛根粉产品，吴作毅负责全部推销，所有审批和申报手续都是他帮助办的。2020 年，杨伦申的葛根粉销售额近万元。吴作毅联系中石油测井公司通过提前订购的方式，将钱直接转过来，作为合作社的启动资金，千方百计帮杨伦申摆脱困境。

食品认证必须经省市场监督管理局审批，审批手续非常复杂，还需要通过 SC 认证。如果通过这个认证，销量将会大大增加。

"只有冬季的葛根才能成粉，其他三个季节的都不行，原因是只有冬天葛根粉才能沉淀到根上去。葛根粉的功效很多，主要是护肝。酒醉后喝葛根粉，解酒效果非常明显。葛根粉的另一大主要功能是预防心脑血管疾病，还可美容养颜，是一个阳光产业，市场前景非常好。一年多来，我通过自己的朋友在安康、西安等地销售，效果还不错。我现在每天在网上帮合作社销售葛根粉，拿到订单就转给合作社。为了保证质量，我要求葛根必须是野生，不能掺一点假。因为把面粉淀粉等掺进葛根粉，肉眼根本看不出来。目前因为这个产品没有通过 SC 认证，所以只能线下卖，不能在京东、淘宝、天猫等线上销售。"吴作毅说。

在产业带动方面，水磨村除了成立葛根粉合作社，还办了一个养猪合作社。贫困户王永富58岁，是低保贫困户，家里4口人，夫妻两个，一个老人，还有一个智障儿子。儿子20多岁，整天只知道吃和傻笑。2020年4月，疫情过后，吴作毅帮助王永富小额贷款3万元，买了3头母猪，当年下了30多头猪仔。紫阳县扶贫局出钱给他家修猪圈。30多头猪仔卖了10多只，收入两万多，预计2021年存栏100头，收入可达七八万元，实现真正脱贫。

"目前贫困户除了低保，还有临时生活救助，每人每年1700元。政策不能重复享受（除了大病）。村里有三起大病患者：脑出血、截肢、脑髓癌。我通过临时救助和水滴筹，联系单位朋友通过多种渠道救助，这三起大病最终都得到了治疗。为了帮助村民尽早摆脱贫困，我直接筹资20000多元，扶贫局购买农副产品价值23000元，推销产品价值近30000元。现在天天都在帮他们销售，每天都有几单业务，有种成就感。如果哪天卖不了，会感到很愧疚。老百姓如此信任我，所以我比干自己的事情都上心，他们对待我也像对待自己的亲人一样。这些贫困户，祖祖辈辈生活在大山里，与外界几乎没有联系，灾难来临，我们就是他们最后一根救命稻草，我们不管谁来管？"吴作毅说。

除了葛根粉合作社和养猪合作社，吴作毅还通过市林业局请来雅安老板，通过流转土地386亩，成立"名紫苗木"合作社，大力发展核桃、茶园等苗圃系列产业。2009年种植核桃1340亩，建茶园340亩，之前这些东西水磨村都没有。

"流转土地就是把老百姓的土地租过来种，每亩每年付农民260元到500元左右，根据坡地和平地具体情况，价格不等，还可以给老百姓解决务工问题。'名紫苗木'合作社去年发放务工人员工资10多万元。合作社不允许用外地工人，重点安排本村留守妇女和青壮年劳力。目前水磨村在此务工的有10多人，高峰时有30多人，主要从事除草、施肥等工作。目前山上还有100多户村民没有搬迁，搬到山下的村民除了在社区工厂上班，大多在外务工。社区有毛绒玩具厂、皮鞋厂、艾草厂（加工艾叶）、服装厂等，均是通过招商引资从沿海引入，利用当地劳动力廉价的优势，一举两得。"吴作毅说。

村里有养蜂合作社，30多家人在养蜂。扶贫局干部黄志顺帮助销售蜂蜜价值

3000 多元，第一书记吴作毅销售蜂蜜价值 3000 多元。村民朱刚福养了近 30 年蜂，是村里的养蜂大户，有 30 多箱蜂。

杨伦申的葛根粉合作社通过近两年的运行，目前已还清了银行贷款。杨伦申拉着吴作毅的手说："吴书记，我活了 60 多岁，第一次遇见你这么好的干部啊！你对我的事比对你自己的事还重视，助我重生啊！"

吴作毅说，葛根粉市场打开后，完全可以带动全村村民脱贫致富。"我的脑子里天天想的都是这些事情，想着如何能让村民致富奔小康。"现在的问题是消化不了这么多，以目前的生产规模，山上的葛根 100 年也用不完。

目前，因为葛根粉销售市场没有打开，杨伦申的葛根粉合作社年产量 1000 斤，没有底气，吴作毅拍着胸脯说："你生产多少，我帮你销多少！"

"这里的野生葛根资源丰富，老百姓守着金山。如果年产量能达到一万斤，产值可达到数十万元，那将是一个多么巨大的收益，解决多少贫困人口的就业问题啊！"吴作毅激动地说。

采访的过程中，吴作毅不断地查看手机。他的微信朋友圈都是帮助村民销售葛根粉、蜂蜜等农产品的信息，各种订单不断。这是一个真正和老百姓交心交朋友的驻村干部，像对自己的亲人一样关心老百姓，全心全意帮他们摆脱贫困，奔向小康。

三、办法总比困难多

见到谭正华是在宾馆。这个长着络腮胡的人看起来有些腼腆，不善言辞。

谭正华生于 1981 年，是紫阳县文广旅局干部，2014 年开始在向阳镇高坝村驻村，现任向阳镇悬鼓村第一书记。悬鼓村属于库区，贫困户 260 户 1000 多人，均住在山上。

"刚开始去驻村，没地方住，有一户农民土坯房空着，我就与另一位驻村干部租了下来。周日回一趟家再回来，案板上都是老鼠屎。走访一天，晚上 7 点回来开始做饭，感觉精疲力尽，人都不想动，只是简单地煮一些土豆和四季豆来充饥，或者吃方便面。在家时都是母亲或妻子做饭，自己很少动手，所以当时心里很不是滋味。那时村上只有一条路，山势很陡峭。贫困户曾先林家里 3 口人，第一次去他家里只有两个老人，60多岁。老人说儿子快30岁了还没结婚，在外打工，情况也不太好，不给家里寄钱，出门10多年了都不回来。他们住的是土坯房，屋内凳子都放不稳。墙上千疮百孔，能看见外面，一下雨就漏。曾先林身体不好，家里有五亩茶园茶叶采不回来，几乎荒芜。家里没有其他收入，靠种一点玉米和土豆艰难为生。"谭正华说。

谭正华了解情况后，帮他申请了3000元扶贫资金，把房子维修了一下，把上面的石板重新更换。谭正华又在单位申请了1000元，把他家土坯墙修补好，把地打平，使老人的居住条件得到改善。当时新的易地搬迁政策还没下来，移民搬迁标准是人均25平方米，政府补贴25000元。他们一家三口的免费住房面积是75平方米，需要自己再拿50000元才能迁到新房。曾先林没有钱，想让儿子支持。儿子在广东打工，10多年都没有回来。谭正华给他儿子打了三次电话，都说没有钱。后来他儿子说希望在镇上买一套房，这样父母比较安全，以后他回来住也方便。按照当时的政策，镇上一套房子的价格他家更是无法承受，无从谈起。他儿子最后虽勉强同意搬迁方案，但说没有钱，看家里能凑多少，自己再想办法。

2015年之后政策调整，脱贫搬迁户一户最多只需出10000元，其余政府补贴。谭正华给他们在镇上集中安置点选了套房。搬迁时曾先林的儿子回来了，老两口多年未见儿子了，激动得热泪盈眶。

"当时，悬鼓村有近2000亩茶园，但几乎都荒芜了，茶叶也卖不上价。村里又没有茶厂，茶贩子来收，想给多少就给多少，多年来都是这样。鲜叶必须当天卖，否则就会发热变坏。早上摘的中午卖，下午摘的晚上卖，茶贩子借机不断压价。1斤茶叶有45000个茶尖。一个人一天能采1.5斤到2斤，4.5斤鲜叶才能干1斤。在焕古镇，1斤鲜叶茶厂收购价100元，在悬鼓村鲜叶收购价是80元1斤。每人1天能采1～2斤毛尖，老年人1天能采1斤都不错了。茶园管理不好，1亩能采2～3斤鲜叶，1亩茶园年产值仅500～600元，刨去各种费用，根本不赚钱！"谭正华说。

村里有个叫雷朝敏的人在外务工，干得还不错。谭正华劝他回来投资茶园，因为他家里有上百亩茶园。雷朝敏生于1985年，在外面矿上包工，赚了一些钱。谭正华动员他回来把上百亩茶园经营好，说绝对比在外面强。这个人在1998年买了村集体的茶园 100 多亩，可 2015 年茶园可营利的只有二三十亩，其他都荒了。一家 7 口人，每年收入约 10 万元，除过各种费用，没有利润，几乎是白忙活。因为投资茶叶风险太大，雷朝敏不想干了。雷朝敏 2000 年在信用社贷款几万元，到 2015 年连本带息滚到 12 万多，负债严重。谭正华问他："你不把这个账结了，后面越滚越多，今后怎么办？" 雷朝敏说那也没有办法！谭正华联系信用社，发现本金只有 50000 元，利息 70000 元。他找到信用社主任说这是贫困户，无论如何不能再产生利息，不然怎么也还不起。主任说："能否现在就算清，以后再不给他增加利息？" 谭正华问："能否按呆账处理？" 主任说不行，可以先把本金 50000 元还清，利息后面再还，不再产生利息，可以挂在账上。当时雷朝敏 50000 元也拿不出来，谭正华利用扶贫贷款的政策，政府贴息，以借贷款还贷款的方式，帮他还了 50000 元本金，70000 元利息后面什么时候有了再还，不会再产生利息了。

卸掉了包袱，雷朝敏准备回来弄茶厂，谁知刚回来矿上就出了事故，钱一分钱也拿不回来，没有资金。谭正华见状，借给他 50000 元的启动资金。最后雷朝敏筹资 37 万元建起了茶场。

"我当时分析了一下，一亩茶园经营好了一年收益 5000 元，上百亩就能产生收益 50 万元，一年的收入非常可观。他处在困难时期，需要帮助，我义不容辞。" 谭正华说。

2016 年年底，谭正华的妻子生产，姐姐打电话让他回去。因村上工作太忙，谭正华走不开，与姐姐吵了一架。他想，妻子生产，家里有人照料，村上的事不能耽搁。妻子生产后，谭正华回去陪了一夜，第二天清早就回村了。

"当时的工作重点是组织慰问低保户，准备各种材料。媳妇不理解，说：'女人生孩子是生死攸关的事，你却躲得远远的不回来，看来根本不在乎我！村里哪有那么多的事要你去管？不是还有别的扶贫干部吗？你究竟是不是娃他爹？没有责任心！'说实话，驻村几年来，娃一点也顾不上带，见了我都生分。即使回到家里住一夜就走，都成住旅馆了。最长一次在山上住了 21 天，工作忙，回不去。每天走访、摸排、统计、上报，三番五次入户调查，做村民工作，工作节奏快，忙得团团转。高坝村有 400 多户 1000 多人，住得分散，最远的离村委会有七八公里，整天都忙在路上了。刚开始是土路，只能走，后来可以骑摩托车，时间缩短了不少。两个村子合并后，人更多了，有700多户2000多人，从一家到另一家都需要走好长时间。妻子汪蓉要上班，要带两个孩子，很不容易。"说起妻子，谭正华感到有些内疚。其实那段时间他也有委屈：村民不理解，恶言相向；领导不满意，经常批评自己。谭正华情绪无处发泄，与妻子产生矛盾，好长时间没有回家。

"当时各种矛盾冲突。家庭矛盾需要调解，贫困户与非贫困户之间的矛盾需要想办法协调，做思想工作。非贫困户说：'政策那么好，扶贫政策我们什么都没有享受上，这不公平！'我说：'怎么没有享受？房屋改造你没报，免税、补贴政策大家都享受了。乡村改造人人受益，道路交通普惠大家——怎么能说你没有享受呢？那些残疾人情况特殊，生活困难；贫困户住在那样的危房里，房屋塌了死人怎么办？'通过讲道理，动之以情，晓之以理，村民才理解，矛盾冲突得到缓解。本人之前在电视台工作，属于文旅部，不认为山上辛苦，只是工作环境变了。我从小在农村长大，熟悉村民的习惯，毕竟刁蛮的是少数，真心相待，与他们打成一片，他们是可以交心的。"谭正华说。

除了发展茶园，谭正华还协助村民成立了养鸡合作社。

谭正华刚去时，有一个叫贾仕伟的90后青年在养鸡，一年养了2000只，是养鸡大户。谭正华动员他成立合作社，带动村民致富。贾仕伟的养鸡合作社手续审批未过，办不下来，谭正华想尽各种办法，2015年终于帮他申办下来。养鸡合作社成立后，谭正华利用电视台平台免费打广告两年，帮合作社给村民提供鸡苗，动员5户村民每户领养20只小鸡，养大后卖给合作社。村民开始养不活，因为是免费送鸡苗，有人不操心，说："你那鸡拿回去几天就死完了，反正是你免费提供的，无所谓。"谭正华动员了35户养鸡，成功的只有20户，其余15户都没有成效。鉴于此，谭正华动员单位干部联帮贫困户，每人包5户，帮村民卖鸡，实行一对一帮扶，一个月入户两次，遇见什么问题随时解决。帮扶干部年初帮贫困户制定脱贫计划，中途督促，年底帮助完成脱贫，效果十分显著。如果当年完成目标，任务会逐年上升，村民就能迅速实现脱贫。

四、让贫困户脱胎换骨

冉黎明生于1982年，是原洞河镇中心小学校长。2018年3月，他主动申请下乡扶贫，任红椿镇共和村第一书记。

共和村有3个组，315户1139人，其中贫困户202户646人，分散在大山上。由于交通闭塞，产业十分单一，主要以茶叶为主，有茶园1500亩，因经营不善，没有自己的品牌，每亩销售额仅400元左右，入不敷出。村里有41户五保户，均为单身老人。因为是搬迁地带，共和村均为土路，交通主要靠走，很少能骑摩托车。村民大多住土坯房，十分简陋。户与户之间距离较远，山路十八弯，从这一户到那一户能走几个小时。冉黎明用了两个月时间入户，全部走了一遍。

三组夏睦朝60多岁，家里8口人，住在一间不足50平方米的土坯房里。夏睦朝的两个女儿在外边打工，回来后无法居住。致贫原因是家庭条件落后，居处偏远，买生活必需品去最近的商店也需要走两个小时的山路。两个女儿在外务工，做足疗，是家里的主要经济来源。夏睦朝有5亩茶园，因为没有技术，管理不善，加之居处太偏僻，运不出去，无法销售。冉黎明驻村后，村里成立了茶叶、魔芋、蔬菜合作社，销售问题迎刃而解。

村民覃运升家里有两个老人，80多岁，儿子失联，四五年找不到。两个老人无人照看，生活非常艰难，买东西走路十分不便。因为他们有一个儿子，根据标准算不上贫困户，无法享受相关扶贫优待。冉黎明了解情况后，组织村民进行讨论，根据实际情况给予其照顾，将老人纳入低保户，搬到安置点。冉黎明协助覃运升养蜂，土蜜蜂一斤100多元，养10桶蜂，所产土蜂蜜一年能卖10000多元。他家有5亩茶园，冉黎明委托村合作社经营管理，每年能给他们分红6000元。一家人实现脱贫。

贫困户喻世美，52岁，她有两个儿子。一个叫邹良富，29岁，在外面煤矿务工时致下肢瘫痪，不能下床。丈夫去世后，另一个儿子也因病去世了。母子相依为命。喻世美住在山上，土坯房，不通公路。当时家里养了一头猪，有4亩茶园，靠她一个人干活，生活十分困难。冉黎明去她家时，家里又脏又乱，其残疾儿子蓬头垢面，对陌生人有抵触情绪，不愿见人。邹良富之前是一个很帅的小伙子，受伤后女朋友也跟他分手了，万念俱灰，心灰意冷，与所有人中断了联系。矿上赔的钱看病很快就花光了，无钱继续治疗。冉黎明一次次去和他交心，开导他，取得他的信任，然后把他搬到特困安置点，帮他争取到低保。邹良富可以办残疾证，但因为办残疾证需要本人去，所以一直没有办。冉黎明把他拉到城里，办了一级残疾证。如今邹良富每年可享受1000多元的补助。小伙子爱干净，冉黎明又帮他买了一把轮椅，推他到村子外面晒太阳。邹良富脸上终于有了笑容。4亩茶园加入村合作社后，每年能收入6000余元。家里喂了两头猪，能卖4000元，年收入过万，母子实现脱贫。

张世华是个光棍，48岁，一个人住在山上的土坯房里。冉黎明第一次去见他，他一个人睡在屋里，什么也不愿意干，十分懒惰。张世华有5亩茶园，已荒芜。他每年出去打一两个月工，钱花光就回来了。冉黎明动员他劳动致富，张世华开始有抵触情绪，不愿合作。冉黎明利用产业互助资金给他弄了5头猪仔，租了个猪圈，让他养猪。第一年，张世华赚了5000多元（纯利润），尝到了甜头，现在养了8头猪，还有6头猪仔。每头猪养到200斤左右，能卖几千元。他还养了50多只鸡。他把房子重新翻修，屋里屋外焕然一新。张世华目前正在谈对象，对生活充满信心，见人爱说爱笑了。他之前性格很内向，孤僻，不愿与人交谈。2018年，张世华被评为市县级致富标兵。

"扶贫工作忙，2019年我几乎整天待在山上，回家的时间不足20天。父亲静脉曲张无法行走，母亲66岁了，身体也不好。2019年5月，父亲去安康做手术，我急匆匆将他送去医院，第二天就回到村上了。父亲住了一周院后，与母亲一起打车回去，我也没时间去接。因手术没有做好，他现在走路腿还疼。父母就我一个儿子，不能照顾他们我感觉挺内疚，对不起他们。"冉黎明说到这里，眼睛红红的，闪着泪光。少顷，他接着说："妻子是班主任，带毕业班。家里两个孩子，一个上六年级，一个三岁多。妻子工作忙，原来是我父亲照看孩子，母亲在西安照看妹妹家的孩子。父亲住院后，孩子无人照看。红椿镇到共和村没有班车，所以我只能开车往返，山路不好走，回去一次就是一两个小时。"冉黎明说。

两年来，共和村先后被评为市、县级先进基层党组织及市级"卫生村"，连续两年年度考核获一等奖。冉黎明2018年和2019年先后被评为红椿镇"优秀第一书记"、县级"脱贫攻坚优秀青年"、县级"先进工作者"、市级"先进帮扶个人"等。2020 年 6 月，冉黎明被评为安康市脱贫攻坚先进个人。

五、让残疾人鼓起风帆

在紫阳县麻柳镇，提起王儒祥的名字，百姓们都很熟悉。他是天天与老百姓打交道的民政和残联干部，当了一届县人大代表、两届镇人大代表，连续三年被麻柳镇党委政府评为优秀干部。他时时处处以代表和党员的标准严格要求自己，在 10 多个春秋里，从来没有因为工作上的失误，给老百姓和单位造成巨大损失。用他自己的话说："管好自己的嘴，管好自己的腿，该去的地方去，不该去的地方，坚决不去。"王儒祥是这样说的，也是这样做的。

镇民政办的工作是最接近老百姓的工作，镇民政办是检验干部与群众关系是否密切、干部信誉度和形象是否良好的窗口。每逢残疾证换证，大病报销，发放高龄补贴、贫困救济等款项时，民政办的门口总是熙熙攘攘，门庭若市。王儒祥对所有来自农村的老人，总是笑脸相迎，热忱接待，给他们让座、倒茶，然后按照政策规定，逐一给他们办理手续。对不懂政策，甚至在办公室大吵大闹的老人，他总是不急不躁，心平气和，耐心地给他们做详细的解释说明工作，直到他们弄懂政策，化解了心中的疙瘩，才把来访群众送走。

王儒祥到镇民政办工作以后，麻柳镇残疾信访案件递增，很多村民没有吃透国家残疾优惠政策，人云亦云。针对这一情况，王儒祥与镇人大、镇司法有关部门紧密配合，还聘请了镇司法所所长为法律顾问，为全镇残疾人服务。他们先后妥善解决了 15 人次残疾人法律咨询热点难点问题，做到信访案件件件有落实，事事有回音，使镇残联真正成为残疾人的"娘家"。

在开展民政救助、城乡最低生活保障、大病医疗保障等工作时，王儒祥爬坡上坎，翻山越岭，深入农户，认真调查摸底，做到镇不落村，村不漏户，户不漏人。他先后让全镇 118 名残疾人享受了最低生活保障，发放了 173 人农村重度残疾人生活补贴和 93 人的护理补贴，并为全镇 11 户残疾人争取到产业扶持资金 55000 元，让他们通过发展养猪、养羊、养鸡和种茶等产业，迈出了贫困户的行列。

麻柳敬老院已经正常运行 8 年了，在这 8 年的漫长岁月中，敬老院从来没有出现过吵架斗殴事件和矛盾纠纷。全院已有 42 名鳏寡孤独老人，在党的阳光下，幸福健康地生活着。敬老院呈现出这种祥和安宁的良好局面，是与王儒祥和敬老院工作人员的辛勤劳动、严格密切管理分不开的。为了管理好敬老院，让敬老院健康正常地运行，王儒祥花费了不少心血。每年，他都和镇安全办、镇食药监所的干部们一道，检查敬老院的消防措施是否到位、老人们吃的粮油米面是否安全、院里院外的照明电路是否老化、防汛防洪是否有人值班、早晚有无老人偷着外出不归等，事无巨细，样样操心。8 年来，麻柳敬老院老人们生活愉快，院内院外秩序安全，环境卫生干净整洁，管理井然有序，没有一件安全事故发生，院内生活的老人们一直和睦相处，相敬如宾。

在精准扶贫包组联户工作中，王儒祥看到村民上街办事，走路极不方便，就积极为小组争取项目，筹划资金，修建了组级公路 1.4 公里，并进行了水泥硬化，解决了村里百姓行路难的问题，给群众出行和经济发展带来极大的方便。

麻柳镇麻柳村四组的罗奇菊是一个普通农妇，每天为一家人的生计忙忙碌碌。要说一个家庭妇女为家庭操劳是应该的，没有什么可以宣传，可以点赞。可她是一位支撑一个家庭的主心骨，凭着自己的双手带领家人走向阳光。

今年 43 岁的罗奇菊原本有一个幸福家庭，两女一儿，大女儿上高中，儿子和小女儿上初中。丈夫主外，打工挣钱养家，妻子主内，养儿育女，照看家庭。可是，天有不测风云，2014 年 7 月的一天，丈夫廖志安在煤矿打工时，遭遇矿井塌方，10 多根骨头断裂，失去了知觉，从此便成了靠轮椅代步的二级残疾人。家庭的变故，令罗奇菊猝不及防，但她没有流泪，没有向不幸低头服输。在十分繁忙的劳动之余，她把丈夫照顾得妥妥帖帖，细致周到。丈夫在她精心的照顾下，终于可以简单料理自己的生活。

罗奇菊借助国家精准扶贫政策对养殖产业的支持，在驻村干部的帮扶、县残联的关怀以及社会爱心人士的帮助下，将养猪产业扩大了规模，由原来养两三头猪，发展到养 10 多头猪。罗奇菊还学会了一门做豆腐的手艺，便买来一辆摩托车，每天早晨出门卖豆腐，卖完豆腐赶回来喂猪。生活在她每天苦巴巴的忙碌中，慢慢有了起色。

每天天刚蒙蒙亮，罗奇菊就跨上跟随她多年的摩托车，开始了她卖豆腐的行程。罗奇菊用柔弱的肩膀撑起一个家。不到 6 年的时间里，罗奇菊靠养猪、卖豆腐，还清了修建房屋时欠下的 4 万元债务。目前，她又贷款 9 万元，准备扩大养猪产业。罗奇菊这位农村的普通家庭妇女，用一颗善良的心、一股子吃苦耐劳的精神，托起了一个家庭朗朗的天空。

第十一章　医者仁心

我是一名从大山里走出来的农民儿子，深知群众的疾苦，他们的诉求就是我工作的目标。

——高滩镇中心卫生院院长陈国军

一、让百姓看得起病、看得上病、看得好病

"一人得大病，全家受拖累。"健康对于每个人、每个家庭都很重要，尤其是对贫困户而言，疾病直接影响着他们脱贫的步伐。

健康扶贫是指通过提升医疗保障水平、采取疾病分类救治、提高医疗服务能力、加强公共卫生服务等措施，让贫困人口能够"看得上病、方便看病、看得起病、看得好病、防得住病"，确保贫困群众"健康有人管，患病有人治，治病能报销，大病有救助"。

紫阳县为充分发挥镇、村两级在基本医疗和基本公共卫生服务等领域的职能职责，把开展家庭医生签约服务作为健康扶贫的重要举措，调整充实团队力量，创新签约服务方式，打造"五师共管"家庭医生签约团队服务新模式，强化基层医疗卫生服务网络功能。组建由镇卫生院的全科医师、责任护师、公共卫生医师、健康教育医师和乡村医师共5人组成的责任医师团队，其中全科医师主要针对签约对象疾病情况开展日常诊疗和提出分级诊疗建议；责任护师主要为签约对象提供疾病的愈后养护及家庭养护指导；公共卫生医师主要提供基本的防病知识公共卫生服务；健康教育医师主要负责对签约对象进行健康教育知识的宣传和普及，并提供健康教育处方；乡村医师主要负责掌握签约对象的健康状况和基本健康需求，以及配合团队日常随访工作。通过"五师共管"，紫阳县形成群众看

病就医新格局，使广大贫困群众在家门口就能享受到便捷、高效、优质的家庭医生服务。

陈国军 1976 出生于紫阳县高滩镇，1997 年参加工作，2016 年调入紫阳县高滩镇中心卫生院任院长。担任院长以来，他不辜负组织信任和群众的期盼，将一个濒临困境的乡镇卫生院，搞得有声有色，并带领全院医护人员托起了全镇健康扶贫的重担。高滩镇医院有 43 人，其中正式编制 23 人，有 6 个医师团队，每个团队 5 人，还有医生、护士及宣教人员（宣传健康教育）等，包了全镇 18 个村。作为院长，陈国军不但包村，还要下村入户。高滩镇有贫困人口 4488 户 15800 人，其中因病致贫 298 户。镇中心医院每人包 8 户，根据情况每月进行一次随访。他们先后制作 500 张健康管理团队名片，开设健康扶贫病床 20 张，开设健康扶贫服务一站式结算窗口，为因病致贫返贫对象解决实际困难，在医疗、预防、保健、康复等方面，搭建了扶贫帮困送温暖工作平台。这一项项举措得到上级主管部门多次肯定。截至目前，高滩镇医院扶贫义诊 25 次，义诊受益 1267 人次，体检受益 7236 人次，签约家庭医生 36 人，惠及贫困户 1562 户。陈国军先后于 2012 年被评为陕西省卫生系统精神文明先进个人、2017 年被评为紫阳县卫计局优秀院长、2018 年被评为紫阳县健康扶贫先进个人、2019 年被评为安康市健康扶贫工作先进个人、2020 年被授予陕西省健康扶贫奖奉献奖等。

陈国军毕业于陕西省医学专科学校，对医学事业非常热爱。他出身于医生家庭：其父亲是位老医生，妻子是位村医，妹妹和妹夫都从事医疗行业。他自小耳濡目染，成长中又受到中医方面的熏陶，有着良好的医德和医术。他视病人为亲人，以帮助他们解除痛苦为己任。在进村入户开展健康扶贫的过程中，他发现很多慢性病病人的痛苦无法根除，便在现有医疗保障的基础上，创造性地开展中医理疗的救治工作。投资新建中医馆，成立中医科，开展针灸、拔罐和热敷等理疗项目。开设"健康小屋"，用于群众自助测量身高、体重、血压及中医体质辨识等，使患者能够了解自己身体体质状况，获得患者一致好评。在陈国军的建议下购买并投入使用的大型检查设备 DR 数字化 X 线摄影系统，大幅度提升了检查的准确率和阳性率，为群众带去了极大的便捷，为临床诊断提供保障。

针对疫苗安全事件频发的情况，为从源头上消除事故隐患，陈国军又下决心在院里建立数字化预防接种门诊，哪怕背负巨额的债务，也要投入大量的资金，建起预防接种门诊。高滩镇医院最终投入 20 余万元建起了紫阳县第一家规范化数字接种门诊，开展集中预防接种工作试点，增强疫苗的冷链运输安全、疫苗接种安全双检测。他深知贫困山区群众经不起病，必须提高防病能力。此举引来许多兄弟单位观摩学习。

"健康扶贫工作要'马儿跑，就必须得给马儿吃草'。要让老百姓有地方看病，有地方报销，知道报销途径，懂得健康知识，重在跟踪随访。高滩镇山大沟深，地理条件十分艰苦，贫困人口多，贫困程度深，脱贫难度大。有人说：在紫阳，只要高滩脱贫，其他乡镇就脱贫了。"陈国军说。

岩峰村四组村民余邦典与妻子都患白内障等疾病，儿女常年在外，家庭十分困难。村上多次劝说他都不愿意下山，说晕车，没有钱治疗，也不愿意配合。陈国军得知情况后，亲自带他们到市中心医院检查治疗，帮他们垫付住院费，治愈出院后协助报销医疗费用。在"光明扶贫工程"白内障筛查活动中，他们夫妻俩都顺利做了白内障手术（免费治疗），能看清东西了，十分激动。目前一家人已搬到公路边居住。这个人十分犟，村人、儿女说什么都不听，只相信陈医生的话。"这病让我跑了不少路，吃了不少药，花了不少钱，现在查清楚了，心也放下了，真的要感谢你啊！"余邦典握着陈国军的手激动地说。

"我现在吃得好睡得香，烦心事没了，心情舒畅了。要不是陈院长一直帮助我，我可能早已不在人世了。"家住高滩镇三坪村三组的曾化桂热泪盈眶地说。50多岁的曾化桂患有胆管结石、梗阻性黄疸等多种疾病，先后在西安、安康等地住院治疗 10 多次，花掉了家里全部积蓄，却没治好，她失去了对生活的信心。

陈国军进村入户了解情况后，主动与曾化桂联系，帮助她申报慢性病补助、办理报销医疗费用等手续，还利用休息时间到她家里免费帮她检查，普及健康知识，做心理疏导。在陈国军的帮助下，曾化桂享受了健康扶贫政策，节省了 7 万余元医药费，实实在在解决了家里的实际困难，也重新燃起了对生活的希望。

百坝村村民简廷凯，家有 5 口人，儿子和儿媳离婚，两个孙子都是爷爷奶奶抚养。儿子简云贵于 2014 年做了股骨头坏死手术，术后无法从事重体力劳动，常年外出务工也无法满足家庭开支。两个老人对健康扶贫政策不了解，简廷凯又患慢性病高血压病常年服药，孙女聋哑，孙子先天性心脏病术后。陈国军了解情况后，翻山越岭同包村医生主动入户签约，宣传政策，指导服药，协助简廷凯办理《慢性病补助证》，冬天还为两个小孩送上棉靴。老人感动地说："是您让我觉得国家政策好啊，使我们在这个冬天不再寒冷。"万兴村村民娄道翠身患高位截瘫，常年靠轮椅代步，其儿媳外出务工8年有余至今未归。娄道翠2019年5月份煮饭时，左腿不慎被开水烫伤，因怕花钱未住院治疗。陈国军知道后，主动联系上门了解情况，开展签约服务和残疾人康复指导，指导老人康复训练，并自掏腰包购买烫伤药上门为老人换药。老人烫伤很快得到康复。第四季度入户走访时，陈国军又来到该患者家，听老人讲，其儿子何云兴今年10月份因脑出血在浙江住院治疗花费10余万元。老人握住陈国军的手说："家里顶梁柱瞬间倒下，我两天一夜之间头发都白了许多，我们今后怎么生活？还花费这么多钱可咋办呀？"陈国军听后立马电话联系何云兴，询问治疗情况及费用情况，在电话里指导其做康复训练，让其把病历发票等复印件寄回本地协助其报销。老人激动地说："没想到在外省住院也能报销，真的是天上掉馅饼，怎么就砸到我们了呢？陈院长真情实意，帮人硬是帮到我们心坎上了！"

在陈国军的帮扶下，全镇因病致贫因病返贫的298户1198人得到帮助。陈国军说："健康扶贫政策为的就是让这些贫困患者不再忍受病魔的折磨，不再担忧昂贵的医疗费用，从而获得新生的希望，重拾致富的信心，走向幸福的生活。"

2017年8月，正值全县健康扶贫的关键时期，而此时，陈国军的妻子刚刚分娩，一时间这个中年汉子压力山大。作为院长和丈夫，虽家里需要他，可院里也需要他，贫困户更需要他，他把照顾妻儿的念头悄悄抛在脑后，埋头扎进工作，一干就是数月。虚弱的妻子独自照顾着襁褓中的婴儿，陈国军默默承受着妻子的埋怨。有一次家里两位老人都生病了，因为医院医生紧缺，门诊岗位上不能没人，他只是通过电话简单地询问老人病情，找人给双亲带了药。

2017年冬天，陈国军坐着同事的摩托车下乡扶贫，在前往关庙村途中，摩托车侧翻连人带车摔下山，导致其左胫骨中上段骨折，左腓骨远端骨折。

"当时情况十分紧急，发现摩托车失控，我心想，如果冲下悬崖，生命难保！千钧一发之际，我紧急跳下车，双腿碰在一块石头上，感觉左小腿与身子分离，不听指挥了。作为医生，我心里想，坏了，脚肯定骨折了。过了一会儿，我的腿开始剧烈疼痛。同事给我腿上扎了个毛巾，赶快送往医院。"陈国军说。

车祸发生后，撕心裂肺的痛袭来，陈国军心想：这辈子该不会成了残疾人？家人以后如何生活？今后该怎么办？路上走了两个多小时，他感觉很漫长，裤子外面渗出的鲜血把衣服都染红了。到医院后，骨科梅主任给陈国军腿上做了牵引，疼痛立即减轻了许多。第三天，陈国军做了手术。

"粉碎性骨折，腿断成了几截，很严重。住院期间，妻子因小孩太小，白天来，晚上要回去。手术后第二天，止痛泵滑掉了，疼得我撕心裂肺，满头大汗。小腿肿得很厉害，比大腿还粗。我打电话让老父亲下来，抱着他痛哭了一场。父亲说：'你这是图个啥呀，扶贫扶贫，把自己扶成这样了！'第二天一大早，打了一针止疼针后，我才昏昏睡去。住院期间，妻子来过几次，担心我如果残疾了，上有老下有小，今后日子怎么办。那段时间一直是弟弟照顾我。"陈国军说。住院期间，他还在关心着扶贫工作，每天电话询问了解情况，安排指导医院的扶贫工作。

手术两个月后勉强下地走路，陈国军便要求回医院上班。大家劝他别去："山上道路不好，你腿没有好利索。"他拄着拐杖硬是爬上了山，投入扶贫工作中。陈国军说："高滩镇地大面广贫困人口多，健康扶贫工作量大，医院医疗技术人员短缺，病人多，工作任务重，我不能休息，我要同一线医务人员一个样。"出门不是爬坡就是下坎，给腿脚伤残的他带来诸多麻烦与不便，于是他饿了就在科室吃饭，就算不值班也不愿早早地回宿舍休息，甚至几个小时连续坐诊，水都不喝一口，怕上厕所耽搁给患者看病。

白天扶贫，晚上加班，每天如此，大家也不觉得累，每月四天假，常常被占用，没空休息。高滩镇是全国重点贫困镇，每次上面检查工作都要来这里检查，工作压力非常大。一些村民讲封建迷信，房子建好不愿搬，要看日子。好不容易搬了，不让装门安窗，大冬天就那么敞开着，寒风凛凛，说阴阳先生说了，装门要到来年的春天。"如果你现在给我装了门，家里发生任何不吉利的事，扶贫干部要承担一切后果。"没办法，只好买了棉布门帘给他挂上。

"健康宣传很重要，有的农民不接受，三番五次做工作，才勉强愿意用药。

健康扶贫，目的是提高全民身体素质。按照'三个一批'政策：慢性病转变一批，大病救治一批，兜底保障一批。报销比例提高，最高可达90%，白内障手术等免费。2018年开始，高滩镇18个村都创建了标准化村卫生室，其中14个是新建的，都是两层，每个投资20万元，资金来源于苏陕协作项目资金。里边有检查床、听诊器、血压器、担架、紫外线检查仪等常规性医疗设备，一应俱全。"陈国军侃侃而谈。

"我在思考一个问题：山上勤劳的人家，一辈子攒钱在县城也买不起一套房，孩子就业困难，结婚要花一大笔钱，60多岁了还在山上劳动。而那些因各种原因致贫的贫困户，其中不乏懒汉懦夫，却在城里有免费的住房，还能就近就业，孩子在县城上学，过得十分惬意。光棍或五保户60岁以上的就可以住进养老院，养尊处优，啥也不用干……这未免让那些勤劳致富的人心生不满。我认为这一点，有待进一步协调和完善。"陈国军说的是事实，别说一般农村人，即使在县城居住的城里人，有些奋斗一辈子也不一定能在城里买得起房，孩子上学压力依然很大。国家拿出那么多的资金让贫困户几乎是免费住房，就近就业，就近入学，一些人还不懂得感恩，只知道一味地索取，等待天上掉馅饼。所以扶贫要先扶志，这个很重要。

"在乡下，部分农民在山上有土地，有副业，可种土豆、玉米等，可以养猪、养羊、养鸡等，生活自给自足，过得还不错。统一拆迁后搬到城镇，什么都要买，他们一时很难适应。有些农民没有就业技能，有些年纪大了也不愿意学习新的技术，所以放弃城里的房子，又回到了山上。有些人山上房子被拆，只好住在亲戚家里，就近务农。这些实际问题都有待思考。我认为有些事情不能搞一刀切，要因地制宜才行。"陈国军说。

二、扶贫路上的"暖男"

2018年6月，36岁的盛伟任城关镇卫生院副院长，主要分管健康扶贫及公共卫生工作。城关镇镇大地广，贫困人口多，工作任务重，村医工作有畏难情绪，让他感到头疼。盛伟带领全院职工进村入户核查信息，开展随访工作，全身心地投身到健康扶贫工作中，做了很多温暖人心的事情。2018年，盛伟被陕西省结核病防治研究所评为先进个人，2019 年被城关镇党委授予"优秀共产党员"称号，2019 年 11 月被中共安康市委授予"安康市社会扶贫先进个人"称号。

城关镇中心卫生院下辖 13 个村的 17 个村卫生室。盛伟在主抓健康扶贫工作过程中发现，原有村卫生室底子薄、环境差，其中 15 个均为借用的私有房屋，加之市场经济竞争和个人利益冲击，村卫生室的工作长期处于"渐冻"状态。

"连村民小病不出村的要求都保障不了，怎能做到健康扶贫？"盛伟感到了问题的严重性和肩上责任之重，立即上手标准化村卫生室的建设。他逐村深入调查，依据县脱贫指挥部、县卫计局要求，在镇党委、镇政府的大力支持下，先后共争取到资金 550 万元，新建起了标准化村卫生室 13 个。为实现每个村卫生室规范标准，他又结合各村卫生室需求，上下奔走筹措资金 30 万元，为各村卫生室配备了空调、中西药柜、电视机、药品阴凉柜、办公桌椅、打印机及基本医疗设备等。目前，13 个标准化村卫生室已全部建成并投入使用，而且全部通过上级验收。

村医的消极怠工，是最让他头疼的问题。为了改变这种局面，盛伟一边耐心给村医做思想工作，一边开展每月村医例会培训，提高村医务实干事能力。为了提高村医工作积极性，盛伟把提高公卫服务经费作为激励手段，每季度严格落实考核，消除他们的后顾之忧，让村医可以更好地为百姓服务。为方便群众就近就医，他将村卫生室尽量设置在各个村安置点上，诸如塘么子沟、大力、新桃、西门河、付家村等。村民从此看病不再爬山翻梁、过河渡水，改变了曾经"小病拖，大病扛，实在不行倒了床"的恶劣就医环境。就医方便、药品齐全、报销便捷、服务好、态度好、环境好，是如今当地群众普遍对村卫生室的评价和赞誉。尤其是被树为典型的付家村卫生室，在充分保障公共卫生服务、健全居民健康档案的同时，还努力提供中医适宜技术服务，譬如针灸、艾灸、拔罐、推拿等，解除患者痛苦。

心脑血管疾病、肾衰竭等慢性疾病，是长期困扰贫困户的魔症，但城关镇各村究竟有多少患这类慢性病的人，又有多少人符合慢病补助报销的标准，院里一直没有准确数据。

2019 年 6 月，盛伟主动联系县中医院中医科薛主任，他俩冒着酷暑，到村入户走访调查。步行数里山路，他们首先来到 70 岁的姜胜周家，得知这位老人长期患有高血压病，且有脑梗后遗症，行动不便，其老伴视力残疾。其儿子独居，且靠在外打零工度日，自顾不暇。盛伟为他作了慢病鉴定，还帮其申请到了慢病补助。这件让姜老汉从没想到的事却变为了现实，令他感动不已。全安村 47 岁的刘全成，身患肾癌，曾经在省人民医院住院做手术，因缺乏沟通，对医保政策了解不透彻，自行在门诊采购抗癌药品价值近 3 万元，苦于报销无门。盛伟通过该村的村医了解到此情况后，主动联系县医保局，商量报销问题，在得到对方的肯定答复以后，这才把悬着的心放下来。

有一天，盛伟正在青中村入户走访，接到新田村包联医生打来的电话，说一名贲门癌患者刚在市中心医院做完手术出院。听到消息，他赶紧专门到这名患者家中去了解情况，依据健康扶贫相关政策收集患者资料，协助其办理了慢病补助。当患者拿到慢病证时，激动地说道："现在党的政策好啊！现在的医生也好啊，都亲自上门为百姓服务，减少了我们既花钱又跑路的负担。"在盛伟看来只是一件很平常的事，是自己本职工作而已，但患者却是满怀感激。他觉得得到百姓的认可就是他最大的满足。

城关镇是全县最大的镇，要获得一串串准确的致贫数据，真得深入千家万户才行。盛伟做到了，他是靠自己的事必躬亲和"暖"起了信心的村医们，用严谨细心的服务态度做到的。

截至 2018 年 6 月，全镇有建档立卡贫困户 2936 户 8492 人，其中因病致贫 310 户，因病致贫人数占比 11%。盛伟通过按时开展对因病致贫户、慢性病患者入户随访施策服务，"暖"出了一串令人欣慰的数字：一是实现了每月对全镇因病致贫户逐户随访管理，平均每月走访 84 户 287 人，建立健全居民健康档案 287 份；二是每季度对全镇 638 位慢性病患者进行随访管理，并全部鉴定申请了慢病补助证和慢病证，协助办理发放慢病证 13 份，有 13 人因此享受到慢病补助 1.5 万元；三是坚持"村村到、户户大走访"，联合县疾控中心、妇幼保健院、县中医院等医疗单位，开展送医、送药、送政策，巡诊、义诊等活动。从 2018 年 6 月份至今，共举办这类活动 15 场，开展与村民心连心活动 32 次，受益对象达 1800 户 6000 人，为贫困户免费健康体检 1090 人次，为建档立卡贫困户 2811 户 8520 人签约。截至

2019年11月23日，全镇建档立卡贫困户中，在册因病致贫户占比下降到0.4%。

扶贫工作，加班加点是一种常态，盛伟常常几个月不能休息，家里诸事无暇顾及。妻子一开始不理解，电话上说："加班！加班！你就知道没完没了地加班！"盛伟自知理亏，只能说一些"老婆辛苦了"之类的话。儿子经常见不到爸爸，也在电话里对他发牢骚，盛伟安慰他说等扶贫工作结束后，一定陪儿子好玩几天。

家人的抱怨也不无道理。工作14年了，盛伟总是忙忙碌碌，对家人照顾很少。特别是进入脱贫攻坚阶段，母亲肩关节骨折手术住院，父亲胆囊切除手术住院，他都没能在身边照顾一天，只是加完班才到医院看看。儿子7岁了，盛伟陪他的时间却屈指可数。

2019年8月，盛伟在报送材料的途中，骑车不慎摔倒，左手腕跌伤撕裂疼痛难忍。但因忙于工作，一直没有时间去大医院检查、治疗，靠自己用点儿膏药贴敷，致使手腕至今不能负重。在盛伟的眼里，医生就是一份要充满爱心和勇于奉献的职业，"医者仁心"，要让百姓得到更好的医疗卫生服务，白衣使者任重道远。

三、一病一方案、一人一处方

柯康林是紫阳县卫计局副局长，在探索健康扶贫方式方法方面，有许多新的创新。

"我是2017年分管健康扶贫的，当时九三学社中央来紫阳调研，第一站就是东木镇。我参与了这项调研，算是正式开展健康扶贫工作。在调研中我发现相关的表、卡、册不齐全，没有原始的建档立卡贫困户资料，我们到户为老百姓义诊巡诊，可是没有数据，具体工作和成效体现不出来。当时感觉工作没有头绪，有种无处下爪的感受。要等上面正规表册，但时间紧任务重，又怕来不及，无法满足上级核查的要求。怎么办？我们便会同局里扶贫办和相关股室的同志，紧急商讨和研究对策，制出能够记录健康扶贫信息的表卡册，即《紫阳县建档立卡贫困户纪实手册》。这里面包含贫困户的基本信息、签约服务协议、服务频次纪实、疾病诊断证明、患者住院信息、住院报销结算单、体检通知单、体检反馈报告等。"

柯康林说，当时正值各项政策频繁出台，针对如何开展工作，结合上级文件要求，我们反复开会探讨。探索建立健康扶贫"五个一"机制（"五个一"即"一号""一卡""一包""一巡诊""一活动"），确保健康扶贫惠民政策落地生根。"一号"即在县卫生健康局设置固定电话号码4428665，对贫困户进行电话随访抽查，对抽查中发现的问题以红黄蓝"三单制"限时督办整改；"一卡"即统一印制健康扶贫政策明白卡，张贴到贫困户家中，让健康扶贫政策家喻户晓；"一包"即为贫困户统一定制每人每年151元免费健康体检服务包；"一巡诊"即县级医疗机构组建健康扶贫工作专家团队，下沉优质医疗资源，深入村组开展巡回义诊，为贫困村群众宣讲健康扶贫政策，提供健康检查、疾病诊疗、询医送药、健康教育、慢病鉴定、政策宣传等服务；"一活动"即每季度对全县所有行政村贫困户开展一次卫健干部"村村到、户户大走访"活动。

"在实际工作中，我们以入户为主，到贫困户家中，尤其是慢性病患者家中面对面随访。究竟怎么随访？随访纪实怎么写？基层的同志都不是很清楚，于是我就亲自到两个镇卫生院，和局扶贫办、卫生院的同志们一起探讨。慢病随访表卡册，我们一起来设计。比方说这个病是糖尿病，如何来写纪实手册，如何来随访？按照患病种类，每一种疾病我来写一份，供大家参考。我要求写纪实，比方说这个病人是糖尿病，我们从哪些角度来给他提供相关服务。怎么来写？入户随访时，我给他们圈定一个简单小记叙文，时间地点人物事件等；健康教育，医疗救治，怎么来把这个人的程序走完？我写了几份纪实手册，供他们来参考。这种纪实手册很全面，也留给贫困户一份。高桥和东木这两个镇我亲自写的纪实手册都还在。比如说我今天入户，我们几个人一路，这个病是高血压，首先我们要写进村入户开展工作测量血压，做健康教育，血压平稳，就写在上面，如果血压高很多，要求在某年某月某日再次到卫生院复查，如果血压再高的话，建议转到县级医院救治。这是一个版本，供他们参考。最后这个高桥镇的纪实，各级检查时，就说写得最好。除了面上的工作，我还负责焕古镇春堰村的包联工作。我包的那户户主叫黄天寿，我和陈冬梅、张波去入户，去的时候是个大雨天。我们敲她家的门，门是虚掩着的，听见屋里有人在呻吟，进门一看老太婆痛得倒在沙发上满头大汗。我是学医的，简单查体以后，怀疑她肾上有问题。我赶紧联系乡村医生，让他带上急救药品来救治，同时联系医院。我给老太婆做工作，让她到医院去救治，再延误下去恐怕不得了。后来请村医生把她送到县中医院，最后确诊确实是肾结石，跟我的判断差不多。治疗几天后，老太婆出院回家了。现在她身体恢复健康，我很高兴，心放下来了。这件事也让我深深地认识到健康扶贫的迫切性和重要性。我分管健康扶贫的这项工作，局里大力支持，分了5个组，每个片儿几名干部。我村村都跑到了。主要是到户上去看情况，我们的医务人员去了没去，纪实写了没有，相关政策落实没有。如果我发现某一户政策没落实，就立即通知镇卫生院，叫他们来随访。没有大病的，以及达不到条件的，立即通知他们来免费送药，提供医疗服务。说实话，健康扶贫是个新课题，我们一直在努力探索健康扶贫的方式方法。深入开展调查研究，经常到户核查，查看很多患大病的贫困户医保报销政策是否执行到位，报销是否达到比例。后来局长安排各组深入17个镇，去调查摸底，针对每个因病致贫者的病情，核查医保政策是否到位，并及时反馈到医保局。"柯康林说。

在实际的工作中，紫阳卫健局紧紧抓住"八个结合"开展工作。一是健康扶贫与提升医疗卫生机构服务能力相结合。开展全县岗位大练兵大比武竞赛活动，提升卫生计生系统服务能力和服务质量，着力解决群众就近"没地方看病、看不好病"的问题。二是健康扶贫与医保相结合。开展医疗救助，加大对重大疾病患者的救助力度，建立重大疾病住院医疗费用协调机制，在落实好现行合疗报销政策的基础上，对部分慢性病按照"一病一方案、一人一处方"的原则，在现有封顶线的基础上提升20%。三是健康扶贫与公共卫生服务相结合。落实"预防为主"的方针，加大公共卫生服务工作力度，扩大覆盖面和受益率，提升群众身体素质，让群众"少生病、迟生病、不生病"。四是分级诊疗与健康扶贫相结合。各镇卫生院对贫困患者所患疾病分类汇总分析，以常见病、多发病、慢性病分级诊疗为突破口，结合上级医院医师到镇多点执业、万名医师支农、远程会诊等工作，提高基层诊疗能力，解决镇卫生院服务能力不足的问题，扩大分级诊疗病种范围。五是健康扶贫与医患结对帮扶相结合。组织开展"天使健康扶贫行动"，对贫困村中患有慢性病或重大疾病者，医务人员根据专业特长和诊疗水平实行一对一划片包联帮扶。六是对口支援与健康扶贫相结合。县级医院定期组织医疗队及医务人员到镇卫生院开展诊疗服务、临床教学、技术培训等多种形式的帮扶活动,开展服务百姓健康行动和巡回医疗,组织实施"健康暖心"工程。七是资源整合与健康扶贫相结合。有效整合资源,确保健康扶贫对象享受到基本医疗和公共卫生服务。八是健康扶贫与爱国卫生活动相结合。深入开展健康教育"六进"活动,实施农村改厕项目、环境卫生整治行动及爱国卫生运动月活动,开展卫生村创建,改善村级卫生环境。

"在不断深入工作中,可以说是在战争中学习战争,我们逐渐理清了思路。一方面大力抓医疗服务水平的提高,一方面紧抓健康扶贫政策的落实,特别是降低贫困群众看病费用。我们逐项进行分析,组织学习上级文件精神,对扶贫工作,一件件地抓落实。尤其涉及健康贫困户整改,需经常研判,按上级要求,我组织来做,一个问题一个问题解决。村卫生室,过去我们也在管,特别规范,但是总有一些地方不到位。局里最后商量,对村卫生室设备,查漏补缺,填平补齐人员的配备,药品达到 100 种以上,使村卫生室基本达标。我整了一个卫生室督导提纲,对照提纲,逐村逐点审核。提纲下发后,局里的干部,每个村都去,一个村一个村地核,围绕这个提纲,来查漏补缺。通过这些措施,我们 176 个村卫生室,从内部的药品、规章制度、流程,及其管理规范等,全部达标,得到省卫健委、市卫健委的好评。当然,更重要的是我们做到了让贫困患者就近有地方看病,小病能够看得好。"柯康林说。

2019 年 11 月,紫阳县卫健局、紫阳县人民医院等 6 个单位和陈冬梅等 28 人被评为安康市卫健委、安康市脱贫攻坚指挥部健康扶贫先进单位和先进个人;2019 年 11 月,中共安康市委授予紫阳县卫健局"安康市社会扶贫先进集体"荣誉称号,授予系统内盛伟、吴小琴两名同志"安康市社会扶贫先进个人"荣誉称号。

青衿之志　履践致远

发展是甩掉贫困帽子的总办法，贫困地区要从实际出发，因地制宜，把种什么、养什么、从哪里增收想明白，帮助乡亲们寻找脱贫致富的好路子。

——习近平 2013 年 11 月 3 日在湖南十八洞村考察时的讲话

第十二章　一个人的路，千万人的路

你做事努力的样子让别人感动，让别人灵魂不得安宁，别人肯定会信任你。

——远元集团董事长郑远元

2021年3月4日晚8点，中央电视台财经频道CCTV-2《经济半小时》栏目播出中国脱贫攻坚总结篇《紫阳修脚：扶贫托起振兴路》专题报道，报道了"十三五"期间修脚行业脱贫攻坚的举措方法、模式经验和取得的成就。节目中重点介绍了远元集团通过"修脚"在我国脱贫攻坚事业中作出的巨大贡献。

24年前，郑远元因家贫辍学，独自走上打工路。2005年他在陕西汉中创办第一家"郑远元专业修脚店"，如今，"远元足疗"发展到网点遍布全国30个省、自治区、直辖市，开设6241家门店，品牌年服务顾客超7200万人次。2008年4月，郑远元荣获"第五届紫阳县十大杰出青年"称号；同年10月，郑远元荣获安康市"首届十大优秀外出务工青年"称号；2010年4月，郑远元被中国质量诚信企业协会、中国品牌价值评估中心诚信企业家资格评审专家委员会授予"中国诚信企业家"称号；同年10月，郑远元被"西部风采"丛书编辑委员会、中国秦人网、陕西省秦人经济文化研究会授予"西部名人"称号；2011年5月，郑远元被中国管理科学研究院、中国中小商业企业协会、中国社会经济文化交流协会、中国行业领先品牌企业推介活动组委会授予"和谐中国2011影响力人物十大杰出诚信企业家"称号；2017年，郑远元被授予"全国脱贫攻坚奖奉献奖"，作为陕西唯一获此殊荣者，受到中央政治局常委、十三届全国政协主席汪洋的亲切接见，远元集团还被评为"全国'万企帮万村'精准扶贫行动先进民营企业"；2018年，郑远元当选陕西省政协第十二届委员会委员，荣获"陕西省优秀民营企业家"称号、"第七届陕西青年五四奖章"；2019年，郑远元荣获"中国青年创业奖促进就业特别奖"，获得"第四届陕西省非公有制经济人士优秀中国特色社会主义建设者"称号。同年，在于意大利举行的 2019 全球减贫伙伴研讨会上，"紫阳修脚"技能脱贫模式从 30 多个国家的 820 个案例中脱颖而出，入选全球减贫最佳案例，为中国脱贫史增添了浓墨重彩的一笔。通过修脚技能培训，越来越多的贫困乡亲用一把小小的修脚刀，修出了一条致富路。"紫阳修脚"也成为全国知名劳务品牌和行业领军品牌。

在壮大自身的同时，郑远元始终怀着一颗感恩之心，不忘桑榆，把企业发展与社会责任紧密联系起来。2016 年，远元集团成立远元济困慈善基金会，先后在重大疾病救助、贫困学生资助等方面施以援手，累计捐款 3000 多万元，交出了一份优秀的"慈善济困"成绩单，并投资 8000 多万元建设了陕南第一个农民工避灾移民、扶贫搬迁安置小区——远元花园，帮助 432 户搬迁贫困户圆了脱贫梦、安居梦。

20 多年来，远元集团先后培训修脚技师 4 万多名，将 6 万余人带上了增收致富的道路，帮助 2 万多紫阳贫困人员实现稳定就业，摆脱贫困，创造了一个草根奋斗者的传奇！

一、辍学少年

1983 年农历正月初一，郑远元出生在紫阳县高桥镇铁佛村一个贫困家庭。一家 5 口人住在三间低矮的土坯房里，冬天四面透风，寒风刺骨，夏天外面下大雨，里面下小雨，地上水汪汪的，无处下脚。屋里黑洞洞的，中间生着一堆火用来烧水做饭。晚上睡觉，郑远元和哥哥睡在竹子绑起来的"阁楼"上，父母和姐姐睡在下面。地上凹凸不平，炭火燃一会儿便熄了，寒风裹着雪花打在脸上，冷得人浑身发抖。夏天蚊虫肆虐，令人无法入睡。少吃没穿的日子里，年幼的郑远元每天天不亮便起床，与小伙伴们举着火把去几公里远的地方上学。郑远元先是就读于涧池小学，五年级转至铁佛小学。山路崎岖，几乎都是羊肠小道，一不留神便会滚下山崖。放学回来后，他还要去山上放羊和打猪草。这几只羊和猪便是一家人的希望。年底的时候羊被拉到集市上卖，猪杀掉后家里留一点做熏肉，其余的也都卖掉，换回的几百元钱便是一家人一年的收入。从记事起，家里似乎只有在过年的时候才有肉吃，其余时间不是土豆就是玉米。青黄不接时，母亲把野菜捏成团子，兄弟俩带到学校充饥。当时大家都穷，没有谁笑话谁。有时，郑远元看见别人吃肉，会远远地躲开，一个人在角落吞咽口水。那时候他最大的梦想便是有肉吃—— 一年四季，一家人都能吃上香喷喷的熏肉！

1996 年，13 岁的郑远元小学毕业，以全年级第一的成绩考上了高桥中学。当时哥哥、姐姐已经辍学。郑远元天资聪颖，性格倔强，父母把唯一的希望都寄托在这个幺儿身上。上初中后的第一学期，郑远元非常努力、成绩优异，本该是一件令人高兴的事，然而一到学校，人家便催着他要欠的伙食费，家里又实在拿不出来，郑远元上课时心里惶惶不安。目睹家里的苦难，14 岁的郑远元毅然选择了辍学，踏上了外出打工的道路。

"那时候家里是真穷啊！一年 365 天，很少有吃饱饭的时候。过年了，别的小孩都穿着新衣服，我们姊妹几个的衣服上摞满了补丁，一种自卑感油然而生，感叹上天为何要把我生在这么贫困的地方。记忆最深刻的一次是我上初中前，我妈去借钱。一年 100 多元的学费，对于一个贫困家庭来说，无疑是一笔巨大的开支。母亲东跑西借，一天下来也没借到多少。看到她那种无助的眼神和对别人唯唯诺诺的样子，我心酸啊！眼泪都下来了。一咬牙，算了，咱不上学了！"想起那段苦涩的经历，郑远元眼里闪着泪光。

"当时，造成我辍学的原因除了家里没钱，付不起学费和生活费，另一个原因是在小煤窑打工的哥哥腿突然受伤了，没有钱医治。平日里，哥哥经常会上山砍一些棒棒（竹子），挖一些中药材卖了补贴家用。记得 8 岁那年，我跟着哥哥打猪草，回家的时候我不慎摔倒，头撞在一块石头上，晕了过去。哥哥撂下背上的猪草背着我就往回跑，路过一条湍急的河流，哥哥背着我打了几次趔趄，我们差点被河水冲走。好不容易回到家，我头上淌着血，已经昏了过去，一家人吓坏了。母亲让赶快往医院送，到了医院，医生说：'再晚来一会儿，这孩子就没命了。'

"哥哥受伤后，家里的重担一下子落在了老父亲一个人身上。为了减轻家里的负担，我决定每天去镇上捡破烂，酒瓶、饮料瓶、废铜烂铁、塑料制品，逮住什么捡什么，一天下来，最多可以卖两三元钱。这是靠自己劳动赚的钱。回到家里，得到父母的肯定，我心里十分兴奋。然而小镇上毕竟没有多少这样的'破烂'，一段时间后，常常空手而归，累了一天一无所获。我想去县城捡'破烂'，父母不同意，说：'你哥腿受伤了，你姐要出去打工，你还小，不能去。'我说：'我不小了，已经14岁了，是个男子汉了。'那时候，农村孩子因为缺乏营养，十四五岁看起来又瘦又小，估计不到一米五，哪像现在的娃们从小就吃得好，十四五岁个头都蹿上一米七了，像个大小伙子。我发现村里有些人在山上砍原木，拉到山下能卖钱，比砍棒棒强多了。我拿了一把斧头上山了，找到一棵直径二三十公分的树，砍了一上午才将树砍倒。砍树是很危险的，弄不好树身倒下时会把人砸伤。村里有人看见了，急忙去喊我父亲。父亲来的时候，我正在吃力地将砍掉枝条的树身往山下拖。我给树的一头钉上爪钉，然后用蛇皮袋将树绑在自己身上，使出吃奶的劲一点点地往下移。初春的山林积雪开始融化，又湿又滑，我不知摔了多少次跤，跌倒了又爬起来，弄得浑身都是泥，脸上的泥巴和着汗水一起往下流。父亲老远就喊上了，让我不要再拖了。父亲掀起棉袄揩了一下我的脸说：'我的娃呀，这是你干的活吗？'说罢从口袋里拿出两块土豆饼，看着我狼吞虎咽的样子，脸上是慈祥的笑容。父亲接过我肩上的蛇皮袋，拖着原木在前面走，整个人弯成了一张弓，我的眼睛一瞬间湿润了……

"第二天，我妈说我姐要外出打工，让我去舅舅家借50元钱做路费。当时虽说是初春，天气还是十分寒冷的。我跑了几十里山路来到舅舅家，他家里没人，于是就在外面等。心想：舅舅晚上会不会回来？回来了有没有钱借给我？十分煎熬。几个小时过去了，风嘶嘶地吼着，像刀子一样割着我的脸。太阳下山了，夜幕一点点地将山峦遮挡起来，最后什么也看不见了，舅舅还是没有回来。我又冷又饿，心里十分矛盾，想着要不要先回去，可是姐姐第二天就要去县城啊！借不到钱怎么办？于是我就在寒风中耐心地等待，感觉时间是那样漫长，手和脚都冻僵了。凌晨3点的时候，去县城办事的舅舅和舅母终于回来了，我借到了钱，要连夜往回赶。舅舅说第二天再回去吧，我拔腿就跑，结果在半路上摔了好几次跤。那天回到家时，已经是早晨6点了，姐姐收拾好东西正准备出门，见我浑身是伤，脸上和手上都是血，一把抱住我号啕大哭，问我：'疼不疼？疼不疼？'我说：'不疼不疼！你赶快走吧，别误了车。'那时候，我就在心里立下誓言：一定要走出这片大山，改变我的命运，改变家里的贫困面貌。"郑远元说。

二、敢问路在何方？

郑远元决定去外面打工。他离开紫阳，到四川达州寻找姨夫，希望能在那里找份工作。那时候家里都没电话，郑远元贸然到达达州后，发现姨夫一家人不在家，去哪里了也不知道。无奈，他只好找了家小餐馆，给人家洗碗，要求只有一个：管吃管住。在小餐馆每天忙到半夜才睡觉，第二天天不亮就得起来，14岁的少年从未出过这么远的门，也没干过这么累的活。也许是水土不服，几天之后，郑远元就病倒了，头晕、恶心、呕吐。幸亏二姨和姨夫回来了，把他接到家里。二姨见他病得不轻，忙找了个老中医给他看。老中医说他是水土不服，开了几服中药。几天后，郑远元缓了过来，让姨夫给他找份工作。姨夫说："你这么小，能干啥呀！工地上也不要。"二姨说："不如跟我去车站外面擦皮鞋吧。"郑远元点了点头。二姨给他准备了两个小板凳，买了一把鞋刷，一瓶鞋油，两人一起去了车站。

"我擦皮鞋可认真了。别人擦一遍，我擦好几遍，完了用毛巾再擦一遍。如果鞋底有泥，我也会处理得干干净净。一天中午吃饭的时候，二姨拿出5元钱让我先吃。我走到附近的餐馆，看见菜单上写着梅菜扣肉三块，土豆丝两块。好长时间没有吃肉了，特别想吃一份梅菜扣肉，但又舍不得。毕竟，擦一双鞋才一块钱，一上午也没擦几双。经过一番激烈的思想斗争，最后我吃了一份两块钱的土豆丝。吃完后去上厕所，两个社会青年堵在门口，把剩下的三元钱抢走了。一切发生得那么突然，一瞬间我甚至都没有反应过来，看着两个青年凶神恶煞的样子，心惊胆战。回到鞋摊子后，心想：'如何给二姨交代？'后悔没有吃梅菜扣肉，便宜那两个小混混了。这时，二姨擦完一双皮鞋，对方给了五元钱，二姨零钱不够，说：'元元，给二姨一块零钱。'我说：'二姨，那钱被人抢了。'二姨愣了一下，正色道：'元元，吃就吃了嘛，撒个什么谎呢？'"郑远元说到这里，沉默了一会儿。半晌，接着说道："这次经历对我的触动太大了！我第一次觉得诚信的重要性。看着二姨失望的脸庞，我百口莫辩。多年后，那一幕还时不时地浮现在我的面前，我知道，换了任何人也不会相信那三块钱被抢了——咋可能啊！"

郑远元轻轻地摇了摇头。

"后来我才知道，车站有一群小混混，新人必须先抢一次人，才能获得入伙资格。为了获得二姨的信任，我每天都会把摊子摆得整整齐齐，擦皮鞋擦得非常认真，一丝不苟。我把挣到的钱全部交给二姨，自己一分也不留。有一天刮大风，外面风沙弥漫，二姨说别摆了，我坚持要去。下雨的日子，二姨会歇几天，让我也休息一下，我不同意，一个人就去摆摊了。经过一段时间的观察，二姨说：'元元，看来姨是错怪你了。'那一刻，我的眼泪不知怎么便下来了。二姨说：'元元，我娃莫哭，我娃是好样的……'我却哭得更厉害了。有天晚上，我们背着凳子往回走，那两个抢我钱的小青年突然过来和我打招呼，我赶快给我姨夫说：'就是这两个娃抢我的！'姨夫说：'什么？有人抢过你？'看来这件事大人早就忘了，而我却在心里整整搁了半年，背了几个月沉重的包袱。"

后来，郑远元经常给员工说一句话："你做事努力的样子让别人感动，让别人灵魂不得安宁，别人肯定会信任你。"每次上街摆摊，他都会把摊子收拾得干干净净，整整齐齐。二姨说："元元，别收拾了，风那么大，一会儿就吹乱了。"他坚持不懈，认真对待每一位光顾的客人。然而由于摆摊擦皮鞋的人太多了，一年下来也挣不了几个钱。

郑远元的姨夫龙权是个怪才。他虽然只有小学文化，却通过自学古汉语读懂中医典籍，并且能用中医治疗多种疑难杂症，是有名的江湖郎中。龙权还会玩杂技、耍魔术，通晓阴阳八卦等，是当地有名的能人。郑远元去的时候，姨夫的主要营生是摆地摊表演杂技和魔术，还会算命，有时也会给人修脚，治脚病。郑远元的祖父传下来一个治疗脚病的秘方，父亲没有多大兴趣去应用和实践，姨夫却学到了精髓。看到姨夫一身的本事，郑远元非常钦佩。他决定跟着姨夫学习修脚和杂技、魔术，闯荡江湖，见见世面。姨夫见他有悟性、肯下功夫，就把自己掌握的一套治疗脚病的秘籍和实践经验传授给他。两年多时间里，郑远元通过刻苦学习，很快掌握了修脚治脚病的基本技术，而且学会了一些气功。他能玩吞蛇、吞铁蛋、吞针、吞钢珠、吞宝剑、吃铁丝、吃玻璃碴、身滚玻璃碴、头顶碎瓶、头顶开砖、脚踩灯泡等技法，一天下来，感觉比擦皮鞋有意思多了。然而一段时间后，姨夫迷上了基督教，郑远元又回到了老地方，开始擦皮鞋，有时也会给人修脚。有了跑江湖的经历，郑远元不甘心每天擦皮鞋挣那点钱，寻思着还是要学一门手艺。这时姨夫问他想不想学杂技，郑远元说："好啊！学会了我们再去跑江湖。"姨夫说："学杂技可不是学那些花拳绣腿，要拔筋，很辛苦的，你能受得了那份罪？"郑远元说："只要能让我学到本事，受多大的罪我都愿意。"然而当真正开始练功后，他还是疼得满眼泪花。郑远元每天天不亮就得起来练功，一练就是几个小时，需要把胳膊腿的筋全拔开了，身体有了柔软度才能做高难度动作。他几乎每天都咬着牙在练。二姨说："人家娃练这个都是从七八岁开始的，元元都十几岁了，太遭罪了，不要练了！"姨夫说："我又没有去逼他，不想练就算了。"郑远元说："姨夫，我不怕遭罪，练吧！"姨夫拍了拍他的肩膀对二姨说："这孩子有股韧劲，不怕吃苦，以后肯定会有出息的。"

"练功很辛苦。姨夫对我的要求特别严格，常常会因一个动作不到位而反复地用力压、扳，直扳得我泪流满面，但我咬着牙，绝不出声。姨夫说：'练杂技无捷径可走。只有吃得苦中苦，方能成为人上人。'我喜欢杂技表演，一个动作学会后，感觉有一种成就感，挺自豪的。大冷的天，我每天天不亮就起床，全身只穿一个短裤，在阳台上练功。压腿、劈叉、控腰、掌顶、倒立、空翻等，练得汗流浃背。除了这些基本功，我还练头顶碎砖、手掌碎砖等所谓的硬功夫。由于用力过猛，有一次一砖拍下去，我就晕过去了。醒来后不敢告诉姨夫，怕他不让我再练。那时候，我特别羡慕那些体育明星，特别是练武术的，一身好功夫。小时候有个梦想，就是当老大，跟堂哥打架，总想打赢他。小学四年级后我们在乡上上学，一些大孩子经常欺负我。那时就想：要是有一身武功该多好！跟着姨夫学杂技，每天都可以练功。我想自己以后走向社会，一定也会遇到各种各样的人，自己有了武功，就不会被别人欺负了。"谈起学杂技的缘由，郑远元娓娓道来。

"我卖艺跟别人不一样，从不问别人要钱，对方觉得我节目演得好就给。一般一套动作完毕，周边人都会报以热烈掌声，两角、五角、一元、两元，偶然也会有给5元钱的，显得很大方。记忆最深的一次，一个卖菜老人一天只卖了16元，拿出10元赏我。老人说剩下的6元，2元是坐车费，还有4元要给孙子买吃的，令我特别感动。我说：'大爷您给得太多了，一两元就行了。'大爷坚持给，并对周边人说：'你们看这个娃子这么小，要得这么好，多不容易啊，大家给他赞助点啊！'还有一个人令我印象深刻，是个乞丐。这个人一上午讨了12元钱，全部甩给我了。我说：'算了吧，你也是讨钱的，我也是讨钱的，都不容易呀！'当时我在表演头顶开砖，头上放了5块砖，姨夫一锤砸下来，那5块砖都碎了。大家看得目瞪口呆，那个乞丐上来摸了摸我的头，发现有个包，没有流血，竖起大拇指说：'小娃子，真有功夫，好样的，我要好好支持一下你！'表演吞宝剑、吞玻璃碴及硬气功碎砖等节目的时候，为了让观众看得更清楚，大冷的天，我一般只穿一条薄薄的裤子，精神抖擞。有时需要表演一些高难度动作，必须把肚皮贴在地上，头和脚拱成一个圆，脚上顶着器皿，嘴里衔着东西……一次，一个人路过这里，发现他朋友在看我的表演，说'别看了，那小娃子耍的把戏，都是骗人的'，拉着朋友要走。朋友说：'你莫急，这个小孩表演的都是真的哦！'他不信，特别怀疑。当时我正在表演嘴巴吞钢珠从眼球里出来的绝技，听那人如此说，专门走到他跟前，把一粒钢珠（直径约0.6厘米）丢进嘴里，然后运气发力，半分钟后，那粒钢珠从眼眶里滚了出来，落在我的手掌上。那人眼睁睁地看着我表演，惊得目瞪口呆，说：'这小子真个在玩真的呀，我服了！'甩手给了我100块钱！那时候，100块钱是一个人一个月的工资啊！这100块钱让我找回了信心。越怀疑你的人，你如果感动了他，他越愿意为你付出。这也为我今天管理企业打下了坚实的基础。"往事历历在目，恍惚如昨，郑远元仿佛又回到了那个苦涩的年代。

郑远元的杂技表演获得了大家的掌声和肯定，然而他不甘心每天在马路上卖艺。2000年夏天，达州市文化局等单位联合举行杂技大赛，男女老少均可报名。郑远元报名参加了，并且经过评委评分荣获第二名！组织者当场宣布：竞赛前三名获得者可以直接去四川省文化艺术杂技团深造，学习期满后在团里就业。郑远元十分高兴，因为参赛人员大多受过专业训练，自己一个草根，能取得这样的成绩，很不容易。大家都说这娃太有潜力了，可以深造一下，前途无量。郑远元听说四川有好几家杂技团，经常去北京、上海、深圳等大城市甚至国外演出。他在二姨家电视上看过，演出舞台辉煌灿烂，下面坐着那么多人在鼓掌。他幻想着自己也能成为他们中的一员，站在璀璨的舞台上表演，不用整天在马路上乞食了。然而深造要交一笔不菲的学费，郑远元和姨夫说了，姨夫不同意，说："元元，你翅膀硬了，我教不了你啦？到那里学的还不都是这些东西吗？跟着我还不是拿了第二名吗？别好高骛远了！"

人生的第一次梦想就这么破灭了！郑远元走到一处无人的地方，将奖杯和别人给他拍的照片扔进路边的垃圾堆，一个人坐在那里呜呜地哭了起来。

敢问路在何方？

三、打工的日子

郑远元重操旧业，在车站外摆起了擦皮鞋摊，兼给人修脚和卖药。一晃，来达州已经三年了。达州是川渝鄂陕结合部，交通四通八达，车站人来人往，客流量较大。三年来，郑远元跟着姨夫学到了不少东西，有许多都是绝活，然而这一切又有什么用呢？不能用来养活自己，学得再多能有多大的意义？他决定踏踏实实地干一件事，把这件事做好，那就是擦皮鞋。然而，他再也找不回以前的自己了，无论多么努力，心也回不到以前的那种平静状态了。擦皮鞋的时候经常走神，手里干着活，思绪早已飞向天外。有认识他的人说："你不是在街上卖艺吗？那么好的功夫不要，怎么又来擦皮鞋了？"有的女人衣着光鲜，擦完鞋后扔钱的时候，眼里透着不屑；有人抱怨他鞋没擦亮，鞋底的泥没有刮净；有人嫌他干活时心不在焉，一双鞋能擦老半天，耽搁了他的时间……郑远元觉得自己再也不适合做这样的营生了，他决定去学一门手艺，一门能够养活自己、不用每天待在马路边的手艺。

他想到了厨师。

2000年年初，随着经济进一步发展，大量农村人涌进城市，各地餐馆如雨后春笋般冒了出来，生意兴隆，到处都在招聘厨师。郑远元刚来达州的时候曾在一家餐馆干过几天，做的是洗碗端饭的工作，发现那些厨师都比较牛，一个月能拿上千元工资，是服务员工资的好几倍。听说一些大饭店的厨师工资更高，每月工资上万元，还管吃管住，顿顿有肉。街上到处贴着培训厨师的广告，一问，学费都在上千元。这些年跟着姨夫街头卖艺，郑远元省吃俭用，存了2000元，都寄回家给哥哥看腿伤了，自己分文不名。二姨说："元元啊，你不给自己存点钱，以后娶媳妇咋办呀？"郑远元说："我也想存钱，可是我哥的腿也很重要啊！他的腿伤看不好，我嫂还有我侄子怎么生活呀。"郑远元把自己想学厨艺的想法对姨夫说了，姨夫对厨师行业很不感冒，说："元元，你还小，这个厨师的工作除了能吃得肥头大耳，每天烟熏火燎地站在那里给人烧饭，感觉纯粹在浪费青春。你爸你妈把你送来，最后学个没出息的手艺，我如何向他们交代呀！"

"我这个人从小就很倔强，是个犟脾气。姨夫的坚决反对反而激起了我的斗志，我决定去一家餐馆应聘，大不了只要人家管吃管住，先不挣工资，然后慢慢地跟厨师学一些技术。"

郑远元来到大街上，时令已是深秋，街上有些冷清，一阵秋风吹过，卷起阵阵落叶。他来到一家看起来比较高档的酒店，看见旁边墙上贴着招厨师和服务员的广告，壮着胆走进去。人家问以前在酒店干过没有，郑远元说在一家小餐馆干过。问做什么工作，说洗碗工。对方说："我们不招洗碗工，你走吧。"碰了一鼻子灰，郑远元不敢再进那些高档酒店了，又去了几家中餐馆，人家都不招人。在一处比较偏僻的巷子口，有一家新开的餐馆，牌子上写着"柳源鱼庄"四个字，门上贴着招服务员、洗碗工的广告。

"柳源鱼庄"收留了郑远元，给他安排的工种是洗碗、洗菜和打杂，约定头两个月管吃管住，没有工资。当时已过中午，郑远元跑了一上午，感觉又累又饿。老板说："我们这是小餐馆，也没多少活，你愿意的话就留下来。"郑远元见老板挺和蔼的，说："好吧，现在让我做什么？"老板说："你还没吃饭吧？"招呼后厨端了一大碗米饭，还有一盘土豆丝。郑远元没有客气，把菜和在米饭里，三下五除二就刨拉完了。老板又给他倒了一杯水。郑远元喝完后便开始干活。他先是把桌子认真地擦了一遍，接着又把地拖了一遍，来到后面，见老板娘正在择菜，便跟着干了起来。

餐馆不大，约100平方米，里面隔了几个包间，平时也没什么人。郑远元清楚地记得，头三天只卖了两桌饭，效益不太好。好在房子是自己的，老板雇了个主厨，服务员是他老婆。那个厨师长脾气不好，非常严厉，动不动就是一句"老子一勺挖死你！"但心肠特别好。厨师长比较懒，老板不在的时候就让郑远元去做菜。郑远元从来没炒过菜，所以炒出来的肯定不好吃。客人提意见，老板就会说厨师长，郑远元赶快出面，说今天的菜是我炒的。老板问厨师长为什么让学徒工炒菜，郑远元赶快说是我自己要炒的。就这样，郑远元取得了厨师长的信任。厨师长的拿手菜是麻辣鱼和干锅鱼，另外还会清蒸、红焖、糖醋、水煮等多种做法，鱼的品种主要是鲢鱼和草鱼。厨师长让郑远元先学会杀鱼，刮鱼鳞、除内脏、腌制等，有时客人多了也会让他上手，在跟前帮厨。郑远元非常珍惜这难得的机会，细心观察厨师长如何放料，如何掌握火候。有时厨师长会让他亲自动手，自己站在旁边指挥，手把手地教他如何做鱼。那段时间，郑远元每天都起得很早，夜里12点多才休息。他想利用这难得的机会学到更多烹饪技术，那样即使以后离开这里，也能在酒店找到工作，拿到高薪。由于郑远元干活非常卖力，特别勤快，加之人又活泛，深得老板夫妇的喜爱，第二个月便给他发了200元工资。

因为那个厨师长比较懒惰，加之郑远元可以上手了，老板就辞退了那个厨师长，有重要的客人自己亲自上手。老板有个习惯，每天中午没什么生意就出去打牌，临走时嘱咐郑远元，有客了给他打电话。郑远元做梦都想学当厨师，幻想着自己能给客人炒一桌菜，检验一下自己的手艺到底如何。一天中午，烟草公司到附近一家卖烟酒的门市检查，门市老板想请检查工作的人吃饭，让郑远元赶快给老板打电话。郑远元想，如果自己给老板打电话，就没有机会炒菜了，就问那人："我在这里学习几个月了，现在手艺不错了，今天我来给你做一桌菜怎么样？"那人说："这怎么行啊，我请的可是重要客人呢！你才来一两个月啊，怎么做得了？"郑远元说："做得了做得了，叔，你就让我试试嘛！"说着就动手忙活起来，那人看了一会儿，觉得这小伙还挺利索，说："你抓紧时间，我一会儿就带人过来。"郑远元说："叔，你放心，我练过魔术和杂技，手法快着呢！"按照客人的要求，一桌菜很快就做好了，色香味俱佳。客人吃完后差不多都 4 点了，结账时是 206 元，卖烟酒的老板说："娃子，年纪不大，菜炒得不错哇！我给你 210 元！"那人刚走，老板回来了，看见一桌子的杯盘狼藉，用怀疑的目光看着郑远元，说："我不是说了吗？有客人就给我打电话！这是怎么回事？是不是你家来人了？"郑远元忙说："不是，来的是我以前摆地摊的朋友，所以就自己上手了。朋友们吃了说我手艺不错，结账时本来 206 元，他们硬给了 210 元。"说完便将钱递了过去。老板见钱眼开，刚才还板着的面孔立即舒展开来，角角落落都是笑，但还是说了一句："以后有客人就给我打电话，别自作主张。"眼神里透着一股不信任。郑远元心里十分委屈，他想：自己既然已经可以挑大梁了，为何要在这里浪费青春呢？

姨夫突然来了，见"柳源鱼庄"生意冷冷清清，说："元元啊，你要当厨师也得找个像样的酒店，在这里不就是混日子吗？"姨夫的话对他触动很大。是啊，老板虽然待他不错，但是餐馆的生意一直不温不火，常常一两天才有一桌客人。他萌生了跳槽的想法。

那段时间，"柳源鱼庄"对面有个"天一茶楼"开业了。听说这个茶楼是市委书记的弟弟开的，郑远元心想那生意肯定好啊，就想去那里上班。他毛遂自荐前去应聘，那个老板说："我咋能要你啊，这不是挖墙脚吗？不行。再说你看起来白白净净，肯定是个城里娃，哪吃得了那份苦哇？"

这个老板姓李，以怕影响邻居关系为由不愿意接收他。郑远元不愿放弃。他是个很有野心的人，自从开始学厨艺后，就有个梦想：当大饭店的厨师，积累资金后自己开饭店，目标是一年挣上百万。去大饭店当厨师必须要有精湛的厨艺，自己又没有钱出去参加培训，待在目前这样的小餐馆一辈子也学不到多少东西。再说鱼庄里的那几道菜他都掌握了，再待下去真的是在混日子呢。第二天他又去"天一茶楼"应聘了，李老板还是以怕影响邻居关系为由拒绝了。

郑远元想到了自己的老板，这个人虽然脾气暴躁，但心很善良。他决定从这里入手，让"柳源鱼庄"老板向"天一茶楼"推荐自己。

"我对老板说：'叔叔，我是从紫阳大山里出来的，家里很穷，哥哥在煤矿上打工时腿受伤了，父母年纪大了，一家人生活十分困难，所有的希望都寄托在我身上了。我出来的目的就是想学一门手艺。我想去对面的'天一茶楼'上班，但那个李叔叔怕挖你的人。叔，我在那边上班你放心好了，咱这边客人又不多，你把碗都放这儿，我晚上下了班回来洗。'我又把家庭的苦难说了一遍。老板是个心肠比较软的人，听完后沉思了一会儿说：'好吧，元元，你是个好娃子，人又勤快，留在我这里真是学不到什么东西了。走，我带你去。'"

老板带着郑远元来到"天一茶楼"，对李老板说："元元这个娃呀，他想学手艺，你可以把他收下，他是非常勤快的一个娃，灵醒得很，又特别能吃苦。说实话我真舍不得放他走。娃是农村的，家里很困难，他想学手艺养家啊，咱那店你也知道，再待下去就把娃耽搁了。所以你如果这儿需要人的话，娃绝对没问题，我敢给他做担保！"

老板把话说到这份儿上，李老板说："我考虑一下吧。"

第二天一大早，郑远元便来到"天一茶楼"外面，李老板说："元元，你不是要来上班吗？那就来吧，每个月400元工资，你愿意干吗？"郑远元非常高兴，说："愿意啊！李叔叔，我不会让你失望的。"

郑远元按捺不住内心的激动。是啊，之前在"柳源鱼庄"没有工资，后来一个月200元，现在刚开始就是每月400元，还能学手艺。这么好的事情上哪儿去找？他想，既然是市委书记的弟弟开的饭店，生意一定不会差。说是茶楼，主要还是经营菜品，楼上有许多包间呢。

春风得意马蹄疾。那几天，郑远元每天都感觉心花怒放，没人的时候一个人哼着小曲儿，晚上看电视很晚才睡。厨师长见郑远元手脚勤快，又很听话，因此也不把他当外人。

然而，几天后的一件事，令郑远元陷入十分尴尬的境地。

"那是我学艺第四天的时候吧，晚上客人差不多都离开了，厨师长来了几个朋友，叫我去炒几个菜。我一看，已经10点多了。当时厨房的潜规则我是知道的，那就是晚上厨师长的朋友来了，一般都不可能给钱的。怎么办？炒还是不炒？炒吧，肯定会得罪老板；不炒吧，肯定要得罪厨师长。人生就是这样，生活中往往会面临一些艰难的选择。想到我来这里的目的就是学厨艺，所以这个厨师长肯定不能得罪呀，于是便选择了炒菜。还有一点是，我心存侥幸，因为四川人都爱打牌，老板一般晚上 10 点左右就出门了，半夜甚至第二天凌晨才回来。然而那天却邪了门，大概 10 点 50 分的时候，老板就回来了，路过一楼厨房的时候正好看见我在里面忙活。这个时候一般是不会有客人的，大家心里都很清楚。我一时有些手忙脚乱，努力使自己镇静，装着没看见他。李老板踮起脚在窗外看着我炒勺翻飞。那一刻我差点儿把菜甩在地上，心一阵狂跳，像小偷正在行窃时被捉，那种恐惧，一辈子都忘不了！"郑远元说到这里，忍不住轻轻地叹了一声，摇了摇头。

第二天早晨，李老板买菜回来，对侄女说："小王啊，把这些菜收好了，不要糟蹋了！"李老板是个非常勤奋的人，每天天不亮就自己去批发市场买菜，以保证质量。老板说："昨天那么晚了，你们还加餐了？"他侄女说："没有啊。"也许说者无心，听者有意，郑远元感觉头上的汗都快下来了，心怦怦一阵狂跳。李老板的侄女是管后勤的，老板特别信任她。

"他们做了那么多菜也没叫你？"李老板问。

"没有啊，姑父，我一块肉都没见到！"小王说。

"以后注意点，把东西看好了！"李老板说。

被贴上了偷吃的标签，郑远元有口难辩，他想李老板可能会辞掉自己，等到那时候他就什么都不顾了，说出实情。然而一天下来，李老板并没有发话，只是看他的时候眼神怪怪的，似乎在说："没想到你这个小白脸，还是个偷吃的贼！"

好不容易熬到晚上，小王说："元元，把厨房的钥匙给我用一下。"

晚上睡觉的时候，郑远元发现自己被反锁在厨房里了。在"柳源鱼庄"时，他是睡在饭厅的，晚上收拾完毕，几张椅子一并就是一张床。到这里后，厨房旁边有个小包间，大约 10 平方米，李老板让他睡在里面。郑远元晚上 8 个凳子一并，被子一铺就睡。到了半夜，郑远元想出去上厕所，才发现门被反锁了，只好憋了一夜。他想那个小王应该是忘记了。第二天晚上临走时，她又把钥匙拿走了，一连几天都是。郑远元只好在临睡前先上厕所，晚上也不敢喝水。实在不行就小便在饮料瓶里，第二天一大早再倒掉。

郑远元感觉自己被当成了贼，丧失了人身自由。他突然感觉到十分恐惧，如果发生煤气泄漏怎么办？自己被熏死在里面，有谁知道？如果发生火灾往哪儿跑？只能眼睁睁地被烧死在里面。他想给老板解释一下，说明事情的原委，却又怕得罪了厨师长；他想问老板的侄女再要一把钥匙，又怕人家把事情说破，自取其辱。

郑远元觉得自己的人格受到了侮辱，他想到了离开。然而刚来才几天，上哪儿去呀？"天一茶楼"生意兴隆，每天都会有好几桌客人，厨师长也愿意教他。他突然想起姨夫说过的一句话："吃得苦中苦，方为人上人。"他想起了小时候看过的《卧薪尝胆》和《韩信受胯下之辱》等故事："燕雀安知鸿鹄之志哉？"

要实现一年赚100万的梦想，哪儿也不能去！

从第四天开始，郑远元已经接受了自己被反锁在里面的现实。他想通了，彻底想通了，变得更勤快了。每天，郑远元都会抢着干活，除了炒菜、做饭、打扫卫生，他还抢着磨刀、洗菜、洗桌布、洗窗帘、洗抹布等，甚至厨师长换下来的衣服他也抢着洗。每天厨师长炒完菜，郑远元就让他去休息，剩下的活自己全承包了。除了厨师长，酒店还有一个姓白的服务员，她老公是蹬三轮的，每天晚上下班后洗完衣服才回去。为了取得她的信任，郑远元说："白姐，你下班就回去吧，衣服搁在这儿，我给你洗。"一段时间后，郑远元取得了大家的高度认可，几乎所有人都在夸他，他的厨艺也得到了不小的长进，他感觉心里美滋滋的。

然而那个严重的问题始终没有得到解决，那就是每天被反锁在厨房里面，夜里不能出去上厕所。小便好说，男孩子，一个饮料瓶就解决了。万一闹肚子怎么办？那段时间，郑远元每天晚上都不敢乱吃，也不能吃得太饱，并尽量少喝水。

"时间一天天过去，转眼就一个月了。我觉得晚上被锁在里面，长此以往，总不是个办法啊。万一哪天闹肚子怎么办？总不能拉在厨房里吧？那老板一定会骂：'你不但是个贼，还是个畜生啊！'那样的糗事如果传出去，一定会影响老板的生意，老板肯定就不要我了，我还落下一个骂名。那一个月的时间里，除了上班，我每天都在重复干这三件事：打扫卫生、磨刀、洗衣服。好不容易到月底，该发工资了，老板娘一看我只有400元工资，说：'老李呀，人家元元每天干那么多的活，咋才这点钱？给他发十倍的工资都不多！'李老板于是就给了我 600 元，说另外那 200 元是奖金。我其实从小就很大方，老板娘那句话一出来，我的泪水一下子就涌出来了，再也忍不住了！不是因为那 200 块钱的奖金，而是因为自己的付出终于获得了别人的认可！那是我人生第一次那么激动，那么流泪呀，怎么也忍不住，泪流满面……李老板以为我是激动得哭了，说：'元元，领了这么多工资，开心吗？'我说开心啊。他说马上要过年了，茶楼要留值班的人员。我说：'李叔，我是陕西的，过年我想回家看看，如果有人值班的话我就不值了。'李老板说：'元元，别回去了，你就留下来值班吧。看得出来，你是个好娃子，对茶馆有啥不满意的地方，就对李叔说。'我说：'李叔，我昨天晚上拉肚子，想上厕所，但是没有钥匙，门被反锁了，钥匙在我王姐那里。我想在厨房拉吧，怕影响了你的声誉，传出去有人说我们厨房有人晚上拉大便，这咋行啊！所以，昨天晚上我……我都拉裤子里啦！'当然，这是我编的故事。李老板一听，说：'啊！怎么把你反锁在里面了？'问题就这么解决了。时至今日，我都搞不清楚，那个李老板到底知不知道我没有钥匙的事情，反正是把我关了一个月。这一个月时间我思考了许多问题，各种各样的问题，我感觉自己比以前更成熟了，也更坚强了。"郑远元说。

天有不测风云。

被锁事件解决之后，郑远元取得了李老板的信任，与厨师长的关系也非常融洽。这时，老板侄女在南方做厨师的丈夫回来了，取代了这个厨师长。新来的厨师长非常自负，脾气也不好。那次事件之后，郑远元对老板那个侄女敬而远之，也许是她对自己的丈夫说了什么，新厨师长对郑远元很不友善，动辄就吆喝他，支来唤去，态度极其恶劣。一次，郑远元切菜时不小心把指头切伤了，血流不止，跑出去包扎了一下，回来后新厨师长不但不问治伤情况，还严厉斥责："是你指头重要，还是菜重要？上万块钱的菜你赔得起吗？"

机会终于来了！一天，茶楼来了几位重要客人，提出要吃红烧鱼。新厨师长正在忙着给另一桌客人做菜，无暇顾及。李老板说："元元啊，你不是在'柳源鱼庄'会做鱼吗？试试看怎样！"郑远元欣然应允。一会儿，一道色香味俱佳的红烧鱼就上桌了，顾客十分满意。李老板让他给另外两桌也各上了一道红烧鱼，从此，郑远元的烹饪技术得到老板认可。郑远元有了更多炒菜的机会，手艺越来越好，工资从每月600元涨到每月900元。正好那个厨师辞职，郑远元就成了厨师长。

这个有些人干上20年才能胜任的职位，郑远元只用了一年多时间就胜任了。

2002年春节，郑远元被留在了"天一茶楼"值班。除夕夜，外面鞭炮声声，一片喜庆。对面"柳源鱼庄"一家人坐在餐厅里吃年夜饭，其乐融融。此时，郑远元却在厨房忙着给李老板一家做年夜饭。突然，一股孤独和伤感涌上心头。想起小时候，每当过年这天，父亲会提前把屋里屋外收拾得干干净净，母亲拿出熏好的熏肉，还有土豆、丸子、豆腐等，做他们喜欢吃的东西。除夕夜，孩子们早早吃完饭便出去了，家家户户门口都挂着灯笼，鞭炮声此起彼伏。远元和哥哥一起去给爷爷奶奶拜年，拜完年一群孩子挑着小灯笼在山上跑，一直疯到半夜，第二天母亲包好饺子都叫不醒……

好长时间没有回家了。每次写信，父母都说家里好着呢，让他不要担心，好好跟着姨夫学本事。那时候，山上还没有电话，许多地方电也不通，更别说看电视了。他想，等自己有了钱，在城里买了房子，就把父母都接出来，让他们离开那个贫穷的地方。如果当了大老板，他一定要把公路修到村里，让汽车可以开上去，把家家户户的土坯房都换成水泥房……最好能让村里的人都学上一门手艺，再不用靠天吃饭。

什么手艺呢？郑远元一时还没有想好。

"元元，鱼烧好了没有？"楼上，李老板一家正在吃年夜饭。喊声把郑远元的思绪拽了回来，他赶快将鱼出锅，回了一声："好啦！"

郑远元做的鱼成了"天一茶楼"的一道招牌菜，来人必点。"鸿升鸡鱼庄"的老板闻讯后前来挖人，给郑远元开出的工资是月薪1500元，非常诱人。李老板的侄女不知怎么知道了，对姑父说："元元准备跳槽呢！"晚上，李老板喝了几杯酒，借着酒兴问郑远元是否要去别的地方，郑远元一口否认。虽然"鸿升鸡鱼庄"老板开出的薪资的确诱人，但是他并没有答应。李老板正色道："元元，我待你不薄，觉得你是个老实娃，没想到还想背叛我！"郑远元无论如何解释，他就是不信。第二天一大早，老板娘过来了，说："元元，你李叔昨晚喝多了，他说的话你不要往心里去啊！"这件事发生后，大家看他的眼神似乎都很微妙，不像以前那么信任了，加之那个老板的侄女动不动就打小报告，郑远元觉得自己无论如何也不宜在这里再待下去了，于是选择去"鸿升鸡鱼庄"当厨师长。几个月后，老板见他勤劳能干，主动将薪水涨到每月 2000 元，这在当时已经是很高的工资了。

"命运常常在和人开玩笑。正当我准备在'鸿升鸡鱼庄'大干一番的时候，那里却因为要拆迁，不得不关门，我的厨师长生涯就此戛然而止。"

郑远元重新又回到了街头，一切回归到零点。

四、路在脚上

一晃，在达州已经 5 年了，郑远元从一个青涩少年变成了一个即将步入弱冠之年的青年，面临的却是失业。他踯躅街头，街上人来人往，匆匆忙忙。也许每个人心中都揣着一个梦，并为之挣扎着，奋斗着。有些人仅仅是为了填饱肚子，有些人在为孩子的学费奔波着，更多的人是希望通过自己努力改变人生，改变命运，像郑远元一样。这个时候，如果仅仅为了填饱肚子，随便去一家酒店应聘，都能找到工作，但那不是自己想要的生活，甚至开一家自己的酒店也被他否定了。他想干一番更大的事业，一个能真正改变自己命运，甚至改变更多人命运的事业。他想当老大，带领一帮忠于自己的兄弟，轰轰烈烈地干一番事业。

那个事业是什么呢？郑远元想不清楚。

城市的柏油路太硬，踩不出脚印。梦想尚缥缈，何以为家啊？

一连几天，郑远元都在大街上徘徊。他想离开这座城市，但下一站在哪里呢？十分迷茫。这时，手中的电话响了，一看是姐姐打来的。姐姐让他到成都去打工，说那里一个月可以挣到两三千元。郑远元立即去车站买了车票，准备前往成都，谁知竟然把车坐错了，坐上了前往重庆的火车。走到半路上遇到个小老乡，与他年纪相仿，说广东那边打工很赚钱，当厂长一年能挣好几十万呢。郑远元立即下车，与小老乡一同扒上了一趟前往广东的货车。到达广州后，听人说汕头那边大量招人，两人于是就过去了。那时候他已经身无分文了，因为原先挣的钱几乎都寄回家了。

在汕头，郑远元到处问人哪里招厂长，人家上下打量着他说："你这么年轻，当过厂长吗？"郑远元说："没当过，但我相信只要你们信任我，我就一定能干好。"人家问："你知道厂长是做什么的吗？"郑远元说："我知道啊，不就是管人吗？我小时候就是我们村的孩子王，我堂哥也打不过我。"对方笑了说："你要是想当工人的话倒是大量用人。"郑远元说："当工人做什么？"那人说给玩具喷漆。问一个月多少钱，说600元。郑远元说："我在达州每月2000元的工作都不干，跑到这么远的地方挣600元？开什么玩笑啊！"那人让他赶快走，能走多远走多远。郑远元拉着小伙伴就离开了。

一连几天，他们在汕头四处碰壁。人家听说他要当厂长，都觉得这孩子脑袋不正常，挥挥手就把他们赶走了。几天后，小伙伴弃他而去，到那家玩具厂喷漆去了。郑远元坐在马路边，感觉十分沮丧。

"现在想起来，我那时候真是可笑啊！傻乎乎的，一开始就想当厂长，给自己定的目标太高，也不看自己有何德何能，呵呵！"郑远元说到这里，连自己都笑了，"但我这个人就是有野心，做什么事情都幻想着能把事情干大。跟着姨夫耍杂技想着有朝一日登上大舞台，当大明星，挣高工资；当厨师想着以后自己开饭店，一年挣个上百万；到汕头后就想着当厂长，因为厂长年薪十几万啊！碰了一鼻子灰后才发现自己是个傻子。厂长都是一步步干出来的嘛，就像将军是从士兵一点点升上去的。但我那时脑子就一根筋，傻啊，真是傻得要命！"他边说边笑。

现实是残酷的，几天没有饭吃。无奈，郑远元去了最初应聘的那家企业，当了一名玩具喷漆工。

"在玩具厂喷漆，刚进去都是一个月600元，管吃住。不管咋说，先填饱肚子再说。听说有的熟练工一个月能拿一两千元，感觉还不错。厂长是个草根，从工人一步步干起来的，一年能赚十几万元，这给了我很大的信心。看来只要自己努力，年薪几十万不是梦。我刚去的时候，一起来汕头的小伙伴已经干了两天了，但还是笨手笨脚。人家喷两个脸，我俩连一个眼睛都喷不完。车间乌烟瘴气，味道十分难闻，呛得人睁不开眼睛。后来才知道那是甲醛，很致命的。我们尽管戴着口罩，但污染对人的伤害还是很严重的。因为是计件工资，每天喷不够一定的数量，基本工资也拿不到。看着别人都在熟练地操作，感觉自己是那样笨手笨脚，简直笨死了！心里越急越容易出乱，结果我俩比别人都喷得慢。组长前来检查的时候，说：'你们延误了工期，是要被扣工资的。'那时候我都开始怀疑自己的智商了，恨自己如此笨手笨脚，简直就是个笨猪嘛！"说到这里，郑远元又在笑。

"组长批评我的时候，明知他没错，心里却感到十分憋屈。他说的次数多了，我恼羞成怒，说：'你他妈的不过才 800 元一个月，老子在四川的时候一个月拿过 2000 元！'今天我终于弄明白了那时候为什么喷不好漆。第一个就是我心里看不起那活儿，难以全神贯注地去做；第二个是我做事太注重细节，细节做不好不愿放手，所以就非常慢。大概干了一个多月，工人们因为污染严重、工资太低开始罢工。我也觉得心理不平衡，就跟着他们一起罢工，最后被叫去写保证书，还要罚 50 块钱。我决定不干了，结果只拿到 200 元钱。那个老板前不久还到我这儿来交流，现在那个玩具厂一年能挣六七个亿，连我的十分之一都不到。我跟他开玩笑说：'你还欠我 400 元工资呢！'老板哈哈大笑。他是专门带人来我们公司参观学习的，我们也会组织一些员工去他那里学习，互相交流嘛！离开玩具厂后，我又去了另外一家模具制造厂，给人家翻模具。那个活也不好干，我通过认真学习，刻苦努力，最后还得了个优秀员工的称号。"

在汕头打工的时候，有一个来自达州的女孩跟郑远元特别合得来，一来二去便发展成了男女朋友。休息的时候，他们一起徜徉在海边。第一次看到大海，那么辽阔，浩瀚无边。郑远元心潮澎湃，激动不已。一个在内陆长大的孩子，从来没见过这么大的水域啊！他们依偎在沙滩上，看潮水涌动，海鸥飞翔。郑远元讲述了自己的苦难历程，女孩眼里闪着泪花。她怎会想到，同为 80 后，郑远元的人生之路竟然是那么曲折。

女孩决定用自己的爱为他疗伤，执子之手，与子偕老。

女孩在汕头打工已经几年时间了，家里一直催着让她回去相亲，她说："我已经有男朋友了，他叫郑远元，陕西紫阳人，曾经在达州待过 5 年时间。"家人不放心，一定要她带郑远元回家，让他们看看。女孩拗不过家人，便央求郑远元与她一起回家，等那边安顿好了再来汕头。郑远元对那份工作本来就不太感兴趣，出来一趟也算见世面了，于是跟着女孩又回到了达州。

回到达州后，女孩的父母嫌郑远元没有工作，不同意他们相处。女孩哭哭啼啼，说家里人说了，除非郑远元混出个人样再来求婚。

转了一圈，又回到了原地。今后的路怎么走，做什么？一晃已经整整20岁了，郑远元觉得不能再稀里糊涂地混下去了。

他开始了认真的思考。

去酒店做厨师？每天烟熏火燎，早起晚睡，在暗无天日的厨房里整整站一天，有多大的出息？继续学杂技？已经过了那个年龄，再说耍杂技也挣不了几个钱。去工地上当民工？感觉太没出息了。

一连几天，郑远元辗转反侧，寝食难安。

那时候，姨夫仍然每天在外面摆地摊，除了卖治脚气的药，主要是给人修脚。郑远元刚到达州的时候，每天跟着二姨摆地摊，除了给人擦皮鞋，也会给人修脚，顺便卖治脚气的药。其实这个治脚气的药还是他们郑家的祖传秘方。父亲曾给他讲过一个故事：清朝末年，陕西紫阳县好心人郑成连善良搭救老人，老人见此年轻人老实、勤劳，便将祖传的泡脚、修脚、护脚的秘方赠予了这位好心人。郑成连即是郑远元高祖父。然而到了郑远元父亲这一辈，祖传的秘方还在，家里却没有人愿意继续传承。有一次二姨来家里做客，便把秘方带回了达州。

一天晚上，郑远元无意中与姨夫闲聊，姨夫说他现在摆一天地摊能挣二三百元。一天两三百，一个月就是七八千，比外出打工强多了！郑远元当即下定决心：修脚。他跟着姨夫认真观摩了几天，然后又去书店买了几本关于人体经络的书，特别针对脚上都有哪些穴位，认真研究了一段时间。书上说"鹤发童颜，步履轻健"。"人之有脚，犹似树之有根，树枯根先竭，人老脚先衰。若想身体好，天天摸脚保平安。"足部穴位与全身脏腑经络关系密切，故有人称"脚"是人类的"第二心脏"，是人体的晴雨表，能够很准确地反映人体的健康状况。脚底的厉兑穴疏通调理胃肠，太溪穴滋补肾脏，大敦穴保持大脑清醒，照海穴减轻咽喉干燥，内庭穴祛胃热，丰隆穴去湿气止咳化痰，隐白穴健脾胃回阳，涌泉穴生津止渴，窍阴穴医治偏头痛，至阴穴清热解毒散寒……足疗是运用中医原理，集治疗和保健为一体的无创伤自然疗法。每侧足部有 26 块骨，分为跗骨、跖骨和趾骨 3 组。足部的关节多达数十个。人的双脚有无数神经末梢与大脑紧密相连，并与所有器官和腺体相连。根据中医理论人体五脏六腑在脚上都有相应投影。脚部是足三阴经的起点，又是足三阳经的终点，踝关节以下，就有 60 多个穴位，刺激这些穴位，会改善各个器官的功能，增强血脉运行，调理脏腑，疏通经络。如大拇指是肝、脾两路，按摩得当可疏肝健脾，增进食欲，治肝脾肿大；脚掌心是肾经涌泉穴所在，适度按摩能治肾虚体亏。人的器官如有任何微小病理变化，都会在脚部反应区反映出来。

2003 年 8 月，秋意渐浓，街上的树叶泛起了金黄色，郑远元沐浴着晨风，再次摆起了修脚地摊。

有过一段做厨师的经历，郑远元坐在大街上，总觉得有一种恍恍惚惚的感觉。眼前人来车往，大街上尘土飞扬，烈日暴晒，挥汗如雨……这一切，当初他跟二姨都曾经历过，然而随着年龄的增长，他的心态发生了很大变化。女朋友见他摆地摊修脚，觉得很丢人，好长时间都不愿联系他。

郑远元说，人有千奇百怪，脚也有各种形状。一般人的脚都是罗马型，从小拇指到大拇指依次增长，斜斜地排成一行；有的人脚趾间隔很大，这种人一般喜欢冒险；还有整齐排成一行的，除了大拇指，其余差不多一样齐；有火炬状的，即食指最长，其余较短。还有脚趾倾斜的、拇指与食指有间隔的、小拇指特别短的……不一而足。有的人注意卫生，脚洗得白白净净，青筋看上去脉络清晰，有条不紊；有的人出汗脚，脱掉袜子后熏得人喘不过气来。更多的是一些穿着拖鞋的人，不穿袜子，也不洗脚，让人无法下手。这些人一般都很挑剔，嘴里叼着一根烟，跷着二郎腿在你面前晃。好不容易修完了，他从兜里抽出一根烟，涎着脸说："哥们，今天出门没带钱，抽支烟吧！"令你啼笑皆非。

这些人一般都是街头混混，惹不得。郑远元小心翼翼，最后还是摊上了事儿。

一次，连着下了几天雨，郑远元好不容易出摊了。刚摆上摊没多久，过来几个年轻人，其中一位趿拉着拖鞋，说："老子前几天在你这里修了脚，回去后这个脚一直疼，哎呀疼得老子受不了，来了几次你都不在，还以为跑了呢！"郑远元说:"你坐下我看看。"那脚又脏又臭,郑远元看了半天也没发现问题。小青年坚持说疼。郑远元说:"要不你去医院检查一下,看看是不是别的原因。"小青年说:"去医院要钱啊,老子没有钱。"郑远元说:"那你想怎么样?"几个小青年围了上来,说:"给200元钱了事!"

是可忍,孰不可忍!郑远元噌地站了起来,拿起小板凳拉开架势……结果显而易见。尽管他奋勇抵抗,最终还是被打得满脸是血,摊子也被砸了个稀巴烂。

接下来的日子,无论郑远元把摊摆在哪里,几个小青年都能找到。一天,来了几个穿制服的人,让郑远元拿出营业执照。他说自己摆地摊儿,哪来的营业执照啊!来的是工商局执法人员,说:"有人举报你卖的是假药,全部没收!"

"看来达州是混不下去了。此地不留爷,自有留爷处。一气之下,我去了汉中。"郑远元说。

那年冬天,郑远元从二姨那里借了700元,一个人来到了与达州相邻的陕西汉中市。

在汉中,郑远元花350元租了一间房,买了一些生活必需品,便没钱了。

"必须尽快找到工作,要不又得流浪街头了。因为自己有修脚技术,所以我决定先去足浴店应聘一份工作,等站稳脚跟再自己干。我应聘的第一家店叫'大脚板足浴中心',老板左看右看,说我细皮嫩肉,不像能吃苦的人,挥挥手让我离开了;第二家店叫'养生堂足疗中心',老板说他们那里只要女技师,不要男的;第三家店叫'良子足浴',人家让我等一下,过了十几分钟,出来一个大堂经理,还是只要女技师,不要男的。那天外面下着大雨,连着去了几家店都碰了一鼻子灰,我感觉又冷又饿,就恨自己不是女的呀!"郑远元笑着说。

雨一下就是几天,第四天终于晴了。郑远元发现,自己的兜里只剩下5元钱。如果再找不到工作,恐怕就得饿肚子了。无奈之下,他来到汉中市汽车运输公司门口,摆起了修脚摊。

"无人问津不说,很快还被人赶走了。三天被城管驱赶了四次!狼狈得很。"郑远元轻轻地摇了摇头。

无奈,他来到了虎桥路口。那是个十字路口,人流量比较大。郑远元找了一张纸板，用墨水写了"专业修脚、治脚气、挖鸡眼、取肉刺"等字样。也许是否极泰来，那天的生意特别好，郑远元的地摊从上午10点一口气摆到了晚上，修一次脚3元，加上卖治脚气的药，一天下来挣了120元钱。

这便是他时至今日最难忘怀的"第一桶金"。

"初战告捷，我感到特别兴奋，那晚特意去餐馆吃了一碗热米皮，外加两个肉夹馍，一夜好觉。第二天我早早就去了，大概9点多钟吧，来了一位五大三粗、长着一脸络腮胡、戴着墨镜的男人。他站在摊子前打量着我，感觉像个黑社会老大。我心想，糟了，又摊上事了！这个人要是动手的话，自己一定会吃亏。说实话，当时心里真有些害怕，做了最坏的打算，就是收摊走人，再换个地方。那人直愣愣地站在那里，居高临下地看着我，半晌，说了一句：'兄弟，你在这儿咋修啊？走，跟我到房间去。'我警惕地望着他。到房间去，万一把我打一顿怎么办？我可打不过他啊！那人也许看出了我的胆怯，取下墨镜，说：'小兄弟，跟我来。'我虽然有些忐忑，还是跟着他走了，来到一家酒店的客房。客房很大，很豪华，足足有200多平方米，是个总统套间，估计一天最少也得上千元。我心想自己这辈子要是能在这儿住上一晚，就没遗憾了！进入房间后，那人指了指洗手间，说：'小兄弟先洗个手，吃个水果休息一会儿。'茶几上放着橘子、苹果、香蕉等，丰盛得很。我说：'我不吃啦，我洗个手咱们赶快修脚吧。'那人说：'小兄弟，不要紧张嘛，吃个水果吧，没事……'那天我拿到了人生修脚的第一笔奖金：修脚加配药50元，奖金10元，一共60元！"一晃18年过去，郑远元记忆犹新。

接下来的日子，郑远元似乎踏上了正轨，前来修脚的人络绎不绝。第一年他中午没吃过米饭，因为吃米饭时间长，要等炒菜，而且白天没上过大厕所，怕上大厕所时间长，错过了客人。

"为了省时间，我一般中午只吃3元一碗的刀削面，更不敢多喝水，怕老上厕所耽搁生意。2005年3月，我在摆地摊时遇到一个老干部。这个人很挑剔，他问我能不能修好，我说能修好。他说：'你能修好，为什么在这儿摆地摊啊？'问题十分刁钻。我说：'是这样的，我先给你修一下，你感受一下，你觉得好了跟我讲，觉得不好不要付钱。'就这样我给他修了。这个老干部先是修了脚，最后又让我给他治灰指甲，我给他都弄好了。他说：'你这个娃呀，有这么好的手艺，应该开个正规门店。'我说：'汉中我人生地不熟，开店很麻烦的。'他说：'你要是想开，我帮你找门店。'那时候，我已经摆了两年地摊，积累了一些资金，就开了我人生中的第一家足疗店。"

2005年4月，郑远元在汉中市虎桥路口中银大厦旁边开了第一家修脚店，取名"郑远元专业修脚房"，这是陕西省汉中市第一家以个人姓名命名，并且价格亲民的专业修脚房。

"经过几年的历练，我开了第一家'郑远元修脚店'。为什么叫郑远元？这个名字是有来头的。那时候，很多人喊我为'马路医生'，也有人喊我'小郑'，比较熟的人喊我'元元'。我想，父亲当年给我取这个名字的时候，是希望我前程远大，能越走越远。元嘛，一元复始，开始的意思，千里之行始于足下，所以就叫郑远元了。"

开店就得找员工，不能再单兵作战了。郑远元开始招兵买马，大肆张贴广告。然而几天过去，一个人都没招到。郑远元想到了还在老家深山里"刨食"的乡亲们。"你发大财吧，我不干，即使没有饭吃，我也不去搞修脚。"老家的朋友给他泼了一盆冷水，"我这一辈子没得饭吃，也不去做那种下贱的活路！""整天抱个臭脚丫子，太没出息了！"没办法，郑远元只好让自己的姐姐郑远翠、嫂子任继芳先来，成了店里的第一批员工。

"我姐和我嫂子来的时候，我给她们一个月开400元工资。那时候，对于我们那个贫困山区来说，400元可能就是一些人一年的收入，所以这个工资还是很有诱惑力的。"

开店的第一天下着雨，一天下来营业额才80元。第二天稍微好了一些，150元。郑远元有些着急了。这点收入别说付房租和员工工资，交水电费都不够啊！

怎么办？开弓没有回头箭，他只能硬着头皮坚持下去。

功夫不负有心人。由于郑远元精湛的技术和热情的服务，修脚店的生意开始蒸蒸日上，"郑远元修脚店"声名鹊起。2006年开始，他便陆续开了第二家、第三家、第四家、第五家连锁店。

"我的第一家店在汉中，第二家店在勉县，第三家店在城固，第四家店在洋县，在四川开第五家店的时候，我就提出全国连锁的想法。因为一个店每月租金也就一两千，利润差不多有一两万元，非常可观。"

2006年年底，郑远元已在汉中、安康、四川等地开了十几家"郑远元专业修脚房"。

2007年春，郑远元把专业修脚房开到了西安，他的品牌成功迈向省会中心城市。

五、品牌之路

2007年8月31日，"陕西郑远元专业修脚服务连锁有限公司"在陕西省工商行政管理局注册成立。经营范围：专业修脚服务，保健品（口服除外）的研发及销售。郑远元由此结束了修脚个体户、门店老板的历史，成为以脚病修治为主的大型服务保健类全国连锁企业的掌门人。同年12月，连锁门店开到了湖北武汉、湖南长沙。2008年，公司开始向中东部、大西北扩张。2月，在江西省南昌市开设连锁门店；7月，在新疆喀什、阿克苏等地区开设连锁店；8月，开始进军河南。至2009年7月底，公司在全国开设门店达到400家。

截至2013年年底，陕西郑远元专业修脚服务连锁有限公司已在陕西、四川、湖北、湖南、河南、新疆、浙江、江西、山东、江苏、安徽、山西、广东、福建、北京、天津等21个省市、地区发展加盟店500余家，从业人员达5000之众。

2014年1月10日，陕西省工商行政管理局发文公布：陕西郑远元专业修脚服务连锁有限公司的"郑远元"被认定为"陕西省著名商标"。

2015年1月，郑远元在陕西安康市开设了第一个"郑远元专业修脚房"的"升级版"——"远元养生馆"（位于安康市巴山西路），门店面积2000多平方米。

陕西郑远元专业修脚服务连锁有限公司的"全国连锁"店采用统一的经营模式。在这个大框架内，各分公司、各代理商又可以充分发挥主观能动性，创造性地开展工作。河北保定分公司的经营管理便是典型。该分公司成立于2009年12月，从最初一个40平方米的小店，一步步地发展到如今拥有17个店面、人员达到 130 人的分公司，积累了不少优秀的管理经验。

2009 年 7 月，郑远元决定在安康市汉滨区五里镇创立 "安康市郑远元生物科技有限公司"。2010 年 4 月 7 日，公司与陕西省安康市政府在西安富都酒店签订了生物科技项目投资合作书。同年 5 月，药厂试生产。同年 9 月，"安康市郑远元生物科技有限公司" 挂牌成立。2012 年 10 月，郑远元又在安康市注册成立了 "陕西省安康市郑远元一德商贸有限公司"。商贸公司主营本集团下生物科技公司的各类产品，包括脚部美容、修护、治疗及足浴类保健品。

2010 年 12 月 7 日，陕西省政府出台了《陕南地区移民搬迁安置总体规划》。2011 年至 2020 年 10 年间，陕南汉中、安康和商洛的 28 个区县搬迁 240 万人，投资总金额超过 1100 亿元，规模超过三峡移民。郑远元回到家乡投资修建安置房，为避灾扶贫搬迁助一臂之力，同时给了搬迁的员工极大的优惠政策以鼓励其积极搬迁。2012 年 8 月 16 日，"远元花园" 暨员工安置房举行盛大的开盘仪式，安康市、紫阳县及高桥镇各级领导到会，肯定了项目的建设，也提出了宝贵的建议。截至 2014 年 5 月底，安置房已建成 50000 多平方米，以每平方米不到 1200 元的均价售出。二期工程药厂设施，三期工程观光园、酒店、农家乐等附属设施已完成项目规划和征地拆迁。

2014 年，郑远元砍掉与修脚产业无关的项目，专注于直营连锁。这一年是远元集团迅猛发展的第一年，紫阳县政府与远元集团等修脚企业开展合作，开启了 "政府主导 + 企业运作 + 基地培训 + 定向就业" 的就业扶贫模式。陕西郑远元专业修脚服务连锁有限公司和紫阳县人社局签订协议，自 2014 年 4 月开始，在紫阳县职业教育中心开设 "足浴足疗技能培训班"（现改为 "远元专业修脚技师培训班"），每年投入 500 万元资金，对学员实行 "三包两免一补"：包吃、包住、包就业，免教材学杂费、免必要生活费，补贴培训合格者 50 元交通费。这项举措为更多人提供免费培训，指明就业方向。到 2015 年 4 月培训班共开班 18 期，培养了千余名合格技师，同时为培训学员提供就业机会。

家有良田万顷，不如薄技在身。余开成是紫阳培训中心第七期修脚足浴培训班学员。他曾有一段灰色历史，导致他找不到工作、找不到媳妇，与社会脱节严重。2014 年年底，从培训班结业的余开成加入远元集团，成为一名修脚技师。由于工作表现突出，他第二年年初就升为店长，时隔不久又晋升为上海直营店片区经理、上海直营店大区经理。2017年5月，余开成成为省区经理，年薪超过215万元，并组建了美满幸福的家庭。石万仲是洄水镇团堡村农民，早年曾在河南安阳煤矿打工10多年，2014年参加县里举办的修脚师培训班，结业后被分配到远元集团湖北分公司武汉鲁磨店，不到半年时间便升为店长，年薪10多万元。

紫阳人张宁述在没进入远元集团之前，先后从事跑货运、蹬三轮车、贩卖水果、开餐厅多项工作，没有一技之长、没有社会背景、一穷二白的他不断经受着生活压力带来的冲击。从事修脚行业后，他还清了所有的债，买了车，还盖起了三层小洋楼。

郑远元的家乡铁佛村是高桥镇最为偏僻的一个村，曾因地理环境恶劣、群众生活穷困，多年来一直是全镇有名的特困村，全村40岁以上的光棍90多人，被称为"光棍村"。57岁的胡光云早年丧偶，因为家贫，一直未能再娶，儿子胡先伍32岁还未找到媳妇。父子二人学习修脚技能在广东从事修脚职业后，不仅在当年就实现了脱贫致富，而且父子俩都先后找到对象并结婚成家。

铁佛村村民郑明友原本家贫，不想家里还遭遇了一场火灾，所有财物都被烧毁，到了38岁还未能娶妻成家。后来他在西安的修脚店当了修脚师傅，短短几年时间不但脱贫致富，还娶了西安户籍的漂亮媳妇，并在西安定居。

铁佛村目前928户3392人，除了上学的学生、幼儿以及65岁以上的老人等特殊人群，全村劳动力基本都在从事修脚行业相关工作，人数达1316人，占到劳动力总数的80%。全村928户村民，有一半的村民买了小汽车，有200多户村民分别在高桥镇建房并在镇安置小区、紫阳县城和安康市购买新房。村民年人均纯收入达25000元。该村通过修脚足疗养生行业存款在100万元以上创业成功的"小老板"就有200户，存款1000万元以上的20户，存款过亿元的2户，积累资金达6个亿。全村3561人人均积累资金超过16万元，成为全国修脚致富第一村。

"过去的特困村变成了今天远近闻名的小康村。"紫阳县劳动就业培训中心主任贾学平说。由于修脚产业发展带来的这种变化，该村的脱贫致富模式在紫阳被称为"铁佛现象"。

为了解决乡亲们外出打工后留守儿童问题，郑远元又在"远元花园"开设"远元幼儿园"，让乡亲们更加放心地外出务工。

至2015年年初，郑远元专业修脚服务连锁有限公司已在全国开设直营及连锁店628家，已发展为涵盖房地产、养生保健、生物制药、商务贸易等多行业的集团性企业。

2018年，郑远元专业修脚服务连锁有限公司广东市场动荡不安、负债累累，门店快速扩张、人员输送缓慢、基层管理不到位等问题频出，导致业绩下滑、利润被绑架、人员流失，整个广东市场笼罩着重重乌云。2019年3月，集团委派湖北省区经理陈义德带领得力干将前往广东支援，陈义德与夏俭安、简华勇等一线"战士"开始制定帮扶计划，主抓市场运营。2019年6月，集团董事长郑远元亲自挂帅，制订方案与目标，立下军令状，宣布广东"924战役"正式打响。在集团董事长郑远元的领导下，集团常务副总经理李枫率领集团运营部副总监安璐等，前往一线给予支撑和信心，辅助支持广东市场。夏俭安、陈义德、简华勇、安璐与员工同吃同干，根据门店经营情况，梳理工作思路，建立业绩追踪机制与奖励制度，进行地毯式赋能培训，及时向员工兑现承诺。这一系列措施给予了员工极大的信心，快速扭转员工消极心态，激励员工全力奋战。

2019年8月，集团董事长郑远元十下广州，历经两个月的摸底排查、方案调整、业绩追踪与赋能培训，在夏俭安、陈义德、简华勇、安璐的配合下，在全体广东远元人的齐心协力下，广东门店整体经营状况扭亏为盈，广东市场的雾霾逐渐消散。

集团董事长郑远元从远元集团、店长入股、差店处理、一切围绕增长抓管理、团队建设、远元未来六大方面，为大家做了一场全方位的深度赋能，细分了每个关键点的问题所在。他表示："广东924战役是全国市场的基础与信心，今天的成绩来之不易，凝聚着集团和市场所有人的汗水与付出，每一次的喜悦都来自坚持与细节，希望所有人戒骄戒躁、再接再厉。"

信念、团队、坚持、执行、细节是远元团队里不可或缺的因素，也是达成战略目标、实现宏伟蓝图的有效动力。924战役的首战告捷，向公司全体员工吹响了冲锋的号角，进一步拉近了集团与市场之间的距离，有效激励了员工转变思想、坚定信念，扎实推动公司向着高标准、高质量迈进，同时为企业良性稳步发展奠定了良好的基础。

从 2014 年至今，紫阳整合各类资源，累计投入 4500 万元，开办修脚、足疗等技能培训班，参培人员达 3 万余人，培训后就业率超过 70%，人均年收入超过 5 万元。截至 2020 年 6 月底，郑远元在全国共开设 6241 家专业修脚连锁门店，员工及各级管理人员达 56169 人，员工月工资 6000 元以上，年创营业收入 70 亿元。

远元集团现已发展成为以连锁直营、生物科技、健康管理、影视传媒、济困慈善基金会、远元商学院、装饰装修、劳务咨询、远程投资九大产业为核心的现代化集团公司。

郑远元说自己能走到今天，主要靠四点：一是永不放弃，二是注重细节，三是不断学习，四是讲究诚信。一个从大山深处走出的修脚工，凭着自己的一双手和坚定的信念书写了一部"草根"的传奇。他是一部励志书，是一个不甘平庸、不屈服于命运、努力向上的人。

六、是金子总会发光

2017 年 10 月 9 日，在第四个国家扶贫日即将到来之际，中共中央总书记、国家主席、中央军委主席习近平对脱贫攻坚工作作出重要指示并强调，社会主义是干出来的。脱贫攻坚是硬仗中的硬仗，必须付出百倍努力。全党全社会要再接再厉、扎实工作，坚决打赢脱贫攻坚战，在全面建成小康社会的征程上不断创造新的业绩。

习近平指出，摆脱贫困，为广大人民群众谋幸福，是我们党和国家推动发展的根本目的。党的十八大，党中央做出到 2020 年现行标准下农村贫困人口实现脱贫的庄严承诺。各地区各部门认真贯彻党中央决策部署，贫困地区广大干部群众自强自立、苦干实干，全党全社会用心用力帮扶，深入推进精准扶贫、精准脱贫，创新体制机制，推动脱贫攻坚，取得显著进展，成绩值得充分肯定。

习近平强调，在脱贫攻坚的火热实践中，涌现出一大批先进典型，全国脱贫攻坚奖获得者就是其中的优秀代表。要发扬他们扎根基层、敢挑重担、无私奉献、勇于创新的精神，激励各方面坚定信心、积极行动，进一步增强脱贫攻坚合力。基层一线扶贫工作者是脱贫攻坚的生力军，对他们要在政治上关心、工作上支持、生活上保障，支持他们在脱贫攻坚战场上奋发有为、大显身手。

10月9日上午，脱贫攻坚先进事迹报告会在北京举行，对全国脱贫攻坚奖获奖者进行了表彰。陕西省远元集团董事长郑远元荣获2017年"全国脱贫攻坚奖"奉献奖。

"全国脱贫攻坚奖"设立于2016年9月21日，是国务院扶贫开发领导小组主办的，计划"十三五"脱贫攻坚期间，每年开展一次表彰活动。这一奖项的设立标志着国家扶贫荣誉制度的建立，目的在于树立脱贫攻坚先进典型，引领社会风尚，弘扬社会主义核心价值观，动员社会各方面力量积极参与脱贫攻坚，为打赢脱贫攻坚战、全面建成小康社会，营造浓厚氛围，凝聚精神动力。

"全国脱贫攻坚奖"设奋进奖、贡献奖、奉献奖、创新奖四个奖项，每个奖项获奖人员不超过10名。奉献奖获奖者从社会帮扶主体中产生，表彰扶贫济困、甘于奉献，以高度的社会责任感关心、关爱贫困群众，扶贫成效明显，受到社会广泛好评的各类社会组织、非公有制企业和公民个人中的先进典型。

组委会认为，10年来，远元集团以"政府主导＋龙头企业＋基地培训＋定向就业"模式，广泛开展修脚技师培训脱贫攻坚行动，取得了"就业一人，脱贫一户"的良好社会效应。

2017年10月16日下午，时任紫阳县委书记赵立根会见了从京载誉归来的郑远元，代表县委、县人大、县政府、县政协和全县人民向郑远元获得国家级殊荣表示祝贺。赵立根说，远元董事长作为全省唯一代表赴京出席全国脱贫攻坚表彰大会并荣获2017年"全国脱贫攻坚奖"奉献奖，远元集团被评为"全国'万企帮万村'精准扶贫行动先进民营企业"，县委、县政府和家乡人民对此感到无比高兴和自豪，这不仅是对郑远元个人和远元集团在脱贫攻坚行动中作出重要贡献的高度认可，更是对紫阳脱贫攻坚工作的充分肯定。远元集团在立足企业发展的同时，始终把个人价值与社会责任紧密联系起来，担当企业公民职责，推动社会和谐发展。2016年成立的远元济困慈善基金会，济困助学、倡导大爱。截至 2017 年 8 月底，已有 170 多位紫阳乡亲受到远元集团捐助，捐款共计 1232072.5 元。

在现有成绩的基础上，远元集团用自己的行动兑现了对社会、政府和员工的承诺。展望未来，远元集团将在"三年百亿·千城万店"的战略下，3 年安置 10 万人就业，惠及 6 万个家庭近 20 万人，真真正正帮助贫困劳动者走上脱贫致富的道路，为国家脱贫攻坚作出应有的贡献。

2017 年 10 月 22 日，安康市召开"全国脱贫攻坚奖"奉献奖获得者郑远元先进事迹报告会，为全面打赢脱贫攻坚战凝聚强大正能量。市长赵俊民主持报告会并讲话。市委常委、统战部部长、高新区党工委书记黄勇，市人大常委会副主任袁子顺，副市长鲁琦、何邦军，市政协副主席吴大康及市县有关部门负责同志和 100 多家企业代表聆听报告。

报告会上，"全国脱贫攻坚奖"奉献奖获得者郑远元做了题为《脱贫攻坚在路上，远元集团正行动》的先进事迹报告。

赵俊民指出，学习发扬郑远元先进事迹，就是要学习他吃苦耐劳、不懈努力的奋斗精神，不断增强摆脱贫困的勇气和志气，把实现幸福生活的希望牢牢攥在自己手中。要学习他不忘初心、回报桑梓的奉献精神，为加快推动安康追赶超越、绿色崛起贡献自己的一份力量。要学习他敢想敢干、善作善成的创业精神，敢于向最高处攀登，向最远处奋进，在历练中成长，在进取中成功。下一步，各级宣传部门、扶贫部门要加大宣传力度，深入挖掘郑远元先进事迹，要把企业"积极推动经济发展、积极履行社会责任、积极参与脱贫攻坚"树成一面旗帜，进一步凝聚加快发展和脱贫攻坚的强大合力。

发展不忘初心，致富不忘百姓。

2007 年，修脚工乐正兰的老公因意外事故去世了，2014 年，乐正兰的儿子检查出肾衰竭，花光了家里所有的积蓄。当她深感无助、走投无路时，给郑远元发了一条短信求助："郑总，能帮我渡过难关吗？能给我借点钱吗？"郑远元一次捐助了她 24 万元，帮助她渡过了难关。

另外，远元集团为强直性脊柱炎患者李涛捐款近 30 万元，为紫阳县 163 名贫困大学生捐款 81.5 万元……

2016年4月，远元济困慈善基金会成立，是集团承担社会责任的新起点。截至2017年8月底，基金会已对73位远元家人及100多位紫阳乡亲进行救助，对紫阳高桥敬老院、高桥中小学等进行了资助，先后投入善款共计123万元……另外，从2017年7月起，基金会对集团建档立卡的贫困户员工每人每月除工资外补贴300元，每年按11个月计算，即每人每年3300元。截至2019年年底，远元济困慈善基金会累计向贫困员工发放贫困补贴2400余万元，共投入善款2598.32万元，资助贫困大学生723人，资助大病患者230多人。

远元集团积极响应"万企帮万村"号召，捐款128万元在紫阳县毛坝镇岔河村创办"爱心土豆厂"。"爱心土豆厂"年收购当地土豆50万斤，累计带动贫困户128户474人增收。

2020年1月19日上午，由紫阳县人社局主办、远元集团承办的"紫阳县修脚产业技术脱贫暨远元集团脱贫攻坚工作会"在西安隆重召开。

2020年2月12日，远元集团向紫阳县疫情防控指挥部捐赠战疫资金共计126万元。

2020年3月6日，由安康市人社局，紫阳县委、县政府主办，紫阳县人社局、县火车站及远元集团承办的"点对点"返岗复工欢送仪式在紫阳火车站广场隆重举行，1729名远元集团务工人员成功返岗复工。

2020年9月11日，郑远元组织远元济困慈善基金会筹集资金120万元资助贫困大学生。

…………

在远元集团的网站上，闪烁着"为生命加分"几个字。

郑远元出身农村，专注一业，但他眼界宽、格局大，有一颗"兼济天下"的心。作为修脚产业的"缔造者"，他善于站在敬畏生命、保护健康的高点思考问题，自觉把产业发展融入"健康中国"的战略部署之中，积极顺应广大群众对生命健康的需要，把"全生命周期"的健康管理作为人生使命，主动担起为国人健康护航的时代责任，提出了"为生命加分"的理念，促进生命健康从重修护到重预防转变，帮助广大群众把想保养的想法落地，努力为人类健康贡献远元方案。2017年11月，郑远元健康平台管理有限责任公司注册成立，借助大数据、云计算、物联网、区块链等技术，启动了从宣教、检测、干预、追踪到康复、养护、推荐＋、娱乐＋的大健康管理系统建设，开始发展面向未来的大健康产业。2019年9月，远元集团联手IBM公司，将AI技术成功引入脚部修护领域，全力打造"修护闭环"系统，让专业修脚搭上人工智能的"快车"。可以预见，随着远元健康平台的建成运营，不仅老百姓不出门就能享受到远元的健康服务，而且国人保健意识、保健行为都将产生深远而积极的转变。未来远元集团将紧紧围绕服务大健康重大战略需求，逐步形成聚焦大健康战略、研究大健康战略、服务大健康战略的宽阔平台和团队，充分发挥功能作用，发展万亿级大健康产业，为建设健康中国贡献自己的力量。

"我认为自己这些年主要做了三件事：第一是改变了很多人（特别是贫困人口）的命运；第二，打造了一个产业；第三，因为我们的存在，许多人的生活幸福指数得到提高。我希望未来随着公司的发展，我们有能力安置10万名群众就业，给他们稳定的收入，让更多人借助小小的修脚刀，修出属于自己的致富路，过上幸福生活。"郑远元说。

第十三章　山谷幽兰

我凭一份良心在扶贫，奉献爱心，实实在在地去帮扶，干老百姓喜欢的事情。

——思兰商贸集团董事长王思兰

在山城紫阳，"思兰商贸"几乎家喻户晓。王思兰从一家小卖部做起，30 多年如一日，成为紫阳电商物流以及农产品上行的重要主体。她公司员工大部分是下岗职工、失业人员、残疾人等，经营 100 多个品种，形成了"思兰商贸＋合作社（贫困户）"模式，带动农村特色产业发展。将农户的原生态无污染熏肉、茶叶、土豆、核桃、香椿、洋火姜等农特产品通过智慧物流产业园等县、镇、村三级物流体系以高于市场价格的单价收购并销往全国。"思兰商贸"公司在王思兰的倡导下，积极响应县上"百企帮百村"社会扶贫公益行动，自 2016 年以来，累计投入 600 多万元，帮扶紫阳县毛坝镇腰庄、干沙、墙院、瓦滩四个贫困村 1150 个在册贫困户 4071 人。

近年来，"思兰商贸"先后被陕西省工商局评为"文明经营户"及"食品安全示范经营店"，王思兰被陕西省工商联评为优秀会员、安康十大创业女性。公司连续多年被紫阳县工商局、消协评为"诚信单位"，被评为紫阳县"百企帮百村"精准扶贫行动先进企业和脱贫攻坚工作"优秀帮扶企业"。王思兰 2019 年荣获"陕西省脱贫攻坚奉献奖"，2020 年获安康市脱贫攻坚"突出贡献奖"，成为新时代的商界名人。"思兰商贸"2020 年获紫阳县新冠肺炎疫情防控"爱心企业"等荣誉称号。安康日报、陕西人才、中国企业家报、人民网等数十家报刊媒体滚动转发"思兰商贸"脱贫模式。中国社会科学院农村发展研究所研究员孙同全到紫阳深入"思兰商贸"公司进行专门调研。

一、在困难的日子里

1963 年冬天，王思兰出生于洞河镇石家村一户贫困农家。这是一个深度贫困村，山大沟深，交通闭塞，地理环境十分恶劣。山顶常有大风、浓雾、雷暴和雨雪，耕地稀少，土地贫瘠，广种薄收。

"从记事起，家里似乎就一直很穷，可谓上无片瓦，下无立锥之地。听父亲说，爷爷那时候情况比较好，家里有 14 条船，所以被定了富农。小时候，父亲经常被拉出去批斗，回来后挑着筐子漫山遍野给生产队捡粪，一担粪能挣 3 分工，每天捡 3 担粪能挣 9 分。到了年底，非但父亲挣的工分换不到多少口粮和钱物，我们家往往还是欠债户。家里姊妹 7 个，加上父母和奶奶，十口人住在只有三面墙的一间 20 平方米左右的土坯房里，上面压着厚厚的茅草。土坯房中间撑着一根木椽，感觉摇摇欲坠，随时都可能塌下来。晚上睡觉的时候，哥哥临时给地上铺一些稻草，早上再收拾起来。父母和奶奶也睡在稻草窝里，我们姊妹几个睡在铺着稻草的架子床上面，盖着一条补丁摞补丁的薄被子，上面压一层稻草。冬天风雪交加，外面下大雪，里面下小雪，寒风刺骨。晚上不敢生火，怕点燃地上的稻草。早晨起来后，被子和稻草上都是雪。母亲将稻草堆起后，在地上生火做饭。一家人过着原始人般的生活。到了夏天，外面下大雨，屋里水流成河。晚上实在无法睡，一家人只能坐着等天亮。数九寒天，山上经常刮大风，怕茅草被大风吹走，父亲冒着生命危险趴在房上压着，我们一家人跪在下面祈祷……"眼前的王思兰一点也不像女强人。她穿着一件看起来穿了很久的黑色棉袄，头发随意地扎在后面，不施粉黛，与想象中的"思兰商贸"董事长大相径庭。

谈起自己的童年，王思兰眼里含着泪花。

"有时风实在太大了，屋顶上的茅草都被卷走了，一家人睡在屋里，能看见满天的星斗。后来，父亲和哥哥从山下背了一些石板压在上面，情况好多了。搞不懂那时候家里为什么会那么穷！我们姊妹几个从小没吃没穿，一条裤子几个人换着穿，常常出不了门。上学的地方离家有 10 多里，几乎没有路，我们每天凌晨 4 点起床，背两个红苕，走两个多小时到学校，天还未亮。数九寒天穿一条薄薄的裤子，上面全是补丁，像个叫花子。大冬天的，我们赤着脚，脚板常常被划得鲜血淋漓。作为一个女孩子，我16岁之前没穿过内衣——别说背心，裤头也没穿过。16岁那年来例假了，我只好向老师请假，无法去学校。每天上学翻山越岭，中间还要过一条河。有一次突然发洪水，我们几个小孩差点被冲走，幸亏一块大岩石救了我们。夏天还好说，衣服湿了过一会儿就会干，冬天寒风刺骨，裤子湿了紧紧地裹在腿上，冷得人浑身发抖。好不容易到了学校，教室也是四面透风。我被分在最后一排，手背肿得像面包，上面全是冻疮。脚被冻裂了，渗着淡红色的血水，钻心地疼。记忆中小时候从来未吃饱过，看见别人吃东西，非常羡慕。母亲养了一头猪，年底被拉走交任务了。养了几只羊，也被生产队割资本主义尾巴，没收了。家里经常会断顿，常常几天没饭吃，父亲和哥哥上山采一种叫'救命粮'的野果回来充饥。有一次刚下过雨，哥哥带着我们上山挖药材，脚下打滑摔了下去，弄得浑身是伤。春天来了，我们经常会到山上采蘑菇、木耳等。10岁之前，我没穿过鞋，一个女孩子，形容枯槁，衣不蔽体，像个野丫头。"我小名叫桂兰，是家里的老四。父亲最疼爱我，家里其他孩子都辍学了，有的压根没上过学，唯独不让我辍学，坚持要供我上大学。父亲说：'桂兰，你就是咱家的希望，一定要坚持把书念出来啊！'上中学后我住校，父亲隔几天给我送一次吃的。家里很少能见到米、面、油，我们吃的主要是土豆和红苕。有时大雪封路，我常常几天没饭吃，饿得眼前发黑。那年冬天我过生日，父亲想让我吃上一口热乎乎的饭，提了一个暖水瓶，里面装了一壶玉米糊糊，爬山涉水走了几个小时，到学校给我送饭。我想老父亲一路上一定在想着我喝到热乎乎的稀饭时的样子，那是他最想看到的。学校门前全是高高的台阶，上面结了冰。父亲远远便看见我了，高兴地喊了一声：'桂兰！'我'哎'了一声，父亲打了个趔趄，一下子滑倒了，暖瓶砰的一声碎了，玉米糊糊洒了一地。那段时间，家里一直没啥吃的，那些玉米糊糊是父亲卖药材后在镇上买的。父亲趴在地上舔一下，叫一声：'天哪！'舔一下，叫一声：'老天爷啊！'我在一瞬间崩溃了，失声痛哭……"往事不堪回首，王思兰说到这里已泪流满面，泣不成声。

父亲一个人养着一大家子人，每天早出晚归，凌晨三四点就起来了，漫山遍野捡粪，非常辛苦。捡一担粪要挑10多里山路。父亲养了一条黄狗，给他壮胆。大黄狗很聪明，能听懂人话。有一年冬天，父亲掉到冰河里，黄狗赶回来叫人，救了父亲一条命。后来黄狗死了，父亲心疼得几天没有吃饭。1982年，我上高二时，有一次整整饿了两天没啥吃，头晕眼花，下决心不再上学了，偷偷地跑到县城，在河滩给工地上背沙子，背一天能挣1.7元（那时候刚参加工作的人一个月才二三十元，农民工平均日工资1.48元，1.7元算是很不错的收入了）。辍学的时候，我就发誓，一定要靠自己的努力奋斗，活出个人样来，改变家庭的贫困面貌。"王思兰说到这里，顿了顿，让自己的情绪平复了一下。

"我真不明白，我们家那时候为什么那么穷，那么苦。父亲一辈子过的是什么样的日子呀！简直难以想象——想起来我就想流泪。我辍学后，来到县城汉江边背沙子。刚开始背沙子的时候，由于吃不饱饭，没有力气，一次也背不了多少。从江边到工地有几公里远，一天干10多个小时，干得眼前发黑，双腿发抖。夏天天气炎热，让人喘不过气来，我常常为了买一根五分钱的冰棍犹豫再三。后来我逐渐适应了，一次能背130斤沙，一般男孩子才背100斤嘛！我光着脚丫子，每天汗流浃背，衣服都湿透了。我把挣的钱都给家里了，让他们买吃的东西。后来，我在工地上遇到了一个男孩，他家里也很穷，除了三间土坯房，一无所有。他是个实在人，不爱说话，在工地上有几次帮我背沙、搬水泥，对我特别关心。有一次我中暑了，没钱看，一直扛着，差点把命送了，男孩背着我去医院，让我很感动。同是天涯沦落人，一来二去，我们便相爱了。1983年，我们举办了婚礼——这个男孩便是我现在的老公，几十年来，默默地支持着我。我们风雨同舟，相濡以沫，不离不弃。那时候，紫阳到处都是山路和台阶，许多地方车上不去，物资只能靠人力来搬运，因此我们除了背沙子，还背水泥、石头等。后来父亲知道我辍学了，非常伤心，流着泪坚持要让我回到学校。我说：'爹，如果考上大学，四年要花许多钱，怎么上？'父亲长长地叹了一声，蹲在路边，低着头，好长时间不说话。看着他身上破破烂烂的衣服，我心里很酸楚，所以挣的第一笔钱就给父亲买了一件衣服。他很高兴，一直穿在身上。"

在建筑工地攒了100多元后，王思兰开始在紫阳摆地摊，风雨无阻。一年后，她向二姨借了600元，在县城医院旁边搭了个比地摊稍微好一点的小货棚，从此做起了烟酒副食、日杂百货的零售生意，一个月下来能赚七八十元钱，有一天破天荒地赚了100元，她高兴得一夜没睡着觉。1987年，王思兰开始搞批发销售，经常去西安、武汉等地进货。当时去西安、武汉，坐火车要走一天一夜，两头搬运货物全靠扛，十分辛苦。

"我下决心一定要走出贫困，靠自己的努力和奋斗，让父母和兄弟姐妹们能吃上米饭和大肉。可是当我干起来的时候，父亲却走了，没享过我一天福！父亲是2006年患癌症去世的，至今已经整整14个年头了。从父亲走的那天开始，14年来，我一直穿一身黑衣服，给父亲守孝。父亲走的时候，我患卵巢癌、心脏病等疾病，做了心脏移植手术，因化疗头发都掉光了。这些年来我一直吃中药治疗，病情才得到控制。"王思兰对父亲的孝有一种宗教式的虔诚。现在，她早已资产过亿，却从来没有买过任何珠宝首饰和名牌衣服，一年四季衣着朴素，不施任何粉黛，也没有汽车、豪宅。她有17台车，全是送货车，自己出门就坐出租，生活十分简朴。王思兰身上现在穿的黑棉袄，就是父亲走的那年给她买的，她一直穿在身上，夏天也是穿着一件黑色的裙子或黑衬衣。每当想起父亲，她便会泪流满面。

二、脱颖而出

20世纪80年代末，改革开放虽然已经10多年了，然而在偏远的贫困山区，商品依然十分匮乏。王思兰把自己从西安、武汉等大城市批发回来的商品配送给县城的小卖部及各乡镇小商店。几年时间，王思兰跑遍了紫阳大大小小20多个乡镇，许多人都认识她，有人开玩笑叫她"王县长"。

王思兰的生意越做越红火，思兰商贸批发零售部也很快成立。凭着良好的产品质量和出色的营销手段以及诚实守信的人格魅力，王思兰的销售业绩蒸蒸日上，批发零售部从最初的2个工人发展到20多个员工，业务量也是年年成倍递增。她还清了先前从信用社借贷的37万元，又重新贷了100万元，在县城二小的临街处购买了一间门面，扩大批发经营规模。有了成熟的销售网络、稳定的销售渠道，王思兰成为紫阳烟酒副食业独家代理销售商。

2006年，王思兰开始注册"思兰商贸"有限公司，各门店以加盟的形式与公司合作，公司为各门店免费做门头、货架，统一办营业执照。王思兰每次为每个门店铺5000元的货，对方赚了钱再还回本金。王思兰帮扶的对象70%是贫困户。

"这些贫困户一无技能，二无资金，三无营销经验，就业无门，我就想办法组织他们参加培训，利用'思兰商贸'的品牌效应，帮助他们脱贫致富。'思兰商贸'在各乡镇村子都统一配送货，主要经营日杂百货和烟酒副食。这些加盟店没有加盟费，我们贴钱扶持。商品公司配50%，商户自己配50%，公司实行统一管理，保证货物不掺假。我们还搞农产品收购，把村民的农产品收购后，加工再卖出去。加入'思兰商贸'的残疾人有30多个，他们自己经营一个店，一年可收入两三万元，经营好的还可得奖励。我每年三四月都会去各个乡镇了解经营情况，帮助他们解决难题。经营好的商店奖励5000元至10000元，提高大家经商的信心。仅2014年"思兰商贸便发送奖金40多万元。现在，'思兰商贸'已经有2300家商店、8个超市，公司每月垫资2000万元至3000万元铺货，我自己主要做超市、搞物流和做大宗商品交易。'思兰商贸'给各村的爱心超市免费提供一至两万元的货物，仅毛坝镇三个村子就投放资金600多万元。这些年来，我受过别人没受过的罪，吃过别人没吃过的苦。现在也算个有钱人了，依然过着清贫的生活，从来没有太多的物质欲望，没想过住豪华的房子，买昂贵的衣服、首饰和化妆品，也没有买车或出去旅游。这一点，我想许多人都做不到。随着年龄的增长，真正体味到平平淡淡才是真，我甘愿过一种清贫而平淡的日子，'不以物喜，不以己悲'。许多人以为我是个守财奴，舍不得花钱。这些年我先后扶持贫困大学生100多名，2012年给文笔山景区捐了80万元，支持各类公益事业耗资上千万元。我凭一份良心在扶贫，奉献爱心，实实在在地去帮扶，干老百姓喜欢的事情。"王思兰说。

天道酬勤。"紫阳县思兰商贸有限公司"成立之初，就成为陕西妇女创业就业示范基地，并成功实施陕西省商务厅"万村千乡市场工程"、"陕西省镇超工程"、紫阳学生"蛋奶、营养餐工程"，后来又以绝对优势中标全国"电子商务进农村综合示范县"试点单位，成为紫阳唯一实施电子商务进农村综合示范龙头企业。店里经商、店外务农，"思兰商贸＋农户"亦商亦农带动百姓致富的经营模式脱颖而出。王思兰勤勤恳恳，不辞辛劳，以带领更多的老乡脱贫致富为动力，以不卖假货立足市场，以诚实守信赢得消费者。公司规模不断发展壮大，公司员工由当时的50人发展到目前的180人，发展直销店108家、加盟店598家、信息化农家店58家、乡镇超市11个、物流园区3个（3万平方米）、村级电商服务站158个（达到村村通电商）、"思兰商贸"服务网点2500个（按紫阳一家4口人计算，仅"思兰商贸＋农户"一项直接精准扶贫达1万人）。

向阳镇瓦房村的李仕秀过去靠做点小生意为生，因建新房欠下一大笔外债，做生意已经没有本钱。王思兰得知后，主动给她赊了8万多元的货，并给她配送了价值3000元的货架和收银台，让她开起了当地最大的"思兰商贸"超市，使其成为全镇第一个脱贫奔小康的贫困户。

2017年3月，思兰商贸公司应紫阳县委县政府关于紫阳县电子商务发展的总体规划要求，积极承接了紫阳县电子商务进农村项目的建设任务。至2018年年底，"思兰商贸"整合紫阳县30余家物流快递企业，投资5000余万元，在县城西郊桑树沟建成面积3万平方米，集仓储、运输、配送、信息交流、商贸流通和交易以及电子商务等相关配套服务为一体的，安检设施配套完整、功能齐全的现代化综合电商物流基地。该项任务已超额完成并通过验收，建成紫阳县农村电子商务平台，包括运营中心（体验馆/供销e家超市），仓库物流中心，县、镇、村三级服务网点158家，覆盖率达79%，建设完成供销e家智慧镇级超市6家，安置2000余人就业。为了最大限度保持村级服务网点的正常运营状态，并切实让村级服务站服务于村民，以王思兰为首的"思兰商贸"运营管理团队推出"发现紫阳"直播活动，通过直播销售方式带领各村服务站实现对本地农特产品的销售，共开展直播宣传24次，推广产品包括李子（洞河）、青春洋芋（瓦庙）、猕猴桃（向阳）、芝麻糖（焕古）、洋火姜（高桥）、香椿、竹笋、冬桃（洄水）、金钱橘（洞河）、野生蜂蜜（麻柳）、红薯粉条（双安）、腊肉等近20种本地农特产品，累计为村级服务站点和当地农民带来直接收入260余万元。

通过外引安康秦和商贸、泸康酒业、伊利、康师傅等，内联紫阳开源实业新科技（系列玉米营养餐）、富硒粮油食品及本地农副土特产品等，形成"外引内联"销售模式，采取"电商平台销售、订单农业合作社、新零售战略辅助"措施，构建"电商企业 + 专业合作社 + 农户（贫困户）"的"互联网 +"产业脱贫机制。新建设的村级电商服务网点搭建了农特产品供销网络平台，打通了快递物流通往千家万户的最后一公里，有力拓展了紫阳本地特色富硒农副土特产品销售渠道，从而打造"订单进山，产品进城"的电商扶贫品牌。积极探索出"思兰商贸创业就业扶贫、电商产品订单农业扶贫、贫困户入股分红扶贫、网销带动增收扶贫"四项扶贫模式，从而达到一店带一村、一店带一片、一店带一方的滚动效应。

三年多来，王思兰通过"百企帮百村"行动在毛坝镇组建的"思兰硒源合作社"发展生猪、药材、茶园、观光桃园等项目，包联的 349 个贫困户户均年增收 2550 元，使周边地区 4000 余劳动力在家门口就地就近就业，产生直接经济效益 510 万元。

三、思兰模式

2019 年年初，王思兰将发展香椿种植加工、蜂蜜养殖加工、农产品干货加工等带动农业产业发展作为主要帮带措施，包联帮带毛坝镇瓦滩村、染沟村、腰庄村和城关镇新桃村贫困户 265 户，累计发展香椿种植 3200 余亩，中蜂养殖 800 余桶，洋火姜、香菇、木耳、党参、天麻、白芨等农作物种植 2000 余亩。

2019 年 7 月，为了进一步让包联贫困户获得短效直接收益，王思兰带领团队主动自贴运输、人工等相关费用，按高于市场均价的价格——每斤 1 块钱代购代销包联贫困户自种土豆 20 多万斤，部分按收购价转销外地，部分在思兰超市按 0.98 元每斤专柜销售。她自己虽亏本了，但贫困户增收了。这种自贴成本并亏本为贫困户找销路的事实感动了所有包联贫困户。贫困户李作武仅养猪一项就增收 7000 多元，实现当年脱贫。

2020 年，抗击新冠肺炎疫情战役打响以来，身为县人大代表的王思兰第一时间组织志愿者将价值 164312 元的 2000 余个口罩、2500 公斤 84 消毒液等紧缺防护用品送往抗疫前线，同时向县城和城关镇环卫工人等防控一线工作人员捐赠方便面、牛奶、饮料等方便食品 1322 件，价值 141512 元。在她的影响下，短短 4 天时间内，紫阳全县 500 余位人大代表纷纷慷慨解囊，共捐款 24 万元，捐款采购的首批防疫物资陆续发往各镇防疫一线。为了确保疫情期间企业正常营业，稳定物价、稳定市场、稳定社会，"思兰商贸"公司成立了疫情防控工作组，并对超市疫情防控、物资供应设置了专人。由于防控措施得当，加上思兰商贸公司为紫阳县最大的批发零售企业，县新冠肺炎疫情防控指挥部将紫阳思兰商贸确定为疫情期间生活物资保障供应及储备单位。思兰商贸公司积极进行了相应生活物资储备，明码标价，稳定了市场价格秩序，保证了疫情期间老百姓生活物资的正常供应。疫情期间"思兰商贸"成为城乡社区、村组居民日常购物信得过的放心商店和百货超市。

"思兰商贸"脱贫模式纵深发展拉动当地一、二、三产业滚动发展。从刚开始的"商贸＋服务网点"单纯的就业脱贫，发展到现在的"思兰商贸"、电子商务、合作社、"百企帮百村"社会扶贫公益行动、突发疫情防控应急管理等系列脱贫举措，内联外引，促进了紫阳农副土特产品生产、加工、物流、餐饮服务等相关产业，延长了产业链，催生出蒿坪硒谷工业园、县城电商孵化园、万都创业园以及城西桑树沟电商物流基地等一系列本土扶贫产业项目。

"思兰商贸"脱贫模式吸引了一大批务工在外、有一定市场经济头脑和创业能力、积累了一定资本、懂技术、能经营、会管理的成功人士返乡创业，带动就业，引领脱贫致富（如高桥李远权的"开源实业"、红椿唐毕刚的社区工厂等）。"思兰商贸"解决了当前农村最突出的老人、妇女、儿童"三留守"重大社会难题，为开展紫阳"百企帮百村"社会扶贫公益行动，实现 2019 年紫阳提前脱贫摘帽以及新冠肺炎疫情期间社会经济协调发展起到了积极示范带头作用。目前，紫阳已有 5 万余劳动力（其中包括 1.6 万贫困劳动力）通过发展农村主导产业、专业合作社、产业工业园、农副产品深加工、移民安置点、社区工厂、"思兰商贸"服务网点以及电子商务平台实现就地就近就业，走向脱贫致富。

愿更多的"思兰模式"遍地开花，如绽放在秦巴山区的深谷幽兰，香飘千万家，普惠你我他。

第十四章　寸草衔结，巨鳌戴山

为家乡做点事，是我的责任，也是我的事业。

——紫阳县紫诚旅游公司董事长陈禄军

漂流原来是人类一种原始的涉水方式，最初起源于爱斯基摩人的皮船和中国的竹木筏，但那时候都是为了满足人们的生活和生存需要。漂流成为一项真正的户外运动，是在二战之后，一些喜欢户外活动的人尝试着把退役的充气橡皮艇作为漂流工具，后逐渐演变成今天的水上漂流运动。

驾着无动力的小舟，利用船桨掌握好方向，在时而湍急时而平缓的水流中顺流而下，在与大自然的抗争中演绎精彩的瞬间，在美丽的漂石间穿梭，在险峻的花岗岩上飞奔，在峡谷幽潭中徜徉，观赏峡谷风光，聆听天籁之音，感受阳光、鸟语和花香。

这就是漂流，一项勇敢者的运动。在峡谷坚硬的腹地，于国画般山水中，乘着橡皮艇顺流而下，山高水长，阳光普照，四面青山环绕，于漂流间，寻找一种区别于平凡生活的独特感受。

在我国，漂流运动的起步较晚，大多数的水上漂流活动还仅仅停留在小范围的对自然河段的利用上，而真正开发出来的商业性河流资源还比较少。随着社会的发展和人们生活水平的提高，回归自然、挑战自然成为现代人追求的时尚。漂流运动以其特有的运动形式成为现代人们融入自然、挑战自然的方式。

1985年6～7月，西南交通大学电教摄影员尧茂书单人在人迹罕至的长江上游漂流了1200余公里，结果不幸于7月24日在长江上游金沙江通伽峡附近翻船遇难。1986年6～11月，中国长江科学考察漂流探险队、中国洛阳长江漂流探险队、中美联合长江上游漂流探险队于长江漂流。这是人类首次全程漂完绵延 6300 余公里的中国第一、世界第三大河，三支队伍共有 10 名队员遇难。1987 年 4 ~ 9 月，北京青年黄河探险科学考察队、河南黄河漂流探险队、马鞍山爱我中华黄河漂流考察队漂流黄河，三支队伍共有 7 名队员遇难。

不断的牺牲引发社会和国人对江河漂流探险的反思和总结，自此，除岷江、大渡河、黑龙江、塔里木河、和田河、独龙江的短程漂流活动外，中国大江河的大规模漂流探险活动沉寂了 12 年。

2003 年 9 ~ 10 月，由科学家、探险家、记者 20 余人组成的中国汉江生态文化考察漂流探险队在丹江口水库以上的汉江中上游河段约 900 公里区域进行了漂流探险活动。探险队还考察了沿江地区的生态、文化环境的现状，为当前的国家南水北调工程搜集了相关资料。

汉江最大的支流——任河，谷狭滩险，山幽水碧，与峰岭奇峭的巴山浑然一体，形成雄奇壮观的山河自然风光。2014 年，紫阳县返乡创业企业家陈禄军投资近亿元，开始打造任河漂流项目。任河漂流从高滩出发，顺河漂流而下至权河，全程 15 公里，有大小险滩 36 个。任河水道水流有急有缓，水势有惊无险，两岸群山连绵起伏，风光秀丽，美不胜收。

陈禄军 10 岁之前没穿过鞋，14 岁之前没下过山，15 岁外出在小煤窑、小铁矿打工，21 岁开始承包工程，29 岁就身家千万。2013 年，37 岁的陈禄军在事业如日中天之际，毅然选择回乡创业，投资 9000 万元创办紫阳县紫诚旅游公司，打造紫阳县任河漂流旅游项目，成为回乡创业的模范，先后当选为县政协委员、常委，荣获"安康市第五届劳动模范"称号。

一、走出大山，便会有鞋穿

陈禄军 1976 年生于向阳镇天生桥村（原和平村）。家里姊妹五个，他排行老四，生活十分困难，经常没饭吃，没衣穿，没鞋穿。

"父亲去世早，我当时才 10 岁。家在山顶上住，距离山下有 10 多公里，没有下山路。从我记事起，一家人就住在那两间土坯垒起的茅草屋里，里面黑洞洞的，十分简陋。一年四季，一家人主要吃土豆、红苕、玉米和野菜。山上大多都是岩石，土地贫瘠，基本靠天吃饭，母亲经常去别人家借粮食。村里没有学校，我们上学在另一座山上的鸡鸣村，离家7公里山路，连走带跑需要一个半小时，经常天黑洞洞就起床，到学校天还未亮。早晨走的时候，母亲会给我准备两个土豆或红苕，我边走边吃，中午不吃东西，晚上回来，常常也没啥吃。实在饿得不行，就上山找野果子吃。学校设施十分简陋，教室是用石头垒起来的，缝隙很大，难遮风雨。课桌也是用石头垒起来的，外面抹了一层泥巴，上面放一块石板。凳子需要自己带。书包是母亲用草编的，下雨的时候，书也一起被淋湿了。小时候，我经常没衣服穿，没鞋穿，一年四季赤脚。后来大姐给哥哥做了一双布鞋，哥哥上山砍柴时舍不得穿，我就偷着穿。鞋太大了，拉不住，父亲看见了就喊，让我脱下来。那时候，我最大的梦想就是能有一双属于自己的鞋子，不用赤脚在山上跑了。小学二年级的时候，哥哥卖药材后给我买了一双解放鞋。鞋是草绿色的，胶皮底，特别好看。那之前我根本没穿过鞋，更别提穿这么漂亮的鞋了。晚上睡觉时，我把鞋放在被窝里，父亲不同意，我就拿出来搁在枕头底下，过一会儿爬起来摸摸，过一会儿爬起来摸摸，生怕是一场梦。第二天天没亮我就起床了，穿着鞋在地上走了几圈，然后脱下来装在书包里，一路小跑来到学校。那天学校要我们劳动，我怕把鞋弄脏，放在草丛里藏了起来，结果被人偷去了，吓得不敢回家。父亲脾气暴躁，对我们十分严厉。那天哥哥买鞋回来，要我当着全家人的面试穿，看看是否合适。父亲脸上露出少有的温和表情，要我一定珍惜这双鞋，不要弄坏了。在我的记忆里，这是家里人买的第一双鞋，所以十分重要。如今鞋没了，我回去怎么向家人交代啊？那天我在学校直磨蹭到天黑，才慢腾腾往家走。回到家时天早就黑尽了，我站在对面山坡上的树丛中，远远地看着家里的煤油灯忽明忽暗地闪。母亲一定做好了饭，在等我回去呢。晚饭一般也是土豆和红苕，有时母亲也会用野菜给我们蒸菜团子。饭做好后，母亲总是最后一个才动筷子，剩多少她就吃多少，没有就不吃了，说不饿。我放学常回去晚，母亲一般都会给我留饭的。如果没留的话，那就是一家人都没啥吃。

"那天刚下过雨，地上湿漉漉的，有些滑。母亲许是着急了，几次出来向这边张望。我躲在树后面，又饿又困，想让母亲及时发现我，又不希望被她发现。回去后如何向父亲说这件事？大概晚上10点多的时候，母亲终于等不及了，沿着门前的那条小道前来寻我了。母亲经过我身边的时候，我躲在一棵大树后面，等她走远了，忍不住叫了一声：'妈！'母亲打了个趔趄，脚底一滑摔了下去。幸亏下面全是灌木丛。我急忙跑了过去，又叫了一声：'妈！'母亲抓着树枝爬了起来，说：'军儿呀，你咋回来这么晚啊？'我哇的一声哭起来。母亲顾不得自己被灌木丛弄破的手，一把将我抱在怀里，说：'咋啦？跟同学打架了？'我忍着泪摇摇头。月光下，母亲似乎察觉到了什么，说：'这么泥的路，你咋不穿鞋呢？'我忍不住又哭了起来，半晌，才将鞋被人偷了的事告诉她。母亲也意识到了问题的严重性，说：'你没让老师找吗？'我说找了，没找着。母亲沉默了一会儿，说：'不管咋说，先回家睡觉吧。'我说：'那回去如何向我爹交代呀？'母亲说：'你爹现在应该已经睡了，明天再说吧。'那天晚上，我蹑手蹑脚地回到家里，吃了点红苕后就悄悄上床了，怎么也睡不着。第二天天还未亮，我就赶着羊群上山了。"回首童年的往事，陈禄军轻轻地叹了一声。

"你父亲为什么那么严厉呢？"我问。

"父亲有心脏病，不喜欢小孩打闹，脾气特别暴躁，对我们十分严格，以致我们常常不敢直视他。父亲去世这么多年，我常常想不起来他什么样子，也没留下照片。想找一个画像的根据描述给父亲画一幅遗像，以了却心愿，可是画匠画出来的父亲，都不是我想象的父亲的样子。

"丢鞋事件发生后不久，母亲给我做了一双布鞋。一次下大雨，鞋尽管提在手上，还是弄湿了。回家后我把鞋放在火上烤，谁知打了个盹，鞋被烧了。后来还是没鞋穿，只好继续打赤脚。"

"山上荆棘遍布，不怕把脚扎破吗？"我忍不住问。

"由于我们从小就不穿鞋，脚底结了一层厚厚的茧子，荆棘甚至尖锐的石头都扎不进去。小时候喜欢上树，我常爬到高高的树枝上遥望山下。对我们这些从未下过山的孩子来说，山下完全是另一个世界，一个神秘的、未知的世界。我们在树上数汽车：一辆、两辆、三辆……那些路上来来往往的汽车是如何跑动的？汽车里面是什么样子？人在里面怎么坐？这一切，我们都感到十分困惑，幻想着有朝一日能走出大山，不再像父辈们那样一年四季在土里刨食，天天饿肚子。因为感觉汽车很神秘，所以有人问我长大了做什么，我就毫不犹豫地告诉他：'当司机。'问为什么，说当司机可以开着车走南闯北，见识大世界。想不通那时候家里为什么就那么穷，经常处于饥饿状态，一年四季很少吃肉，只有过年的时候才能吃上。平时最大的愿望就是家里来客人，能改善一下生活。客人来了，父亲是不许小孩上桌的，母亲偷偷地给我藏一块饼或一个鸡蛋，能让我兴奋好几天。"陈禄军边说边给我添水。办公室很大，里面的设施也很豪华。站在北边窗口，能看见对面高山上他家的房子。

"我小时候学习很优秀，常常在班级考前一、二名，可一年学费21元，家里实在拿不出来，无奈，初一上了一年后便辍学了。我14岁之前没穿过秋衣秋裤，没穿过内裤，没理过发——都是家人用剪刀剪。上初一之前也没下过山。因为这山很高，海拔有1100米，从山上走下去要走两个小时，爬上来需要四五个小时。几乎没有下山路，有几处需要爬悬崖峭壁，特别是冬天，更是寸步难行。

"第一次下山是去权河火车站。走的时候，母亲拿了只篮子，装了十几个鸡蛋，嘱咐我在车站把鸡蛋卖了，去商店买些盐和洗衣粉。一路上，尽管山路崎岖陡峭，有的地方根本就没有路，但我心里还是感到十分兴奋，像逃离笼子的小鸟。因为下了山不仅可以近距离观看汽车，更可见到传说中长长的火车。那时候，对于大山里的孩子来说，汽车已经够神奇了，如果把那么多的车厢连在一起快速跑动，是一件多么神奇的事情啊！一路上，我小心翼翼地挎着篮子，生怕一不留神摔倒，鸡蛋碎了。家里养了几只母鸡，鸡蛋一家人都舍不得吃，攒上一段时间，母亲就会想办法带到山下卖掉，换来一些油、盐、酱、醋、洗衣粉等生活必需品。好不容易来到山下，站在公路边见汽车来来往往，飞驰而过，吓得不敢过马路。到达火车站后，看见长长的铁轨上卧着一截截枕木，与汽车走的柏油马路完全不同，我十分困惑。这时一辆火车轰隆轰隆呼啸而来，感觉脚下的大地都在震颤！我吓得一把抓住旁边的护栏，闭上眼睛。篮子掉在了地上，鸡蛋全碎了。"陈禄军说到这里，涩涩地笑了。

"自从见到火车后，心就野了。当时正在上初一，我下决心离开这个穷地方，到外面去打工。那时父亲已经去世了。父亲去世时56岁，哥哥成了一家之主。开始哥哥和母亲都不同意我辍学，但我态度很坚决。村里有个在外面打工的人，回来时穿得很光鲜，他说河南洛阳那边大量招工人，一个月工资数百元，十分诱人，我下决心要去。听说到洛阳的火车票是 30 元，我上山挖了一个暑假的中药材，什么柴胡、半夏、黄姜等，卖了 30 元。谁知到达车站后人家说票价涨了，要 32 元，我只好又折了回去。哥哥见我去意已决，凑了 20 元给我做路费，我便跟着那个人去了洛阳。到那里后才发现打工地点是小煤窑。当时自己又瘦又小，弱不禁风，人家一看不要。我着急了，说自己是山里长大的孩子，特别能吃苦，工头于是便让我下井了。那个小煤窑条件十分简陋，每年都有事故发生，死伤数十人。我们每天早晨 8 点进去，干到下午 4 点出来，累得几乎虚脱，双腿发软，浑身发颤。整个人除了牙齿，都变成黑色了。井下温度较高，出来后因为衣服被汗水浸湿，冷风一吹，透骨凉。那个老乡介绍我在小煤窑下井后，第二天便去了河北邯郸，丢下我一个人在那里。我人生地不熟，感到非常害怕。小煤窑下面有许多巷道，黑洞洞的，人进去后不小心便会迷路，很难找到出口。那时候由于年纪小，加之身体又非常瘦弱，每天在巷道里拖着几百斤重的煤往上走，感到十分吃力。小煤窑事故不断，不是塌方、透水就是冒顶、瓦斯爆炸，有两次我差点丢了性命。后来老板见我特别勤快，工友们也很喜欢我，让我不要下煤窑了，在上面给大家搞服务，烧水、帮厨什么都干，终于算安全了许多。

"我是 1991 年 6 月份出去的，干了半年时间，挣了 300 元，12 月份回家后给哥哥交了 200 元。父亲去世后，哥哥便成一家之长，母亲什么事都听他的。我回家后，哥哥知道我在小煤窑干活，认为那地方太危险了，让我在家里种地，他自己出去打工。有了一次打工的经历，在山上感到十分郁闷，我觉得还是应该到外面去闯荡一番。1993 年，我又一次出去打工了。这一次是在河北邯郸开卷扬机，工资每天比别人少 2.5 元，一个月少 70 多元，能挣 100 多元。工资发放后，我花 7 元钱给自己买了一件新衣服，感到特别高兴。生平第一次用自己挣的钱买衣服，晚上兴奋得睡不着，起来看了好几次，穿上脱下，脱下又穿上，睁眼盼着天亮。在邯郸干了七八个月后，我花了近千元给家里买了一台黑白电视机和录音机，带回去后母亲特别兴奋，因为她在山下亲戚家曾看过电视，感到特别神奇，念叨了好长时间，说要是我们家也能有那么一台电视机，不用下山就能知道外面的新闻，还能看电影、电视剧，这辈子也算没白活。那时候，我们村还很少有人家里有电视。我把电视调好后，母亲盛情邀请附近邻居来家里看电视，一到晚上，屋里就挤满了人。后来小屋实在坐不下了，母亲就找了一些板凳，让大家坐在院子里看。小小的山村因为电视而沸腾起来。母亲感到十分骄傲，觉得自己在村里很有面子了。"陈禄军说。

陈禄军的哥哥生于1968年，性格十分倔强。穷人的孩子早当家，父亲去世的时候，他哥哥也刚满18岁，义不容辞地挑起了家庭的重担。由于家里太穷，姊妹5个人，只有陈禄军上到了初一，其余的都没上过学。一晃，哥哥到了结婚的年龄，家里的茅草房破旧不堪，一家人挤在一起，又黑又暗。哥哥用打工赚的钱买了一些石板，把茅草房改成了石板房。

1994年开春，陈禄军18岁，感觉自己已经见过世面，是个大小伙子了，浑身有使不完的劲儿。他又一次去了河北邯郸，再也没有回乡种地。

在邯郸，陈禄军对大街上来来往往的自行车感到十分好奇。因为从小生活在大山上，从未见过自行车，更别说骑了。他借了一辆自行车，然后就偷着学，一次次跌倒，爬起来接着再骑。当地七八岁的孩子都会骑自行车，看见他狼狈不堪的样子，哈哈大笑。跌了几次跤之后，陈禄军终于会骑了，感到十分兴奋。他攒了一些钱给自己买了一辆，每天骑着去工地干活。后来，陈禄军又买了摩托车，终于跟上了时代的步伐。

陈禄军在邯郸、邢台一带干了一年多时间，他不用再下煤窑了，因为有一定的工作经验，老板让他在矿上管事，工资比原来高了许多，每月可拿五六百元。他踌躇满志，决心干出一番名堂来。

1995年，哥哥添了女儿，家里房子不够住，要修建房子，陈禄军回去待了大半年。1996年他又来到河北，这一次他决定自己带工人，当老板。经过一年时间的努力，陈禄军组织了50多个工人出去干活，半年时间挣了30000多元，完成了人生第一桶金的积累。

"有了这30000元，感觉自己一下子有钱了，是个小老板了。我决定把自己武装一番，买了身新衣服、皮鞋等，谋划着要干一番大事业。因为自己只上到初一，知识浅薄，文化、科技、教育方面的事情都干不了，听说有个老乡在新疆干了一年，能挣几十万元，于是带着妹妹、嫂子等人去了南疆喀什。到那里后一打听，发现那人在北疆石河子棉区呢。我们来到石河子，在建设兵团种了

100亩棉花。兵团收购棉花，土地免费种。干了一年后，发现不挣钱，只能维持最低生活水平，于是我让嫂子和妹妹继续留在那里，自己在朋友的推荐下去广州当了一名保安，每月工资900元。1998年，每月近1000元的工资不算低了，但大城市花费太大，我在广州待了20多天，带的3000元钱便花完了，又买了去邯郸的火车票，再次来到河北。一番折腾后，之前积累的30000元也花完了，一切又回到了最初的状态。"

陈禄军利用自己在邯郸的人脉资源，1999年组织了100个人在矿上干活，一年下来挣了70000元，收入非常可观。这一年秋天，陈禄军经人介绍当了上门女婿。媳妇是邯郸人，家里有两个姑娘，姐姐已经出嫁。哥哥和母亲也同意这门婚事。结婚的那天哥哥来了，对姑娘家十分满意，嘱咐他好好对待媳妇，当个好女婿。

2000年，陈禄军的工队已经发展到200多人的规模，他带领这些工人在矿上干活，一年下来挣了十几万，收入不菲。2002年，陈禄军扩大经营规模，承包了6个煤矿，一年挣了300多万。那时候，他已经带1500名工人了。后来，陈禄军又花380万元买了一个矿，成了真正的老板。

"条件变好了，我给自己买了辆小车，圆了自己的汽车梦。我们在邯郸市最好的小区买了一套115平方米的房子，花了40多万元，在城里安了家。2003年，邯郸的小煤窑被严令全部关闭，我回到陕西韩城承包了一个煤矿，发现灰尘太大，干不成，又去了陕北子长县承包了三个煤矿。断断续续又干了三年后，因为别的煤矿出事，一年干不了几个月，又回到关中，在韩城、白水一带继续包煤矿。2008年，我在西安买了房，把孩子转到西安上学，把媳妇也接过来了。2010年冬，我离开韩城，在甘肃武威承包了一个矿，买了一个矿。2013年，发现情况不太好，把煤矿卖了，回到紫阳买了两个小电站，但感觉没什么技术含量，没意思。那时我手头已经有几千万元资金，想着用这些钱给家乡干点事儿。"陈禄军说。

二、倾情打造任河漂流

2012年，紫阳县委出台了鼓励外出成功人士回家创业的优惠政策。时任紫阳县政协主席王春丽动员陈禄军回乡创业，打造任河漂流旅游项目。陈禄军对这个项目一无所知，于是便先后去湖北朝天吼、四川虹口等地实地考察，发现经营得都不错。朝天吼漂流全长 6.5 公里，落差高达 148 米，途经卧佛山、八段锦、将军柱、朝天吼等景观，曾创下过日接待游客 1.2 万人的全国最高纪录；虹口漂流位于都江堰市龙溪——虹口国家级自然保护区，景区拥有"西部第一漂""中国漂流小镇"的美誉，在国内外拥有较高的知名度。

2013 年，陈禄军卖了甘肃、内蒙古及陕西延安等地的煤矿，成立了紫阳县紫诚旅游开发有限公司。是年 11 月 10 日，陈禄军与县政府签订紫阳任河漂流项目协议。当时权河已通高速，下面有一块 40 多亩的空地，原来是高速路制梁场，已经闲置。陈禄军通过土地流转的方式把 40 多亩空地买了下来。

任河发源于重庆市城口县，流经四川、陕西，是汉江最大的支流。它连绵倒流 800 里，如玉带维系着大巴山区，山幽水碧，谷狭滩险，与峰岭奇峭的巴山浑然一体，自然风光秀美，堪称天下一绝。2004 年，有识之士曾启筏激漂，但由于诸多原因，不到半年便封桨停锚。随着安川高速公路的建成通车，紫阳这座连接川陕的县城不仅逐渐走出深山，也迎来八方宾客，任河漂流项目恰逢其时。

2014 年 2 月，任河漂流项目一期正式开建。高起点规划，高标准建设。对紫阳县紫诚旅游开发有限公司来说，把任河漂流打造成安康乃至整个陕西漂流的品牌，是他们的目标。

"最初的难题就是清理河道。"陈禄军说，高速公路建设导致河道部分地方自然漂流条件缺失，他们不仅要加固防洪河堤、新修防洪沟渠，同时还要在保持原生态前提下，对河道进行改造，保证漂流的安全性。

"外面所有的产业全都卖了，我现在的家产就是'任河漂流'，'西北第一漂'就是我今后的事业。任河漂流项目规划全程 7 公里，全段水面比较宽阔，水流清澈。我们先是花了 700 多万把土地流转过来，其后一期投资 8500 万元，除了自有资金，贷款 1000 万元。开始的时候除了清理河道，我们还新建上下码头两座，建设了旅游服务用房、游客中心生态停车场、游泳池、儿童游乐场，配套建设排水、供电、环卫、标识及亮化绿化等工程。"陈禄军说。

然隔行如隔山，由于陈禄军没有从事过旅游景区的开发，工程施工管理还是过多地沿用以往矿山管理"经验"，造成工程统筹推进不科学，"背工""窝活"时有发生，耗时赔钱不少，影响了工程进度。各级领导在调研中及时给他提出了整改建议，并组织相关部门负责人及专家多次到现场指导。陈禄军悉心听取建议，认真总结经验，还通过走出去学习考察，吸收成熟景区的成功经验，引入外部管理人才和经验，不断强化措施，改进管理方法，使工程进度、质量迅速得到改观。陈禄军之所以能成功，就在于他有抱负，有毅力，能吃苦，敢拼搏。在疏浚漂流河道过程中，他背着镐铲，带着尺子，亲自深入河道，探险滩，查激流，排暗礁。项目建设过程中，他经常到现场查质量，督进度，控安全。鞋走烂三双，脊背晒脱几层皮。由于项目涉及过渡房，起漂点、止漂点及通水、通电、通路等多项建设工程，陈禄军边学边干，边干边冲。他着急工程进度，担心工程质量，经常彻夜难眠，体重下降十几斤。在他的努力下，苦拼实干14个月后，景区一期建设项目终于全部完成。该项目自2015年五一劳动节开漂营运以来，已累计接待游客7万余人，单日最高接待量突破2500人大关，实现了安全事故和质量投诉事件为零的目标。景区一流的交通条件、绝佳的漂流水质、优良的产品品质、完善的配套服务、一流的接待服务设施、至上的服务理念、得力的安全措施，让广大游客反响强烈，交口称赞，使任河漂流成了紫阳县发展旅游的"排头兵"。

"游客愿意来，还得留得住。这就要求除了自然风光好还要有人文魅力，使游客不但能看山看水，还要能游山玩水，获得全方位体验。"作为任河漂流项目的开发人，陈禄军也一直在用这样的眼光审视旅游。"过去在任河搞漂流的，一方面是建设标准低，更重要的是没有整体规划，不能形成产业链，导致游客玩一次就返回，留不下来。"陈禄军坦率地说。如今项目一期已将单纯的看变成了游，让游客能"回头"，二期、三期建成后，将给游客带来更多体验。

走进漂流景区，码头首先让人眼前一亮。占地5250平方米的上下两座码头，按照统一标准建设，内室宽敞，设施齐全。"我们的皮筏艇和救生衣都是高档货哩！四川过来的游客经常问：'怎么你们的救生衣都不长霉点点呢？'"在起漂点码头，一位工作人员这样说。

从安康出发经安川高速至权河出口，再行车约10分钟便到达任河漂流游客服务中心，全程大约 50 分钟。从四川省万源市出发，同样时间也可到达。如今，体验"大河漂流"、玩水上乐园、品紫阳美食不仅受到安康本地游客青睐，亦成为众多四川游客的选择。

跟随陈禄军的脚步，我们来到位于任河起漂点码头对岸的温家沟。温家沟植被葳蕤，一条小溪潺潺而流，两岸石壁嶙峋，颇有几分"桃花源"的隐秘。而这里最神奇的一处景观被称为"天生桥"——一座巨石横跨山壁，形成一个天然石桥。从桥洞穿过，又是一番风景。陈禄军说，原本"天生桥"是两座，另一座因洪水冲击而毁，现有的这一座保存完好，是吸引游客的好景致。

"这条沟四季都有美景。春天满山的桃花、樱花依次开放，夏天是避暑玩水胜地，秋天沿着沟一直往上走，农业观光园区的果子熟了又可以观赏又可以采摘。如果遇到大雪封山的话就组织员工培训学习，以便来年更好地为游客服务。"陈禄军描绘着他的规划。据他介绍，任河漂流项目二期、三期计划投资2.15 亿元，将新建旅游酒店、漂流观光风景廊道、拦河景观水坝、跨河人车混行桥、临河休闲木屋别墅、健康养老中心、现代农业观光采摘基地等。

"单纯的自然景观无法彰显一个地方的魅力，将文化元素融入其中才能带来长久的效应。"作为政府下派到企业的指导员，原紫阳县移民局局长胡培德说，"他们还将开发茶马古道、红色革命遗址老地委等人文景观，让文旅融合。"

从游客匆匆一游，到放慢脚步流连忘返，不仅体现了紫诚公司旅游思路的拓展，也成为紫阳县全域旅游发展的探索。

"任河漂流风景区现已成为省级水利风景区，它上接木兰峡，下连西北五省会馆。项目全部完成后，不仅将成为秦巴山水间完整的游自然山水、品巴蜀文化、感受任河变迁的生态体验度假区，也将成为助推紫阳全域旅游发展的强大引擎。"胡培德说。

如今的旅游已从感受转为享受，从走马观花转为深度体验。任河漂流一体化的游览体验与服务，不仅让游客来的次数增多了，也让游客的脚步放慢了。2020 年，任河漂流累计接待游客 82576 人次，单日最高接待量突破 3500 人次大关，实现经营性综合收入 804.626 万元，比上年增长 8.1%。

三、带动一方百姓脱贫也是我的梦想

几年来，陈禄军和他的企业把主要精力放在脱贫攻坚上。天生桥村共有建档立卡贫困户 167 户 557 人。陈禄军每户投入一两千元，收购他们的农副产品。陈禄军说，这几年主要重点在脱贫攻坚方面，资金比较紧张。公司每年在扶持贫困户孩子上大学，资助山上残疾人、老人等方面投入 10 多万元。由于自己在这方面也是外行，所以陈禄军请了职业经理人管理公司。公司现有 100 多人，一线工人 80% 都是本地的贫困户，月薪可达 3000 ~ 6000 元，目前均已实现脱贫。景区每年 4 ~ 9 月营业，主营漂流、住宿、餐饮业务，茶厂、酒店等全年营业，年营业额 900 余万元。由于距离省会西安太远，离四川达州很近，达州有 600 万人，所以公司重点在那里投放广告。每年约有 60% 的客人来自达州。

"有人问我：'你小时候的梦想是去大城市，怎么现在又回来了？'我说因为我热爱这片土地，有深深的家乡情结，带动一方百姓脱贫也是我的梦想嘛。任河漂流不仅仅是一个旅游项目，包括任河治理、天生桥及周边环境保护等，都经过了专家评审。现在我们正在申报 4A 级景区。能在自己手上打造这样一个风景区，造福后代，这辈子也就值得了。这几年，除了河道治理，我们在交通建设方面也投入不少精力。上山的通村公路之前是土路，宽 3.5 米，我花了 70 多万元将道路加宽到 5 米。一辆挖掘机、一辆铲车干了半年，修了 13 公里的上山公路。原来上山需要走 4 个小时，现在开车 15 分钟就上去了。这些工程的建成，让乡亲们体验到一种满足感、获得感和幸福感。"陈禄军说。

2015 年 2 月，习近平总书记在中央全面深化改革委员会第十次会议上强调，把改革方案的含金量充分展示出来，让人民群众有更多获得感。在党的十九大报告中，习近平总书记强调，要使人民获得感、幸福感、安全感更加充实、更有保障、更可持续。从中央深改委会议上"获得感"的首次提出，到十九大报告中获得感、幸福感、安全感的并列提出，体现了党在领导新时代中国特色社会主义建设伟大实践中，对人民群众的现实需要、改革发展的目的和归宿认识上的深化，反映了党对三者的内在逻辑关系有了一个更加全面的认识。人民获得感的增进是幸福感和安全感提升的基础。只有不断满足人民日益增长的

对美好生活的需要，让人民从改革发展中获得实惠，人民的幸福感和安全感才可能提升。没有人民物质文化生活水平的提高，改革成果不能惠及全体人民、增进人民福祉，必然会消解人民的幸福感和安全感，甚至还会影响社会的和谐与稳定。正因为如此，党中央高度重视改革的普惠性，强调发展为了人民，发展依靠人民，发展成果由人民共享。

"我认为，'获得感'不仅是物质层面的，也是精神层面的，既有看得见的，也有看不见的。打造这样一个漂流项目，既让周边的许多乡亲脱贫致富，又能吸引大量游客来这里休闲玩乐。每天听到那么多的欢声笑语，置身其中，就是一种满满的幸福，甚至还有一种深深的成就感。"陈禄军中等身材，浓眉大眼，相貌堂堂，举止优雅。很难相信这是一个只上了初一、在山里长大的孩子。他平易近人，做事做人都十分低调，看起来一点也不张扬。

"为家乡做点事，是我的责任，也是我的事业。旅游投资大，收益慢，这是基本规律。刚开始建设的时候，我们也遇到许多阻挠，有的老百姓不理解，不让动工，我们只好挨家挨户去做工作。因为漂流是季节性旅游项目，投资收益很慢，前期投资2000万元，外面的工程款没有结回来，所以当时给老百姓承诺的收益无法兑现，最后连工资也发不出，有些人便认为我是一个骗子：'你说回来投资回报乡亲，带领大家脱贫致富，现在连最基本的工资都发不了，什么东西啊！'我只好四处筹钱。克服各种困难，最后咱还是把事弄成了，老百姓也就不再说闲话了。做旅游很累，路越走越长，深深感觉自己上学太少，知识欠缺，有些遗憾。我现在每天都在学习旅游管理等方面的知识，一点点地学习和积累，感到心情十分愉悦。这里森林茂密，河面宽阔，夏天比城里温度低四五度，游客除了漂流，还可体验帐篷客房、篝火晚会、民俗餐饮、KTV等。我们有自己的茶园及茶叶品牌——贡茶，一年四季都在运营。此外，我们还有自己的绿化公司，山上种了1000多亩水果树，打造'一山一水一园区'，根据海拔不同种植不同的树种，山上有桃树、荔枝树、猕猴桃、车厘子、茶树等30多个树种，还有油菜等农作物。春天山花烂漫，姹紫嫣红，十分漂亮。小时候站在山上看下面的车来车往，外面的繁华近在咫尺，却远在天涯，遥不可及。现在不用出门便可欣赏到比城市更美的风景，令人神清气爽，心旷神怡。"陈禄军感慨地说。

第十五章　云雾山上踏歌声

> 对面的山头，是我的！身后的茶园，是我的！你，也是我的！如果你愿意做上门女婿——这一切都是你的！
>
> ——紫阳县脱贫模范代仲琴

一、"无敌小金刚"的日常生活

云在天上浮

水在山下流

妹是茶树刚发芽

妹十七来哥十八

你我都是青年家

哥是嫩笋刚出土

妹是茶树刚发芽

…………

下午的日头已坠入山峦，山色葱茏，氤氲着一团橘黄色的光晕。一个女子躺在山腰的院子里唱陕南民歌。这是紫阳的《采茶歌》。每天下午忙完手中的活计，她都会躺在院里绑在两棵树之间的吊床上唱上一曲，然后通过网络视频直播出去。这个时候，守候在手机旁的几万粉丝早已按捺不住，屏幕上弹出一行行赞词，女子边唱边把镜头移向周围的山峦，歌声在山峦的沟沟壑壑不断跳跃，林籁泉韵，洋洋盈耳。这个时候传来一阵咿咿呀呀的喊叫声，她知道巴巴（伯父）喊她吃饭了。女子意犹未尽，向网友们打过招呼之后开始和巴巴用餐。他们的晚饭经常也会直播：几盘野菜、一只山鸡或野兔，看得网友们垂涎欲滴。她干活的时候也直播——那些分布在天南海北的数万名粉丝对大山里的一切都感到神秘，兴致勃勃，每天乐此不疲地守在手机旁看她直播。她也乐于与他们互动，感受千里之外城市的喧嚣与灯火。

女子叫代仲琴，今年34岁，从小过继给伯父。伯父是个聋哑人，今年65岁，一辈子未婚，无儿无女，视她若掌上明珠。父女相依为命。

晚饭后他们还要上山给鸡送饲料。山上有1500只鸡，这些鸡白天在茶园里悠然散步，觅食各类虫子及野菜，晚上还要吃些饲料。鸡似乎是一种永远吃不饱的动物，茶园里吃了一天，晚上叽叽喳喳闹着不睡。100多斤重的饲料，她与巴巴每人背一袋，沿着陡峭的山路往上走。夜幕降临了，大山里除了村人亮着的窗户，一片黑暗。代仲琴与巴巴头戴矿灯往山上爬，边走边用手机直播。她给自己起了个"无敌小金刚"的网名，希望自己拥有"金刚不坏身"，百折不挠，勇往直前，所向披靡。路边的几朵小花和野果，树梢的几朵白云、几只小鸟都会进入她的镜头。她养了四只狗看家护院，它们都很认真负责。上山的时候狗子们往往会冲在前面引路，夜里两只大狗会守在鸡笼旁。山上有野猪会搞破坏，还有狐狸、黄鼠狼等垂涎欲滴，伺机出动，弄不好就把鸡叼走了。每天她都会忙到深夜，等回到家的时候，往床上一躺就睡着了……第二天一大早，她又精神抖擞地出现在茶山上。

代仲琴给自己的鸡命名为"茶山跑步鸡"。因为家里有10多亩茶园，她养的鸡就散养在茶园里。由于山势陡峭，这些鸡每天上山下洼觅食，要走许多路，更多的时候，它们你追我赶，因此每只鸡体格都非常健壮，毛色鲜艳，歌声嘹亮。她给那些鸡仔起名"蓝色妖姬""大红袍""小皇后""小金刚""小状元"等，一些鸡甚至能听懂自己的名字，一喊就过来了。网友们也喜欢她起的那些名字，喜欢她与"蓝色妖姬"或"小皇后"们互动。这些鸡她以每只120元的价格批发出去，在网上可以卖到168元一只，价格不菲，比普通肉鸡贵30元左右，然而大家乐意选购。订单来自全国各地，代仲琴忙完鸡场的活便开始打包发货。顺丰快递，国内除了西藏、新疆等偏远地区，一般两到三天便可以收货。每只鸡从选中到现场宰杀、包装、发货都会视频直播，保证客户收到的是自己中意的那只。宰鸡是巴巴的拿手好戏，一只鸡从宰到拔毛清理内脏，不到 10 分钟即完成，干净利落，从不拖泥带水。他一辈子生活在大山之中，从小失聪，听不到任何声音，一生受尽磨难，生活窘迫，但脸上看不到任何沧桑岁月的印记，相反，他的眼睛里闪耀着孩子般的童真，时不时发出爽朗的笑声。代仲琴说别看巴巴不会说话，也听不到任何声音，却是一个自尊心非常强的人。他乐于助人，喜欢别人竖起大拇指夸他。如果村里人小瞧了他，他会赌气几天不去串门。巴巴视她如亲生，以她为天，只要是代仲琴乐意干的事，哪怕一家人都站在她的对立面，他也会毫不犹豫旗帜鲜明地支持她，做她最为得力的助手。2016 年，代仲琴从外地回来决定办养鸡场的时候，资金困难，一时难以凑齐，巴巴毫不犹豫地拿出他毕生积攒的 6000 元钱——这些钱他平日里一分都不舍得花，谁借也不给，却全部拿出来给女儿了。看着那一沓沓新旧混杂、大小不一、浸润着巴巴汗水的钞票，代仲琴的眼里漾着泪花，她发誓要干出名堂，不辜负巴巴对她的热望。然而一年之后，她养殖的 1500 多只鸡崽死得只剩下了 400 只，损失惨重！东拼西凑起来的 6 万元几乎打了水漂。父亲与她翻脸，丈夫离她而去……一瞬间，她几乎陷入绝望的境地，甚至想弃家而去，但看着巴巴悲伤的眼神，她又觉得不忍。巴巴知道她非常沮丧，默默地向她竖起大拇指，比画着说："你行，你一定行！孩子，千万不要放弃，跌倒了从头再来，巴巴永远支持你！"

赔了那么多的钱她没有哭，父亲与她吵架她也没有哭，甚至丈夫扬长而去，她咬着牙硬是没让眼泪掉下来——然而这一刻代仲琴再也忍不住了，她一下子扑到巴巴的怀里，泪流满面……

二、漂泊在外的日子

代仲琴所在的这个村子叫东河村，属紫阳县焕古镇。村子四面环山，距离县城有 30 多公里。她说之前没通公路的时候，去县城要翻几座大山，得走一天时间。那时候什么东西都靠背，外面买的东西也要翻山越岭才能背回来，十分闭塞。

代仲琴从小便非常倔强，至今都留着一头短发，像个假小子，显得十分精干。她是一岁的时候过继给伯父的。伯父因一辈子未婚，跟他们一起生活。那时候家里很穷，代仲琴边带弟妹边上学，每天一回到家就帮大人干活。由于地处偏僻，交通闭塞，家里几乎没什么经济来源，父亲于是便到一家煤矿去挖煤。不幸在她小学毕业的那年发生：父亲所在的小煤矿发生塌方，好几个人被埋！代仲琴父亲脑外伤昏迷了几天，转了好几家医院才被接收，最终命是保住了，却落下了终身残疾，生活几乎不能自理。由于给父亲看病，家里欠了一大堆债，代仲琴只能辍学回家帮母亲干活。贫贱夫妻百事哀。代仲琴说父亲是村里唯一的高中毕业生，一向心高气傲，自尊心很强。脑外伤引起的癫痫，时时发作，他有些自暴自弃，脾气变得非常暴躁，经常摔碟子砸碗，冲母亲大喊大叫。代仲琴母亲一开始还能克制，后来便经常与丈夫吵架，家里从此变得不再宁静。由于父亲的病一直需要药物维持，家里没有经济来源，代仲琴决定去县城打工。那年她才刚满12周岁，母亲不放心，怕她被骗，不让去。代仲琴于是瞒着家人翻山越岭走了一天来到紫阳县城，找到一家小餐馆打工，给人家端盘子洗碗，每月能挣150元。餐厅管吃住，她几乎把挣的钱都给父亲买了药，自己喜欢的衣服一件也舍不得买。

餐馆的工作十分辛苦，每天起早贪黑，累得人筋疲力尽，喘息的功夫都没有，老板还不甚满意。但由于年龄太小，除了餐馆外，别的地方人家都不要她，代仲琴只好咬牙坚持着。15岁那年，家里给她定了一门亲事，那个男人比她大9岁，人比较木讷，五大三粗，代仲琴很不喜欢，无法接受，但父母的态度却很坚决。母亲说："娃呀，男人大一些没关系，知道疼人呢。你们如果现在结婚，他会帮家里许多忙啊！再说弟妹都要上学，你的那点工资杯水车薪，解决不了大问题。你要理解大人的苦衷。"代仲琴说："为了这个家我什么都可以做，包括辍学打工，但这件事无论如何我不同意。"父亲暴跳如雷，骂她没心没肺，不顾大人的死活："如果不同意这门亲事以后就不要回来了！"代仲琴感到十分委屈，觉得自己这些年为了家里付出那么多，还不被理解。她的倔脾气上来了，说不回来就不回来！她带上自己的衣服连夜赶到县城。代仲琴觉得自己继续在餐馆打工也没啥出息，于是搭乘去安康的车，然后又辗转来到了西安。在西安她找了几天工作，人家见她年龄小都拒绝了。代仲琴听一个老乡说温州那边需要大量劳工，十几岁的女孩也可以。在老乡的带领下，她坐火车又到了温州。代仲琴先是在一家饭店做服务员，做自己熟悉的工作，然后又去了粮油店打工，每月可以拿到300元工资。干了几个月，她发现那点工资除了付伙食费，连房费也交不起。那时候几个女孩合租一间房，每人平均50元，可就是这点钱到了月底她们依然交不起，几个女孩于是决定连夜逃跑，等赚到钱再补缴房费。正是隆冬季节，外面寒风刺骨，漆黑一片，她们跑着跑着便走散了，不知东南西北，也不知到了啥地方，心中充满恐惧。代仲琴找到一处避风的地方蜷缩成一团，好不容易熬到天亮，发现自己已经冻僵了，站了几次都无法起来……

由于在外打工情况十分不好，代仲琴三年时间都没给家里写信，家人以为她失踪了。奶奶焦急万分，在巴巴的搀扶下，每天流着泪站在山坡上等孙女归来。代仲琴离家出走后，父母的矛盾进一步激化，他们几乎每天都在吵架。母亲忍无可忍，终于选择与父亲离婚，带着弟弟妹妹离开了……

2005年，代仲琴成为江苏宜兴一家化工企业驻温州区域的主管，平均每月可以拿到800元工资。想起自己还欠人家一个月的房费，她来到曾经租住过的地方，却发现那里早已拆迁，原来的房东不知去向。欠了人家的钱不能还上，心愿难了，代仲琴十分惆怅。几年后，她的工资不断上涨，底薪每月1600元，外加提成。有一次一位客户被她的精神所感动，一次性给了她20吨的订单，代仲琴拿到了10000多元的提成。领取工资以后，代仲琴十分激动——这是她见过的最多的钱！夜里，她反复数着那一沓厚厚的纸币，激动得难以入睡。第二天她把钱寄给了母亲，让她供弟弟妹妹上学。母亲和父亲离异后在紫阳县城郊区租了一间房子做门面，做一些小生意。她只是生丈夫的气，也没有再成家。

时光如梭，转眼便到了2011年，代仲琴已经27岁了，早到了谈婚论嫁的年龄。村里跟她一般大的姑娘都已成婚，有的孩子都上小学了。母亲一再催促她赶快成家。一晃出来10多年了，代仲琴不愿再回到乡下，像父辈一样面朝黄土背朝天，从这个山头挪到那个山头，平平庸庸地走完一生。她决定离开温州到广东去发展。在广东，代仲琴通过网络征婚认识了郭伟雄（化名）。郭伟雄生于1978年，比她大6岁。经过一年多的恋爱，2012年他们在广东举办了婚礼。婚后两人继续在那里打工，成为一家时尚媒体公众号的运营者，收入不菲，小日子过得有滋有味，甜甜蜜蜜。然而代仲琴的心里很不踏实：聋哑的伯父孤身一人在家，日夜思念着她；奶奶卧病在床，天天念叨孙女的名字；父亲残疾不能干活，母亲又离他而去……那个远在大山里的小村庄令她魂牵梦萦，不能自已。常常，她梦见自己回到了家乡，巴巴激动得热泪盈眶，奶奶紧紧地搂着她不让她走……

三、艰难创业

2016 年 7 月，因高龄的奶奶病重，代仲琴毅然从繁华的广州大都市回到了东河村。这个时候，妹妹已经远嫁到江苏无锡，弟弟去东北打工了，父亲身体残疾，一家人眼巴巴地都指望她能回来。代仲琴的丈夫郭伟雄从小生活在广东，没见过紫阳那么高的山，也无法想象山里人的生活是什么样子，觉得有些神秘，有些好奇，于是就跟着回来了。丈夫原以为他们待一段时间，等仲琴奶奶的病好些了就回广东。代仲琴的奶奶过了一段时间便去世了，丈夫郭伟雄劝她一起回广东，仲琴说奶奶去世了，巴巴和父亲都没人照顾，她不能离开。代仲琴决定利用自己这些年的一些积蓄，留下来在家乡创业。

2016 年 9 月，代仲琴注册了一家养殖专业合作社，准备带动村里贫困户脱贫致富。这在观念落后的农村是很难得到支持的，甚至遭到了大家的冷眼和误解，村民们也没人愿意加入她的合作社。巴巴明白了她的意图后，欣然拿出自己积攒了一辈子的 6000 元钱，成为第一个支持她的人，令她十分感动。代仲琴说服丈夫拿出他们的所有积蓄，东拼西凑弄了 8 万元办起了养鸡场，完成了从一家时尚媒体公众号的运营者到新型农民的完美转变。仲琴结合当地资源优势，就地取材，在自己的茶园里建起了环保又透气的山寨鸡棚，投放土鸡苗。茶园成了天然土鸡的"运动场"，普通土鸡成了"跑步鸡"。代仲琴家的茶园距离家里虽然只有 500 米，但由于山势陡峭，每爬上去一趟都会出一身汗，更别提背着上百斤重的鸡饲料了。代仲琴从小生活在大山里，没有她吃不了的苦，然而自幼生活在广东珠三角平原地区的郭伟雄，每次爬上去都气喘吁吁，汗流浃背，甚至有几次他连人带饲料一起滚了下来，弄得浑身是伤，狼狈不堪。郭伟雄有些吃不消了，建议妻子关掉养鸡场跟自己回广东，代仲琴不肯答应。

2017 年 7 月的一天，代仲琴像往常一样早起喂鸡，却发现鸡舍里一下子死了 10 多只鸡崽。接下来的 10 多天里，每天都会死几十只鸡，一段时间后，1500 多只鸡崽死得只剩下了 400 多只！这样发展下去，用不了多久，这些鸡就会损失殆尽的。

1000 多只鸡像得了瘟疫似的相继死去，损失 6 万余元！巴巴摇头叹息，父亲生气万分，村人开始嘲笑她……丈夫忍无可忍，与她摊牌了——代仲琴要么与他回广东，要么选择离婚！

代仲琴经过痛苦的煎熬，觉得无论如何自己不能在这个时候选择放弃。选择放弃就是甘于失败。她是个不服输的人，从来都是迎难而上，怎能轻易屈服呢？

然而丈夫去意已定，态度十分坚决。万般无奈之下，代仲琴只好选择了与他离婚。

丈夫离开后，父亲也开始与她反目，认为女儿是个不成器的人，败家精，劝她悬崖勒马，要么继续打工，要么踏踏实实地务茶园，不要一条胡同走到死。面对父亲的忠告，代仲琴不为所动，她决定总结经验教训，重整旗鼓。

那段时间，代仲琴经常一个人坐在山坡上发呆，她陷入了深深的困惑，不断反思问题出在哪里。巴巴每天变着花样做好吃的饭菜讨她欢心，用手势比画着鼓励她不要气馁，振作起来。经过一段时间的思考，代仲琴终于弄清楚了鸡崽死亡的原因：山上鸡舍氨气无法排放，鸡崽呼吸道感染，导致大量死亡！

痛定思痛，代仲琴决定不再继续蛮干，走上了"取经"之路。她前往杨凌养殖场学习孵化技术，后来又到安康向专业兽医讨教，还在紫阳学习电商培训课程。她说最惨的破产就是丧失自己的热情，然后向命运低头。经过一段时间的学习，代仲琴决定重整旗鼓，从头再来。

四、路在脚下

代仲琴所处的东河村属于紫阳县焕古镇。焕古镇是紫阳历代名茶"焕古茶"的生产地，是紫阳乃至陕南茶文化的发源地，也是富硒茶原产地，获得国家生态原产地保护。其中"紫邑宦镇"毛尖是唐代宫廷茶的历史品牌。

到焕古来已不是第一次。几年前曾随单位同事一起到这里看茶，同事是陕南人，对这里的一山一水都有着特殊的感情。时令正值清明，我们一同去了几个茶厂参观制茶工艺，然后又爬上高高的山坡与采茶的小姑娘聊天。小姑娘才及豆蔻，扎着羊角辫，穿着个粉红袄，红扑扑的脸蛋沁着细密的汗珠。见我们拍照，脸颊上更是飞出两朵红云，嫣然一笑，十分可爱。孩子母亲见我们对茶园感兴趣，滔滔不绝介绍茶叶采摘过程及营收情况。已是中午，我们一起来到山下，女人盛情邀请我们去屋里喝茶，拿出平日里舍不得抽的香烟待客，体现了山里人的淳朴与好客。焕古是个古镇，也是个滩。说它古，是因为一个传说，一段关于"宦姑滩"及"凤凰茶"的传说。这里绝壁临江，巍峨背山，街宽不能横挑，街长不及一支烟燃尽。镇政府位于汉江边的半坡上，进入小镇后，经过一段陡峭的急下坡后才能到达院子。墙上写着"贫困不除，愧对历史；群众不富，寝食难安"的标语，显示了一方政府脱贫致富的决心。

焕古也是个码头，从这里去紫阳县城开车需要三四十分钟，坐船却只需十分钟，非常方便。山大沟深，许多物资都可以通过水路运往各地。我想大自然算是比较公道：城市坐拥繁华便利却常年雾霾笼罩，交通堵塞，喧嚣不堪；山里地处偏僻却植被茂密，乃天然氧吧，人多长寿。过了焕古镇，沿着曲曲折折的山路逶迤而上，所见不是吊脚楼就是石板房。石板房的旁边是一栋栋新建的水泥平房，白墙方顶，铁门塑窗，与山里的风格极不搭调。

东河村也不例外。

2017 年年底，代仲琴注册成立了"云峰养殖专业合作社"，将养殖产业扩大至乌鸡、秦地土鸡、芦花鸡、白凤乌鸡等多个品种，贫困户只需交 100 元便可享受 10000 元贴息贷款作为互助金入股，非贫困户交 500 元可享受同样政策。

从外地取经回来后，代仲琴改良了鸡舍构造，新增鸡舍 60 个，在饲料上也下了一定的功夫。她采用 70% 玉米以及 30% 的蚕蛹、麸皮、豆粕饲养。她做的饲料平均每公斤 2 元钱，比市面上的便宜又健康，无激素，无污染。1500 只鸡每天要吃掉一二百斤饲料，成本在 400 元左右（如果阴雨天，鸡不能到茶园觅食，全靠饲料喂养）。这些绿色环保的"跑步鸡"售价不菲却深受客户青睐。目前，代仲琴已带动 10 户贫困户，发展养殖各种品种的鸡 5000 余只，累计销售成鸡 2000 余只，鸡蛋 15000 余个，累计销售额达到 15 万元，使贫困户户均增收 8000 元以上。

"这是个能吃苦的好女娃子啊！她真心希望我们好，经常教我们养殖技术，还提供销路。我说啥也要支持她。"东河村贫困户代龙虎激动地说。他是第一个与代仲琴的养殖专业合作社签订合作协议的人。

由于曾在大城市打拼 10 多年，代仲琴显得与山里的女子很不相同：她眼界开阔，遇事不乱，做事沉稳，很有主见，对自己所从事的事业充满信心。除了养鸡专业户之外，她还是远近闻名的网红人物。代仲琴说，初衷是利用网络直播让客户了解"跑步鸡"的饲养环境和饲养过程。这些客户大多是她的粉丝，有两万多个，遍及北京、深圳、杭州、广州等地。她通过紫阳的一个电商小团队的淘宝店面给他们邮寄"跑步鸡"。代仲琴网络直播后来发展到各种商演、年会都请她去直播。据统计，紫阳有 10 多万人在外面打工，这些人离家千里，往往家里有事不能脱身，代仲琴便可以通过直播视频让他们参与进来，共享家里的热闹场景。

东河村有个学校比较宽敞，曾经有 200 余名学生，后来随着村民经济条件逐渐好转，大多数人都把孩子送到县城或镇上上学去了，学校荒废下来。代仲琴联系村委会将学校租来，将教室门窗刷成红漆，在屋檐挂上红灯笼，屋里墙上用木头做成创意造型，再用斗笠做成灯罩，将一间间破旧的教室改装为独具特色的农家小屋。学校的院子比较开阔，代仲琴在两棵大树之间搭了个秋千，树下放上桌椅，旁边开辟出一块菜园，里面种有茄子、白菜、辣椒、包菜、萝卜、大葱、韭菜等。山里有新鲜的蘑菇、木耳等山货，加上健康的茶园"跑步鸡"，周末时城里人蜂拥而至，乐此不疲。由于人手不够，代仲琴就让客人自己上山捉鸡，巴巴帮忙宰杀后客人自己去菜园里挑选喜欢吃的蔬菜用柴火烧制。亲朋好友坐在树下的桌子上，边吃边欣赏山里的美景，别有一番风味也。

东河村有 400 余户人，代仲琴是村里的妇女副主任，她与妇女主任关系很好。客人多的时候妇女主任经常会前来帮忙。这些城里来的客人人均消费在三四十元，经济实惠。代仲琴说随着人们对城市生活的厌倦，回归乡村的愿望越来越强烈。这里山川秀美，氧气充足，已成为一条紫阳的旅游专线，即将开发。相信届时将会有更多的城里人光顾。

采访代仲琴的时候，村里的乡亲们都围过来看热闹。代仲琴蒸了一锅红薯让大家品尝。山里的红薯又沙又甜，香喷喷的特别可口。我们的午餐是安排在镇上的，代仲琴非要我们留下来品尝她的农家柴火饭，说不吃会后悔的。她很乐观，也很热情大方，一看就是见过大世面的人。代仲琴让巴巴上山抓了一只"跑步鸡"，不一会儿饭菜便上桌了，风味果然不凡。

2018年9月17日，《安康日报》经济特刊头版报道了代仲琴养鸡带动村民致富的故事，引起社会各界的关注，吸引越来越多的人前来参观。10月15日，《华商报》又以《紫阳女子回乡创业，直播"跑步鸡"成为网红》为题对代仲琴进行报道，引起更多人的关注。但目前代仲琴依然面临着许多困难，特别是资金方面的困难。越来越多的城里人到这里消费，但学校"改造"的农家乐设施简陋，接待能力十分有限，目前院里连一间厕所都没有。代仲琴说全面改造需要10多万元，一时难以凑齐。学校院里有许多房间，有人建议代仲琴开麻将馆，赚钱容易，她坚决不干。由于采访需要，我加了她的微信，她的微信名是"无敌小金刚"。晚上回到酒店后一看，发现代仲琴已经发了好几条朋友圈，都是视频直播。她先是蹲在院里的格桑花旁直播那些鲜艳的花朵——这些花儿是她用在网上邮购的种子种的。看着花儿一天天长大，蓓蕾绽放，自是欣喜。她对生活充满了热爱，无论处境如何都信心百倍。下面一条是她躺在两棵树下的秋千上一边悠悠地荡来荡去，一边唱着山歌：

> 山歌不唱不开怀，
> 磨儿不推不转来，
> 酒不劝人人不醉，
> 花不逢春不乱开。
> 姐不约郎郎不来。
> …………

朋友圈显示地址是"紫阳·云雾寨"。代仲琴说她家后面的那座山叫云雾山，所以这个村子又叫云雾寨。她每次发微信，用的都是这个地址。

还有一段视频是她与巴巴一起上山给鸡送饲料，父女二人都头戴矿灯，脸上是灿烂的笑容。

第二天晚上我又查看了她的微信，发现代仲琴下午发的一个朋友圈视频，还是躺在秋千上拍的。这次她没有唱歌，而是把自己收拾一新，显出几分妖媚，几分狂野。她边指手画脚边大声说着："对面的山头，是我的！身后的茶园，是我的！你，也是我的！如果你愿意做上门女婿——这一切都是你的！"

心里不由一乐，希望她的"茶园跑步鸡"越来越火，农家乐能尽快募集到资金得到改造，然后找到属于她的另一半"小金刚"，干出一番新的事业。

卷 四

静水流深 沧笙踏歌

2015 年 11 月，中央扶贫开发工作会议召开，这次会议被称为"史上最高规格"的扶贫工作会。会议期间，中西部 22 个省区市党政主要负责同志在印有党徽的深红色脱贫攻坚责任书上签下名字。

"这就是你们给中央立下的军令状。"习近平总书记说。

第十六章　民心是最大的政治

世界上最遥远的距离是从"知道"到"做到"的距离。

——蒿坪镇党委书记秦宗道

蒿坪镇地处紫阳县东北部，号称紫阳县的"北大门"，既是国务院和省政府确定的全国、全省重点镇，也是市政府确定的县城副中心镇。蒿坪镇因明朝前期此地"蒿草满地、蚂蝗满地"而得名，境内居民大多是清代嘉庆年间从湖北、湖南等地搬迁而来的流民。蒿坪镇的开发历史在紫阳县最短。

近年来，蒿坪镇强力助推脱贫攻坚工作，经济社会各项事业取得快速发展，年度综合目标考核连续6年获得全县优秀等次，相继荣获"全省先进基层党组织""全省食品安全示范镇""全市重点镇示范体系建设先进镇"等多项荣誉称号。

2021年2月25日，全国脱贫攻坚总结表彰大会在北京人民大会堂隆重举行，蒿坪镇党委荣获"全国脱贫攻坚先进集体"荣誉称号。全安康市仅有两个镇获此殊荣。

一、父老争言雨水匀

"你对政府的工作满意吗？"

"满意！"

"你对现在的日子满意吗？"

"满意啊！之前我们都是住在高山上的，祖祖辈辈走不出大山，没吃没穿，住着破破烂烂的房子。共产党扶贫政策好啊！做梦都想不到，我们这些农民不但搬到了镇上，还住上了楼房，在社区工厂挣上了工资，孩子在镇上读书。生活发生了很大的变化，能不满意吗？"

"蒿坪这些年的变化是实实在在的。山更绿了，水更清了，道路更宽了。你看看，到处都是广场、公园，比大城市还漂亮哩！"

"秦书记来之前，这河里的水都是黑的，不能吃。街道上乱七八糟、乌烟瘴气的。前些年这半边山都是光秃秃的，啥也没有，你看现在满山都是茶园！秦书记这些年扑下身子帮咱老百姓脱贫致富，发展蒿坪经济，是个能干事、干大事的好领导啊。只是蒿坪发展起来了，秦书记可能就要调走了，我们舍不得呀！我们心里知道把他留在这里也是把人害了，但是他不能走，走了我们怎么办？下一任（领导）来，他还要有一个摸索的过程，我们经不起折腾啊！从我们（的角度）来讲，蒿坪需要这样的领导啊，老百姓不希望他走。"一个曾经当过多年村干部的老支书说。

走在蒿坪村，偶遇几个坐在河边走廊聊天的村民，随便问了几句，村民的脸上洋溢着幸福的笑容，谈起镇党委书记秦宗道，言语间是那样亲切。突然想起辛弃疾的词："父老争言雨水匀，眉头不似去年攒。殷勤谢却甑中尘。"此情此景，令人十分感慨。习近平总书记曾深刻指出："人民对美好生活的向往，就是我们的奋斗目标。"党的十八大以来，党中央把脱贫攻坚摆在治国理政的突出位置，把脱贫攻坚作为全面建成小康社会的底线任务，组织开展了声势浩大的脱贫攻坚人民战争。奋战在乡镇第一线的基层干部身先士卒，冲锋陷阵，交出了一份满意的时代答卷。

秦宗道便是他们之中的一位。他是紫阳县麻柳镇人，2016 年任蒿坪镇党委书记以来，所干的都是老百姓想让他干的事情。"民心就是最大的政治。"蒿坪这几年发生了翻天覆地的变化，老百姓心里都有一杆秤。大家七嘴八舌，你一言我一语，说的都是他的好，听着让人心里十分感动。大家争先恐后地讲着他的好：秦书记干什么都自己带头，亲力亲为。修安置房，他住在工地上监工，下大暴雨不打伞，淋得精湿；他经常和大家一块儿干活，身先士卒，以身作则，对老百姓不摆架子，干的都是一些大事、实事！

"脱贫攻坚之初，蒿坪的发展有些不平衡，有人说我们是'前山村像欧洲，后山村像非洲'，贫富差距巨大。脱贫攻坚刚好符合蒿坪镇的发展需要，与蒿坪镇这一届党委政府的战略决策不谋而合。我们利用这一重大政策机遇，坚持以脱贫攻坚为统揽，把各项工作统筹协调推进，将农村发展的短板补起来了。"来蒿坪之前，秦宗道曾在紫阳县委宣传部工作。他是个文学爱好者，是省作协会员，曾创作长篇小说《大茶坊》，发表各类新闻、文学作品 2000 余篇。

秦宗道来到蒿坪后，首先在路、水、电等基础设施建设方面下功夫。

"要想富，先修路。蒿坪镇过去各村都有通村道路，脱贫攻坚期间，主要是升档升级，让各村的道路循环起来。我们在建设过程中，并不是就路而路。首先考虑到搬迁后，山林、土地等都空出来了，还有没有必要修路，修路为了干什么。我们对各村情况进行分析，确定了腾山兴产业的思路，按照土地空间规划，路、水、电根据园区需要进行配套，不让土地撂荒。全镇构建 1 个工业园区、10 个农业园区，再加上乡村旅游、商贸经济、社区工厂等，形成"10+1+N"的城乡产业支撑体系。

"修路的过程十分感人。蒿坪这个地方寸土寸金，过去修路，想动一锄土地都不行。脱贫攻坚过程中，新修了 80 多公里公路。路的标准是非常高的，宽度几乎都在 4.5 米以上，还有几条主干道是 6.5 米宽的。我们通过抓新民风建设，抓民风民俗改造，大大提高了老百姓的思想认识，所占林地、耕地农民没有要一分钱的补偿。紫阳县交通局局长朱元地说，蒿坪镇创造了修路建设上的奇迹。老百姓对土地这么珍惜，蒿坪这么爱扯筋的地方，修路的时候，线一画，群众会一开，路尽管修就是。甚至那些被切了院坝的农户，都没有要补偿。得到群众这样的大力支持，在蒿坪这个地方，是非常不容易的。修黄金村公路时，干部白天黑夜两班倒，凌晨三四点钟都战斗在修路施工现场。干部没日没夜地奋斗，感动了群众。特别是腊月里温度低，每浇筑一段路，就要盖上毡子防冻，8 天时间完成 6.5 米宽的道路 3.2 公里。群众看到干部不要命的状态，他们也很感动，很支持。修路过程中涉及迁坟，我们资金紧张，每拆一座坟只能补偿 1500 块钱。对修路工作支持最大的是毕氏家族，自己迁自己的祖坟，1500 块钱连支付人力工资都不够，但他们都积极主动地迁走了。不管是占地、迁坟，还是拆院坝，只要给群众把道理讲清楚，他们都能理解并支持我们的工作。从这一点可以看出，之前不是群众不讲理，是干部没有把他们感动啊。干部都不要命了，他们那点利益就不是个事儿了，毕竟人心都是肉长的。路修好了，他们能得到实惠。再加上，他们已好多年没有看到像这届干部这么拼命干工作的干部了。双胜村修路时，我晚上 12 点多到村上去，只有一个工人在施工，都准备收场了。看到我去了，他赶紧给其他工人打电话：'秦书记来了，你还不赶紧起来继续打路？'工人从床上爬起来，又接着继续施工。我们的干部好像回到了革命战争年代，群众的心思也跟干部一样回到了那个年代，不顾一切地支持各项建设。只要干部苦拼实干了，群众也会跟着苦拼实干。从黄金村修路开始，我们就立下规矩：对修路占用的土地不再进行补偿。北沟口至沔峪河公路 16.7 公里，占了很多山林土地，群众都没有要补偿。观光茶园里修的路，狮子沟村修的路，都没有补偿。所以我们交通局局长最喜欢在蒿坪修路了，他没有麻烦，只需要出个硬化的钱就行了。现在，蒿坪镇 15 个村互联互通，全部形成循环路。"回首刚到蒿坪镇时修路的情景，秦宗道历历在目。

想到许多地方修路遇到各种钉子户，难道蒿坪群众真的都那么好说话、明大理吗？

"不是。我刚来的时候就遇到一个棘手问题，前几任书记都没能解决的遗留问题；那就是钉子户。蒿坪这里经济发展相对较好，但是，越是经济发展好的地方，矛盾冲突越多。这里过去是上访大镇。我刚来时，蒿坪是市级社会治安管理重点镇，干部群众对立情绪比较严重，有些群众经常到政府来上访，动不动就抱领导干部的腿，楼上楼下吵闹。刚来那段时间我到集镇街上去转，有些干部就远远地跟在我身后。我说：'你们跟着我干啥子？'他说：'秦书记，你刚来，我们怕上访群众在大街上抱你的腿。'可见闹事的人是经常有的。开始修路，要拆迁，街道十字路口有一户人家姓危，拆了 13 年拆不掉，是挡在路中间的钉子户，非常难看。大家说这个人很难对付，前几任领导都束手无策。"

秦宗道了解到，这危老板经营了一个小食堂，卖的猪蹄子炖藕，是蒿坪的招牌菜。他主动上门说："听说你们的猪蹄子炖藕做得好，我给你 200 块钱，给我也上一份，我来尝尝。"接下来，秦宗道每天晚上都去，坐在那里和老板聊天。一连去了三四次，都不谈拆房子的事。危老板家里有个地炉子（挖在地上，烧煤炭的），秦宗道就跟他围坐在地炉子旁边喝茶、抽烟、聊天。聊他的儿女，聊他的亲戚，聊他的创业故事，就是不和他说正事。危老板当然也知道来者的身份了，忍不住问："秦书记，你到我这里来到底是为了啥事？"

秦宗道说:"不为啥,就想跟你聊天。你这个人挺好的,都说你的猪蹄子炖藕好吃,很有名,我想把你的秘方弄出来,谋划办个大点的店子,把蒿坪的这一道招牌菜打造出来。"

危老板说:"你肯定不是为了猪蹄子炖藕,肯定是为了我房子的事!"

原来,危老板十几年不拆房子,社会上都说他是钉子户,所有政府干部都不进他的门,不跟他说话,他也感到越来越孤独。没想到一个新来的镇党委书记跟他谈得无比投机,他有一种遇知音的感觉。

秦宗道说:"说到你的房子了,我还真有两句话。你都六十几了,还住在这么一个土碉堡里?也该享享福了。"

危老板提了一个要求:"我有一块地,想自己建房。秦书记,你能不能帮我批了?"

"你这块地从规划上来说是不许可建房的。"

"你帮我想点办法,只要把这一块地的准建手续给批了,我的房子拆了就是,不要钱!"

"你说的是真的?"

"男子汉大丈夫,从不食言!"

秦宗道笑了笑,说:"好,我帮你想想办法。"

接下来,秦宗道先后三次跑到市上、省上,把建房的手续给他办了下来。一个乡镇干部到市上、省上去协调工作,肯定是有难度的。秦书记不厌其烦地跑,直到把这个事情给他办好。危老板非常感动,拿到建房手续后没过两天就自己把房子拆了。

"13年的一个眼中钉,终于拔掉了,这件事在蒿坪镇引起很大反响。听说以前给他100多万,另外还置换房屋,危老板都不拆。我们只是给他批了一个修建房屋的手续,建房土地还是他自己的,他就把房子拆了。过去他经营猪蹄子炖藕,一年只收入几万块钱,现在他新建的房子,光门面出租,每年租金收入可达50多万。老太婆一天打扮得漂漂亮亮的,还加入了镇上的旗袍协会,老头子高兴得不得了,一家人过得很滋润。通过这一事件,他们把我当成了知心朋友,经常给我发微信,说一些高兴的事儿。所以我感觉还是要跟群众交心,和他做朋友。不要老向群众谈政策，政策是死的，不能变的。要谈感情，深入进去了，解决问题的办法就出来了。这座房子拆除后带来什么效应呢？我们借这个东风，把全镇的违章建筑一次性全清理完了。"秦宗道侃侃而谈。

下茨坝有一块地方，38户全都在屋后搭建了棚子，有的做库房，有的做厨房，有的做洗手间，把一条临河路全占完了。秦宗道带人去拆的时候，一个老领导劝他说："这是犯众怒的事，38户人，都是咬铜吃铁的老门老户，以前拆了几次都没拆下来，你这次能拆下来吗？你才到蒿坪来，不要把人得罪完了。"

秦宗道态度很坚决。他决定先从一个亲戚下手。这个亲戚是工业园区管委会的副主任。秦宗道把他叫到办公室说："这个事情要想做成，只有你先带头了。"亲戚二话没说，回去就把自己私自搭建的棚子拆了。接着秦宗道让人把蒿坪镇国土所的违章建筑拆了，然后找38户里的公职人员，一个个地谈话，做思想工作，动员他们带头拆。最后，书记和镇长带着全镇的干部和工程队，一队走左边，一队走右边，一路拆了过去。

"十几年拆不下来的违建，我们一天搞定。因为我的亲戚先拆了，我们的公职人员先拆了，其他群众一看，这次是玩真的了，干部都带头了，他们也就没啥可说的了。"这两件事情在社会上形成了风气，让群众看到了党委政府干事创业的决心，赢得了群众的支持。违章建筑清理完后，街上很多住户自发地放鞭炮，给政府送锦旗。老百姓说，集镇整治后，感觉眼睛好像忽然变大了一样。

二、民心顺，啥都顺

秦宗道刚来蒿坪的时候，这里的河水都是黑的，污染严重，鱼都死光了，更不能饮用。原来蒿坪的小煤窑很多，滥开滥采，严重污染环境，每年事故不断，发生各种人员伤亡事件，成了蒿坪的一大害。秦宗道了解情况后，下决心关闭这些小煤窑。他组织人员多次去查，无奈那些人白天不干活，晚上突击夜战。镇上开了几次班子会，一去就扑空。后来秦宗道收到几封恐吓信，信上说让他放聪明点，如果真的断了他们的财路，也会断了他的前程，甚至生命。

秦宗道不信这个邪。一天夜里12点多，他孤身一人带着司机去了小煤窑，发现那里灯火通明，正在夜战……形势很危险。秦宗道与煤老板各种周旋，煤窑老板气急败坏，说："姓秦的，别逼人太甚，我们就是花 100 万也要把你撵走！"秦宗道后来虽安全脱身，但小煤窑仍屡禁不止。因为像这种小煤窑，如果上边来查的话，也不好量刑定罪。走司法程序起诉，很复杂，花钱不说，还很麻烦。没办法，秦宗道找到当地农民取经。老农对这些人也深恶痛绝，说："他们挖的煤要运出去，（你们）斩断道路不就行了吗？"秦宗道说："斩断道路老百姓出行怎么办？再说路断了他们很快就会修好的，还是禁不住。"后来有人出主意，说他们运煤的那种车都比较宽，不如在路中间装两个桩，中间只有农用小车能过去，大车无法通行。这个桩价值 6000 元——只要超过 5000 元，如果毁坏的话，按故意损坏公共财物罪，可以判刑。秦宗道派人在拉煤车必经的所有道路上设卡，煤老板了解情况后也不敢贸然破坏。最后把这个风给刹住了，30多家小煤窑全部关闭！煤矿一关，蒿坪的水质很快就变好了，原来黑乎乎的，鱼也养不活，现在清澈见底，都看得见鱼了。

秦宗道刚来蒿坪的时候，有一件上访事件很棘手。上访老太太说的是 1973年的事，秦宗道说："那时候我还未出生呢。"老太太拿着一份租地协议，说当时集体经济租了她一分多菜园地，每年 1 元钱，后来租金没了，土地也没有了，上访多年没有结果。秦宗道查看了那份租地协议，发现是合法的，那就要想办法给老大娘解决这个问题。然而年代久远，如果走法律程序会非常麻烦。他想了个主意，用现行地价 46150 元 / 亩征收这块土地。老太太回去想了好久，答应了。秦宗道找了个老板，让他捐了 8000 元给老太太。老人拿到钱后扑通一声给他跪下了，泪流满面。秦宗道慌忙扶老人起来。老人说："我流泪不仅仅是因为这几千块钱，而是因为憋了几十年的一口气，终于讨了个说法啊！"

"刚来蒿坪的那段时间，上访的人络绎不绝，我沉住气——想办法化解。当时有 17 户搬迁移民，是修安康火石岩水电站时迁移来的，按照政策村上给每户都划了地，有合同，可是后来乡镇合并了，乡政府不存在了，安置费也没了，地也另外确权了。17 户人年年上访，我到蒿坪后他们每天早晨排成队来找我。我说：'现在就是把我杀了，也无法给你们地了。'他们知道现在要地也无法兑现，上访就是为了出一口气。我认为老百姓也不是无理取闹，于是就突发奇想按土地流转的方式，以每亩每年 500 元的价格把二轮承包合同的剩余时间一次性流转完，结果大家都同意。就这样我们仅花了 10 多万块钱就一次性解决了 10 多年没有解决的遗留问题。"

离蒿坪高速出口不远的路口，公安局设了一个卡点。卡点废弃后，那里便成了垃圾山，晚上经常有摩托车在那里被绊倒，人摔得头破血流。几届人大代表提意见，一直都没有拆掉。

"为啥拆不掉？因为卡点是县公安局设的。我任书记后，用了点小心思。有一天，我在召开一个群众会议的时候，拍了一张照片，传给新任的县公安局局长。我说：'领导，几十个群众在我这里上访，要求我拆除这个卡点。请你做一点思想准备，他们情绪非常激动，可能要来县上上访。'局长说：'我才当局长，你就给我整这么大一个事情。'我说：'我也是才来当书记，脚跟还没有站稳，可能控制不住局面。'局长说：'你无论如何都不能让他们到县上来。'我说：'不过就是一个检查点，无非二三十万块钱的事情嘛，先拆了，把这个事情平息了，到时候我们到县政府去要点钱，重新选址修一个新卡点如何？'局长想了想说：'那行吧，你把它拆了吧。'他话一说完，我顾不上开会就找了一个挖机，连夜将那个卡点给拆掉了。拆的时候，有五六百名群众前来围观，掌声雷动。"

刚来蒿坪两个月时间，秦宗道就办了几件群众好多年都想解决而没有解决的事，大家都感觉不可思议，说这一届政府有如神助，再难的事都能办成！秦宗道说："通过办这几件事，弘扬了社会正气，为我们后面工作的推动营造了良好的氛围，奠定了民意基础。"

"不打开局面，群众不认可你，不支持你，工作就很难推动。民心是最大的政治。民心顺，啥都顺。老百姓哪里不满意，你就赶紧去把这件事情解决了。如果背道而驰，他们就不支持你。所以作为基层领导，必须要和群众建立深厚的感情。做什么决策之前，首先要想是否影响老百姓的利益，老百姓愿不愿干。老百姓想的事你去干了，他们肯定就支持你。农村是个大社会，非常复杂，非常具体。干农村工作就像中医看病，病人不是按照药书来生病的，所以你也不能按照药书来开处方。如果按照药书开处方，这个医生一定是个庸医。干农村工作也一样，如果始终按照条条框框机械地干工作，肯定把工作干不下来。要跟中医一样，要望闻问切，要悟，要根据政策'配伍'。调配好了，人家很难解决的事，你轻轻松松就解决了。通过做这些工作，我们有了很好的群众基础，群众满意度很高。第一年一过，我们就实现了零上访，社会治安满意度调查全县第一，顺利摘掉了市级社会治安管理重点镇的帽子。"

秦宗道负责包联双胜村。双胜村路口有一个小山包，到村上去必须要绕着山包转，群众为山包取名叫"乌龟包"。这里的道路拐弯太急了，经常出车祸，群众怨声载道，一直想挖掉"乌龟包"。群众想挖掉，政府也想挖掉，但是得花几十万块钱，政府没有挖掉这个山包的项目，所以一直没有实施。

"我在村上经常跟群众聊天，我说：'我到双胜村来包村，你们总要叫我干点啥，给我布置点"作业"来做做。'他们说：'你要是把"乌龟包"挖掉，你让我们干啥我们都干。'他们可能一方面是在激我，因为这山包这么多年都没有挖掉，另一方面确实是想把山包挖掉。我回来后几天晚上睡不着。我也想把它挖掉，因为我想干有挑战性的事，一遇到有难度的事情我就亢奋。双胜村要脱贫，进村的道路必须要修好。路修好了，民心就顺了，他们的心就会跟着党委政府走。这个村民风也不是很好，因为是两个村合并的，民情很复杂。要把这个村治理好，老百姓的焦点就是这座山。可是搬山钱从哪里来呢？当时村上正在建安置点，修建基础时，需要用土石方回填，得花钱买土石方，一立方60块钱。我就对承包工程的老板说：'一方只要45块钱，我给你拉。'老板笑我说：'你一个书记，还承包什么工程哟！'我说：'我不仅价格低，而且给你拉石渣子来，稳定性比土还好。'这件事谈好后，我就找了个挖机来挖山回填。最终，政府不但没有花一分钱把'乌龟包'挖掉了，还为村上赚了22000元。就这样，我把村民一直想做的一件事情做成了。过去，双胜村很多群众都跟我吵过架，现在路过都喊我到屋喝茶吃饭。以前这里的人是很爱上访的，后来就没有人上访了。我认为，想给群众办事就要动脑筋，想办法。如果不把安置点建设和双胜村公路建设、村容村貌建设统筹考虑，就想不到这个主意。我总结了一点：所有工作，都要下一盘棋，统筹安排，互相联系着开展，这样既省力，又省钱。通过工作和工作之间的配合，可以干很多不花钱就能干成的事情。这些办法从哪里来呢？第一，你要想干事，想得不得了，想得茶饭不思时就有了智慧。不想干事，你就想不出思路，想不出点子。只有绞尽脑汁地想，才能激发你的智慧。第二，你要对老百姓有感情。有的人认为：'我又没钱，国家也没有政策，这些事我可干可不干，你上访也就是那么一回事情嘛。'假如你不动脑筋，你就是这样的干部。国家没有项目，老百姓又想干，你到底干不干？没有条件创造条件也要干！我长期给干部讲：'你们当了几十年的干部，能力已经退化了，没有钱没有项目你就干不了事儿了，原因是你的感情丢了。你必须要怀着感情去干事，要像后人孝敬父母那样，有一颗孝道之心。道理是一样的，你要老想着给群众办事，珍惜这几年的工作机会。'比如我在这里当党委书记，无非干五年、八年，但是时间不会太长，能给群众办多少事，是需要自己把握机会的。如果不好好去弄，这几年时间就混过去了。机会只有一次，不会重来。所以你要珍惜每一天，怀着深厚的感情、高昂的激情去工作。想干事了就不累，怄气了也不感到委屈，遇到困难和问题了你就亢奋。我们的干部经常问我：'你的精神为啥这么足？睡得晚，起得早，一天跑得这么欢，怎么不累呢？'我开玩笑说：'戴高乐说过，权利使人焕发青春啊！'实际上，你要有想干事的责任心，你就睡不着，你就有精神。我是一把手，我没办法，我不干，事情就拖在那里。再加上我在宣传部工作了10年，笔下写了很多精神图腾，深受感染，一直想去干点事儿——太想去干点事了。我申请了四五年，领导才给我机会叫我到乡镇来当行政领导，我感觉到如饮甘泉。上级终于给了我一次干事的机会，我就得把握机会，把想干的事干成，不留遗憾。蒿坪是紫阳最好的地方，县委县政府把我放在这里任职，是无限的信任、最大的偏爱。组织偏爱你，你就要对组织加倍地回报，做出超出你岗位要求的贡献，才对得起组织和领导的这种偏爱。蒿坪是全紫阳县最好的地方，你把它发展不起来，不是天灾，而是人祸，是大家不努力、干部不齐心、群众不奋进造成的。其他地方发展不起来，是自然条件的限制。这个地方天时地利人和全占，国家政策这么好，地理条件这么好，交通条件这么好，没有理由发展不起来，无论如何都要拼，蒿坪必须要快人一步发展起来，不然得不到人民的原谅。"不愧是在宣传部干过的人，秦宗道说起来头头是道。

三、让群众对美好生活的幸福向往，一直保持下去

在秦宗道包联的双胜村，贫困户向诗贵老两口正在为年夜饭忙活着。

"年货准备齐了没有？有没有腊肉？"秦宗道一进门，就询问年货准备的情况。向诗贵的老伴儿刘全粉66岁了，老太太腿脚不好，但还是非常高兴地拉着秦书记的手，来到二楼楼梯口，指给他看挂在墙上的腊肉。秦宗道数了数，一共有15块。年前，老两口在外务工的孙子胡建也回来了。虽然春节年年过，但今年对于他们家格外不同。去年年底，他们告别了山上已破败不堪的两间土坯房，搬进了蒿坪镇双胜村集中安置点。建在溪边的安置点为统一样式的连排上下两层小洋房，整齐划一，共有152户，每户上下两层3室2厅2卫1厨。

71岁的向诗贵和老伴儿都属于肢体三级残疾。这是一个组合家庭。1998年刘全粉的儿子胡安因车祸去世，孙子胡建才3岁。

"他们原计划住政府'交钥匙'工程保障房，房子面积60平方米，产权归政府，不用掏一分钱。"秦宗道说，"但考虑到胡建将来还要娶媳妇儿，一大家子人不够住，最后政府就为他们争取了140多平方米的安置房。"在扶贫政策帮扶下，向诗贵夫妻二人每年有24000元的计生特抚金，还有养老、高龄、残疾人生活补贴，以及养猪、茶园管护产业扶持金等。2017年全家合计收入近3万元。镇、村包联干部还动员胡建参加了紫阳修脚师技能培训，现在他已经在全国连锁的修脚服务公司就业，每月工资平均5000元。

"搬家之前，我把喂的两头猪宰了，卖一头自家吃一头，全烘成了腊肉。"向诗贵高兴地说，"猪仔还是镇里免费发放的。是政府让我们过上了好生活。"双胜村于2017年整村脱贫出列，像向诗贵这样搬出深山住进新居的贫困户有160多户，占全村贫困户的一多半。

"全县17个乡镇，去年共有12个村整村脱贫出列，蒿坪镇有两个村脱贫出列，任务最大。今年我们分到一个村的任务，但我们自加压力又主动要了一个村，蒿坪镇必须率先全县脱贫！"列在秦宗道工作日志里的，除了全镇的脱贫情况，还有他包下的三户贫困户，这三户2014年被列为扶贫对象，如今两户实现脱贫，一户政策兜底。廖声林全家5口人入住自建房，致贫原因是缺技术。镇、村干部动员他家儿子、儿媳参加技能培训，儿媳在西安一家足浴店务工，收入稳定，儿子在附近做建筑工，全家年纯收入在两万元以上。在政策帮扶下，郭乾红夫妻二人不再去山西挖矿出苦力，在家里办起了农家乐，每天有可观的收入，日子越过越红火。祝玉双家只有两个老人和患有精神疾病的儿子，搞发展不行，只能政策兜底，住上了政府"交钥匙"工程保障房。

两个村整村脱贫，听上去容易做起来难。蒿坪镇采取的办法就是分类扶贫，"对症下药"，采取"一村一品"的方式发展特色主导产业。黄金村有一个近500年历史的显月观，始建于明嘉靖十年（1531年）。与显月观毗邻的是被列为紫阳八景之一的"七宝连云"，又名"七宝寨"。与其他村不一样的是，黄金村的安置房建在山顶，就在景点旁，全是统一样式的二层徽派小洋房，与显月观和七宝寨融为一体。政府计划把这里打造成道教养生体验区。"用旅游经济来带动脱贫，确保住进新房的村民稳得住，能致富。黄金村现在是全国旅游扶贫村！"秦宗道说。这里的土地条件适合种樱桃，全村2000亩土地全部退耕还林变成了樱桃园，农民搬迁后留下来的土坯房也能折算成股份入股旅游公司分红，用来发展特色民宿。

技能培训是帮助贫困群众脱贫最直接最有效的途径。蒿坪镇农村青壮劳力大多学历低，无技术专长，男的大多在外下矿挖煤，女的大多洗衣做饭当保姆，都想致富，却无门路。镇里因人而异、按需配菜，为青壮劳力免费安排各项技能培训，修脚师、月嫂、家政服务、烹饪技术、茶园技术……确保每个劳动力至少能掌握一门技能。同时，引导"百企帮百村"，采取"企业＋基地＋贫困农户""企业＋合作社＋贫困农户""企业＋一村一品专业村＋贫困农户"等方式，让贫困户分享产业融合发展的收益。愿意外出务工的，可以去外地企业就业，企业与贫困户签订合同，底薪3500元起，县里每年还为他们报销一次回乡探亲的往返路费；不愿外出务工的，可就近就业。蒿坪镇根据当地特色产业，计划建设10个农业特色园区，目前已建成了7个园区。蒿坪镇创业能人邱超返乡，在森林村建成了神龙富硒产业园，流转村民土地1500余亩，种植花椒800亩、黄花100亩、林果200亩，改造茶园400亩。园区周边100多名贫困人员到园区务工，找到了稳定的就业门路，实现了贫困户就地就业的目标。55岁的陈久顺是森林村在册贫困户，以前靠山吃山，自己在家门前种了几亩土地，开垦了几亩老茶园，由于土地贫瘠、离集镇远、交通不便等原因，连维持基本生活都不够。神农富硒现代农业园区在森林村开建后，他进入园区务工，承包了园区茶园和花椒园的开垦整地工作和部分茶园的管护工作，仅这两项去年就收入 4 万元左右。

"不仅在家门口实现了增收，还照顾了家里人。"陈久顺高兴地说。

"脱贫攻坚还有一项重要工作，就是移民搬迁。蒿坪是县城副中心镇，在搞脱贫攻坚的同时，我们要搞集镇建设，省上要考核。过去，我们的副中心镇建设排名，长期在全市倒数一二名。我到任后，就到住建局去跟局长沟通，如何改变这个局面。县上没有钱，钱都整合到脱贫攻坚里面去了。集镇建设如何搞？我就去跟县长汇报。我说我不要钱，只要政策，并且我还要给县财政贡献一个亿。县长说'你们写一个可行性研究报告'。我现场把几笔大账一算，县长说：'你这办法还真是可行。'2016 年，我们成立了一个镇级的城投公司，县上只给了 20 万块钱'起火费'。同时我们在全市率先成立了镇一级的综合执法大队，集镇所有的物业管理工作，通过政府购买服务的方式聘请第三方承担管理工作。我们借款 500 万元，启动征地工作，然后进行拍卖、招商。第一年累计投资 3 亿多，集镇建设从全市倒数跃升到前 5 位，2019 年跻身全省前 4 位，得到 600 万的资金奖励和 600 亩的用地指标。记得当时带着相关领导到红旗新区现场去看，我说这里要建一个脱贫攻坚搬迁安置社区。一个部门领导对我说：'能把这个社区建成了，你就能当省委书记。'他认为我根本建不成。腊月二十四，街上各种摊子都摆满了，水泄不通。我想得赶紧找一个地方，给商贩摆摊子用。集镇边有一块地，七八年前征了一部分，有一部分又没有征，现在群众都种上了庄稼，弄不清哪些是征了的，哪些是没有征的。这里成了一个脓疱疮，干部都不敢去动。我说，我去试试看，不管有啥矛盾，先把脓疱戳破。腊月二十四这天，我找了个铲车开始施工，捡了一些柴，在旁边生起一堆火，坐在现场抽烟、烤火。我给铲车师傅说：'你铲，如果有人找你（麻烦）我给你解决问题。'我在那里待了 4 天，来一个问题解决一个，现场办结，把一个场坝铲出来了。我给领导说，场地已经搞成了，正月初可以搞开工仪式了。春节一收假，蒿坪镇千户移民社区作为全市的重点项目，在蒿坪搞开工典礼。我们这几年的工作是：白天脱贫攻坚，晚上征地拆迁。脱贫攻坚是建农村，征地拆迁是建集镇，城乡联动。蒿坪比其他的镇多一份工作，就是搞集镇建设。我在恒口飞地园区搞过拆迁，有经验，效率很高，有时候一晚上拆迁三四户。不知道是什么原因，往拆迁户屋里一坐，聊着聊着就搞定了。我最后在想，原因在哪里呢，是不是太走运了？比如廖家院子，干部都不敢去，我去了，他们既没把我轰出来，也没跟我吵架。下午五六点去了，他们正在做饭，我说：'你们多做一份吧，我还没有吃呢，在你们家吃，面条、稀饭，你们吃啥我吃啥。'吃完饭，我给他们付钱，他们坚决不要。我心里惦记着，过年的时候，就去给小孩一两百元压岁钱，他们很高兴地接受了。紫阳人好客，你去他家吃饭，他认为你看得起他，感觉有面子，特别高兴。你吃了别人的饭，喝了别人的茶，感情就拉近了一大步。但凡事我们不能让群众吃亏。在征地拆迁过程中，我们把群众生活上、工作上所有遗留问题，一揽子全都解决了。不仅仅是征地拆迁，我说：'你们有什么困难，都说出来，在我能力范围内的，能解决的，都给你们帮忙。'他们过去到处求人、到处送礼、到处请客吃饭都办不成的事儿，我都给他们解决了。我在县委宣传部工作的时候，给每个部门都写过稿子，都没吃过他们的饭，没有拿过他们的东西，积累了大量的人脉——都欠我情。现在我遇到事情了，他们都把情给我还了。那些老哥都非常好，我给他们电话里一说，都全力以赴地把事情办了。老百姓非常感动。这些事情办好了，拆迁都不是事儿了。说实话，脱贫攻坚以外的事情都是找活儿干，我们是可以不干的。有人说，我们一分钱没有，为啥要搞这么大一场事，风险大，矛盾多，任务重，自己给自己加压、找事儿。班子成员一致感到难度太大，怕事情干不成，群众看笑话，直到我们把第一块地征下、平整出来，新建的一条大道从居民区穿过去，大家才感觉到这件事是可以做成的，信心才树立起来。征地拆迁越到后面阻力越小。那些拆迁户最开始都是有敌对情绪的，有的房子破破烂烂，政府不准他新修，儿子三十几岁了还没有婚房。这次置换后，都住进了新房子，接媳妇的时候，老早就给我下请帖，请我去参加婚宴。我说：'现在在搞新民风建设，你办酒席我来参加，导向不好，但是贺礼我肯定要送，你们把酒席办完了，剩下的菜，我来吃顿饭，祝贺一下就行了。'大家都把日子过好了，见面后热情得不得了。拆了这么多房子，没有一户拆成了仇恨，都拆出了友谊。"说起拆迁工作，秦宗道滔滔不绝，如数家珍。

"十三五"期间，蒿坪搬迁了1281户，数量很大，加之征地拆迁和招投标有一个过程，从地勘到设计到审图都需要时间，从招投标到动工，中间要7个月时间走程序，真正修房子无非几个月时间。紫阳县原定时间是2020年整体脱贫，但是中途突然要求2019年摘帽，时间提前了一年，导致整个工作计划全部打乱，房子不得不白天黑夜地修建。

"离省上检查不足两个月的时候，有一栋房子还是框架，县长天天过来，有时候晚上都过来检查督促。我开玩笑说：'你们领导也不讲理，你们说提前就提前，让我们怎么办？'建房是有工期的，不是随我们的意志想提前就提前的。再加上建房的老板也不行，自有资金不足，7月份的时候给老板说要提前建好，老板就丢下不管了，没招了。这咋得了？脱贫攻坚搞砸了，我咋担待得起？别说我，就是书记、县长也担不起。我搬来两张床，和老板住在工地，只要我在这里，你老板必须在这里，把你守着。我问他：'你现在到底差啥？说出来我帮你。差水泥，我个人担保先赊来；差砖，我联系货源。要啥材料，我都出面去赊。'没有工人，陕、川两地到处联系，保证每天有四五百人在这里施工，白天黑夜地轮班倒，才使工程按期完工。硬是抢在检查前，把群众搬进去了。"秦宗道说。

群众搬家的时候，全镇200多干部开着私家车给群众拉家具、搬物品，浩浩荡荡。建房期间，县长急得差点掉眼泪，等到群众搬进新家，她脸上才露出笑容。秦宗道说，装修过程中，仁和社区搞的是政府集中装修，蒿坪镇搞的是群众自行装修，只要不突破300元每平方米的上限就行。群众自己装修怎么装他心里都是满意的。如果政府装修，怎么装修他都不满意，都会找问题。为了防止这种事情发生，秦宗道坚持群众自己装修。但因为时间非常紧迫，只有一两个月，如果哪户步调太慢，整个任务就会无法完成，风险太大。在装最后268套房子时，县上领导一波又一波地跑来督促，给秦宗道施加压力，要求改变方式集中装修。

"我顶住压力，偏不集中装修，坚持让群众自主装修，把领导气得不行，要现场给我处分，把我免掉。我说，免职了也就是那么一回事，免了也必须那么弄。前面近千户都是群众自己装修的，现在200多户政府装修，那先装的户是否要上访？有领导说，完不成任务，我们都扛不住，你怎么扛得住？确实，书记、县长也担心，安康市委书记、市长都来了。我也知道事关重大，于是就动员了200多名干部'参战'，一栋楼一名科级领导负责，一个办公室主任当楼长，一个干部包几户，帮忙运材料，守着装。我们的干部跟群众、工人一起劳动，白天黑夜地奋斗。找不到工人，200多名干部就是工人，搬沙、扛水泥，跟群众一起奋战。干部人盯人督促，差工人了，干部开着私家车去找工人、接工人，贴身监督，亲自推动。通过一个多月时间，我们顺利地完成了任务，实现不掉一户、不落一人。装修完后，群众搬进新家了，蒿坪镇没有一处留下后遗症，没留下任何问题。最后和县上领导在一起交谈的时候，我说：'我可是为县上省大钱了，还没有一户群众找麻烦。'领导说：'你把我差点吓死了，你知不知道？'她心里还是很高兴。其实我是认真算过工期的，只要大家齐心协力，不掉链子，一定会如期完成的，但是太冒险了。成功了，啥事都没有，一旦不成功，前功尽弃，不敢想象。那段时间，我每天往工地上要跑五六趟，楼上楼下地跑，晚上睡觉腿都是麻的。最终我们把这场仗打胜了。老百姓搬进新房后，我们成立了新的党支部，让每栋楼的党员来当楼长，通过党组织把群众联系到一起。政策落实方面由党组织负责，开展电梯使用、厕所使用等培训。水、电、路等由物业公司进行社会化管理，让社区管理一开始就进入规范化。"

秦宗道说，搬迁后，后续工作是很复杂的。有的老百姓年龄大了，用不了马桶，用不了煤气灶，不会用电炉子，坐不了电梯，视力也不行，甚至找不到电梯楼层的号码，又没有文化，下楼就不认得回家的路了，因为房子都是一样的。镇政府做了大量的工作，进行全员培训，开展一场全面的新生活运动。秦宗道要求社区多办活动，多开会，开谈心谈话会、聊天会都可以，通过这些方式把大家聚到一起，把生人变熟人，把熟人变亲人，把亲人变家人，让整个社区像一个大家庭一样，大家共建共享。后来，社区还成立了家政公司，办了就业服务中心、老年人托管中心、儿童托管中心、幼儿教育中心，引进了社区工厂，等等。从刚出生的婴儿到老人，全程都有服务机构。秦宗道说，把农民变成市民，是一场革命。革命的过程是痛苦的，必须要快速行动，让群众心里不要有裂痕，让他搬新家的喜悦、对美好生活的幸福向往，一直保持下去。一大批青年租了门面创业，有了新的事业；一些中老年人在社区工厂、家政公司上班，每月有固定的收入。还有一批身体有残疾的，给他们安排公益性岗位，比如搞电商等。把一些身强力壮的人通过五大技能培训，送到外地去就业。通过这些措施，保证每一家至少有一个人有稳定的收入，解决农民进城后的生活问题。大力推进新民风建设，倡导"诚、孝、俭、勤、和"新民风，帮助贫困户改变安于现状、不思进取等落后观念，从思想上扶志扶智，引导他们积极致富。2019年，全安康市新民风建设现场会就在蒿坪镇召开。

"有一个好的心态和精神境界，农民脱了贫，才能稳得住。"秦宗道说。

四、振兴产业，留住乡愁

乡村振兴，是乡村绿色发展之路、基层善治之路，更是城乡融合发展之路。

2017年2月17日，市级重点项目蒿坪镇红旗新区开工建设。项目完工后，来自全县各镇万余户搬迁户陆续入住这个新区。集镇人口增至近3万人，相当于一个县城规模。如何让他们搬得出、稳得住、能致富？对于蒿坪来说，压力很大。

2017年12月，蒿坪招商引进了全市首家毛绒玩具工厂——安康爱多宝动漫文化产业有限公司在该镇正式挂牌投产。从招商洽谈到厂房装修，仅用了15天时间，创造了惊人的"蒿坪速度"。目前，该公司已在全镇开了5家分厂，500余名贫困群众通过新社区工厂实现了稳定增收脱贫。

"居住在社区，增收在园区；居住在楼上，就业在楼下。"蒿坪镇为广大移民户勾画出的美好蓝图已近在眼前。两年来，该镇相继投入4亿多元推进县城副中心镇建设，受到市政府嘉奖。蒿坪邀请国内顶级的规划设计公司重新修编了蒿坪集镇发展规划，并启动建设10个现代农业园区和1个生态工业园区，基本形成"10+1"的城乡产业发展体系。

产业兴旺，是乡村振兴的基础和关键。产业兴，百家旺。蒿坪镇善谋市场之势，利用城镇平台下足产品销售功夫，利用农村平台做足产品供给文章，各自发挥优势，让一切产业要素充分涌流，以新思路谋求全镇产业高质量发展。森林村将800亩集体土地和700亩农户承包地转让给神农富硒农业发展有限公司，用来种植花椒苗；黄金村建起了2000亩樱桃园，积极创建全国旅游扶贫村；王家河村在做大做强"真硒水"产业的同时，还种了1000余亩菊花，办起了菊花产业园区等。蒿坪走"支部＋园区＋农民"产业发展之路，大力发展绿色农业，既为企业发展提供稳定的利益联结，又为农民提供增收渠道。两年时间，蒿坪通过招商引资发展了7个现代农业园区，产业发展走上快速轨道。蒿坪镇各个村在各党支部指引下，通过土地流转和"三变"改革等多种方式，将土地资源集中整合起来，开展招商引资，转让给企业经营，让农民端上了"租金＋薪金"的金饭碗，实现了稳定增收。

"现在不用外出打工了，就在家门口的园区上班。不仅便于照顾家人，每月还能挣2000元左右。"在神农富硒生态农业公司兴办的神农富硒园区内，贫困户郭乾根正忙碌着给花椒树锄草。和郭乾根一样，紫阳县蒿坪镇森林村、全兴村还有近百人实现了在家门口就业的愿望。

神农富硒生态农业园区位于紫阳县蒿坪镇森林村五组，规划总面积200公顷，建设期限为5年，总投资为8000万元。计划建花椒园133公顷、茶园33公顷、林果蔬园20公顷、其他经济作物14公顷，并配套建设游客接待中心、陕南特色民宿、硒茶餐饮、休闲垂钓、手工茶体验园等集吃、住、游、玩为一体的休闲观光农业综合示范园，目前已投资2355万元，全部为企业自筹资金。

"关于乡村振兴，我们有一个大战略。劳动力就业，工业园区能安置一部分。另外，我们还有大片的山林和土地，搬出来就空了，这些不能撂荒啊。让这些老百姓再回去种地，不现实，顶多50～60岁的人偶尔回去种种地。再过10年，就没人种地了。怎么办？移民搬迁为土地集约化开发、规模化经营、园区化建设和大户经营的发展、集体经济的发展创造了条件。我们快速地启动园区建设，一个村最少规划一个园区，先把最好的土地规划出来，其他的一步步地发展。把园区规划好，包装好，有私营老板投资，他们开发；没有私营老板投资，我们集体经济组织开发。我们目前主要的农业产业是'一枝一叶'。一枝就是花椒，目前全镇有四五千亩了；一叶就是茶叶，现在全镇有茶园12000多亩。一枝一叶总关情。我们规划的十大园区，现在形成了7个。乡村振兴主要是产业振兴，收入是一切发展的关键。产业发展是一个漫长的过程，要有耐心，要有持续的定力。我们需要吸引一批有实力、有桑梓情怀的人回来投资。同时，我们只有通过建园区，才能形成规模，才能实现规范化、标准化发展。同时，我们还要大力兴办社区工厂，让更多人居住在楼上，就业在楼下。目前农业园区安置约500人就业，社区工厂安置500来人就业。与此同时，我们还做了一些影响蒿坪千秋万代的战略性的布局。蒿坪看似交通方便，其实群众出行不方便。走高速到紫阳，要花较高的过路费（十来公里，过路费22.5元）。我们修建了一条路，直通汉江边，将来可以将汉江水引到蒿坪来，'引汉济蒿'。我们的集镇是按照5万人容量设计的，现有水源还不能完全保障用水需求。水是大问题。我找到县上领导说，蒿坪要修一条路，征地拆迁不要政府出钱，只需要县政府出硬化的钱。随后，我们就把这条路修通了。要让汉江文化和蒿汉文化衔接起来，让汉江经济带和蒿汉经济带互动起来。这条路修通后，到县城只多花费8分钟时间，但是给群众省了45块钱的过路费，把交通优势发挥得更好，使经济带的互动性更强。我有一个设想，将来修两个太阳能发电站，把汉江水提上山，顺着公路引到蒿坪，蒿坪将来再也不会受到缺水的困扰。目前，蒿坪的经济规模达50多亿，占全县工业经济的一半，只要规划不变，力度不减，再过五年、十年，蒿坪绝对很有前途。还有我们的特色小镇，是建立在富硒和产业基础上的，要进行硒产业的全产业链开发。园区就是为这些做准备的，比如将来的硒康养、硒研究、硒加工等，相信（经济规模达）100个亿的愿景是可以实现的。"展望未来，秦宗道信心满怀。

为了让村民记住乡愁，蒿坪村建了一座"村史馆"，里面都是拆迁后老百姓捐赠的东西，有制作精良的大木床，有各种各样的农具，都是老百姓原来用的一些东西，如犁铧、钢锯、纺车、钢棚、瓦罐坛子、小火炉、老式电壶、录音机、黑白小电视、木工家具、老式婚床、木斗、升等等。随着村民搬进城镇，告别农耕时代，这些东西渐渐淡出他们的生活。秦宗道说，将这些东西都集中起来，让老百姓能时时回味过去的生活。里面陈列的物件都是老百姓自发捐献的，他们会经常过来参观。拆迁群众离开大山，对那里十分留恋，来到村史馆，看到自己用了一辈子的锄头、犁铧、蓑衣、马灯等，感觉十分亲切，满满的都是回忆。

"2016 年至 2020 年，一次足以改写历史的大迁徙在中国大地上进行，约 1000 万贫困人口通过易地扶贫搬迁告别世代生活的贫瘠土地，走向新的生活。如今，我们都搬下山来了，今后的娃娃可能都不知道我们从哪里搬来的。我觉得应该记录一下村子的历史，留住乡愁，留住思念，所以就建了这座村史馆。"秦宗道说。

第十七章　铿锵玫瑰

我是一个党员，入党誓词的最后一句话是：为党和人民牺牲一切。我牺牲时间、牺牲我自己的这点事儿，那都是应该的。脱贫攻坚是良心工程，良心是做人最大的底线，我问心无愧。

——汉王镇党委书记娄芳

一、汉王魔咒

来紫阳许多次了，但到汉王镇还是第一次。汉王镇位于紫阳县城以北45公里处，是紫阳县北部的历史名镇和边贸重镇。传说汉高祖刘邦曾在此筑土为城，屯兵驻守，汉王镇因此得名。一路上，作家黄志顺给我介绍汉王的风土民情。他特别讲到镇党委书记娄芳，工作雷厉风行，不让须眉。见到娄芳的时候，她正在接待一批前来洽谈业务的商户，匆匆地与我打了个招呼就忙去了。

娄芳生于1982年，紫阳毛坝人。2001年大学毕业后当小学教师，2006年开始在紫阳县教育局工作，2009年任紫阳团县委副书记，2012年任毛坝镇党委副书记、镇长，2016年5月任汉王镇党委书记。她至今仍孑然一身，没有成家。

"我是一个唱着紫阳民歌、喝着富硒茶长大的紫阳妹子，一个土生土长的紫阳人。"娄芳开门见山地介绍自己。

"我在乡镇工作的这9年，适逢党的十八大胜利召开，有幸和紫阳的人民群众一起脱贫攻坚，推进乡村振兴。习近平总书记曾经说过这样一句话：'我们党员干部都要有这样一个意识：只要还有一家一户乃至一个人没有解决基本生活问题，我们就不能安之若素；只要群众对幸福生活的憧憬还没有变成现实，我们就要毫不懈怠团结带领群众一起奋斗。'脱贫攻坚工作是一个伟大的历史创举，能参与到这项历史伟业中，是我们人生之大幸。虽然这几年经历了前所未有的艰难困苦，受过前所未有的累，但我也有了前所未有的收获。这种收获不仅是我们老百姓住上好房子、过上好日子、养成好习惯、形成好风气，对我自己来说，也是一个历练和提升的过程。"娄芳快人快语，一口标准的普通话令人耳目一新。

娄芳毕业于安康师范学院，通过自学拿到了研究生学位，毕业时有机会留在安康市，甚至去西安工作，然而她还是选择回紫阳工作。娄芳说家乡需要年轻人留下来建设，自己如果去大城市工作，可能会拿到高薪，但留在家乡带动一方老百姓脱贫致富，改变一个地方的贫困面貌，实现自己的人生价值，也是自己心中的一个梦想。

"这可能与我从小受的教育有关。我外公曾经也是在乡镇任职，是一个老党员。我爷爷是个老中医，我父亲也是一个老党员，他们都能够严格要求自己，以身作则，成为我们的榜样。父亲从小教育我们不要玩物丧志，所以我到现在不会打麻将，不会喝酒。过年的时候家家户户打牌，我们家大年三十除了看春晚，便是表演节目。爷爷要求家庭成员每人都要表演节目，唱歌也好，跳舞也行，或者背唐诗宋词，练习书法绘画，形成良好的艺术氛围。家有家规，我们家的家规就特别严。记忆最深的就是过年的时候，我们小孩坐一桌，大人坐一桌，只有大人这桌开席之后动筷子，我们小孩这桌才能拿筷子吃饭。如果哪个长辈筷子还没有动，我们晚辈这边都不能动筷子的……家庭氛围特别好。父亲教导我们在街上见到熟人必须要打招呼，要有礼貌。那年我回到毛坝当镇长，大家说：'你女儿衣锦还乡，这回该风光一番了。'父亲把所有的亲戚叫来开了个会，说：'咱娄芳回毛坝当镇长了，她干的是公家事，是回来搞家乡建设的，所以我约法三章：第一，凡是涉及镇上的事情，如果牵扯到咱家的利益，咱家人必须让步；第二，不许到镇上去找她办私事，让她以公谋私；第三，支持娄芳的工作，不要在下面添乱。'当时我大姑父在毛坝收费站工作，毛坝镇拆迁时，按照当时的要求是应该给他补偿一间门面房的，但因为我刚好接手镇长一职，我父亲就主动去做大姑和姑父的工作，说这个事儿哪怕自己吃亏，也不能给政府找一点儿麻烦。大姑和姑父都是通情达理之人，带头不找政府闹事，其他人一看也偃旗息鼓，拆迁工作得以顺利进行。

"后来，我给自己定了个原则，不允许我的亲戚、朋友、同学在我所管辖的地方做工程。记得我到团县委去报到的前一天晚上，我爸跟我进行了一次彻夜长谈，其中有一句话让我终身铭记：'公家的钱一分都不能占，不是自己的东西，一样都不能拿，不该报销的费用一分都不能报。'父亲是个老党员，他曾经任毛坝供销社主任，是一个特别自律的人，任何人逢年过节如果来送礼，他都会把人家赶出去，态度十分强硬，这一点对我们影响很大。父亲以身作则，给我们营造了良好的家风。有一年夏天的傍晚，我们一家人在阳台上纳凉，楼下有一个卖李子的老人，眼看天快黑了，还有半背篓李子没卖出去。父亲拿了个口袋出去，过了一会儿提着大半口袋李子回来了。我说：'买那么多李子咱们能吃得了吗？'父亲说：'你看那老人在下面卖了一天，中午太阳那么大……眼看天就黑了，回去还要走一两个小时的路，李子卖不完，难道让他再背回去吗？吃不完好办，咱分给邻居嘛！'我妈也是个特别善良的人，记得有一年毛坝街上有一个乞讨的老人，我妈就把家里不常穿的衣服给他送去，还经常给老人送吃的东西。在这样一种家庭氛围中成长，我从小就深受教育。

"2016年我来汉王之前，我爸曾说过，汉王镇是紫阳的'鱼米之乡'。上初中时，我们的班主任老师说起汉王镇，念了一首诗，当时听完之后就记下了：

台名擂鼓与天齐，

四顾群山座座低。

隔断往来南北雁，

只留日月过东西。

"这首诗讲的就是汉王镇的擂鼓台，被列为省级森林公园，景色十分秀丽，有'小武当'之称。

"毛坝和汉王都是边关重镇，一个在紫阳的西南，一个在紫阳西北。我像一只燕子从南边飞到北边，大家开玩笑说这是娘子军驻守边关。我认为领导能把一个女同志放到这样一个重镇，是组织对我的信任。上任的第一天，感觉越走越荒凉。第一次搞产业扶贫调研时，看到到处都是荒地，许多村子都没有通村公路，村民住在破旧不堪的石板房里，看起来很危险。当地有一句俗语'走的是羊肠道，种的是望天田'，基础设施非常落后。当时毛坝那边已经通高速了，交通特别方便，去一趟县城半个小时就到了，而汉王去紫阳，同样的距离得走几个小时。镇上没有产业园，没有居民安置点，街道上也破破烂烂的，541国道穿境而过，两边是参差不齐的居民住宅及商铺。我边走边看，手里捏了一把汗。这个陕南重镇、'鱼米之乡'与我想象中的汉王差距太大了！"娄芳说。

娄芳到达汉王镇，是脱贫攻坚真正开始之时。几年来，汉王投入了4个多亿，发生了翻天覆地的变化。之前镇上最漂亮的地方是学校，现在最漂亮的是老百姓的江景房、安置房。这些安置房一家最多交10000元即可入住，那些之前住在高高的山顶上、一辈子难得下几次山的贫困户，如今每天都可以在江边跳广场舞。

"刚到汉王时，有两个'魔咒'无法破解。第一个'魔咒'是这里的汉江每年夏天都要淹死一个人！当地百姓说这是河神作怪，要祭祀。我是共产党员，特别不信邪的，所以就不信这个东西。但死人的事是真的发生过。我带上领导班子、干部去调研。通过巡河，发现一些问题。第一是管控方面的问题，一到夏天，不管老人孩子都喜欢下河洗澡，汉江水面宽阔，暗流涌动，深不可测，一些人下去后因体力不支便溺亡了；第二是江边没有警示标志提醒老百姓不能下河游泳；第三是学校在教育方面存在职责不到位的问题。接着我们就制定了巡河制度，每年夏天，包联社区的干部和马家营村、汉城村、龙安村这三个在河边的村的村干部，分成三个班，早、中、晚24小时巡河，然后我动员我们镇上的领导和派出所的人都参与进来，严禁老百姓下河游泳，发现一个处理一个。大家一起守护一江清水，守护老百姓的生命健康。2016年我到汉王以来，汉江再也没有淹死过人，打破了这个魔咒。第二个'魔咒'是汉王镇的百姓上访成瘾，村民除了经常去县城上访，还会成群结队去安康甚至省城上访，屡禁不止，成了地方官员非常头疼的一件事。我们经过调查后发现，这里的民情民意非常复杂，上访的人真的特别多。但百姓上访肯定是有问题需要解决，靠禁是解决不了问题的。这种情况下，我们建立了'四访工作制度'。第一，群众点名要见的领导必须接访。老百姓到机关想找书记，书记就必须接见，镇长出面都不行。村民小事找副职，副职不能推给镇长或书记。老百姓点了你的名，是对你的一种信任，你就必须得对他负责。第二，包案约访——即老百姓反映的问题经班子分析后，分管领导要包这个案子，负责实施落实，一直到问题解决为止。第三，带案下访，就是带上工作组直接到反映问题的村民家里，面对面了解情况，解决问题。第四，结案息访，规定需要办理的案子必须要有结果。要求所有的镇干部电话公开，保证老百姓可以随时联系上。经过这几年'四访'工作的开展，汉王做到了'大事不出镇，小事不出村，矛盾不上交'。"娄书记说。

二、山上原来光秃秃，现在到处绿油油

破解了汉王镇的两个魔咒后，娄芳将目光转移到产业发展方面。她说："我来的时候山上光秃秃，现在是绿油油。"几年来，汉王镇主要发展了两种产业园区。两个茶叶园区 3000 余亩，三分之一是老茶园改造，三分之一为新茶园。汉王镇的茶叶 20 世纪 80 年代曾获过陕西省茶叶评比金奖，茶叶质量上乘，近年来由于缺乏有效宣传和推广，茶叶销售不畅，许多茶园荒芜，大家都不愿经营茶园。另一个是花椒园区，有 2860 亩。汉王镇是优质花椒生产基地，"汉王"牌花椒深受消费者喜爱。另外还有丹参药材园区、小西红柿园区及富硒稻米基地、有机蔬菜基地。多元化发展，促进百姓脱贫致富。

采访娄芳的时候，感觉她特别忙。娄芳说之前已经推掉几个前来采访的作家，因为实在没有时间。

"感觉每天都在忙。有人不理解，你为什么会那么忙？有那么忙吗？白天下基层，晚上开会处理问题，常常忙到深夜。2019 年 5 月 20 日至 9 月 30 日，安康市'百日决战'，这一百天，我们搭着雨棚修路，赶工程，每天微信步数都在 2 万步以上，有一次晕倒在'五七'小区的工地上。有几次深夜回到办公室坐在沙发上就睡着了，门开着，灯亮着，自己浑然不知，半夜被冻醒了才发现自己睡在沙发上。2020 年正月初二开始上班，一直上到 10 月 1 日，中间只休息了 7 天，然后至今一天也没休息过。前几年也是如此，每年休息的时间加起来不到 15 天。我有过连续上 8 个月班的记录，今年已经超过 10 个月了。不仅是我，

全紫阳的干部都很辛苦，因为紫阳是深度贫困县，贫困程度深，脱贫难度大，干部又少，所以我们就只能靠抢时间来完成任务。大家经常都在连轴转，都十分辛苦。许多干部上有老下有小，常常不能回家照看老人和孩子。有一次我奶奶摔伤住院20多天，我都没时间回去看她。父母有病都是妹妹在照料。我对得起党，对得起人民，唯独对不起家人。我是一个党员，入党誓词的最后一句话是：为党和人民牺牲一切。我牺牲时间、牺牲我自己的这点事儿，那都是应该的。脱贫攻坚是良心工程，良心是做人最大的底线，我问心无愧。"娄芳说到这里，眼里闪着泪光。这个看起来风风火火、阳光灿烂的女孩，内心其实是非常柔软的。

"一路走来，作为一个女同志，在基层工作有没有流过泪？"

"肯定有啊！我一般不会说我哭过，也不会让别人看见我哭，但有时候感觉太苦太累，或受了很大的委屈，一个人就会躲在没人的地方默默地流泪。我边哭边想：你觉得苦觉得累，下面工作的那些干部难道就不累吗？于是擦干眼泪，该干啥干啥，从不影响工作。"娄芳笑着说。

汉王镇马营村二组的驻村干部杨平，两位至亲相继离世，从悲痛中迅速走出，全身心投入扶贫工作中去。

行伍出身的杨平，从2012年到马营村驻村，至今已经8年了。他包联马家营村22户贫困户、200多户非贫困户，一年四季几乎都在山上。

"2018年5月11日，孩子当兵回来在深圳一家公司务工，因出去办事出了车祸，表妹打电话过来的时候，人已经在医院抢救。儿子当时24岁，风华正茂。我赶过去时，儿子已经不在了。家里就这么一个孩子，我简单地把事情处理了一下，把儿子火化后就回来了。当时真的是万念俱灰，这件事对我的打击是毁灭性的，我甚至想到了轻生……"说起儿子，杨平眼里闪着泪花。

"杨平向我请假的时候，我的眼泪都掉下来了！24岁，太可惜了啊！我嘱咐他把事情妥善处理再回来，有什么困难需要协调就打电话。出了这样的事，搁谁身上谁也无法承受。半个月后，杨平回来要求上班，他说：'娄书记，我儿子的后事已料理完毕，现在回村上工作了。'"娄芳说。

人生最大的悲痛，莫过于白发人送黑发人。随后不到两个月，杨平的父亲也因病去世。杨平成了失去儿子的父亲，失去父亲的儿子。回到家里，除了面对挂在墙上的两幅照片，还要照料多病的母亲和妻子。

"这些事发生后，镇政府领导及同事非常关心，经常安慰我。经历了一段时间的痛苦，我硬是挺了过来，全身心地投入扶贫工作中。因为只有这样我才会忘记那些悲痛的事情。"杨平说。

杨平工作很扎实，深受村民拥戴。他在集镇的家，是村上群众的"会所"。大家赶集的时候都会去他那里歇歇脚，喝口茶，聊聊天，有时赶上饭时，杨平会热情地留村民吃饭。

贫困户郭家斌养殖土鸡，杨平不但给他带来各种养殖信息，还动员老郭多次参加养殖技术培训。土鸡养殖周期长，成本高，销售价格自然也高。杨平成了老郭的代言人，广泛向同事、朋友、邻居宣传。春节前，普通肉鸡卖14元一斤，老郭的土鸡35元一斤、鸡蛋2元一枚，全都是客户上门来买走的。

贫困户黄正祥今年70多岁了，老伴和儿子去世早，儿媳改嫁，孙子在西安上学。或许因为对失去儿子有深切之痛，杨平对黄正祥特别关照，隔三岔五要走访一次。很多时候，杨平的走访并没有实际工作内容，就是陪老人坐坐，神采飞扬地讲各种电视上看到的、路途听到的见闻。对于黄正祥来说，这种关心弥足珍贵。他说："现在的扶贫干部，比上比父母强，比下比儿女强！"

2018年2月，杨平被评为安康市"交友帮扶先进个人"。

"我认为是三年的军队历练成就了杨平的乐观坚毅，是31年的党龄塑造了他的敬业和担当！"娄芳说。

脱贫攻坚推进中，汉王镇坚持镇主要领导、班子成员分片负责、一线指挥，层层立下"军令状"，半月通报一次推进情况，对排名靠后的包联领导、帮扶干部、村党支部书记、村主任进行约谈。把产业扶贫作为精准脱贫的主攻方向和着力重点，引入民营企业、社会力量等参与脱贫攻坚，因地制宜发展特色产业，按照"一村一特色"产业发展规划，扶持一批贫困户参与到特色产业经营中。同时，通过"支部+X+贫困户"的工作模式，发挥党员示范带头作用，为每户"量身定制"脱贫措施，切实提高贫困户的自我"造血"能力，让贫困群众自力更生勤劳致富，用自己勤劳的双手创造幸福生活。

三、幸福不是毛毛雨，天上不会掉馅饼

刚来汉王时，娄芳提出了"四个好"，倡导汉王好风气。一、发出汉王好声音，杜绝各类负面事件发生，如河道淹死人、野蜂蜇伤人、村民上访、民间纠纷等。二、做出汉王好味道。"汉王的白菜没筋扯"，晶莹剔透，香甜可口，所以叫"玉白菜"；汉王的变蛋利用传统手工艺腌制，被称为"一颗不变心的蛋"，营养丰富；汉王的富硒米不上化肥，亩产500斤，每斤能卖10元钱，供不应求，这些富硒米运到南方能卖到每斤上百元；汉王的皱皮柑日照充足，营养丰富，柑皮有药用价值，每只可以卖到几元钱。汉王镇创建蒸盆子研究所，利用汉王玉白菜、红眼睛洋芋、优质莲藕、变蛋等资源，做好蒸盆子这道大菜，赋予其食品文化内涵。三、晒出汉王好风景。推出以擂鼓台、汉王城、马家营为主导的旅游品牌，带动汉王经济提速。四、干出汉王好形象。群策群力，除陋习，树新风，树立汉王新形象。

汉王镇和紫阳的其他乡镇一样，存在各种陋习。婚丧大办，乔迁宴、升学宴、生日宴屡禁不止。镇党委和帮扶干部、镇包联干部、村干部、驻村工作队队员等一起，组织提倡新民风活动，发出杜绝乔迁宴、升学宴倡议书，并与村民及学生家长签订了"弘扬新民风，拒绝升学宴"承诺书。倡导广大人民群众从自身做起，以实际行动推动"诚、孝、俭、勤、和"新民风建设，坚决向"升学宴""谢师宴"等说不。

娄芳深切地感受到，农村贫困人口脱贫，必须要靠坚定的脱贫意志和滴水穿石的韧劲。无数地区的脱贫经验证明，摆脱贫困，首要的意义不是摆脱物质上的贫困，而是摆脱意识和思路的"贫困"。只有首先解决好头脑中的贫困，才可能实现弱鸟先飞、自穷致富。只要有信心，黄土变成金。只要精神不滑坡，办法总比困难多。对贫困群众来说，扶贫当先扶志。让村民知道幸福不是毛毛雨，天上不会掉馅饼儿，致富需要通过双手苦干，树立"宁愿苦干，不愿苦熬"的观念。

"我发现这样一个有趣的现象，如果一个院子里面大多是勤快人，剩下的也不会太懒惰；如果有一家是懒汉，那么相邻的几家院子里都会乱七八糟。为什

么？贫困户互相影响。扶贫先要扶志，有了志气，输血才有作用，造血才有可能。"娄芳说。

43岁的张进是汉王镇汉城村三组在册贫困户，他和妻子陈诗琴都是残疾人，家里4口人，大女儿13岁，小儿子4岁。以前由于缺资金又缺技术，家里日子过得紧巴巴。帮扶干部来村后，多次动员张进发展茶园，县移民局免费给他提供茶苗，为他报名参加茶园管理技能培训。目前张进发展茶园7亩，今年仅产业扶持金就能领到2900元。护林一年工资5000元。他每天巡山，哪里冒烟就打电话。

我们来到了张进养猪的汉王城村。张进家已经住上了新房子，妻子已安上了假肢，能自己走路。张进在离村不远的地方搭建了一座彩钢房，里面养着10多头猪。

"最多的时候我养过50头，不等出栏就被订购一空。"张进边说边给猪喂饲料。饲料是玉米、黄豆、白菜、萝卜，从不喂外面卖的那种饲料，这也是他的猪肉非常抢手的原因。

"今年养了多少头？"我问。

"20头，快卖完了。"张进憨厚的脸上绽放笑容。

"收入20万没问题吧？"我问。

"差不多吧。说实话，现在的社会，好多懒人都是惯出来的。国家扶贫政策这么好，感觉有太多的项目可以赚钱，我们没有理由不好好干，不能什么都靠政府，要通过勤劳的双手，改变贫穷落后的面貌。"张进说。

除了养猪，张进还种莲藕，1斤莲藕卖四五元钱，一年可收入2万元左右。这些莲藕主要供应蒸盆子。

娄芳介绍说，汉王镇有三大宝："红眼睛"洋芋、玉白菜和蒸盆子。

"我们汉王镇的蒸盆子是紫阳的一道名吃，是陕南十大名菜之一。我们每年都会举办紫阳蒸盆子美食节。汉王人是非常热情好客的，汉王人请客吃饭，我总结为'一请二拉三拖四拽'，非请到不可。汉王人请客不会临时起意，那必是几天前就要用心准备的。豆腐干、变蛋、花生米、酸辣大白菜、油炸汉江小鱼等，是必备的凉菜。粉条烧土鸡、皮豇豆炒腊肉、酸蒜苔炒肉丝、小炒羊肉、红豆腐蒸肉、家常豆腐、芝麻冬瓜、汉王白菜、酸辣土豆丝、四柱子（粉蒸肉、梅菜扣肉、蒸排骨、蒸糯米）、四品碗（瘦肉丸子汤、鸡蛋汤、莲藕猪蹄汤、墨鱼汤）等是必备的热菜。如果你去汉王朋友家做客能吃到紫阳蒸盆子，那你必是难得的贵客。因为蒸盆子制作非常复杂，正宗的蒸盆子需要提前一天制作。紫阳蒸盆子也发源于汉王镇，始创于西汉年间。相传当年汉高祖刘邦率军东进伐楚，途经汉王镇时，当地士绅为了欢迎他，特地请本地厨师准备大摆筵席，可是军队第二天一早就要出发，制作筵席来不及，厨师灵机一动，就将母鸡、猪蹄、鱿鱼和本地的黑木耳、莲藕、香菇等放入大乌盆中，加入调料，大火蒸制一夜。清晨，士兵闻香而醒，狼吞虎咽，将乌盆里的菜吃了个精光，个个精神焕发。刘邦见状大喜，问菜名，厨师一时答不上来，刘邦看见桌上的乌盆，灵机一动说，叫'蒸盆子'。从此，这道菜便流传下来，还荣登'陕西十大名菜'榜。既然有好菜，无酒便不成席，汉王人能喝酒也是出了名的。开席就是共饮三杯，然后每人一个通关。如果你说'我敬你一杯酒'，那一定会被满桌人嫌弃。因为'一'为单独的一个，汉王人解释为'独酒不出门'。如果你理解了汉王人的劝酒方式，你一定会醉在汉王，醉在汉王人的热情里。"说起汉王的美食，娄芳侃侃而谈。

汉王盛产洋芋，山区的局限性使得这里的村民世世代代以种农作物为主，只是在收获季节，垒在家里像山一样的洋芋不能及时卖出去，一天天开始腐烂，让他们忧心忡忡。朴实的村民们不懂营销，也不懂互联网，甚至不懂怎么去夸洋芋，也不知道应该去哪里"销售"自己种的洋芋。收成好了固然欢喜，可是如何把洋芋换成钱，他们束手无策，只能苦等外地的客商来这里收。因为不懂行情，大量的农产品被货商压低价格，村民一年的辛苦劳作只能换来微薄的收入，在外面菜市、超市里的天价洋芋，似乎并没有为村民们带来些许好运。

2017 年 6 月，汉王镇党委书记娄芳在入户走访中，发现很多贫困户的洋芋出现价格低、销售难的困境，为了迅速有效地解决贫困户的洋芋滞销问题，娄芳积极与镇电商服务站负责人商议销售思路和措施，决定将农产品与电子商务有效结合，由汉王镇电商服务站统一收购、包装、销售，并借助网络平台实现网络销售和爱心义卖相结合，努力让群众手中的洋芋找到销售渠道。

做产品首先要有品牌，汉王镇还专门为农户的洋芋起名叫"红眼睛"。这些洋芋皮薄微红，并有很多的小点点，看着像眼睛，代表着每位农户对收获的期盼。

在收购洋芋期间，汉王镇有 15 名爱心志愿者纷纷加入收购队伍，他们和汉王镇电商服务站工作人员一起冒着酷暑，深入农户家里收购洋芋，然后再回到镇上称重、包装、装车。在安康天贸城义卖卖场，也出现了他们忙碌的身影，他们不停向来往客人介绍洋芋的特点和不同的做法。他们共同的心愿就是能尽快帮助贫困群众把辛苦种植的洋芋卖掉，帮助他们脱贫致富。

"今年我收了 4000 余公斤洋芋，可是价格低而且还卖不出去，这成了我们家目前最大的困难，这次镇上电商服务站到我家收购洋芋，出的价格也不错，我都卖给他们了。这也是党委政府为我们老百姓做的好事。"汉王镇汉城村四组贫困户张龙海激动地说。

"这次汉王镇党委和电商服务站组织的'红眼睛'洋芋爱心义卖活动，采取以市场保护价统一上门现金收购的方式收购。通过我们对'红眼睛'洋芋的进一步包装、推介等，不仅提高了农产品的附加值，还让农户增收。下一步，我们将进一步挖掘汉王镇更多的特色农产品，让更多的产品通过电商平台销往全国各地，切实拓宽群众的致富渠道。"汉王镇电商服务站负责人李锐说。

目前，汉王镇电商服务站共收购红皮洋芋 15000 公斤。此次爱心义卖活动在安康天贸城持续开展 5 天，共帮助 50 余户贫困户增收。该镇下一步还将重点打造富硒变蛋、富硒李子、富硒番茄、富硒大米、富硒皱皮柑、蒸盆子等当地特色农产品，通过电商服务站，实现电商与产业的结合，电商与农产品的结合，努力把电子商务发展成为推动当地经济增长的新方式，走出一条致富的新路子。

四、心安之处是故乡

目前，汉王镇实现了村村通公路、组组通公路、户户通公路，每村都有卫生室和文化室。几年来，镇党委书记娄芳遍访贫困户，走遍了全镇 1360 户贫困户，帮助搬迁近 1000 户贫困户。书记与贫困户交朋友，有的村民有事就给她打电话，反映问题，娄芳都会及时解决。

"2017年初夏时节，我在汉王镇集镇四期安置点见到搬迁户肖寿琴，她正在看新房建设进度。即将住进新房的她非常激动。肖寿琴是汉王镇农安村在册贫困户，家里5口人，丈夫刘世勇常年在外打工，她独自在家照顾两个女儿和瘫痪在床的婆婆，因交通不便，生活比较艰苦。去年，镇、村干部和驻村工作队动员肖寿琴在集镇购买了一套新房。肖寿琴说：'我们一家能搬到这里得感谢移民搬迁这个好政策。搬到镇上，水电有保障，娃子上学也方便，下大雨再也不用担心房子安全问题了。'言语中难掩心中的感激之情。肖寿琴说丈夫今年在北京建筑工地务工，年收入预计有2万多元。今年4月下旬，肖寿琴还参加了镇上组织的烹饪技术培训，准备在集镇开个小餐馆。

"我的手机是24小时不关机的，如果到哪个山上没有信号，我就会感到很心慌。我是害怕我有一个信息或者电话没接到。特别害怕接晚上10点以后的电话，因为这个时候打来的电话，一般都是说特别重要的事情。上面千条线，下面一根针。面对工作，一个字'干'，没有退路。我常戏称自己是'汉王无限责任公司'，压力无限大，责任无限大，每一天的工作都是新鲜的，每天面临的都是新事物，需要不断学习，丰富工作方法，提高解决问题的能力和效率。老百姓的事都是大事，推诿不得，一些鸡毛蒜皮的事如果不处理，可能就会酿成大事。政府是人民的政府，人民是政府的人民，没有人民，我们基层政府有什么存在的必要？我在毛坝工作期间，为了两户人家的矛盾，先后调解了20多次，最后还上了电视。一些村民事无巨细都会给我打电话：野猪把庄稼吃了；两家狗打架，谁家狗被咬伤了；洪水把地冲了；房上的瓦片被风刮走了……基层老百姓在电视上只要看到有效政策，立即就会找来，要求落实。有的要求过高，拿不足一万元住新房还要求装修好，送家具家电，有人甚至拒绝搬进去，想着反正你们要完成任务，我不着急。这些事让人感到可笑，但还是要认真面对和解决。我常常在开会的时候说，只要每一个干部都能把百姓当成亲人，就没有解决不了的问题。我给他们强调，基层干部一定要有爱心，有奉献精神，有拼劲，有韧性，能打硬仗，善打硬仗。一般村民找我，都会先给我戴高帽子，说：'娄书记，自从你来汉王镇，风清气正，汉王发生了翻天覆地的变化，前段时间你还获了奖，我们在电视上都看到了，替你高兴。娄书记你真优秀啊！'然后就说：'我有一个问题，几任领导都推诿，你一定要给我解决啊！'解决问题的时候要以情动人，以理服人，以法服人，让人心服口服，不留后患。今年正月初二早上6点钟，我正在安康父母家过年，我们一个干部给我打了一个电话，我当时心就慌了，我在想，这是发生了啥事儿？电话响了四秒，嘀、嘀、嘀、嘀，我紧张得不敢去接！因为早晨6点之前一般干部是不会打电话的，要打也会在8点以后。果不其然，我们马营村的支部书记突发脑干出血，去世了。那是一个非常优秀的支部书记，大年三十还跟我在电话上聊村里的事呢，没想到才隔了一天，人就没了！接到电话后，我立即从安康赶了回去，处理他的后事。作为一名党员干部，我们要眼睛向下，重心下移，扎根基层，做一枝甘于清贫的大山里的映山红，默默地奉献自己的青春和爱心。"娄芳说。

在狠抓经济、推动脱贫工作进展的同时，汉王镇创新党建工作思路，积极探索在每个村（社区）党支部配备1名党支部书记+1名驻村第一书记+支部委员和3名以上后备干部，创建党建工作的"1+1+X"基层党组织服务新模式，形成了多方联动、齐抓共管、共同参与的党建工作新格局，切实提升了基层党建工作水平。

建强村"支部书记"队伍。通过换届选举、后进整顿、人员调整、干部下派等方式，广开视野，大胆选拔党员干部中思想好、作风正、能力强、愿意为群众服务的农村致富带头人、优秀年轻干部到村（社区）工作，选强配齐各村（社区）支部书记，提升村（社区）党支部书记干事创业和服务群众的能力水平。

建强"第一书记"队伍。按照人岗相适、按需选派、供需对接的原则，选准选精"第一书记"，坚持党务干部派弱村、经济干部派穷村、科技干部派产业村、政法干部派治安混乱村原则，按需选人派人，为推进基层党组织队伍建设提供人力支持。

建强支部委员和后备干部队伍。推动支部委员和后备干部队伍教育管理常态化、规范化、全覆盖，加强对村级党支部委员的培养，侧重培养发展一批优秀大中专毕业党员、退伍军人党员、种养能手党员、务工经商能手党员、民营企业家党员等进入支部班子和支部后备干部队伍。每个支部培养3名35岁以下的村班子干部，不断为党组织增添新鲜血液，提升基层干部的战斗能力。

"基层党建是基层工作的重中之重。之前农村党务工作滞后，农村老党员不知该干什么，许多实际问题无法解决。我们成立了送学上门服务组、脱贫攻坚帮扶组、留守儿童关爱组、环境卫生保障组、矛盾纠纷调解组，以群众的话来回群众的话，让每一个党员都能发挥自己的作用，让他们有一种回归感。汉王镇实施抓党建促脱贫，全镇220名党员干部致富带头人包联1356户贫困户，直接联系服务16218名人民群众脱贫，使我们党组织覆盖全镇人民，党的政策切实落实到每一户百姓身上。汉王镇的党建工作得到省、市、县领导的高度肯定，登上《安康日报》头条。安康电视台以《抓党建，促脱贫》为题对此进行了报道。"娄芳说。

我看到娄芳写的一篇《紫阳有个小镇叫汉王》的文章，文笔优美，情真意切，对汉王的拳拳之心跃然纸上：

每当皓月当空的夜晚，我总爱站在办公室外的走廊上，久久地凝望汉王的山山水水。沉思、遐想，我觉得汉王的月色一定是有味道的，那味道是什么呢？虽然无法形容，但一定有那一丛丛花草香，一条条烤鱼味儿，以及那远处飘来的菜香味儿。这里所有的香气都是接地气的，包括蔬菜水果。没有污染，只有纯绿色，纯天然；没有繁杂，只有简单；没有喧嚣，只有安宁；没有浮躁，只有淡雅。这就是汉王的美，汉王小镇上的独特味道。

汉王的农村有浓浓的生活气息，汉王的集镇也有浓浓的现代气息。一座座仿汉式的避灾扶贫移民安置房拔地而起。夜晚来临，街灯亮了，汉王大道就变成了老百姓的大舞台。男的女的，老的少的，都出来了，散落在广场上，有的跳广场舞，有的随意溜达，有的追逐嬉戏。在安置小区外，就是正在建设的G541国道，不远处就是正在建设的汉王码头和即将动工建设的跨汉江大桥。随着擂鼓台风景区的开发建设、汉王韵富硒茶生态观光园的建成，汉王必将迎来更加辉煌灿烂的明天。紫阳县委赵立根书记、紫阳县政府陈莲县长等领导多次深入汉王检查指导工作，要求我们要站在全县乃至全市的高度谋划工作，我们备受鼓舞和鞭策。

当前这场必须打赢的脱贫攻坚战，必将让汉王的城乡发生翻天覆地的变化，必将让汉王的老百姓过上更加幸福美好的生活。"聚力追赶超越，决战脱贫攻坚，建设美丽富裕新汉王"，是我们的铮铮誓言。"发出汉王好声音，做出汉王好味道，晒出汉王好风景，干出汉王好形象"，是我们不变的追求。脱贫攻坚完成之时，就是美丽富裕新汉王建成之时。

心安之处是故乡，让我们把汉王当成故乡，一起去建设，一起去爱护，一起去畅想。无论你来自哪里，我们都祝福您平安吉祥，幸福安康。

请记得，紫阳有个小镇叫汉王！

2017年至2019年，汉王镇连续三年被评为紫阳县脱贫攻坚优秀镇、安康市移民搬迁工作先进集体，获得紫阳县目标责任综合考核一等奖等荣誉。2020年汉王镇荣获安康市脱贫攻坚突出贡献奖。娄芳个人也荣获安康市脱贫攻坚突出贡献奖，并被评为紫阳县脱贫攻坚工作先进个人、安康市扫黑除恶先进个人、安康市脱贫攻坚优秀党总支书记（每个县仅有一人）、陕西省爱国拥军模范个人（安康市镇党委书记唯一一个）。这个看起来柔柔弱弱的女子，把自己的青春全部奉献给了贫困山区和扶贫事业，令人十分钦佩。

第十八章　到中流击水

摘帽不摘责任，防止松劲懈怠；摘帽不摘政策，防止急刹车；摘帽不摘帮扶，防止一撤了之；摘帽不摘监管，防止贫困反弹。

——中共中央、国务院印发的《关于实现巩固拓展脱贫攻坚成果同乡村振兴有效衔接的意见》

一、茶叶立镇，文旅兴镇，惠民安镇

2011年，刚过而立之年的蔡英宏被任命为紫阳县焕古镇党委书记，这一干就是10年。

焕古小镇位于汉水之滨，由"宦姑培茶入皇室，父冤昭雪姑化仙"而得名。这里盛产富硒茶。紫阳富硒茶是中国地理标志产品，其品质优良，在历史上享有盛名。早在唐朝就曾作为贡茶供宫廷享用，北魏时沿丝绸之路销往西域和中亚、西亚。在清代紫阳毛尖已成全国十大名茶之一，目前紫阳已成为我国主要优质茶产区。富硒茶，顾名思义，茶树生长在天然富含硒元素的土壤之中。硒元素具有明显的保健作用。近年来，经权威科学考证和多方专家研究，富含硒元素的茶叶具有奇特的保健功效。经专家会议审定，紫阳富硒茶具有明显的抑癌、抗衰老、抗疲劳作用。中国营养学会理事长沈治平教授等13位鉴定委员，对紫阳富硒茶做了高度评价。焕古镇以富硒茶驰名中外，全镇80余家茶厂，占全县茶企数量的五分之一，茶园30000多亩，收入占比70%，可谓举足轻重。然而在10多年前，这里虽然拥有如此优厚的自然资源，因茶园管理不善，茶叶无人问津，收效甚微，贫困人口聚集。焕古的老百姓端着金饭碗没饭吃。

"去焕古的第一天——2011年6月23日，天下着雨，镇上除了一条水泥路，两边都是稀泥，垃圾成堆，特别是两面山上，漫山遍野都是垃圾，令人触目惊心，很不是滋味。第二天，我带着班子成员在镇上转，让大家看山上的垃圾。同志们虽觉得碍眼，但也习以为常，令人无语。我想焕古要发展，招商引资是关键，招商引资首先需要一个干净的环境。眼前脏乱差的状态，谁来了都不愿多看两眼，多待一天。接下来，我便带着大家在山上找能建垃圾场的地方，他们说这几年一直在找，没找到。我找了两个村支书，他们带着我，很快便找到一处适合的地方。去县上给领导汇报，领导说：'你别刚一去就要建这建那的。'我并不气馁，在领导来镇上检查工作之际，请他在镇上转着看。领导见满山都是垃圾，当即答应解决资金短缺问题，建垃圾场。"蔡英宏说。

垃圾场很快便建好了，却没有钱买垃圾车。一辆垃圾车要 10 多万元，焕古镇拿不出这笔资金，蔡英宏只能去找人赞助。听说春堰村有一个叫朱贤军的人在山西开铁矿，已小有实力，回来也很少与人接触，蔡英宏想办法找到他的联系方式，主动去山西朱贤军的矿山上找他。家乡的父母官来了，朱贤军自是热情接待，带着蔡英宏参观了他的企业。蔡英宏在那里待了两天，不好意思开口。临行时，他鼓足勇气说："朱总，我们想让您帮个忙。"朱贤军说："什么事?"蔡英宏说："咱焕古满山都是垃圾，您回去也不好看。我们建了一个垃圾场，可是没钱买垃圾车啊！"朱贤军问："一辆垃圾车多少钱?"蔡英宏说："13 万元。"朱贤军十分爽快，说："那现在就买吧！"

"后来，焕古镇中学厨房配套设施资金没有着落，我们又去找他，朱总亲自去设备厂家考察，买了一套很先进的设施，花了 60 多万元。今年疫情期间，他主动给紫阳县政府领导打电话说：'我给县政府捐 100 万元抗疫资金，但不用宣传。'朱总不仅是一个有社会责任感的企业家，对家乡还怀有深厚的感情。2014年，我们动员朱总回到春堰村，规划建设一个叫'猪—沼—茶'的生态循环园区。利用春堰村山头荒地建一个万头养猪场，在山下建 2000 亩标准茶园，利用猪粪产生的沼气，建大型沼气工程，利用沼气工程所形成的沼液无动力灌溉山下茶园，从而形成'猪—沼—茶'生态循环系统。沼液可通过管网为园区茶果园提供肥料，沼气则供应附近农户生活使用，沼渣做成有机肥可销售。这个项目于 2015 年年底建成了，投资了 2000 多万元。2019 年，前几年建的茶园可以开采了，朱总团队又投资1000万元，建了一个高标准的茶叶加工厂。这个项目的建成每年能使春堰村群众增收300多万元，该村也从一个无产业村变成了产业强村。2020年他又产生了一个更大胆的想法，计划总投资5亿元，建设一个茶旅农旅康养融合的田园综合体，把春堰村真正建成乡村振兴的示范样板村，彻底让村民过上富裕日子。这个项目规划已做好了，产业项目已动工了。他那种瞅准了说干就干的劲头让人佩服！焕古镇有几个这样的大老板，都有乡土情结。嫦娥五号运载火箭总设计师李东，就是咱焕古人。2020年，焕古成立乡贤会，全国各地焕古籍成功人士100多人回来参加大会，他们是焕古镇乡村振兴大发展的中坚力量。"蔡英宏说。

2011年蔡英宏刚到焕古镇的时候，焕古镇有茶园1.6万亩，小茶厂30多家，许多茶农打电话说没人收茶。2013年开始招商引资培育茶企，先后有"焕古庄园""秦巴山"等大茶企品牌入驻。现在焕古镇茶园已发展到3万亩，农民卖鲜叶平均每亩收入4000元，有的农户的每亩收入过2万元，茶园收入占到群众家庭收入的70%，茶叶综合收入近5亿元，产量、产值都上去了。

企业根植，政府扶持。2014年，通过招商引资，焕古镇吸引来了陕西省秦巴山富硒茶有限公司董事长惠康。惠康的公司两年时间投资超2000万元，在距离紫阳县城60公里的大山深处焕古镇东河村建了秦巴山富硒茶厂，使焕古镇五郎河流域的东河村、东红村、刘家河村三个村近千户农户收入增加了2.5倍，辐射茶园共计7000余亩。2016年年底，三个村中的东河村实现168户贫困户全部脱贫。

"这里有最原生态的茶园，为了保证茶叶的品质，茶厂就一定要建在这里。紫阳县山大沟深的特点，造成茶场建设、经营非常艰难，但通过各级政府的支持和我们企业的努力，以后这些条件都是可以改善的。"惠康董事长说。秦巴山富硒茶厂为拉动当地经济，实施精准扶贫，成立了扶贫办公室，与三个村近千户村民签订茶叶收购合同，与近500户贫困户签订了帮扶项目合同：延长春茶生产期，从以前的30天延长至现在的45天，同时还增加了夏秋两季茶的生产；提高新鲜茶叶的收购价（每斤高于县平均价8～10元，对收购茶叶的质量也有了一定的要求）；企业所用员工80%都是当地村民，在这些员工中又有80%是贫困户。在政府支持下，企业与村民签订合同，发展副业。目前秦巴山茶厂已经扶持村里建成唯一一户农家乐；扶持农户养殖，发放鸡、猪、羊等幼崽，扶持贫困户养鸡20户，养猪10户，养羊5户；为贫困户提供苞谷等农作物种子，待长成后，企业按照市场最高价收购然后销往西安市场。

家住焕古镇东河村的贫困户余付军，家有6口人，茶园5亩，父亲双腿无法站立，母亲有严重的精神病，大哥去世后留下三个年幼的孩子，靠他养育。40多岁的余付军至今没有结婚，一大家人需要他的照顾，他也无法外出打工。以前的家庭生活开支只有依靠政府的低保。秦巴山茶厂惠总了解到这一情况后，主动找到余付军签合同，扶持其养殖两头猪仔，年底以不低于6000元的价格收购。余付军家5亩茶园里的茶叶全部被茶厂高价收购，同时增加夏秋两季茶叶的收购，仅茶叶就卖了两万多元。余付军在采茶空闲时间还可以去茶厂干小工增加收入，当年便实现了脱贫。

东河村一组组长金行兵年幼时左手手指受伤，也是贫困户。他带头与秦巴山茶厂合作，以自己家的15亩茶园和秦巴山茶厂签约，成为企业大客户。茶厂每年对他们进行培训，茶叶的修剪、施肥、采摘等都要遵照统一的标准。茶厂还给予他每亩茶园50公斤油渣饼肥作为奖励。金行兵家的年收入从以前的两万多元增加到近7万元。

企业依靠当地政府支持、依托资源优势，开展多种经营，带动一方经济发展。惠康说："我能扎根在这一片厚土上，我就下定了改变自己和改变这一方土地的决心，以后的路肯定更艰难，我始终知道自己在干什么，需要干什么。感谢各级政府对我的支持，感谢淳朴村民对我的信任，我一定带着企业踏实走好每一步。"

秦巴山富硒茶先后荣获中国中小企业家金钻奖等荣誉，被评为陕西省十佳茶企。公司董事长惠康被评为陕西省优秀茶人，荣获陕西省工商联女企业家金质奖。

随着焕古镇环境的不断优化，政府加大了招商引资的力度。2017年12月，女企业家施丽平随江苏考察团赴陕西紫阳县精准扶贫，在当地购买了一批茶叶。

"那时的紫阳县还是国家级深度贫困县，我们进村买茶，路上一边是大石山，一边就是汉江。有时山上会滚小石头，很危险。想到那里是深度贫困县，我心里还很不是滋味。"施丽平说。

一段扶贫之旅下来，施丽平惊讶地发现，紫阳茶叶有这么好的品牌价值，但它的夏秋茶并没有被很好地利用起来。施丽平认为，如果改变茶叶的加工方式，紫阳夏秋茶有可能开辟另一片天地。

在焕古镇，施丽平遇到了镇党委书记蔡英宏，一番接触后，施丽平下定决心在这里投资建厂。当时的蔡英宏因为下乡摔伤了腰，正在养伤。听说施丽平在考察茶产业，毅然忍着伤痛热情地接待了她。

"蔡书记的腰都直不起来，我都分明能感到他的痛了，但他还是很详细地向我介绍镇里的投资环境，一点没有应付的样子。这样的好干部真令我感动！"施丽平说。

当地的营商环境如何，这是企业家重点要评估的投资要素。蔡英宏对施丽平说，以后有事情不管白天黑夜都可以找他，他会第一时间帮助处理。当地有这样好的领头人，施丽平心安了，决定留下来办企业。就这样，在江苏省对口帮扶陕西省工作队牵线搭桥下，施丽平成立"陕西茶棒茶科技有限公司"，以产业扶贫为抓手，以科技创新赋能扶贫。施丽平来到紫阳县焕古镇大连村，采取"公司＋农户＋基地"模式，立志开发紫阳夏秋茶。

要把好茶的产品附加值提升起来，扶贫的收益才会更高。施丽平着眼目前欧洲、日韩的喝茶流行趋势，投入资金，利用紫阳的夏秋茶来加工红茶袋泡茶。

"在世界茶消费中，袋泡茶的平均消费占比为23.5%，欧洲部分国家为80%以上，美国则高达90%。我们开发的'茶棒茶'属第三代袋泡茶，非常适合现代人快节奏的生活。这种茶棒采用食品级纯铝材质，内置原叶茶，既可保障茶汤顺畅流出，又可滤掉茶叶的苦涩味。时尚的喝茶方式加上自带扶贫效益的好茶叶，是美美与共的好事。"施丽平说。

一开始，施丽平与大连村的201户贫困户签订了帮扶协议，后来她又与附近三个村签订了帮扶协议。施丽平说："春茶好卖，不用我收，我只收村里平时卖不出去的夏秋茶，想真心实意地帮助老乡多增收一点。"目前，公司正在新建生产线两条，项目总投资1000万元，可为当地提供150多个就业岗位，可消化农户 50 多吨夏秋茶。

2020 年，共投入苏陕协作资金 100 万元生产"茶棒茶"，将其作为苏陕协作扶贫高端产品予以推广。9 月 17 日，施丽平受邀出席在陕西延安举办的全国消费扶贫论坛，"茶棒茶"作为活动指定饮品广受好评；11 月 5 日，江苏省对口帮扶陕西省工作队领队、陕西省发改委副主任杭海带队实地考察，对公司的发展方向、茶棒产品及扶贫效果十分赞赏。

施丽平研发的这种"茶棒茶"后来还有幸成为"消费扶贫 832 平台"的首批产品之一。"832 平台"是国家为帮扶 832 个贫困县而特别开设的线上采购平台，对上线的扶贫产品都有一定的品质要求。今年，秦巴大山深处这款时尚的"茶棒茶"在该平台一炮而红，库存量基本见底。

"把产业留在乡里，可以巩固、拓展脱贫攻坚成果，将来我们还要实施茶叶的一、二、三产融合计划。为乡村振兴出一份力，我很满足。"施丽平高兴地说。

近年来，焕古镇立足"茶叶立镇、文旅兴镇、惠民安镇"总体部署，以"干在实处、走在前列、务实创新"为工作总基调，以追赶超越为主题，以脱贫攻坚为统揽，以茶叶产业建设和硒茶小镇建设为重点，奋力推动焕古经济、社会、民生各项事业全面进步。焕古镇连续 9 年在全县年度综合考核中被评为优秀，并位居前列。

"茶叶产业上，大家各司其职，农民只种茶卖鲜叶，中间有加工厂做加工，后面有龙头企业打造品牌做销售，各做各的事，各算各的账，各赚各的钱，形成了一个相互联系、相互促进，使农民持续增收的主导产业。经济发展起来了，许多当地农民不再搬迁出镇，这些年我们共搬迁安置农村住户 2300 余户，占总农村人口一半多，搬迁出镇的仅 200 多户，真正实现产业在山上，居住在山下，就业在家门口，避免形成空心村。实践告诉我们，只有靠山吃山靠得住，群众才会真正安定下来。同时，焕古镇以茶产业为支撑，大力建设茶旅融合休闲度假特色小镇，年接待游客量超过 10 万人次，年旅游综合收入过亿元。茶旅协调发展，相得益彰，为下一步乡村振兴大发展奠定了坚实基础。"展望焕古前景，蔡英宏自信满满。

二、坚持"四个不摘"，推进乡村振兴

2016 年，原来的绕溪、广城、高滩三镇合而为一，成为紫阳县面积最大的镇——高滩镇。合并后的高滩镇面积 245 平方公里，辖 18 个村、一个社区，人口 3.2 万人，其中贫困人口 1.6 万人，建档立卡贫困户 4455 户，贫困发生率 50%，其中天桥村贫困发生率高达 69%。因为村民几乎都住在山顶上，交通闭塞，产业单一，脱贫难度非常大。

"当时流传一句话：陕西脱贫看紫阳，紫阳脱贫看高滩，高滩脱贫看天桥。2016 年三镇合并，我便是这个时候来高滩镇的。省上提出'八个一批'：产业扶持脱贫一批，就业创业脱贫一批，生态补偿脱贫一批，易地搬迁脱贫一批，危房改造脱贫一批，医疗救助脱贫一批，教育支持脱贫一批，兜底保障脱贫一批。这'八个一批'涵盖了所有贫困户的脱贫方向，重在甄别落实，识别致贫原因，然后对症下药，精准对接目标，迅速助其脱贫。"高滩镇党委书记彭勇说。

彭勇 1978 年生于紫阳县汉王镇，在基层工作 12 年，来高滩镇之前，曾先后任双安镇镇长、广城镇书记、双桥镇书记。高滩镇与汉中镇巴镇接壤，与毛坝镇、麻柳镇相邻，是紫阳全县最后一个通水泥路的镇。310 省道穿镇而过，路面十分狭窄。之前街上就是农贸市场，集镇的功能难以承载 3.2 万人的会客厅，比其他地方滞后 5 ～ 10 年。绕溪河原来自然灾害十分严重，每年都会发生洪涝灾害，老百姓生命和财产安全无法保障。

天桥村是全县 35 个深度贫困村之一，东与万兴村安家坪相连，西与镇巴县观音镇茶园村接壤，北与朝阳村关亚子接壤，南与高滩镇文台村、百坝村接壤，距高滩集镇 20 公里。村常住总人口 277 户 911 人，有建档立卡贫困户 220 户 715 人，其中低保贫困户 33 户 68 人，五保贫困户 34 户 35 人。

彭勇到任后，与村帮扶干部及村干部一起，多次深入天桥村实地考察，制定产业扶持计划，帮助贫困户摆脱贫穷。他们结合天桥村实际情况，大力发展种植中药材（大黄）及魔芋、核桃等产业，其中种植魔芋 500 亩、中药材大黄 500 亩、核桃 1207 亩、厚朴 1000 亩、茶园 140 亩。发展养殖猪、牛、羊、鸡等短期产业：全村 40 余户养羊 600 余只，140 余户养猪 500 余头。2018 年年初成

立紫阳县开红种植养殖专业合作社，通过"合作社＋基地＋贫困户"模式，利用土地流转、土地入股等形式，带动贫困户35户增收，改造老茶园70亩。通过合作社示范带动，采取"农户＋合作社"模式，通过土地流转、劳务用工等方式，辐射带动90户贫困户稳定增收。全村人均1亩核桃、1亩厚朴、0.5亩魔芋、0.5亩大黄，产业达产达效后，可实现人均增收2500元。天桥村还建成县级现代农业园区1个（红成魔芋专业合作社）。主要做法有：一是大力开展实用技术培训，2018年邀请市级魔芋种植专家到村开展实用技术培训1次，2018～2020年邀请县级种植养殖专家到村开展实用技术培训3次，培训贫困人口500人次。二是成立了天桥村股份经济合作社，注入资产收益扶贫资金共100万元，投放经营主体3家，带动160户贫困户稳定增收。三是鼓励贫困户发展见效较快的种植养殖业，坚持扶贫扶智、扶志同向发力，全面激发贫困群众发展的内生动力；坚持把传立家风家训作为培育和践行社会主义核心价值观的有效载体，制定了村规民约，进一步弘扬了孝老敬亲美德。同时，组织村民公开评选"好媳妇""好婆婆""自强标兵""环保卫士"，设立村级"红黑榜"，用身边人身边事影响和教育群众，形成淳朴厚道、向上向善的民风。

2019年，天桥村农民人均纯收入为9493.45元，同比增长15.40%，高于全县10.1%的指数，符合村出列标准，实现脱贫。

"万兴村贫困户龚孝义，60岁，一家三口住在高山上，交通十分不便。土坯房年久失修，属于危房。我们做工作动员其搬迁，解决住房安全问题，他自己也同意搬迁，谁知纳入搬迁计划后，龚孝义又反悔了，不愿意搬迁到山下，理由是在山下生活不习惯。驻村工作队反复做思想工作，多次动员，龚孝义坚持不搬，双方处于僵持状态。后来我们经过综合分析，采取就地分散搬迁的措施，在公路边找了一块地方助其建房，每口人补贴1.5万元，三口人加起来4.5万元。龚孝义同意了这个方案，但他找不到合适的地方，太远的地方又不愿去，也没有钱。2019年10月，全县要脱贫摘帽，龚孝义的搬迁之事成为老大难问题。这个人特别固执，对搬迁工作非常抵触，不愿意配合。这个问题如果不解决好，会影响到全县脱贫摘帽的整体进程，所以一定要想方设法啃下这块硬骨头。当时其他山上的贫困户都已经得到妥善安置，龚孝义成为最后一个危房户。

他不愿搬迁的主要原因是年龄大了，对老房子有依赖性，在山下生活不习惯，不适应城镇环境，不愿住楼房。老两口的儿子在外务工，一开始欣然同意做父母工作，碰了一鼻子灰后，表示无可奈何。当时已经是2019年3月份，留下的时间只有半年，9月底之前必须全部搬迁。全县脱贫摘帽，一个也不能少！问题很严重，怎么办？"彭勇说到这里，顿了顿。

"我们与包联干部多次入户做思想工作，无奈贫困户自己找不到合适的地方，别的地方又不愿意去，最后决定采取拆建结合的办法，把最危险的部分房屋拆除，对主体好的房子进行加固修缮。危房改造花了近三万元，既守政策，又满足了贫困户自己的意愿，解决了其住房安全的问题。我经常对其他干部说，干工作要符合实际，接地气，根据实际情况随机应变，而不是一味地搞一刀切。贫困户龚孝义成为搬迁工作的一个缩影。我们从长远考虑，解决了老两口的低保，又帮他们养猪、养鸡，让他们迈入脱贫门槛，老两口十分满意。"十三五"期间，高滩镇这样的危房改造共有399户。所以搬迁不能强制，要根据实际情况，尊重贫困户的意愿，结合搬迁政策，合理解决贫困户的实际问题。易地搬迁，我们根据贫困户具体情况落实政策，有些人进城没有生活能力，危房重建也没有基础，就想办法搬迁到比较安全的地方，集中安置；有的户只有一个人，按分散搬迁政策只能享受人均1.5万元的补助，单独建房不够，只能因户施策，最大限度用足用活政策，按D级危房改造每户补贴2.58万元的政策，把这些户集中起来，统一修房安置，问题迎刃而解。"彭勇说。

据了解，危房评估共分为四个等级，A级、B级属安全等级，可不搬；C级大抵是安全的，主要是漏雨裂缝，可以按户均两万元的标准进行维修；D级属于危房，已经没有维修价值，只能拆掉重建，户均补贴2.58万元。如果搬到集中安置点的话，人均只需交2500元，户均最多不超过一万元，但许多人不愿意搬下山来，就需要把政策与具体情况更好地结合起来，因地制宜，合理解决老百姓的实际问题，做到各方面都能满意。

"有的贫困户子女外出打工，多年失联，只能按最低保障等政策，因户施策，帮助他们养猪、养鸡，实现脱贫，把危房改造与扶贫政策结合起来。高滩镇不是主产茶区，产茶较少，因为海拔高，不适合种茶。低山茶采完了，高山茶还没长出来。此地主要种植大黄等中药材，还有魔芋、核桃等经济作物，发展村民养猪、养鸡等，保障老百姓经济来源。绕溪镇有一万亩核桃产业园，去年已试挂果；广城镇高山上有 2000 多亩烤烟，成为农民的主要经济收入来源。这里的山有多高，水有多高，人就住得有多高。大多数人是明末清初人口大迁徙时来到这里的。湖北、湖南、广东等地的移民走到这里，实在走不动了，见这里山大沟深，可以躲土匪、兵役等，就住了下来。'十三五'期间，山上的百姓大多数都搬下来了，高滩扶贫搬迁 1812 户，6000 多人，其中 702 户搬到了紫阳县城仁和社区。高滩镇内有 13 个村级集中安置点，几十户至上百户不等。当时全县易地搬迁约 1.9 万户，高滩镇占 1/10，贫困人口占全县 1/8。脱贫攻坚守底线，确保最终实现贫困户一户不落实现脱贫。高滩镇地理条件差，山大沟深。2009 年通高速，一切为高速让路，国道当时也是土路，建设进度严重滞后。我来的这几年，主要是恶补过去的短板，欠账太多，基础太差，设施严重落后。易地搬迁、产业发展，干部包联贫困户带动发展。2016 年我刚来就面临三镇合并，原来有 119 个干部，现在只有 75 人，有退休的、调走的，也有刚考来的。上级要求镇上干部全部包村，当时高滩镇有 18 个村、一个社区。一个村有 3 个干部，13 个贫困村有 17 个包联部门。上级要求一个干部包联户不能超过 10 户，我们发动农村党员、人大代表也包户，给他们提供指导帮助。经常连轴转，几个月无法休息，大家都很辛苦。三年来我们做了过去几十年不敢想也不敢做的事，所有贫困村都建了村卫生室、文化活动中心，甚至村民广场。过去的村级公路几乎都是土路，现在全部新修拓宽。2017 年下半年至 2019 年上半年，修乡村公路总里程超过 200 公里。还有几十项工程，改善水、电、路、讯、房，解决村民'两不愁三保障'问题。这些年，高滩镇旧貌换新颜，老百姓有口皆碑。检查贫困户是否真正脱贫的标准，有一段经典总结：'一看房，二看粮，三看劳力强不强，四看有没有读书郎，五看有没有病人躺在床。'非常贴切、到位。所以干部入户一定要从这几个方面来进行仔细观察，看看有没有达到标准。现在我们全部脱贫了，设立了 5 年的过渡期，防止返贫，主要工作重点在乡村振兴，力争达到中共中央、国务院提出的过渡期内要严格落实'四个不摘'的要求：摘帽不摘责任，持续强化责任落实，严格落实'一把手'负总责的工作责任制，扎实开展非贫困村遍访行动；摘帽不摘政策，持续提升脱贫成效，坚持'普惠＋特惠'原则，持续推进各项政策措施精准落实，确保力度不减、标准不降；摘帽不摘帮扶，持续凝聚各方力量，坚持'队伍不散、人员不撤、干劲不松'帮扶原则，保持选派第一书记、驻村工作队员和帮扶干部稳定，确保帮扶工作不断档、不脱节；摘帽不摘监管，持续筑牢监督防线，健全完善扶贫资金使用监督管理体系，紧盯财政扶贫资金使用、监管、效益发挥等关键环节，项目备案、公示、审核、确认全过程，进一步完善监管制度，确保扶贫项目资金安全规范高效运行。这些工作在脱贫攻坚结束后迅速跟进，使乡村振兴成为工作的重中之重，有序跟进，因户施策，对症下药。"彭勇说。这是一个非常务实的干部，也很有思路，扎根基层10多年，把自己的青春和汗水都奉献给了贫困山区，无怨无悔。

我们去了陕西省文联帮扶的白鹤村。

白鹤村属深度贫困村。省文联近年来投资六七十万元助民脱贫。吴丰宽主席及几个副主席都包户，给村小学投入硬件设施，并组织各种技能培训。

白鹤村258户981人，贫困户199户，贫困发生率高于60%，致贫原因主要是交通不便和疾病。这里海拔800米，一条溪水从村后潺潺流过，清澈见底。村里原来有白鹤，后来水质污染，水流变小，多年未见白鹤了，现在水质变好、变清了，有了鱼塘，白鹤又飞回来了，村民感到非常高兴。

在各级政府及包村单位的大力帮扶下，白鹤村现在变得非常漂亮，山清水秀，十分养眼，夏天凉风习习，空气湿润，适合城里人来旅游度假。村里发展养殖业，有4家养殖场，每户100多头猪，家家户户有猪有鸡。村民种植有魔芋300多亩，大黄、天麻等药材300余亩。村里436人在外务工，平均一家有1.5人在外务工，主要从事足疗及建筑行业，月收入6000元以上，加之药材、魔芋等副业，人均收入可达9000元左右，实现脱贫。

2020年8月26日，"小康路上——决胜脱贫攻坚"陕西省文联文艺志愿服务小分队慰问演出在白鹤村举行。由省音协、省剧协、省曲协、省书协等单位的30余名文艺工作者组成的文艺志愿服务团，为当地群众奉献了一场精彩纷呈的文艺演出。精彩的表演充分展现了艺术之美和文化之美，博得了现场父老乡亲的热情喝彩。

三、打造"八个一千"，形成"四个支柱"

毛坝镇镇长叶飞的经历有些传奇。

叶飞1976年出生于汉王镇，兄弟三个，他是长子，来毛坝前，曾任紫阳县委宣传部副部长、县委办公室副主任等职务。

"我老家在湖北麻城，上溯十代人都在那里繁衍生息。后来从湖北迁到紫阳，落脚在汉江边一个叫龙王潭的地方，离汉王镇有几十公里。那里黄土层深厚，可以用来做陶器，主要是日用陶。后来由家庭作坊变成国营陶瓷厂，有五六十号工人，大半是叶氏家族的后裔。20世纪80年代交通不便，陶器使用广泛，龙王潭生产的陶器沿着汉江水路销售，上下300余里，下到湖北武汉，上到安康石泉、汉阴等地。小时候在这种气氛中成长，耳濡目染，对陶器有一种特别的情感。父亲性情孤僻，曾自学中医，可惜没有发扬光大。他从小跟着爷爷学制陶，有一定的艺术功底，融入制陶中去，开发出一些工艺产品。那时候市场逐渐萎缩，父亲做了许多尝试，发现制陶无法养活一家人，于是举家来到汉王镇，另谋生路。"叶飞显得很精干，一双剑眉上扬，目光炯炯有神。

叶飞说，他11岁时，上五年级，被寄养在大舅家。大舅家孩子多，6个孩子，还把自己拉扯上。一家人虽粗茶淡饭，但大舅妈很心疼他，专门给生了一盆豆芽，每天上学前给他炒一点改善伙食。叶飞家当时是城镇户口，母亲每次来带的都是白面馍。从老家到马家营走几十里路，一家送几个白面馍，大家都很稀罕。大舅家一般主要是吃土豆、红薯和玉米饭，偶然吃一顿面条，感觉像过年似的。父母搬到汉王镇后，开了一家小吃店，惨淡经营，生意很不好，一家5口人住在一间十几平方米的房子里，父母一张床，三兄弟挤一张床。

"父亲来到汉王镇后，因为脱离了原单位，没有工资，小饭馆生意惨淡，交不起房租，于是频繁搬家，条件越来越差。后来终于在集镇边的村里找了间土坯房，搬家时没有运载工具，想借辆架子车，别人都不肯借。还是二姑父出面，好说歹说才借了一辆架子车。穷人的孩子早当家，那时大约是1988年，我12岁，已经上初中了，大半夜拉着架子车，上面便是我们全部的家当了。全家人拉着、推着架子车在凹凸不平的街道上吃力地往前走。镇上到处是坡道，我人小力气也小，挥汗如雨，感觉都快虚脱了。我从小喜欢看书，之前成绩并不太突出，是贫困激励了我，初三发奋努力，父母感到十分欣慰。他们每天在家里做包子和麻花，然后拿到街上去卖，用微薄的利润支撑一家人的开支。我们当时用的是石煤，100斤成品煤2元钱，家里没钱买。我每天凌晨3点起床，去五里之外的矿洞挑煤块，100斤只需要几角钱。每天天亮之前我便挑着煤回来了，然后再去上学。除了挑煤，挑水也要去很远的地方，来回好几里。因为水量有限，挑的人很多，每天都要早点去，晚了就没有了。一般我都是早晨挑煤，下午放学后去挑水。初三下半学期，我综合成绩考了全年级第一，当时的情况是可以上高中的，上全市最好的中学——安康中学，也可以考中专，中专毕业后可以安排工作。我选择了考中专，选择上有补助的师范学校，结果以全县第三名，以超过录取线100多分的成绩被录取。当时一个镇几百名学生才能考上两三个中专，很不容易。但上了中专就代表着与考大学无缘。当时家里的情况那么差，我别无选择。"叶飞无奈地说。

那时候，考上中专便跳出农门，一家人自是十分欣喜。然而最初的兴奋并没维持多长时间，父母便开始发愁了。家里一文不名，叶飞的学费没有着落，眼看开学在即，只好央求6个姑姑，每人凑了50元钱。父亲姊妹7个，就他一个男孩，考上中专的叶飞自然成为这个家族的骄傲。

"学费在姑姑们的帮助下总算凑齐了。上学的那天，我穿了一双已经烂底的破布鞋，乘船去县城。上船后听见岸上有人喊我，一看是二姑来了。二姑手里挥舞着一样东西，走近时才发现是一双蓝色的坡跟凉鞋。那时候，一双凉鞋最便宜也要三块钱，汉王镇商店就有售。夏天，别的同学都穿着漂亮的凉鞋，我一次次地从商店门口经过，心里百般艳羡，却从未想着要给自己买。我知道，二姑家也没有钱，这三块钱，她不知攒了多长时间！船离岸了，二姑还在岸边向我挥手，我眼睛湿润了……那一幕，永生难忘！"叶飞说到这里，潸然泪下。

叶飞当时上的是安康第二师范学校。三兄弟，老三初一辍学，老二初中毕业辍学，家里无法支撑三个孩子每月的生活费。叶飞到师范学校后，每月虽有20多元的生活补助，但由于家里给不了生活费，一个大小伙子，根本不够吃，他常常一天只吃一块钱的馒头。两角钱一个馒头，五个馒头就是一天的口粮，早晨两个，中午两个，晚上一个。为了更有饱腹感，中午叶飞用开水把馍泡一下，吃起来显得分量多一些，结果一会儿就饿了。第二学年，家里怎么也拿不出学费，叶飞只好边勤工俭学，边想办法借钱。

"想起来，那时的生活真是太艰苦了。由于家里给不了生活费，我每天几乎都处于半饥饿状态，只好拼命地喝水。食堂有各种菜肴，我没钱买，所以很长时间都吃不上一顿肉。当时有一个初中同学在咸阳三原上技校，要来看我。母亲炒了一盘酸菜肉丁，装在罐头瓶里，让同学给我捎上，结果这个同学在路上跌了一跤，罐头瓶子碎了，肉丁撒了一地。同学怕无法向我交代，把肉丁捡起来装在塑料袋里带到安康，我当时既高兴又心痛……"往事如烟，叶飞叹了一声，半天没说话。

在安康第二师范学校就读一年以后，叶飞休学一年。先是跟着以前的初中同学到北京，在各个建筑工地上干小工；后来又转到石景山区一家酒楼做杂工，起早贪黑，刨去吃喝，好歹存下几百元钱后，又回到学校继续读书。

那时候，叶飞每天都在想着赶紧毕业，毕业后就能分配工作，工作后就能挣到工资。靠着那份信念支撑，他发奋图强，除了完成学业，还喜欢上了写作，经常在校文学社办的刊物上发表作品。

有一次，文学社出了个专刊，几乎都是他一个人的作品，许多女同学把那本期刊压在枕头底下。叶飞一时成为学校的名人。

媳妇便是在那个时候爱上他的。他们是同桌，她非常喜欢他的文章，一来二去两人便好上了，成了男女朋友。

1996年，叶飞毕业了。何去何从？一时十分迷茫。

"当时特别自卑，回到紫阳很压抑。媳妇是镇坪人，家里当时还有点关系，在镇坪可以安排工作。当时她父母也同意我们的关系，于是我们俩就一起去了镇坪，在镇坪县上竹乡中心小学当老师。1996年至2006年，我在镇坪待了10年，这10年主要任务就是还账——还家里之前欠的债。每月的主要开支除了买学习资料就是还账。当时我自考法律专业大专，后来又考了本科。除此之外，每月我还给父母寄生活费，从20元、50元、150元，到200元，随着工资的增长逐渐增加。镇坪财政也不好，记得刚毕业时每月工资才 271 元，每月捉襟见肘，入不敷出。1998 年，我们结婚了。当时父母已迁到紫阳，在城中村租了一间四面透风阴暗潮湿的房子，靠生豆芽、卖豆芽维持生活。家里一贫如洗，我们办不起婚礼，于是便给人说旅游结婚去了，携着妻子回到紫阳。父母租的房子不到 10 平方米，根本无法睡觉，幸亏有个笸箩，铺了一床破棉絮，小夫妻俩睡在里面。笸箩太小了，我们的手脚都伸在外面。"叶飞说。

当教师工资太低，看不到希望，叶飞于是办了停薪留职，到西安闯荡去了。

"当时我弟弟在苏州打工，做盖碗茶生意。卖盖碗茶门槛低，成本也不高，我想去试试。妻子当时也是教师，工资低，她也很着急，支持我出去闯荡。走的时候我借了两个月工资 600 元，怀揣梦想，豪情万丈，只身到省城去闯荡。那时候，从安康到西安坐火车，要走一天一夜。我在雁塔区白庙村花 50 元租了间房子，置办简单的生活必需品，然后应聘找工作，先后当过推销员、卖过化妆品、摆过地摊、卖过家具。后来我接触到期货，听业务员讲得天花乱坠，看人家每周能赚很多钱，干了两个月，一单业务也没接到，才知道那些都是花招，骗人的。一天，突然来了几十个警察，说期货是非法的业务，必须立即平仓，然后我们就解散了。当时妻子也请假过来了，我们就一起做大碗茶生意，干了半年后，有了 7000 元存款，感觉很不错。这时，一年的停薪留职到期，学校寄来文件，要么回去上班，要么立即辞职。思来想去，公职不能丢，还是回去教学。回去后认真教书，上级任命我为一个村级完全小学的校长，一共管 7 个人，感觉自己有了一个很不错的舞台，信心十足。一年后，我被提拔到一个乡镇中心小学当教务主任，一边抓教学，一边参与管理，因表现突出，没过两年就当上了校长。在乡镇，经常碰到县政府下来办事的人，感觉他们趾高气扬，耀武扬威，我受到刺激，想着自己有朝一日也要混出个名堂。当时县上公开选拔一批副科级干部，我是学法律的，报考了县纪委纠风室主任。一共 18 个人竞争，经历笔试、面试、考察，我名列第二。后来他们录用了综合排名第三的那个人，我心里很不服气，去镇坪县委找县委书记讨说法，满楼找不到县委书记的门牌，误打误撞进了书记的办公室，把自己的情况做了汇报。书记听后叫来办公室主任，让办公室主任带我去见组织部部长，说：'你已进入干部后备库，后面有岗位就会安排。'"

2004年中秋节刚过，叶飞在学校看到自己的任职公示，一头雾水，不知道新岗位是干什么的。后来报到时才知道是进县委通讯组写新闻稿。他之前根本没写过什么新闻稿，于是赶快买各种书，认真钻研。叶飞是通讯组长，下面还管三个人，资格都比他老。叶飞怕人看不起，就拼命地学习。经过半年刻苦努力，他脱颖而出，一年后成了镇坪的一支笔，很有成就感。想着父母仍在水深火热之中，两个弟弟打工情况也不好，自己在镇坪月薪只有六七百元，还照顾不上父母，叶飞夜不成寐，常常半夜爬起来，站在阳台上拼命抽烟，难以入睡。一晃10年过去，混得不伦不类。父母年纪已大，渐渐失去劳动能力。他想自己一定要想办法回紫阳去，照顾父母和奶奶。

"可是要回紫阳，难于上青天。我思来想去，分别给安康市、紫阳县几个主要领导写信，陈述自己的现状。市长看到后批示给镇坪县委。我拿着批件，跑到紫阳，找到县长、书记联系此事。那边知道我要走，心不稳，不待见，这边没有接收意向，结果两头不着边，心里非常着急。当时有个大舅哥说在广西玉林做边贸生意，一年能赚很多钱，让我过去看看。2006年我请了半年假，去广西之后才发现是做传销，一番折腾后回来了。朋友说紫阳那边领导换届，你的事可以回来跑跑了。之前的紫阳县长成了书记，还记得我的事，答应把我调回来，事情很顺利。回到紫阳后，我被安排在县委宣传部工作。那时候，父母在紫阳无法维持生活，回到汉王镇龙王潭种地去了。2007年元旦我回紫阳上班后，在县城棚户区租了一间小套房。刚安顿下来，父亲打电话说，下大雨，家里房子塌了。我于是租了条小船，把父母、奶奶接过来，住在自己的小出租屋里。妻子当时还在镇坪教书，我自己守着三个老人。奶奶当时已经81岁，立即感觉有了依靠，我也感觉到了亲情的温暖。"

家庭稍稍安顿，叶飞即以极大的热情投身到新闻宣传工作中，成为紫阳县外宣工作的骨干。那几年佳作不断，经常有大块头文章在中、省、市主流媒体发表，很快引起各方关注。2009年年初，叶飞接到电话，说是省委《当代陕西》杂志社让他去修改稿子。叶飞与社长聊得很投机。社长问他愿不愿意去杂志社工作，先借调半年，然后可以正式调过去。叶飞很高兴，回来后给宣传部部长汇报，部长同意让他去。2009 年到 2011 年，叶飞在杂志社做记者、编辑，干了近三年。当时妻子在镇坪带孩子，父母在紫阳，自己在西安，三地分居，很不方便，于是叶飞下决心回紫阳上班，结束在外漂泊的日子。

回紫阳后，叶飞先去考评办工作，待了两个月后去县委办公室给书记当秘书。2012 年 2 月，他被任命为县委办公室副主任，后来又回到宣传部，任副部长兼县委通讯组组长。他根据中央要求，针对紫阳实际做了一个策划案，全程主抓推动紫阳"五个一"工作法的提炼、总结和集中宣传。此举形成了强大的宣传攻势，赢得了各级高度肯定，使紫阳县在党的群众路线教育实践活动中声名远扬。安康市委在全市做出了学习推广紫阳县联系服务群众"五个一"工作法的决定，省委实践办发出通知，在全省推广"五个一"工作法。后来，叶飞又牵头组建紫阳县电商办，探索出一条符合县情实际的特色电商发展道路。他先后成功创建全市唯一省级电商扶贫试点县、陕西省电子商务示范县、全国电子商务进农村综合示范县，累计争取到中、省、市各类电商项目奖补资金超过 2000 万元。

2016 年 4 月，叶飞转任毛坝镇镇长。

"4 月份去毛坝后，经过反复调研，探索毛坝发展的方向。我当时给毛坝的空间规划是'一核三轴多点'，定位是乡村旅游'一业突破'、扶贫扶志'两手并举'，并开始布局，整合资源，对外宣传造势。2016 年下半年，随着中央脱贫攻坚力度的加大，脱贫考核成为核心工作。当时我们主要抓了两件大事：第一，易地扶贫搬迁挪穷窝；第二，发展培育产业，增加群众收入。这些年共搬了 986 户，一部分在集镇，一部分在镇外，一部分在村落集中安置。我们建成集镇 4 期安置点，是一座 26 层、53000 多平方米的安置房，是全县乡镇体量最大、楼层最高的安置工程。我们还建了集镇 5 期 76 套房子，是全县施工条件最恶劣的安置点，施工作业面都是陡崖，上下高差超过 70 米。我们还建了全县最小的一个安置点，仅安置 7 户 11 人。毛坝地理条件十分恶劣，2016 年之前主要做的是避灾生态搬迁，主要是棚户区拆迁。2016 年 11 月启动易地扶贫搬迁。由于当时没有经济来源，只能通过招商把土地盘活，然后搞建设，其间经历政策变化，承受诸多委屈，洒下许多泪水，千方百计总算啃下这块硬骨头。"叶飞说。

易地搬迁情况十分复杂，地形比较平缓的地方可以，处在滑坡地段不行。有的安置点距离村子较远，一些贫困户不愿意去，需要反复去做工作。毛坝镇有11个村子，前后选了四五个安置点。当时县委通知，省上要求在2019年全省脱贫摘帽，所有易地搬迁的贫困户必须按时入住。如果毛坝镇不能按时完成任务，紫阳就不能按时摘帽，安康市不能按时摘帽，陕西也不能按时摘帽！这个责任，谁也担不起！毛坝中心医院对面有一块地，可建一个安置区。地基落差70米，施工条件非常恶劣。2018年9月工程启动，要求2019年9月底前群众必须入住。当时紫阳正在搞"百日决战"，县委书记亲自督战。找不到工人，镇政府派车从四川接人过来，不惜一切代价，要把时间赶出来！进入夏天后，紫阳阴雨连绵，施工难度非常大。房子建好后，需要量身定"房"，有的是五保户，有的是光棍，有的母子相依为命，都必须妥善安置，配套设施都要到位。最终，在大家的共同努力下，毛坝所有易地搬迁的贫困户都按时住上了新房。

叶飞全力主抓的第二大块是产业建设。

"产业项目怎么选择？我们组织各村村民进行大讨论，讨论本村适合做什么产业。站在镇政府层面，如何引导产业发展？各村提交初步意见后，镇里又组织综合研判，统筹考虑各种因素后拿出主导性意见。"镇上形成基本方案后，又分村交办，让各村再次召开讨论会。反复研讨，只为形成各方认可的统一意见，避免折腾。最终全镇规划了"八个一千"的产业发展目标，即一千亩桃林、一千亩艾草、一千亩花椒、一千亩香椿、一千亩中药材、一千亩茶园、一千亩烤烟、一千桶蜂。在"八个一千"的基础上，因村制宜，又规划了不同层次、不同类别的10个产业园区。

经过几年的持续培育，毛坝镇当初规划的很多产业项目，都已远远超过1000亩的规模。在"八个一千"的基础上，逐渐形成了四个支柱产业项目：

（一）艾草。结合本地富硒特色优势和漫山遍野的艾草资源条件，通过在全国各地多方考察，支持返乡创业青年王华创立公司，与各村签订种植收购协议。通过苏陕扶贫协助项目、资产收益资金扶持、特色产业贷款等途径，瞄准全民康养大趋势，依托紫阳蓬勃发展的修脚足浴产业，支持王华的华会实业有限公司建设艾草加工厂，开发系列艾草康体养生产品。目前，艾草基地已拓展到

3000 余亩，带动本镇及周边兄弟镇 100 余农户参与艾草种植，与 4000 余家足浴店、100 余家养生馆形成稳定的供销关系。2021 年 3 月，华会实业艾草加工厂启动二期厂房建设，建成后将为 150 多人解决就地就业问题。

（二）毛绒玩具。为了让那些不能或不愿外出务工的农户增收有门路，毛坝镇利用建设安置点形成的空闲场地，于 2018 年 9 月从江苏省扬州市引进了迪鑫玩具工厂，开展毛绒玩具生产加工，并于当年 11 月 8 日正式开工生产。迪鑫玩具厂在集镇三期安置社区建成一个 4300 平方米的毛绒玩具生产加工总厂，并辐射临近麻柳、高滩、瓦庙三镇，在周边各村安置点及人口密集区建设 9 个总面积近 9000 平方米的村级扶贫车间。短短 8 个月时间，玩具厂就吸纳当地剩余劳动力 254 人在总厂及村级车间稳定就业，其中贫困户 109 人，占比 42.9%。玩具厂带动不便离家人员 50 余人，足不出户在家做工增收。此外，玩具厂还与美国、俄罗斯等国的公司建立了稳定的产销关系，逐渐打开欧美市场。目前玩具厂年总产值已超过 2000 万元，成为当地增收的引擎。玩具厂开工之后，一些周边农户主动参加工厂组织的技能培训，从厂里领取物料，以家庭为单位组建小型工坊，既不用离家外出务工，又有了稳定的收入来源。工厂通过将半成品送到农户家门口、农户加工后再上门收货的方式，让一些无法离家的残疾人、高龄老人和暑期在家的学生等特殊人群，足不出户就能增收。目前毛坝镇已设立 21 个家庭工坊，规模持续在扩大。玩具厂的建立，还逐渐转变了一批村民的生产生活观念。叶飞介绍说，通过集中管理，一大批村民逐步从自由散漫的闲人，转型为有组织有纪律的产业工人。

（三）茶叶。陕西省档案馆现存清朝光绪三年、光绪九年贡茶"信票"，说明毛坝镇历史上曾是"贡茶"产地，但过去很多年，因交通不便、土地贫瘠、没有大的茶叶企业带动，毛坝镇茶叶产业在全县一直处于落后状态。在反复调研后，叶飞决定抓住龙头企业培育这个关键，招商引资发展盘厢河、关坪山两个历史贡茶生产区域，盘活老旧的万亩茶园。他先后从西安、深圳招引客商，通过恢复、整修老茶园，补植新茶园，借国家脱贫产业支撑政策，培育了振农农业开发有限公司、金硒古树茶研究有限公司两家茶企，形成了 3000 亩集中连片的茶叶基地。2018 年以来，毛坝镇逐步恢复了绿茶、红茶生产，2021 年又开发了白茶、茯茶。通过流转农户山林茶园，为 200 余农户带来租赁收入。在采茶季节，大量周边农户参与采茶，每人每天可增加 150 元以上的现金收入。通过车接车送的方式，组织搬迁安置群众到茶园务工，参与茶园整修、除草、除虫等季节性劳务，每年为群众带来 400 余万元收入。一手抓基地规范管理，一手抓市场开拓。2021 年 4 月，金硒古树茶研究有限公司与泾阳茯茶研究中心签署了茯茶基地建设合作协议，与陕西泾阳百富茯砖茶有限公司签订了茯茶生产战略合作协议。振农农业开发有限公司生产的红茶，在西安、深圳等地市场反响良好。该公司每年除在本村收购鲜叶外，还在周边村收购鲜叶 10 万斤以上，带动农户增收作用日益显现。

（四）乡村旅游。毛坝镇辖区的盘厢河流域，纵深 21 公里，流域面积 74 平方公里，是一个独立而封闭的生态体系，也是经过科学勘测确认的高富硒带，生态环境优美，流水潺潺，草木葱茏，是一处难得的世外桃源般的乡村旅游胜地，距包茂高速出口仅几分钟车程。叶飞到毛坝工作后，瞄准了这一块风水宝地，迅速提出了乡村旅游"一业突破"的发展战略，以着力开发盘厢河为龙头，带动全域旅游业的兴起。通过持续几年的基础配套，引进良乡农业开发公司等一批市场主体，沿河建成 4 家有一定规模的休闲度假山庄和 11 家农家乐，使该景区成为周边万源、镇巴及安康市区人们夏季避暑度假集中地。良乡农业开发公司建设的观泉山庄，每年收购周边农副产品总价超过 100 万元，周边农户在公司务工年收入近 50 万元。2020 年，该景区仅一个夏季接待游客超 3 万人次，正成为区域乡村旅游集散中心。与此同时，毛坝镇还引进陕西天目集团，投资 4 亿元，以关坪山贡茶产区为核心，分三期打造集森林康养、山地度假、茶游体验于一体，包括 64 个子项目，总面积超过 10000 亩的田园综合体。

清晰的理念指引，强力的政策扶持，加上一批典型项目领路，全镇近年共引进、培育鲜农庄农业、斌杰恒农业、鑫山农业、品丰农业、和奎农业等 32 家不同层次、不同类别的市场主体，参与产业建设，累计种植花椒 3800 多亩、香椿 1500 多亩、中药材 2000 多亩。越来越多的返乡创业者，正以不同形式投身毛坝乡村振兴事业，呈现百舸争流、竞相发展的喜人局面。

四、老百姓的事无小事。看起来点点滴滴的碎事，对其本人来说都是大问题。

双安镇副镇长兼扶贫办主任罗昌明，原来是三元村党支部书记，即郑永友的前任。罗昌明生于 1978 年，2005 年 3 月至 2014 年 9 月任三元村党支部书记，2009 年被评为"陕西省优秀青年村官"；2014 年从村干部被招录为公务员，9 月底到镇上工作。2015 年 7 月被县委评为"五个一"好干部；2016 年 3 月至 2020 年 5 月，任双安镇扶贫办主任；2018 年和 2019 年被紫阳县委表彰为"脱贫攻坚优秀共产党员"；2018 年 7 月被安康市委表彰为"脱贫攻坚优秀共产党员"；2020 年 3 月被安康市政府表彰为"交友帮扶先进个人"。

采访罗昌明的时候已经是夜里 10 点，他刚开完会。罗昌明说白天工作很忙，基本上都在各村跑，晚上回来坐在一起分析问题，协商解决方案。他的办公室在三楼，楼道灯火通明，几个办公室的灯都亮着。罗昌明说这就是他们的工作常态，一年四季都在加班，很少有休息的时候。

"双安镇有 11 个村，两个社区。我是副镇长，负责扶贫办和搬迁办，主要有五个方面的工作：一、全镇所有扶贫干部的业务培训指导；二、当好镇党委政府对脱贫攻坚总体安排部署的参谋；三、带头做好驻村帮扶工作；四、精准做好脱贫攻坚档案资料的规范管理和收集；五、易地扶贫搬迁。近年来，双安镇一共建了 7 个安置点，易地搬迁 972 户 3184 人。搬迁工作十分麻烦，有的不够条件，搬迁不了，有的符合标准不愿意搬迁。我们一般都会征求群众意见，采取自愿方针，绝对不愿搬的也不强求，通过其他住房保障方式，解决群众住房保障问题。这几年遇到的难题很多，特别是 2017 年 5 月至 7 月，脱贫攻坚数据清洗之前，数据混乱，该进贫困户队列的没进，不该进的进了，需要将明显违反九条红线的剔出去。之前的政策是上面给多少贫困人口指标，按比例分配给乡镇。2017 年开始严格规范管理，有的贫困户发展起来了，购买了小车等，已经超过红线，需要剔出去。还有的村干部被评为贫困户，一定要想办法弄出去。那段时间当扶贫办主任，一天能接几百个电话，头昏脑涨，都是扶贫干部打来咨询业务的，要认真分析后，根据情况给予解答。有时早晨六七点就有干部打电话，晚上十一二点驻村干部还在加班，电话应接不暇，疲于应对。"罗昌明边倒水边说。

"2018年，我包扶的一个贫困户叫王敦全，67岁，是闹热村五保老人，住在半山腰上，偏僻荒凉，之前基本上没有人去过他家。感觉那座房子像牛棚，靠一些木棍支撑着，摇摇欲坠。外面挂满了玉米，野猪常来偷吃，十分不安全。我们动员他搬到山下敬老院住，老人说已经习惯了山上生活，种一些菜就可以吃，还可以养猪养鸡，不愿意下山。按'两不愁三保障'政策，这户明显不达标。我们多次动员后，老人终于搬下山，住了几天后觉得不习惯，又回到山上去了。我们只能想别的办法解决。听说早年王敦全有个妹妹嫁到了蒿坪镇，在渭南居住做生意，家中环境较好。多方联系后，其外甥愿意接收赡养。在我们的积极帮助下，2019年年底，王敦全搬到渭南其外甥家居住，按特困供养人员，每年有6000元的特困供养金，加上冬天取暖补贴，其外甥也愿意照顾。还有一个也是闹热村的贫困户，叫黄付田。这个人多年前在外打工时领回来一个媳妇，婚后女方户口迁不过来，无法落户。他们的孩子大的上初三，小的上五年级，媳妇因为没有户口，合疗、养老保险都享受不了。他媳妇家在河南，我们最后通过当地派出所与对方公安部门对接，把她的户口迁了过来，让她参加足疗技术培训，现已稳定就业，月薪5000元左右，合疗、养老保险等政策都享受上了。贫困户雷天学1976年生，父亲去世早，因家庭贫困，一直没有结婚，与母亲杨大群相依为命，住在山上的危房里。雷天学的弟弟雷天晏婚后另居，有两个孩子，媳妇精神病，重度残疾。2016年，按照脱贫政策，雷天学与母亲通过投靠弟弟雷天晏，在双安集镇'十二五'期间修建的安置点居住。当时，雷天晏的媳妇被送到精神病院，由母亲来照顾两个孩子。2019年，雷天晏的媳妇汪本菊通过治疗基本康复。两个孩子，女儿15岁，儿子也长大了，不能一起住了。雷天晏三室的房子，两口子住一间，母亲住一间，女儿住一间，雷天学住不成了，重回无房户。2019年普查大走访，我们发现了这个问题，借国家扶贫信息系统开放时机，把雷天学增补进易地扶贫搬迁户，在双安集镇给他们安排了一套50平方米两室的房子，每人只需交2500元，母子二人5000元，即可永久居住。然而雷天学实在交不了自筹款，5000元也拿不出来，于是我们只好按特困户给他们申请了交钥匙房子。房子由政府装好后，里面所有配套设施都弄齐全，他们一分钱不用交就可以入住。然而问题又来了：雷天学母子住在这里没有经济来源，生活无法维持。雷天学患有肺气肿，上下楼梯都困难，无法干重活，不能在工地干活，又干不了足疗等技术性工作。于是村里给他们母子二人办理了农村低保，每月发放520元。同时，根据雷天学身体状况，给他安排了一个比较轻松的公益岗位，做保洁员，主要打扫卫生，每月工资900元，各项收入加起来一个月将近1500元，解决了母子二人的生活问题。"罗昌明说。

"脱贫工作情况复杂，需要认真甄别，因户施策，解决老百姓的实际问题。有的人本来不属于贫困户，但仍然在贫困户系统里，就属于脱贫不享受政策户，就不能再按贫困户对待；有的人脱贫后因为各种原因再度陷入困境，属于返贫户，需要通过现行政策给他们解决实际问题。我们发现后都帮他们把问题解决了，老百姓非常感激，见了我们特别亲切，我们心里暖烘烘的，有一种深深的成就感。帮扶干部按要求每月不低于两次去贫困户家，我们实际去的次数比这还多。老百姓的事无小事，看起来都是点点滴滴的碎事，对其本人来说都是大问题。有些人儿子大了，分家协议不知怎么写，家里电灯不亮了，东西坏了，屋里漏水了，等等，都会找我们寻求帮助。一般问题只要在不违反政策的前提下，我们都会尽量想办法解决。也有极少数群众对扶贫干部不理解。有的房子'十二五'搬迁，按户补助，一户最高补5万元，'十三五'易地扶贫搬迁，按人补助，每人补2.5万元，有的一户能补到20多万元，其他人心里就不舒服，认为是扶贫干部没有把事办公平；有的相邻而居，房子情况不尽相同，一户可以享受易地搬迁，最多交一万元就可住新房，另一户不能搬迁，在城镇买房需花几十万元，不满意，把气都撒在扶贫干部身上。现在，我们给村民建了一个政策获得清单，每户这些年来享受了多少政策，受益情况一目了然。有的老百姓没有享受易地搬迁，但其他方面也享受了不少补贴，自己稀里糊涂，一算账，明白了，原来自己也享受了不少政府的补贴啊！所以不管什么工作，一定要让老百姓心里明白。政府投入巨大的人力物力帮助他们脱贫致富，他们应心存感恩，而不是一味地索取。脱贫档案几十个柜子，数据相互关联，不能出现任何差错。扶贫办公室人员几乎每天晚上都加班，习以为常。我们的工作没有白天晚上之分，没有工作日节假日之分。白天忙村里的工作，晚上整理资料，安静一点，没人打扰。我最近头发大量脱落，体重降低 10 多斤。经常连续工作不放假，只有周末抽时间回去换一下衣服，然后立即返岗……"罗昌明说着又起身接了一杯水，这时已经夜里 12 点了。外面万籁俱寂，一片漆黑，只有镇政府办公室的灯还亮着。

第十九章　为有牺牲多壮志

历尽天华成此景，人间万事出艰辛。这份脱贫攻坚"紫阳答卷"是全县干部群众用智慧、汗水和牺牲实实在在干出来的。我们不会忘记，陈威强、罗孝明、琚华、赵功习四名同志将生命定格在了脱贫攻坚征程上，以生命赴使命、用热血铸忠魂，他们的精神风范永远矗立在茶乡大地！

——紫阳县委书记惠军民

一、群众心头树丰碑

2017 年 7 月 1 日，紫阳县双桥镇镇长陈威强在工作途中发生车祸，在送往医院抢救过程中，因伤势过重不幸身亡，匆匆走完了 42 年的生命历程。从他履新双桥镇镇长到不幸离世，只有一年零三天。在这 368 天里，他日夜操劳，殚精竭虑，一心只想加快双桥发展的步伐，让贫困群众早日脱贫致富。在脱贫攻坚这场没有硝烟的战争中，没有旁观者，没有局外人，每个人都是参与者，唯有以滚石上山的勇气，披荆斩棘，才能换得群众的幸福日子。为了那一天，陈威强付出了自己宝贵的生命。双桥镇的父老乡亲不会忘记他，如今在双桥镇，谈起陈威强，人们依然记着他的音容笑貌，记着他穿梭于山间的背影。

"2017 年 5 月份，威强曾说：'我每天早出晚归，疲惫驾驶，不如你把我的车锁在车库里。'我问他为什么锁车，他说每天电话太多，开车很危险，不安全。但车锁了，镇上的事那么多，每天都要跑，不现实啊！车是一辆小越野，才跑了不到一年时间，3 万多公里。6 月 30 日，他去了一趟紫阳，到家后已是凌晨 1 点，7 月 1 日早晨 6 点从家里出发，到双桥去参加庆'七一'活动。在双桥参加完会议后，他准备再次回紫阳，下午 2 点 40 分左右走到四坪，由于过度疲惫，车子从公路上冲下 3 米多高的坡地。根据车子急刹车留下的车辙，应该是一边接电话，一边会车，加之疲劳驾驶，车子一下子便冲了下去……整天电话很多。那段时间脱贫攻坚工作很忙，头天晚上开完会已经 11 点多了。我 2 点50 分突然接到侄子的电话，说：'小姑，三舅车出事了，你赶快回来吧！'当时我正在紫阳，找到闺蜜把我送到双桥，当时人在救护车上，浑身看不到一点伤痕。据现场人员说，发现的时候头卡在方向盘和门之间的空隙，颈椎断裂了。当时以为他是昏迷状态，我一边联系安康的大姐，一边联系紫阳的二姐。急诊科救护车走到权河时，发现威强已经停止呼吸了。眼泪一下子喷涌而出，开始号啕大哭……我之前一直没有哭，以为他还有救呢。我说：'大夫，求求你，一定要想办法救他，一定要救救他！'当时现场已有几十辆车等在那里，大家都很难过。据第一时间赶到现场的人说，车栽下去后又翻了两个滚，车喇叭一直在响，人还在喊救命，后来就没有声息了。因为事发时他正在接电话，慌乱之间错把油门当刹车踩了下去，车子一下子便飞了出去……女儿当时正上初三，刚中考完，无法置信。威强的哥哥第一时间从陕北赶回来。父母均 71 岁，怕他们接受不了这个现实，派人过去陪着，也没敢告诉老人。人先是停在殡仪馆，4天后把父母接到殡仪馆，老人目光呆滞。老年丧子，情状特别凄惨……"虽然几年过去了，舒远香谈起丈夫，仍忍不住泪流满面。

陈威强走了，镇政府大院里，留下了一间孤寂的办公室，茶几上还摆着一摞刚从县上领回的大红荣誉证书。"他的确太累了……"双桥镇社保站站长刘运维说。在刘运维的印象中，陈镇长有干不完的事情，"五加二、白加黑"，不分昼夜地加班、开会，不论晴雨地下村、调研。

2016 年 6 月底，由于乡镇机构改革，原任联合镇镇长的陈威强调到双桥镇担任镇长。上任不到一个月，他跑遍了全镇 10 个行政村、64 个村民小组，同农民群众、党员干部深入交谈，广泛征求各方面的意见和建议。他深深明白自己肩上的重担，如何让全镇 1621 个贫困户 4748 人如期脱贫，是他思考最多、关注最多的一项工作。贫困群众靠什么增收、住房怎么保障、基础设施怎么配套……这些都是他要考虑的问题。同事们回忆说，陈威强常常一个人坐着发呆，无时无刻不在思考着工作。

"陈镇长工作严谨细致，认真负责。扶贫对象核实及数据清洗过程中，增减的每一户他都亲自把关。安置点建设小到一条水沟、一个步梯，他都要亲自过问。许多规划设计，按照以前惯例，只要分管领导负责审核就行了，但他每次总是对着图纸细细研究。"双桥镇经济办公室主任代立健说。陈威强经常叮嘱下面的干部，这些钱都是国家的扶贫项目资金，一分一厘都不能浪费，每一分钱都要用在老百姓身上，每一厘钱都要发挥应有的作用。他下乡有一个习惯，总是随身带着一把卷尺、一个笔记本和一支笔。通村水泥路宽度厚度够不够，基础开挖是否见到老底子，挡护工程勾缝灌浆、墙背填筑是否到位，他都要亲自量一量，对发现的问题能纠正的当场纠正，不能纠正的就记录在随身携带的笔记本上。

"多亏陈镇长动员我们参加修脚足浴培训，如今我们夫妻俩见月（每月）都有一万二三的收入！"双桥镇中良村农民陈胜和说。陈威强下村调研过程中发现，由于矿上不景气，不少农民工返乡无所事事。他给镇社保站下了死任务，动员更多的群众参加县里组织的技能培训。在他的督促下，截至6月底，全镇参加修脚足浴、特色烹饪等技能培训的达322人。陈胜和所在的中良村一组52户贫困户有40户参加技能培训，并实现了稳定就业。"脱贫攻坚既是政治任务，也是难得的发展机遇，我们一定要横下一条心，多为老百姓办些实事。"这是他生前说得最多的一句话。

为了把工作做扎实，陈威强专门准备了笔记本，每次走访，他都会把遇到的新情况记录下来，回去以后，就对照相关政策，第一时间和村组干部进行沟通，把政策保障落到实处。翻开陈威强留下的10本工作日记，从头到尾，找不出一句豪言壮语，有的只是一笔笔解决问题的记载。陈威强短暂的一生并没有什么惊天动地的丰功伟绩，有的只是20多年如一日兢兢业业为百姓谋福利的件件"小事"，他用自己的实际行动诠释着一个基层干部的公仆情怀。

"上个月，陈镇长还来我们家，让我赶紧把房子建好，早早搬进新家。眼看房子就要建好了，他怎么就走了呢？"得知陈威强去世的消息，中良村贫困户陈继奎难掩悲伤。今年37岁的陈继奎自小患有眼疾，和年过7旬的残疾父母生活在一起。一家三口人就靠他打零工维持生计，日子过得异常艰难。去年9月，陈威强在走访群众时，看到他家房屋年久失修，条件简陋，就动员他搬到村安置点。陈继奎一家故土难离，想在老家附近建房，陈威强又让村干部给他代办宅基地审批手续。今年3月份，陈继奎的新房动工了，陈威强多次去查看进度，问他有什么问题需要解决。"陈镇长一天那么忙，我们这些小事哪好找他帮忙哦。"陈继奎说。在陈威强的关心下，陈继奎的新房主体建设已完成。

双桥镇山大沟深，自然条件差，陈威强操心最多的就是高山群众的住房保障问题。中良村10组是全镇最为偏远的一个村民小组，去年9月，他得知此地居住条件很差，群众观念保守，不愿搬迁。他决定带领村组干部挨家挨户走访，足足用了两天时间，硬是入户走访了全组48户群众，逐户动员搬迁。截至目前，该村民小组已有35户群众搬到了山下。双河村村民郑由学患有肠道癌，由于缺少经济来源，生活很是拮据。陈威强得知后，立即安排民政部门给予2000元临时生活救助。5年来，由于土地征用补偿问题，双河村村民吴作权一直到市县上访，是当地出了名的上访户。然而，陈威强每次接访都耐心地听他倾诉。

"我反映的事情，每次找他，他从不推诿，虽然事情没有彻底解决，但他很尽力。他耐心对待反映问题群众的态度，让我非常感动。"吴作权说。为方便与干部群众交流，陈威强加入了双桥镇各村组建立的所有微信群。在每个微信群，都可以看到陈威强与群众沟通交流的记录。5月11日晚上11点33分，一个微信昵称为"独行"的村民在中良村九组联系群因组级路硬化发牢骚，陈威强看到后立即在群里耐心解释政策，直到晚上12点42分，这位村民情绪才平静下来。双桥镇面积大，防汛防滑隐患多，汛期来临，陈威强时常挂念着危滑地带居住的群众。"哗哗啦啦的雨和不断传来的雨情汛情，让人坐立不安！虽三番五次督促落实'三到户'，但还是放心不下，夜晚太长，出去转转心里才踏实。"6月3日深夜，陈威强在朋友圈发出了这条信息。第二天一大早，他就叫上司机冒着大雨到各个村检查防汛情况去了。

"陈镇长在我们村检查防汛时，浑身都湿透了，还亲自帮我们调试雨量观测设备，一再叮嘱我们要做好危险地段群众的转移安置工作。"苗河村村主任方存兴说。

2017年2月19日，星期天，是陈威强父亲75岁生日。当天，妻子带着女儿专程从县城赶到双桥镇老家为老人祝寿。由于妻子在县城经营快递店，女儿在安康上学，父亲在双桥老家，一家人聚少离多，祖孙三代在一起的时间更是少之又少。然而，饭菜刚端上桌，正当一家人其乐融融准备庆祝时，陈威强的电话响了——县上部门到镇上来检查工作。挂上电话，陈威强就匆匆赶往单位。"一天咋就这么忙呢？"看着儿子远去的背影，两位老人无奈地摇了摇头。陈威强工作所在的双桥镇政府大院与他父母居住的老家距离不足 500 米，虽然每天到村检查工作或到县城办事，都要经过老家门口，一个月却难得回去看望一次父母。陈威强兄弟姐妹 6 个，他排行老五。他是家中唯一一个吃公家饭的人，其余的都生活在农村，家境一般。尤其是二哥陈威刚家庭条件最差，自己身体多病，两个孩子上大学，花尽积蓄建起的新房在 2010 年"7·18"洪灾中被泥石流冲毁。在今年的扶贫对象核实及数据清洗中，陈威刚找到陈威强，想让弟弟给村里打个招呼，帮助自己评上贫困户。

"贫困户识别有严格的标准和程序，不是我这个镇长说了就算的，这个招呼我不能打！"陈威强拒绝了二哥的要求，陈威刚最终也没有被评上贫困户。

"他每天早出晚归，回来很少谈工作的事。威强有句口头禅：单位的事，家里不说；家里的事，单位不说。那时候我经营一家快递店，很忙，每天早 7 点上班晚 11 点才能回去。我们各忙各的，没时间交流，有事才打电话，有时几天都不联系。回到家里我便做饭洗衣服，感觉十分内疚。有时他太忙了，十天半月都见不到，我就去双桥看他。威强 2012 年在联合镇（现合并到毛坝镇）任人大主席，一年后任镇长，在那里干了 4 年，2016 年到双桥镇任镇长。他很勤奋，工作很认真，每天都特别忙。家里没买车之前，每次回紫阳只能坐大巴，后来开自己的车，因为公车有限制，每个镇只有一辆车，都忙于公务。威强出事后，我后悔自己当时不会开车，不能做他的专职司机。他每天那么忙，电话不断，还要自己开车。每次回到家里也是电话不断，饭做好了都没时间吃，我想和他沟通，也没时间，常常憋一肚子气，说：'你总是忙个没完没了，我的事情从来不闻不问，给你说也不管！'他歉意地说对不起，这时电话又来了，都是脱贫方面的事，不是汇报工作就是安排工作。有一次，他好不容易闲了下来，兴致勃勃地描绘自己为双桥镇设计的蓝图，娓娓道来，兴奋不已。谁知壮志未酬，事业未竟，丢下心爱的事业和我们，匆匆离开了。"丈夫去世后，舒远香没提任何要求，政府安排她在住建局上班，她说真是没有想到。开快递店工作很忙，舒远香曾劝丈夫辞职，与自己一起经营快递店。

"他哪里肯？镇上的事很多，事无巨细，他都得操心，所有贫困村和贫困户都去过多次，他自己还包联了4个贫困户。有一次我回娘家，在镇上待了4天都没见到他，也不忍心去打扰他，后来发了一个微信朋友圈，一条说说，他看到后回来了，说这几天每天下乡检查，实在太忙了，让我理解。他是个特别孝顺的儿子，只要有时间都会去看父母，给家里买米买油买面。威强刚走的第一个月，我在家夜里都没关过灯，每个房间，每个角落，点点滴滴，都是他的影子，难以走出那种悲痛的氛围。他走了一年多时间，我还是不愿相信他已经去世了，每到周末就去市场买菜，想着他忙完工作还会回来。我们从恋爱到结婚有20多年了，恋爱的时候他都是给我写信，那时候又没有电话，交通也不便。去年整理他的遗物，那些信件看一次流一次泪，看一次流一次泪，最后就烧掉了。信里的每一字每一句，都铭刻在我的心上了。"

"你们是别人介绍认识的吗？"

"不是。我们是一个村的，双桥镇庄房村，我二组，他四组，小学6年级就认识了，可谓青梅竹马，两小无猜。他家住在山上，上学要走一个多小时的山路，每天从我家门口路过，所以我每天都能看到他。他小时候非常勤奋，学习成绩优异，最后上了中专，安康农校。我上了高中。他做什么都持之以恒。后来我们相互产生好感，就喜欢上了。我们是1998年结婚的，他当时在双桥工作，我在县城工作。后来他调回县城，我们谈了4年恋爱才结婚，因为开始觉得不可能，我们是亲戚关系。他二姐嫁给我二哥了（不是换亲）。我们在一条沟里长大，喝一条小溪的水。他有两个哥哥、两个姐姐，还有一个弟弟，他是老五。他家里很穷，比我们家还穷，没有啥吃，吃漆油，漆油对人身体有害，他经常过敏。我去他家时，他让把漆树树枝放远，怕伤害我。家里兄妹六个，就他一个在外面参加工作，是家里的骄傲。他当时学习非常优秀，如果上高中考大学没有问题，结果上了中专，因为中专毕业后就能吃到公家饭，解决家里的困难。我现在还保留着一张小学毕业照，由于营养不良，他个子不高，合影时站在后面的凳子上。毕业照上，一个看起来很普通的男孩，穿着老式中山装，倔强地昂着头，看着前方。这张照片给我留下深刻的印象。威强出事后，女儿在很长一段时间不能接受残酷的现实。父女俩很亲，每年父亲节，女儿都会给爸爸打电话送祝福。威强去世后，每到父亲节她都要回紫阳，都要去上坟，给父亲献花。刚开始我也是每周都去，女儿在父亲的墓碑前泪流满面。她现在在安康上高中，每当学习上取得进步，都要去坟上给父亲说……威强特别喜欢运动，身体非常健康，那么鲜活的一个人，说走就走，就这样消失了，无论如何难以置信，无法置信，也不愿意去信。他走了，这个家我一定要撑下去，让女儿变得更加优秀，威强九泉之下，也会安息的……"舒远香说。

2017年春节期间，陈威强曾向女儿许诺，暑假期间一定带她到北京登长城，参观北大、清华等全国著名的高等学府。谁知暑假来临，父女却天人永隔。在陈威强遗体告别仪式上，女儿陈书羽代表家人致叩谢辞："爸爸是一名好党员、好干部，在我泪眼迷离中，浮现的总是爸爸为工作匆忙疲倦的身影和面容。您心里牵挂的总是群众的疾苦和脱贫的大事，挂在嘴边的总是安置点建设要加快进度、公路要尽快动工、饮水工程要赶快招标。爸爸呀，您怎么忍心抛下家乡那么多双期盼的眼睛？"

"回想到镇上工作的这7年，很累很愧。一家人三地分居，一个月共同在一起待不了几个小时。父母已逾七十，工作地虽离父母很近，同样一个月不能陪着吃一次饭……"这是陈威强2017年4月份在朋友圈发的一条心情，从中不难看出他对父母、妻子、女儿及亲友的愧疚。

陈威强与妻子舒远香结婚20年来，从未带家人旅游一次。2015年国庆期间，妻子和女儿强烈要求外出旅游，一家人刚走到西安，紫阳县突然出现多起胡蜂蜇人事件，他们不得不半道返回。时任联合镇镇长的陈威强立即赶回单位部署胡蜂防治工作。由于防治及时，联合镇没有出现胡蜂蜇人致死事件。

群众的口碑，家人的呼唤，陈威强永远听不到了。如果他在天有灵，可以远远地看见，自己用生命镌刻的丰碑，永远留在双桥镇1.7万群众心中。

二、用生命擎起了好干部的旗帜

2017年10月8日，秋风绵绵，如泣如诉。

无数个日日夜夜，琚华一心扑在脱贫攻坚第一线，挑灯夜战、苦学苦研、写笔记、做调查，这些都是工作常态。常年超负荷工作，以致他在工作途中突发脑溢血，经抢救无效，倒在了扶贫路上。带着对生前未竟事业的遗憾，带着对同事、乡亲的热爱，带着对这方热土的眷恋，带着对父母、妻儿的不舍，匆匆走完了他 37 年的生命历程。

　　琚华 1980 年出生于紫阳县城一个普通家庭，17 岁参加工作。20 年来，他辗转多个乡镇工作，无论岗位如何变动，不管条件艰苦与否，始终勤勤恳恳工作，踏踏实实干事，用实际行动诠释了一名基层党员干部的责任和担当。牺牲前，他担任紫阳县高桥镇党委副书记。

　　2017 年 10 月 2 日，天空淅淅沥沥地下着小雨，位于大山深处的高桥镇静谧而安详。因为防汛救灾，国庆中秋"双节"期间全县取消休假，琚华顾不上吃早餐，便带着镇派出所、食监所等部门干部到集镇去检查食品安全和安全生产。作为镇上分管安全工作的领导，琚华深知做好安全工作的重要性。尽管国庆假前对全镇安全工作进行过安排，但他还是有些不放心。

　　高桥镇因镇内两座清朝乾隆末年修建的廊桥而得名。这两座古廊桥至今仍保存完好，属省级文物保护单位。这段时间，由于集镇改造，常有一些小商贩将摊点摆到廊桥上。琚华首先带着检查组到廊桥进行检查，看见王氏夫妇在廊桥桥头卖早点，上边还立着一个蜂窝煤炉子。

　　"发生火灾咋办？请赶紧把炉子搬到一边去。"琚华立即上前劝说。王氏夫妇以街道改造影响生意为由，说什么也不肯搬。在琚华和检查组人员的耐心劝说下，王氏夫妇最终将摊点搬离廊桥。看着王氏夫妇远离的背影，琚华突然感觉一阵剧烈的头晕。随行干部见状，立即将他扶到廊桥边休息，并劝他到医院检查。琚华说，他有高血压病史，休息下就没事了。稍事休息，琚华带着检查组继续到街上一家超市检查食品安全和消防设施。检查中，琚华头疼再次发作。据随行检查的干部介绍，当时，琚华满脸通红，眉头紧锁，用手掌强撑着额头，腿都站不稳了。"你们继续检查，我回办公室吃点药再来和你们会合。"琚华忍着头疼吩咐检查组干部继续检查，在同事的搀扶下回到办公室服下了降压药。然而，疼痛仍在加剧，同事们赶紧将琚华送到高桥镇卫生院检查。"高压 220，低压 140，病人需立即转到大医院治疗。"在镇卫生院医生的建议下，琚华被送往县人民医院。途中，琚华汗水直流，脸色通红。据高桥镇卫生院副院长曹立贤介绍，琚华当时已处于谵妄状态，仍在叮咛干部赶紧完善贫困户记事簿，他下班前要验收。此情此景，让车上的陪同人员无不为之动容。因病情过重，在县医院做完 CT 检查后，琚华被送往安康市中心医院进行治疗。在重症监护室和死神抗争了 5 天后，琚华终因抢救无效离开了人世，将生命永远定格在了 37 岁。

琚华 1997 年参加工作，2013 年从洞河镇副镇长调至高桥镇任党委副书记兼纪委书记，后任专职副书记。在与他共事的干部眼中，琚华作风过硬，严以律己，是个工作上很要强的人。凡他分管的工作，都力争走到全县前列。

按照 2016 年高桥镇党委领导班子成员分工，琚华分管党建及党风廉政建设、综治维稳、文化旅游、集镇建设等七块工作，并协助分管脱贫攻坚。今年 9 月，一班子成员休产假后，他又增加了新民风建设和新闻宣传两项工作。

他积极协助党委书记抓好党的建设工作。每年年初，他精心制定年度组织工作要点，分季度制定党建工作任务督查清单，坚持每个月到村（社区）进行指导。他狠抓"农村、社区、非公党建和机关"四位一体党建示范带建设，推动全镇基层党组织全面提升，全面过硬。他积极探索党建与脱贫攻坚深度融合的路子，指导各党支部深化"支部＋园区（公司、合作组织、免费技能培训）＋贫困户"工作机制，有效发挥了党建在脱贫攻坚中的引领作用。

一份付出，一份收获。去年，高桥镇党委被评为先进基层党组织，党建工作在 20 项重点工作考核中获得一等奖。在今年一、二季度全县党建工作季度考核中，亦均获得优秀等次。

除了党建工作，他分管的脱贫攻坚、新民风、新闻宣传等其他工作也一直走在全县前列。他工作过程中总结的多个好做法得到上级的充分肯定，为兄弟镇提供了可资借鉴的好经验。

2016 年，他率先在全县探索推行"一村一方案、一村一主题"的基层党组织"两学一做"学习教育精准指导模式，使基层党组织和一线党员紧密结合，有力推进了"两学一做"学习教育常态化、制度化。

在贫困户数据清洗期间，他在全镇大力开展脱贫攻坚有奖知识问答，提高了群众对扶贫政策的知晓率和满意度；在全镇范围内组织开展精准扶贫对象村际交叉再核实工作，确保了扶贫对象精准。

…………

这些成绩和好做法的背后无不凝聚着琚华的心血和汗水，无不包含着琚华为民服务的深厚情意与务实担当的优良作风。他长期忘我工作，身体严重透支，有病一拖再拖，致使身体多次"报警"。

2016年11月，琚华在单位因高血压突然晕倒，经镇卫生院医生治疗苏醒后，医生劝他休息一下，他说身体好着呢，没事，然后又继续投入工作中。

2017年5月24日，镇上组织干部到安康市中医医院体检。医生发现他血压过高，建议他立即住院治疗并休息一个月。

"这段时间忙得很，哪有时间住院哦。"琚华对医生说。

"那你说是工作重要，还是命重要？"医生很生气。

"工作和命都重要！"琚华笑着拒绝了医生的治疗建议。

然而，体检回来的第三天，他再次晕倒，不得不到医院治疗。即使在住院期间，他仍通过电话安排干部做好手头工作。

"琚书记办公室抽屉里最多的是降压药。"一高桥镇干部说道。琚华曾说自己常常忘记按时吃药，好多药都过期了。

"那么好的一个人，怎么说走就走了？"

"他没有架子，待我们像亲人一样。"

"老天爷不长眼啊，这么年轻的干部走了太可惜了！"

…………

10月12日，在琚华同志告别仪式上，不少村民自发来为他送行。

"20天前，琚书记还来过我们家的，怎么走得这么突然？"贫困户黄金国听到琚华离世的消息后悲伤地说。10月2日，黄金国在高桥集镇碰见了正在检查工作的琚华。琚华对他嘘寒问暖，叮嘱他有什么困难就说。

黄金国是琚华包联的贫困户，居住在高桥镇深磨村四组，房屋建在陡峭的山坡上，吃水靠在一里路外的山沟挑，生活十分不便。琚华了解情况后，积极联系铺设了2千米水管，让他告别了挑水吃的历史。

54岁的徐汝金也是琚华生前的包联户，两个月前曾与琚华发生过"过节"。今年8月初，徐汝金想申请扶贫小额贷款扩大种茶和养猪产业规模，不料到当地信贷部门办理贷款时被告知"不符合条件"。

"你们开会说贫困户都可以申请扶贫小额贷款，我为什么不符合条件？贷不到款叫我怎么发展产业脱贫？"趁着酒劲，徐汝金在电话中质问琚华。"你不要着急，贷款的事我马上来联系。"面对徐汝金的质问，琚华耐心回答。挂断电话后，琚华立即跟镇扶贫办衔接。原来，贫困户申请扶贫小额贷款需要本人书面申请，而徐汝金之前并没有提出书面申请。

第二天，琚华通过电话向徐汝金说明了情况，并安排专人协助他办理贷款事宜。一个星期后，徐汝金如愿以偿拿到了5万元贷款，用来管护茶园、购买猪仔。"当时，是我心里着急，错怪了琚书记，不该在电话中质问他。想起这个事，我就觉得对不住他。"事后，徐汝金一直觉得很惭愧。

2016年4月8日，高桥镇双龙村村民刘昌明的房屋地下室被水淹没。刘昌明认为是镇政府在他房屋下方不远处修桥导致河水回流淹了自己的房屋，要求政府赔偿10万元。镇、村干部先后多次与其协商赔偿问题，一直未达成协议。琚华知道后，主动上门跟刘昌明讲道理，最终感化了刘昌明，使事情得到妥善处理。

"有困难就找我。"琚华是这样说的，也是这样做的。在他的工作笔记本上，详细地记录着每天工作中的大事小事；在他的手机里，存储的全是他下村拍摄的群众生产生活图片。他心里装着群众，装着工作，却唯独忘了装自己。他明知自己有病在身，却一如既往地坚守在工作岗位上，直到生命的最后一刻。

琚华，一个平凡的人，一名好干部。他把生命献给了大山，用平凡大写了人生。琚华虽然走了，但他却在人们的心头树立了一座巍巍的丰碑，用生命擎起了好干部的旗帜。

三、超越平凡

"到现在，我们都不愿相信他已经走了，他是被我们村上的脱贫工作累倒的。"时隔一个多月，谈到扶贫干部罗孝明，毛坝镇腰庄村村主任吴远俭仍哽咽难语。

罗孝明生前是紫阳县市场监督管理局干部，10 月 11 日，在单位包联的毛坝镇腰庄村开展脱贫攻坚工作时，因突发心脏病不幸去世，享年 40 岁。

"他熟知食品药品监管的几十部常用的法律法规，处理各类食品药品安全案件时，能一口准确地说出适用的条款。"紫阳县市场监督管理局综合执法大队中队长邱兴超说。

罗孝明是 2013 年年底考入县市场监管局食品药品稽查大队的。之前，他曾在红椿镇、东木镇从事农业、林业工作。

食品药品监督，是一项专业性、技术性较强的工作。罗孝明坚持在干中学，在学中干，一方面认真学习食品药品监督管理法律法规及执法文书，提高法律素质和执法文书制作水平；另一方面积极参与各类案件的办理，提高自己的行政执法水平和依法办事能力。很快，罗孝明就从一名食药监工作的"门外汉"成长为食品药品稽查战线上的业务尖兵。

一年跟着干，二年能单干，三年成骨干。2015 年，罗孝明已经能独立办案了。由他经手办理的假酒案、假药案分别入选"2016 年省级食品药品典型案例""2017 年省级食品药品典型案例"。

食品药品安全无小事。在食品药品稽查工作中，他经手的大小案件 300 余起。每一起案件，不管走多远的路，他都坚持去现场调查取证，力求把每一起案件都处理得合情合理合法，给人民群众一个交代。由于工作突出，他先后被评为全省"飓风行动"先进个人，安康市"稽查大比武执法能手"。

由于机构改革，2013 年，罗孝明所在的县食品药品稽查大队监管工作陡然增加。原先由卫生局、工商局、质监局等多个部门负责的食品安全监管工作统一划归县食品药品监督管理局负责，稽查大队承担着食品药品安全专项整治、执法办案等监管职责。不仅如此，稽查大队还要负责食品药品的抽检抽样、投诉打假等工作。

为了克服人手少、监管对象点多面广、监管工作量大等诸多困难，罗孝明跟其他同事一样，经常处在超负荷工作状态。面对压力，罗孝明从未有丝毫懈怠，从未有半点怨言，全力做好食品药品监管的各项工作，在单位是公认的爱岗敬业标兵。

"在我的印象中，共事三年时间，孝明只在他父亲病重去世时请过两天假。面对父亲还未复山就来上班的他，我只有感动，问候的话到了嘴边却又咽了回去，感觉有点多余。"罗孝明去世后，他曾经的老领导在微信里这样撰文。

和罗孝明一起工作的同事说，罗孝明经常带着孩子到单位加班。有时候加班到深夜了，孩子就在旁边睡着了。在同事眼里，他就像"老黄牛"一样工作，不知疲倦。据统计，近三年来，县食品药品稽查大队办理的500余起案件，一大半的文书材料都是由他完成的。

由于工作认真负责，今年9月，罗孝明被单位安排到包联村——毛坝镇腰庄村开展脱贫攻坚工作。"孝明是一个责任心非常强的人，我和他在一个工作组，他考虑到我年纪大，就经常加班加点地帮我整理贫困户的信息。"和他搭档的村主任吴远俭说。

眼看村上的脱贫攻坚工作越来越有成效，罗孝明却清闲不下来。脱贫攻坚，越往后越会出现难啃的"硬骨头"。和罗孝明一起驻村的同事回忆，罗孝明每次入户都是很晚才回到村委会，其他同事都休息了，他还在汇总整理当天入户走访的信息。让同事最为感动的是，单位安排罗孝明到包联村开展脱贫攻坚工作时，正值其妻子到北京出差，时间长达一个月，刚满6岁的孩子没人照料，但罗孝明还是欣然接受了任务。为了不影响日常工作，他先后两次利用周末时间独自一人到村里走访群众，而孩子就寄放在县城的亲友家。

在罗孝明包联的贫困户中，有一个叫陈胜洪的群众，由于患有精神疾病且爱酗酒，经常半夜给罗孝明打电话。时间长了，妻子劝罗孝明晚上关掉电话。"既然是我包联的贫困户，我就要对他负责到底。"罗孝明依然不厌其烦地接听陈胜洪的电话，鼓励他树立生活的信心，并竭尽所能帮他解决生活中遇到的问题。

今年5月，陈胜洪带着孩子陈世良到县城检查身体，罗孝明得知后，立即带其到医院挂号、检查、找专家、开药。得知父子俩没有吃饭，罗孝明又带着他们到餐馆吃午饭，并自掏腰包帮助其买车票。没过多久，陈世良长了鼻息肉需到大医院治疗，罗孝明二话没说，便带其到市中心医院办理手续、与专家进行术前沟通。他安顿好陈世良住院事宜后才返回单位。陈世良出院后，罗孝明又帮其办理医疗报销手续。

"罗叔叔经常来我们家，有时候还给我买吃的。他告诉我要好好学习，长大了才会有出息。"得知罗孝明去世后，刚上六年级的陈世良不停地擦眼泪。

李榜端是罗孝明包联的又一贫困户，他和老伴儿没有经济来源，靠在附近打零工维持生计。罗孝明看到他的住房非常陈旧，就多次上门劝其进行改造。罗孝明去世前一天下午，他还到李榜端的家中，给他们讲解最新的扶贫政策。

如今，李榜端的旧房已经完成改造。明亮而宽敞的房间让一切都显得安静而美好，纯白的墙面上还张贴着罗孝明填写的"脱贫明白卡"，字迹遒劲有力，帮扶内容一目了然。

罗孝明短暂的一生中，没有惊天动地的故事，也没有色彩斑斓的传奇，只有默默无闻的奉献，勤勤恳恳的工作。他去了另外一个世界，但他的音容却永远活在百姓心中。他的这种不怕苦、不怕累、坚韧不拔的扶贫精神，永远激励着紫阳县的每一名干部职工用实际行动打赢这场输不起、不敢输的脱贫攻坚硬仗。

清阳曜灵　风禾尽起

脱贫摘帽不是终点，而是新生活、新奋斗的起点。

——习近平 2020 年 3 月 6 日在决战决胜脱贫攻坚座谈会上的讲话

第二十章　让责任和激情播撒这方山水

心安之处是吾乡，我把紫阳当故乡！

——江苏省常州市新北区紫阳挂职副县长夏志文

志合者，不以山海为远。

江苏常州市新北区是 1992 年经国务院批准最早成立的 52 个国家级高新区之一，位于长江三角洲腹地，是全国综合实力百强区。2016 年以来，地理位置相隔 1300 公里的常州市新北区和安康市紫阳县两地干部群众跨越时空，在茶乡大地共同书写苏陕协作战贫故事。5 年来，新紫两地党政组织考察 30 余次，总计互访 500 余人次，互派交流干部 127 人次，通过组织领导、人才交流、产业合作、劳务协作等方式，协作实施扶贫项目 334 个，累计投入资金 3.913 亿元，带动建档立卡贫困人口 40000 余人增收，谱写了一曲动人的时代之歌。

一、踏进东城门，就是紫阳人

紫阳挂职副县长夏志文是江苏常州人，曾任常州市高新区（新北区）党政办公室主任。2017 年年初，夏志文来到紫阳县挂职扶贫。不到两年时间，他就成为一名"紫阳通"，有人评价他比紫阳人还了解紫阳。

"2017 年 4 月初，组织找我谈话，准备派我到秦巴山区集中连片特困地区陕西省紫阳县挂职扶贫，挂职时间是两年，只给了我一天时间考虑。当时我任常州市高新区（新北区）党政办公室主任，孩子即将大学毕业，妻子又体弱多病，工作任务重，家庭担子也不轻，并且这一去就是两年。说实话，谈话那一刻，我还是有一些顾虑。组织选派我，说明组织对我充分信任，同时也对我寄予了殷切期望。作为一名共产党员，组织需要的时候，再重的担子我也得扛。经过一个晚上的思考，第二天一早，我向组织回话，决定到紫阳扶贫。"48岁的夏志文浓眉大眼，留着板寸头，看起来十分精干。

"到任后，紫阳县委、县政府考虑到我之前在经济相对发达的常州高新区工作，在园区建设和招商引资方面有一定的经验，就决定在我抓好苏陕扶贫协作工作的同时，再让我分管招商引资和园区建设等工作。接到组织分工，我当时压力也很大。我对全县情况不清楚，资源禀赋有哪些、贫困程度有多深、工作从哪儿下手等问题需要我去破解。我想，首先要摸清情况。于是我白天进村入户搞调研，熟悉县情，晚上整理笔记，学习政策，分析致贫原因，思考脱贫门道。几个月下来，全县各镇、相关部门、产业园区我几乎跑了个遍，调研笔记密密麻麻记了好几本，紫阳的贫困现状、数据分析我基本上烂熟于心，紫阳的资源禀赋、潜在优势我也了然于胸。紫阳是个好地方，山清水秀，气候温润，自然资源禀赋得天独厚，但是山大沟深、产业基础薄弱又是不争的现实，很多外来客商都望而止步。加上思想解放程度不够，当时全县还有近10万名群众挣扎在贫困线上。群众脱贫的愿望都很强烈，可是致富门路少，贫困的根子总是拔不掉也挖不断。破解紫阳贫困难题的'开关'到底在哪里？苏陕扶贫协作和经济合作的突破口如何打开？我看在眼里，急在心上，有一段时间，我寝食难安。经过反复思量，我总结出了'一来二去'工作法。'一来'就是把常州的领导、客商请进来了解紫阳，争取资金支持和项目投资。'二去'，一方面是'走出去'，宣传推介紫阳，提高紫阳知名度和影响力，吸引外面的优秀企业到紫阳发展；另一方面是'沉下去'，深入基层一线调研工作、解决问题，为项目落地和推进提供良好的营商环境。紫阳太美了！山、水、硒、茶、歌、道等特色要素资源太丰富了！我始终坚信，一定会有客商看中紫阳、投资紫阳。"夏志文说。

为了把常州的领导、客商请进来交流思想、支持发展、扶贫济困，夏志文打开手机通信录，翻遍微信朋友圈，有针对性地打"感情牌"。拨通电话、发送微信，他讲得最多的就是紫阳的山好水好资源好，希望他们能过来看一看、帮一帮。为更好地宣传推介紫阳，夏志文还专门学唱了几首被列为国家非物质文化遗产的紫阳民歌，对紫阳的山山水水、资源特色更是做足了功课，被同事和朋友戏称为"紫阳通"。

"因为自进入紫阳那一刻起，我就给自己一个清晰的定位：'踏进东城门，就是紫阳人。'毕竟我的挂职时间有限，只有一天当作两天用，尽可能地为紫阳多做一些事，才对得起组织的信任、群众的期盼和自己的良心。"夏志文说。

为了考察光伏发电项目，夏志文登上过高滩镇岩峰村山顶上地势十分险峻的九个包、"一碗水"。在弯曲陡峭的上山路上，汽车熄火倒退，险些出事，令人后背发凉。为了引进风电项目，夏志文爬上了麻柳镇的黄草梁，眼望无限广阔的高山草甸，他感觉心旷神怡，想着如此美的地方，百姓也应该过上美好的生活。他带着常州电商企业冒雨徒步到洄水镇联沟村卖光合作社的土蜂蜜，打通农特产品销售渠道。一路遭遇塌方滚石，险情不断。为了推进园区项目建设，夏志文下沉到工地逐一研判问题，逐一落实工作责任，加压紧逼项目建设进度。为推进新社区工厂建设，他曾顶着鹅毛大雪到毛坝镇督促建设进度，协调解决问题，汽车在白皑皑的积雪上行驶时，从小在江南平原长大的夏志文心都提到了嗓子眼，浑身冒着冷汗。为了留守儿童，他来到最偏远的界岭镇双明小学调研，争取到常州方"亲情聊天室"建设捐赠资金。来到紫阳后，夏志文马不停蹄，跑遍了全县 17 个镇，产业基地、项目工地、矛盾现场，哪里需要他，他就出现在哪里。

"说实话，在紫阳的扶贫生活我还真过得充实而有意义，并且伴随着惊险与刺激。难忘啊！所以每天的工作我都习惯用简短的文字记录下来。两年来，我的工作日志密密麻麻记录了十几本，这些文字里饱含着全县广大干部群众的艰辛付出，也见证着紫阳的发展变化。"夏志文说。

二、不带枪，不带炮，只有一个冲锋号

1817 年，瑞典的贝采利乌斯从硫酸厂的铅室底部的红色粉状物质中制得硒。他还发现了硒的同素异形体。他还原硒的氧化物，得到橙色无定形硒；缓慢冷却熔融硒，得到灰色晶体硒；在空气中让硒化物自然分解，得到黑色晶体硒。硒是一种多功能的生命营养素，常常用于克山病、大骨节病、心血管病、糖尿病、肝病、前列腺病、心脏病、癌症等 40 多种疾病的治疗和预防。紫阳属于富硒地区，茶叶比我国非富硒地区平均含硒量

（0.1158ppm）高 5.5 倍。夏志文来紫阳了解到这一情况后，坚定了一个信念：一定要给紫阳"硒妹子"招来"金龟婿"，找到"好婆家"，再攀上几门"好亲戚"。

"我记得 2018 年 1 月，东西部扶贫协作工作国家考核、脱贫攻坚成效省际交叉检查、苏陕扶贫项目督导检查等各项检查接踵而至，北京二商集团、常州高新集团等多家企业先后到紫阳投资考察，园区的多个项目建设需要督促推进，我的日程排得满满当当。可偏偏这个时候，全国房地产经理人联合会邀请我到苏州参加第九届年会，并给了我在台上发言 3 分钟的机会。按说是走不开的，但是我想，这种高规格企业年会一定客商云集，是一次难得的招商引资机遇，我得抓住。把手头工作安排好之后，我就启程赶赴苏州。一路上，我一直在思考如何利用这次机会宣传推介紫阳，打动与会客商，给他们留下深刻印象，为紫阳招商工作奠定基础，并在心里打好了发言腹稿。会议当天，我在前台用'一身名牌'向现场近 500 名全国各地优秀企业家推介了紫阳的名山名水、名茶名味、名人名景，简短的即兴推介发言，配合我的肢体语言，具有一定的感染力和感召力。'一身名牌'的紫阳县勾起了很多与会客商的无限向往。会后，100余名企业家主动与我交换联系方式，表示要来紫阳投资考察。

"在外招商引资既是拼实力的技术活，也是拼体力的苦差事。印象最深刻的是，2018 年 10 月 23 日，我带领紫阳招商小分队在北京招商考察，当天预约了北京 77 文创公司、正山堂茶业有限公司（北京办事处）等 5 家企业，就连中午也计划要到雀巢（中国）公司对接包装饮用水合作项目。由于上午考察北京二商京华茶业公司时，双方交流沟通细致深入，超出了计划时间，来不及休整就马不停蹄地赶往雀巢公司。就这样，一个活动赶一个活动，晚上 7 点多才回到酒店，当天大家连中午饭都没顾得上吃。"夏志文说。

调研期间，夏志文了解到，为了养家糊口，紫阳很多青壮年劳力不得不丢下老小、背井离乡外出务工，很多留守儿童和空巢老人日子过得非常艰难。同时，随着移民搬迁政策的深入实施，很多务工人员渴望回到家乡，在家门口找一份舒适的工作，做到工作、家庭两不误。乡亲们"想回来"和"留不住"的尴尬处境深深刺痛了他。

"当我看到紫阳各集镇大量移民搬迁社区门面房闲置、大批在家带孩子的留守妇女无事可做等现状，我就想，能否在集镇社区兴办毛绒玩具文创产业呢？有了这个想法，我随即向老朋友——江苏玩具协会常务副会长袁小忠发出电话邀请，并于国庆长假登门拜访，请袁总到紫阳实地考察调研，从商业角度进行可行性分析。国庆节收假，我硬拉着袁小忠一块儿到紫阳以及安康其他县区进行了长达一周时间的深入考察。当得出安康基本具备毛绒玩具文创产业发展的条件时，我兴奋不已，很快写了一份调研报告提交给苏陕协作常州帮扶安康工作组，并表示紫阳愿走在前列、先行先试。调研报告得到工作组充分肯定，同时得到安康市委、市政府的高度认可、积极采纳。市委、市政府迅速落实专人考察调研，并出台了一系列发展以毛绒玩具文创产业为主的新社区工厂的优惠政策。为了说服毛绒玩具企业到紫阳实地考察，我又专程赶回江苏参加袁小忠的嫁女婚宴。在玩具行业客商云集的婚宴现场，我拿起话筒搞起了招商推介，挨个介绍紫阳的厂房资源优势、人力资源优势以及配套政策优势，动员他们到紫阳来投资考察。袁小忠被我的招商诚意所感动，婚宴结束后，立即召集朋友在酒店举行了一场招商推介会，交由我亲自推介。事后，袁小忠经常跟我开玩笑，说我把他女儿的婚宴现场搞成了招商会场。"夏志文说。

然而，毕竟安康在毛绒玩具文创产业方面犹如一张白纸，很多客商心动不行动，部分领导干部对发展这一产业也信心不足。北京爱多宝玩具有限公司董事长王亮算是第一个到紫阳"吃螃蟹"的人。2017年12月13日，王亮在紫阳注册成立安康爱多宝毛绒玩具文创产业有限公司，项目落户蒿坪镇双星社区。要想让投资企业看到政府发展毛绒玩具文创产业的决心、信心和诚意，必须让这个项目尽快落地见效，引起蝴蝶效应。夏志文在厂房装修改造时亲自督战、协调，要求镇上每天拍照上报工程进度。项目很快投产达效，并吸引一大批玩具产业客商到紫阳、到安康投资。截至2019年4月，"引进小工厂，带动大产业，致富老百姓"的新社区工厂扶贫模式在安康收到明显成效。经过一年多时间的发展壮大，已有17家毛绒玩具新社区工厂落户紫阳，全安康市已发展到120家。安康毛绒玩具文创产业从2017年在紫阳的"一枝独秀"到各县区的"百花齐放"，逐步成为全市的新兴支柱产业，还被国务院扶贫办和国家发改委列为经典扶贫案例。有这样的招商成果，夏志文十分兴奋和激动。

"夏县长是个言出必行的人，甚至对自己有点苛刻。"紫阳迪金玩具有限公司董事长李家林深有感触。他的微信朋友圈至今还有3条留言，记录着他的心理变化。

2018年7月28日："紫阳考察，大山深处捋一把王者荣耀，绝对不坑队友。"

8月3日："台风'云雀'来袭，高速公路成水路，紫阳夏县长'坐船'两个小时来考察。"

8月7日："从初次邂逅，到正式落户不到10天，我们并非像完成小学生作文一样，仅仅做'一件有意义的事'。当赚钱和做有意义的事能够并驾齐驱的时候，我们很乐意为之。真心被紫阳领导干部的努力感动。"

从最初的来转转，到10天后的签约落户，应归功于上述微信所记夏志文8月3日迎着台风在高速路上的两小时"玩命车程"。

"说到招商引资，其实这项工作就是一种营销行为，要真诚待人、以情化人。我给招商局干部提出了一个硬性要求，让他们在任何招商推介场合都不要照着稿子念，必须即兴介绍，并从我做起，以此来倒逼推介人练内功、强素质。只有我们这样才能与客商拉近关系，才能体现招商诚意、提升招商成效。"夏志文说。

三、我把紫阳当故乡

夏志文心底还埋藏着一个永远无法弥补的遗憾。

"2018年6月5日，我带队在西安与京东西北区域负责人对接洽谈智慧物流园建设合作项目。当天，妻子给我打电话说，奶奶病危，但一直念叨着我，希望生前能再看我一眼。可是我若一走，正在洽谈的项目就无法推进了。我只能在心里默默祈祷奶奶能挺过去。我把这个秘密一直藏在心里，等到第二天结束考察活动，向县委、县政府请了假，连夜赶回常州时，奶奶已经永远离开了我。这件事成了我心底深深的痛，我自责愧疚了很长一段时间。"

"吾本不是无情人，一腔愧疚寄哀思。"夏志文流着泪，写下对奶奶的思念。

夏志文在紫阳挂职扶贫的两年时光，成果显著。2018年7月，全国东西部扶贫协作工作推进会上，"让残疾人'站'起来"残疾人就业扶贫和"小玩具、大产业"毛绒玩具文创产业发展两项工作作为典型经验在会上进行交流；"订单进山、产品出山"电商扶贫和发展"新社区工厂"两项工作被江苏省对口帮扶陕西省工作队评为扶贫协作优秀典型案例。由于扶贫协作成绩突出，2017年8月29日，紫阳县作为陕西"携手奔小康行动"唯一代表县，参加了在北京召开的东西部扶贫协作经验交流会。紫阳县被表彰为陕西省"2017年脱贫攻坚成效考核先进县"。2019年3月，常州市新北区对口帮扶紫阳县工作组被紫阳县人民政府授予"2018年度招商引资特别贡献奖"。

2018年，夏志文个人也先后被推选为陕西省"优秀苏陕扶贫挂职干部"，获得安康市"脱贫攻坚优秀共产党员"称号。

一串串耀眼的数字，饱含着新北区的扶贫协作深情，更彰显出新紫两地人民坚决打赢脱贫攻坚战的信心。5年来，新紫两地选派挂职干部19名，其中新北区选派4名挂职干部来紫开展援助工作，紫阳县选派15名挂职干部到新北区开展交流学习，两地互派支教、支医、支农人员108人次。2020年，紫阳县卫健部门选派10名业务骨干赴新北区学习交流；教育部门选派4名年轻教师分别赴新北区实验中学、飞龙实验小学、三井实验小学学习交流；农业农村部门选派1名技术人员到新北区农业农村综合管理服务中心交流学习；新北区23名"三支"人员到紫阳农业技术推广站、畜牧兽医中心、卫生院、学校等基层单位全面开展援助工作。人才交流架起了两地互学互鉴友谊桥梁。

"虽然现在挂职期满，回到了常州的工作岗位，但我清晰记得2017年5月12日的任职表态发言：'心安之处是吾乡，我把紫阳当故乡！'这份承诺，我会永远践行。"夏志文激动地说。

心有大爱，无问西东。常州新北与安康紫阳的东西部协作故事仍在续写，乡村振兴的壮丽画卷正徐徐铺开。

2018年3月12日，常州国家高新区管委会主任、新北区人民政府区长陈正春率领党政企代表团来紫阳交流考察，深入推进两地扶贫协作与经济合作。紫阳县委副书记、县长陈莲陪同考察并出席两地对口扶贫协作工作座谈会。陈莲指出，紫阳是全省11个深度贫困县之一，贫困面积大、程度深，脱贫任务重、难度大。新一轮东西部扶贫协作，把远隔千里的常州高新区（新北区）和紫阳县紧紧连在了一起，去年以来，双方友好互访和扶贫协作力度不断加大。常州高新区高度重视扶贫协作工作，倾注真情实意，谋划真招实招，坚持真抓实干，投下真金白银，在对紫阳给予项目、资金支持的同时，在产业帮扶、劳务输出、人才交流等多个方面与紫阳开展交流合作，取得了明显成效，有力推动了紫阳脱贫攻坚工作。希望以此次考察指导为契机，进一步拓展紫阳县与常州高新区（新北区）在承接东部产业转移、开放性产业项目、园区共管共建、人才培养引进、社会扶贫等领域的合作，促使对口协作结出更加丰硕的成果，实现优势互补、共赢发展，努力把两地扶贫协作和经济合作打造成为苏陕交流的成功典范。

2020年8月20日至21日，紫阳县委副书记、县长陈莲率紫阳县党政代表团赴江苏常州市新北区学习考察，进一步对接落实扶贫协作和经济合作。20日下午，在常州新北区举行2020年苏陕协作和经济合作联席会，双方交流经济社会发展情况，共商新形势下扶贫协作和发展合作大计。常州市委常委、高新区党工委书记、新北区委书记周斌会见紫阳考察团一行，高新区人大常委会党组成员夏志文等人陪同考察。

陈莲对常州高新区（新北区）多年来对紫阳脱贫攻坚和经济社会发展的倾情帮扶和大力支持表示感谢。她说："时隔9个月再次来到常州新北学习考察，对接推进对口协作，见到了老战友、好朋友，看到了新北区新发展、新变化，非常感慨高兴，同时也倍感亲切温暖。特别是在今年这个特殊的年份，新北区统筹推进疫情防控和经济发展大局，各级领导和干部职工干事创业的精气神和飞速发展逆势上扬的发展态势，让我们由衷钦佩、倍感振奋、深受激励。在新北区各级领导和社会各界的关心付出和帮扶支持下，今年2月27日，紫阳如期实现整县脱贫摘帽，正式退出贫困县序列，脱贫攻坚取得决定性胜利。当前，我们聚焦问题整改、任务清零、搬迁后扶、产业就业和补短强弱，全面巩固提升脱贫攻坚成果，已顺利完成国家普查现场登记工作，迎接最后认定，我们有信心有决心高质量打赢脱贫攻坚收官战，与全国人民一道同步够格进入全面小康。"

陈莲说："紫阳的发展变化离不开新北区各级领导的关心指导和不遗余力的

帮扶支持。4年来，新北区为我们注入资金、输送人才、嫁接产业，主要领导亲力亲为，部门乡镇倾力推动，社会各方广泛参与，用'真金白银、真情实意、真招实招、真抓实干'的实际行动书写了'新紫一家亲、携手奔小康'的崭新篇章。对新北区给予紫阳的帮扶支持，对挂职援派干部的倾情付出，紫阳县委、县政府和35万紫阳人民衷心感谢、铭记在心，这些将永远载入紫阳历史史册！整县脱贫摘帽后，我们真诚希望与新北区持续巩固在扶贫协作中结下的深厚情谊，进一步深化扶贫协作和经济合作，继续扩大产业就业帮扶，深化消费扶贫和结对协作，在人才培育、人才注入、市场主体引进、产业链嫁接等方面形成良好合作机制，不断拓展扶贫协作成果，携手共创高水平合作新局面。"

第二十一章　不破楼兰终不还

我是贫困县长大的，我从小就是那种性格，喜欢干一些让自己难忘的事儿。两年以后我走了，会一辈子记着这里。

——紫阳县挂职副县长张雪峰

在紫阳县富硒生态产业园区，1.5 亿元扶贫贷款成功落地；在中国建设银行手机 APP 上，3.2 亿用户、日活量 1500 万人次的流量优势，为紫阳贫困茶农带来增收红利；在马来西亚吉隆坡"一带一路"中马经济合作论坛上，吉祥物"熊猫健健"来自"紫阳制造"；在北京新华通讯社"中茶生态特选茶新品发布会"上，"中茶牌"紫阳富硒茶（紫阳毛尖）点亮全场……

冬日的茶乡大地，一个又一个振奋人心的好消息接踵而至。而这一切，都与一个叫张雪峰的挂职副县长的倾情付出密不可分。

一、咬定青山不放松

张雪峰，1976 年生于距离紫阳 300 多公里的四川渠县。1999 年他毕业于四川大学，毕业后到中国建设银行工作，在总行战略客户部铁路民航客户处任处长，主动报名参加扶贫干部选拔。2018 年 11 月，张雪峰受总行党委委派，被陕西省任命为安康市紫阳县委常委、副县长（挂职）。渠县的生活习惯、语言环境与紫阳相近，有山，也有水，加之他从小在家乡长大，小时候经常爬山，所以在这里没有违和感，很快便融入团队。

"我在总行报名竞聘面试时，陈述了自己去扶贫的三大'优势'：一、我是从贫困地区走出来的，了解他们想什么、需要什么；二、我是做业务的，懂客户；三、我身体好，能吃苦。话是这么说的，说实话，当时的想法还是比较简单，认为扶贫嘛就是一个过程，挂职两年后说不定还能进步。然而当你真的来到这里，一个距离北京1000多公里的小县城，面对新的环境，一个人也不认识，心里的压力还是挺大的。在紫阳，身边的同事、领导都在拼命地工作，自己在这种氛围中受到感染，心想，自己不远千里来到这里，不能只做一个普通的挂职干部，一定要融入新环境，忘掉自己是挂职的，忘掉自己是北京的金融白领，要在这里干出点名堂来，而不是做一个过客！我决心充分利用这两年时间，扎扎实实给紫阳做些事。上班的第一天见到陈莲县长，我问：'领导有什么要求？'陈县长开玩笑说：'你什么也别干，只要完成一件事就行。这件事就是落实园区1.5亿元的贷款项目。'我在办公室竖了一块小白板，在上面写下了'园区贷款'4个字，整整9个月后才擦掉。原计划两三个月拿下贷款项目，中间经历了许多挑战，一波三折，需要多方协调，我这才知道做一件事有多难。从紫阳园区管委会到政府部门，从安康行到陕西行，再到北京总行，一趟趟地跑，9个月时间不知找了多少人。"张雪峰快人快语，一看就是个直性子。

"紫阳县园区工业标准化厂房建设是重点扶贫项目，是实现县域经济追赶超越发展的重要引擎。园区贷款是紫阳县最希望建行能解决的难题，也是峰县（指张雪峰）到紫阳后遇到的第一块硬骨头。客户评级不高，贷款有一定风险，与建行的风险偏好有一些差距。上一任挂职干部一直在努力但未成功。峰县暗下决心，必须用增信和担保来实现突破。他多次赴安康和西安，打通贷款申报的关键环节。他将任务分解，每月底完成不了就罚款，目的是激励大家尽快推进项目落地。刚开始我还以为他在开玩笑，结果第一次月例会，他真的罚了我200元。罚款不多，但这事让我觉得丢面子，压力之下，我只能努力拼搏，使出浑身解数。我理解了他的苦心，很佩服他这种管理艺术。峰县几乎每天两个电话督促进度，打给我和园区公司负责人。园区贷款就像他的孩子，他悉心呵护，生怕它长不好。这孩子也让他操碎了心，9个月以来，大病小灾无数，中间至少有四五次，我和他都觉得这事要黄了。"建行挂职紫阳县扶贫局副局长曹维安也来自北京，谈起张雪峰，深有感触。

"最大的一个坎出现在2019年5月，本来已经完成了贷款申报全部工作，省行、总行都已审批通过，到了放款环节，原来的3家担保公司，其中1家退出了，使得之前几个月的申报审批工作都白干了。那几天，他郁闷，我沮丧，我俩没联系。直到有一天，他洗澡时误把洗面奶抹在头发上，就在那一刻他想到了解决办法——变更担保方案重新找担保公司，再次申报。于是，我们再次启程出发。2019年8月15日下午，峰县和我在营梁村入户，走在村民自己修的小坡道上，他的步伐很慢。夕阳西下，谁也无心欣赏风景，因为我们正在焦急地等消息，不到落地那一刻，谁都不敢松口气。下午5点5分电话响了：'款放成功了哦，第一笔1500万。'建行紫阳县支行陈琳副行长声音本来就甜，那次声音更加好听。电话一挂，我俩彼此望了一眼，眼泪夺眶而出。我们在那个废弃土房子旁边歇了好一阵，心情难以平复。就这样，'园区贷款'这个孩子终于落户了。1.5亿元园区贷款的落地具有里程碑的意义。目前贷款已投放超过1个亿，峰县率领紫阳扶贫工作团队，创造了一个又一个扶贫佳话。"曹维安生于1987年，是一个身高近两米的大男孩，看起来十分腼腆。他是家中的独子，从小在北京长大，毕业于清华大学，本硕连读。来这里前，我从未在农村生活过，在紫阳一待就是两年，中间很少回家。曹维安与妻子结婚几年，还没有孩子，妻子一直不理解他为什么会选择来这么偏僻艰苦的地方扶贫，为此，小两口曾闹过一段时间别扭。曹维安态度十分坚决，那就是"咬定青山不放松"，"不破楼兰终不还"。

"到紫阳后，我认为首先要把思路打开。有些事地方政府想做，建行不愿意配合；有些事建行愿做，与地方政府的思路不一致。我的任务就是把两个点碰到一块儿，比如说园区贷款这件事，风险高，建行不愿意妥协，但地方急需，所以就需要千方百计去协调，寻找解决问题的途径和办法。基层政府和我们企业关注点是不一样的，我们企业很多都是规定动作，一百来页的项目，分解到我们每个人身上，你按照要求把工作干好就行了，规定动作完成得好，作业就能打100分。然而到了基层，实际情况是不一样的，不能按部就班，我的任务是扶贫，要想方设法让这里的老百姓摆脱贫困，尽快富裕起来，所以需要有一些创新项目，干一些别人没有干过的事情。当然，这样可能会把总行领导给得罪了，领导打电话说：'你不要把心思花在别的地方，要把精力放在我们布置的工作上。'我一边应承着，一边按照自己的思路在做。刚来的那段时间，我发现紫阳的茶叶品质特别优良，但推广力度不够，就想着把康师傅引过来，做一个康师傅富硒茶项目。确定思路后，我专门带队去上海找康师傅，跟他们的研发团队谈我们的项目。总行领导了解到这一情况后，说：'张雪峰，你不能这么干，这种事需要花费大量的精力，你做好规定动作就行了。'领导的话不能不顾及，我梳理了一下思路，把常规工作让曹维安来做。所谓的常规工作，就是每个县投入大概 2000 多万元的项目，包括教育扶贫、卫生扶贫、基建扶贫等。我想把所有的精力放在创新上，做别人没有做过的事情。紫阳县是著名的茶乡，我想推动茶产业转型升级，探索'半亩茶园''一棵茶树'等新型销售模式，以半亩为单位让企业认领专属茶园，并提供特色定制服务，提高茶产业的附加值，带动当地群众增收。"张雪峰说。2018 年 11 月 21 日，到紫阳县的第一天，他就上了茶山。

二、让建行和紫阳谈一场恋爱，结一次婚，养育个孩子

在紫阳县向阳镇营梁村的木鱼包，约 120 亩的观光茶园一望无涯，这也是当地规模最大的茶种植基地。2018 年年初，紫阳"半亩茶园"开始运营这片茶园，推出企业认领模式，企业认领 1 亩地，"半亩茶园"为认领企业定制产品并提供企业园主茶旅体验服务。走进茶园，你可以亲自体验采茶、制茶的全过程。听茶歌、游茶园、住茶舍，在茶山上，人完全被茶陶醉、融化，每一盏茶都有特别的醇香，久久不散。

后来，张雪峰无意中听到建行手机 APP 有 3.2 亿用户，日活量 1500 万人次，他多次和紫阳半亩农旅发展有限公司负责人马代俊沟通并达成共识，要把这个项目做到最小单位——"一棵茶树"，让参与的人更多，传播面更广。

2018 年 5 月 8 日，建行党委书记、董事长田国立一行深入紫阳，调研脱贫攻坚工作，指出紫阳县的脱贫大业系于"一叶"，要紧紧围绕茶叶做扶贫文章，要运用新金融神来之笔"点睛"茶叶致富文章。总行驻紫阳扶贫干部接踵而来，与当地茶企紧密互动，整合善融商务电商平台优势，将酝酿已久的线上扶贫由幕后推至人前，探索出银企（茶）农合作的有效模式。通过紫阳"半亩茶园"线下订单式的认领模式，人均 192 元、50 人众筹半亩茶园的扶贫计划甫一亮相，

便别开生面。

2019 年 8 月初，张雪峰在紫阳挂职后第一次回北京总行商讨此事，9 月就建起了一个 20 多人的群，提需求、做开发，顺势启动"一棵茶树"项目。以"流量扶贫 + 消费扶贫"的进阶方式，认购者线上认领虚拟茶树，参与游戏互动积攒爱心能量值兑换礼品；线下委托茶农代管茶树，不但直接增加了茶农的劳务收益，而且提高了茶产业的附加值。

在总行扶贫小组和驻紫阳扶贫干部的宣传带动下，全国 34 家分行约 15000 名建行人献出爱心，总体认领规模达到 150 多亩。目前，在建行的推动下，"半亩茶园"项目已扩展到 300 亩，为紫阳的茶产品供销打开了一扇亮窗，实现了对当地产业扶贫搭把手，疏通了经络，为紫阳"半亩茶园"的持续运营解除了后顾之忧。

在每棵茶树的生长过程中，由建行开发的"一棵茶树"项目，通过虚拟认领游戏场景，把生产者、消费者连接到了一起，共同参与培植、呵护，带来了美好的"既视感"。从一株幼小茶苗的培土追肥，到一棵成年茶树的维护采收，再到一片鲜嫩茶叶的加工包装，每一位置身其中的人，怀着无尽的希冀和祝福，对紫阳这片沉寂千年的热土，挥斥着"敢教日月换新天"的壮志豪情。他们在领略大自然馈赠的同时，接受一次次精神的净化与洗礼。

这样大规模集中而精准的扶贫行动，将个人的爱心与集体的力量汇聚，真正地将购买力反哺给了许许多多的贫困家庭，使他们告别了往日的拮据与困顿，劳有所获、发家致富。金融本就担当普惠扶贫的使命，建行更是其中使命必达的行动者。

做流量扶贫当然需要"网红代言"，"一棵茶树"项目也特地请来了"大咖"带货。田国立董事长带头认购了第一棵茶树，宣告了项目的正式"上线"；刘桂平行长专程种下了一棵茶树，推动了项目的实时"落地"。截至 2021 年 5 月，"一棵茶树"认领活动已累计 28000 余人参与。

"我觉得目前所有的工作里面，建行影响力最大的就是'一棵茶树'流量扶贫项目，从我们的 APP 流量来认购茶树帮扶一个茶农，这个品牌就成建行扶贫明星产品了。这个项目上线后我才发现它比那个园区贷款项目影响要大得多。

之前我在建行主要负责大客户，随便一个项目都是几百亿，都是些国家级的大项目，如京沪高铁项目，但感觉难度都没有这 1.5 亿的项目大，也没有那么曲曲折折的事情。当然，1.5 亿元贷款，对深度贫困县来说就是一笔很大的贷款了，所以紫阳县政府高度重视。'一棵茶树'这个项目，既简单，又接地气，能让更多的人参与到扶贫工作中去，带动当地百姓致富，促进地方经济发展。中国建设银行有 20000 多员工都参与了进来，利用消费扶贫。我给它起了个好听的名字，叫'流量扶贫'。这个事情看起来很简单，真正实施起来也很麻烦，需要组织科技团队，需要不断地去北京协调各种事宜。好在最终总算把这事干成了。所以说很多看似不可能成功的事情，只要你坚持下去，不屈服，不放弃，就成功了一半。即使没有成功，我努力了，拼搏了，积累了一定的经验，也无怨无悔。如果遇到困难就灰心丧气，将一事无成。我是贫困县长大的，从小就是那种性格，喜欢干一些让自己难忘的事儿。两年以后我走了，会一辈子记着这里。来紫阳后，我一直想的就是让建行和地方谈一场恋爱，结一次婚，生一个孩子，然后我们共同抚养他，看着他一点点地成长。即使我离开这里，孩子依然在健康地成长。过上 5 年、10 年我还会回紫阳，看看孩子长大了没有。我认为'一棵茶树'这个项目便是我们共同养育的孩子。"张雪峰侃侃而谈，脸上洋溢着喜悦的光芒。他的办公室墙上有一幅字，上书："深山峭壑顶寒风，不忘初心有雪峰。入户走村嘘冷暖，青春热血付'三农'。"

三、打通扶贫资源的通道

来到紫阳后，张雪峰便换上运动鞋，走村入户，和当地干部群众拉家常、话发展，深入了解乡亲们的困难和需求。

2019 年 2 月 27 日，张雪峰到高桥镇铁佛村小学调研，了解到学校最紧迫的需求是软化操场。梁明海校长开玩笑说："很多单位和人员都来看过，但就是没落实，这事能办就办，不办也没有关系，感谢您的好意。"校长的话在张雪峰的心上压了一块石头。返回县城途中，他就开始打电话四处联系。不到一周时间，铁佛小学收到了操场软化项目资金 9.82 万元。4 月 25 日，750 平方米的操场焕然一新，成为铁佛村一道亮丽的风景，山区孩子也能和城镇孩子一样享受运动的快乐了。校长逢人便说，没想到雪峰县长说到做到，办事效率这么高！此外，张雪峰还引入非银行金融机构资金 26 万元，为当地修建留守儿童活动中心，资助贫困大学生圆大学梦。

2019 年 8 月 8 日，在吉隆坡召开的"一带一路"中马经济合作论坛上，马来西亚总理中国事务特使陈国伟、财长林冠英、中国驻马大使白天和中国贸促会会长兼中国国际商会会长姜增伟手持论坛的吉祥物"熊猫健健"合影留念，萌到了一众"大佬"……中马经济合作论坛吉祥物"熊猫健健"，来自陕西省的贫困县——安康市紫阳县爱多宝动漫文化产业有限公司。

"生产毛绒玩具的爱多宝老总王亮是建行新社区工厂贷的客户。我们把他的玩具推广到了马来西亚吉隆坡的超市。2021 年全运会在西安召开，我通过北京分行找到北京中奥集团，然后通过层层努力，上下联动，让爱多宝的毛绒玩具厂成为全运会特许产品生产商，使其实现年产值 4000 多万元。我们是通过微信认识的，王亮是个很有理想的年轻人，朝气蓬勃。我经常给他加油，现在我们成了要好的朋友。"张雪峰说。

安康在易地扶贫搬迁安置的新社区开办工厂，打造"楼上居住，楼下就业"的产业扶贫新模式。爱多宝在建厂初期资金周转困难，甚至因为流动资金短缺命悬一线。为了帮助新社区工厂发展壮大，建行创新推出零担保、零抵押、纯信用的"新社区工厂贷"，"输血"给企业，向其提供经营性资金，然后以健全企业自身造血功能为目标，创新风险补偿机制，寻找新的风险收益平衡点。建行与当地政府合作建立白名单推荐机制和风险补偿金机制，实现普惠金融的商业可持续发展，使群众跨越 2020 年后稳定脱贫。这家集自主研发、生产加工、多渠道销售为一体的现代化毛绒玩具公司，就是"新社区工厂贷"的受益者。

紫阳有 30 多家毛绒玩具生产企业，建行为什么选择了爱多宝？张雪峰说："我们选择合作伙伴，一看爱心，二看情怀。当初选择爱多宝，是因为他们有员工班车、员工食堂，还有儿童活动中心。可见企业管理者是把员工利益放在心上的。并且，'爱多宝'这个名字，就有爱心和情怀的寓意呢。"

"是峰县助爱多宝圆了梦。2017 年年底，我在紫阳县蒿坪镇成立了安康爱多宝动漫文化产业有限公司，成了进驻安康的第一家毛绒玩具企业，当时面临很多困难。我第一次去峰县办公室，他待人非常温和，说他在建设银行总行是做客户经理，经常跟企业家打交道。得知我放弃北京生活来到贫苦山区创业，表示会尽力帮扶。没想到这一帮，不仅把我们扶上马，还送了一程又一程。我们楼上办公、楼下就业的形式，无法通过外企验厂，产品也就无法直接出口。峰县牵线搭桥，通过建行党费资金，援建了标准化新厂房8000多平方米。我梦想让世界看到来自中国安康的玩具品牌，峰县联系到了建行海外分行，将我们自主研发的'熊猫健健'推出国门。他找一切机会推荐我们的产品。有一次县政府举行一个签约仪式，我们没有按照原定计划将玩具摆放到签约桌上，他对我第一次发脾气，说摆放玩具是最好的宣传，细节决定成败，要求我们以后做事一定要注意细节。2019年贷款到期，当时企业规模扩大，资金周转困难，我们希望能够获得更多的贷款额度。建行的客户经理告诉我，提额业务需要重新调研，按流程办理，最快也要一个月时间。对于企业来说，资金流就是生命。我找到峰县，他专门安排一天时间沟通，并安排专人盯着这笔贷款特事特办。他说银行应以客户为中心，这种企业要大力支持，简化续贷业务流程。我没想到，仅用了一周的时间，贷款资金就审批下来了，并且给了200万元的最高额度。在峰县的直接帮助下，我们与建行全球多家分行建立了业务联系，企业慢慢走上正轨。可没想到新冠疫情来势汹汹，公司30%的订单都遭遇了退单和延迟交货的情况。我又找到峰县，他要求我立即将公司主要产品快速做成宣传画册。我们抓住建行网点的'劳动者港湾'推出吉祥物'湾宝'、需要大批量生产的机遇，靠着这些订单，扛过了最艰难的几个月。"爱多宝总经理王亮说。

在建行总行的支持下，爱多宝公司与建行全球多家分行建立业务联系。小小毛绒玩具，成功走出国门，打开海外市场，形成扶贫产品销往海外的致富新模式。

在蒿坪社区工厂的儿童活动中心，等爸爸、妈妈下班的孩子们正在写作业。工厂距家很近，一个半小时的午休时间，妈妈们可以为孩子做午饭。灵活的用工形式，使大量在家照顾老人小孩的妇女以及因残疾无法离家打工的贫困劳动力也能够创收、增收，重获家庭的温暖。毛绒玩具登陆各个城市综合超市和电商平台，转化为看得见的经济效益，让越来越多的贫困群体从中受益。

曹维安说，张雪峰到紫阳后主要做了四件大事：金融扶贫、消费扶贫、党建扶贫、产业扶贫。一是金融扶贫，1.5亿园区贷款项目全额落地，3家企业入园，为500多人提供就业岗位；推进银政合作，创新研发建行"惠农富硒贷"普惠金融产品。二是消费扶贫，"一棵茶树"流量扶贫已落地生根，枝繁叶茂。三是党建扶贫，张雪峰争取到建行专项党费资金800余万元，用于筹建紫阳县蒿坪镇毛绒玩具文创产业新社区工厂、权河村茶叶香椿加工产业园，以及购置"半亩茶园"管护设备及制茶设备；牵线完成建行总行8个部门10次结对共建活动，帮助解决结对村改善党建、教育条件。四是产业扶贫。引进中国茶叶公司推动"中茶牌"紫阳富硒毛尖上市，达成每年采购茶叶20吨以上的意向，并成功签署第一单15吨采购合同，带动800户以上贫困茶农增收。打通扶贫资源境外通道：与马来西亚TMG集团签约，帮助紫阳毛绒玩具首次走出国门；引进马来西亚谱赛科集团公司甜菊产业，试种总面积120亩，涉及3个镇7个村，带动7个农村合作社、58户建档立卡贫困户致富，人均年增收2000余元，引现代金融的活水灌溉贫困土壤。

张雪峰始终心系贫困户增收。一边搞投资，一边找销路。紫阳富硒茶是农业农村部认定的农产品地理标志保护产品，口感独特，质量上乘，但是一直"养在深闺人未识"。中国茶叶有限公司作为中国茶业界的领军央企，品牌历史悠久、产品体系丰富、公司实力雄厚。早在1950年，中茶公司便在紫阳成立支公司，为紫阳富硒茶走出陕西、走向全国作出过积极贡献。2018年以来，在建行扶贫工作组的协调联络下，紫阳县与中茶公司时隔70年再度牵手，双方于2019年9月26日正式签约。

张雪峰说，这个合作协议的签订花了六七个月的时间。县长陈莲多次带队赴中茶公司对接，希望中茶公司与紫阳合资建厂，扩大营销渠道，在紫阳茶品牌提升、市场开拓等方面提供指导和帮扶，双方共同把紫阳富硒茶做大做强。中茶公司管理高层也多次到紫阳进行实地考察，洽谈具体合作事宜。为还原贡茶名品，中茶公司在众多紫阳茶产品中选定紫阳毛尖进行重点打造，在参照原有配方、提升品质的基础上，结合中茶先进的制茶技术，于2020年6月8日重磅推出了"中茶牌紫阳富硒毛尖"产品。

紫阳富硒茶产业脱贫成效显著，但曾受制于融资难融资贵。张雪峰到任后，积极推进银政合作，创新研发了"惠农富硒贷"普惠金融产品。紫阳县政府提供风险补偿金和推荐函，与银行共担风险，企业免抵押和担保，单笔贷款最高额度500万元，利率最低可下浮10%。目前，建行已投放13家企业1985万元贷款，惠及贫困户791户3133人。目前，安康市其他区县也正在积极推广该模式，惠及更多小微企业。

2020年7月6日，张雪峰与中茶公司供应链管理部赵大川总经理谈中茶牌紫阳富硒茶深度合作的事。基本框架是，中茶采用管理扶贫、标准扶贫、技术扶贫、品牌扶贫、渠道扶贫，输出管理系统、产品标准、生产技术、品牌和渠道，和紫阳政府一起来拓展市场。中茶公司可以先入股紫阳茶叶公司，然后在陕西开设"中国茶叶紫阳富硒茶"专卖店，其中50%的产品面销售紫阳茶，50%产品面销售中茶其他产品，每开一家店必须首批进货达到一定量……这样就可以借中茶的招牌在陕西竖起紫阳富硒茶标杆。下一步，将在淘宝、京东的中茶旗舰店全面推广紫阳富硒茶。

世界上第二大甜菊生产制造商谱赛科是马来西亚企业，他们希望能用富硒土地种出甜菊。张雪峰得知后，马上联系建行马来西亚行长封奇，并带领双方的团队，举行紫阳—马来西亚招商会，使这一项目在紫阳落地。随后，谱赛科公司与紫阳县山野菜种植合作社合作，形成了"龙头企业＋金融＋合作社＋农户"的产业扶贫模式，在紫阳县试种甜菊120亩。

为了在紫阳建成甜菊种植基地，张雪峰带着谱赛科公司的农艺师们分析土壤气候，研究甜菊生长环境，逼着自己成为"甜菊种植专家"。2020年是甜菊种植的第一年，5月前必须开始移栽。疫情期间，为了不影响甜菊项目顺利实施，张雪峰一边督促当地及时做好土地整理、农资采购等工作，一边和谱赛科公司积极沟通，协调农艺师和技术人员在3月中旬到紫阳进行了技术培训，4月起正式启动试种工作。

张雪峰有腰疼的老毛病。建行紫阳县支行黄国俊行长说："有一次他腰疼得都爬不起来了，还把我们叫去叮嘱工作进度。张雪峰说：'你们看我，为了这事儿拼得腰都快断了，你们就行行好，赶在1个月内把事情一定办好。'虽然是玩笑，但他卧病在床都要拼命干好工作的精神深深激励了我们。他说：'我到紫阳县挂职不是来混日子的，想做点实实在在的事，对紫阳县有好处。尤其是在金融扶贫方面，咱们能不能做些别人没做过的事？'于是，我们跟着他，经历了一次次挑战不可能的成功。"

张雪峰常年住在紫阳，只有出差时能回一趟北京。妻子张玲曾先后4次来这里看他。妻子写了一封家书，题为《走过你每次回来的路》，读来令人感动，他看后落泪了。

两年，说长不长，说短不短，700多个日夜，1400多公里。第一次听说紫阳，你便自豪地告诉我：紫气东来，阳光普照，名字不错吧。第一次去紫阳，是2018年的冬天，你刚到紫阳扶贫的第三周。我怀着对这个小县城的好奇带着4岁的女儿坐了20多个小时的火车去看你。坐火车到安康，再转车到紫阳站。印象最深的是安康到紫阳的火车票只要3块钱。多少年没坐过绿皮火车了，仿佛回到了大学时代。那天下着雪，我和女儿从火车站自己坐车到了县政府门口，看着你朝我们走来，我在想，那还是北京的你吗？紫阳的冬天很冷，阴雨绵绵，室内没有暖气，在北方生活了20年的你在紫阳的第一个冬天一定很不习惯吧，从不穿秋裤的你恨不得穿上棉裤了……

每次你回北京，都是清晨从紫阳出发，坐5个多小时的大巴，再坐两个多小时飞机，到家基本晚上八九点了。孩子知道你要回来也会很兴奋，有说不完的话要告诉你。记得有次你回来，带回一行李箱从早市老乡那里买的莴笋等蔬菜，这是我们吃过最新鲜、最美味的蔬菜了。快乐相聚的时光总是很短暂，每次你都趁女儿没有睡醒就悄悄离开，会轻轻地亲吻她的额头跟她说再见，我也会忍住不让眼泪掉下来……走过你每次回来的路，我知道你的辛苦和不易，也知道你的难过与不舍。紫阳，一座被青山绿水环抱的小城，那片富硒的土地已渐渐植入你的心中。扶贫的路上，幸运的你遇到了很多支持和帮助你的人，善良的你只能用行动和努力回馈他们。两年将尽，你做了很多你能做的事，我想你还有很多想做的和未做完的事，期待你回来，也愿你不忘初心，一路前行。

庚子新春，突发疫情。刚刚从紫阳休假返京的张雪峰深知，这场疫情将会给贫困山区群众带来无法估量的损失：山货卖不出去，务工没有门路，很大一部分群众将面临返贫和新的致贫风险。张雪峰看在眼里，急在心上，人在北京，心已飞到了千里之外。

紫阳县领导考虑到疫情蔓延，往返途中有被传染的风险，在决定提前收假时对挂职干部没有硬性要求，让他们根据疫情防控形势自行决定何时返岗。县领导也打电话让张雪峰留在北京观察等待。张雪峰说："你们大年初一就在一线开展防疫工作了，我怎么能待在家里享福？必须回去！"张雪峰不顾妻子担心和女儿挽留，决意要走。他安慰妻子说："我不是称职的丈夫，但我一定要做一名合格的扶贫干部，大战面前，作为党员我必须站在一线。"

张雪峰是第一个赶回紫阳的挂职县长。第二天一早，张雪峰就深入建行所包联的高桥镇权河村检查指导疫情防控工作，与村民们一道商议战疫情、谋发展大计。晚上，他利用建行关系，广泛联系捐款捐物。在他的积极协调和多方动员下，建行马来西亚子行捐赠了3800个医用口罩、500个N95口罩，建行为紫阳红十字会捐赠了15万元爱心善款，为解紫阳抗疫物资短缺的燃眉之急竭尽全力。

张雪峰说："这次疫情大考，是对我们应对严峻复杂局面的一次全面检验，也是自己人生成长道路中的一次珍贵历练。"这场考验，见证了他的情怀与担当。

采访到的每一个人，几乎都说到张雪峰办公室里的那一块小白板。他说："我每个月初会把当月的扶贫工作计划写在白板上，干一件，划一件，完成不了就处罚。"

2019年11月14日，紫阳县县长陈莲在建行来紫阳调研暨甜菊产业扶贫项目备忘录签约仪式上的致辞中指出："……特别是建行总行选派思维敏捷、务实创新、业务精湛、作风过硬的张雪峰同志到我县挂职扶贫，他既着眼于脱贫的实际需求，又立足于紫阳的长远发展，围绕金融服务、招商引资、产业提升、园区建设、社会扶贫等重点工作，千方百计想办法，尽职尽责抓推进，不遗余力促见效，得到了各级领导和群众的高度评价！"

2020 年 7 月，张雪峰被中国金融工会授予"脱贫攻坚先进典型全国金融五一劳动奖章"荣誉称号。2021 年 2 月中国建设银行安康扶贫工作专班被党中央、国务院授予"全国脱贫攻坚先进集体"。

第二十二章　写好脱贫攻坚的"陕西故事"

目标往上，皆可上山。硬进而上，转身便下。只有登到顶上，更知来去之向，脉络形势。

——陕西省作协主席贾平凹

2018 年，陕西省作家协会承担紫阳县毛坝镇染沟村的对口帮扶任务，在此之前，省作协已承担延川县乾坤湾镇苏丰村对口帮扶。省作协克服财力、物力、人力诸多困难，从项目协调、资金支持、文化建设、宣传推介等方面，全力以赴投入帮扶工作。特别是 2020 年，省作协进一步加大帮扶力度，选派两名德才兼优的干部驻村扶贫，20 名机关干部全员出动，实行一对一结对帮扶，付诸真情真意，帮扶成效显著。2019 年，染沟村人均纯收入 9427.34 元，同比增幅为 24.88%，增长幅度高于全县平均水平。2020 年虽然受新冠肺炎疫情影响，但村民人均收入仍然保持较好增长态势。截至目前，染沟村已全部脱贫，实现"两不愁三保障"和安全饮水，路电网讯邮全覆盖，全村面貌焕然一新，村兴业兴人高兴，村民的日子越来越好。与此同时，省作协发挥自身优势和职能作用，开拓"扶智扶志"思路，持续开展向全省 100 多个贫困村、学校、文化室、图书馆赠送优质图书活动，积极组织作家写好脱贫攻坚的"陕西故事"，取得突出成效。据不完全统计，目前已经出版的脱贫攻坚文学题材作品有 50 多部，公开发表的作品有近百部（篇），各地专刊、内刊以及市县媒体推出主题文学作品上千篇，有力宣传了陕西脱贫攻坚的举措和成效，为打赢脱贫攻坚战、实施乡村振兴战略营造了良好舆论氛围，提供了强大精神动力。

一、穷在深山有远亲

2018年年初，陕西省作协对口帮扶紫阳县毛坝镇染沟村。三年以来省作协进行了一系列行之有效的帮扶措施，20名作协机关干部联户帮扶20户建档立卡贫困户。从党组书记到普通干部，承担包联任务的20人坚持定期深入包联户家中实地查看，交流谈心，针对每户实际情况制定帮扶措施，解决了他们的就业、就医、就学、住房等实际问题，使他们树立起追求美好生活的信心。

近年来，省作协扶贫扶智，染沟村这些年各方面的素质都得到了提高，上至村委会，下至老百姓，都受益匪浅。

2018年以来，因作协组织采风，我曾先后两次到毛坝镇染沟村，对这里的情况比较熟悉。2020年4月，省作协派了两名干部屈尚文和邢彤在染沟村驻村。

屈尚文1973年生于陕西泾阳，来紫阳之前，任省作协老干处副处长。2020年4月28日，屈尚文到染沟村开始驻村扶贫，每天去村委会上班，需要走半个小时的山路。采访的时候，她住在7楼，没有电梯，没有暖气，感觉十分寒冷。我坐了一会儿浑身便开始发抖，说："你住在这么冷的房间怎么行？"屈尚文笑笑说："已经习惯了。"她说自己原来住在镇政府安置的宿舍里，因为漏水严重无法居住，哥哥的同学得知这个情况后，把他亲戚在毛坝镇闲置的住房让给她住。

"冷点我不怕，我爱人谢恩主曾援藏三年，我去西藏阿里探亲时待了两个月。和那里相比，这里的条件好多了。老谢写了一本反映援藏工作的书，叫《雪域阿里》，陈忠实老师作序，给予高度评价。我来这里扶贫，老谢非常支持，最多一两个月就来一次，经常陪着我入户调查慰问。今年暑假时，他带着女儿一起来，在这里住了一个月。开始孩子不习惯，老谢做做工作，没过多久，孩子便跟着我们一起走访贫困户了。夏天蚊虫肆虐，山路陡峭湿滑，草大沟深，时有蛇虫出没，走村入户对孩子是个锻炼。走的次数多了，孩子慢慢也习惯了。不入户的日子，我在村委会上班，孩子自己在家买菜做饭，当我下班回家时她已经做好饭菜等着我，让我感到很幸福。后来，老谢又参加省消费扶贫专班工作，我们全家人都参与到脱贫攻坚工作之中了。"屈尚文说。

染沟村小学生方紫兰父母因故去世，和70多岁的爷爷奶奶一起生活，家庭贫困，政府每月补助她800元。屈尚文包联他们家以后了解到，从未走出过紫阳县的她，不仅有强烈的学习愿望，并且热爱写作。屈尚文在与毛坝小学负责人交谈中获悉，当地有不少像方紫兰这样热爱文学的贫困家庭学生。2018年暑假，陕西省作协策划举办"文学为梦想插上翅膀——小文学陕军进作协"主题活动，邀请方紫兰和染沟村部分中小学生走进省作协文学陈列室、柳青文学馆、贾平凹文学馆、白鹿原影视城等，将文学的种子播撒在孩子们的心田。暑假期间，屈尚文的女儿经常带着方紫兰在街上玩，有时还给她辅导作业，逗她开心。

我们随着屈尚文来到方紫兰的家。孩子放学刚回来，正在写作业。这是一个品学兼优的孩子，家里墙上贴满了各种奖状，我注意到还有硬笔书法的奖状。看她的作业本，字迹工整，页面整洁。问长大了想干什么，方紫兰说当教师。问为什么想当教师，她说为了让更多的山区孩子学到知识，改变家乡贫困落后的面貌。我说："你平时最喜欢做什么？"她说看书。我拿出500元，让她买一些自己喜欢看的书，方紫兰十分高兴。（第二次去紫阳时，我带了200多本书，捐给了当地的农家书屋。）孩子的父母不幸去世后，爷爷奶奶一度非常伤心，小紫兰成了他们的全部希望。屈尚文经常带一些爱心人士前来，给予其一定的支助，现在连同各种低保及补助，全家人已实现脱贫。

2018年以来，屈尚文坚持每季度入户，多次给贫困户送米、面、油等生活物资，尤其是驻村以来，坚持每周看望陪伴孩子，给孩子买学习用品和衣物，节假日和老人住院时都能及时慰问，前后共花费3000元左右。

屈尚文说，她与邢彤驻村主要是宣讲政策，了解贫困户存在的实际困难。丈夫从网信办到扶贫办上班后，了解到更多的扶贫政策，对她的支持很大。一年多来，丈夫为染沟村操的心很多，时时给她出主意，并为贫困户早日脱贫奔跑。他每次来紫阳都要亲自入户，自己花钱买米、面、油等慰问品看望贫困户，许多贫困户都跟他很熟悉。

张书斌，1970年生于染沟村，2003年去西安承包小工程，做了12年，赚了一些钱，回乡投资500万元办养鸡场、养猪场，目前已经养60多头猪，3000多只鸡。2017年染沟村村书记辞职，村委会出面让张书斌回来担任村主任。2018年，张书斌全票当选村主任，他投资40多万元修通通往山上的道路，然后开山垫石，修养猪场和养鸡场，厂房面积 1000 多平方米，计划年收益 200 多万元，带动村民致富。因投资过大，张书斌的资金链断裂，省作协帮他协调贷款，结果没办成，后来在别的地方帮他借了 40 万元。张书斌说自己如果不回来的话，可以在大城市生活得很好，现在非但花光了 400 多万积蓄，还欠了 70 多万元的外债，但他一点也不后悔，因为他认为困难是暂时的，只要养猪场、养鸡场开始正常运转，这些投资要不了几年都会收回来。妻子是个吃苦耐劳的女人，对他的事业非常支持，每天在工地上与工人一起干活，任劳任怨。屈尚文计划给张书斌新引进一个项目，叫"生态富硒鹅"，并提供技术指导。她多次帮张书斌联系猪饲料，陪他到安康找养猪专家，为他提供各种技术资料，还陪着他去西安等地参加扶贫展销会，销售土鸡蛋、香菇等农副产品。

"扶贫工作非常忙，经常加班加点。我平时最怕黑，每天晚上所有房子都需亮着灯，要不就无法入睡。紫阳到西安 300 多公里，回去一趟需耽搁大半天，所以尽量不回去。前不久，我唯一的姐姐出车祸去世，没见上最后一面。8 月母亲三周年，是扶贫工作正忙的时候，我没有回去；10 月 1 日给母亲'送寒衣'，也没回去——丧失了两次与姐姐见面的机会，谁知她突然就这样走了……"屈尚文讲到这里，泪流满面。她说母亲去世后，与姐姐情同母女，姐姐对她非常好。11 月 20 日，姐姐要入殓，省扶贫考核工作正忙，走不开，她感到十分内疚，一夜未眠……前段时间公公查出肺癌，她也尽不了一点儿媳的义务。

"我是驻村队长，一年来给贫困户买了那么多东西，在村民家里没吃过一顿饭。无论工作如何困难，从未想过退缩，因为我代表省作协的形象。一起驻村的邢彤是个 80 后，也特别能吃苦，我们经常一起入户登记资料。今年 7 月份，邢彤的妻子胳膊摔伤了，他把岳母接到家里照顾妻子，便立即回到染沟村。妻子不理解，与他吵架，闹得差点离婚。省作协领导对染沟村的扶贫工作支持力度特别大，齐书记每个季度都来一次，多次入户，带慰问品、慰问金等，给贫困户解决实际问题。染沟村一直没有一个村标志，我向领导汇报，想让省作协贾平凹主席题字，想着以后还能带动当地旅游产业的发展。在领导支持下，贾主席欣然答应，题了'毛坝关''染沟村'两幅字。我们和村委会的同志们一起在河滩到处找石头，最后在高滩镇河里找到一块重达十吨的文化石，雇吊车拉到这里。省作协资助 15 万元，建成了题有镇名和村名的文化石。省作协还协调企业，为毛坝镇中心小学捐资 30 万元购买学校急缺的电子屏，并捐赠价值 10 万元左右的图书 4000 多册，在毛坝镇中心小学建成了柳青书屋，极大地丰富了村民的文化生活，使染沟村发生了很大变化。"屈尚文说。

二、文化润心，文学助力

2018 年 10 月 17 日，是全国第五个 "扶贫日"。省作协机关干部一行 10 余人赴染沟村开展 "扶贫润心，你我同行" 联户扶贫工作，走村入户，与村民交谈，发挥扶智扶志的独特作用，引导广大贫困群众自强自立，战胜困难。他们还为毛坝镇、染沟村捐赠纪实文学图书《梁家河》及办公电脑等，向毛坝中学赠送图书 300 余册，举行 "小小作家班" 开班仪式，鼓励少年儿童热爱文学、立志成才。省作协在染沟村举办表彰会议，表彰在脱贫攻坚中涌现出的勤劳致富带头人、产业发展带头人、环境卫生整洁户、敬老孝老好儿媳好儿子、主动脱贫户五类共计 26 名先进典型，为群众脱贫鼓劲加油。

2020 年年初，在新冠肺炎疫情较严重时期，省作协第一时间向紫阳县政府捐赠价值 11500 元的抗疫物资，组织作协干部向染沟村捐款 19400 元；2020 年 6 月初，省作协先后分三批赴染沟村开展扶贫活动，为贫困户购买鸡苗 800 余只，为驻村工作队配备办公电脑两台，购买扶贫车间印有 "精准扶贫" 字样毛巾 322 条，价值 3220 元，直接和间接投入经费近 4 万元。

三年来，陕西省作协前往染沟村慰问看望、举办活动 10 余次，投入扶贫经费和党员干部捐款共计 120 余万元。省作协先后向村两委捐赠了办公用品、书籍等，组织作家采访调研，宣传脱贫攻坚先进事迹，春节前还组织书法家访问染沟村，向包联贫困户赠送年货，义务写春联。作家们与村两委班子进行交流座谈，并向镇、村两委捐建书架，帮助提升工作能力，努力建立健全新的驻村工作队和联络互动机制，打造一支 "不走的工作队"。

2020 年，省作协累计投入各项扶贫资金 100 余万元。省作协近年来积极开展消费扶贫行动，在节庆福利和机关食堂采购中增加染沟村农特产品比例，消费扶贫占单位工会福利开支 50% 以上。

2020 年以来，省作协直接购买扶贫产品价值 4.6 万元，消费扶贫人均消费金额为 1900 元左右，位列 22 家驻紫阳扶贫省级单位第三名。

在省作协的大力帮扶下，村民们更加坚定了战胜贫困的决心。他们外出打工，刻苦学艺；他们在村里劳动，起早贪黑；他们遵循生态建设与发展规律，因地制宜，开展种植与养殖，打好土特产、养殖业这两张牌，利用网络平台，做电商，搞销售，将大山里的绿色产品变为城里人餐桌上的稀罕物。

2020 年 6 月中下旬，汛期来临，持续大雨，驻村干部参加了县镇两级安全防汛工作会议，对帮扶的 20 户贫困户进行摸底排查，详细登记，逐一走访查看，提醒贫困户克服松懈情绪和侥幸心理，密切注意天气变化，提高防汛安全意识，确保汛期人民群众生命财产安全。他们深入林间地头同村民沟通交流，完成了《关于推进染沟村文化建设项目的报告》，重点对染沟村种养循环农业项目、香菇养殖产业进行考察调研，形成了内容详细、切实可行的《关于染沟村产业扶贫调研报告》。

目前，染沟村脱贫攻坚各项工作扎实推进，阶段性任务如期完成，实现了贫困户"两不愁三保障"，实现安全饮水、路电网讯邮全覆盖。省作协对口帮扶的 20 户贫困户中，已有 19 户成功脱贫，1 户纳入政府兜底扶贫。2020 年 10 月，染沟村宣布退出贫困村序列。

2021 年 3 月，陕西省作家协会驻毛坝镇染沟村帮扶工作组荣获紫阳县脱贫攻坚工作先进集体，驻村扶贫工作队队长屈尚文荣获先进个人称号。

作家贾平凹在《紫阳城记》中写道：

> 目标往上，皆可上山。硬进而上，转身便下。只有登到顶上，更知来去之向，脉络形势。

这段写于 30 多年前的文字，形象地诠释了当今脱贫攻坚艰辛而伟大的征程。

文化润心，文学助力，大山不再是阻碍，黄土地不再贫瘠。风景优美、资源丰富、历史文化深厚的三秦大地，正在焕发新的生机，摆脱贫困束缚，与祖国建设同频共振，共同谱写新时代乡村建设的宏伟乐章，抒写新时代"创业史"。

第二十三章　开局就是决战，上阵就要冲刺！

> 骨头再硬，也硬不过我们向贫困宣战的决心和信心；困难再大，也大不过我们为百姓谋福祉的愿景和梦想。我坚信，只要我们不忘初心、牢记使命，奋斗不息、拼搏不止，就一定能打赢整县脱贫摘帽这场硬仗！

——紫阳县原县委书记赵立根

紫阳"十三五"易地扶贫搬迁占全省 7%、全市 19%，是打赢脱贫攻坚战的头号工程，也是最难啃的"硬骨头"，事关脱贫攻坚和同步小康大局。仁和移民安置社区是安康规模最大的安置社区，安置规模全市第一、全省第二。2017 年 6 月正式启动，规划 39 栋楼 1590 套安置房。在整县脱贫摘帽的最后阶段，为了让群众早日拿到钥匙，紫阳县克服施工环境差、基础工程量大、施工作业面窄等不利因素，加快工程进度。到 2019 年 9 月上旬，仍有 1302 套房屋未装修，道路、给排水、绿化、路灯等还尚未完工。怎么办？县委、县政府领导驻守一线，现场指挥 260 余名干部组织协调、包楼攻坚，200 多个作业面同时施工，齐头并进，与 1600 多名工人一道 24 小时轮班作业，日夜连续奋战，汗水洒在工地，任务逐步清零。9 月底，仁和社区安置点全面达到入住条件，创造了紫阳工程建设史上的奇迹，刷新了易地扶贫搬迁攻坚拔寨的"紫阳速度"。

一、承诺就是责任，时间就是命令

2019 年 9 月 11 日，省人大常委会副主任、安康市委书记郭青主持召开市脱贫攻坚领导小组会议，专题研究推进紫阳县等县区易地扶贫搬迁工作，并决定赴紫阳县实地督导。当晚，紫阳县脱贫攻坚领导小组召开会议，传达学习相关会议精神，要求在 9 月 25 日前，必须完成包括仁和安置社区项目在内的所有易地扶贫搬迁房装修任务，并实施基础设施配套建设，达到搬迁群众入住条件。

　　要在这么短的时间内完成任务，如何有效推进？有什么保障措施？一场需要马上打、必须打赢的硬仗，正考验着紫阳广大干部的责任担当。

　　仁和移民安置项目从 2018 年 9 月开始陆续招标，最后一栋楼 14 号楼 2019 年 3 月才完成招标，原计划 2019 年年底建成。社区建筑面积 25 万平方米，其中扶贫易地搬迁项目 22 万平方米，共 37 栋楼。2019 年 7 月份省上检查，要求 8 月 28 日封顶，9 月底交钥匙。当时项目仅完成工程量的 70%，还剩两个月时间，怎么能够完成？检查组都认为这是不可能完成的事情，大家心里也没有底。因为体量如此之大、时间如此之紧的项目，之前从未遇到过。然而时间就是命令，否则会拖安康市甚至全陕西省脱贫攻坚工作的后腿。为了几十万紫阳人民的尊严，县委领导现场办公，蹲点指挥，要求项目组必须按时保质保量完成任务。时任县委书记赵立根亲自挂帅包抓仁和安置社区，成立仁和安置社区建设攻坚指挥部，由市自然资源局局长王琳，县委常委、常务副县长罗云忠任总指挥，县委常委、宣传部部长张宗军担任副总指挥，下设社区建设协调、住房建设推进、基础设施配套建设、电梯安装、材料保障、生产安全、交通指挥、督促检查等 8 个工作组，抽调 17 个部门 260 多名干部，按照"县级领导驻点、科级领导包楼、帮扶干部包单元、包楼层"的工作机制，全天候驻守工地督战。一场轰轰烈烈的攻坚战拉开了序幕。

　　张宗军 1973 年 2 月出生于汉阴县涧池镇民主村，1995 年大学毕业，被分配在汉阴县平梁区公所工作。撤区后，在平梁镇工作 5 年，从一般干事到副镇长，后来先后在涧池镇任副镇长、副书记，在铁佛寺镇任镇长、镇党委书记。由于工作成绩突出，张宗军被评为陕西省人民满意的公务员，陕西省"路镇长"。作为县委常委、宣传部部长，本来负责宣传思想和意识形态方面的工作，但面对如此急难险重的任务，他主动请缨参与仁和移民安置社区攻坚任务。

　　为了加快工作进度，指挥部协助 6 家建设单位的 9 个标段制定施工计划，倒排工期，细化目标任务到天，到每个环节，在确保工程质量和安全的前提下，按照外墙、内装、配套同步展开的方式，上足人力和机械，实行 24 小时轮班作业，全力以赴抓装修、抓配套、抓入住，确保按期完成任务。

仁和安置社区建设工地原有 500 名工人施工，要在短时间内完成这么重的任务，必须缩小作业单元，增加作业人员。从哪里增加工人，是摆在指挥部面前的首要难题。紫阳县住建局干部陈颖睿说，他们负责社区 17 部电梯安装任务，进场后发现安装电梯的基础工程均未完成，于是，他与单位的另外 3 名干部下班后在县城四处找工人，先后找到 60 名小工进场。

紫阳各部门发挥协同作战优势，戮力解决施工难题。县自然资源局（搬迁办）加强统筹调度，对建设进度滞后的安置点落实专人常驻工地，督促工程进度，协调解决矛盾、问题；县交通、住建、水利、市场监管、电力等重点行业部门密切协作配合，全面做好道路、水电、砂石料等供应保障；县财政局拨付 1000 万元专款，保障工程顺利进行。

仁和社区搬迁工作责任重大，担子重，任务紧，干部人数少，每个人只有将这件事当成自己家里的事去做，发扬主人翁精神，信心百倍地对待这场脱贫攻坚战，才有可能打赢这场硬仗。当时有 9 家施工企业，临时施工企业 70 余家。会战开始后，一天 2000 多人在一起干活，还有几百名干部与施工队同吃同住，然而施工工地就那么一条通道，每天送饭都排着队等，实在不行就用塔吊把饭吊上去。天公不作美，那段时间总是雨多晴少，但所有干部都坚守在工地，晚上在地上随便铺个东西休息一会儿。9 月 18 日，现场督导人员发现室内粉刷、门窗安装、基础设施配套等方面存在薄弱环节，于是，指挥部紧急成立 11 个突击队：刮仿瓷、刷地板、铺污水管网、安装门窗等，通过各种途径调配仿瓷、水电等技术工人 500 余名，明确具体奖励办法——凡超额完成工程量的予以现金奖励，要求每晚 9 点钟准时汇报当天完成任务情况。对未达到当日进度计划要求的，约谈提醒施工企业并进行罚款处理。采取两班倒的方式，保证 24 小时连续作业。人歇机器不歇，工地晚上灯火通明。针对连阴雨天气，采取搭棚施工的方式，确保不影响外墙漆粉刷和道路铺设。由于工期十分紧迫，现场调了 6 个省、市的施工队伍——陕西、四川、重庆、湖北、山西、河南，最多时一天上了 2100 人。如此多的人在一起干活，如何调度确保高效不窝工？必须要有明确的任务分工，组织严谨。

仁和安置社区的建设进度也牵着各级领导的心，时任陕西省委书记胡和平、省长刘国中、省委副书记贺荣、副省长魏增军等领导先后多次过问紫阳易地扶贫搬迁安置社区建设进度。省自然资源厅副厅长邹顺生专程赶赴紫阳督导项目建设进展，要求市县两级同心同向，合力攻坚；安康市委书记郭青要求紫阳要以背水一战的勇气、持续作战的作风、迎难而上的担当，采取超常举措，拿出过硬办法，全力攻坚拔刺，坚决打赢这场硬仗；安康市市长赵俊民，市委副书记、政法委书记赵璟，副市长何邦军等先后多次到仁和社区现场解决工程建设过程中遇到的困难和问题。县委书记赵立根每天到点督战两次，9名总指挥、副总指挥进驻5幢高层建筑抓室内门的安装，进驻基础设施配套的后进点位抓赶超，进驻电梯安装点抓服务协调，现场解决问题。

指挥部号召参战干部发挥自身优势帮忙寻找施工工人，很快，来自本省各市、四川、重庆、湖北、内蒙古等全国各地的1100名工人集结到仁和安置社区，分布在9个标段开展24小时轮流作业。自此，指挥部全体参战人员开启了起早贪黑、只争朝夕的搬迁攻坚之路。

"9个标段火力全开！一时间，建设工地机器轰鸣、敲锤叮当，一派火热紧张的繁忙景象。高峰时，单日仅仿瓷工上工量就达到1650人，单日完成仿瓷量超过10万平方米。加上协调、材料补给、后勤保障人员，一天最少有2000人忙碌在施工现场。"张宗军说。

由于连续降雨，导致深1米到3米不等的电缆沟无法使用机械，只能靠人工开挖。露天，大雨，工人情绪大，现场管理田大鑫就披着塑料布，穿着雨鞋带头开挖。在电缆埋设、敷设时，他们把又重又长的电缆硬是扛在肩上，一步一步拖移到预定位置。10天的连续奋战，身体虽然疲惫，但内心斗志昂扬，总长11400米的电缆埋设、敷设和249米的桥架终于保质保量安装完工。

通往社区的道路施工也是困难重重，施工面狭小、混凝土运输困难、连续下雨等问题接踵而至。工期越来越紧，他们心里都憋着一股劲儿，冒雨进行模板安装、基础垫层、浇筑混凝土等工序。项目经理李坤很多时候忙到深夜，只能拖着疲惫的身体在办公室的桌子上趴着凑合休息一会儿，醒来又继续工作。

二、为了兑现对 1302 户搬迁户的承诺

仁和安置社区电梯通过在全国范围内招标，在浙江湖州订购的 17 部电梯，按照合同约定 10 月 20 日前安装完毕。县委常委、常务副县长罗云忠安排专人赶赴中标企业沃克斯电梯（中国）有限公司督促生产，县公安局安排两辆警车护送电梯运输，17 部电梯在最短时间内运回紫阳。正常情况下，一部电梯最快也要两周才能装好，该社区的 17 部电梯 9 月 17 日、18 日进场，只用了 7 天就全部安装调试完毕。为了赶工期，张宗军把西安同学的工程都停了下来，将工人调过来先给这边干活。9 月 25 日 17 部电梯全部安装到位，比原计划提前 25 天。

越是时间紧，需要解决的问题越多。指挥部每天三盘点，对照每日工作任务清单，实行上午对账、下午核账、晚上结账，每晚召开研判分析会，通报当日工作进展情况，现场解决存在的困难和问题，安排部署次日工作任务。同时，县纪委监委派驻 6 个工作组，每天在工地巡回检查一栋一栋楼、一套一套房子，每天爬楼核查一次上工和任务完成情况，监督干部履职和施工企业任务落实情况，通过执纪问责倒逼施工企业加快进度。据估算，参与核查的干部日均行走近 4 万步 20 多公里。

越是时间紧，越是要注重工程质量。陕西环宇监理公司的李华林就是该社区的建设质量监督人之一。在一般的工地李华林只需在每道工序做完后，照着原始设计图纸严格按国家标准检验。在仁和安置社区，李华林及同事必须轮流在现场旁站，对于不符合标准的地方及时指出，下发监理通知并督促整改。在李华林心里，这是给贫困户建的安置社区，要给广大住户交上一个合格的工程。

"我们创造了一项奇迹，一天上刮瓷人员 1000 多人，刮仿瓷 100332 平方米。一套 100 平方米的房子，刮瓷面积是房屋面积的 3 倍，也就是说那一天刮了 300 多套房子！"张宗军说。

9 月 21 日晚下着暴雨，1 号楼前污水管网放不下去，塔吊基座影响上机械设备，电、暖和污水管网等都埋不下去。怎么办？大家面面相觑。张宗军说："上预备队！"大家问："哪来的预备队？"张宗军斩钉截铁地说："200 多名干部就是我们的预备队！"除了 200 多名干部，他们还调了特警队及消防人员，大家

用铁锹、铁铲，人工来挖，干了一个通宵，终于把电缆和给排水管道埋好了。

"施工期间，每天凌晨两三点，时任县委书记赵立根都会打一个电话询问进展情况。9月22日凌晨两点，赵书记问工程进展怎样，有没有奇迹。我说快了，天气不出大问题，24号可以完工，慢了25日可以交钥匙。赵书记听后激动不已，出去买了一些麻辣烫、榨菜和烧烤，带了一瓶酒来到工地上。大家含着热泪，说着25日怎么交钥匙的事儿，举起杯，一饮而尽。突击施工期间，赵书记先后在深夜来过几次，爬上梯子查看工程，常常彻夜不眠。为了总书记的嘱托，为了紫阳的荣誉和尊严，大家都豁出去了，什么也不顾了。有一次，赵书记深夜累得晕倒在办公室。大家劝他去医院，他坚持不去，说休息一会儿就好了……"张宗军说到这里，眼睛有些湿润。

采访的过程中，几个干部谈到赵立根书记的时候，眼里都噙着泪。"那段时间真是惊心动魄、感天动地啊！我们冒着大雨把3公里的水泥路面修好，几乎全是在雨中作业。那一月时间几乎都是通宵作业，凌晨4点才躺下，睡不着，头发大把地掉。一天到晚穿雨靴，晚上脚肿得脱不下来，脚趾麻木甚至溃烂，非常疼痛。但我们的心是热的，每天都是兴奋的！那一个月，大家都带着铺盖住在工地上，10月8日才撤离工地。从9月12日至25日，我们完成了92万平方米的仿瓷和外墙粉刷，一天装门3000多扇。这么大的工程量，每天夜间施工，前后只有3个人轻伤，没有发生严重事故。仁和安置社区建设项目采取日进度统计，每天一张各项工程完成情况一览表，一览即知。从封顶到交钥匙，总共用27天。天下着雨，室内好办，外面只好搭着塑料布干。一个月时间完成路挡坎3000立方，完成护栏焊接几千米，焊工手都麻了。开塔吊的人一天不下塔吊，吃饭都是用塔吊吊上去的。除了地上建筑，地面工程量也很大，仅小区内主道路就2.8公里，道路总计4公里以上。监理方严控工程质量，确保工程进度和施工安全，实现搬迁群众入住时'脚不沾泥'。"张宗军说。

在突击施工期间，许多干部轻伤不下火线。县自然资源局副局长刘凤英在项目现场督促工期时腿部不慎被钢筋戳伤，仍坚持了10天才去医院治疗；县住建局干部田亮在项目建设现场腿部负伤严重，不得不送往医院救治。负责541国道建设的援建办干部邓存军，被抽调到仁和安置社区负责基础设施建设，他得知工程建设机械不足，专门从541国道施工现场调来4辆施工车辆援助，并协调混凝土公司保障混凝土供应。

紫阳气象资料显示：2019年9月14日至17日夜间，基本都是雨天，其中15日和17日，小到中雨，不时大雨，15日24小时累计降雨量60毫米，18日至20日中午，间歇性小雨，20日午后才转晴天。

而大决战这些日子，无论晴天或雨天，仁和社区建设推进的速度都非常惊人：

9月19日，地面平整实现清零；

9月21日，墙面刮白、厨房操作台安装实现清零；

9月22日，卫生间、室内灯具、防盗门、窗户玻璃、入户水表、入户电表安装实现清零；

9月23日，外墙粉刷实现清零；

9月24日，户内房门安装实现清零；

9月25日，住房全部达到入住标准。

9月25日晚8时，汉江任河交汇处的任河嘴灯火通明，山城紫阳璀璨的夜景倒映在波光粼粼的江面。此时，坐落在任河嘴的仁和国际千户移民安置社区，正在举行集中入住交钥匙仪式，迎来了令所有紫阳人激动的时刻——15个镇党委书记从市县领导手上接过易地扶贫搬迁新房的钥匙。这些钥匙将通过各镇领导分发到全县1302户贫困户手中。紫阳县干部群众众志成城，顽强拼搏，共克时艰，使1302套住房如期交付，创造了紫阳建设史上的奇迹，实现县委县政府向1302户贫困群众的郑重践诺！

"骨头再硬，也硬不过我们向贫困宣战的决心和信心；困难再大，也大不过我们为百姓谋福祉的愿景和梦想。我坚信，只要我们不忘初心、牢记使命，奋斗不息、拼搏不止，就一定能打赢整县脱贫摘帽这场硬仗！"时任紫阳县委书记赵立根在仁和社区集中交钥匙搬迁入住仪式上的讲话掷地有声。

三、文化营造新家园，增强搬迁群众的幸福感、获得感和安全感

为让易地搬迁群众享受恬静的幸福生活，仁和社区里党群服务中心、便民服务中心、文化活动中心、物业管理服务中心、就业创业服务中心、老年人日

间照料中心、党员之家、妇女儿童之家等功能齐全的服务设施应有尽有，科学规划，合理布局。

据介绍，紫阳县新批准成立的 10 个易地搬迁安置社区，全部规划了标准化图书室、广播室、文体活动室，建立健全"一约四会"机制。截至 2020 年年底，4 个社区规范化"三室"已基本建成，配备图书 1 万余册、广播设施设备 4 套、文体活动器材 4 批，服务社区群众 2.5 万余人。与此同时，建设"美丽乡村 文明家园"示范村 10 个，建设县级标准化图书室 60 个、广播室 135 个、文体活动中心 55 个。在仁和社区里，居民们三五成群，有的在健身器材上锻炼身体，有的在绿地旁休闲聊天。社区负责人储成凡说，因居民多为农民，且刚搬迁至楼房居住不久，许多生活习惯诸如乱扔垃圾的陋习并未及时纠正过来。

"老百姓刚入住楼房时，不会用电器，不会用马桶，没有冲水的习惯，上厕所时用砖垒起来，然后再蹲在上面。有的人在家里拉不出来，跑到外面到处找厕所。许多人不敢坐电梯，东西放进去了，人还在外面。有些人朝窗口随便扔垃圾，向窗外泼脏水……也难怪，他们祖祖辈辈住在大山里，过着非常原始的生活，一下子进入城市，需要一个熟悉的过程啊！"紫阳县扶贫开发局局长张宣铭说。

"还有住高层的人拿铲子直接把垃圾铲出阳台，灰尘飘满半栋楼。今年 3 月发生的事情现在都让人心有余悸，我请来的疏通管道的工人突然跑来向我诉苦，他在施工时一个酒瓶子突然从天而降，只差一点点就砸到头上。"仁和社区负责人储成凡说。储成凡带着社区干部一栋一栋楼开会，宣传安全常识和环境卫生知识，在社区里最显眼的地方设置"红黑榜"。上半年，就有高空抛物和忤逆不孝等行为上了"黑榜"。"红黑榜"刚挂出来时，一些上"黑榜"的居民十分不满。可是，当他们看到"红榜"上那么多好的事迹时，就开始下决心改掉自己的不文明习惯。许多居民通过"红黑榜"熟悉了身边的好人，也会时时注意自己的行为是不是会上"黑榜"。渐渐地，"红黑榜"成了一面"明镜"。

紫阳县 17 个镇，其中有 15 个镇有搬迁群众居住在仁和社区，"户与户之间不相识"是普遍现象。为了拉近大家的距离，让大家尽快融入新生活，熟悉街坊邻里，仁和社区开展了丰富多彩的活动。半年来，社区陆续开展了学生集中慰问、拒绝"升学宴""谢师宴"集体升学礼、新民风文艺演出等活动。

搬进社区新家，柴火灶变电磁炉，大铁锅变电饭锅，洗衣盆变洗衣机。然而，不少搬迁户还是首次使用这些新家具。让居民们尽快学会使用电器，也是让大家尽快融入新生活的一个部分。

储成凡说："除了利用走访入户的机会手把手教，社区还设立了实训中心，配备专干，使群众随到随学。这个中心还能将用工需求与住户进行对接，帮助群众解决就业难题。"通过培训，让搬迁居民进一步掌控了生活电器常识，同时提升了他们的文明素质，培养了文明健康的生活习惯，让大家更加坚定了融入新生活、建设好自己新家园的信心和决心。通过一系列举措，该社区8000余名搬迁群众的生活发生了翻天覆地的变化，幸福感、获得感、归属感不断提升，脸上洋溢着幸福的笑容。

改变的不仅是社区风貌，还有居民的精神面貌。

黄国洪是紫阳县界岭镇双泉村的建档立卡贫困户。界岭镇山高土薄，是紫阳县地理位置最偏远、自然条件最差、贫困程度最深的镇。黄国洪原来居住的双泉村平均海拔1000米，家庭收入80%以上依靠外出务工。黄国洪夫妇有头脑，能吃苦，每年的务工收入绝大部分都花费在老人和孩子身上，虽然辛苦打工10多年，依然住在离干线公路较远的土坯房里。

开展脱贫攻坚以来，界岭镇双泉村驻村扶贫工作队将黄国洪一家纳入"十三五"易地扶贫搬迁对象，积极对接房源，让他们顺利入住城关镇仁和国际移民搬迁安置社区。从偏远的山村搬迁到县城，黄国洪一家非常兴奋。刚入住不久，黄国洪一家就遇到很多困难，差一包盐得步行十几分钟到小区外购买，要是来了客人点几个菜，就要到更远的地方才能找到餐馆。

黄国洪想到，他遇到的困难，也是小区内所有居民遇到的麻烦。特别是居住在社区的老人和孩子，购买生活用品难度更大。黄国洪敏锐地察觉到，这不正是一个良好的创业时机吗？他和妻子商量，准备在小区里办一个超市和餐馆。

界岭镇和城关镇的扶贫干部得知黄国洪的想法后，纷纷表示赞同，并在创业贷款办理、房屋租赁等方面给予大力支持。

2019年12月，国洪生活超市、顺心酒楼开业！遭遇生活的种种辛苦，终于迎来新的生活环境、新的创业时机，夫妻俩都非常珍惜。他们大清早就起床开门营业，晚上直到送走最后一拨顾客才关门休息。夫妻俩待人谦和，热情细心，得到小区住户的高度评价。他们的超市和酒楼也经营得有声有色，并能按照计划偿还创业之初的贷款。

刚开业时，为了节省开支，黄国洪夫妇宁愿自己多干点，只聘请了2人帮忙。后来随着生意越来越好，不断增加务工人员。到2020年9月，仁和社区共有10名贫困劳动力在他们的超市和餐馆就业。思路一变天地宽，黄国洪从一名贫困户变成脱贫户，变成了带动贫困群众就业增收的致富带头人。

2020年4月16日，紫阳县瑞远服饰有限公司在城关镇仁和千户社区举行投产仪式。紫阳县政协主席康树民，县委常委、常务副县长罗云忠等领导出席投产仪式。紫阳县培育和发展新社区工厂领导小组26个成员单位负责人亦参加了投产仪式。

紫阳县委、县政府为进一步推进搬迁后扶工作，解决搬迁群众就业问题，通过招商引资，引进了紫阳瑞远服饰有限公司，解决社区居民就地就近就业问题。该公司是一家集设计、生产、销售为一体的服装企业，主要生产校服、制服、工作服、衬衣、羽绒服，自有注册品牌"琳紫服装"。公司现拥有厂房2900平方米，流水生产线16条，各类设备150余台，可提供就业岗位300余个，生产线全部投产后可年产成衣40万套，年销售额5000余万元。公司总经理张东军说："公司将认真贯彻落实县委、县政府的决策部署，本着'建设区、兴产业'的宗旨，开拓市场，务实苦干，竭力做好做实仁和社区群众搬迁后扶工作，努力为社区搬迁群众提供更多、更实惠的就业保障，帮助搬迁群众早日融入新环境、适应新生活，助推搬迁群众逐步实现'能发展、可致富'的目标"。

仁和社区展示出紫阳县移民搬迁社区文化融入的一个个缩影。紫阳县蒿坪镇红旗社区居住着3000多名易地搬迁群众，搬到新家园后，不仅物质生活改善了，精神生活也在悄然发生改变。每到傍晚，社区文化活动广场上，人气就渐渐旺了起来，跳舞、聊天的人越来越多。

2020年11月8日，洄水镇龙行沟社区科技文化卫生"三下乡"暨新时代文明实践活动，通过理论政策宣讲、科普宣传、文艺演出、电影放映等多种形式，将贴近百姓生活的服务带到群众身边，吸引了社区 500 余名群众参加。紫阳县首次将"三下乡"和新时代文明实践活动相融合，创新开展服务活动，既丰富了群众精神文化生活，又激发了群众内生动力。

当天活动中，"幸福社区靠奋斗"理论宣讲内容贴合实际，内容丰富，通俗易懂，现场气氛热烈，群众纷纷表示，榜样的故事，让人振奋，大家都可以通过勤劳的双手努力奋斗，让日子越过越好。随后广场舞、花鼓、歌曲、快板、小品等贴近百姓生活、富有地域文化特色的文艺节目轮番上演，赢得了现场群众热烈掌声。

紫阳县以新时代文明实践活动为统揽，持续开展"新风惠民"村村行活动，采取群众喜闻乐见的形式，把政策宣讲、技术培训、文艺演出、志愿服务、先进表彰、爱心积分兑换等内容融入新民风主题活动之中，把满足群众精神需求与提高素质有机结合起来，培育文明乡风、良好家风、淳朴民风，不断提高乡村社会文明程度。去年以来，全县开展各类政策理论宣讲会 135 场次，组织新民风表彰系列活动 90 场次，表彰先进 300 余人次。2020 年以来，紫阳县申创 1 个全国文明单位，1 人被评为"全国优秀共青团干部"，1 人荣登"陕西好人"榜（4 人入围），5 名青年被评为"安康好青年"，18 名同志被评为"紫阳县劳动模范"，17 名同志荣获"紫阳县先进工作者"荣誉称号。

文化融入是检验易地搬迁成效的内在要义之一，"融"的差异主要表现在价值观念、风俗习惯，以及社会关系网修复等方面。在易地搬迁移民安置社区这片新天地里，为了让搬迁群众重拾归属感，紫阳县用文化去浸润每一位搬迁群众的心，使群众住得安心、行得顺心、购得称心、娱得开心。

第二十四章　一切为了群众，为了群众一切

2019 年 1 月 2 日，紫阳县召开整县脱贫摘帽誓师大会，号召全县上下振奋精神，全员集结，全线出击，勠力同心，坚决打赢整县脱贫摘帽攻坚战。誓师大会上，全县各级干部高举右拳，庄严宣誓："冲锋在前，奋勇争先。众志成城，决战决胜。"向决战脱贫发起总攻!

一、七十年接续扶贫

紫阳县地处国家限制开发的主体生态功能区、南水北调工程重要水源涵养区、秦巴集中连片扶贫开发区、川陕革命老区"四区叠加"的核心区，2014 年建档立卡之初贫困人口 35551 户 114342 人，贫困发生率 37.91%，贫困村 147 个（撤村并村后调整为 133 个），是国家扶贫开发重点县、深度贫困县，是全安康市贫困程度最深、脱贫难度最大、脱贫成本最高的县份。

自新中国成立以来，70 年里，党中央的扶贫政策就像太阳一样，始终照耀着紫阳这片深度贫困的土地，各个时期呈现不同的特点。

从建国到改革开放前，紫阳县还没有被国家明确定为扶贫重点区域，扶贫主要通过对困难群众开展临时性物资援助，或者通过发放贷款等方式帮助他们发展生产经营。同时，这一时期通过所有制的根本变革、社会保障制度的建立和完善两个路径，消除了贫困的制度性根源。

从 1979 年到 1985 年，紫阳县与全国同步实行家庭联产承包责任制，开展农村市场化改革，农民自己生产的茶叶等农副产品可以到市场上卖了，农民致富的积极性空前高涨。这一时期，随着农业人口流动管制的放松，紫阳的剩余劳动力可以进城务工和经商，农民收入大幅增加。

1986 年到 1993 年，国家扶贫计划进入大规模区域性扶贫开发集中减贫阶

段，紫阳县被国家列为深度贫困县，紫阳所在的秦巴山区被国家列为秦巴集中连片扶贫开发区。在扶贫政策支持下，紫阳培育壮大了茶叶、蚕桑等支柱产业，调整了产业增收方式，内生发展能力显著增强。

1994 年紫阳被列入"国家级"贫困县和陕西省重点贫困县。国家加大了包括紫阳在内的中西部地区国家级贫困县的资金支持力度，通过以工代赈、劳务输出等措施改善群众生产生活条件、提高群众收入。1996 年，紫阳县扶贫世界银行贷款项目办公室成立。国家出台了东西部对口帮扶机制。1997 年，紫阳县与江苏金坛建立了对口协作关系。

2001 年，国家确定紫阳为扶贫开发工作重点县，目标由解决剩余贫困人口温饱问题转为稳定解决贫困人口温饱问题，并以增加贫困人口收入、为全面建成小康社会创造条件为主。紫阳县实施开发式扶贫和保障式扶贫双轮驱动，全县 153 个村纳入扶贫开发工作重点村建设规划，实施整村推行策略加大村级扶贫开发力度。2006 年，县政府成立社会主义新农村建设领导小组，启动实施扶贫到户贷款贴息。2008 年，紫阳县启动贫困村村级发展互助资金。2009 年，紫阳县被列为省级综合开发项目县。2001 年至 2010 年，全县农民人均年纯收入由 670 元上升到 4031 元。2013 年至 2020 年，紫阳县全面启动精准扶贫、脱贫攻坚，通过创新扶贫方式、精准对接扶贫对象、精准使用项目资金、精准制定帮扶措施、扎实开展驻村帮扶等措施，奋力实现贫困人口全部脱贫，如期实现整县摘帽目标。

"我在乡镇工作 20 多年，不管是做干事、站所办负责人，还是担任党委副书记、乡镇长、党委书记，大部分工作内容都与扶贫有关。后来，我在县扶贫开发局（农办）任过近 10 年副局长（副主任）。紫阳是深度贫困县，贫困程度之深，只有深入一线的人才能深刻体会。2014 年开始精准扶贫，建档立卡。全县 175 个行政村，贫困村 147 个，贫困人口 11.43 万，很多贫困村贫困发生率超过 50%。驻村干部形容村民'住的像猪圈，吃的像猪食，穿得像乞丐'，脏乱差之状令人触目惊心！双桥镇莲花村有一户姓钟的村民，一家 4 口，老太太 70 多岁，小叔子 60 多岁，儿子 50 多岁，还有一个 10 多岁的小孙女，智障。一家 4 口人住在一间破败不堪的茅草屋里。屋里支着两张床板，上面铺着黑乎乎的破棉絮，老太太与孙女睡一张床，小叔子与儿子挤一张床，中间挖个坑烧火做饭，屋里熏得黑漆漆的，臭气熏天，脏得人无处下脚。一抬头，原来门口就是厕所，粪便都快流出来了，污秽不堪……一家人衣不蔽体，目光呆滞无神，透着一股绝望的气息，令人落泪。我们早晨7点从镇上出发，到莲花村走了22公里山路，入户了解情况又走了10多公里，晚上回到镇上时已经半夜了，疲惫不堪。一个干部曾说，一方水土养不了一方人，还谈什么脱贫？谈什么发展经济？谈什么幸福日子？脱贫攻坚，承载着一个时代辛酸的记忆。饥荒、贫穷、封闭、落后，成为当时干部和群众头上挥之不去的阴霾。建国以后，我们国家其实一直在对农村进行扶贫，特别是改革开放后，派驻基层乡镇干部，希望改变农村落后面貌。但因为一些干部不作为，下基层后脱离群众，自恃有一种优越感，高高在上，整天除了与村干部一起吃饭喝酒打牌，无所事事，令老百姓十分反感。这也是精准扶贫工作开始后，扶贫干部下去后受到冷遇、百姓不愿理睬他们的原因。"谈起紫阳扶贫工作，紫阳县政协副主席、脱贫办主任、扶贫开发局局长张宣铭感受非常深刻。

是的，记得多年前，老家每个村子都有驻队干部。在农村人看来，他们是吃公家饭的国家干部。这些干部来村里溜达一圈就不见了，"骑着摩托挎着枪，雄赳赳，气昂昂"，很少给村民办实事。老百姓对他们敬而远之，甚至唯恐躲之不及。

"2017年，我县因上年度全县脱贫攻坚考核排名靠后，全县上下士气低落、压力巨大。在这样的背景下，我被任命为县脱贫办主任、扶贫开发局局长。从处处被动到打赢翻身仗，从全省的老大难县到顺利实现脱贫摘帽，我感受十分深切。自1987年以来，我在紫阳县工作33年，但是感觉节奏最快、任务最重、标准最高的，就是最近五六年。自脱贫攻坚战打响以来，我们县委、县政府始终把脱贫攻坚作为最大的政治任务、最大的民生工程和最大的发展机遇，以解决'两不愁三保障'为重点，以整县脱贫摘帽为目标，围绕'三个落实'，紧扣'六个精准'，的确做到了尽锐出战、精准施策。我们发挥考核'指挥棒'作用，出台紫阳县脱贫攻坚工作年度考核办法和单位包村、干部包户帮扶工作管理考核办法，印发整县脱贫摘帽工作问责、脱贫攻坚包户达标奖惩等办法，实行'红黄蓝'三单管理制，落实前置考核、一票否决，强化督查督办、问责问效，推动脱贫攻坚责任、政策、工作'三落实'。近4年来，我带领脱贫办（扶贫局）60余名干部，风里来雨里去，并常常加班熬夜，见证了从县上领导到普通包联干部的艰辛付出，见证了县委、县政府果敢的使命担当和卓越的执政智慧，见证了各级各部门和扶贫干部坚定的扶贫决心和坚韧的攻坚意志。让我担任班长，是县委县政府对我的充分信任。我如何不负重托，带领脱贫办的同志们打赢这场硬仗？首先我们自己得业务硬、作风硬。扶贫工作要求严、任务重、政策性强。如何准确领会从中央到地方的指示精神，高效开展经常性工作和阶段性工作？我一直的主张就是必须吃透上情、摸清下情，做到上下通透。特别是担任脱贫办主任之后，对于传达各级文件、会议精神，提出严格要求。如果文件精神连自己都'嚼不烂'，传达下去肯定是要走样的。比如在2018年问题整改中，脱贫办班子成员先对省办文件进行认真研读，再召开班子会议，商定落实方案。紫阳县问题整改怎么来做？我们头一天讨论到凌晨1点多，第二天是星期六，又讨论了半天，才定出最优方案。与其他县区相比，由于我们县对文件领会深刻、制订的方案周全，避免了做无用功，减轻了基层负担，提高了工作效率。当年7月，紫阳县代表陕西省、安康市接受中央脱贫攻坚专项巡视问题整改督查，整改工作和脱贫成效获得了中央督查组的充分肯定。到2019年年底，全县累计退出贫困村133个，脱贫38340户129221人，贫困发生率从2014年的37.9%降至1.27%，顺利实现整县脱贫摘帽。"张宣铭说。

打赢脱贫攻坚战，全县干部参战，脱贫办的干部更是身先士卒，冲锋陷阵。近年来，脱贫办领导干部一起顶风冒雪下乡，一起熬更守夜加班。县脱贫办干部长期节假日、周末加班，心里都有苦，但从没人抱怨。

"自己也是一样。2017年6月22日，我身体不舒服，到县医院做检查。检查结果显示，高血压、腰椎间盘突出严重，医生要求必须住院治疗。虽然住进了病房，但是心里很着急，那么多的事情要干，我只能通过电话——安排。住院的第7天，实在是熬不下去了，我说服主治医生，允许我出院。走出县人民医院的大门，我便直接来到村上。2019年5月5日，我刚到蒿坪就接到电话，说我父亲病重。我的妻子、儿子都因业务工作和扶贫工作抽不开身，当时我正参加一个重要的调研活动，也走不开。父亲年事已高，病情不允许耽误，我只好请人送他到西安救治。当天下午调研活动结束后，我赶到西安，陪了父亲一晚上，第二天中午，我又赶回了紫阳。作为儿子，是真的不孝！但身为扶贫干部，只能这样。话说回来，谁不是为了脱贫攻坚疏离了亲情、牺牲了个人利益呢？我是这样，一线扶贫干部是这样，县上领导也是这样。我们一名县上领导工作中晕倒了，医生检查后要求他接受手术治疗。当时正是脱贫攻坚的关键时期，他说：'我就是死在岗位上，也不能做手术，不能住院！'"张宣铭说。

57岁的王友国曾在乡镇任过多年领导，如今依然兢兢业业地做着业务指导工作；55岁的刘国义在扶贫局当了20多年司机，近几年才接触具体业务工作，但他有激情、有钻劲，不但迅速成为脱贫攻坚业务工作的行家里手，还先后6次被抽调到外县检查考核；57岁的曹和祥身体健硕，是脱贫办的越野赛冠军。在他看来，脱贫攻坚业务督查指导也是一场比赛：跟时间比赛，必须要在规定时限内完成工作内容。一天早上，扶贫局副局长马孝明因为感冒引起高烧，陷入半昏迷状态。县委副书记陈佳斌看到老马趴在办公桌上，叫来隔壁两个小伙子，吩咐立即把马孝明送到医院去。马孝明含糊不清地说道："你让我再趴一下，缓一缓，我处理完一个文件，就去医院。"脱贫办常务副主任哈红黎的妻子生了二胎后，他一天也没有休过护理假。早上出门，媳妇娃子还在睡觉，晚上回家，媳妇娃子已经入睡了。因此，十几年从来没有说过红脸话的夫妻，闹了两个月的别扭。

二、给时光以生命，而不是给生命以时光

哈红黎曾担任过副镇长、镇党委副书记、镇长、县民政局副局长，对基层情况熟悉，对兜底扶贫等民政系统扶贫业务了如指掌。4年来，哈红黎主要负责紫阳县脱贫攻坚业务指导、信息数据管理、脱贫退出工作，负责全县贫困村、贫困户精准识别、精准退出、档案管理及全国扶贫开发信息系统管理工作。

2016年年底，陕西省扶贫工作在全国考评中排名倒数，被中央约谈。紫阳县在全市脱贫攻坚考评中倒数第二，形势非常严峻。2017年年初，紫阳成立脱贫攻坚指挥部，召开誓师大会，全体党员干部在党旗下立下誓言，坚决打赢脱

贫攻坚战。指挥部下设 7 个组：业务指导组、社会扶贫组、行业扶贫组、金融扶贫组、督察考评组、信访维稳组、综合协调组。全县不打招呼，抽调干部。2017 年 2 月，哈红黎到扶贫办任副主任，具体负责信息数据、脱贫退出及业务指导方面的工作，还分管过两年社会扶贫及"四支队伍"的管理工作。

"我当时在县民政局任副局长，负责社会救助、救灾、安全等方面的工作，完全不知道自己即将被抽调到扶贫办。2017 年 2 月 23 日，接到通知去参会才知道，需立即去脱贫攻坚指挥部报到，没有商量的余地。会上说，截至 2016 年年底紫阳建档立卡贫困户 41627 户 136314 人，有 31083 户 96812 人没有脱贫，贫困发生率 32.1%。

"我当时被任命为社会扶贫组组长。2017 年 4 月，省上开始扶贫工作整改，对大数据进行清洗，对原来建档立卡的贫困户进行再次识别，符合的纳入，不符合的剔出去。工作任务重，程序复杂，自己当时对扶贫工作一无所知，对象是否为贫困户，很难鉴定。政策如何把握？只能连夜学习、甄别。全县农村常住人口需全部过一遍，贫困户、非贫困户都要过，工作量之大，难以想象。省上要求所有清洗工作 7 月底之前必须完成，3 个月时间，非常紧迫。从哪里开始，怎么做，一时很难理出头绪，感到肩上的担子沉甸甸的，内心承受了巨大的压力。"哈红黎说。

紫阳县扶贫办成立了 9 个业务组，去乡镇指导工作。哈红黎当时负责洄水、洞河两个镇，关于怎样清洗，只有程序，没有具体的措施。怎么做，全靠干部下去自己琢磨，但一定要有依据，不能出现任何问题。他说自己当时对业务不太了解，于是边工作边学习，认真研究业务知识，不懂就问，向有关专家请教。好在哈红黎有 20 年的基层工作经验，当过村主任、副支书，对老百姓的基本诉求等比较了解，所以很快便进入角色。

根据省上制定的相关标准，结合实际情况，认真鉴别，最终的结果通过村民代表大会进行表决。村民摸底、代表大会全程录像，结果公示 7 天之后报镇上初审，初审后再公示 7 天，然后报县上审批。陕西省当时出台了"九条红线"，后来叫九种情况，即如下九种情况之一者，不能纳入贫困户：1. 在集镇、县城或其他地方建（购）商品房或现有住房装修豪华的、家用电器市场价格在 5000

元以上的、在本村以外拥有商铺的贫困户；2. 家庭有私家车、大型农用车、工程机械的贫困户；3. 家中有现任村三委会成员的贫困户（系统内需保留的村级党员干部，原则上由县级扶贫部门核实备案）；4. 家庭成员中有在国家机关、事业单位、社会团体等任职由财政部门统发工资，或在国营大中型企业工作，收入较稳定的贫困户；5. 家庭成员有担任私营企业及各类专业合作社负责人的，长期从事各类工程承包、发包等盈利性活动的，长期雇用他人从事生产经营活动的贫困户；6. 家中长期无人，无法提供其实际居住证明的，或长期在外打工、人户分离的贫困户；7. 家庭成员中有自费出国留学的、购买商业养老保险的贫困户；8. 因赌博、吸毒、打架斗殴、寻衅滋事、长期从事邪教活动等违法行为被公安机关处理且拒不改正的贫困户；9. 对举报或质疑不能做出合理解释的贫困户。对符合以上条件之一的，立即清退出建档立卡信息采集系统。

2017 年 3 月开始，紫阳真正进入脱贫攻坚拔寨、决战决胜时刻，到 2018 年 1 月，干部几乎没休过一个周末和法定假日，经常连续几天几夜不休息。

"有一次连着熬了 4 天，一个干部说：'我们不能再熬了，再熬会拿第一的（指牺牲）。'结果第二天一早，我就在手机上得知，高桥镇镇长陈威强同志牺牲了。当时完全惊呆了！因为他是我的同学，比我高一级。当时的工作量之大无法想象。陈威强头天还在给录入信息的工作人员打气，晚上吃了点东西，连夜赶回去，并开了个紧急会议，回来的路上，由于劳累过度翻车……也就是这一年，紫阳牺牲了 3 个干部。"哈红黎说。

3 个月时间，8 万多户，28 万多人，需要户户过，要去家里看是否达到标准，看"两不愁三保障"情况，甄别是否符合标准，不符合的需要剔出去。紫阳全县当时行政干部共有 3708 人（含村干部及中、省、市包联干部），全体上阵入户核查。许多人常年不在紫阳，打电话反复联系，有的去家里几次都不见人。山大沟深，住户非常分散，寻找电话号码反复落实，确认外出一年以上人户分离的，才暂不确定为贫困户，结果最终需要在村上公示 7 天，镇上公示 7 天，县上公示 7 天，加起来就是 21 天时间。

"识别是否为建档立卡贫困户，几口人，孩子是否上学，是否有人外出打工，耕地面积多少，了解房屋情况、性别、年龄、身体健康状况等基本信息，共 100 多项，均需要录入国家扶贫开发信息系统。有些村子走一户都需要几个小时，何况全县？因此仅此一项，全县集中录入用了 20 多天时间，纠错又用了10 天，检对时一个一个人工校对，干部几天几夜不休息是常态，别说放假了。那段时间，脱贫办灯火通明，我们白天下基层，晚上回来开会、录入、研究疑难杂症，最终在 2017 年的 7 月份全部完成数据清洗工作。8 月份开始集中精力抓项目，抓当年脱贫户的达标认证。认证主要从以下几个方面进行：安全住房是否达标？安全饮水是否达标？收入标准是否达标？义务教育是否有保障？农村居民医疗和大病保险是否落实？达标认证 10 月 1 日开始，12 月 10 日全面完成。大家累了一年，想着放假休息一下，长吁一口气，结果就在此时，省考开始了。省级脱贫攻坚成效考核 12 月 15 日开始，要求月底结束。2018 年 1 月 5 日，国家脱贫攻坚成效考核抽到紫阳县，国家脱贫攻坚东西部协作考核（苏陕协作）也抽到紫阳县，与此同时，国家脱贫攻坚新华社暗访工作也抽到了紫阳县。这一次，陕西省打了个翻身仗，紫阳县考核结果为省、市双优秀。"哈红黎自豪地说。

三、岁月不居，天道酬勤

紫阳 2018 年的工作任务是当年脱贫 30000 人以上，占全县贫困人口的 1/3，要求水、电、路、讯、房等均要达到标准，老百姓收入也要达到标准。2018 年1 月，紫阳尚有 21977 户 61711 人未脱贫，任务十分艰巨。

为了精准识别贫困户，紫阳县扶贫局提出了一核、二看、三比、四评、五公示的工作流程。县扶贫局要求，办事之前先宣传，让群众知情，接下来才能按流程走。首先是核，也就是算，算贫困户家的收入。但仅仅只是算还不太准确，有些人房子建得不错，但算出来的收入却比那些住着土坯房的人家低，所以需要认真地看、比，确保录入的数据准确。录入的流程是：一、培训；二、采集；三、审核；四、录入；五、应用。第一步就是培训，让全县各级扶贫人员参加培训，学习《紫阳县精准识别工作信息录入方案》，并就如何登录系统、录入内容等问题进行培训。培训结束后，开始采集信息，涉及住房、收入、饮用水、贷款等十几个方面，这样一来，仅一户就要填十多张表，工作量很大。

审核部门拿到资料后，需要到现场通过察看、询问等手段认真审核，往往一个村要跑三五趟，甚至七八趟才能审核完，然后进行公示。工作量十分繁重。

"2018年，张宣铭局长的父亲病危通知书都发了，他却没有时间去看。大家都奋战在脱贫攻坚第一线，夜以继日，废寝忘食。我爱人在统计局工作，她也有包户任务，还要带孩子，非常不易。2018年正月初九要开脱贫攻坚大会，我正月初二就开始上班，写全县脱贫攻坚方案，共起草9个文件，初八晚上把所有文件审核之后，深夜12点送到县委让领导签字。张主任说：'你忙了几天，该休息一下了，赶快休息一下吧！'这时电话响了，妻子说：'你能不能回来一下？'妻子待产，是36岁高龄产妇，想到医院检查一下，结果到医院后发现羊水已破，第二天凌晨孩子就出生了。扶贫工作忙，对家里无法照顾，家里离单位几百米距离，有时十天半月也不能回去。我有两个孩子，老大今年12岁，上初二，我从来没时间管。2019年11月份，老二得病了，当时正值省上考核，第三方评估马上要开始，正在做准备，妻子打电话说：'孩子在县医院已经住8天了，开始便血，情况越来越严重，你能否过来看看？'我说正在忙，实在走不开啊！妻子忍不住了，在电话里哭着与我吵架。这之前，我无论多忙，妻子都会全力支持，衣服洗好后送到办公室，体贴入微，从未向我发过火。然而那天她彻底愤怒了，说：'哈红黎，孩子已经这样了，你到底管不管？'我赶到医院后，发现妻子正在抱着孩子流泪。她说：'你工作忙，我理解。两年来我无怨无悔，支持你的工作，但你也不能太过分，完全不顾这个家。这个家有你没你一个样，要不咱们离婚吧！'看着妻子泪流满面，孩子奄奄一息，我也忍不住流泪了，啥也没说，向领导请了个假，抱着孩子直奔安康去了。到扶贫局工作以后，要么几天回不去，要么回去时凌晨两三点，怕打扰妻子、孩子，就躺在沙发上睡一会儿，第二天天不亮又匆匆离开。孩子说：'我好久都没见到爸爸了！'"哈红黎说。

哈红黎勤学苦研，迅速成为全县脱贫攻坚领域的行家里手，大家亲切地称呼他为脱贫攻坚"活教科书"。4年来，他参与培训全县扶贫战线干部2.4万人次，成了扶贫局最忙的人，两部手机最多时一天接过500多个电话。哈红黎说："这种情况在我们脱贫办是常态，经常在办公室待十天半个月也很正常。每年数据录入之前，要去乡镇摸清情况。数据录入时，我们必须要在信息员跟前指导，保证精准录入，不能出半点差错。"现在国家扶贫开发系统里，每一户的指标是168项，每个村的指标是58项，这些数据每一年都在变动，有些数据和实际存在差异，确实与实际情况不相符的需要备案。每天有大量工作要做，无法离开，加上他又管业务培训，每个干部都有他的电话，每天两个手机，一天最少100多个电话。他现在两边耳鸣严重，左耳几乎什么也听不见，去安康检查了一下，喝了一些药就回来了。

2019年1月2日，紫阳县召开整县脱贫摘帽誓师大会，号召全县上下振奋精神，全员集结，全线出击，勠力同心，坚决打赢整县脱贫摘帽攻坚战。誓师大会上，全县各级干部高举右拳，庄严宣誓："冲锋在前，奋勇争先。众志成城，决战决胜。"向决战脱贫发起总攻！

2018年开始，紫阳国家扶贫开发系统数据质量在全国居于第一方阵，在省市名列前茅，因为这是脱贫攻坚的基础，不能出半点差错。哈红黎说，他们在2019年打了三场战役：一、数据质量；二、硬件指标——两不愁三保障，群众满意度；三、易地搬迁。2019年紫阳要脱贫脱帽，要算贫困发生率，要甄别下面提供的所谓达标到底有没有问题，两不愁三保障是不是达标了，老百姓的满意度怎么样。扶贫局开展了六大活动，要摸清全县长住83870户287447人的基本情况。六大活动为：大排查、大摸底、大走访、大整改、大完善、大提升。

"重点关注薄弱环节及五保户、边缘户等特殊人群，扎实开展'四支队伍'遍访'回头看'、数据信息质量'再提升'、反馈问题整改'再清零'、整县脱贫摘帽'再冲刺'四大行动，确保在时间节点内保质保量完成任务。我们制订了一个标准，贫困户'十看'，非贫困户'九看'。通过这个标准，4000多帮扶干部一户一户过，一户一户宣传政策，大到有无住房，小到水管是否漏水。当时摸到的问题有两万多个，震惊了县领导。这些问题，我们及时交办给有关部门，要求限期整改。整改以后，2019年8月份利用暑假，我们调动3000多名教师组成工作组，对整改工作再核实，对群众反映的问题一一核实。我们设计了一张表，所有的贫困户自2014年以来究竟享受了多少扶贫资助，认可了签字，不认可不签字，让老百姓算清账，不说冤枉话。对非贫困户也是一样，这些年自己享受了多少政府扶持，户户要签字认可。当时这项工作进行了 3 个月，很多人不理解，认为劳民伤财，我们给他们讲道理和扶贫政策，说只有这样才能保证紫阳脱贫摘帽不是面子工程，是实实在在的，是老百姓签字认可的。2020 年 7 月，陕西省国家脱贫攻坚普查组来到紫阳，看到这一张张表时，非常惊讶：'你们把老百姓的账算得清清楚楚，有理有据，很了不起，让人无话可说。' 现在档案里关于六大活动的资料有 10 万多份，整个紫阳脱贫工作及贫困户受益情况清清楚楚，明明白白。"哈红黎说。

2019 年，紫阳县综合贫困发生率降到 1.27%，其中漏评率为零，错退率为零，群众满意度达到 99.07%。拿到这个数据的时候，哈红黎眼泪忍不住流了下来，他说："我们的工作做到位了，老百姓才会这么认可，所有的付出都是值得的。我们的易地搬迁创造了奇迹！"

"2019 年 2 月份发现有问题，扶贫局成立了工作组，用了 20 天时间，对所有安置点所有项目进行了一次突击式的暗访，发现部分安置点进度很慢，我们立即给县政府写了一份报告。3 月份县政府召开了第三次脱贫攻坚推进会，县委主管脱贫攻坚的领导一个一个公布了检查的数据，然后再安排，再布置，要求县级领导、镇领导必须住在一线，乡镇主要领导必须亲自蹲点。7 月省上对紫阳易地搬迁工作进行了督查，认为没有七八个月的时间是不能入住的，特别是紫阳四个集镇安置点在 9 月 30 日之前有可能不能实现按时入住。在这种情况下，时任县委书记赵立根同志要求针对城关仁和社区、红椿镇七里沟社区、蒿坪红旗社区及毛坝社区四个社区，局长包楼，副局长包层，每天报进度。八九月份阴雨连绵，两个月零 10 天，我们创造了紫阳奇迹。9 月 30 日最后一批搬迁户全部入住。当时我们给省上打报告，领导不相信，说按 7 月份的考察情况，最少需要七八个月才能入住，于是我们请人拍航拍，把小区详细入住情况发过去，那边才相信了。仁和社区有 100 多名干部在夜以继日地干，70 天日夜奋战。陕西省脱贫退出规程 10 月 1 日启动，因此 9 月 30 日之前必须完成最后一批搬迁户入住，如果搬迁户不能按时入住，陕西就不能按时脱贫，我们就给全省拖了后腿，没有退路。"哈红黎说。

2019 年，国家脱贫攻坚成效考核，紫阳县又被抽中，国家财政脱贫攻坚绩效考核紫阳也被抽中，紫阳成为全国唯一连续两次接受国家脱贫攻坚成绩考核的县区。哈红黎说："我们这批干部辛辛苦苦这么长时间，让10多万紫阳贫困户实现脱贫，值得骄傲。我们没有给陕西拖后腿，也就满足了，吃点苦算不上什么。你看现在各个乡镇农村都发生了翻天覆地的变化，宽阔的柏油马路，整齐的一排排楼房，村委会、医务室、文化室、商店、广场、健身器材等，几乎和城市没有啥区别，干净整洁，十分漂亮。偏远山区、地质灾害频发地区，一方水土难养一方人，移民搬迁是最好的出路。移民搬迁让老百姓搬到安全和适合生存的地方，给他们创造生活环境和工作条件。易地搬迁是脱贫攻坚最难啃的'硬骨头'。近年来，紫阳大力开展新村扶贫、产业扶贫、劳务扶贫等工作。脱贫的艰辛，让我深切感受到一个深度贫困县脱贫之艰难，体验到我们共产党人扎根乡村、引领村民致富的担当与作为，呕心沥血，可歌可泣！在这块贫瘠的土地上，扶贫干部像灿烂的灯火驱散贫困的重重浓雾，给大山深处的村民带来温暖。现在满眼青山绿水，紫阳人民发自内心地高兴。在紫阳行走，除了满眼的绿，还有纯净的蓝，处处高楼大厦，欢声笑语。"

2020年2月27日，紫阳县退出贫困县区；2020年11月底，紫阳县实现全县脱贫。2021年2月25日，哈红黎荣获"全国脱贫攻坚先进个人"荣誉称号，并在北京人民大会堂参加了全国脱贫攻坚总结表彰大会，受到了党和国家领导人的亲切接见。

2019年12月31日，紫阳县委、县政府在致全县扶贫干部的一封信中写道：

> 岁月不居，天道酬勤，难忘的2019年在繁忙中匆匆而过。在这个辞旧迎新的美好时刻，县委、县政府向你们及你们的家属致以节日的祝福和诚挚的问候！
>
> 2019年是紫阳发展史上极不平凡的一年，是脱贫攻坚砥砺奋进、攻坚克难的一年，是整县摘帽扎实推进、成效显著的一年。在脱贫攻坚最艰苦的决战决胜阶段，全县广大扶贫干部坚决贯彻落实中央和省、市、县决策部署，咬定整县脱贫摘帽目标，紧扣"两不愁三保障"标准，扎实开展"三比一提升""百日攻坚"等行动，在脱贫一线守初心、

践使命，勇担当、真作为，聚力攻克坚中之坚、难中之难。今年，全县退出贫困村 116 个，脱贫 19745 户 57421 人，贫困发生率降至 1.27%，整县摘帽各项指标全面达标。

这一年，我们大力发展绿色富民产业，积极开发公益岗位，持续开展免费技能培训，加大转移就业力度，群众收入实现了新的增长，紫阳技能扶贫经验入选全国优秀扶贫案例和全球减贫最佳案例；

这一年，我们聚焦易地扶贫搬迁这个重点难点，不眠不休、日夜奋战，全力以赴抓进度、抓装修、抓入住、抓腾退，"十三五"易地搬迁群众如期住进新居，教育扶贫、健康扶贫、兜底保障政策全面落实，实现了应扶尽扶、应保尽保、应兜尽兜；

这一年，我们全力推进脱贫项目建设，所有行政村通了水泥路，安全饮水实现了全覆盖，村村都有标准化村卫生室，群众走上了水泥路、吃上了放心水、用上了同网同价优质电，农村面貌焕然一新；

这一年，我们深化与常州市新北区的扶贫协作和经济合作，加强与中国建设银行、省科技厅、西安市未央区及航空基地等 54 个中、省、市定点帮扶单位交流合作，广泛凝聚了攻坚力量，坚持扶贫与扶志扶智同步发力，大力推进"诚孝俭勤和"新民风建设，激发了贫困群众脱贫致富的内生动力。

这些成绩的取得，是全县上下众志成城、合力攻坚的结果，是扶贫干部不畏艰难、辛苦付出的结果，也是广大扶贫干部家属无私奉献、鼎力支持的结果！

回望 2019 年，成绩来自你们的坚守初心、务实苦干。

云程发轫　培风图南

　　乡村振兴是实现中华民族伟大复兴的一项重大任务。要围绕立足新发展阶段、贯彻新发展理念、构建新发展格局带来的新形势、提出的新要求，坚持把解决好"三农"问题作为全党工作重中之重，坚持农业农村优先发展，走中国特色社会主义乡村振兴道路，持续缩小城乡区域发展差距，让低收入人口和欠发达地区共享发展成果，在现代化进程中不掉队、赶上来。

——习近平 2021 年 2 月 25 日在全国脱贫攻坚总结表彰大会上的讲话

第二十五章　民族要复兴，乡村必振兴

2017年10月18日，习近平总书记在党的十九大报告中提出乡村振兴战略。十九大报告指出，农业农村农民问题是关系国计民生的根本性问题，必须始终把解决好"三农"问题作为全党工作的重中之重，实施乡村振兴战略。

乡村是具有自然、社会、经济特征的地域综合体，兼具生产、生活、生态、文化等多重功能，与城镇互促互进、共生共存，共同构成人类活动的主要空间。乡村兴则国家兴，乡村衰则国家衰。我国人民日益增长的美好生活需要和不平衡不充分的发展之间的矛盾在乡村最为突出，我国仍处于并将长期处于社会主义初级阶段的特征很大程度上表现在乡村。全面建成小康社会，全面建设社会主义现代化国家，最艰巨最繁重的任务在农村，最广泛最深厚的基础在农村，最大的潜力和后劲也在农村。实施乡村振兴战略，是解决新时代我国社会主要矛盾、实现"两个一百年"奋斗目标和中华民族伟大复兴中国梦的必然要求，具有重大现实意义和深远历史意义。

一、第一个翻过秦岭做茶的紫阳人

6年前，年近花甲的陈国卿已经是关中地区很有名的茶商，事业兴盛，生意兴隆，收入可观。然而谁也没料到，他选择在这个时候回到紫阳，投资1540万元建厂兴茶，成立紫阳县康硒天茗茶业有限公司，年生产能力170吨。公司成立以来，通过鲜叶收购、土地流转、吸纳务工、农资发放、就业安置、集体资产收益分红等方式，为产业扶贫和乡村振兴做出了示范。

陈国卿的人生可谓大起大落，跌宕起伏，充满传奇色彩。"命运就像过山车一样。"陈国卿说。他白手起家，敢想敢干，一次次被击倒，一次次又爬了起来。在他的身上，我们能够看到中华民族坚韧不拔、自强不息的精神，看到中国改革开放民营企业家的一个缩影。

陈国卿 1957 年 4 月生于界岭镇，那里是紫阳条件最差的地方之一，翻过一座大山便是重庆城口县。家中姊妹 6 个，他是老大。家里孩子多，缺衣少食。上学时他经常吃不饱，一周吃 11 餐，每餐 2.5 两，主要是土豆、苞谷和酸菜，经常饿肚子。他们家住在山上，吃水要去很远的地方挑，往返一趟需一个小时。有时天旱缺水，要翻过一座山去挑，往返至少需要两个小时。父亲是漆匠，在山上割生漆，每年给生产队交三四百元，挣工分，年底分红。有一次陈国卿回家带粮，发现桶里一颗粮食也没有。父亲出去借了一圈，也没借到。第二天，母亲又出去借了半天，终于借到 2.7 斤玉米面，让他带到学校。陈国卿问："我带走了，你们吃什么？" 母亲说："我们在家里好想办法，你赶快去吧。" 陈国卿抹了一把眼泪，趁母亲离开将面倒进了装粮食的桶里。到学校后他向管后勤的肖老师借了 2.75 斤粮，周六肖老师让陈国卿到他家去摘了很多四季豆，又给他准备了 10 多斤苞谷面，让他度过了一个月的日子。高中毕业后，陈国卿回到生产队干农活，每天挣 8 分工。那时候，10 分工值两毛钱，辛苦一年下来，一家人也分不到一分钱，因为人多劳少，每年欠倒账。那时候，农村高中毕业生非常少，公社决定让他当民办教师，一个月 12 元钱工资，公家发 6 元，生产队给 6 元，但经常兑现不了，就用苞谷顶账。1977 年，陈国卿参加全县公办教师考试，招 15 个人，他考了第 4 名，却没有被录取。第二年、第三年，他又报名考试，成绩均名列前茅，结果都没有被录取，理由是他大伯有历史问题。陈国卿没有气馁，1980 年终于考取公办教师编制，每月工资是 24 元钱，生活仍无法维持，于是业余时间开始跑一些业务。那时候改革开放刚刚开始，他利用寒暑假跟着一个朋友去了两趟河南跑点小生意。二姨家有个女儿，一心想走出大山，二姨听说陈国卿经常去外地，嘱咐他给女儿在那边找个对象。陈国卿通过熟人介绍，牵线让二姨的女儿嫁到南阳，对方给了他 500 元路费作为答谢费。陈国卿回来后除去路费，给了二姨 360 元。谁知到了 1983 年，全国 "严打"，有人告陈国卿贩卖人口。尽管对方一家人和生产队写证明材料，证明他不是人贩子，但陈国卿还是被抓起来判了 4 年刑，并被开除公职，关进监狱。

原来，陈国卿得罪了一个人。这个人是 "文革" 时期的造反派，打死了一个老红军。这个老红军也是抗美援朝军人,看不惯那些造反派,与那帮人发生冲突。造反派纠集起来,用砖头将老人活活砸死。文革结束后,死者的儿子想给父亲洗冤,找到陈国卿写了一纸状子。造反派知道后怀恨在心,伺机报复,借"严打"之机将陈国卿送进了监狱。入狱后,陈国卿百感交集,写了一首诗:

忆往昔绿鬓婆娑,

看今朝青少黄多,

休提起呀休提起,

提起来珠泪满江河……

九年孩童九年书,

九年讲台搞教学,

三九二十七个春,

甲子正月法网落……

陈国卿在监狱开始主要是打扫卫生,后来在里面办扫盲班,又学会了修汽车和手表,表现良好,最后提前两年出狱。陈国卿出狱后,有关部门知道他是被人陷害的,提出让他继续教书,陈国卿坚决不干,他说自己蹲过几年监狱,不配教书育人了。

他想办一个汽车修理厂,但因为各种原因,最终没有办起来。

1987 年,陈国卿卖葡萄苗赚了 300 元钱,听人说食用菌技术很赚钱,于是去福建宁德学了两个月,虽因水土不服大病一场,但技术学到了。陈国卿带着食用菌母种回到洞水镇,贷款 3 万元,筹办紫阳县洞水综合厂,搞香菇栽培。与此同时,他还办了一个养猪场。工厂办得轰轰烈烈,有声有色,谁知食用菌卖不上钱,猪病的病死的死,也卖不掉。到后来他失魂落魄,买不起粮食,猪吃麸皮黑面他自己也吃黑面。一年下来,陈国卿不但没赚到钱,还亏了 1.4 万元。当时的 1 万多元就是一笔巨债,怎么还?这辈子怎么办?他一时伤心落泪,心灰意冷,感觉自己一事无成,又一次徘徊在人生的十字路口。

"我当时最大的梦想是有 5000 元存款,结果 5000 元没赚到,还欠了 1 万多元！人生一下子陷入了绝望的境地，感觉这辈子都翻不起身了。1988年，我遇到原紫阳益民综合厂厂长刘保民，他拿着一个单子说：'小陈，你看这是什么东西？'我一看，那是一张10万块钱的银行汇票——10万块钱呀！他说：'想不想要？'我说：'不想，那是你的。'他说：'小陈啊，我这两年在耀县、富平搞了两个茶庄，赚了十来万，你想不想跟着我一起干？'我说：'怎么干？我又不懂茶叶。'刘保民说：'你帮我收毛茶就行了，现金，不欠账。'我说：'真的吗？'他说：'那能有假？我现在要大量收购茶叶呢！'我在洞河过河的时候在船上遇到一位姓杜的老师，说他的妹夫在岚皋县官元镇供销社，是茶叶厂的厂长。我就跟他聊天，说我想收茶叶。他说：'我有啊。'其实我当时只是下意识地一说，因为自己之前除了养猪就是搞食用菌栽培，对茶叶一窍不通，也没啥概念。见我将信将疑，他说'我晚上就给你把样品拿来'，然后骑着自行车跑到岚皋县官元镇，很快就把样品拿来了。我拿着样品来到向阳镇找到刘保民，刘保民看后说：'要，但现在我这里没钱了，你拉到富平去吧。'我隐隐地觉得这个人不可靠，但还是壮着胆子找到那个姓杜的老师，说我要3车茶叶。3车茶叶差不多有5万斤，价值36万多元。我当时便与岚皋官元镇供销社签了一个协议，说我私人借给他们2500元保证金，把货拉到富平，我保证货到先给他们付30%的货款（现金10万元），如果对方不付款，他们可以把货拉回来，2500元我不要了。如果付了，余款结清后我要抽5个点的好处费。我算了一下，有1.8万元。对方同意了。当时，因为我知道刘保民刚开始办茶庄，需要大量茶叶，赌他第一次应该不会骗我。岚皋官元镇供销社那边提出要跟车一起去，说以后顺了就不用我再去了。货到富平后，我在富平待了15天，把款全结了，将官元镇供销社三年多卖不出去的茶叶全卖掉了。然而官元镇供销社那边却认为茶叶价格这么低，自己赔了不少钱，提出只给我9000元抽成。我想了想觉得9000元也不少，就同意了。9000元在那个时候也是一笔巨款，这笔钱成为我的第一桶金，我做茶叶的故事正式拉开序幕。"陈国卿娓娓道来，谈吐儒雅，一看就是当过教师的人。

陈国卿拿着这9000元，理了个发，买了一套西装，带着剩下的8000多元先后去宁夏的银川、中卫、固原，甘肃的天水、庆阳，陕西的延安、铜川、宝鸡、咸阳、渭南、富平等地的农贸公司、农副产品公司跑了两个月，钱也花得差不多了，又给厂里交了 1000 元，只剩几百元。陈国卿去紫阳县茶叶局给邱局长汇报，说自己想办一个茶厂。他说我帮岚皋县卖掉了积压多年的茶叶，赚了一点钱，然后去甘肃、宁夏、陕西的许多地方进行了一番考察，觉得茶叶市场前景非常好，特别是紫阳陕青，不愁销路。邱局长听后说："我支持你，但一分钱也没有。"

陈国卿回到洄水，给区长吴捷顺谈了自己想办茶厂的想法。那时的洄水镇是个行政区，管辖洄水、目连、斑桃、小河、界岭五个公社，面积相当大，人口也有好几万。洄水镇当时是文化中心小镇，设有区公所、派出所、粮管所、税务所、邮政所、信用社、供销社、中学、小学、医院，还有水文站、文化站，"麻雀虽小，五脏俱全"。洄水镇又叫洄水湾，当时洞河到洄水还不通公路，交通极为不便，吃喝拉撒所需的很多物资都是一群"背老二"和"挑老二"往返于洞河与洄水之间运送的。

"我对吴区长说，我出去考察了一圈，发现外面的茶叶市场不错，我们洄水的茶叶不是一直卖不出去吗，我给咱想办法。吴区长知道我被冤入狱的事，也知道我出狱后拒绝再当教师，自谋生路，所以非常欣赏我。区上两位领导点点头，表示支持。乡政府与工商所、财政所、税务所及信用社一起开会研究后，决定办一个紫阳县洄水茶叶精制厂。我租了供销社的一间房子，营业执照很快便办下来了。"

1989 年，紫阳县洄水茶叶精制厂正式挂牌，然而一个技术人员也没有。怎么办？陈国卿只身来到位于杭州的中国茶叶研究所。门卫问他干啥，他说他找制茶技术培训的专家。门卫说："你到上面去找吧。"陈国卿敲开研究所沈培和教授的门，自我介绍一番后，说明来意。沈培和教授当时是茶叶研究所的副研究员，他说："你们陕西省只有一个培训指标，已经培训过了。"

"我说：'沈教授，我们县非常非常穷，茶叶卖不掉，都烧掉了，就因为没有技术，做出来的茶卖不出去。沈教授，我找您也不是为我自己，而是为当地茶农找一线生机。现在我们厂房也盖起来了，生产设备也定了，就是没有加工技术——您就帮帮我们吧，紫阳人民会感激您的！'沈教授见我情真意切，沉思了一会儿说：'你明天上午来吧！'第二天一大早我就去了，那里还坐着两位教授，其中一位叫顾铮。沈培和教授说：'小陈，你昨天的一番话把我打动了。你不是为了你个人，而是为了一方百姓办一个企业。所以我们三个经过商量研究，同意给你们培养一个茶叶加工技术人员。你运气还算好，我前天才从加拿大回来，昨天就遇见你了啊！但是我给你提个要求，你们需选送一名20岁以上30岁以下、具有高中以上学历的男性青年到我这儿来。单独培养一个技术员，这是破例啊，在我们茶叶研究所是从来没有过的。我们一般都是办一个班，一次培训好几十个人，不可能几位专家同时去培训一个人。'我说：'非常感谢沈教授，我代表我们当地的村民感谢您啊！'走出茶叶研究所，当时别提有多高兴了！我哼着《我们的家乡在希望的田野上》的小调回到旅馆，退房后来到杭州火车站，发现身上只剩了5元钱。花一毛五分钱买了张站台票，上车后怕查票，主动找到列车员，说：'我是陕西的，您辛苦了，休息一下，我帮你打扫卫生吧！'列车上有点歌台，我给列车员点了一首《泉水叮咚响》，一会儿播了出来，列车员非常兴奋。我又拿过旅客留言本，写了一段赞美列车服务员的话，说在这个移动的大家庭里，列车员的热情服务让我感受到了温暖。她看后特别高兴。开始查票了，我主动要求帮她查票，她也不查我的票。这趟列车是杭州开往南昌的，快到南昌的时候，我说：'列车员同志，我想请你帮个忙。'她说：'请讲吧'。我说：'我没有钱，买的是站台票，一会儿出站时你能照顾一下我把我送出站吗？'她笑着说：'没问题，一会儿你跟我出去吧。'到站后，那个列车员不但带我出了站，还带我去她父母家吃了一顿饭，走的时候又给了我5元钱。那时候，没有直接通往安康的火车。我来到火车站，又买了一张开往武汉的站台票，一路上故技重演，也是帮乘务员打扫卫生、点歌、帮忙查票，快到站时让他把我送出武昌火车站，然后我又花一毛五分钱买了一张武汉发往安康的站台票。在安康我就不害怕了。一路上我还是很勤快地帮乘务员干这干那，到站后我从火车下面钻过去就出去了。我花了三个一毛五，从杭州回到了安康。想想那时真是可怜！一分钱难倒英雄汉，没有钱寸步难行。但只要想办法，天无绝人之路啊。回来后，我们经过精心挑选，挑了一个洄水镇的退伍军人刘祖勤，不到30岁，准备送他去杭州学习。他也特别愿意去学。当时我把自己家的彩电、录音机等都卖掉，凑了 2000 多元给他做路费，谁知他到株洲倒车时说钱被小偷偷了！我打电话说：'你可以想办法啊，学好技术届时我去接你。'我给沈陪和教授打电话说了情况，让刘祖勤在厨房打工，挣点生活费。他学了两个月，掌握了茶叶加工技术。"陈国卿说。

技术人员有了，没钱买设备怎么办？陈国卿向区财政所借了 5 万元，与区长吴捷顺、财政所所长覃承远、乡党委书记刘少建等一行 4 人去浙江考察设备。在杭州富阳茶机总厂，他们花 2.8 万元定了全套茶叶精制设备，包括圆筛机、抖筛机、拣梗机、风选机、切茶机、炒干机、车色机、烘焙机等制茶设备，在当时是非常先进的。

有了技术和设备就可以生产了。小河乡茶厂积压两年的茶叶卖不出去，陈国卿花 1.4 万元买回来加工成陕青，质量很不错。但因为茶厂是乡镇企业，去了关中几个地方的农副产品公司人家都不要他们的陕青，嫌是杂牌子，都要县茶厂的"神云牌"陕青。陈国卿带着茶叶样品辗转来到阎良，阎良区前进路上有个"阎良茶庄"，做得比较大。公司董事长姓田，总经理姓党。陈国卿把茶叶样品拿出来让他们品鉴，两人说："没问题，你有多少全部给我们拉过来，货到付款。"陈国卿很高兴，回紫阳后找了一辆东风汽车，拉了一车货就过去了。"阎良茶庄"把货收了，给司机付了 1200 元的路费。这一车茶收购价是 1.4 万元，卖给阎良茶庄 2.9 万元，陈国卿算了一下，利润还是不错的。结果对方只付了运费，剩下的 2.7 万多元一分未付。陈国卿跑了几趟，一分钱也没要到。这一车货非但没赚到钱，还赔了一万多，上当受骗了。

1990 年，春茶上市的时候，在紫阳西关的街道上，陈国卿遇见了"阎良茶庄"的田董和党经理，他沉住气上前打招呼，装着什么事情也没发生。党经理有些尴尬，说："你今年怎么样嘛？我还有点钱没给你呢。"陈国卿说："那点小事情，无所谓的。我们今年加工技术各个方面都成熟了，加工出来的茶叶比去年好得多，二位老总能否现在去看看，咱们一起吃个饭，然后把今年的货一定？"两人一听很高兴，跟着陈国卿到了洄水。到茶厂后，陈国卿安顿两个人先坐下喝茶，然后给区公所及派出所各打了一个电话，说阎良欠我账的两个老总都来了，我要把人控制起来，钱给了再放他们回去。陈国卿每天安排专人负责陪他们吃陪他们住，招待很到位，但就是不让他们离开。几天后，两人乘人不备偷偷跑了，刚跑出一公里路，陈国卿便与派出所的民警一起把他们又"请"了回来。两人非常生气，说："你们这是非法拘禁，我们一个是区政协委员，一个是人大代表，你们限制我们的人身自由，我们要去告你们！"陈国卿说："你告吧！我去年给你们拉的货，你们拖到现在还不给钱，我们这个小乡镇企业刚起步，钱都是借的，还欠了银行5万多元的贷款，好不容易才启动了，谁知生产的第一批货便被你们给骗了。你们做这么大的生意，如此对待一个刚刚起步的小乡镇企业，于心何忍？我留你们也是万般无奈，每天好吃好喝招待，啥时候你们把欠的钱给了，自然放你们回去。"两人自觉理亏，说："那你放我们一个人回去给你凑钱，然后咱再签一个新合同，咋样？"陈国卿同意了，让那个党经理先回去了。党经理回去后就将所欠的两万多元拿来了，提出要签一个更大的合同。新合同约定还是货到付款，违约金25%。合同签订后，陈国卿一直没敢再送货，因为他知道货送去钱是要不回来的。3个月后，对方见茶叶一直没有送去，说陈国卿严重违约，开始起诉，要求陈国卿除赔偿他们总货款25%的经济损失之外，还要支付1000多元的诉讼费。

过了一段时间，第一张传票来了。陈国卿请了律师，咨询了法官，都说官司打不赢。第二张传票又来了，如果再不去的话，第三次就交由公安拘传，会强制执行的。陈国卿无奈，只能在洄水镇公路段开了一张"水毁公路无法运营"的证明，把县茶厂的收购票据带上，然后硬着头皮只身去了阎良。

"法庭上，田经理找了30多人准备羞辱我，并提出索赔8万多元。我心里也不怵。我去阎良之前做了许多功课，把航运合同法、经济合同法、劳动合同法、公路运输合同法等都记了一些条款在脑海里。审判长问：'原告告你不遵守合同，严重违约，把法律当儿戏，请问你有何辩解？'我说：'尊敬的审判长，我没有违约。'审判长说：'你怎么没有违约呢？白纸黑字合同写的，没有按时交货，严重违约。'我说：'没有违约，我们是生产茶叶的企业，签订合同后当然想卖货，可是由于今年夏天紫阳暴雨连绵，把公路都毁了，茶叶运不出去，是自然灾害造成的啊！'审判长说：'你在狡辩，既然签订了供货合同，无论如何都要履行。公路毁了你不会走铁路、水路运输吗？哪怕用拖拉机，也要把货按时运过来。'我说：'尊敬的审判长，我跟田经理的合同约定的是公路汽车运输，没有铁路、水路或拖拉机运输的事，合同上没这一条，所以我没有违约。'审判长翻了一会儿合同，发现合同运输方式一条只写了'公路汽车运输'几个字。审判长又说：'那等公路通了你再运过来吧！'我说我们厂里没有茶叶了。审判长说：'我们调查到你把茶叶卖给你们县茶厂了。'我说我们机器坏了，卖给县茶厂的是半成品。于是把县茶厂开具的半成品收购票递给审判长。审判长跟两个原告出去了一会儿，进来后对我说：'你看这样吧，给他一个台阶下，1700元诉讼费，你承担500元，对方承担1200元——怎么样？给我个面子吧！'我一听官司打赢了，哈哈。500元就500元，长吁了一口气。"多年过去，陈国卿想起这件事，依然觉得十分可笑。

那年夏天的雨确实很大，许多公路都被冲毁了，茶叶无法运出去。陈国卿通过船把茶叶拉到县茶厂，对方故意刁难，降价，按半成品价格收购，损失不小。

二、打不死的"程咬金"

官司打赢后，陈国卿回到洞水镇继续加工茶叶，继续四处找出路。他来到武功县，在人民旅社旁开了个茶叶经销门市，生意还不错。但是他的店严重影响了当地的一个姓戴的老茶庄的生意。对方"陕青"业务做得很大，儿子在武功县工商局，结果陈国卿的营业执照还没到期就被吊销，被他们赶走了。1991年，陈国卿来到宝鸡市发展，在宝鸡站住了脚，生意慢慢好起来，越做越大。他在宝鸡汉中路开了三间门面，成为紫阳富硒茶专卖店。陈国卿把自己的堂妹夫及茶厂的一个副厂长安排在那里，一个跑销售，一个管门店经营，自己回厂管加工。由于茶叶质量上乘，宝鸡经营形势一片大好。当年，陈国卿在岚皋县将积压了三年的茶叶全部卖了出去，影响很大。堂妹夫是岚皋人，利用陈国卿的这个招牌，私刻了他的合同专用章，租了一辆桑塔纳轿车。当时的桑塔纳轿车很少见，陈国卿堂妹夫回到岚皋后耀武扬威，风光无限，大家都很羡慕。堂妹夫借着宝鸡要大量供货，与7个供销社签了茶叶收购合同，满满拉了11车，组织了一个车队，浩浩荡荡来到宝鸡。茶叶销售款，堂妹夫吃喝嫖赌，挥霍一空。3

个月后，岚皋供销社那边收不到钱，起诉陈国卿，陈国卿才知道堂妹夫捅了这么大个窟窿——货款整整 68 万元！按说 11 车货也值不了那么多钱，但因为堂妹夫一开始就是准备骗人家的，所以收茶时不搞价，一些供茶商借机抬价，堂妹夫来者不拒，因此这批茶叶还未销售其实已经亏钱了。对方起诉后，除了库房里没有销售的产品，陈国卿一下子负债 50 多万元，彻底破产了。

1991 年下半年，紫阳县洄水茶叶精制厂申请破产，进入破产程序。

茶厂生意兴隆，怎么突然就破产了呢？有人说陈国卿贪污了，有人说他已经在西安跳楼了。破产清算会上，区长说："这个茶厂虽然破产了，但对洄水茶叶产业是有很大促进作用的。原来我们的茶叶卖不出去，把树都挖了。这个厂办起来之后，洄水的茶叶价钱比县城还高，各个乡镇都把茶叶卖到这儿来了，促进了茶园的发展。陈国卿对洄水茶叶产业是有突出贡献的。功是功过是过，一个企业正常的经营亏损与贪污、挪用资金，要绝对分开，不能混为一谈的。我们可以查账，如果他真的贪污、挪用公款了，该怎么办就怎么办。如果没有，那就要还他一个清白。"洄水区公所组织专业人员经过全面核查，发现陈国卿非但没有贪污和挪用公款，还垫了许多钱进去，非议戛然而止。

虽然按照破产程序走，但那一套设备当时已经升值到十几万元了。法院当时是这样判的：茶厂欠财政所 5 万元，把这个企业交给财政所经营 3 年，经营利润归还借款，3 年后乡政府接管企业（包括外边的应收应付）。陈国卿把自己的家具、沙发、摩托等都卖了，给工人发了工资，一下子一无所有。

"茶厂交给乡财政所后，我来到紫阳县城，遇见工商银行的覃行长。覃行长说：'你把下面的事情处理完了吗？'我说处理完了，什么也没有了。覃行长说：'企业垮掉了，精神不能垮。精神垮掉了，你人就完了。留得青山在，不怕没柴烧。一定要挺起脊梁，振作精神。中午到我那儿吃饭去。'吃饭的时候，覃行长对我又是一番鼓励：'我借给你 5000 元钱，重新开始吧。'那时我已穷途末路，大家都知道我破产了，借 50 元都不容易，何况 5000 元呢？洄水茶厂成立虽然只有短短两年多时间，但是影响很大，被评为'安康市六好企业'，所以覃行长对我还是比较看好的。"陈国卿说。

1992 年正月，陈国卿带着借覃行长的 5000 元来到重庆市城口县鸡鸣茶厂。

他们也做"陕青"，加工出来的"陕青"茶品质很不错，紫阳许多茶厂都在经营他们的产品，他们的"陕青"在陕西很有市场。陈国卿找到这个厂后，希望经销他们的茶叶。陈国卿利用过年时机，与爱人一起买了8瓶当时十分畅销的孔府宴酒，分别到这个厂的8个主要负责人家里拜年，谈自己的遭遇及想法，提出想经销他们的茶叶："关中我有市场，我想哪儿跌倒在哪儿爬起来。"厂领导被陈国卿不屈不挠的精神感动了。鸡鸣茶厂的会计做他女婿的工作，借给陈国卿20000元，利息2.5%。茶厂召开会议研究决定，给陈国卿拉一车货，陈国卿先付20000元货款。陈国卿非常高兴，拉着10多万元的货直接来到西安，很快便把茶叶卖完了。他付清第一车货款，又拉了一车去卖，如此反复。为了周转资金，陈国卿在紫阳借了人家10000元，月息2000元。对方怕他还不了，派人跟他一起住在西安，陈国卿管吃管住，一个月后10000元连本带息都还了，然后再借再还，就这样一直滚到1993年的时候，他终于走出困境，逐渐步入正轨，重新振作起来。

陈国卿不知道，命运将再一次将他掀入低谷。正当他准备大干一场的时候，那个堂妹夫捅的事情又出来了。当时，因堂妹夫私刻合同专用章及陈国卿的名章，运走11车茶叶，欠了岚皋县官元镇供销社50多万元，事发后堂妹夫逃得无影无踪，对方只能找陈国卿要钱。奈何企业已经宣布破产，陈国卿也离开了，所以那笔账一直没有着落。官元镇供销社听说陈国卿在西安市未央区龙首村经销茶叶，让一个人去他那里说要进货，需求量非常大。陈国卿不知是计，带着那人来到库房查看，库房里当时有20000斤茶叶。官元镇供销社调查清楚后，带着一辆警车过来，将陈国卿押进警车里，然后将库房里价值14万多的茶叶全部拉走了。陈国卿在岚皋被关了7天，其间妻子朱文秀马不停蹄从西安南关汽车站坐车到安康，再转车到四川万源、重庆城口，然后到鸡鸣茶厂，报告鸡鸣茶厂，货被岚皋法院拉完了。朱文秀一路颠簸，两天没吃一顿饭。回到西安后她写了一份诉状，从陕西高院到安康中院来回跑，结果折腾了半年多也没结果，最后只好放弃了。

"一连串的事几乎将我击垮，所有资产只剩下藏在西安一个铁盒里面的6000元现金。这时，我的三弟在河南洛阳一个矿上犯了事，需要花钱才能赎回来。

我带着活命的这 6000 元钱赶往洛阳，交给派出所后，将三弟带了回来。为了度日，我每天用三轮车在新城区长缨路批发蔬菜，拉回未央区卖，生活十分艰难。我这个人每天都需要吃一点肉，那段时间一口肉都没吃上，感觉生活是那样煎熬，无滋无味，陷入绝望的境地。库房里所有的茶叶被拉走了，我的生活一夜回到'解放前'，还欠了一大笔外债。"

陈国卿硬着头皮再一次来到重庆城口县鸡鸣茶厂，说明原委。他说："欠你们的钱我一定会还上，但是你们还要帮我。你们不帮我，原来那十几万的欠款我也无力归还。我现在实在是没办法了，希望你们能再次帮帮我。"大家都知道他是被堂妹夫害的，非常同情他。厂委会研究后，决定让他再拉一车货，派了一个姓桂的副厂长跟着。到西安后，桂副厂长负责保管货物，陈国卿负责销售茶叶。

"我早晨取两袋，老婆取一袋，每天骑着自行车驮着 100 斤重的茶叶穿梭在西安的大街小巷，到处推销。卖了茶把本钱交给副厂长，赚的是我的，每天如此。我老婆比我还辛苦，每天还得卡着时间回来，给守库房的客人煮饭，每天三茶三饭，伺候那个桂副厂长 60 多天。"陈国卿说。

那些日子，他们东到灞桥，西到三桥，南到长安，北到草滩。夫妻俩骑着自行车每天早出晚归，风雨无阻。西安夏天酷热，挥汗如雨。冬天寒风刺骨，在结了冰的路面上骑行，一不留神就摔倒了，半天爬不起来，手、脚及耳朵都冻烂了。有一次，陈国卿在西一路给人送货，下楼后发现自行车被人偷走了。后来又丢了一次，他就买比较便宜的二手自行车。有时把货物按指定地点送去后，人家通知让过几天前去结账，结果再去的时候人去楼空，才发现被骗了。就这样，寒来暑往，陈国卿和妻子在未央区骑着自行车送了 5 年货。

1997 年，陈国卿搬到了东郊纺织城，在纺织城国棉四厂外面摆过一段时间地摊，把欠的账还得差不多后，花 4000 多元买了辆大阳摩托车。摩托车驮货多，跑起来比自行车快多了。陈国卿在摩托车后面绑了块木板，上面能摆 16 件货。有了摩托，他的送货范围更广了，效率比原来也提高不少。后来，东郊的轻工市场发展起来了，陈国卿搬到轻工市场旁边的人和市场，租了间门面房。妻子照顾门店，他跑外销，生意日渐兴隆。陈国卿踌躇满志，觉得自己这些年一路走来，虽然艰辛，总算还清了债，有了自己的茶叶门市。一天，一位老乡在城里买了房，刚装修完，请他们两口去吃饭。那时候，陈国卿和妻子一直租住在脏乱不堪的城中村。眼前的景象令他怦然心动——自己什么时候也能在西安拥有这么宽敞明亮的房子啊！

"心里非常羡慕，暗下决心，我也要有这样的房子！"陈国卿说。

1999年，陈国卿在长安县花7.5万元买了一套118平方米的新房子，2000年搬了进去，实现了自己的住房梦。由于茶叶门市在轻工市场，每天骑着摩托往返35公里，很辛苦，后来，他把长安县的房子卖掉，在东郊一个楼盘交了首付，按揭贷款买了一套房。2003年，陈国卿将门市从人和市场搬到义乌商城，独家经营紫阳茶叶，一年能赚100多万元，终于还清了所有欠款。2010年5月11日，陈国卿花20多万元买了一辆大众迈腾轿车，第一件事就是拉了一车礼品，去重庆城口鸡鸣茶厂致谢。

三、建立标准化茶园，助力乡村振兴

2012年，陈国卿在西安租用场地1400平方米，申请注册了西安康硒天茗茶业有限公司，生意越做越好。这时候，他在西安房也有了，车也有了，年轻时5000元的存款梦想早已实现，并且有了数百万元的积蓄。陈国卿萌生了回乡发展的念头。当他把这个想法告诉家人时，妻子说："好不容易把账还完了，刚过了几天安稳日子，你就不安分了！"儿子、女儿及亲戚朋友都持反对意见。妻子说："你折腾了大半辈子，都快60岁了还没折腾够？"陈国卿说："我就是想回去做点事。"当时，大儿子、儿媳在浙江绍兴当教师，女儿从陆军学院刚毕业，小儿子还在上大学，都担心他回去吃不消。了解情况的朋友也反对，说农业项目投资大，收效慢，一定要慎重。

2014年7月20日，陈国卿给紫阳县主管茶叶的工会主席李龙安打了个电话，说想回去办厂。李龙安主席说："欢迎回来！"那时候，扶贫开发正如火如荼地进行，国家在这方面支持的力度很大。紫阳枕戈待旦，蓄势以发。陈国卿回去考察厂址，刚开始选址在红椿镇的上坝麦坪村，回西安告诉家人，大家看后都说交通条件太差，坚决反对。这时汉滨区及平利县都想让他过去，条件

十分优厚。

"李龙安主席知道后给我打电话说：'老陈啊，你到汉滨、平利还是个外地人，你是紫阳人啊，还是要回紫阳来发展呀！那个地方不合适，我可以陪着你到其他地方看看。'我们去了双桥镇解放村，感觉全紫阳县除了蒿坪镇，很难找到这么好的一块儿地方了，妻子对那里也很满意，于是我们就决定在那里落地生根了。"

2014年8月20日，陈国卿来到双桥，300亩土地流转合同公证后，说干就干，雇了挖掘机便开始整地栽苗。

"自己多年搞经销，对茶叶种植知之甚少。其实种茶也有许多技巧，行距、修剪、采摘等都需要技术，管理非常重要。"

为了管好这片茶园，陈国卿连续3年高薪从福建聘请3名技术人员，每年费用18万元。他们对茶园实行生态有机化管理，从不使用除草剂和菊酯类农药。在建园栽苗的几个月时间，陈国卿住在集镇小旅馆里，每天往返20公里，中午在地里吃包方便面凑合一下，一整天都泡在茶园里。

"种茶栽苗是个细心活儿，我认为要像对待自己孩子一样，上肥要少吃多餐，渴了就给它喝水，夏天太热了，凌晨5点钟开始浇水，上午10点钟必须结束。晚上7点钟再开始浇水，11点钟结束，茶苗成活率达到100%。有人说'老板把茶苗当幺儿一样抚养'，我就是心疼那些茶苗，看到有人除草把茶苗误伤，赶快上去用手扶住用土培好。我从内蒙古拉有机羊粪，每年70吨，从湖北调进钙镁磷肥，从汉中购进有机肥，对茶园实施配方施肥，测土施肥，缺什么补什么。建厂之初，我给自己定了一个规划：一年建园、两年建厂、三年见效，建立标准化茶园，管理科学化，生产加工规范化，要具有示范引领效果。当地政府的大力支持，给了我很大信心。企业创办之初，便以扶贫为出发点，针对所在地现状，牵头成立合作社，对拟吸纳合作社成员充分进行资源盘点，将合作社成员分为三大类：资金入股、茶园入股、技能入股，有效扩大成员筛选范围，发展产业，助力乡村振兴。"陈国卿说。

2017年，康硒天茗公司在政府的高度重视和支持下，完成固定资产投资1540万元，自建办公楼1590平方米，职工生活楼400平方米，生产车间3100

平方米，白茶晒场 300 平方米，停车场 1800 平方米。购入国内先进的蒸汽热风机组等自动化、智能化制茶设备 140 余套，建成紫阳富硒绿茶、红茶、白茶清洁化综合生产线一条，可年产绿茶 100 吨、红茶 50 吨、白茶 20 吨。

"公司总投资 1000 多万元，我当时没有那么多钱，妻子把西安的房子和女儿的房产全部抵押在银行，又在老乡手里周转资金，帮我完成了固定资产的各项建设投资。说心里话，产业园区没有政府的大力支持和家人的支持，可能早已变成烂尾工程了，我的创业梦也就成了黄粱梦。"陈国卿感慨地说。

基础建设和设备安装调试后，公司即将正式运营。陈国卿知道，要想企业健康成长，财务管理必须规范，不能搞包包账口袋账。可是谁来管理财务呢？深思熟虑后，陈国卿把在西安保险公司任职的女婿动员了过来。

"产业园区算是建成了，几百万的外债又背上了，妻子忧心忡忡，说刚过了几天顺心的日子，又要进入没有尽头的还账期了！为了缓解债务压力，公司申请银行贷款，才发现没有抵押物。原来我们的所有建设都是无证的。后来在县委、县政府和相关部门的关心下，企业规范了各项手续，很快把不动产证办理下来，顺利申请了银行贷款。紫阳县政府为企业服务做得很到位，令人十分感动。"陈国卿说。

"康硒天茗"在关注自身发展的同时，积极履行企业社会责任，投身产业扶贫。经过实践，总结出"支部＋集体经济＋三变改革＋专业合作社＋贫困户"的创新模式，通过 7 项主要举措的落实，对贫困户进行量体裁衣般的精准帮扶，促进群众脱贫增收。在做强基础、谋求发展的同时，陈国卿和他的企业紧跟时代步伐，学习党在农业农村的各种政策，紧密结合当地党委政府的发展理念，以乡村振兴、农民增收、群众脱贫为出发点。为丰富紫阳茶产品种类、拉长茶叶产业链，企业通过多方调研，引进先进技术、人才及设备，开发散型紫阳白茶、紧压型紫阳白茶等新产品，引领茶业发展，为合作社及当地茶农增收拓宽路子。近年来，企业先后参与陕西省质监局第七批省级农业茶叶标准化示范园区建设及中茶所丹江口水源涵养区绿色高效农业技术集成与示范等项目建设。中国农业大学的微肥试验项目及西北农林科技大学的纳米营养液等试验项目均在园区取得阶段性试验成果。为进一步提升销售规模及服务水平，企业搭建了完善的营销网络，组建西安运营中心，并在西安、紫阳建立了四个营销综合服务中心，与陕西巨鹰集团、军人服务社、华润万家、西铁集团、西工大后勤集团等建立长期合作关系，并发展了 20 多家加盟经销商。通过直营、加盟、商超、电销等方式，"康硒天茗"将所生产的"紫真""紫健"牌绿茶、红茶等 90 余款预包装产品远销全国各地，年销售增长速度快，产业发展势头强劲。

2016 年，"康硒天茗"公司带动贫困户 49 户增收致富，2017 年重点帮扶对象发展到 60 户 228 人，辐射帮扶对象合计 214 户 781 人。企业重点帮扶的贫困户已经实现户均年增收 5000 元以上。2020 年，随着园区的丰产及企业产能的提升，"康硒天茗"重点帮扶的贫困户户均收入已经超过上年水平，截至目前实现户均收入 9655.7 元，人均 2655.3 元。企业积极响应县委县政府的"万企帮万村"精准扶贫号召，通过"政府引导、市场运作、企业带动、村民参与"的联动方式，整体推进全村茶产业的规模化发展。陈国卿设立企业扶贫办公室，建立培训教室，聘请技术指导人员，组建栽培作业队、机械作业队、采摘作业队，搭建"理论 + 实操"的培训平台，每年进行不少于 4 次 300 多人参加的免费技术培训，让村民在培训室听讲座，在茶园里操练技能，实施企业授之以渔的技能帮扶；企业园区每年鲜叶采摘期长达 7 个月之久，以 10 万斤鲜叶每斤 20 元的采工工资标准，村民仅此一项年收入 200 余万元；企业实施产业带贫，村民带园入股、园区就业、务工增收的龙头帮扶。加上苏陕项目实施，跨村帮扶对象扩大到 500 余户 1781 人，仅此一项，每年村民有 36 万多的现金分红。

陈国卿结合当地土特产资源现状，不断进行产品研发，助力乡村振兴。公司目前已经开发桂花红茶、桂花绿茶、桂花白茶等新产品，将当地的桂花资源"变废为宝"，增加贫困户增收新途径。同时，企业利用自身销售网络，吸引外地游客进园区参观旅游，代销贫困户土鸡、土鸡蛋、腊肉、野菜等土特产，实施企业消费扶贫的有效帮扶。公司生产的富硒绿茶产品分别荣获第三届安康富硒茶大赛"优质绿茶"奖、第九届"中绿杯"中国名优绿茶评比"银奖"、第十二届中国西安国际茶叶博览会"金奖"，公司的桂花红茶荣获第四届亚太茗茶大赛银奖等。园区先后被认定为紫阳县现代化农业示范区、安康市现代化林业示范园区、安康市农民合作社示范区，公司亦被评为紫阳县"食品安全示范企业"、安康市"食品安全示范企业"，其产品顺利取得绿色食品认证。2017年，陈国卿被评选为陕西省"脱贫致富带头人"；2018年"康硒天茗"被陕西省茶协评为"陕西省十佳茶企"；2019年"康硒天茗"荣获陕西省"十佳最美茶园"，并被安康市农业农村局评选为"茶产业助力脱贫攻坚十佳茶企"；2020年度"康硒天茗"被评为"万企帮万村精准扶贫优秀企业"；2021年"康硒天茗"被安康市农业农村局评选为"2020全市产业带贫先进单位"，成功跻身紫阳茶企第一方阵，在振兴乡村的道路上越走越远。

第二十六章　产业是乡村振兴的基石

党的十九大做出实施乡村振兴战略的重要部署，是党中央着眼于推进"四化同步"、城乡一体化发展和全面建成小康社会做出的重大战略决策。"产业兴旺、生态宜居、乡风文明、治理有效、生活富裕"是乡村振兴战略提出的总体要求，

发展以"高产、高效、优质、安全"为目标的现代农业是乡村振兴的必由之路。

一、41 载专心制茶，初心不改

在紫阳，95% 的乡镇、75% 的农户依赖茶叶生产，茶叶在紫阳县经济和人民生活中占据重要地位，是紫阳县传统骨干经济项目，也是历届县委、县政府作为强县富民的主导产业来抓的优势项目。近年来，紫阳县委、县政府认真践行"绿水青山就是金山银山"发展理念，以茶致富、以茶兴业。全县茶园面积达到 25.28 万亩，年茶叶产量 8805 吨，综合产值达到 50.1 亿元，12 万农户因茶走上致富路。

在中国茶叶知识网上看到一段文字：

家在紫阳，开门七件事，茶为先。喝茶，不分老幼、贫富、贵贱，有钱喝细茶，没钱喝粗茶。就是那贫困家庭，也备有"大脚片"，尽管又苦又涩，来客还要泡一碗。喝茶在这里不仅仅是为了解渴，而成了一种习惯。每逢了红白喜事，那执事单上首先排下了斟茶的、敬烟的人的名字，然后才是铺席倒酒，红白两案。过白事时，知客师一声嘹亮的吆喝："来客了，上茶！"那事茶之人便提着大茶壶，托着茶

盘，肩上搭一条白毛巾，人未到，声先到，连声嚷嚷："撞！撞！茶来了。"吓得那些姑娘、大姐连忙让道，生怕那茶汤烫着了自己。当然，来客每人手中都会有一杯茶。而此时的吹鼓手和歌师要小心侍候了。吹鼓手每人一缸糖茶，歌师的茶缸则要更大，糖要多放。那怀抱大茶缸、蹬起八字步、一步三摇摆的歌师，从盘古开天地唱起，一直唱到九九还阳。每逢锣鼓响起便猛咂一口茶，润一润喉，待唱得孝子们号啕大哭时，那茶也换了三五次了。歌师的茶是不能马虎的，不能太甜，不能酽，不能淡，哑了嗓可要冷场，那孝子就没了脸面。事茶之人就要格外殷勤才行。过喜事时，那就不同，那主人家的桌子早擦得干干净净，中间摆花生、瓜子、核桃、板栗等干果——当然，热气腾腾的一壶香茶早就沏好了……

紫阳是中国最北缘的古老茶区，良好的自然生态环境，天然富硒的资源禀赋，赋予了紫阳茶无公害、绿色、有机、富硒的独特品质。紫阳茶唐代称"茶芽"，清代称"毛尖""芽茶"，主要产于汉水两岸浅山丘陵地带，尤以桂花庄、焕古乡（称宦镇）产量最多，质量最好，故紫阳茶历史上又称"紫邑宦镇毛尖"。成品通身白毫显露，条索紧细匀整，色泽碧绿或呈银白色，香气清高芬芳，汤色清澄、浅绿，味鲜爽、洁醇、回甜，具有浓郁的熟板栗香。新中国成立后，紫阳茶几乎占领了整个陕西和西北市场。20世纪80年代末，紫阳茶特有的富硒特色被发现后，其盛名更是被推崇至极，统计数据显示，其产销量曾占全省茶叶总量60%的主导地位，驰名中外。

紫阳县和平茶厂成立于1980年年初，原为和平乡乡办企业，后改制为个人独资企业。经过40多年的不断发展，和平茶厂已成为紫阳县茶叶产业的龙头企业，是民营企业中的佼佼者。厂长曾朝和曾荣获"安康市劳动模范""模范纳税人"等荣誉称号。

曾朝和1953年4月出生于和平村，有着5年的军旅生涯、40年的创业经历，建茶园、办茶厂、拓市场，打造出了紫阳茶叶的优质品牌，同时带领周边村民蹚出了一条摆脱贫困的振兴之路。和平村原属于和平乡，1958年之前为焕古合作社，后来并入城关镇。曾朝和说，紫阳茶品种优良，清代已成为全国十大名茶之一，1965 年被评为全国推荐的 21 个茶树优良品种之一。和平村"焕古桂花庄"贡茶非常有名，人民公社时期，其他乡镇交粮食，和平村交茶叶。

走进和平茶厂，群山环翠，绿水潆绕，令人赏心悦目，心旷神怡。茶厂充分利用自然地形，把一座山建在车间里，气势磅礴，很有创意。2014 年，企业投资 6000 万元更新设备，生产量可达一个亿，目前每年产值 4000 多万元，带动周边 20 多个小茶厂发展，包村对接，带动茶农 1000 多人就业，一幅乡村振兴的画卷徐徐展开。

"我们出生的那个年代，大家都很穷，少衣缺食现象很普遍。我家里姊妹 4 人，我是老小，有两个哥哥，一个姐姐。我上学时正值'文革'期间，连着上了四年四年级——因为五年级没人。1971 年，我去毛家台修铁路，1972 年参军，1977 年回乡务农。群众选举我当副队长，那时我只有 20 多岁。我想既然群众选我，我就要解决全村 31 户 106 人的吃饭穿衣问题，带领他们找到一条致富的路子。当时，和平村的主要经济来源是茶树、花椒树、麻等，一个村子一年收入仅 1000 元。我这人爱钻研，当生产队副队长的第一年，首先在茶树上下功夫。生产队原来的茶园因为管理不善，许多茶树枯萎，茶园荒草丛生，产量很低。茶树对土壤的肥力要求是比较高的，所以在种植茶树时要大量施肥，为茶树补充营养。一般来说种植茶树的土地要翻两次，第一次翻地深度在 10 ~ 20 公分，并且要施加一些农家肥。第二次可以深耕，深度可达 40 公分左右。翻地时要把杂草和石头清理掉，避免茶树吸收不到营养，生长不良。茶树的根系是比较浅的，所以对干旱和水涝的抵抗力都不强，夏季需要经常浇水，但浇水的时候不能从顶部喷洒水，这样会导致茶叶出现腐烂，可直接在茶树根部浇水。雨季要防止水涝，注意做好排水，注意施肥。一般施肥要在每次采摘前的三天，这样有利于茶树新芽的生长。要想茶树长得好，一定要注意及时除草。如果茶园较大的话，尽可能清理出一些落叶，然后把一些受到病虫害的植株清除掉，补种上新的茶树，这样能够避免其他茶树受到感染。其次要在采茶方面下功夫。第一轮春茶的新梢都是从越冬芽中生长出来的，都带有鱼叶和鳞片，在采茶时，一定要做到按标准多次分批留鱼叶及时采摘。'早采是个宝，迟采是根草'，早发先采，晚发后采，做到合理采摘。采摘时不能用指甲掐下茶叶，切忌出现早采嫩摘、搬马蹄、采芽苞、老嫩一把抓、强采抹光头等影响茶树生长发育的乱采乱摘现象，保证质量；采摘时，应尽可能把生长不正常的芽叶采下来。采茶做到因地、因树制宜，掌握以采为主、以养为辅、采养结合的原则。幼龄茶树应以养为主，以采为辅，打顶护边，采高养低，轻采养蓬。成龄茶树以采为主，以养为辅，做到采养结合。为了保证制出茶叶的质量，下雨天尽可能不采摘，当天采摘下来的茶叶，当天就把它制完，放到第二天就不好了。之前妇女采茶都是挣工分，如何采、采得怎样没人管，采茶技术创新后，茶叶收入翻了一倍，1000元变成了2000元。农民收入增加，大家都很感激我，选我当生产队长。除了茶叶生产，我在种庄稼上也狠下功夫，在耕种、除草、松土等方面科学管理，派专人负责，落实责任，奖惩分明，果然粮食产量大幅度提高，周边生产队没啥吃，本队虽地理条件较差，但粮食够吃。为了提高村民的积极性，我把任务分配到户，60斤油菜籽换1亩土地，变成责任田，大家积极性很高。那时改革开放刚刚开始，这样做需冒很大风险。我去镇上给公社书记汇报，他既不说好，也没有否定，我心想他是支持的，回来后加大了改革力度。以前因为村子地少，村民都很贫困，一年有一半时间都吃不饱，以野菜充饥。我当队长后，解决了这个问题。我当了三年生产队队长，改变了许多规章制度，这时国家大政策已下，要求土地必须分配到户。因为粮食很便宜，村民解决了吃饭问题，但就是没钱花。"年近七旬的曾朝和精神矍铄，思路清晰，谈起和平村的发展，如数家珍，娓娓道来。他每天开着车去厂里上班，山路崎岖，从不用司机接送。作为最早的一批茶企创始人之一，在紫阳，只要提起曾朝和，无人不知，无人不晓。

1980年，和平乡政府办了一家乡镇企业，叫茶叶粗制厂，把茶叶加工好后交给供销社，供销社再加工后交给县茶厂外销，主要生产的是"陕青"。1984年，曾朝和到乡镇企业与县科委签订了一个协议。当时高级农艺师、茶叶专家程良斌发表了一篇论文《提高紫阳县毛尖品质研究》，省上批下项目后，要找企业合作，通过人找到曾朝和。曾朝和说焕古有一个"桂花庄"很有名气，是紫阳有名的茶粮柜，茶质量较好。程良斌于是便把试点放在这里，想做高端茶。"桂花庄"的茶泡在茶杯里是立起来的，其他地区的茶不行，后来发现是采摘技术方面的问题。

"1985年，我们开始采摘'一芽一叶'的毛尖茶。我们去每一个村组做动员工作，把全县20多个干部动员起来，发动农民采这样的茶。原来几分钱、一毛钱一斤的茶叶，现在提高到两元钱一斤，农民信心百倍，每天可采一斤茶。程良斌经反复调试，茶叶泡出后，具有了国内名茶的一些品质，令人十分欣慰。制茶的过程、时间、温度都很关键。新苞谷上市时炒制的茶味道特别鲜美，具有板栗和玉米味，风味独特，送到茶叶研究所后，获得一致好评。这个研究从1981年进行到1989年。1989年紫阳毛尖鉴定会在人民大会堂召开，正式确定'紫阳富硒茶'这个品牌。当时参会的20多个国内外专家一致鉴定紫阳毛尖的品质，具有很高的权威性，紫阳毛尖开始走红。"曾朝和说。

"紫阳茶走红之后两三年时间，经销商乱象丛生，一些人急功近利，用外地普通茶叶冒充紫阳茶，致使紫阳茶品质开始下降，品牌全无，没人愿意喝。紫阳茶又开始走下坡路了，卖不出去。紫阳县委、县政府认真思考，深度关注，决定先把茶园基地做大，再组织一到两个龙头企业把产业做强，创建更加完整的茶产业链条。共识形成后，紫阳富硒茶步入"脱胎换骨"的产业发展期。2001年5月，紫阳县政府推进茶叶发展，举办第一届紫阳富硒茶文化节，主要是'斗茶'，目的是推销、发展茶业。当时请了全国几十个专家、本地十几家企业参加，茶叶质量等级最高的成为'紫阳茶王'。这次赛事规格高、人数多、要求严，是我到现场之前没想到的。几百名选手现场炒制三种不同风格的高品质茶，如此宏大的比赛场面我也是生平首见：每台电炒锅3000瓦，几十台电炒锅同时工作，要做到无故障，并非易事；每个参赛选手发茶青0.6公斤，要求一芽二叶茶青整齐一致。不同年龄、不同性别的制茶工匠，展示娴熟技巧，令人大开眼界。当时正值初夏，比赛要求把一芽二叶的茶青收紧裹拢，炒制成扁形茶，塑造出扁、平、直、光滑的外形风格。选手们的卷曲形茶条索紧细，卷曲如螺，直条形茶条索紧细圆直。两种茶颜色翠绿，白毫显露，有的还具有难得一见的兰花香，难能可贵。能够在阳光强烈、温度渐高、茶多酚日益增加的初夏制出这样的茶，实属不易。在感叹这些外形精美、口味醇厚的产品的同时，人们意识到，茶品质的升华离不开好工匠，茶产业的转型升级离不开工匠精神。经过专家认真评审，我研制的和平茶厂生产的'翠峰'茶被评为'紫阳茶王'，我本人也被评为'茶王'。此后，紫阳茶叶每年以 50% 的涨幅涨价，供不应求。我们的方向主要是追求品质。2001 年和平茶厂生产的最好的茶 36 元一斤，第二年涨到 300 元一斤，第三年涨到 1200 元一斤，最后达到 2980 元一斤，延续至今，畅销不衰。传统制茶工艺需要新一代工匠来继承，而新技艺的创造也需要新的血液输入。身为一名新时代的制茶人，我深切地感受到紫阳茶产业的发展迫切需要一批具有工匠精神的制茶人，来传承手工技艺。一是避免历史名茶工艺凋零，二是让手工茶制作技艺进一步融会贯通，用于机械制茶，让传统技艺和智能机械完美结合制作出更多名品化、个性化的让客户惊喜的茶产品，从而让客户感受到茶叶的美好和快乐，同时分享给更多的人。这是新时代对茶工匠的召唤，也是我们制茶人的毕生追求。"曾朝和骄傲地说。

茶农以茶为生，要想受益，就必须生产出大量以质取胜的茶叶。茶园科学管理，品质至上，而不仅仅是追求产量。和平茶厂出资对茶农进行集中培训，严格要求他们按技术要求进行采摘及加工，对原来的传统工艺进行改进，使茶农收益大幅度上升。此举引领作用巨大，其他中小企业纷纷前来取经，把茶叶质量放在第一位。紫阳茶叶迅速走出安康和陕西，经销全国。和平茶厂对加工技术严格把关，带动了一大批人脱贫致富。

"现在我们茶叶的加工工艺大幅度提高，价格翻了许多倍，始终坚持质量第一，严格执行工艺标准，直接带动贫困户 500 多户实现脱贫。脱贫后，我们的主要责任便是乡村振兴。我经常被邀请去各茶厂做技术指导，组织技术人员走进茶园进行培训，让更多的人掌握技术。为了促进茶园发展，我们曾给高滩镇捐款 3 万元修路。当地一些不法分子以次充好，用和平茶厂的包装销售劣质茶，使我们的茶声誉受到一定的影响。作为一个茶人，我推崇把文化放在第一位，经常组织技术人员参加一些国家级的茶艺大赛，推出紫阳民歌采茶、道教茶等项目，不断提升和平翠峰的品牌形象。"

和平茶厂在曾朝和的带领下，以他老家和平村为中心，带动当地农户发展茶产业。企业规模越做越大，现在城关镇和平村及县城成立了两个分厂，拥有厂房设备等总资产近6500万元。和平茶厂第二分厂建筑面积4000多平方米，拥有西北地区一流的封闭式标准化、清洁化设备。2012年和平茶厂成为陕西省农业产业化重点龙头企业，生产的"和平翠峰"在2006年获国际名茶奖，2014年又被评为陕西省名牌产品。曾朝和不仅把企业做大做强，也以点带面地辐射到四周农户，以合作社的形式，让村民入股，在合作社规范建设的基础上坚持民办、民管、民受益的原则，实行统一学习，统一管理，使社员普遍提高了种植技术，降低了成本，提高了产品质量。在曾朝和的带领下，当地大力发展茶产业，助推乡村振兴提档增速。

二、道路越走越宽

> 嫩绿微黄碧涧春，
>
> 采时闻道断荤辛，
>
> 不将钱买将诗乞，
>
> 借问山翁有几人。

这是唐代诗人姚合在游焕古滩品茗时留下的乞茶诗篇。"三月三，上茶山，山山飘清香，处处好茶园。"正是这得天独厚的富硒茶资源，使茶产业成为紫阳县农民的经济来源。

李奎是焕古镇大连村人，生于1975年，从小生活在汉江边。从他闻到富硒茶香、喝到富硒茶味的那一刻起，便与茶结下了不解之缘。2005年，李奎开了一个石板厂，历经波折。2010年，李奎将石板厂转让后，以100万元作为基础资金，投资80万元，与人合伙办茶厂。

"合伙开茶厂，我出资，他销售。当时哥哥在云南石板厂上班，我把他叫回来一起干。我们租了一辆车，带着茶叶去紫阳、安康等地销售，只要认识的人就送，免费让人家尝。当时免费送茶叶的茶厂很多，大家送的都是小袋，我送的都是二两的袋，让人能记住。有人原本不喝茶，我们一年送一斤，年年送，他非常感动，最后也带着人来买茶了。就这样，我们靠口碑一点点发展，第一年销售900斤，第二年翻了一番，销售2000斤。2012年，我开始独立经营，自己干，做到年销售 4000 斤，企业慢慢发展起来。因为完全没有后台，所以只有靠口碑，诚信经营，以质取胜，赢得客户的信赖。我认为做生意首先是做人。这些年，无论是客户还是村里人，大家都非常信任我。我们兄弟在一起做了 10 年茶，至今没有分家。"李奎说。

2016 年，李奎正式成立茶厂，注册资金 508 万元，建加工厂房 2000 平方米左右，主要生产红茶、绿茶等，商标"陕焕"，即陕西焕古茶。

"我们自己有 400 亩示范园茶区，另外还收购当地农户茶叶，春茶一斤鲜叶售价 120 元，一般 4 斤半到 5 斤鲜叶干 1 斤茶，每人一天可采 1～2 斤茶。除了收茶，我们还免费给茶农提供肥料及技术指导。茶树修剪非常重要，不能太早，5 月底 6 月初最佳，那时嫩枝少，发枝快，否则剪得太早，枝条疯长一人多高，不便管理，影响质量。从鲜叶到干茶，制作程序有十多道：摊拣、杀青、初揉、烘炒、复揉、干燥、提香、精制、分拣等。摊拣就是拣去鲜叶中的杂质，并对鲜叶进行等级归类。杀青就是利用 260℃高温破坏鲜叶的酶类，蒸发鲜叶中的水分，使鲜叶变软便于揉制。杀青最关键，和温度、时间、方法、投量都有很大关系。揉制就是给茶叶造个漂亮的型儿，使其重量、体积变化，便于携带和冲泡。揉制过程可使茶汁溢附于叶面，很能提升口感。干燥就是进一步脱去茶叶中水分，浓集茶香。烘干也分烘干、炒干和晒干三种。一斤银针 4 万多鲜叶，一斤翠峰 2 万多芽头。古人说：一芽一叶，一旗一枪。紫阳富硒茶芽嫩匀整，白毫显露，色泽翠绿，香气高长，汤色嫩绿明亮，滋味鲜美、回甘。清明前采摘茶农有 300 多户，其中贫困户 134 户，三四百人，在茶厂就业的贫困户有 30 多人。村里有保障房，住的都是原来的贫困户，解决他们的生活问题。这些茶农原来都是住在山上，收入微薄，现在每天收入 150 元，每月可收入三四千元。他们一般都是白天采茶，晚上来茶厂上班，因为这些人也有部分茶园，白天需要上山采摘。目前，我们每年可产 10 吨茶，产值 1100 万元。焕古品牌特别有名，销售 60% 都是对方上门收购，不需要再出去推销了。"李奎说。

2006 年，31 岁的李奎被选为大连村代理村主任，2008 年被评为正式村主任。为了让茶树长得更好、产量更高，李奎肯吃苦、好钻研，多次参加县上组织的茶学培训班，有机会就与茶学教授、专家探讨种茶、制茶技术，回到自家茶园再进行实验。2011 年 8 月，在当地政府和农广校茶叶技术人员的指导下，李奎在大连村创立了首个职业农民茶叶专业合作社，决心通过大力发展茶树种植，成为村里的致富带头人，利用自己的表率作用，引导茶农依靠科学种植和规模种植茶树，走上致富路。首批有 88 户农民加入了合作社。合作社茶园采取统一管理、统一加工、统一销售，实行风险共担、利益共享，旨在使更多群众掌握种茶、制茶技术，走出贫困，走向振兴。2012 年，李奎获得了职业茶农资格证书，成为全镇首批持证上岗、科学种茶的职业茶农。因脱贫攻坚集中搬迁了几千人，原来的大连村现已变为社区。2019 年 11 月，李奎当选为焕古镇街道社区党支部书记兼居委会主任。原来是带领大连村村民致富，现在要带领焕古社区的老百姓走上振兴之路，肩上的担子变得更重了。

"之前的大连村是焕古最穷的村子。我回来后，一边办茶厂，一边修公路，一步一个脚印从村支部委员干到村干部，取得了大家的信任。焕古镇原来不通路，只能坐船到县城，单程就需要走一个小时。1998 年焕古镇成为全省最后一个通路的乡镇。现在的厂区和接待室是 2019 年我上任后改造的，有居民安置区、酒店住宿区，有玻璃栈道、停车场等公共设施，茶商来了有饭吃，有酒店住。茶园修路村上没有钱，我自己垫资 10 万元。因为没有项目可以申请，所以只能自己承担。妻子在县城做生意，开门市，我十天半月去一次，住一晚就走。妻子说：'你回来就是住旅社，家里啥也不管。'为了活跃社区文化生活，社区干部带领村民跳广场舞，教村民唱民歌，传递正能量。村民出去搞文艺活动，每人每天补贴 100 元，此举可鼓励大家出成绩，吸引外资前来经营。浙江商人在大连村做的'棒棒茶'产销两旺。春季茶叶开采后，妇女穿采茶服在茶园采茶，成一道靓丽的风景。自己贴资数万元，开发'紫阳—焕古'两日游项目，游客从紫阳坐画舫上来，在焕古镇吃饭，穿采茶服在茶园采茶，吃当地特色的土鸡、鱼、香菇等，举办篝火晚会，听民歌，看歌舞。夏天来这里避暑的县城市民很多，十分热闹。"

作为市人大代表，李奎始终坚持为民服务的宗旨，多次聘请茶叶专家到村上茶园现场授课、指导；资助贫困茶农扩建茶园，助力他们脱贫致富；在茶叶销售中严把质量关，讲求商业信誉，以诚待人，从而赢得客户的信任和好评。

在李奎的带动下，大连村合作社茶园规模不断壮大，乡村振兴之路越走越宽。

三、振兴乡村的产业发展，紫阳县的序幕刚刚拉开

"自昔关南春独早，清明已煮紫阳茶。"

紫阳县关南春茶叶产业有限公司创办于20世纪90年代初，是一家由村办茶厂发展起来的茶叶骨干企业，主要从事茶叶生产、加工、示范、销售，现拥有资产近千万元。公司坐落在兰草飘香的高桥兰草村，青山环抱，绿树成荫。生产基地和示范茶园主要建在翠柏映月的鱼米之乡——高桥镇龙潭村。公司拥有茶园基地和示范茶园近5000亩。中心苗圃鸟语花香，百亩精品示范茶园璀璨夺目，加上古老的清代廊桥和小镇独有的旖旎风情，水光山色，别有洞天，使新农村风光无限。

关南春茶厂总经理谭华锋生于1979年。父亲在供销社做茶，他从小耳濡目染，对做茶的程序非常熟悉。2003年，谭华锋回来办厂，当时企业改制花了20多万，全是贷款。

"2011年我接手企业的时候，负债40%，有十几个员工，一年销售额二三百万元，除去员工工资、销售费用等，没有盈利。设备老化、技术落后、管理粗放、市场不好，面临如此情况，当务之急是更新设备。我们在浙江衢江投资8万多元定制半自动生产线，节省了许多人力，茶叶品质提升不少。为了打开市场局面，增加销售人员，我们采取激励政策，提成从3%提高到5%，年终有奖金。从福建引进技术人才，改进工艺，经常请茶专家前来指导。时任紫阳县市管局局长李胜璋对我们大力帮助，提供技术监督、培训和指导，使企业管理人员素质得到很大的提升。李局长带领企业技术人员到全国各地参观，让我们大开眼界。当时，龙潭村有1000亩茶园，茶叶却销售不出去，一亩茶园生产的茶叶仅卖40多元，老百姓都不愿经营，宁愿选择外出打工。后来我们通过土地流转方式以高出市场价的价格将茶园流转过来，安置村民三四十人就业，生产旺季临时雇工200多人。此举在土地流转利用、促农增收、创造就业机会、保护茶叶生态、扩大示范基地和加工营销上发挥了积极作用。目前，公司自有茶园达1800亩，除800亩是当年购买的集体茶园（企业破产债务）外，其

他 1000 亩是经过土地流转新开辟的，茶叶基地分布在兰草村、裴坝村、龙潭村等，参与流转业务的茶农达到 1400 多户，占了总户数的 70%。此举促进了茶农增收及非茶农就地就业。土地流转后，企业管理，茶农受益。茶厂以高出市场价的价格收购鲜叶，明前鲜叶最高可达 180 元每斤，平均一户年收益三四千元，部分可达一两万元。公司提供茶苗，精准衔接，让茶农持续发展。为了消除茶农顾虑，得到更多实惠，公司投资近千万元，成立茶叶生产专业合作社，建成高桥镇第一座茶叶标准化加工厂和千亩生态示范茶园，围绕品牌做文章，带领合作社茶农和 12 个分厂，全面实施茶园科学管理和茶叶科学采摘。与大市场接轨，积极开发名优茶、富硒红茶和高香绿茶，依靠技术增加产值。向市场要效益，近至紫阳县城、安康城区，远至西安、关中、山东，都建有自己的营销网络，带动周边 500 多户茶农走上富裕之路。"谭华锋说。

为把茶园建成集绿化、环保、旅游、加工、体验为一体的现代农业园区，2020 年，谭华锋投资 10 余万元把租赁的裴坝小学建设成茶叶加工体验厂地，增加园区发展功能，不断组织茶农技术培训。2020 年组织茶农培训 501 人次，选派员工在省、市、县培训 5 人次，有效提高了农民和员工的种植及加工技术水平，有力促进了农民的种植信心。为进一步提高产品质量，2020 年，企业投资 25 万元新购置加工机械 15 台，杀青机、烘焙机、理条机、摊晾箱全部更新；新建白茶清洁化生产线一条，目前正积极进行白茶生产 SC 扩项申报。为进一步加强"关南春"牌茶叶品牌的知名度和信誉度的宣传，公司投资 5 万元制作了关南春产品宣传及企业文化视频和宣传册。2020 年，在安康、西安、福州等茶叶展销会上，"关南春"茶叶深受消费者喜爱。2020 年 9 月，公司生产的"裴坝红"牌紫阳红茶在第十届国际鼎承茶王赛中，被评为红茶组"金奖"。公司建立"企业＋基地＋农户"的现代经营模式，以及"企业做两端，农户做中间"的生产管理模式，形成优势互补、合作共赢的发展格局，突出园区带动，以园区效益推动区域经济发展为目的，为乡村振兴贡献自己的力量。

在关南春茶厂，墙上挂着许多采茶、茶艺方面的照片，都是李胜璋拍摄的。

李胜璋曾先后担任城关镇副书记、毛坝镇书记等职务，2012 年 2 月调到紫阳县质量技术监督局任局长。紫阳县要创建绿茶全国示范区，振兴紫阳茶业，领导认为他工作能力强，让他与国家质检总局对接，创建紫阳富硒茶制作标准。李胜璋请省市茶叶专家来起草、修改紫阳茶标准，在此基础上进行调研论证。2012年11月30日，紫阳县邀请15个专家对"紫阳富硒茶标准"进行审定，由陕西质监局发布实施。紫阳当时的标准是天然富硒茶标准，占120分。2013年，在李胜璋的不懈努力下，紫阳成功申请"紫阳富硒茶"地理标志，保护了产品的知识产权。

"2006年前之前，紫阳绿茶加工设备主要以三件套为主：杀青机、揉捻机、烘干机（新中国成立后开始为脚踩手揉阶段，到六七十年代，从四川引进木质揉碾机，后来逐步发展为三件套机械设备）。2006年开始，国家实行食品安全许可证审查制度，紫阳举全县之力完成认证的企业只有2个，2012年达到QS（食品质量标准）认证的企业18个，到2015年达到38个，目前已通过SC（食品生产许可）认证的企业107家，规模生产的茶厂有40余家。为了提升企业的管理水平，我们首先组织企业法人代表外出学习，到福建、四川等茶区去考察。省质检局对每个企业员工进行培训，同时，对规模企业，请著名专家进行技术指导。省茶叶专家张建成、省政府质量首席顾问、长安大学教授张全懿来现场指导。第二，企业生产设备更新，生产环境改善。由原来的传统生产到建成现代化生产线。第三，逐步推广企业文化建设。物质方面，设备服装等标准提升；精神方面，规范企业制度建设；理念方面，制订远景目标，人性化管理，科学管理。第四，把茶厂建在茶园里，把店开在城镇里。根据这个思路，政府设立奖励政策，获一个SC认证奖励50000元，建一个茶厂补助20万元，生产设备更新补助10万元。开一个茶叶店，补助8～10万元。2019年紫阳茶销售量达7536吨，产值18.62亿元，茶叶综合产值43.4亿元；2020年紫阳茶销售量达8200吨，产值22亿元，占紫阳工业总产值的40%。目前国家推进乡村振兴，首先是产业振兴。眼下，农村经济经营主体主要有园区、专业合作社和家庭农场，国家都有政策支持，靠这三个经营主体带动农户经济发展，乡村振兴指日可待。"李胜璋现在虽已退居二线，但对紫阳的产业发展格局、产业规模等情况一清二楚，胸中有一本账。他喜欢摄影，是省摄影家协会会员。他乐于助人，热心帮助茶企发展，对许多茶厂的情况都很清楚，主编《紫阳茶人》《紫阳味道》，编辑《紫阳精准扶贫》画册，里面 207 幅照片，有 100 余幅是他拍摄的。2019 年 4 月，紫阳毛尖茶传统手工制作技艺被列入陕西省第三批非物质文化遗产保护名录，是紫阳茶的一种活态文化。李胜璋出于保护传承的初心，深入茶叶加工一线，精心拍摄了一组紫阳毛尖茶传统手工制作流程的珍贵照片。

乡村振兴，产业发展是关键。新年伊始，县长陈莲在紫阳县政府工作报告中，把产业发展作为一方面工作专门报告，并以"大力培育实体经济，实现产业升级新突破"为小标题，安排全县产业发展工作。陈莲在报告中说，坚持一业突破、多业并举，做优"硒茶＋产业"模式，大力实施茶产业"八大创新"工程，推动生产标准化、产品品牌化、经营多元化、产业一体化。精心打造紫阳茶城，发展体验店、实体店，协同发展魔芋、蔬菜、林果、杂粮、花卉、中药材、畜牧养殖等特色富硒生态产业，打造富硒资源开发利用综合体。陈莲指出，2021 年是中国共产党建党 100 周年，是实施"十四五"规划、全面推进乡村振兴的开局之年，做好本年度工作事关长远、意义重大。以巩固脱贫成果为首要任务，接续推进乡村振兴；坚持绿色发展，打造现代产业新体系；立足"山水硒、茶歌道"特色资源，推动"旅游＋"融合发展，提升"汉江画廊·茶歌紫阳"旅游品牌，创建全省全域旅游示范县；壮大富硒产业集群。通过实施生态基地建管提升、龙头企业培优扶壮、市场主体科研创新、标准质量管控提升、人才队伍建设、品牌引领与市场拓展、茶文化传承与创新、茶旅融合发展八大工程，助推茶产业创新转型、品牌价值聚集提升，实现茶农增收、企业增效，为乡村振兴奠定坚实的基础。

脱贫攻坚战的产业扶贫，紫阳县已经取得了决定性胜利；振兴乡村的产业发展，紫阳县的序幕刚刚拉开。

后记：为时代立传

　　紫阳地处秦岭南麓，大巴山地北部，境内山势险峻，沟壑纵横，地理条件差，是国家扶贫开发重点县和深度贫困县，也是陕西自然条件最差、贫困程度最深、脱贫任务最重的县。地无三尺平、十年九受灾，是造成紫阳县深度贫困的根本原因。面对恶劣的自然条件、特殊的贫困状况、艰巨的脱贫任务，紫阳县委县政府始终把脱贫攻坚作为最大的政治任务、最大的民生工程和最大的发展机遇，以脱贫攻坚为统揽，尽锐出战，全线出击。近年来，紫阳人民在各级党和政府的大力支持下，栉风沐雨，奋发图强，书写了脱贫攻坚战线上的许多可歌可泣的故事。

　　自2013年以来，我先后数次去过紫阳，特别是2018年以来，多次参加陕西省作协组织的扶贫采访活动，足迹遍及紫阳十多个乡镇，对紫阳的扶贫工作有了深入的了解。其间，本人多次深入贫困山区，目睹山区人民生活之艰辛、交通之不便、贫困之现状，感慨万千。先后撰写了《大美安康》《云雾山上踏歌声》《第一书记》等文章，刊发于《北京文学》《美文》《西北文学》《安康日报》等报刊，引起一定反响。紫阳是一个深度贫困县，自然条件差，人口众多，干部相对较少，扶贫工作任务十分艰巨。面对艰难困阻，紫阳人民没有退缩，克服各种困难，完成了一系列看似不可能完成的任务，全县10多万贫困百姓摆脱贫困，走上乡村振兴之路，创造了"紫阳奇迹"。

　　长篇报告文学《时代答卷》创作过程中，我对紫阳100余名奋战在脱贫攻坚一线的先进人物进行深度采访，他们中有自强不息的贫困户，有带领大家脱贫致富的脱贫模范，更有多年来坚守在贫困山区一线的基层干部——第一书记，他们用自己的实际行动给党和人民交上了一份满意的"时代答卷"。采访的过程中，我数度落泪，不能自已。作为一名作家，我希望通过这部非虚构报告文学作品，展示我们党和国家在这场史无前例、举世无双的脱贫攻坚战役中取得的伟大成就，致敬奋战在脱贫攻坚第一线的脱贫英雄——他们是这个时代的最美奋斗者！

长期以来，贫困一直是伴随人类历史进程的一大顽疾。所谓的贫困其实有两种含义：一种是显性的物质财富的缺乏，一种是隐性的精神思想的贫乏。在很多人看来，贫困在本质上是经济问题，是物质财富的创造和增加的问题。这个观点有一定的道理，但是不全面，原因是，人是物质和精神的统一体，人的安全感、满足感和幸福感是物质因素和精神因素共同作用的结果。贫困并不可怕，怕就怕"思想贫困""意识贫困"。几千年来，中国都是一个以农耕为主的国度，农村人口占全国人口的80%以上。在整个封建时期，中国农耕领域都没有出现较大的科技进步，一直到改革开放前，许多地区农民使用的工具还是几千年前的耕牛和曲辕犁。没有科技的进步，农业不可能进步，生产力只能维持在一个较低的水平，一遇到天灾人祸则缺乏自救能力，人民背井离乡，颠沛流离，挣扎在贫困线之下。农业是中国农本主义的核心，中国消除贫困过程中最有特色的实践就是农业的发展。新中国成立后，毛泽东把农民问题作为中国革命的核心问题，随即开展了全国范围的土地改革。到1952年年底90%以上的农民拥有了土地和生产资料，直接推动了农业生产力的迅速发展。1978年，在合作化和人民公社实践的基础上，家庭联产承包责任制再次回归土地改革的议程，又一次激发了农业的大发展。1978年至1985年，中国农业实现了年均7%的增长，同时农民人均年收入增长高达16.5%，达到中国历史高峰。改革开放以来，党团结带领人民实施了大规模、有计划、有组织的扶贫开发，着力解放和发展社会生产力，着力保障和改善民生，取得了前所未有的伟大成就。特别是十八大以来，以习近平同志为核心的党中央把脱贫攻坚摆到治国理政突出位置，打响了一场脱贫攻坚战，确保到2020年消灭绝对贫困，让中国人民共同迈入全面小康社会。"小康不小康，关键看老乡。"这句俗语，既道出了农业、农村、农民的重要性，也说明了强农、惠农、富农政策的出发点与落脚点。

40多年来，中国绝对贫困人口快速减少，为全球贫困治理特别是广大发展中国家减贫作出了巨大贡献。一代代中国共产党人前赴后继，奉献了青春和热血，奉献了激情和梦想，带领着中国人民在这块土地上，描绘着最新最美的图画。

一个县的脱贫故事，也是全国波澜壮阔的脱贫攻坚战的一个缩影，从平凡的故事中展现党和政府带领人民奔向小康的时代担当和决心，展现深度贫困地区群众与贫穷抗争坚韧不拔的毅力，展现社会各界参与脱贫攻坚的时代精神。希望通过这部非虚构报告文学作品，塑造"为时代画像、为时代立传、为时代明德"的优秀人物群像，在推进新时代党和国家事业发展中贡献自己的力量，书写无愧于时代、无愧于人民的精彩华章，为建党100周年献礼。

感谢紫阳县委、县政府的大力支持，特别感谢紫阳县委宣传部张宗军部长及钟长江、胡渊、徐培顺、余兴福、叶立刚、汪可平、黄志顺等，在采访的过程中鼎力相助。《为有牺牲多壮志》一章，因为牺牲同志无法采访，内容根据余兴福、汪可平、唐波、朱烁旭等人提供素材采写，在此表示衷心的感谢！

2021年5月10日于闲云阁第一稿

2021年6月7日于闲云阁第二稿